ANDREA SCHACHT
Goldbrokat

Buch

Köln im 19. Jahrhundert: Besonders um der Vermählung mit einem ihr zutiefst unsympathischen Seidenhändler zu entgehen, heiratet Ariane einen jungen Juristen. Doch bereits nach vier Jahren bittet sie ihn um die Scheidung. Eine Scheidung allerdings bedeutete in Deutschland in der Mitte des 19. Jahrhunderts das gesellschaftliche Aus. Daher verdingt sich Ariane als Schneiderin. Sie könnte sich sogar ein eigenes Geschäft aufbauen, denn Arianes meisterhaftes Können mit Nadel und Faden ist unbestritten. Doch durch ihr loses Mundwerk hat sie sich selbst unmöglich gemacht und all ihre Kundinnen verloren. Da lernt sie LouLou kennen. Die Kurtisane will sich gerade mit einem eigenen Theater selbstständig machen, und für eine anständige Revue benötigt man die passenden Kleider! Ariane wird die Schneiderin des Theaters, und plötzlich sind ihre Kleider auch bei der Oberschicht heiß begehrt. Alles wendet sich zum Guten – bis ein alter Feind versucht, Ariane zu ruinieren, und sie die dunklen Geheimnisse ihrer Vergangenheit offenbaren muss.

Autorin

Andrea Schacht (1956 - 2017) war lange Jahre als Wirtschaftsingenieurin und Unternehmensberaterin tätig, hat dann jedoch ihren seit Jugendtagen gehegten Traum verwirklicht, Schriftstellerin zu werden. Ihre historischen Romane um die scharfzüngige Kölner Begine Almut Bossart gewannen auf Anhieb die Herzen von Lesern und Buchhändlern. Mit »*Die elfte Jungfrau*« kletterte Andrea Schacht erstmals auf die SPIEGEL-Bestsellerliste, die sie auch danach mit vielen weiteren Romanen eroberte.

Weitere Informationen unter: www.andrea-schacht.de

Besuchen Sie uns auch auf www.facebook.com/blanvalet
und www.twitter.com/BlanvaletVerlag

ANDREA SCHACHT

Goldbrokat

Historischer Roman

blanvalet

Sollte diese Publikation Links auf Webseiten Dritter enthalten, so übernehmen wir für deren Inhalte keine Haftung, da wir uns diese nicht zu eigen machen, sondern lediglich auf deren Stand zum Zeitpunkt der Erstveröffentlichung verweisen.

Verlagsgruppe Random House FSC® N001967

2. Auflage
Februar 2019 bei Blanvalet, einen Unternehmen der Verlagsgruppe
Random House GmbH, Neumarkterstr. 28, 81673 München
Copyright © 2009 by Blanvalet
in der Verlagsgruppe Random House GmbH,
Neumarkterstr. 28, 81673 München
Redaktion: Dr. Rainer Schöttle
Umschlaggestaltung: © Johannes Wiebel | punchdesign,
unter Verwendung von Motiven von
alabn/Shutterstock.com und Richard Jenkins Photography
HK · Herstellung: wag
Druck und Einband: GGP Media GmbH, Pößneck
Printed in Germany
ISBN 978-3-7341-0686-6

www.blanvalet.de

*Für Dr. Rainer Schöttle,
der aus meinem Wortgewebe
fürsorglich die Webfehler entfernt.*

Ein seidenes Kleid,
von Raupen gesponnen –
Schmetterlingsopfer.

Die Raupe

Träg und matt, auf abgezehrten Sträuchen,
Sah ein Schmetterling die Raupe schleichen;
Und erhob sich fröhlich, argwohnfrei,
Daß er Raupe selbst gewesen sei.

Johann Gottfried Herder,
Die Raupe und der Schmetterling

Als der linde Frühlingswind durch die austreibenden Maulbeerbäume strich, schlüpfte die winzige, schwärzliche Seidenraupe aus ihrem Ei. Sie folgte gleich darauf ihrem untrüglichen Instinkt und begann, die saftigen Blätter zu fressen, die in ihrer Nähe ausgebreitet lagen. Nicht die goldenen Sonnenstrahlen, die durch die Ritzen der hölzernen Wand fielen, beachtete sie, nicht die leisen Stimmen der geschäftigen Frauen, die ihnen die klein geschnittene Nahrung darboten, nicht das zarte Rascheln, mit denen ihre Artgenossen durch das junge Grün krochen. Fünf Tage fraß sie und fraß und fraß, bis sie schließlich in Erstarrung verfiel. Sie hatte so viel an Gewicht zugenommen, dass sie ein neues Gewand benötigte, und so legte sie nach einem Tag völliger Ruhe die alte Haut ab – und fraß weiter.

Nun war sie hellgrau geworden und noch viel hungriger. Nicht nur Blätter, auch die jungen Reiser der Maulbeerbäume schmeckten ihr. Bis sie wieder müde wurde und eine neue Haut benötigte. Mit frischem Mut fiel sie nach dem Erwachen über immer größere Portionen her, gefräßig, gierig, rastlos Blätter zermalmend, verdauend, wachsend.

Noch zweimal legte sie die beengende Haut ab, bis ihr Körper fast durchscheinend weiß war. Seit sie vor einem Monat geschlüpft war, hatte sie um das Zehntausendfache an Gewicht zugenommen und nun das Stadium erreicht, in dem sie nach einer weit größeren Ruhe als nur der kurzen Starre der Häutung verlangte.

Sie verlor das Interesse an der Nahrung und kroch über die hölzernen Hürden, um sich einen gemütlichen Platz zu suchen. Als sie ihn zwischen den dünnen Ästchen gefunden hatte, erzeugte sie mit der klebrigen Flüssigkeit, die nun aus ihrem Maul austrat, zwei Fäden und befestigte sie an den Reisern, um Halt für die nächste Stufe ihrer Entwicklung zu finden. Dann spann sie mit gleichmäßigen Drehungen den schier endlosen Faden um sich herum. Vier Tage arbeitete sie unermüdlich, dann versank sie erschöpft in den Schlaf, um das Wunder zu vollziehen.

So begann die Wandlung vom erdgebundenen, kriechenden Geschöpf in einen Falter, und als er schließlich den seidenen Kokon verließ, breitete der Schmetterling seine Flügel aus. Unbeschwert schwang er sich in die lichten Höhen, tanzte im Sonnenlicht über den blühenden Bäumen und begab sich auf die Suche nach seiner Partnerin.

Rückkehr aus dem Nirwana

Ein Opfer zu bringen bringt Heil.
Wird die Schale umgekehrt,
wird sie von Unrat entleert.
Demütiges Empfangen führt zu Erfolg.

I Ging, Ting – die Opferschale

Als er aus der unendlichen Schwärze auftauchte, webten die Klänge der Bronzeglocken einen Kokon aus sanften Tönen um ihn. Mit einem warmen Wind schwebte Kiefernduft durch den Raum, wo er sich mit einem Hauch von süßem Weihrauch mischte. Wunderbar körperlos fühlte er sich, losgelöst von Vergangenheit und Zukunft, eingebettet in das vollkommene Sein.

Er wäre gewiss zufrieden auf immer hier geblieben. Doch da begann sein Wille einen Faden zu spinnen, und an diesem dünnen Fädchen entlang entstand das Begehren. Es erwachte damit auch das Verlangen und mit ihm der Wunsch zu wissen, wo er sich befand.

Der Wille erstarkte und befähigte ihn, die schweren Lider zu heben, um die Welt durch das Tor seiner Augen in sein Bewusstsein eintreten zu lassen.

Ein heller Raum, lichtdurchflutet. Ein Mann in einer groben, braunen Robe neben ihm. Sein haarloser Schädel glänzte wie eine polierte Haselnuss, sein breitflächiges Gesicht trug den Ausdruck unendlicher Ruhe. Regungslos saß er an seinem Lager, nur seine Augen waren beharrlich auf ihn gerichtet. Schwarze, unergründliche Augen, hinter denen er Wissen und Stille erahnte.

Der Wille reichte nicht aus, um Worte zu formen, doch der Mann schien seine Gedanken lesen zu können.

»Ihr seid im Hanshan-Kloster, *baixi long*. Seit drei Tagen. Ihr habt zu viel Opium gegessen und seid krank geworden.«

So genau hatte er es nicht wissen wollen, denn es erinnerte ihn an vergangene Schmerzen. Er schloss die Lider wieder, doch der Mönch erhob sich mit leise wispernden Gewändern und richtete ihn an den Schultern auf.

»Trinkt, *baixi long*. Der Saft der Maulbeeren wird Euch reinigen.«

Schlucken war anstrengend, ein Teil des Saftes floss ihm aus den Mundwinkeln, doch die süßsaure Flüssigkeit schwemmte das Moos aus seinem Mund. Dann durfte er wieder liegen, ruhen und dem Klanggewebe der Glocken lauschen. Gefangen in den hallenden Tönen zog sich nach und nach sein Geist zurück aus dem hellen Raum der Gegenwart in die dunklen Gefilde seines Bewusstseins. Es war nicht Schlaf, es war nicht Traum, es war nicht mehr das körperlose Treiben im Sein. Es war das Versinken im bitteren Meer der Erinnerung.

Die waren die Schreie, mit denen seine Pein begann. Die entsetzlichen Schreie, die das Krachen und Knastern des brennenden Holzes übertönten. Die Schreie, aus unglaublicher Qual geboren, stachen wie Dolche in seine Sinne. Wieder spürte er die Hitze der Flammen, die gierig an dem Balken emporleckten, der vom Dach der Lagerhalle gestürzt war. Ein weiterer Stoffballen entzündete sich neben ihm mit einem Puffen, und das ihn verzehrende Feuer erhellte mit seinem gespenstisch zuckenden Licht die Umgebung. Er war gelähmt, hilflos, seine Augen tränten vom Rauch, das Luftholen ging nur keuchend schwer. Der Geruch von brennender Seide und verbranntem Fleisch breitete sich aus.

Erst die lauten Befehle seines Paten weckten ihn aus der Erstarrung. Mit bloßen Händen versuchte er, ihm zu helfen, den glosenden Balken anzuheben, unter dem sein Bruder gefangen lag. Er war zu schwer, viel schwerer, als dass ein Erwachsener und ein Junge ihn hätten bewegen können.

Vielleicht, vielleicht aber hätten sie es doch schaffen können. Die Angst um den Verletzten, dessen qualvolles Schreien, die wüsten Flüche seines Paten setzten ungeheure Kräfte in ihm frei. Er spürte die Brandwunden an seinen Händen nicht, hörte den eigenen röchelnden Atem nicht, ignorierte das Brennen in der Lunge. Er kämpfte um das Leben seines Bruders.

Aber plötzlich wurde ein Tor geöffnet, und das Feuer atmete die einströmende Luft mit einem gewalttätigen Aufbrausen ein.

Die Schreie erstickten.

Er wurde an den Schultern gepackt und aus der Halle gezerrt.

Kühle Nachtluft umfing ihn, er wollte zusammenbrechen. Doch unbarmherzig wurde er gestoßen und gedrängt, bis er in einer Türnische niederfiel.

Donnernd stürzte das hölzerne Gebäude hinter ihm ein, ein Funkenregen ging nieder. Stichflammen zuckten gen Himmel. Über das Bersten und Krachen hinweg aber ertönten Schüsse. Jäger und Gejagte hetzten durch die Straßen, fielen, schrien, bluteten, starben vor seinen entsetzten Blicken auf dem Pflaster. Schwarzer, öliger Rauch hüllte die Gasse ein, hustend, würgend schwankte er auf den Knien, schloss verzweifelt die brennenden Augen, doch hinter den Lidern sah er nur wieder das Gesicht seines Bruders, von Schmerz entstellt.

Sein Pate versuchte, ihn mit seinem eigenen Körper vor der Gewalt auf der Straße abzuschirmen, und verfluchte dabei mit rauer, geschundener Stimme seinen Geschäftspartner, der feige geflohen war, statt ihnen zu helfen.

»Er wird dafür bezahlen, dafür werde ich sorgen. Dafür wird er selbst im schreienden Wahnsinn sterben, das schwöre ich. Und wenn es die letzte Tat in meinem Leben ist«, hörte er ihn heiser flüstern.

Und noch immer sah er das Gesicht seines sterbenden Bruders.

Er erblickte es jetzt wieder, doch allmählich verschwand die Pein daraus, und die Züge glätteten sich. Ignaz lächelte ihn unbeschwert an, so, wie er es oft getan hatte, wenn sie gemeinsam die Abenteuer ihrer Zukunft planten. Dann aber entfernte er sich mehr und mehr, schien sich in einen Nebel zu hüllen und verschwand in der Dunkelheit.

»Ja, ich komme zu dir, bald«, versprach der Mann im Kloster dem sich entfernenden Geist. »Ich bin bereit, Ignaz. Ich komme zu dir. Doch für mich wird es leichter sein, über die Schwelle zu treten, als für dich.«

In diesem Moment begannen die Krämpfe wieder, die seine Eingeweide zu verknoten, mit ihren Klauen zu zerfetzen und in Stücke zu reißen drohten, und er erkannte, dass er sich getäuscht hatte.

Das Schicksal hatte keinen leichten Tod für ihn vorgesehen.

Zerrissene Seide

*Mädchen! Schlingt die wildesten Tänze,
reißt nur euren Kranz entzwei!
Ohne Furcht, denn solche Kränze
Flicht man immer wieder neu.*

Eduard Mörike

Wir hatten uns heimlich davongemacht, Madame Mira, Philipp, Laura und ich. Weil Tante Caro den Besuch des Mülheimer Sommertheaters auf gar keinen Fall gebilligt hätte. Das war nämlich keine kulturell hochstehende Veranstaltung, auf der sich die gelangweilten Mitglieder der *haute volée* bei getragenen Klängen eines Kammerorchesters oder den pathetisch deklamierten Werken unserer Dichterfürsten amüsierten. Nein, es war Unterhaltung für Dienstmädchen und Arbeiter, für fesche Soldaten und stramme Wäscherinnen. Und für Kinder. Hier spielte in einem Pavillon am Rheinufer das preußische Musikkorps mitreißende Märsche, recht derbe Schwänke entlockten dem Publikum begeistertes Johlen, leicht bekleidete Tänzerinnen brachten die männlichen Zuschauer zum Schwitzen. Oder zum Pfeifen. Je nachdem, in welcher Begleitung sie sich befanden.

Madame Mira begutachtete die beweglichen Damen auf der Bühne fachmännisch, meine siebenjährige Tochter hingerissen, der achtjährige Philipp hingegen schenkte seine Aufmerksamkeit lieber dem taumelnden Kreisel eines anderen Jungen. Mir kam das Gehüpfe ein wenig dilettantisch vor, aber es war vermutlich weniger die Kunstfertigkeit des Tanzes als die possierliche Darstellung halb entblößter, in der guten Gesellschaft nicht erwähnbarer Körperteile, die den Reiz dieser Vorführung ausmachte.

Dennoch, der Ausflug war ein Gewinn für uns alle. Er war Madame Miras Wunsch zu ihrem zweiundsiebzigsten Geburtstag, den ich ihr nur zu gerne erfüllt hatte. Sie genoss das bunte, laute Treiben, die klebrig süße Limonade und den Streuselkuchen genau wie meine Kinder. Die beiden aber betrachteten die Fahrt mit dem Dampfschiff von Köln nach Mülheim als den Höhepunkt des Genusses, und die Rückfahrt stand nun noch bevor. Ganz konnte ich dieses Vergnügen nicht teilen, Dampfmaschinen weckten in mir ein vages Unbehagen. Auch wenn Philipp mir die Arbeitsweise präzise erklärt hatte. Mochte der Himmel wissen, woher er seine Kenntnisse hatte. Aus der Elementarschule sicher nicht. Selbst Laura hatte er schon mit seiner Begeisterung für rußende Schlote, rotierende Schwungräder und dampfende Kessel angesteckt. Sehr zu Tante Caros Missfallen, die dieses Sujet als ein für Mädchen höchst ungeeignetes ansah.

Ich hingegen verbat es Laura nicht, sich über die Dampfkraft kundig zu machen. Mir hatte man als Kind auch nie untersagt, mich mit all den Themen zu beschäftigen, die mein Interesse weckten. Vermutlich war das die Ursache allen Übels, das dann später über mich hereinbrechen sollte.

Aber darüber nachzudenken verbot der heutige Tag. Der strahlend schöne Julinachmittag neigte sich dem Abend zu, und es war an der Zeit, die Heimreise anzutreten. Madame Mira erklärte sich bereit, mit den Kindern zur Anlegestelle zu gehen, während ich – je nun, die Limonade verlangte ihr Recht. Zu diesem Behufe jedoch gab es keine passenden Räumlichkeiten, aber ich hatte die Dienstmädchen auch schon mal heimlich in die Büsche verschwinden sehen. Da ich für diesen Ausflug selbstredend auf die Krinoline verzichtet hatte, tat ich es ihnen nach und suchte den schmalen Pfad in das dichtbelaubte Uferdickicht.

Auf meinem Rückweg stolperte ich über ein rotes Seidenkleid im grünen Laub.

In dem von weiten Reifen ausgebreiteten Rock kauerte eine Dame, die sich bemühte, ihr Mieder mit den Händen zusammenzuhalten, wobei sie leise, aber unmissverständlich undamenhafte Worte murmelte. Sie blickte auf, als sie mich bemerkte, und ein hoffnungsvoller Blick lag in ihren Augen.

»Sie haben nicht zufällig eine Sicherheitsnadel dabei, die Sie mir leihen könnten?«

»Nein, eine Sicherheitsnadel nicht, aber Nadel und Faden sind meine ständigen Begleiter. Wenn Sie mir ein paar Schritte weiter aus diesem – ähm – stillen Örtchen folgen wollten, könnte ich das Problem rasch beheben.«

Nähzeug hatte ich immer im Retikül, ich kannte ja meine Kinder. Ich reichte der Dame meinen Schal, sodass sie ihr zerrissenes Dekolleté bedecken konnte, und führte sie hinter den nahegelegenen Kuchenstand, wo wir einigermaßen ungestört das Flickwerk vollbringen konnten.

Das Kleid war nicht von feinster Seide und auch nicht besonders sorgfältig genäht, aber selbst eines von besserer Qualität hätte wohl dem brutalen Angriff nicht standgehalten. Das Mieder war vorne bis zur Taille aufgerissen, und da die Besitzerin über eine nicht unbeträchtliche Oberweite verfügte, würde es schwierig werden, es zu reparieren. Mein gelber Organzaschal, schon reichlich geschlissen, mochte jedoch helfen, wenngleich die Farbkombination zu dem leuchtenden Rot recht grell wirkte. Mit einigen Handgriffen drapierte ich ihn so, dass er den Ausschnitt umgab und das klaffende Mieder verdeckte. Die Stiche, die ich machte, um ihn zu befestigen, waren flüchtig, aber für die Ewigkeit sollte dieses Provisorium ja auch nicht halten.

»Meine Güte, was sind Sie geschickt, Fräulein. Sind Sie Näherin?«

»So ähnlich. Halten Sie bitte still, gnädige Frau, sonst pieke ich Sie.«

»Die Gnädige können Sie sich sparen. Wäre ich eine, wäre mir das hier nicht passiert.«

»Mhm.«

»Diskret auch noch? Sie sind ein erstaunliches Geschöpf. Und Sie haben mir Ihren hübschen Schal geopfert. Geben Sie mir bitte Ihre Adresse, damit ich ihn Ihnen ersetzen kann.«

»Das ist nicht der Rede wert, Madame.«

»Doch, ist es, und Madame passt auch nicht so ganz. Wie heißen Sie, Fräulein?«

»Ariane Kusan«, stellte ich mich vor und bemerkte ein kurzes Zucken ihrer Lider. Sie sagte jedoch nichts, sondern wühlte in ihrem Täschchen und förderte eine Visitenkarte hervor.

Ich nahm sie entgegen, warf einen Blick darauf und vernähte dann den Faden. Mit der kleinen Verblüffung in ihrer Miene hatte ich mich wohl getäuscht. Woher sollte sie mich kennen? Ich hatte sie zumindest noch nie gesehen, und auch ihr Name sagte mir nichts. Darum schnitt ich den Faden ab und sagte: »Eh voilà, Frau Wever, fertig. Und jetzt muss ich mich beeilen, denn sonst schaffe ich es nicht mehr, auf das Mülheimer Bötchen zu kommen.«

Was keine faule Ausrede war. Ich musste tatsächlich die Röcke raffen und den Weg zur Anlegestelle in höchst unschicklicher Geschwindigkeit zurücklegen.

Madame Mira und die Kinder waren schon an Bord, als ich mich leise schnaufend zu ihnen gesellte.

»Was ist passiert, Ariane?«

»Eine Jungfer in Nöten. Oder so ähnlich.«

Ich reichte Madame Mira die Karte und berichtete von dem zerrissenen Seidenkleid.

»Ein allzu animierter Begleiter offensichtlich, den die Glut alle Schicklichkeit vergessen ließ.«

»Der jedoch seine Angebetete in einer unangenehmen Lage verlassen hat. Nun, LouLou Wever wird mit dergleichen Aufmerksamkeiten umzugehen wissen.«

»Sie kennen die Frau?«

»Vom Hörensagen. Sie ist eine stadtbekannte Kokette und nicht der Umgang, den Sie Ihrer Tante gegenüber erwähnen sollten, Liebelein. Aber es war sehr freundlich von Ihnen, ihr zu helfen.«

Manchmal verwendete Madame Mira recht eigenwillige Bezeichnungen, und ich grübelte, was wohl in ihren Augen eine Kokette war. Die Möglichkeiten konnten sich zwischen etablierter Bordellbesitzerin und einer geschiedenen Frau bewegen. Die Adresse auf der Visitenkarte war gutbeleumundet, in der Schildergasse waren die Wohnungen nicht billig.

»Nun ja, mich hielt sie für eine Näherin«, sagte ich und steckte die Karte sorgsam weg.

»So sehen Sie heute ja auch aus. Dieses Kleid ist scheußlich.«

»Ich weiß, aber nützlich. Man sieht die Marmeladen- und Limonadenflecken nicht so deutlich. Ich hoffe nur, Tante Caro hält sich bis in die Abendstunden bei ihrer lieben Freundin Belderbusch auf, damit ich ungesehen in mein Zimmer schlüpfen kann.«

Das verwaschene Barchentkleid hatte im Laufe der Jahre den größten Teil seiner blauen Farbe eingebüßt, und selbst die rotbraunen Satinbänder, die ich an Ausschnitt und Ärmel genäht hatte, konnten nicht über den fadenscheinigen Saum und manche Flecken im Rock hinwegtäuschen.

»Sie wird zum Essen bleiben, keine Sorge.«

Madame Mira grinste mich an, und ich nickte. Ein exquisites Essen schlug meine Tante nie aus. Warum auch, wir konnten uns schließlich nur schlichte Mahlzeiten leisten. Nicht, dass wir Hunger leiden mussten, aber für Lendenbraten oder Entenbrust reichte das Haushaltsgeld nicht.

Ein Umstand, den wir tunlichst zu verbergen trachteten.

Denn Tante Caro legte Wert darauf, in den höchsten Kreisen der Kölner Gesellschaft zu verkehren. Und darum galt es, eine makellose Fassade aufrechtzuerhalten.

Schmerz und Belohnung

Sein Mund wird blau, sein Antlitz fahl,
In Stücke reißt er seinen Schal.

Ferdinand Freiligrath,
Die seidne Schnur

Guillaume de Charnay bemühte sich gar nicht erst, das wilde Zucken in seiner linken Wange zu verdecken. Es setzte, wie er in seinen fünfundfünfzig Lebensjahren gelernt hatte, immer dann ein, wenn große Gemütsbewegungen in seinem Inneren tobten. Sie waren das einzige äußere Zeichen seiner Wut, das er sich gestattete.

Diese Schlampe hatte es gewagt, sich ihm zu widersetzen. Ja, tatsächlich hatte sie ihm sogar mit bösartiger Gemeinheit das Knie zwischen die Beine gerammt. Darum hatte er sich auf eine schattige Bank setzen müssen, bis er wieder in der Lage war, aufrecht zu gehen. Hier am Rheinufer ebbte der Schmerz allmählich ab, und er schenkte den Flaneuren seine beiläufige Aufmerksamkeit. Das Dampfschiff von Köln hatte angelegt, und die Fahrgäste, die sich von ihm auf die andere Rheinseite zurücktragen lassen wollten, tröpfelten nach und nach ein. Ein schäbiges Völkchen war es, das sich hier bei dem Sommertheater vergnügte. Aber dann und wann, wenn er es sich verdient hatte, erlaubte Charnay sich die Zerstreuung, unter den billigen Flittchen Ausschau nach einem schnellen Vergnügen zu halten. Und verdient hatte er sich diese Belohnung. Hatte er nicht tagelang zäh und verbissen verhandelt und die besten Konditionen herausgeschlagen? Seine gesamte Seidenproduktion hatte er verkauft, ohne nur einmal die Contenance gegenüber dem knauserigen Fabrikanten zu verlieren. Herrgott, war das ein Erbsenzähler gewesen und von einer puritanischen Tugendhaftigkeit, die einem Schauder über den Rücken jagen konnte.

Heute hatte er die Hure in roter Seide ausgewählt, die leichtherzig tändelnd zunächst seine Annäherung erwiderte. Doch als er seine ihm zustehende Befriedigung einforderte, hatte sie sich ihm entzogen. Wieder wallte die Wut in ihm auf, und unter seinen Fingern spürte er noch einmal das Reißen der Seide. Ruckartig zerrte er sich seinen weißen Schal vom Hals und fuhr hektisch mit den Händen über den glatten Stoff. Es kostete ihn beinahe unmenschliche Anstrengung, ihn nicht auch in Fetzen zu reißen, aber er beherrschte sich.

Der rote Wutnebel legte sich, und sein Augenmerk wurde auf eine junge Frau gelenkt, die mit hochgezogenen Röcken und wehenden Unterröcken den Weg zur Anlegestelle entlang lief. Ganz nahe kam sie an ihm vorbei, bemerkte ihn aber nicht.

Charnay aber durchzuckte ihr Name in einer plötzlichen Erinnerung.

»Ariane von Werhahn?«, flüsterte er. Und dann noch mal: »Ariane Kusan!«

Vergessen der Schmerz in den Lenden, vergessen das Zucken in der Wange, vergessen der seidene Schal. Er beugte sich vor, um sie weiter zu beobachten. Tatsächlich, die Frau in dem schäbigen Kleid, die jetzt neben der gekrümmt gehenden Alten und den beiden schmuddeligen Kindern an Deck des Raddampfers stand, war die einstmals so schnippische junge Adlige aus dem Münsterland, die es gewagt hatte, seinen Antrag abzulehnen. Stattdessen hatte sie diesen Taugenichts von Kusan geheiratet. Nun ja, der Verbindung schien kein Glück oder keine Dauer beschieden gewesen zu sein. Heruntergekommen und ärmlich sah sie aus. Geschah ihr recht. Sie könnte in einem weitläufigen Herrenhaus im Süden Frankreichs leben, die köstlichsten Lyoner Seiden tragen, sich in der vornehmen Gesellschaft von Paris bewegen und sich zwischen Laken aus Satin seiner Aufmerksamkeiten erfreuen.

Sie hatte anders gewählt.

Charnays Lippen verzogen sich zu einem befriedigten Lächeln. Es war sogar noch nachträglich eine Genugtuung, dass sein Eingreifen vor Jahren solch lang anhaltende Wirkung zeigte. Er beschloss, sich an diesem Tag doch noch eine Belohnung zu gönnen. Einerseits, weil er sich vorbildlich beherrscht und seiner Wut nicht stattgegeben hatte, zum anderen, weil ihm der Anblick der verarmten Hochnäsigen das Recht dazu gab. Er würde auf seine üblichen asketischen Essgewohnheiten an diesem Tag verzichten und sich ein üppiges Mahl mit den besten Weinen, Cognac und Zigarren gönnen.

Ein Wink mit dem Fächer

Das Wort ist ein Fächer!
Zwischen den Stäben
blicken ein Paar schöne Augen hervor.
Der Fächer ist nur ein lieblicher Flor…

Johann Wolfgang von Goethe

Tante Caro hatte große Ähnlichkeit mit einem aufgeplusterten Sperling. Ihr weit ausladendes braunes Seidenkleid umwogte mit unzähligen Volants ihre mollige kleine Gestalt. Flauschige braune Locken rahmten ihr rundes Gesicht ein, sie hatte ihre Frisur mit dem falschen Fifi ergänzt und mit einer wunderlichen Federkreation geschmückt. Wie bei besagtem Vögelchen huschten ihre dunklen Augen eilig hin und her, und ihr ständig gespitztes Mündchen – zu ihrer Jugendzeit galten kleine, herzförmige Lippen als begehrenswert – erinnerte an den Spatzenschnabel.

Als sie mich ausreichend auf gesellschaftstaugliches Aussehen hin gemustert hatte, nickte sie anerkennend.

»Das Kleid habe ich ja noch nie an dir gesehen, Ariane. Wirklich hübsch. Wie das Himmelblau deinen Augen schmeichelt. Die Herren werden zu seufzen haben.«

Ich ignorierte die Anspielung auf romantische Männerreaktionen und berichtigte sie mit einem Lächeln: »Du hast das Kleid sehr wohl schon mal gesehen, Tante Caro. Ich trug es vor neun Jahren zu meiner Hochzeit. Allerdings haben wir es …«

»Ach Kind, wie schrecklich.«

»Daran ist doch nichts Schreckliches. Madame Mira hatte den hervorragenden Einfall, über den Rock diese dunkelblaue

Gaze zu drapieren, damit es nicht mehr gar so jungmädchenhaft wirkt.«

»Aber es muss dich doch unsagbar schmerzen, die Erinnerung an deinen Gatten selig.«

»Es ist ein Kleid, Tante Caro, mehr nicht. Warum sollte ich kostbaren Taft im Schrank den Motten überlassen, wenn er mir doch so gut steht?«

»Du bist so tapfer, Liebes. Dieses hübsche Perlenhalsband ist neu, nicht wahr? Aber du trägst gar nicht mehr die Perlen deiner lieben Mama.«

Die doppelreihige Schnur hatte für die Aufnahmegebühren der privaten Elementarschule herhalten müssen, das Samtband, das ich stattdessen trug, war mit Wachsperlen bestickt, die einer kritischen Prüfung auf Echtheit nie standhalten konnten. Mich störte dieser Umstand allerdings nicht.

»Ich finde dies passender«, beschied ich Tante Caro daher kurz, doch sie hatte einen ihrer Momente der Hellsichtigkeit und schluchzte auf: »Du hast sie verkauft. Lieber Gott, du hast deine Perlen verkauft. Ich habe uns alle ins Unglück gestürzt.«

»Wein doch nicht, Tante Caro. Du kannst nicht mit roten Augen zu Oppenheims kommen. Bedenke doch, wie sehr du dich um diese Einladung bemüht hast.«

Tapfer kam das Spitzentüchlein zum Einsatz, und mit bebender Stimme erklärte sie: »Aber Ariane, doch nur für dich!«

»Für mich?« Damit verblüffte sie mich. Ich dachte, ihr gesellschaftlicher Ehrgeiz, mit den Angehörigen der *haute volée* auf vertraulichem Fuß zu stehen, sei ihr stärkster Antrieb.

»Der junge Albert hat sich neulich für zwei Tänze hintereinander auf deiner Ballkarte eingetragen. Du musst ihm nur einen zarten Wink geben, Liebes. Ich vermute, er wäre sehr interessiert. Ach, was das für uns alle für eine glückliche Lösung wäre. Deine Kinder hätten wieder einen Vater, und du wärst aller Geldsorgen ledig. Diese Bankiers sollen ja wahre Krösusse sein.«

»Krösus würde sich geschmeichelt fühlen, mit Salomon Oppenheim verglichen zu werden«, murmelte ich und erkannte das hinterlistige Streben meiner Tante.

Jetzt kam sie auf mich zugeflattert und nahm meine Hände in die ihren. Sie musste ein wenig zu mir aufschauen, denn ich überragte sie um Kopfeshöhe. Eindringlich flehte sie: »Du versprichst mir doch, freundlich und zuvorkommend zu ihm zu sein, Ariane?«

»Ich werde es an Anstand und Höflichkeit nicht fehlen lassen, Tante.«

»Ein bisschen mehr Entgegenkommen könntest du zeigen, Liebes. Du behandelst die Herren manchmal so... so... so schroff. Das mögen sie gar nicht. Sie möchten von uns Damen doch bewundert werden. Und – vielleicht solltest du das Medaillon doch abnehmen.«

»Was?« Ich löste meine Hand aus der ihren und fuhr mir an das Dekolleté, wo der ovale goldene Anhänger warm in meiner Halsbeuge lag.

»Nun, ich weiß, wie schwer es dir fällt, dich davon zu trennen. Aber es könnte einem geneigten Herrn doch signalisieren, dass du noch ein wenig zu sehr an deinem Gatten selig hängst.«

»Das Medaillon bleibt, wo es ist, Tante Caro. Und nun lass uns endlich aufbrechen, damit wir uns nicht noch der Ungehörigkeit schuldig machen, zu spät zu dieser Soiree zu kommen.«

Dieser Hinweis dämmte ihren Wortschwall ein, und mit spatzenhaftem Wedeln und Flattern raffte sie ihre Shawls, Retikül, Tüchlein, Handschuhe und Fächer zusammen.

Der Weg von der Obermarspforte zum Platz am Domkloster war zwar nicht weit, aber unsere Abendgarderobe gestattete es selbstredend nicht, die zierlich beschuhten Füße zu nutzen. Eine Mietdroschke brachte uns zu dem prachtvollen Gebäude, wo uns diskrete Lakaien in den großen Salon führten. Simon Oppenheim, der zusammen mit seinem Bruder Abraham das höchst respektable und äußerst erfolgreiche Kölner Bankhaus leitete, führte ein aufwändiges Haus. Den gesamten Boden bedeckte ein roter Teppich, in dem man beinahe versank, im geschliffenen Kristallgehänge des prachtvollen Lüsters glitzerte das Licht. Die rosa Seidentapeten und weißen Stuckornamente, die roten Samtportieren, ein barock geformter Marmorkamin, zu den Portieren passende Polstermöbel und die in breiten vergoldeten Rahmen gefassten Porträts der Patriarchen hätten jeden anderen Raum erdrückt, doch die luftige Höhe und die schiere Größe dieses Zimmers machten die Üppigkeit beinahe erträglich.

Es waren bereits etliche Gäste versammelt, und wir begrüßten, stellten vor, plauderten, bis der angekündigte Programmteil begann. Sessel wurden gerückt, Stühle herbeigeschafft, Sofas für die Damen gerichtet. Dank der ausladenden Reifen unter unseren Röcken gelang es mir, Distanz zu meiner Nachbarin zu wahren. Helene von Schnorr zu Schrottenberg war nicht meine beste Freundin, wenngleich Tante Caro große Bewunderung für sie hegte. Eine Konversation wurde nun auch nicht mehr verlangt, denn das kleine Kammerorchester und eine aufstrebende junge Sängerin beglückten uns mit den Liedern des Herrn Schubert.

Je nun.

Ich hatte bereits einen langen Tag hinter mir, denn ich ließ es mir nicht nehmen, Laura und Philipp jeden Morgen zu wecken, mit ihnen zu frühstücken und sie zu ihrer Schule zu begleiten. Da wir wenig Personal hatten, widmete ich mich danach den fälligen Hausarbeiten, anschließend kümmerte ich mich um Madame Mira – oder, wenn man es anders sehen wollte – sie kümmerte sich um mich. Ich schloss also mit der Miene äußerster Verzückung die Augen und ließ meine Gedanken müßig wandern.

Vor sechs Jahren hatte mich Tante Caro aufgenommen und mir und meinen vaterlosen Kindern ein so komfortables Heim gegeben, wie ich es ihnen in der Form nicht hätte bieten können. Dafür war ich ihr dankbar, und diese Tatsache rief ich mir immer dann wieder in den Sinn zurück, wenn mir ihre oberflächliche und naivromantische Art an den Nerven zerrte.

Tante Caro war genau genommen meine Großtante, die

jüngste Schwester meiner Großmutter mütterlicherseits. Sie hatte recht spät einen würdigen Professor der Philologie geheiratet, und nach ihren Worten war die Ehe glücklich, wenn auch kinderlos geblieben. Zu kurz war sie auch gewesen, denn schon nach sechs Jahren verstarb Dr. Ferdinand Elenz an einer nicht näher erläuterten Krankheit und hinterließ der trauernden Witwe ein auskömmliches Vermögen sowie das Haus an der Obermarspforte, in dem wir jetzt wohnten. Es hätte für uns alle ein sorgenfreies Leben sein können, wäre Tante Caro nicht ein so leichtgläubiges Huhn gewesen. Vor einigen Jahren wurde es modern, unter den Damen in den Salons auch über Geschäfte zu sprechen, weniger aus Sachverstand als vielmehr aus der Tatsache, dass viele Gatten mit den wie durch Zauberhand sich vermehrenden Fabriken schnelles Geld verdienten. Insbesondere Aktien bargen eine verführerische Magie. Und Tante Caro steckte sich an dem Investitionsfieber an. Sie beauftragte ihren Justiziar, Dr. Bratvogel, der ihr Vermögen verwaltete, den Großteil ihrer Gelder in diesen Papieren anzulegen. Der senile und beschränkte Trottel machte dann auch eine wahre Okkasion ausfindig und kaufte Stammaktien des Augsburger Unternehmers Franz Gustav Wolff. Stolz zeigte mir damals Tante Caro die geschmackvoll aufgemachten Papiere, die mit einem roten Lacksiegel versehen waren, das den Aktionär mit den Worten »Patienta vincit omnia«, Geduld besiegt alles – ein Wahlspruch, der nicht der meine ist – aufmunterte. Daher studierte ich die aufgedruckten Angaben gründlich. Die Aktie[1] versprach die Teilnahme an der höchst wichtigen und nützlichen Erfindung des ersten sich selbst bewegenden Kraft-Maschinen-Wagens oder des Perpetuum mobile. Diese »Fahrmaschine« sollte ohne Brennmaterialien eine Leistung von sechzig Pferdestärken haben. Und die Leistung sollte bis auf zweitausend Pferdestärken gesteigert werden können.

---

[1] Diese Aktie wurde tatsächlich 1847 herausgegeben und begründete den ersten belegten Aktienschwindel Deutschlands.

Diese horrenden Angaben machten mich stutzig. Ich bemühte Brockhaus' Enzyklopädie, die Ferdinand selig uns hinterlassen hatte, und fand sehr schnell heraus, dass es sich bei dem Perpetuum mobile um eine technische Unmöglichkeit handelte. Mein Versuch, diese Problematik Tante Caro zu verdeutlichen, scheiterten an ihrem standfesten Glauben an die Vertrauenswürdigkeit und männliche Fachkenntnis des alten Bratvogel. Also suchte ich den würdigen Herrn selbst auf und machte ihn auf den Umstand eines möglichen Aktienschwindels aufmerksam. Er behandelte mich wie ein schwachsinniges Kind, pochte auf seine Autorität und Seriosität, und ich entzog ihm flugs die Vollmacht über meine Wertpapiere, die ich ihm zuvor auf den Rat meiner Tante erteilt hatte. Zum Glück hatte er mit denen noch nicht herumgespielt. Die Tatsache, dass ich überhaupt noch Geld besaß, verdankte ich meinem Gatten selig. Nicht, weil er so großzügig gewesen war, der Taugenichts, sondern weil ich durch ihn einen gewissen Geldverstand erworben hatte. Denn Geld war das Thema gewesen, über das wir uns am leidenschaftlichsten gestritten hatten. Kurzum, ich hatte eine einigermaßen anständige Summe, die für die Ausbildung von Laura und Philipp in soliden Wertpapieren festgelegt war, und das, was mir nach dem Verkauf des Hausrats und der Möbel, die ich aus meiner Mitgift finanziert hatte, übrig geblieben war. Das war das Kapital, von dem ich derzeit zehrte. Es reichte für die Haushaltskosten, Kleider und Bücher für die Kinder, aber große Sprünge waren damit nicht zu machen. Tante Caro indes machte gar keine Sprünge mehr, denn der Schwindel war vor einem Jahr aufgeflogen, und der trottelige Bratvogel hatte einige seiner schäbigen Federn eingebüßt, als er ihr die entsetzliche Nachricht überbringen musste, dass das Vermögen perdu war.

Eine Lösung für das finanzielle Desaster hatte er nicht.

Mich hatte mein eigenmächtiges Verhalten in Vermögensdingen mit dem jungen Albert Oppenheim bekannt gemacht, der im väterlichen Bankhaus bereits tatkräftig mitarbeitete und meine Konten betreute. Wir schätzten einander, denn er beriet mich gut und ohne die bei so vielen Männern übliche Herablassung. Tante Caro deutete das in ihrem Sinne um, aber mir lag nichts ferner, als einen vier Jahre jüngeren Herrn zur Ehe zu verleiten.

Andererseits wollte ich an diesem Abend die Gelegenheit nutzen, ein weiteres Gespräch mit ihm zu führen. Da weder meine Tante noch ihr vertrottelter Justiziar in der Lage waren, die finanzielle Misere in den Griff zu bekommen, würde ich die Angelegenheit selbst in die Hand nehmen.

Die Musiker erhielten ihren verdienten Applaus, und als ich Albert Oppenheim zufällig zu mir blicken sah, öffnete ich meinen Fächer demonstrativ mit der linken Hand. Als wohlerzogener Kavalier verstand er die Botschaft und näherte sich mir.

Helene von Schnorr zu Schrottenberg stand mit einem missbilligenden Blick auf. Auch sie hatte den kleinen Wink mit dem Fächer verstanden und hätte sich sicher liebend gerne eingemischt, hätte nicht ein weiterer Herr ihre Aufmerksamkeit auf sich gelenkt, als mich Albert begrüßte.

»Verehrte Frau Kusan, ich bin entzückt, Sie in unserem Heim willkommen heißen zu dürfen«, sagte der Bankierssohn mit einer höflichen Verbeugung und einem herzlichen Lächeln.

»Ich bin meinerseits entzückt, an dieser charmanten Veranstaltung teilnehmen zu können. Sehr talentierte Musiker und eine begabte Sängerin.«

»Meine Schwester.«

»Richten Sie ihr mein Kompliment aus.«

»Gerne, Frau Kusan.« Und dann zwinkerte er mir zu. »Aber Sie wollten mich sicher nicht nur wegen unserer Künstler sprechen?«

»Tatsächlich ging mir etwas anderes durch den Sinn.«

»Dann wollen wir uns mit einem Getränk versorgen und plaudern. Was darf ich Ihnen bringen lassen?«

Ich entschied mich für ein kleines Glas Champagner, und wir fanden einen ungestörten Platz in einer Fensternische, wo ich ihm mein Anliegen in kurzen Worten vortrug. Er hörte geduldig zu, aber seiner Miene sah ich schon an, dass er mir wenig Hoffnung machen konnte.

»Es tut mir unsagbar leid, liebe Frau Kusan«, erklärte er dann auch, als ich geendet hatte. »Ein Kredit ist nicht die Lösung des Problems Ihrer Tante. Zum einen – gestatten Sie mir, ganz ehrlich zu sein – glaube ich nicht, dass sie das Wesen des Darlehens erfasst. Sie wird das Geld als das ihre ansehen und ausgeben, und wenn der Rückzahlungstermin kommt, entsetzt darüber sein, dass sie den Betrag nebst Zinsen aufzubringen hat. Außerdem hat sie keinerlei Sicherheiten zu bieten, abgesehen von dem Haus, in dem sie wohnt. Das aber könnte sie durch eine solche Transaktion auch noch verlieren.«

Ich musste ihm in der Beurteilung meiner Tante leider recht geben. Aber meine Idee gab ich noch nicht auf.

»Würden Sie es eventuell in Erwägung ziehen, mir einen Kredit zu gewähren?«

»Frau Kusan – verstehen Sie mich nicht falsch; ich kann darüber noch nicht entscheiden. Das Kreditgeschäft liegt in den Händen meines Onkels.«

»Dann sollte ich die Frage so formulieren: Unter welchen Umständen würde das Bankhaus Oppenheim einer Person wie mir einen Kredit gewähren?«

»Und ich will es so formulieren, Frau Kusan: Wir gewähren Kredite dann, wenn erkennbar ist, dass der Betrag mit Zinseszins an uns zurückfließen wird. Das ist das Geschäft einer Bank.«

»Ich weiß, Herr Oppenheim.«

»Wenn Sie beispielsweise die Aussicht auf eine größere zukünftige Zahlung hätten und nur die Zeit bis dahin überbrücken wollen, könnte man es in Erwägung ziehen.«

»Ich erwarte keine Erbschaft.«

»Dann bliebe noch die Möglichkeit, dass Sie ein Unternehmen gründen, das auf lange Sicht Gewinn erwirtschaftet.«

Ich schnaubte leise.

»Nein, Frau Kusan, tun Sie das nicht so einfach ab. Ich habe

Sie als pragmatische Dame kennengelernt. Was würde Sie daran stören, zu arbeiten?«

»Nichts, Herr Oppenheim, außer dem Fehlen einer Möglichkeit. Uns Damen stehen da nicht viele Chancen offen.«

»Das ist nicht richtig. Sehen Sie dort Frau Masters, die Gattin des Schokoladenfabrikanten? Sie hat vor ihrer Ehe eine exquisite Chocolaterie betrieben. Sebastienne Waldegg dort führt ein fotografisches Atelier, und bei wem kaufen Sie Ihre Hüte und Hauben? Putzmacherinnen, Modistinnen, Schneiderinnen sind Unternehmerinnen. Ich kenne eine Uhrmacherin, eine Goldschmiedin, eine ganze Reihe Damen, die Mädchenpensionate führen, kleine Hotels, Pensionen, Cafés, Konditoreien. Und meine Großmutter Therese hat nach dem Tod ihres Gatten jahrelang selbst das Bankhaus geführt. Höchst effizient, wie man sagt.«

Er machte mich nachdenklich. Sehr nachdenklich.

»Sie haben recht, Herr Oppenheim. Ich muss mir zuerst überlegen, auf welche Weise ich Geld verdienen kann, und dann um ein Darlehen ansuchen.«

»Ich bin mir sicher, Ihnen fällt dazu etwas ein, Frau Kusan. Dann werde ich selbstverständlich bei meinem Onkel für Sie bürgen.«

Ich lächelte ihn an und bemerkte Tante Caro, die uns mit ihren hurtigen Spatzenaugen begeistert musterte. Sie malte sich vermutlich schon den kniefälligen Heiratsantrag aus. Und ein Teufelchen gab mir den verwegenen Gedanken ein, ihre Hoffnungen auszusprechen.

»Natürlich könnte ich auch einen vermögenden Herrn heiraten.«

Albert Oppenheim wurde dunkelrot, und ich klappte eiligst meinen Fächer auf, um ihn sofort wieder geräuschvoll zuzuklappen.

»Verzeihen Sie, Herr Oppenheim, ich wollte Sie nicht in Verlegenheit bringen.«

»Es ist ja nicht so...«

Er stammelte doch tatsächlich, der arme Junge, und mir wurde wieder bewusst, dass er bei all seiner Geschäftstüchtigkeit noch sehr jung war.

»Herr Oppenheim, ich glaube, Fräulein Paula Engels würde es sehr begrüßen, wenn Sie sie aus den Fängen unserer Dichterfürstin erlösen würden.«

Ich wies mit dem Fächer unauffällig auf die hübsche junge Dame mit dem gequälten Lächeln im Gesicht hin, die von Helene von Schnorr zu Schrottenberg in Beschlag genommen wurde. Vermutlich musste sie einen der literarischen Ergüsse dieser Künstlerin über sich ergehen lassen.

Albert Oppenheim hatte sich wieder gefangen und erlaubte sich ein leises Lachen.

»Sie verfügen offensichtlich über geradezu hellsichtige Fähigkeiten, Frau Kusan. Oder habe ich mich so leicht verraten?«

»Mademoiselles Fächer und Ihre Kenntnis der geheimen Sprache hat Sie verraten.«

»Oh.«

Er verbeugte sich geschmeidig vor mir und machte sich dann auf den Weg, seine Angebetete zu erlösen.

Den ganzen Heimweg über versuchte Tante Caro aus mir herauszubekommen, worüber ich mich denn so eingehend mit dem Bankierssohn unterhalten hatte, und meine ehrliche Auskunft, dass wir ausschließlich über finanzielle Fragen gesprochen hatten, wollte sie nicht hinnehmen. Ich ließ sie ihre sentimentalen Gedanken spinnen und bot ihr, sowie wir das Haus betreten hatten, eine gute Nacht. Anschließend eilte ich nach oben, um zu schauen, ob Laura und Philipp ruhig schliefen. Sie teilten sich den großen Raum unter dem Dach, der mir tagsüber als Nähzimmer diente. Ich versuchte zwar, ganz leise zu sein, aber das Rascheln meines voluminösen Taftrocks weckte die beiden wohl auf.

»Mama, gibt es auf dem Rhein Piraten?«

Schlaftrunken war Philipp nie, das musste man ihm lassen. Im

Licht meiner kleinen Handlampe blitzten seine Augen wissbegierig auf, und er wühlte sich unter dem dicken Plumeau in eine sitzende Stellung.

»Ich habe noch von keinen gehört. Wie kommst du darauf, dass es welche geben könnte?«

»Madame Mira hat uns von den Flusspiraten vorgelesen.«

Er deutete auf das Buch, das auf dem Schreibpult lag. Es trug die Aufschrift »Flusspiraten auf dem Mississippi« und stammte aus der Leihbücherei. Friedrich Gerstäcker hatte ganz bestimmt nicht zu den bevorzugten Autoren von Tante Caros Ferdinand selig gehört, aber Madame Mira trug in ihrem vom Alter gekrümmten Körper die Seele eines wilden Abenteurers und begeisterte sich hemmungslos für derartige Geschichten. Die Kinder liebten sie deswegen bedingungslos.

»Sie haben einen Bären erlegt, Mama!«, mischte sich jetzt auch meine zerzauselte Tochter ein. »Und sie haben seine Rippen gebraten. Hast du schon mal Bärenrippen gegessen, Mama?«

»Nein, dieser Genuss ist mir bisher verwehrt geblieben. Das mag aber daran liegen, dass es bei uns weder Piraten noch Bären in ausreichender Menge gibt.«

»Schade. Können wir nicht mal eine lange Schiffsfahrt machen?«, fragte mein hoffnungsvoller Sprössling nach, dem ich die Erwartung ansah, dass nur wenige Meilen von Köln entfernt die wahre Wildnis begann.

»Ich werde darüber nachdenken, aber jetzt, meine Mäuse, wird weitergeschlafen.«

»Ich träum aber von Piraten!«

»Tu das, mein Sohn«, sagte ich und zog die Decke wieder über ihn. Dann gab ich ihm einen Kuss, den er erst mit einer Grimasse, dann mit einem breiten Grinsen akzeptierte. Dabei zeigte sich sein schiefer Schneidezahn, der ihm ein eigenartig verwegenes Aussehen verlieh und mir einen schmerzhaften Stich verursachte. Genau dieser Ausdruck hatte mich vor zehn Jahren dazu gebracht, mich in seinen unnützen Vater zu verlieben.

Ich schob das Angedenken an meinen Gatten selig resolut beiseite und half Laura, sich wieder in die Kissen zu kuscheln. Dabei stieß ich auf Captain Mio, der sich am Fußende eingegraben hatte und mich wegen der Störung seiner heiligen Nachtruhe einmal kräftig anfauchte.

»Du riechst so gut, Mama. Hast du getanzt?«

»Nein, nur Musik gehört. Ich erzähle euch morgen früh davon. Und nun träumt schön. Meinetwegen von toten Bären und blutrünstigen Flusspiraten.«

Hundertfaches Begehren

Wer hundertfach begehrt,
hat hundertfaches Leid.
Wer eines begehrt, hat ein Leid.
Wer keines begehrt, hat kein Leid.

Buddha

An manchen Tagen zitterte er so stark, dass keine Decke ihn wärmen konnte, an anderen war sein Schlaf so tief, dass kein Laut ihn weckte. Manchmal hatte er Fieber, fast immer Durchfall, gelegentlich konnte er einen Becher Saft bei sich behalten. Aber weit schlimmer als die Krämpfe empfand er die Unfähigkeit, seine Gedanken zu kontrollieren. Sie wanderten durch dunkle Gefilde, machten niemals Halt, ließen ihn nicht zur Ruhe kommen.

Die Mönche sorgten schweigend für seinen immer schwächer werdenden Leib, doch seiner Seele konnten sie nicht helfen. Er rang mit den Ungeheuern seiner eigenen Erinnerungen.

Und dennoch, die Zeit verging, die Ruhe und Abgeschiedenheit wirkten auf ihre Weise.

So erwachte er dann auch eines Morgens und erkannte, dass er in der Lage war, die Geräusche richtig zuzuordnen. Sturm umtoste das Kloster auf dem Berg, der Regen, fast wie ein Wasserfall schien er niederzugehen, trommelte hart auf das Ziegeldach, und die hohen Kiefern knarrten unter den Peitschenhieben des Windes.

Mühsam drehte er den Kopf und erkannte, dass er alleine war. Die Läden an den Fenstern waren geschlossen, eine kleine Öllampe spendete wenig Helligkeit. Der Krug mit dem Saft stand nahe an seinem Lager, aber er war nicht kräftig genug, um nach dem Becher zu langen.

Immerhin quälten ihn für den Moment keine Krämpfe, und auch die Kälteschauer schienen vorbei zu sein.

Er schloss wieder die Augen und lauschte dem strömenden Regen. Irgendwo in der Ecke des Zimmers war eine undichte Stelle, und rhythmisch klatschten Tropfen auf den Boden.

Das Geräusch wirkte einlullend, und wieder kamen die Gesichte zu ihm. Doch diesmal fand er die Kraft, die Bilder festzuhalten.

Servatius, mit schwarzgrauem Bart, die dunkle Mähne windzerzaust, das wettergegerbte Gesicht von Falten durchzogen, grinste ihn an. So hatte er seinen Paten in Erinnerung. Eine gute Erinnerung. Aber dann änderte sich die Erscheinung, und plötzlich war das Gesicht unter Wasser, schwebten seine Haare wie Tang um sein stilles Antlitz, seine Lider waren geschlossen, die Falten geglättet. Wellen kräuselten die Oberfläche, und schlammiger Schaum wollte sich über ihn schieben.

»Nicht!« Mit einer unsäglichen Anstrengung gelang es ihm, das Bild zu klären, und das Wasser wurde wieder ruhig und rein. Unter der gläsernen Hülle öffnete Servatius die Augen und blickte ihn an.

»Du musst beenden, was ich begann. Du bist mein Erbe.«

Sagte er es, oder war es der Nachhall seiner Worte, die in seinem Testament gestanden hatten? Er wusste es nicht, aber noch immer lag eindringlich der Blick seines Paten auf ihm.

»Ja, Servatius. Ich bin dein Erbe. Ich bringe zu Ende, was du geschworen hast.«

Das Gesicht löste sich auf und verschwand.

Doch irgendwie hatten sich diese Gedanken in ihm geformt, und sie gaben ihm die Energie, bei Bewusstsein zu bleiben und über seine Lage nachzudenken.

Sie war unbeschreiblich. Er wusste nicht, wie lange er sich schon in diesem Zustand der Schwäche befand. Vermutlich seit Wochen. Seine Arme, erkannte er, waren steckendünn geworden, sie zu heben bedurfte äußerster Anstrengung. Die Beine zu bewegen wollte er erst gar nicht versuchen.

Mit einem Windstoß öffnete sich die Tür, und der stille Mönch trat in den Raum. Seine Robe triefte, sein kahler Schädel glänzte von Nässe.

»Ihr seid wach, *baixi long*?«

Diesmal gelang ihm tatsächlich ein gekrächztes »*Shi*«.

»Dann wird es nun besser. Trinkt.«

Auch das Schlucken gelang wieder. Aber es erschöpfte ihn. Und als er wieder alleine war, übermannte ihn die schwärzeste Trauer, die er je in seinem Leben verspürt hatte. Ignaz war tot, verbrannt in einem Lagerhaus. Servatius war tot, ertrunken in den Fluten eines tropischen Sturms.

Wie sollte er nur je mit diesem Verlust leben?

Hätte er doch nur eine Opiumpfeife. Sie hatte ihm in den vergangenen Jahren über die unerträglichen Gefühle hinweggeholfen. Die Wärme, das Wohlgefühl, die geistige Klarheit, die die Droge ihm verschafft hatte, brauchte er, um zu überleben.

Aber sosehr er auch den heilenden Rauch begehrte, hier im Kloster würde er ihn nicht bekommen.

Darum musste er, nachdem sein Körper das Gift besiegt hatte, mit seinem Geist gegen die nie gelebte Trauer, die Trostlosigkeit und nun, da er leben wollte, die sich anschleichende Todesangst kämpfen.

Es war die zweite Hölle, die er durchschritt.

Auf hoher See

*Die Wolke steigt, zur Mittagsstunde
Das Schiff ächzt auf der Wellen Höhn,
Gezisch, Geheul aus wüstem Grunde,
Die Bohlen weichen mit Gestöhn.
»Jesus, Marie! wir sind verloren!«
Vom Mast geschleudert der Matros',
Ein dumpfer Krach in Aller Ohren,
Und langsam löst der Bau sich los.*

Annette von Droste-Hülshoff,
Die Vergeltung

»Hart backbord!«, donnerte der Kapitän, und das Schiff krängte gefährlich über. Tosend krachten die Wellen auf das Deck und spülten alles über die Reling, was nicht festgemacht worden war.

»Mann über Bord«, piepste der Steuermann. Eine Dame im rosa Rüschenkleid versank wortlos in den Fluten.

»Weiter hart backbord.« Kaltblütig hielt der Kapitän an seinem Kurs fest, denn die Rettung der Unseligen hätte bedeutet, dass sie auf die gefährlichen Klippen der Dracheninsel aufgelaufen wären. Dem grausamen Ungeheuer, das hier hauste, galt es um jeden Preis zu entgehen. Doch weitere Gefahren lauerten auf dem sturmgepeitschten Meer.

»Piraten von steuerbord!«, quiekte es vom Ausguck atemlos.

»Backbord, du dumme Nuss«, korrigierte der brummige Seebär und musterte die Brigg, die sich unaufhaltsam näherte. Schon konnte er in die grünen Augen des Freibeuters blicken. Eines davon zierte eine schwarze Klappe, sein Kinn ein ebenso schwarzer Bart, und die Flagge an seinem Heck stieg jetzt ebenso bedrohlich schwarz in die Höhe. Er reckte seinen weißen Leib und maunzte herausfordernd.

Die Besatzung machte sich bereit, ihr Schiff gegen den Korsaren bis aufs Blut zu verteidigen. Doch der verließ bereits sein korbähnliches Boot, und schon fuhren die Enterhaken aus, und der Anführer der feindlichen Meute erklomm schnurrend den schnittigen Klipper.

»Kappt die Taue, werft mit Ankern, holt über!«, heulte der Erste Offizier.

»Quatsch, doch nicht mit Ankern werfen. Refft die Segel, beidrehen!«, donnerte der Kapitän, und das Schiff schwankte erbärmlich. Brecher spülten über das Deck, Masten barsten. Leinwand ging nieder. »Beim wilden Nick, wir werden das Schiff verlieren!«

Die Not war groß, das Steuer gebrochen, in der Bilge stieg das Wasser. Hier drohten die scharfen Klippen und der feuerspeiende Drache, dort die Piraten, die halbe Besatzung schon über Bord, und der Wind heulte erbarmungslos in den Wanten.

Doch da – ein Ruf durch das Brausen und Toben.

»Ahoi, Kameraden! Haltet durch, haltet durch, das rettende Mutterschiff naht!«

»Nicht, Mama! Nicht. Du kannst nicht einfach auf das Meer treten!«

»Ah, stimmt, ich würde auf der Stelle ersaufen.«

Philipp beobachtete mit zusammengekniffenen Augen, wie Mama das Tablett mit Kakao und Kuchen auf dem Tisch abstellte, geistesgegenwärtig ein Polsterkissen vom Sessel riss und es als Floß in die Fluten warf. Mit beiden Händen ruderte sie herbei, um die Mannschaft des havarierten Schiffs zu bergen.

Sie war schon eine Richtige. Ganz genau hatte sie erkannt, um was es bei dem derzeitigen Abenteuer ging.

Der Pirat jedoch hatte sie ebenfalls gesichtet, drehte ab, nahm Kurs auf das Mutterschiff, enterte den Schoß und rollte sich schnurrend darauf zusammen.

»Captain Mio, du bist ein Spielverderber«, murrte Mama und streichelte den Kater. Laura, Steuermann und Ausguck, empfand diesen Verstoß gegen die Regeln jedoch als Signal, ihren Posten zwischen den beiden umgedrehten Stühlen verlassen zu dürfen, den er, der Kapitän, ihr aufgetragen hatte. Sie näherte sich auf eigene Faust der hoch aufragenden Enteninsel, einem wahren Schlaraffenland.

»Meuterei! Nehmt sie fest! Legt sie in Eisen. Lasst sie über die Planken gehen!«, brüllte der erboste Kapitän, doch von dem Mutterschiff erhielt er keine Unterstützung.

»Der Erste Offizier hat das Recht auf einen Landgang«, hieß es lakonisch. »Der Kapitän auch.«

»Na gut. Dann soll sie leben bleiben. Sie ist ja nur ein wertloses Mädchen.«

»Deine Meinung zu weiblichen Wesen werden wir beizeiten noch korrigieren müssen, Kapitän Philipp. Aber bevor du Anker wirfst, gib mir doch bitte erst mal einen Überblick über die Lage.«

Der Seebär schielte zwar ebenfalls verlangend nach der Insel, auf der Milch und Honig flossen, aber gehorsam beugte er sich dem Befehl seines Admirals.

»Das hier ist die Dracheninsel«, erklärte er und zeigte auf das runde Medaillon inmitten des großen, blauen Seidenteppichs, der den Boden fast des ganzen Raumes bedeckte. »Die darf man nicht anlaufen, weil das Untier jeden Menschen vernichtet.«

»Verstehe. Er sieht ja auch ganz besonders garstig aus.«

»Aber in den vier Ecken sind rettende Inseln. Auf ihnen gibt es wunderbare Vögel. Im Süden einen Phönix, im Westen Enten, im Norden sitzt der Pfau und im Osten gibt es Kraniche.«

»Der Pfau bewohnt eine Höhle, vermute ich«, fragte Mama, die ein erfreuliches Verständnis für das Szenario des aufregenden Spiels bewies, und zeigte auf den Sessel, der über der Pfaueninsel stand.

»Ja, genau. Manchmal haust aber auch der Pirat dort.«

»Das habe ich mir fast gedacht.«

»Ich werde jetzt die Versorgungsinsel entern!«, verkündete der Kapitän nun und verließ das schwankende Schiff. Man musste sich doch ordentlich verproviantieren auf solch langen Seereisen, oder?

»Nur zu, Seebären. Stärkt euch. Denn anschließend werden wir an Land gehen und neue Kleider besorgen.«

Laura juchzte auf, und auch Philipp fand diesen Vorschlag erfreulich, wenngleich schimmernde Seiden ihn weniger lockten als die Aussicht, sich heimlich, ohne von Tante Caro erwischt zu werden, aus dem Haus zu stehlen, um das geheimnisvolle Judenviertel zu besuchen. Der Besuch in der Schatzhöhle des Altkleiderhändlers war fast so gut wie der Kampf zwischen Drachen und Piraten. Es bedeutete jedes Mal ein Fest, vor allem, weil es einer der heimlichen Ausflüge mit Madame Mira war. Zufrieden mit der geplanten Unternehmung stärkte er sich kräftig mit dem Streuselkuchen.

Alte Kleider, neue Kleider

*»Ob der Philipp heute still
Wohl bei Tische sitzen will?«
Also sprach in ernstem Ton
Der Papa zu seinem Sohn,
Und die Mutter blicket stumm
Auf dem ganzen Tisch herum.*

Heinrich Hoffmann, Struwwelpeter/
Die Geschichte vom Zappelphilipp

In den engen Gassen hinter dem Rathaus befand sich der vollgestopfte Laden, zu dem mich vor einiger Zeit Madame Mira geführt hatte und den wir nun hin und wieder aufsuchten, um in den abgelegten Gewändern zu wühlen, die der bärtige alte Mann dort in großen Haufen lagerte. Die finanzielle Misere machte es notwendig, auf diese sehr unmondäne Quelle wertvoller Stoffe und Accessoires zurückzugreifen. Wir hatten ein gewisses Geschick entwickelt, brauchbare Kleidungsstücke aus dem Konglomerat abgelegter Gewänder herauszupicken. Fachkundig wie ein Pirat, der seine hart erkämpfte Beute sichtet, stöberte Philipp nach glatten Seidenstoffen. Laura hatte sich auf Batist und Musselin spezialisiert, aus dem Blusen oder leichte Sommerkleider genäht werden konnten. Ich hielt nach möglichst kostbaren Stoffen Ausschau. Die bedruckten Baumwollröcke oder Leinenschürzen, aus denen ich die Kinderkleider fertigte, interessierten mich diesmal nicht, sondern ich benötigte die großen Roben, die die vornehmen Damen getragen hatten. Üblich war es, dass sie diese, wenn sie unmodern, verschmutzt oder zerrissen waren, ihren Dienstmädchen weitergaben. Die aber trugen sie nicht selbst, was verständlich war, sondern brachten sie häufig zu dem alten Isaak, der ihnen dafür einiges an Geld gab. Damit kauften sie sich dann billigen, aber modischen Putz. Das wusste ich deshalb, weil ich es früher mit meinen Gesellschaftskleidern ebenso gehalten hatte, als ich noch elegante Kreationen und ein Dienstmädchen besaß. Die Zeiten wandelten sich.

Im Augenwinkel sah ich etwas Rosenrotes unter Dutzenden von verwaschenen Kattunkleidern schimmern, und schon zerrte auch Philipp mit Kennermiene einen Umhang aus schwerem Atlas hervor, der mit hellrosa Taft gefüttert war. Der Pelzbesatz am Saum war grob abgetrennt, der Stoff hier und da zerrissen, aber ich lobte den Jungen für den Fund. Seine Schwester schüttelte einen mottenbenagten Paisley-Shawl aus, doch für den hatte ich keine Verwendung. Ein fleckiger, aber mit feiner Durchbrucharbeit verzierter Unterrock fand jedoch meine Billigung. Ich selbst hatte ebenfalls ein recht ordentliches graues Kreppkleid ausgegraben. Madame Mira besaß ein gutes Auge für Samtbesätze, Bänder oder Borten, und mit ihren klauenartigen Fingern angelte sie geschickt einige spitzenbesetzte Blusen und Hemden aus den muffig riechenden Haufen.

Als wir unsere Beute zusammenlegten, beobachtete ich, wie Philipp Laura in die Seite knuffte. Na gut, jetzt begann der spannende Teil der Unternehmung, und die beiden hatten ein unheiliges Vergnügen daran, wie ich mit dem alten Isaak um den Preis feilschte. Denn das ging nur mit großen Gesten, Augenrollen und Wehklagen seinerseits und kühlen Erwiderungen meinerseits vonstatten. Ich nährte den Verdacht, dass er dabei einen ebenso großen Genuss empfand wie ich. Schließlich wurden wir uns einig, die Ware in große Leinentaschen verpackt, und wir machten uns auf den Heimweg. Laura und Philipp gingen hinter Madame Mira und mir, und ich hörte sie die Unternehmung kommentieren.

»Er spielt doch nur den armen Mann!«, flüsterte Laura. »Dem macht das Spaß, so zu jammern!«

»'türlich. Madame Mira sagt, er hat sich schon 'ne goldene Nase mit dem Zeug verdient.«

»Warum gibt er es uns dann nicht einfach billig? Wir haben doch wirklich kein Geld.«

»Psst, das darf doch keiner wissen.«

»Der weiß das aber. Sonst würde Mama nämlich neue Kleider kaufen.«

Es machte mich traurig und wütend, dass meine Kinder es so sehen mussten. Den Wert des Geldes hatte ich ihnen schon sehr früh erklärt, und seit sie das Rechnen beherrschten, wussten sie auch um die Schwierigkeiten, in denen Tante Caro steckte. Aber ich hatte ihnen streng klargemacht, dass es eine Frage der Ehre war, Außenstehenden und Landratten gegenüber davon zu schweigen.

Vorsichtshalber nahmen wir den Hintereingang und schlichen uns zum Nähzimmer unter dem Dach hoch. Hilde, die Haushälterin, bemerkte uns dennoch, nickte uns aber verschwörerisch zu und teilte mir mit, die Hausherrin sei noch unterwegs.

»Schön, dann können wir ja gleich mit der Arbeit beginnen.«

Laura machte sich mit Begeisterung über die Tasche her, aber Philipp musste erst noch mit innerlichem Bedauern die Kapitänsmütze abnehmen, bevor er zu schnöder Schneiderarbeit bereit war. Der große chinesische Seidenteppich war nun nicht mehr das wilde Meer, sondern lediglich eine bequeme, weiche Unterlage, auf der wir die weiten Kleider und den Umhang ausbreiteten. Ich verteilte kleine Scherchen, mit denen die Nähte aufgetrennt werden sollten. Auch wenn mein Sohn geschickt darin war, handelte es sich hierbei um eine Beschäftigung, die er nicht besonders schätzte. Er rutschte unruhig hin und her, versuchte Captain Mio unter dem Sessel hervorzulocken, zerriss dabei einen Spitzenkragen und erhielt einen scharfen Verweis von Madame Mira.

»Du bist ein richtiger Zappelphilipp! Setz dich doch endlich mal ruhig hin.«

Eine Weile ging es gut, aber dann kribbelten ihm wieder die Beine, und er musste aufspringen und am Fenster nachschauen, was sich auf der Straße tat. Dabei hüpfte er von einem Bein auf das andere, um das Kribbeln zu vertreiben. Ich verstand ihn ja, ein zehnjähriger Junge brauchte Bewegung, aber Madame Mira war strenger mit ihm.

»Philipp, wenn du dich nicht bald ruhig hinsetzt, binden wir dich am Stuhl fest«, mahnte sie. »So hat man das mit Zappelphilipps früher immer gemacht.«

»Das ist aber fies, Madame Mira.«

»Es ist aber die einzige Methode, wie man mit ungebärdigen Kindern fertig wird.«

Ich sah sie mit einer hochgezogenen Braue an. So recht gefiel mir ihre Erziehungsmethode nicht, und sie lenkte auch ein wenig ein. »Na gut, der, den ich meinte, der war noch ein bisschen zappeliger als du. Der konnte keinen einzigen Moment stillsitzen und sich ruhig beschäftigen. Ständig machte er dabei irgendwas kaputt. Dem Vater blieb gar nichts anderes übrig, als ihn anzubinden.«

»Wer war der Junge?«

Philipp hatte sich die Mahnung zu Herzen genommen und sich wieder über seine Arbeit gebeugt, weshalb ich ihm die Neugier gerne durchgehen ließ.

»Das war der Sohn eines Seidenhändlers, der mit unserer Familie bekannt war.«

»Und was ist aus dem geworden?«, wollte er wissen. Vermutlich erhoffte er sich eine ähnlich gruselige Geschichte, wie sie im Struwwelpeter erzählt wurde.

»Den hat der Vater aus dem Haus geschickt, und er musste bei einem strengen Dienstherrn in die Lehre gehen.«

»Nur bei Wasser und Brot. Und jeden Abend wurde er geprügelt. Und nie durfte er das Sonnenlicht sehen«, ergänzte Laura genüsslich und sah ihn, ihren leiblichen Bruder, triumphierend an.

Bevor der die Herausforderung annehmen konnte, fuhr ich dazwischen und bat Madame Mira, uns von den Seidwebern zu erzählen. Wenn die alte Dame mit ihren Geschichten aufwartete, hörten meine beiden Kinder immer gerne zu. Es wirkte auch diesmal. Philipp, im Schneidersitz, trennte geduldig das Futter aus dem roten Umhang, Laura zupfte mit emsigen Fingerchen einen Spitzenkragen von einer Bluse.

»Meine Familie hat seit Jahrhunderten Seide gewebt«, begann die alte Dame. »Seit dem Mittelalter gehörten die Frauen der Seidweberzunft an. Man braucht nämlich Geduld und geschickte Finger, um die feinen Kettfäden auf den Webstuhl zu spannen.« Sie zog ein haardünnes, schimmerndes Fädchen aus dem Saum des rosa Taftumhangs und pustete es leicht an. »Das können Frauen besser als Männer. Hunderte von solchen Fäden sind notwendig, um eine breite Stoffbahn zu erzeugen. Deshalb sind Seidenstoffe auch so wertvoll. Nur die Reichen und Mächtigen konnten sie sich damals leisten. Allen voran die Priester und Bischöfe, die in ihren prächtigen Ornaten die Gläubigen beeindrucken wollten.«

Ich erlaubte mir ein leises Schnauben, aber da fuhr Madame Mira schon fort. »Natürlich kleideten sich auch die Patrizier und Ritter in Samt und Seide. Aber die Stoffe waren damals noch nicht so kunstvoll gemustert wie heute. Damast wie dieser hier war sehr, sehr schwer herzustellen. Meistens waren sie glatt, wie der Taft, den du gerade in der Hand hast, Philipp. Man fertigte die Gewänder daraus, und erst dann kamen die Seidenstickerinnen zum Zuge. Sie konnten mit ihren feinen Nadeln ganze Gemälde auf Stoff zaubern. Oft verwendeten sie sogar Gold- und Silberfäden dazu. Die bestickten Kölner Seiden waren überall berühmt und wurden von den Händlern im ganzen Land verkauft.«

»Heute aber nicht mehr. Mama hat gesagt, die besten Seiden kommen aus Lyon.«

»Das ist richtig, Laura. Als die Franzosen ihrem König den Kopf abgeschlagen hatten und die Revolutionstruppen ganz Europa eroberten, kamen sie auch nach Köln und führten ihre neue Ordnung ein.«

Ich ließ es zu, dass Madame Mira Philipp mit einem kleinen Exkurs über die blutigen Taten aus den Tagen der französischen Kriege ergötzte, aber da meine Tochter derartige Sujets nicht auf dieselbe Weise goutierte, bat ich sie nach kurzer Zeit, das Thema zu wechseln. Madame Mira gab meiner Bitte umgehend und mit einem kleinen Zwinkern nach und besann sich auf die Seidenweberei.

»Die französischen Besatzer stellten fest, dass hier in Köln die Handwerker noch sehr altmodisch arbeiteten. In Lyon hatten sie schon viel bessere Webstühle und konnten gemusterte Seiden herstellen. Die Kölner sträubten sich gegen die neue Technik, die Damen aber wollten die schönen Stoffe haben, und so verloren die Seidweber und Seidenhändler ihre Arbeit.«

»Sie auch, Madame Mira?«, fragte Laura.

»Nein, Laura, dazu war ich zu klug. Ich habe schon immer gerne genäht, darum wurde ich Schneiderin und verwendete die edlen Seiden aus dem Süden Frankreichs. Der Vater des Zappelphilipps aber, der Max Stubenvoll, der verlor sein Geschäft und musste als kleiner Angestellter eines großen französischen Handelshauses Klinken putzen. Und sein Sohn Wilhelm wurde Lehrling bei Dufour in Lyon.« Madame Mira grinste. »Wo er nur Wasser und Brot und Prügel bekam und nie die Sonne sehen durfte.«

»Pah!«, kommentiere Philipp die letzte Bemerkung.

Aber der Punkt ging leider an Laura.

Faule Eier

Das Gute und das Böse, Belohnung und Strafe,
sind die einzigen Motive eines rational denkenden Lebewesens;
sie stellen die Sporen und Zügel dar,
mit der die gesamte Menschheit zur Arbeit
veranlasst und angeleitet wird.

John Locke

Wie jeden Tag besuchte Guillaume de Charnay die luftigen Seidenbauzimmer auf seinem weitläufigen Grundstück nördlich von Lyon und überprüfte die Leinwandbehälter, in denen die Eier der Seidenspinner überwinterten. Gelegentlich befahl er seinen Leuten, die Seidensaat auch jetzt im Herbst nach draußen zu bringen, damit sie dem kalten Wind und Regen ausgesetzt wurden, damit die Larven möglichst erst zum Frühjahr schlüpften.

Er war recht zufrieden mit der Zucht, ja, er spielte sogar mit dem Gedanken, sie noch etwas zu erweitern. Denn seit beinahe dreizehn Jahren hatte eine seltsame Krankheit hier und dort die Raupen befallen, sodass sie keine Kokons bildeten. Aus diesem Grund stieg die Rohseide immer weiter im Wert. Er war bisher weitgehend von dieser Seuche verschont geblieben, was er darauf zurückführte, dass er immer penibel darauf geachtet hatte, die braunfleckigen Seidenwürmer so schnell wie möglich entfernen zu lassen.

Was genau diese Krankheit verursachte, wusste man nicht, aber die meisten Raupen starben schlichtweg, und nur einige wenige schafften es, sich zu verpuppen.

Er hatte vor zwei Jahren zunächst aus Neugier die ausgesonderten Raupen in einer entfernten Hütte untergebracht und erstaunt festgestellt, dass einige dieser Tiere es dennoch schafften, sich zu verpuppen und als fortpflanzungsfähige Falter zu schlüpfen. Die Eier dieser Seidenspinner hob er ebenfalls in besonderen Behältern fern von seiner gesunden Zucht auf, denn die daraus geschlüpften Raupen waren überwiegend geschädigt. Er hatte mit einigen Fachleuten darüber korrespondiert, denn es hätte ihm gefallen, als der Retter des Seidenbaus gepriesen zu werden. Aber die Wissenschaftler waren genauso ratlos wie die Züchter. Aus Neugier behielt er die infizierten Eier jedoch, denn er hatte vor, demnächst einige Experimente mit ihnen zu machen. Angeblich sollte Begasung mit Chlor die Krankheit eindämmen.

Immerhin hatte er seine Zucht sauber gehalten und empfand keinerlei Skrupel, aus dem Missgeschick der Konkurrenten Profit zu schlagen. Daher plante er eine Ausweitung seines Gutes.

Die Vergrößerung seines Unternehmens hing in erster Linie von der Menge der Maulbeerbäume ab, deren junges Laub den nimmersatten Seidenwürmern als Nahrung diente. Darum hatte er ein Auge auf das Land geworfen, das seinem Nachbarn, ebenfalls ein Seidenbauer, gehörte. Ein breiter Streifen, derzeit Weideland für ein paar Ziegen, würde sich wunderbar zur Erweiterung seiner Maulbeerplantage eignen.

Er blickte nach Osten, wo sich die Grenze durch eine jetzt blattlose Hecke wilder Büsche entlang zog, und fasste seinen Entschluss. An diesem Nachmittag wollte er hinüberreiten und dem Mann ein Angebot für das Stück Wiese machen. Einen ordentlichen Preis würde er ihm selbstredend bieten.

Doch sein Angebot wurde recht unfreundlich mit der Begründung abgelehnt, dass man die Ziegenherde zwecks Herstellung eines besonderen Käses behalten wolle und dazu die Weide benötige. Dass jemandem Ziegenkäse wichtiger sein sollte als das Geld, das er für das elende Stück Land bot, für das er eine weit bessere Nutzung wusste, erboste Charnay ungeheuerlich. Er fasste es als persönlichen Affront auf, und nur mit der ihm auferlegten strengen Disziplin gelang es ihm, sich einigermaßen höflich zu verabschieden. Er hasste es, nicht sogleich das zu bekommen, was er sich wünschte.

Als er sein Gut erreichte, hatte er sich allerdings wieder fest im Griff. Erfreut darüber, dass er Herr seiner Gefühle geblieben war, erlaubte er sich, über eine angemessene Belohnung nachzudenken. Zunächst erwog er, die strenge Diät aus dunklem Brot, Wasser und einem Apfel, die er sich seit Jahren auferlegt hatte, zu durchbrechen und sich bei der Haushälterin ein gebratenes Huhn zu bestellen, dann aber bemerkte er die sehr junge Bedienstete, die mit einem Stapel frischer Bettwäsche zu seinem Schlafzimmer eilte, und überlegte es sich anders. Das Mädchen war neu und vielleicht sogar noch Jungfrau. Ein wenig verängstigt war sie auch, ganz so, wie er es mochte. Als er hinter sich die Tür verriegelte, knickste sie schüchtern und entschuldigte sich, dass sie ihn gestört hatte.

Er nickte kurz und trat auf sie zu.

»Ich würde dir raten, nicht zu schreien, Mädchen!«, war alles, was er sagte, dann riss er ihr erst den Schürzenlatz von der Brust und anschließend das Mieder auf.

Sie schrie trotz seiner Warnung, und eine derbe Ohrfeige brachte sie zum Schweigen. Danach war sie willig. Wenigstens einigermaßen. Und genau wie er vermutet hatte, war sie noch Jungfrau gewesen. Eine köstliche Belohnung.

Als sie leise schluchzend das Zimmer verlassen hatte, lehnte er sich entspannt zurück. Und als er so sinnend in den dunkler werdenden Winterabend schaute, kam ihm ein wunderbarer Gedanke, wie man die Eier der kranken Seidenraupen höchst gewinnbringend einsetzen konnte.

Neuer Lebensatem

Es ist Zeit für die Betrachtung.
Die Vorbereitung ist geschehen,
Die Vollendung ist noch nicht erreicht.
Vertrauensvolle Betrachtung verspricht Gelingen.

I Ging, Kuan – die Betrachtung

Dass Atmen so anstrengend sein konnte, hatte er nicht geahnt. Aber eigentlich war alles anstrengend.

Nachdem er kräftig genug geworden war, um sich ohne Hilfe aufrichten zu können, war ein alter Mönch in seiner Kammer erschienen und hatte ihm erklärt, dass er nun sein *qi* stärken müsse. Von diesem *qi* hatte er auch zuvor schon gehört und es für einen der unzähligen exotischen Aberglauben der Chinesen gehalten. Aber der Alte hatte ihn eines Besseren belehrt. Darum atmete er unter seiner Anleitung die mysteriöse Lebenskraft ein und war tatsächlich bald in der Lage, die ersten Schritte im Klosterhof zu tun.

Auch an diesem Novembermorgen raffte er sich auf, sein Lager zu verlassen, um durch das weitläufige Tempelareal zu wandeln. Einfache Baumwollhosen, eine Art Tunika und eine gesteppte Jacke schlotterten um seinen ausgezehrten Körper, aber sie boten ihm ausreichend Wärme. Denn es war mild in dieser Region, auch wenn die Laubbäume ihre Blätter verloren hatten und die Tage kürzer wurden.

Langsam, wie ein uralter Mann, schritt er den langen Wandelgang entlang, immer darauf bedacht, den Atem in seinen Körper zu lenken, so wie er es seit Tagen übte. Dann aber erschöpfte ihn selbst diese einfache Tätigkeit, und er musste sich niedersetzen.

Sein Blick fiel auf die beiden heiteren Mönche, die ihn anzulächeln schienen. Ein begabter Künstler hatte sie auf eines der vielen ausdrucksvollen Bilder gebannt, die die Wand des Klosters schmückten.

Nachdenklich betrachtete er die lachenden Gesichter. Sie machten ihm bewusst, dass er zwar den Wunsch zu leben wieder in sich erweckt hatte, von Heiterkeit jedoch fand er sich noch weit entfernt.

Gestern hatte George Liu ihn aufgesucht, voller Entschuldigungen und demütigen Verbeugungen. Man hatte ihm den Zutritt zum Kloster bislang verwehrt, aber nun hatte der Abt wohl entschieden, dass der Genesende kräftig genug war, die Nachrichten zu ertragen, die der junge Mann zu überbringen hatte.

Sie waren verstörend.

Ai Ling war tot, gestorben bei dem Versuch, sie beide mit einer Überdosis Opium zu vergiften. Er hatte es überlebt, knapp, seine zarte kleine Geliebte nicht.

»Warum, George? Warum hat sie es getan?«

»Weil Ihr ein Weißer seid, *tai pan*. Meine Schwester hat schon immer den Traditionen näher gestanden als ich. Es gibt, wie Ihr doch wisst, eine starke Strömung, die alles Ausländische aus China entfernen möchte. Sie hat sich, wie es scheint, mehr und mehr mit den Ideen angefreundet.«

»Mein Gott, ich habe nie etwas davon bemerkt.«

»Nein, *tai pan*. Sie war ein hübsches kleines Mädchen für Euch.«

Er zuckte zusammen, denn wenn auch der höfliche George Liu nie einen offensichtlichen Vorwurf aussprechen würde, so merkte er doch sehr gut, dass er ihm zu verstehen gab, er habe Ai Ling lediglich für ein niedliches Spielzeug gehalten.

Was leider stimmte.

Und diese Tatsache, gründlich betrachtet, lehrte ihn eine Menge über sich selbst.

Man hatte dem jungen Mann nur einen sehr kurzen Besuch gestattet, und dafür war er in diesem Moment dankbar. Denn er ahnte, dass es noch weitere Entwicklungen gab, deren Kenntnisnahme seinen sowieso nicht besonders stabilen Seelenfrieden weiter erschüttert hätte. So aber widmete er sich weiter seinem Atem, um zu Gelassenheit und Heilung zu kommen, betrachtete die heiteren Mönche, und zum ersten Mal, seit er seine Übungen begonnen hatte, strengten sie ihn nicht mehr an.

Er erlaubte sich daher, auch seine Gedanken zu lenken, ebenfalls eine Fähigkeit, die ihm abhandengekommen war, nun aber allmählich wieder zurückkehrte.

Ai Ling – so schmerzlich es war, ihr musste er wenigstens jetzt seine Aufmerksamkeit schenken. Vor fast drei Jahren hatte er der Verlockung nicht widerstehen können, die damals achtzehnjährige, überaus liebliche Halbchinesin zu seiner Geliebten zu machen. Sie war eine sanfte, gefällige und manchmal recht phantasievolle Gespielin gewesen, seltsam anspruchslos und doch dankbar für die kleinen Aufmerksamkeiten, die er ihr schenkte – vornehmlich Kleider und Schmuck. Sie hatte seine Sprachkenntnisse erheblich vertieft und ihm anfangs manche Eigenart der chinesischen Kultur zu vermitteln versucht. Aber sich eingehender damit zu befassen, dazu hatte ihm immer die Muße gefehlt. Die Geschäfte zu führen nahm weit mehr Zeit in Anspruch, und Gewinne zu erzielen war eine größere Herausforderung, als sich mit den Eigenarten des fremden Volkes vertraut zu machen. Das mochte sein grundlegender Fehler gewesen sein. Denn auf diese Weise hatte er sie unterschätzt. Sie wusste sehr wohl, wie sie ihn zu gelassenerem Verhalten bewegen konnte. Geschickt führte sie ihn schon nach kurzer Zeit in die Kunst des Opiumrauchens ein. Fasziniert von der Droge freundete er sich mit der angenehmen Wirkung schnell an. Sie schenkte ihm nach den hektischen Stunden des Tages wohlige Entspannung, Wärme, sanfte Euphorie und einen wundersam gesteigerten Lebensgenuss. Vor allem aber schenkte sie ihm Vergessen, befreite ihn für kurze Zeit von den Dämonen der Vergangenheit und weckte dafür das trügerische Gefühl inneren Friedens.

Er hatte nicht bemerkt, wie ihm die Wirklichkeit langsam

entglitt. Die Geschäfte liefen auch ohne seine beständige Anwesenheit gut, sein Vermögen mehrte sich, sein Haushalt bedurfte keiner großen Aufmerksamkeit. Hier und da eine Warnung eines Europäers vor dem Genuss des Rauchens überhörte er geflissentlich. Die Engländer, mit denen er zumeist verkehrte, soffen wie die Löcher. Dagegen waren zwei, drei Pfeifen süßer Träume harmlos.

Das wären sie vielleicht auch geblieben, aber Ai Ling musste sein Verderben von langer Hand geplant haben, denn die Mönche hatten ihm erzählt, dass die Vergiftung so hochgradig war, dass sie nur durch die orale Einnahme von Opium hatte eintreten können. Und genau das hatte George Liu ihm auch bestätigt. Ai Ling hatte ihm und sich das Rauschmittel ins Essen gegeben.

Es war nur der Höhepunkt des schleichenden Prozesses seiner Zerstörung gewesen, und auch wenn er nicht den Tod gefunden hatte, so war das, was er seither durchlebte, möglicherweise schlimmer als der Abschied aus dem Leben. Denn nun war Ai Ling, das süße Klingen der Edelsteine, zu einem weiteren Dämon geworden.

Er fühlte Traurigkeit, aber nur die. Obwohl sie versucht hatte, ihn zu töten, konnte er keine anderen Gefühle für sie empfinden. Wut, Hass, Liebe oder Leidenschaft waren viel zu anstrengende Emotionen für ihn.

»Richtet Euch auf, *baixi long*, und atmet«, mahnte eine sanfte Männerstimme neben ihm.

Ja, richtig, atmen, das *qi* lenken, heil werden. Das war seine tägliche Aufgabe geworden. Er erhob sich und wandelte weiter auf dem Weg, den er begonnen hatte, ohne sich Gedanken über das Ziel zu machen, zu dem er ihn führen würde.

Ein gesellschaftlicher Tiefschlag

*Wie wohl ist dem, der dann und wann
Sich etwas Schönes dichten kann.*

Wilhelm Busch

Ich war stolz auf mich. Das Kleid, das da auf der Schneiderpuppe hing, war eine elegante, höchst ausgefallene Kreation, und niemand würde mehr die Herkunft der Stoffe erahnen können. Wir hatten alles sorgfältig gewaschen, gereinigt und aufgebügelt, und dann hatte ich sie so verarbeitet, dass man nur die gut erhaltenen Teile sah. Das Oberteil und der obere Rock bestanden aus dem rosenroten Atlas, den wir aus dem Umhang gerettet hatten. Es reichte etwa bis in Knielänge und hatte einen gebogenen Saum, der mit schwarzer Spitze abgesetzt war. Den bodenlangen Rock darunter hatten wir aus der grauen Kreppseide, die ich bei dem Altkleiderhändler erbeutet hatte, angefertigt. Sie war in einem derart desolaten Zustand gewesen, dass sich Madame Mira zu der Vermutung hatte hinreißen lassen, die Besitzerin habe darin einer Muttersau beim Ferkeln geholfen. Aber eine sorgfältige Wäsche hatte einen matten, fließend fallenden Stoff ergeben. Auch hier hatten wir den Saum mit schwarzer Spitze abgesetzt. Laura, die ein geschicktes Händchen für Putzwaren besaß, hatte mir aus dem rosa Taft kleine Röschen geformt, die zusammen mit einer grauen Schleife und ebenfalls etwas schwarzer Spitze den Anhauch einer Kopfbedeckung darstellten. Eine schwarze Spitzenmantilla aus Madame Miras Fundus und ein passender Fächer rundeten das Ensemble ab.

Das Kleid war Investition und Verführung zugleich und sollte an diesem Abend zum Einsatz kommen.

Ich hatte nämlich über Albert Oppenheims Vorschlag nachgedacht und war dann mit einer Idee zu Madame Mira gegangen. Die hatte sich begeistert gezeigt und mir geholfen, einen vernünftigen Plan aufzustellen. Mein Entschluss, Couturière zu werden, hatte mehrere gute Gründe. Zum einen liebte ich es wirklich, mit schönen Stoffen zu arbeiten, zum anderen hatte man sich schon oft genug nach meiner Schneiderin erkundigt, eine Frage, die ich bisher immer nur mit einem geheimnisvollen Schulterzucken beantwortet hatte. Ich konnte, dank Madame Miras Unterweisung, nicht nur gut nähen, sondern hatte auch ein Gespür für Schnitt und Sitz erworben, sodass ich mir zutraute, auch für andere Damen Kleider zu entwerfen. Hier kam dann Madame Mira ins Spiel, die bis zu dem Zeitpunkt, als die Gicht in ihren Händen ihr die feinen Nadelarbeiten unmöglich machte, eine begehrte Couturière gewesen war. Es fanden sich noch immer eine ganze Reihe Damen, die auf ihre Empfehlung hin mir Aufträge erteilen würden.

Was ich aber zum Aufbau eines wirklich eleganten Geschäftes benötigte, war natürlich Kapital. Zunächst für die Stoffe und sonstigen Materialien, aber auch für ein Atelier, denn es würde sehr seltsam wirken, wenn ich zu Anproben Hausbesuche machen wollte. Bei guter Auftragslage würde ich sogar eine oder zwei Näherinnen einstellen. Wir hatten gerechnet und Listen aufgestellt, und mit denen bewaffnet wollte ich den Vorstoß wagen, einen Kredit aufzunehmen.

Albert Oppenheim hatte mir zugesagt, bei seinem Onkel ein Wort für mich einzulegen, und den jungen Bankierssohn wollte ich heute Abend in zwangloser Atmosphäre an sein Versprechen erinnern.

Nur deshalb hatte ich mich bereit erklärt, den literarischen Zirkel bei Tante Caros Herzensfreundin Etta Belderbusch zu besuchen. Denn den besuchte Albert, da Paula Engels ihm gerne beiwohnte, ebenfalls regelmäßig.

Tante Caro hatte sich in einen Ornat von eigenwillig gelbgrüner Farbe geworfen, der sie mit seinen schwarzen und weißen Applikationen diesmal wie eine muntere Kohlmeise wirken ließ. Wieder hatte sie einen Federtuff in ihre Haare gesteckt, der animiert bei jeder Kopfbewegung nickte. Sie gab mir einige gute Ratschläge mit auf den Weg, wie ich den jungen Oppenheim für mich gewinnen könnte, und meinen Hinweis, er habe eine offensichtliche Neigung zu einer anderen Dame entwickelt, wischte sie resolut zur Seite.

»Du bist eine hinreißend schöne Frau, Ariane. Deine goldenen Locken stellen die faden braunen Strähnen dieser Engels weit in den Schatten. Und wer ist die denn schon – eine Kaufmannstochter!«

»Und wer bin ich, Tante Caro? Eine verarmte Adlige, deren Eltern sich der Pariser Bohème angeschlossen haben.«

»So darfst du nicht von deinen Eltern reden, Kind. Sie sind begabte Künstler. Und sie haben so viel unverschuldetes Pech gehabt.«

»Mag sein, Tante Caro. Aber ich fürchte, Albert Oppenheim wird schon aus Rücksicht auf das Geschäft eher zu einer Gattin aus seiner Gesellschaftsschicht tendieren.«

Ich hatte ihr von meinen Überlegungen bisher nichts berichtet, denn ich war mir sicher, dass sie die Vorstellung, eine Dame könne einen gewinnbringenden Beruf ergreifen, für völlig indiskutabel erachten würde. Wenn die Dinge geregelt waren, würde ich sie vor vollendete Tatsachen stellen.

Etta Belderbusch, Gemahlin eines wohlhabenden Posamentierwarenhändlers, führte zwar ebenfalls ein großes Haus, doch anders als bei Oppenheims waren ihre Räume überladen und mit allerlei Zierrat und Krimskrams vollgestellt. Das entsprach dem Stil der Dame des Hauses, denn auch ihr Kleid, ein Meer aus blauen, grünen und roten Blüten, war so grell gemustert, dass man beim längeren Verweilen darauf ganz unweigerlich Augenflimmern bekommen musste. Zudem war es, vielleicht um der

Gesellschaft die Waren ihres Gatten zu präsentieren, mit allerlei Quasten und Fransen dekoriert. Ihre Schwester, Helene von Schnorr zu Schrottenberg, der sie Dauergastrecht gewährte, da deren Gatte sich »auf Reisen« befand, bildete einen deutlichen Gegensatz zu ihr. Lang und schmal pflegte die Dichterin einen ätherischen Stil, der sich in der Verwendung vieler spinnwebfeiner grauer Gaze niederschlug.

Ich machte mich nach der Begrüßung auf die Suche nach Albert Oppenheim und fand ihn wie erwartet in Begleitung der freundlichen Paula, die er mir auch sogleich vorstellte. Nach dem Austausch einiger Höflichkeiten, bei denen ich von der jungen Dame ein Kompliment für meine Garderobe erhielt, bat ich ihn um ein kurzes Gespräch, das er mir bereitwillig gewährte. In wohlüberlegten, kurzen Sätzen teilte ich ihm meine Pläne mit, und er nickte aufmunternd, als ich geendet hatte.

»Eine realistische Vorstellung, Frau Kusan. Ich nehme an, Sie haben weitergehende Details zur Hand?«

»Natürlich. Berechnungen, Umsatzaufstellungen, Kosten – das haben wir alles bedacht. Glauben Sie, ich hätte eine Chance, damit Ihren werten Herrn Onkel zu überzeugen?«

»Er wird Sie gewiss anhören und Ihre Vorstellungen prüfen. Er und auch meine Eltern haben übrigens vor, heute Abend ebenfalls zu erscheinen, vielleicht können wir nachher sogar schon einen Termin vereinbaren.«

»Das wäre ganz wunderbar. Ich bin Ihnen sehr zu Dank verpflichtet, Herr Oppenheim.«

Ein weiterer junger Mann trat auf Albert zu, wurde mir als Bernhard Marquardt vorgestellt, und ich verließ die Herren, um sie ihrem Gespräch zu überlassen.

Tante Caro winkte mich zu sich. Neben der kleinen Kohlmeise ragte Helene wie ein magerer Reiher auf, und ich ergab mich ins Unvermeidliche.

»Ach, meine liebe Frau Kusan, dass Sie auch einmal Zeit finden, unsere kleinen Kulturereignisse zu besuchen. Es muss doch für eine junge Witwe mit zwei kleinen Kindern schwer sein, sich ein paar Stunden abzuzwacken«, begrüßte mich die Edle von Schnorr zu Schrottenberg mit der üblichen Herablassung, die sie für Menschen übrig hatte, die nicht ihrem elitär-geistvollen Niveau entsprachen. Ich konnte gerade noch verhindern, einen heimlichen Blick auf mein Kleid zu werfen, um zu prüfen, ob nicht kleine Marmeladenhände auf dem glänzenden Atlas Schmierspuren hinterlassen hatten.

»Dann und wann, Frau von Schnorr, kann ich mich tatsächlich von meinen Pflichten losreißen.«

»Sie ist ja eine so fürsorgliche Mama«, sprang mir Tante Caro auch sofort bei. »Wie aufopferungsvoll sie sich um die kleinen Lieblinge kümmert. Jeden Morgen bringt sie sie selbst zur Schule.«

»Ach ja, gute Kindermädchen sind heutzutage auch schwer zu finden, und wenn, verlangen sie geradezu astronomische Löhne.«

Der Seitenhieb saß. Tante Caro zuckte zusammen, und mich beschlich wieder einmal das Gefühl, unsere sorgsam zusammengekittete Fassade wohlhabender Bürgerlichkeit könnte von Helene schon lange durchschaut worden sein. Sie setzte auch gleich noch eine Bemerkung drauf, die mich weiter erboste.

»Der junge Oppenheim ist ja ein recht begehrter Junggeselle. Und Sie stehen auf sehr vertraulichem Fuß mit ihm, habe ich bemerkt, Frau Kusan.«

»Ich unterhalte mich gerne mit ihm, er ist ein intelligenter Gesprächspartner.«

Der Nadelstich ging spurlos an der Edlen vorbei.

»Ganz gewiss, meine Liebe. Doch ich frage mich, ob Sie nicht Gefahr laufen, in den Ruf zu kommen, Ihre Netze nach ihm auszuwerfen. Eine hübsche Witwe, gestatten Sie mir diese kleine Warnung, muss sich vorsehen, wem sie ihr Vertrauen in der Öffentlichkeit schenkt. Es könnte – ich sage ja nicht, dass es so ist – aber *könnte* so aussehen, als ob Sie nach einem Vermögen angelten.«

Wieder zuckte Tante Caro zusammen, ich knirschte verstohlen mit den Zähnen. Es wäre meinen Plänen nicht besonders zuträglich, wenn ein derartiger Klatsch verbreitet würde. Die Diskretion jedoch verbot mir, von Alberts Neigung zu Paula zu sprechen, also nickte ich nur und war froh, dass wir nun gebeten wurden, Platz zu nehmen und den Produkten des literarischen Schaffens der anwesenden Künstler zu lauschen.

Möglicherweise mangelte es mir an Verständnis für diese Art von Kunst, denn ich lauschte der weitschweifigen Erzählung in Blankversen mit dem gleichen Enthusiasmus, wie ein Unmusikalischer einer Symphonie zuhört. Mir kamen dabei die Worte meines Bruders Leander in den Sinn, der einmal über die Fähigkeit, Malerei richtig genießen zu können, sagte, dass es Menschen gäbe, die bestimmte Farben nicht erkennen könnten und damit auch ein Bild, sei es noch so ein großes Kunstwerk, nie richtig zu würdigen wüssten.

Andererseits bemerkte ich bei einigen Zuhörern ähnliche Anzeichen von Ermattung, und der aufbrausende Beifall entsprang zu einem guten Teil sicher dem Gefühl der Erlösung, als der Meister sein Manuskript zuschlug. Dann aber erfolgte etwas, das meine Lebensgeister deutlich belebte. Helene schwebte an das Lesepult. Sie ergötzte uns mit einem Gedicht aus ihrer Feder, dessen Sujet ein Seidenröslein war. Schwungvoll deklamierte sie:

»Er tritt zu ihr, sie senkt die Lider,
Doch bebt die Seidenros' an ihrem Mieder,
Mit ihrem Blick, dem mädchenhaften,
Bleibt drauf ihr Aug' an seinen Lippen haften.«

Mühsam unterdrückte ich das wilde Kichern, das in meiner Kehle aufstieg. Doch es kam noch schlimmer.

»Mein Liebelein!«, haucht er verwegen –
Schon beugt ihr Mund sich ihm entgegen.
Er deckt ihn ganz mit nassen Küssen,
Die sie wollt nie mehr missen müssen.«

Ich zog die Wangen zwischen die Zähne und biss darauf, um nicht loszuprusten. Denn die Dichterfürstin legte nun alle Inbrunst, derer sie mächtig war, in ihre Stimme.

»Doch keusch tut sie zurück ihn weisen:
›Ist's wahr, mein Held, Sie wollen reisen?
Man sagte mir so en passant,
Es zieht Sie ins Tartarenland.‹
›Ich muss, mein Liebstes, Sie verlassen,
Doch nie würd' ich Sie sitzen lassen.‹«
Tante Caro neben mir stöhnte lustvoll auf.
»Es klopft das Herz ihr in der Brust
Gleich einer Flut steigt wilde Lust.
Das Seidenröslein am Dekollte
Ihr schier vom Busen springen wollte.
Er streicht mit seiner Finger Gier
Sanft übers Seidenröslein ihr.«
Ich klappte verzweifelt den Fächer auf, um mein Gesicht dahinter zu verbergen. Zufällig fiel mein Blick auf Paula und Albert, die beide ebenfalls mit krampfhaft versteinerter Miene zuhörten, und als die junge Frau meinen Blick bemerkte, schlug sie ebenso rasch den Fächer auf. Albert rollte nur mit den Augen.

Erbarmungslos fuhr Helenen mit ihren Knüttelversen fort:
»›Gewähren Sie mir eine Bitte,
Auch wenn sie gegen alle Sitte ...‹
Sie nickt erbleichend, zitternd, bebend,
Und greift zum Mieder, widerstrebend.
Doch dann mit starkem Sentimente
Reißt sie es los, das Posamente.
Und steckt verzückt die Seidenrose
mit zarter Hand an seine Hose.«

Applaus brandete auf, und selbst ich klatschte mir die Hände heiß.

»Ist sie nicht eine wundervolle Dichterin, Ariane? Welch Schmelz, welch zarte Anspielungen, welch Eloquenz«, begeisterte Tante Caro sich neben mir.

Ich sparte mir einen Kommentar; sie hätte ihn nicht verstanden. Dafür sah ich verstohlen auf die Wanduhr und fragte mich, wie lange ich die literarische Tortur noch würde ertragen müssen.

Lange genug, denn nun las ein gebildeter Herr einen ellenlangen Essay vor, dessen säuerliche Moralismen sich durch endlose Sätze schlängelten. Vom unterdrückten Gähnen setzte bei mir bald eine Kieferstarre ein, und Tante Caro bekam den glasigen Blick eines Mondkalbs kurz vor dem Entschlummern. Ich stupste sie vorsichtig an, und sie schreckte aus ihrer Benommenheit auf.

»Wir sollten gehen, wenn der fertig ist«, flüsterte ich ihr zu.

»Nein, das dürfen wir nicht, Ariane. Es werden noch andere Dichter lesen.«

»Ich habe maßlose Kopfschmerzen.«

»Hast du nicht. Komm, sei geduldig, es ist doch sehr erbauend, was er geschrieben hat.«

Die Aussicht auf eine Flucht war hoffnungslos.

Endlich hatte auch dieser Schriftsteller seinen wortreichen Erguss beendet, und wieder eilte mit flatternden Shawls Helene vor. Sie erquickte uns mit einem gereimten Werk, das von einem jungen Helden handelte, der einer äußerst prüden Dame einen Samthandschuh abzuschwatzen versuchte. Diesmal erheiterte mich der mit bebendem Pathos vorgetragene Schwulst nicht mehr, stattdessen nahm der Fluchtgedanke überhand. Deshalb geschah es denn auch, dass mir nach gut dreißig Strophen bedauerlicherweise der seidene Faden der Geduld endgültig riss und ich nicht mehr Herrin meiner Zunge war. Denn als sie mit dem schönen Vers endete:

»Er kost die samtgen Finger zart:
›Madame, Sie sind so züchtig,
Madame, Sie sind so delikat‹,
Haucht er dabei sehnsüchtig«,

richtete ich mich auf und rezitierte in die gebannt lauschende Stille mit klarer Stimme:

»Getragen von der Stimmung Wogen
Naht kühn sich ihr der stramme Freier.

Doch ihre Faust, mit Samt bezogen
Die fährt ihm schmerzhaft in die …
Parade.«

Draußen an der Tür fiel krachend und klirrend ein Tablett zu Boden.

Ansonsten herrschte Schweigen.

Tödliches Schweigen.

Irgendwo erstickte ein Schnaufen.

Ein gequältes Würgen.

Entsetzensstarre Blicke ruhten auf mir.

Ich erhob mich, zerrte meine sprachlose Tante Caro vom Sitz und verkündete mit kühler Stimme: »Es ist ein klein wenig eng hier. Wir erlauben uns, die Gesellschaft zu verlassen. Einen schönen Abend noch.«

Mit hoch erhobenem Kopf rauschte ich durch die Stuhlreihen, Tante Caro trippelte, halb von mir gezogen, hinter mir her.

Im Vorraum bot sich ein Bild des Chaos. Auf dem Boden lagen in Champagnerlachen die funkelnden Splitter Dutzender von Gläsern, ein Serviermädchen lehnte an der Wand und rang um Atem, zwei weitere klammerten sich bebend aneinander und keuchten. Nur eine fasste sich, versank in einen tiefen Knicks. Dem gestrengen Butler gelang es, seine Mimik einigermaßen unter Kontrolle zu bringen und uns unsere Umhänge zu reichen. Leise sagte er dabei: »Madame, es mag sein, dass Sie in diesem Haus nicht mehr empfangen werden, doch ich versichere Ihnen, mir haben Sie den schönsten Augenblick meiner gesamten Dienstzeit bereitet.«

»Wenigstens einen hat es amüsiert!«, murmelte ich.

»Mit Verlaub, gnädige Frau, mehr als einen. Sie haben sich vermutlich nicht nur Feinde gemacht.«

Er schaffte es, uns im Handumdrehen eine Droschke zu rufen, und erst in dem muffigen Wagenkasten fand Tante Caro ihre Stimme wieder.

»Du hast dich ruiniert.«
»Ich weiß.«

Erst als ich im Bett lag und vergeblich auf Schlaf hoffte, wurde mir richtig bewusst, was ich getan hatte. Bei den Oppenheims würde ich keinen Termin bekommen, um über die Finanzierung meines Geschäfts zu sprechen. Weitere Gesellschaften, um meine selbst entworfenen Modelle vorzuführen, würde ich in den nächsten Monaten nicht mehr besuchen können. Man würde mich auf der Straße schneiden, wenn man mir begegnete. Und ich konnte nur hoffen, dass man Laura und Philipp meine Entgleisung nicht spüren ließ.

Im Dunkel starrte ich an die Decke. Warum hatte ich nur meinen Mund nicht halten und wie alle anderen wohlerzogenen Gäste stumm leiden können?

Weil stummes Leid nicht deinem Wesen entspricht, antwortete mir meine innere Stimme. Und weil man dir schon als Kind nie verboten hatte, deine Meinung frisch heraus zu sagen. Weil weder dein Vater noch deine Mutter und schon gar nicht dein Bruder Leander Achtung vor wichtigtuerischen Dilettanten haben.

Aber das war keine Entschuldigung für undamenhaftes Verhalten und höchst indezente Anspielungen. Mit ihr hatte ich alle anwesenden Herren und mindestens die Hälfte der Damen bloßgestellt. Das würde man mir nie verzeihen. In Helene jedoch hatte ich nun eine glühende Feindin gefunden.

Die einzigen, die mich nicht verdammt hatten, waren die Dienstboten – na ja, auf diesen fraglichen Beifall konnte ich wohl getrost verzichten.

Warum eigentlich?, fragte mich diese kleine, nagende Stimme. Und mir fiel keine wirklich passende Antwort ein. Vor allem, als ich mich der eigenartigen Bemerkung des Butlers entsann, ich hätte mir nicht nur Feinde gemacht.

Na gut, der eine oder andere mochte auch von Helenens ständigem Beifallheischen enerviert sein und ihr diese Replik gegönnt haben. Ich meinte mich jetzt sogar zu erinnern, dass Albert und Paula sich mit bebenden Schultern abgewandt hatten. Nun, das ließ auf eine glückliche Zukunft schließen, denn nichts verband ein Paar mehr, als miteinander einen Spaß teilen zu können.

Dann fiel mir leider, leider ein, dass ausgerechnet mein ungeratener Gatte selig über meinen Fehltritt brüllend gelacht hätte. O ja, diese Art von Respektlosigkeit hätte ihn auf das Äußerste erheitert.

Bei diesem Gedanken begannen die heißen Tränen zu fließen, und schluchzend barg ich meinen Kopf in den Kissen.

Gebrochene Flügel

Kleiner goldner Schmetterling,
Ach, du kamst so früh heraus
Und nun irrst du armes Ding
In die leere Welt hinaus.

Heinrich Seidel,
Der frühe Schmetterling

Nona zog das Wolltuch, das sie um ihren Kopf gewickelt hatte, noch etwas tiefer in die Stirn. Nicht um sich gegen die Kälte zu schützen. In dem vollbesetzten Eisenbahncoupé war die Luft stickig warm. Nein, sie wollte sich den neugierigen Blicken entziehen, denen sie immer wieder ausgesetzt war. Nicht dass sie sich für ihr Aussehen schämte – sie wusste, dass sie aussah wie ein Seidenwurm kurz vor der Verpuppung – weiß, fast durchsichtig erschien ihre zarte Haut. Auch ihre Haare hatten die Konsistenz und Farbe von gesponnener weißer Seide, aber vor allem ihre Augen waren es, die die Leute irritierten. Ihre Iris war fast farblos, wirkte beschattet hellgrau, fiel aber das Licht hinein, schimmerte sie rosa.

Ihre Begleiterin, Madeleine, hatte ihr großzügig den Fensterplatz überlassen, sodass sie den Blicken der anderen Fahrgäste ausweichen und die vorüberfliegende winterliche Landschaft betrachten konnte. Madeleine hingegen genoss die Aufmerksamkeit der beiden Handlungsreisenden und flirtete heftig mit ihnen.

Nona gönnte ihr die Unterhaltung. Sie hatte ihrer Freundin viel zu verdanken. Kennengelernt hatte sie die Halbfranzösin in Lyon, wo sie, gleich ihr, in einer Handschuhmanufaktur tätig war. Vom ersten Tag an hatte sie ihr geholfen, sich in die Arbeitsabläufe einzufinden. Vielleicht hatte sie es zunächst nur aus Mitleid für eine Außenseiterin getan oder aus Neugier, wie ein solch seltsames Geschöpf wie sie reagierte, aber zaghaft hatte sich daraus so etwas wie eine Freundschaft entwickelt. Madeleine war es schließlich auch gewesen, die den Vorarbeiter darauf aufmerksam gemacht hatte, mit welcher Akkuratesse sie die Seide zu verarbeiten wusste, und danach teilten sie sich einen Arbeitstisch.

Seide war Nonas Leben. Wie von selbst nahmen die zarten Gewebe unter ihren Händen Form an. Sie war in der Lage, mit den haardünnen Fäden feinste Nähte zu setzen, die andere fast gar nicht mehr erkennen konnten. Dafür hatte sie einige Probleme, in der Ferne besonders klar zu sehen, aber das störte sie wenig. Ihre Welt war klein und spielte sich zwischen ihren Händen ab.

Weil sie eine so geschickte Näherin war, hatte Madeleine ihr auch vorgeschlagen, sie nach Köln zu begleiten, wo ihre Großmutter zu Hause war. Nona hatte einige Tage überlegt, denn eine solche tiefgreifende Veränderung ihres Lebens machte ihr Angst. Aber eine andere Lösung fiel ihr auch nicht ein, da die kleine Manufaktur auf Grund der ungeheuer gestiegenen Preise für Seide hatte schließen müssen und sie vor der Wahl stand, sich in einer der Fabriken als Arbeiterin zu verdingen oder wieder auf das Gut des Seidenzüchters Charnay zurückzukehren.

Beiden Möglichkeiten war dann doch die Umsiedlung in die deutsche Stadt vorzuziehen, zumal Madeleine ihr davon in den höchsten Tönen vorgeschwärmt hatte.

Inzwischen zweifelte sie an den Lobeshymnen. Es war kalt in Preußen, die Sprache klang rau in ihren Ohren, die Menschen hasteten ständig von einem Ort zum anderen.

Aber vielleicht lag das nur daran, dass sie die nun schon vier Tage dauernde Reise per Dampfschiff, Postkutsche und Eisenbahn, immer auf den billigsten Plätzen, erschöpft hatte. Außerdem fürchtete sie sich. Was, wenn sie Madeleine irgendwo im

Gewimmel verlieren würde? Was, wenn einer dieser Männer auf die Idee käme, sich an einem seltsamen weißen Wurm wie ihr zu vergreifen? Nona hatte häufig genug die Erfahrung gemacht, dass ihr abnormes Aussehen manchen als Freibrief galt, sie zu begrapschen und obszöne Wünsche zu äußern. Wie so oft, wenn die Angst sie zu überwältigen drohte, fasste sie in ihre Manteltasche und ließ den schmalen Seidenschal zwischen ihren Fingern hindurchgleiten. Seide – ihre Freundin. Seide – ihr Schicksal.

Schmuddelig, durchfroren und hungrig kamen sie schließlich am frühen Abend in Köln an und standen dann ein wenig hilflos auf dem Bahnhof von St. Pantaleon im Zugwind. Wieder war es Madeleine, die eine Lösung wusste. Die Handlungsreisenden hatten Zimmer in einer Pension reserviert, und sie schlug vor, in demselben Haus zu übernachten und erst am nächsten Tag die Suche nach der Wohnung ihrer Großmutter aufzunehmen.

In der Vorweihnachtszeit besuchten nicht viele Reisende die Stadt, und so bekamen sie ein Kämmerchen zugewiesen, in dem sie sich wenigstens den Reisestaub abwaschen und den Ruß aus den Haaren bürsten konnten. Nona kroch, nachdem sie eine heiße Suppe gegessen hatte, sofort unter die Decken, Madeleine, weit unternehmungslustiger, wollte die Bekanntschaft mit den beiden Herren noch ein wenig vertiefen.

Der nächste Tag brachte die erste Enttäuschung. Nach einigem Umherirren durch die verwinkelten Straßen der Stadt mussten sie feststellen, dass Madeleines Großmutter schon vor zwei Jahren fortgezogen war. Eine Nachbarin erzählte ihnen, sie sei zu ihrem jüngsten Sohn nach Metz gegangen.

»Zu Onkel Charles werde ich auf gar keinen Fall kriechen. Der ist ein bigotter Pfarrer und leitet eine Besserungsanstalt für gefallene Mädchen«, schnaubte Madeleine ungehalten.

»Aber was sollen wir denn jetzt machen?«

»Uns Arbeit suchen, was sonst. Aber zuerst werden wir in ein Café gehen und eine heiße Schokolade trinken. Meine Fresse, ist das ein Mistwetter hier!«

Schneegraupel und ein strenger Ostwind machten den Aufenthalt im Freien wirklich nicht angenehm, und mit feuchten Säumen und zerzausten Haaren suchten die beiden jungen Frauen Unterschlupf in einem Kaffeehaus.

Nona war niedergeschlagen, Madeleine ebenfalls, doch das änderte sich bei ihr nach dem Genuss des heißen, süßen Kakaos, und schon begann sie wieder Pläne zu schmieden. In den Gazetten würden sie nach Stellen Ausschau halten, vielleicht gab es auch Vermittlungsagenturen für Arbeitskräfte, und wenn gar nichts mehr ging, würde man eben eine Weile die Knochenarbeit in den Spinnereien oder Webereien aushalten müssen.

Ohne große Begeisterung stimmte Nona ihr zu, und mit zwei Zeitungen bewaffnet wanderten sie zu ihrer Pension zurück.

Madeleine konnte leidlich Deutsch sprechen, sie hatte Nona auf der Reise auch einige Brocken beigebracht, und so arbeiteten sie sich durch die Anzeigen durch, schrieben jene heraus, die Möglichkeiten versprachen, und machten einen Plan, in welcher Reihenfolge sie am nächsten Tag dort vorsprechen würden. Den Abend ging Nona wieder früh zu Bett, und Madeleine vergnügte sich mit den Handlungsreisenden.

Am nächsten Morgen war sie fort.

Die Liste mit den Stellen hatte sie ihrer Freundin dagelassen zusammen mit der Nachricht, dass sie mit Heinz Knappecke nach Krefeld gehen würde. Er habe ihr eine Stelle angeboten, die sie nicht ausschlagen konnte.

Nona, die Frau mit den Feenhänden und der Seele eines zerbrochenen Schmetterlings, saß stumm vor Elend vor den Trümmern ihrer Existenz.

Halbseidenes Gewirk

Und wie so teuer der Kaffee,
Und wie so rar das Geld! – – –
Vorbei sind die Kinderspiele,
Und Alles rollt vorbei –
Das Geld und die Welt und die Zeiten,
Und Glauben und Lieb und Treu.

Heinrich Heine,
Mein Kind, wir waren Kinder

Das Jahr 1858 war angebrochen, und mit der ersten Post war Antwort eingetroffen. Mit einer vagen Hoffnung fischte ich das Schreiben mit der spinnenbeinähnlichen Handschrift von dem Tablett, auf das Hilde gewöhnlich die eingehenden Briefe legte. Schon im Treppensteigen riss ich das Kuvert auf.

Die Anrede ließ bereits jegliche Hoffnung schwinden.

Lediglich mein Name, ohne höflichen Zusatz, ohne verbindliche Floskel, stand da, dann folgten einige wenige, akkurat ausgerichtete Zeilen, die den preußischen Beamten ausmachten, der mein Schwiegervater war. Mit prägnanten Worten riss er meinen liederlichen Charakter in Fetzen, wies darauf hin, dass er nicht nur seinen Sohn enterbt habe, sondern sich damit auch jeder Verpflichtung gegenüber seinen Enkeln aus dieser unseligen Verbindung enthoben fühle, und forderte mich harsch auf, ihn künftig nicht mehr anzubetteln.

Das war deutlich.

Ich knüllte den Bogen zusammen und warf ihn mit nicht unbeträchtlicher Wut in den Kamin.

Dieser Mann war unter Schweinen nicht zu leiden. Aber das

änderte nichts daran, dass wieder eine Möglichkeit der Geldbeschaffung gescheitert war.

Nur eine mehr, denn als ich vor einigen Tagen vorsichtig bei Tante Caro nachgefragt hatte, ob sie möglicherweise gewillt sei, sich von ein, zwei kostbaren Schmuckstücken zu trennen, hatte es auch da einen tränenreichen Widerstand gegeben. Die Juwelen hatten ihr entweder Ferdinand selig oder ihre Eltern geschenkt, da *konnte* ich doch nicht verlangen, dass sie sich von ihnen trennte.

Außerdem gab sie seit jenem unglücklichen Zwischenfall bei Belderbuschs unausgesprochen mir die Schuld an der finanziellen Misere. Ihr Spatzenhirn brauchte wohl diese Verdrehung der Tatsachen, um sich in der prekären Lage überhaupt zurechtzufinden. Sie führte seither das Leben einer Stigmatisierten, verließ ihr Heim nur noch zum sonntäglichen Kirchgang, und das tief verschleiert, war für niemanden mehr »zu Hause«, sprich, ihre Empfangstage hatte sie gestrichen, und Gesellschaften suchte sie ebenfalls nicht mehr auf.

Ich hatte nicht so viele Skrupel. Zwar grüßten mich tatsächlich einige Damen der Gesellschaft nicht mehr, die Herren waren weniger zurückhaltend. Zwei jedoch hatten es sogar gewagt, mir unpassende Angebote ins Ohr zu flüstern.

Trotz allem ging auch ich wenig aus, lediglich mit den Kindern hatte ich in der Weihnachtszeit ein Puppentheater besucht, war mit ihnen zum Eislaufen gewesen, und wir hatten uns ein Krippenspiel angesehen. Das Neujahrskonzert hatte ich mir mit Madame Mira angehört und dabei festgestellt, dass mir nur noch wenige kritische Blicke folgten. Der Skandal würde vermutlich bald abklingen. Dennoch sah ich weiterhin keine Möglichkeit, einen Bankkredit zu erhalten.

Aber Geld benötigten wir, wenn ich nicht das festgelegte Kapital meiner Kinder angreifen wollte. Und das war die allerletzte Lösung. Derzeit lebten wir von den Zinsen, und ich brauchte nach und nach meine Mitgift auf. Sogar die obligatorische Reise ins Münsterland zur Familienweihnacht hatten wir mit Tante Caros vorgeschobener gesundheitlicher Indisposition entschuldigen müssen.

Meinen Schmuck hatte ich, bis auf das Medaillon, inzwischen schon verkauft, und als einzige Gegenstände von Wert blieben mir noch die beiden Teppiche, die mein Mann mit in die Ehe gebracht hatte – der riesige chinesische Seidenteppich, der Laura und Philipp zu so vielen abenteuerlichen Spielen inspirierte, und ein weiterer großer Perser, der den Boden meines Schlafzimmers bedeckte. Aber es würde schwierig sein, die Dinger loszuwerden. So auf Anhieb fiel mir niemand ein, der das Geschäft diskret hätte abwickeln können.

Um meine Gedanken in andere Bahnen zu lenken, begann ich, meine Schubladen aufzuräumen. Penible Ordnung zu halten war nicht meine Stärke, eine Zeit lang stopfte ich immer alles, was herumlag, irgendwo an leere Plätze. Aber dann und wann packte mich der Ehrgeiz, gründlich aufzuräumen. Es war jedes Mal eine richtiggehende Entdeckungsreise. Und vielleicht fand ich ja bei dieser Tätigkeit eine Eingebung, wie ich doch noch meinen Wunsch verwirklichen konnte.

Nachdem ich ein gutes Dutzend Strümpfe zu Paaren gerollt – drei einzelne blieben übrig, warum, das mochten die strumpffressenden Geister wissen –, Handschuhe einsortiert, einen zerbrochenen Fächer weggeworfen, einen anderen zur Reparatur zur Seite gelegt hatte, nahm ich mich der Täschchen an, um sie auszuleeren. Taschentücher für die Wäsche kamen zu Tage, einige Münzen, Eintrittbilletts zu verschiedenen Veranstaltungen, eine getrocknete Rose, ein vierblättriges Kleeblatt, das Laura gefunden hatte, zwei klebrige Kamellen, die vermutlich Philipp meiner Obhut anvertraut hatte, und eine angeknickte Visitenkarte.

Ich wollte sie schon wegwerfen, aber dann las ich den Namen doch noch mal.

LouLou Wever.

Die Dame mit dem zerrissenen Mieder.

Wie Madame Mira sagte, eine stadtbekannte Kokette.

Im weitesten Sinne konnte ich mich inzwischen wohl auf Grund meines undamenhaften Wortspiels auch dazuzählen. Die delikaten Einladungen der zwei Galane hatten das deutlich genug gemacht.

Das Fünkchen einer geradezu revolutionären Idee flackerte in meinem Hinterkopf auf. Sorgsam, damit es noch eine Weile seine Nahrung in meinen Gedanken fand, räumte ich die Taschen, Strümpfe und sonstigen Accessoires in die Laden und stieg dann zu Madame Miras Zimmer hinunter.

Sie lebte als Tante Caros Untermieterin in einer kleinen Zimmerflucht im dritten Stock und rief mich, als ich anklopfte, sogleich zu sich herein. Sie hatte es sich an dem gusseisernen Ofen in einem Schaukelstuhl gemütlich gemacht, auf dem Schoß einen der unvermeidlichen Abenteuerromane aus der Leihbücherei, auf der Nase einen runden Zwicker.

»Ariane, kommen Sie herein. Ich habe Holunderbeersaft heiß gemacht. Teilen Sie einen Becher mit mir, bei diesem Wetter schützt er vor Erkältungen!«

Ich nahm den Topf vom Ofen und füllte uns daraus den schwarzroten Saft ab, zog mir einen runden Lederpuff heran und setzte mich, so wie es meine Kinder bei ihr auch zu tun pflegten, zu ihren Füßen nieder.

»Na, nun erzählen Sie schon. Hat Caro wieder einen Anfall von Etepetete?«

Madame Mira hatte den Vorfall bei Belderbuschs mit geringer Aufregung honoriert und betrachtete die Prüderie und Schamhaftigkeit meiner Tante als reichlich überzogen.

»Nicht mehr als sonst auch. Ich bin noch immer ›persona non grata‹ bei ihr.«

»Sie sollte sich langsam mal wieder besinnen. Schließlich hat sie das Wortspiel auch verstanden, oder?«

Dieser Umstand war mir bisher noch gar nicht in den Sinn gekommen, und plötzlich fühlte ich mich deutlich weniger schuldbewusst.

»Wie peinlich für sie«, bemerkte ich, und Madame Mira

schenkte mir ein verschmitztes Lächeln. Ich schüttete ihr also auch den Rest meines Herzens aus.

»Je nun, aber mein Schwiegervater hat mir ebenfalls eine Abfuhr erteilt, weil ich gewagt hatte, ihn um Unterstützung für seine Enkel zu bitten.«

»Kein Versuch darf unterlassen werden, auch auf die Gefahr einer Demütigung hin. Ich wünschte, Ariane, ich könnte Ihnen mehr helfen. Aber mein Kapital ist über die Jahre hinweg auch recht zusammengeschmolzen, und wer weiß, wie viel ich künftig noch den Quacksalbern zahlen muss, damit sie mich am Leben erhalten.«

»Sie haben mir schon genug geholfen, Madame Mira. Nicht immer ist es Geld, was man braucht, oft ist Rat viel wertvoller. Und um Rat bitte ich Sie jetzt wieder einmal.«

»Nur zu, ein altes Weib wie ich hat mehr als genug davon.«

»Sie erinnern sich an unseren Ausflug zum Sommertheater an Ihrem Geburtstag?«

»Oh, und wie! Es war ein wundervoller Tag.«

Ich reichte ihr die Visitenkarte.

»Ich hatte den Eindruck, dass Sie etwas mehr über diese Lou-Lou Wever wissen als ich.«

Mit einem geradezu pfiffigen Ausdruck sah mich die alte Couturière an.

»Ein bisschen. Ich plaudere gelegentlich mit meinen Freundinnen, und einige von ihnen haben Söhne und Enkel. Natürlich sind alles nur Gerüchte, aber unter den jungen, möglicherweise auch den älteren Herren ist LouLou ein Begriff. Es heißt, dass sie eine Vaudeville-Künstlerin ist. Angeblich hat sie im Theater von Stollwerck recht freizügige Tänze gezeigt.«

»Eine Schauspielerin also?«

»Vielleicht, aber die verdienen selten genug Geld, um ein eigenes Unternehmen aufzumachen.«

»Woraus ich schließen sollte, dass sie Einnahmequellen anderer Art hat. Selbstverständlich solche, auf die eine wohlerzogene Dame nie kommen würde.«

Madame Mira kicherte.

»Ariane, Sie haben eine nette Art, die Dinge realistisch zu sehen.«

»Wenn es denn so lohnenswert ist, könnte ich ja in Erwägung ziehen, eine ähnliche Karriere anzustreben.«

»Nein, Liebelein, das können Sie nicht. Aber es steht Ihnen gut an, dass Sie weder schockiert sind noch offene Verachtung zeigen. Man weiß nämlich nie, was eine Frau zu diesem Weg gezwungen hat. Reine Lust an der Sache bestimmt nicht.«

»Vermutlich nicht. Was heißt aber, dass sie ein eigenes Unternehmen gründen will? Etwa ein Freudenhaus eröffnen?«

Jetzt lachte Madame Mira laut auf.

»Unverblümt sind Sie wirklich, Ariane. Nein, nein, man munkelt, sie wolle ein Unterhaltungslokal führen. Welcher Art, weiß ich nicht genau, aber da sogar zwei meiner Bekannten davon sprachen, nehme ich an, dass es sich wohl um so etwas halbwegs Anständiges wie ein Tanzcafé oder Ähnliches handeln wird. Aber nun verraten Sie mir doch, warum Sie diese Auskünfte benötigen, Liebes.«

Ich stärkte mich mit einem Schluck des heißen, süßen Holunderbeersafts, der mir prompt die Schweißperlen auf die Stirn trieb. Vielleicht wurde ich auch ein bisschen rot.

»Die Idee, Kleider zu entwerfen, scheint mir noch immer gut, Madame Mira. Aber Kundschaft aus den vornehmen Kreisen werde ich zunächst nicht bekommen. Darum habe ich mir überlegt, ob ich meine Dienste nicht denjenigen Damen anbieten sollte, die zwar vermögend, aber nicht gesellschaftsfähig sind. Bei denen könnte ich möglicherweise auf ein Atelier verzichten und zu ihnen in die Wohnung kommen. Und da ist mir eben LouLou Wever eingefallen.«

»Mhm!«, sagte Madame Mira und nippte an ihrem Becher. »Mhm.«

»Sie lehnen es ab?«

»Nein, Ariane. Im Gegensatz. Ich bin nur etwas erstaunt über Ihre Gedankengänge.« Und dann grinste sie verschwörerisch.

»Die besten Geschäfte habe ich seinerzeit mit der Musselingesellschaft gemacht. Definitiv die allerbesten. Damals waren die Sitten jedoch weit freizügiger als heute – die Revolution, der Krieg –, da hatte man andere Sorgen, als sich um den guten Ruf zu kümmern. Wenn Sie heute mit der Halbwelt Geschäfte machen, wird Sie das aus der vornehmen Welt weiter ausgrenzen.«

»Ja, das gilt es zu bedenken. Andrerseits, Madame Mira, wird mich auch über kurz oder lang die Armut ausgrenzen. Unsere Beutezüge bei dem alten Isaak werden irgendwann ruchbar werden, Tante Caros Missgriff mit den Aktien scheint sich bereits herumgesprochen zu haben, unser Mangel an Hauspersonal hat zumindest schon die Dichterfürstin stutzig gemacht. Ich weiß nicht, wie lange wir die Fassade noch aufrechterhalten können. Ich wage gar nicht daran zu denken, was passiert, wenn größere Reparaturen am Haus vorgenommen werden müssen. Es gibt schon eine feuchte Stelle oben im Dach.«

»In schäbiger Wohlanständigkeit kann man eine Weile überdauern, damit haben Sie recht. Aber irgendwann bröckelt die Fassade.«

Ich legte den Kopf auf die Knie. Was war der Preis für die Maske der Ehrbarkeit? Ständig kleine Lügen und Ausflüchte finden, immer auf der Hut sein, seine Sorgen nicht zu verraten, jeden Pfennig dreimal umdrehen, nie großzügig sein dürfen? Nur damit die dünkelhaften Damen uns weiter zu ihren steifen Geselligkeiten einluden?

Oder ich einen passenden Gatten fand?

Pah, mein nichtsnutziger Gatte selig hätte meine Bedenken mit einem Lachen beiseitegewischt. Ihm war es immer vollkommen gleichgültig, was die Leute von ihm dachten, und seltsamerweise hatten sie ihn dennoch akzeptiert.

Vielleicht sollte ich mir ein wenig von seiner Skrupellosigkeit zu eigen machen.

Ich hob den Kopf wieder und sagte: »Ich muss es ja nicht an die große Glocke hängen, sollte sie mir einen lukrativen Auftrag erteilen.«

»Nein, das müssen Sie nicht. Es mag eine Weile gut gehen, Ariane. Und haben Sie erst Erfolg, schaut man über manches hinweg. Wenn Sie va banque spielen wollen, dann versuchen Sie es. Sie haben LouLou einen Gefallen getan, damals im Sommer. Nutzen Sie diesen Kredit, sprechen Sie bei ihr vor, und erzählen Sie von Ihren Plänen.«

»Sie meinen wirklich?«

»O ja. Ich meine wirklich.«

Ich verfasste noch am selben Tag ein Billett, in dem ich Frau Wever bat, sie besuchen zu dürfen. Am nächsten Morgen schon hatte ich die Einladung in der Hand, in der sie mich für drei Uhr zu sich bestellte.

Ich kleidete mich sorgfältig an – nicht zu aufwändig, denn sie hatte mich als kleine Näherin kennengelernt, also mochte ich nicht in großer Nachmittagsrobe in ihr Haus rauschen. Ein dunkelblaues Straßenkleid, keinen Reifrock, ein samtbesetzter Wollumhang und ein mit etwas Pelz besetztes Hütchen gaben mir den Anstrich einer ambitionierten Handwerkerin.

Trotzdem war ich aufgeregt. So aufgeregt, dass meine Hände feucht waren, als ich den kurzen Weg über den Gürzenich zur Schilderstraße hinter mich gebracht hatte. Zum Glück war es in den vergangenen Tagen trocken geblieben, sodass ich wenigstens nicht mit schmutzigen Rocksäumen vorsprechen musste.

LouLou Wever bewohnte eines der schmalbrüstigen, zweigeschossigen Häuser, das frisch angestrichen war und eine elegant geschnitzte Eingangstür besaß. Eine mürrische Person öffnete mir und bildete den krassen Gegensatz zur heiteren Fassade. Die ältliche Haushälterin führte mich mit gebrummten Kommentaren ins erste Stockwerk, wo Frau Wever offensichtlich ihren Salon eingerichtet hatte.

LouLou Wever erhob sich hinter dem zierlichen Sekretär, an dem sie etwas geschrieben hatte, und trat mit ausgestreckten Händen zu mir.

»Herzlich willkommen, Frau Kusan. Ich freue mich, dass Sie den Weg zu mir gefunden haben. Kommen Sie, wir setzen uns an den Kamin und trinken eine Tasse Kaffee. Ein schrecklich kalter Wind weht heute.«

Ich brachte nur ein paar Floskeln hervor, denn die Dame, die mir hier gegenübertrat, hatte wenig gemein mit der Frau, der ich im Sommer das Mieder geflickt hatte. Sie trug ein ausgezeichnet geschneidertes Kleid aus feinster, mattgrüner Wolle, und ihre mahagoniroten Haare waren sorgfältig zu einem Kranz frisiert. Ihr Gesicht war sicher nicht schön zu nennen, zu scharf sprang ihre Nase hervor, zu spitz war das Kinn, doch der Gesamteindruck war sehenswert, apart und auf jeden Fall nicht leicht zu vergessen. Sehr dezent hatte sie ihre Vorzüge mit Kosmetika betont, aber sie würde erst im Alter ihre wahre, wie gemeißelte Schönheit entwickeln.

Die Haushälterin brachte einen Servierwagen mit Kaffeekanne und einer Etagere mit feinen Gebäckstücken herein. Als sie wieder verschwunden war, fragte meine Gastgeberin: »Was kann ich für Sie tun, Frau Kusan? Ich schulde Ihnen auf jeden Fall noch einen Shawl und einen Gefallen, nicht wahr?«

Mir wurde plötzlich klar, wie sehr deutliche Worte, selbst wenn sie freundlich gemeint sein sollten, einen Menschen in Verlegenheit bringen konnten. Sie weckten in mir das Gefühl, als sei ich um das Einfordern einer Schuld, oder schlimmer noch, als Bittstellerin gekommen. Verlegen sah ich auf meine Hände und merkte, dass ich die Finger mit weißen Knöcheln verschränkt hatte. Ich löste sie und gab mir selbst einen Schubs. Offene Worte konnte ich auch äußern.

»Ich möchte nicht den Eindruck erwecken, dass ich etwas zu fordern hätte, Frau Wever. Ich hatte vor, Ihnen einen Vorschlag zu unterbreiten.«

»Dem zuzuhören Sie von mir einfordern?«

Ich sah ihr ins Gesicht und merkte ein Glitzern in ihren Augen.

Na gut.

»Richtig. Sie haben mich damals für eine kleine Näherin gehalten. Nun, ich bin etwas mehr als das. Ich ziehe es vor, mich als eine Couturière zu bezeichnen.«

»Natürlich. Ich habe Sie auch fälschlich als Fräulein angesprochen, nicht wahr?«

»Ich bin verwitwet und habe zwei Kinder, Frau Wever. Und ich bin in der schwierigen Situation, dass ich alleine für sie sorgen muss, da ich von meiner Familie keine Unterstützung zu erwarten habe.«

»Da sind wir unserer schon zwei.«

Jetzt zuckte es auch um ihre Mundwinkel.

»Ich bin weiterhin in der ausgesprochen schwierigen Lage, dass ich derzeit meine Leistungen den Damen der – mhm...«

Verflixt, was immer ich jetzt sagte, es war wieder einmal von krasser Unhöflichkeit.

LouLou Wever ergänzte ungerührt: »... sie nicht unseren gutbürgerlichen Damen anbieten können. Die Gelegenheit haben Sie sich mit einem wohlgezielten Faustschlag zunichtegemacht.«

So war das also. Bis hierhin war mein verbaler Missgriff vorgedrungen.

»Verzeihen Sie, Frau Kusan, ich habe mir, da ich mich an Ihren Namen erinnerte, erlaubt, einige Erkundigungen über Sie einzuholen, als mir Marquardt im Dezember von diesem fulminanten Auftritt bei Belderbuschs berichtete. Verdammt, was hätte ich da gerne Mäuschen gespielt!«

»Huch!«

Jetzt grinste sie mich breit an.

»Schlagfertigkeit ist eine hohe Kunst. Sie auch noch in saubere Reime zu verpacken, ist in meinen Augen ein unschätzbarer Wert. Sie werden gleich verstehen, warum.«

Und dann berichtete LouLou Wever mir von ihren Plänen. Sie war dabei, ein kleines Vaudeville-Theater zu eröffnen. Im Nordwesten von Köln, an der alten Stadtmauer, hatte sie bereits ein entsprechendes Gebäude gemietet.

»Unsere Stadtväter haben den Bau des Central-Bahnhofs gebilligt, und die Brücke nach Deutz wird auch gebaut, Frau Kusan. Damit ist Köln ein Verkehrsknotenpunkt und angebunden an die großen Ost-West- und die Nord-Süd-Verbindungen. Reisende werden hier Aufenthalt nehmen, um auf ihre Anschlüsse zu warten. Sie brauchen Unterkünfte, viel mehr aber auch Unterhaltung. Keine vornehmen Theaterstücke, Opern oder Schauspiele, sondern witzige Einakter, Mädchen, die freche Couplets singen, Frauen, die beim Tanzen die Beine zeigen. Dabei möchten sie Champagner und Wein trinken und mit den Serviermädchen flirten. Das will ich ihnen bieten. Schockiert Sie das, Frau Kusan?«

Ich hatte geradezu fasziniert zugehört. LouLou Wever hatte einen glasklaren und messerscharfen Verstand, und ich zweifelte keinen Augenblick daran, dass sie mit der Einschätzung der Lage völlig richtig lag. Ich hatte gewusst, dass sie sich am Rande der guten Gesellschaft oder sogar in der Halbwelt bewegte. Mir war durchaus klar, dass ich, wenn ich mit ihr ins Geschäft käme, mich ebenfalls an dieser Grenze bewegen würde. Einen kleinen Augenblick zögerte ich.

Dann dachte ich an meine Eltern.

Und warf meine Bedenken genauso über Bord wie Philipp ein meuterndes Besatzungsmitglied.

»Die Sängerinnen und Tänzerinnen werden aufsehenerregende Gewänder benötigen, die Schauspieler Kostüme«, überging ich ihre Frage nach meiner sittlichen Befindlichkeit. »Und die Serviermädchen sollten ebenfalls einheitliche, ansprechende Kleider tragen.«

Anerkennend nickte sie.

»Sie wittern ein Geschäft.«

»Sie nicht?«

»Doch.«

Wir sahen uns eine Weile schweigend an. Dann fuhr sie fort: »Ich nehme an, dieses schlichte Kleid, das Sie heute tragen, haben Sie geschneidert.«

»Richtig.«

»Ich kaufe keine Katze im Sack. Können Sie mir ein, zwei möglicherweise aufwändigere Kreationen zeigen?«

»Natürlich.«

»Und schlagfertige Verse können Sie auch dichten, nicht wahr?«

»Ich fürchte, ja.«

»Ein Kapital, Frau Kusan. Nutzen Sie es. Ich zahle gut für ein paar freche Reime.«

»Sie meinen …« Jetzt war ich tatsächlich perplex. LouLou Wever jedoch überging meine momentane Sprachlähmung und sagte: »Kommen Sie morgen mit Ihren Roben vorbei, und nun essen Sie endlich einen dieser Kuchen. Meine Haushälterin ist zwar ein mürrisches Huhn, aber backen kann sie.«

Da mir mehrere Steine vom Herzen gefallen waren, folgte ich ihrem Rat, und bei dem köstlichen Gebäck plauderten wir anschließend noch eine halbe Stunde über allerlei Nichtigkeiten.

Die Welt war wieder heller geworden für mich.

Die Versenkung

*Etwas lernen
und mit der Zeit darin immer geübter werden,
ist das nicht auch eine Freude?*

Konfuzius

Die Welt um ihn herum war heller geworden. Der Frühling kam früh nach Suzhou, und das erste Grün spross bereits am Rande des kleinen Bachlaufs, der am Kloster vorbeifloss.

Die Welt in seinem Inneren jedoch war weiter von Schatten verhüllt, und nur mit gewissenhafter Disziplin lebte er Tag für Tag weiter.

Natürlich hatte er Fortschritte gemacht. Sein Atem gehorchte ihm besser als früher, er konnte weitere Strecken gehen, ohne zu ermatten. Sein geduldiger Lehrer hatte ihm nun gezeigt, wie er mit langsamen Bewegungen seiner Arme das *qi* durch seinen Leib leiten konnte. Anfangs hatte er sich geweigert, die seltsamen Figuren nachzuahmen. Es war ihm peinlich, sich mit schulterbreit auseinandergestellten Füßen in einen imaginären Sattel zu hocken. Genauso erschien es ihm unsinnig, dabei die Arme mit offenen Händen vor sich auszustrecken und dann Luft nach unten zu drücken. Aber so sanft und freundlich der Mönch sprach, so unerbittlich forderte er auch.

Inzwischen hatte er sich damit abgefunden, diese Übungen zu absolvieren, und er durfte inzwischen sogar schon den Vogel am Schwanz fassen, eine der blumigen Bezeichnungen für bestimmte Bewegungsabfolgen. Er hatte gemerkt, dass die ausschließliche Konzentration auf seine Bewegungen und seinen Atem ihm halfen, die Geister der Vergangenheit zu bannen. Sie stahlen sich nicht mehr so häufig uneingeladen in seine Gedanken. Doch gerade heute, an diesem sonnigen Tag, fielen sie wieder über ihn her. Gestern, am Neujahrstag nach dem chinesischen Kalender, war George Liu vorbeigekommen. Er hatte ihn in den letzten zwei Monaten ungefähr jede Woche einmal besucht. Kurz nur, und nur mit wenigen Neuigkeiten, die er den Zeitungen entnahm. Der britische Admiral Seymour hatte im Dezember Kanton erobert. Der Taiping-Aufstand war noch immer nicht beendet, aber das Blatt wendete sich für die Europäer. Diese Tatsachen hatten ihn wenig berührt. Tiefer betroffen hatte ihn die Nachricht, dass Tianmei sich das Leben genommen hatte. Er hatte sich sogar die Mühe gemacht, George ein paar mitfühlende Worte zu sagen. Sie war seine Mutter, und sie hatte die Schande, die ihre Tochter Ai Ling über sie gebracht hatte, nicht ertragen. George hatte sie an einer seidenen Schnur hängend an einem Pfirsichbaum in ihrem Garten vorgefunden. Ein in schönster Kalligraphie geschriebener Abschiedsbrief lag in dem Lackkästchen zu ihren Füßen. Dieses Kästchen hatte George ihm gestern vorbeigebracht, und einer der Mönche hatte ihm die von Trauer und Scham diktierten Zeilen vorgelesen, da seine Kenntnisse der Schriftzeichen sehr begrenzt waren.

Tianmei, die Geliebte seines Paten Servatius, dem sie die Kinder George und Ai Ling geboren hatte, schenkte ihm das Haus in Suzhou, das Servatius für sie gebaut hatte, als Wiedergutmachung für das Leid, das ihre Tochter ihm zugefügt hatte.

Die entsprechend gesiegelten Urkunden befanden sich ebenfalls in dem Lackkästchen.

Die Betroffenheit ging tiefer, und sie weckte die Schar der Dämonen, sodass er sich erschöpft an das Geländer der hölzernen Brücke lehnen musste.

Unter ihm glitt das klare Wasser so ruhig dahin, dass er sein eigenes Spiegelbild erkennen konnte. Oder besser – das Geschöpf erblickte, das sich über das Geländer lehnte. War das er? Dieses verwilderte Wesen, dessen verfilzte Locken und ein struppiger

Bart ein hohlwangiges Gesicht umgaben? Dessen eingesunkene Augen ihm entgegenstarrten? Oder war einer der Dämonen leibhaftig aus dem Flussbett gestiegen, um ihn zu quälen?

Er hob die Hand – der andere tat es auch.

Er fuhr sich durch die Haare. Über den Bart.

Was war nur mit ihm geschehen? Nackte Verzweiflung überkam ihn. Er war nicht mehr er selbst. Ein behaartes Gerippe, kaum mehr als Mensch zu erkennen.

Er schüttelte sich und fuhr sich über die Augen, wie um das Gesehene fortzuwischen. Und als er wieder hochschaute, sah er einen der jüngeren Mönche auf einem bemoosten Trittstein im Bachlauf stehen. In schwerelosem Gleichgewicht hielt er sich auf einem Bein, und mit traumgleichen Bewegungen vollführte er einen fließenden Tanz mit den Händen.

Gleichgewicht – das war es, was er wiederfinden musste. Nicht üben, auf einem Bein zu stehen, so weit war er noch lange nicht. Alles war so erbärmlich in Unordnung geraten, durch Gleichgültigkeit und Vernachlässigung, und das galt es wieder zu stabilisieren. Früher hatte er sich immer für einen ausgeglichenen Menschen gehalten, leidenschaftlich zwar und dynamisch, aber nie wirklich haltlos.

Das war er erst in den letzten Jahren geworden. Er musste zurückgewinnen, was einst selbstverständlich gewesen war.

Und eingedenk dessen, was man ihn gelehrt hatte, lenkte er seinen Atem und die Lebenskraft in seinen Körper.

Diesmal fühlte es sich richtig an, nicht ungewohnt oder albern. So stand er selbstversunken auf der Brücke und formte die Luft mit seinen Händen.

Mit einem Mal, ganz unerwartet, erkannte er die Schönheit um sich herum. Die biegsamen, lichtgrünen Weidenzweige, die in das stille Wasser tauchten, die moosigen Ufer, die weißgetünchten Klostermauern, deren gebogene Giebel in vollendeter Harmonie zu den geschmeidigen Bäumen standen. Die Pagode ragte hinter ihnen auf, und volltönend klang die Glocke durch die klare Luft. Stärke erfüllte ihn, straffte seine Muskeln, weitete seine Lunge und belebte sein Blut. Gemächlich beendete er seine Übungen und kehrte dann in den Klosterhof zurück. Erstmals seit er in diesem Sanktuarium die Augen geöffnet hatte, verspürte er Hunger.

Und das Bedürfnis nach einer Haarschere und einem Kamm.

Kleine Samariter

*Edel sei der Mensch,
hilfreich und gut!*

Johann Wolfgang von Goethe,
Das Göttliche

Laura war besonders stolz auf sich. Sie hatte ein Versteck gefunden, das bisher noch keiner entdeckt hatte. Obwohl Franz, der Sohn des Hausmeisters, und die beiden Töchter der Wäscherin zweimal an ihr vorbeigelaufen waren.

»Hab ich dich!«

»Philipp!«, quiekte sie erschrocken auf, als ihr Bruder sie am Kragen packte und zwischen den Ascheneimern hervorzog.

»Bah, siehst du aus. Mama wird Läuse kriegen, wenn sie dich sieht.«

Schuldbewusst betrachtete Laura ihre ehemals weiße Schürze. Rußspuren und vermutlich Schlimmeres befleckten sie in einem recht unansehnlichen Muster.

»Ich wasch sie nachher aus. Und ich bügle sie auch selbst.«

»Mach du das mit Mama aus, aber lass dich bloß nicht von Tante Caro so erwischen.«

Laura nickte. Mama war in Ordnung, sie hatte nichts dagegen, wenn sie, nachdem die Schulaufgaben erledigt waren, im Hinterhof spielten. Hier fand sich auch eine Rasselbande Gleichaltriger zusammen, Kinder der Handwerker und Dienstboten, die in den Hinterhäusern wohnten. Selbstverständlich waren die in den Augen der vornehmen Tante Caro kein Umgang für sie, aber was sie nicht wusste... Mit Mama hatten sie ein Komplott geschmiedet. Wenn Tante Caro ausgegangen war oder ihren Empfangstag hielt, dann durften sie ihrem Vergnügen im Hof nachgehen.

Heute war nach langer Zeit mal wieder Empfangstag. Irgendwas war kurz vor Weihnachten vorgefallen, das das Klima im Haushalt sehr frostig gestaltet hatte, und sie wie auch Philipp hatten das untrügliche Gefühl, dass ihre Mama daran Schuld trug. Sie hatte aber nicht mit ihnen darüber gesprochen, und das hatte sie zusätzlich unsicher gemacht. Aber bei einem aufregenden Versteckspiel konnte man das alles vergessen.

Ein leiser Schrei weckte ihre Aufmerksamkeit. Laura tauchte hinter den Ascheneimern auf und sah gerade noch, wie der Hausmeisterssohn einen Apfelstrunk aufklaubte und ihn auf eine zusammengekauerte Gestalt bei den Mülltonnen warf.

»Hau ab, wir wollen keine Bettler hier!«, brüllte er und nahm einen spitzen Stein auf.

Der Schmerzenslaut, als er traf, klang jämmerlich, die Gestalt rappelte sich auf, versuchte durch das Tor zu entkommen, stürzte aber auf das Pflaster.

Einen zweiten Stein konnte Franz nicht mehr werfen, Laura war wie eine Furie auf ihn gesprungen.

»Lass das! Siehst du nicht, dass die krank ist?«

»Quatsch! Die schleppt nur Ungeziefer rein!«

Neugierig war Philipp zu der Frau in dem schmuddeligen grauen Mantel getreten und sah sie an.

»Können wir Ihnen helfen, Fräulein?«, fragte er, eingedenk der guten Manieren, die seine Mutter ihm eingebläut hatte. Sie machten auch vor einer Bettlerin nicht Halt. Doch dann zuckte er doch zusammen, denn aus dem unnatürlich blassen Gesicht schauten ihn müde rosafarbene Augen an. In der Hand hielt die Frau einen schmalen Seidenschal, den sie schnell in der Tasche ihres Mantels verschwinden ließ.

»Isch versteh nischt. Pas d'allemand.«

Laura kam jetzt auch herbei, und als die Frau – sie war noch gar nicht alt, trotz der weißen Haare, die unter dem löchrigen Schal hervorlugten – sich aufzurappeln versuchte, half sie ihr.

»Sind Sie krank? Hat der Stein Sie verletzt?«

»Sie versteht kein Deutsch«, informierte ihr Bruder sie.

»Oh. Dann sollten wir Mama holen. Die kann fremde Sprachen.«

»Mama empfängt heute.«

»Pah, die langweilt sich bestimmt zu Tode in dem Gluckenhaufen. Sie hat gesagt, wenn was wichtig ist, sollen wir sie ruhig rufen.«

»Dann mach das, aber zieh vorher diesen Schmierlappen aus.« Nach diesen aufmunternden Worten wandte sich Philipp wieder an die Weißhaarige und sprach ganz langsam zu ihr: »Laura holt Mama. Sie hilft Ihnen.«

»Maman?«

Philipp deutete auf sich und dann hinter Laura her.

»Deine Maman.« Die Frau nickte und versuchte noch einmal aufzustehen. Philipp deutete ihr an, dass sie am Boden sitzen bleiben sollte.

Laura hatte die Schürze in der Küche achtlos über einen Stuhl geworfen und stob die Treppe hinauf zum Salon. Das war ja wie Captain Mio aus Seenot retten! Nur viel aufregender. Sie hielt sich nicht lange mit höflichem Anklopfen auf – es war ja schließlich ein Notfall, oder? –, sondern machte die Tür auf und bremste ihren Lauf gerade so weit ab, dass sie einen kleinen Knicks zelebrieren konnte.

»Mama, wir haben eine kranke Frau gefunden, kannst du helfen kommen? Franz hat nämlich mit Steinen nach ihr geworfen!«, sprudelte sie hervor.

»Laura, Kind, du kannst doch hier nicht einfach so hereinstürzen. Wir haben Besuch!«

Tante Caro machte ein empörtes Gesicht, und auch die anderen Damen, vier an der Zahl, maßen sie mit höchster Missbilligung.

Nur Mama stand sofort auf, machte eine steife kleine Verbeugung und sagte mit kühler Stimme, die sie immer dann hatte, wenn *sie* etwas missbilligte: »Verzeihen Sie, meine Damen, wie es aussieht, muss ich mich um eine Verletzte kümmern. Tätige Nächstenliebe ist hoffentlich auch in Ihren Augen der Diskussion über Wohltätigkeitsveranstaltungen vorzuziehen. Einen angenehmen Nachmittag noch, meine Damen.«

Laura war stolz auf Mama!

»So, und wo ist das Opfer, Laura?«

»Im Hof. Philipp ist bei ihr. Aber sie kann nicht Deutsch. Und sie ist ganz weiß.«

Sie eilten die Stiege hinunter, so schnell es die weiten Röcke des ausladenden Besuchskleids erlaubten, und dann lief Mama auch schon auf die Frau zu.

»Fräulein, sind Sie verletzt?«

»Madame, isch nischt verstehen.«

»Vous êtes blessée? Malade?«

Philipp seufzte genauso erleichtert auf wie die Weißhaarige. Mama war wunderbar. Sie konnte mit ihr sprechen, und nach einem kurzen Wortwechsel half sie ihr sogar auf.

»Philipp, Laura, dies ist Mademoiselle Nona aus Lyon. Sie hat kein Geld und ist sehr hungrig. Wir werden jetzt in die Küche gehen und ihr etwas zu essen richten. Wo ist deine Schürze, mein Fräulein?«

Mist, Mama merkte aber auch alles.

»Sie ist ein bisschen schmutzig geworden, darum hab ich sie abgenommen, bevor ich dich geholt hab.«

»Kluges Kind.« Mama bugsierte die hinkende Frau durch den Hintereingang in die Küche und half ihr, sich auf einen Stuhl nahe am Herd zu setzen. Hier in dem warmen Raum merkte man, dass sie nicht besonders gut roch, und ein Blick auf Mamas Gesicht zeigte Laura, dass auch sie es bemerkt hatte.

»Ihr zwei werdet am besten den Badeofen anheizen. Das könnt ihr doch.«

»Ja, Mama.«

»Dann beeilt euch. Wenn Tante Caro fragt, was los ist, dann schickt sie zu mir.«

»Ja, Mama.«

Laura wäre zwar gerne in der Küche geblieben, um mehr über diese seltsame Nona zu erfahren, andererseits drängte es sie auch, sich mit ihrem Bruder über das Erlebnis auszutauschen.

Der kniete schon am Ofen und befüllte ihn mit zerknüllten Zeitungen und Kienspänen. Laura reichte ihm die Schachtel mit den Zündhölzern.

»Tante Caro war sauer«, erklärte sie kurz.

»'türlich. Aber Mama hat das gut gemacht. Der Pastor sagt doch immer, dass man den Armen helfen soll.«

»Sie ist arm, nicht? Mama hat gesagt, sie hat kein Geld.«

»Sie hat im Abfall nach Essensresten gesucht, hat Franz gesagt. Das tut nur das Bettelvolk, sagt er.«

»Franz ist ein Stinkstiefel.« Dann rieb sich Laura die Nase, und etwas Kohlenstaub blieb daran hängen. »Aber...« Ein furchtbarer Gedanke fasste in Laura Fuß. »Weißt du, Mama hat doch gesagt, wir hätten auch kein Geld. Glaubst du, dass wir auch bald hungern müssen?«

»Sie hat gesagt, Tante Caro hat ihr Vermögen verjuxt, und wir haben nur ganz wenig Geld. Aber ich denke, Mama wird schon eine Möglichkeit finden, damit wir was zu essen haben. Und ich kann auch schon arbeiten. Zeitungen austragen oder so was.«

Laura bedachte das und nickte. »Ich könnte Blumen verkaufen oder so.«

Das Feuer brannte, und Philipp legte ein paar Kohlen nach. Es würde noch einige Zeit dauern, bis das Wasser in dem emaillierten Kessel heiß war, und darum schlüpfte Laura in die Küche zurück. Nona löffelte einen Teller Suppe leer und hatte einen Becher mit heißer Honigmilch vor sich stehen. Mama war nicht in der Küche.

»Maman change la robe«, erklärte Nona und machte eine Handbewegung über ihr Kleid.

Mama zieht sich um, übersetzte Laura sich die Worte, denn Robe konnte man ja verstehen. Außerdem mochte Mama die weiten Reifröcke nicht. Das sagte sie immer wieder. Sie selbst mochte die weiten Unterröcke aber gern. Na ja, nicht beim Versteckspielen oder so. Sie stibitzte eines der delikaten Kanapees, die Hilde für die Besucherinnen angefertigt hatte; eingedenk der drohenden Hungerszeit musste man sehen, dass man noch etwas in den Magen bekam, bevor es zu spät war.

Stimmen waren dann vor der Tür zu hören, und Mama kam mit Hilde in die Küche.

»Nein, Hilde, sie bleibt. Sie können es der gnädigen Frau gerne sagen. Ich werde das selbst mit ihr klären.« Dann sah sie die leere Stelle auf dem Tablett, und Laura versuchte, so schnell wie möglich das Käseschnittchen runterzuwürgen.

»Du weißt, dass das verboten ist, Laura!«

»Mhmh.«

Mit grimmigem Blick entfernte Hilde das Tablett, arrangierte es neu und verschwand.

»Geh nach oben, Laura, und richte das Bett im Kämmerchen. Und dann könnt ihr entweder weiter draußen spielen oder euch oben das Buch mit den Kostümen anschauen, das ich mitgebracht habe.«

Dankbar, so gelinde davongekommen zu sein, erfüllte Laura die Aufgabe, die kleine Dienstbotenkammer zu richten, sorgfältig. Dann ging sie ins Nähzimmer und stürzte sich voll Freude auf den voluminösen Band, in dem die Kleider und Trachten aller Völker und Kulturen abgebildet waren.

Philipp kam kurz darauf hinzu, und schon begann ein ernsthaftes Geplänkel, denn er wollte vor allem die Ritterrüstungen und die Indianer ansehen, während sich Laura für die barocken Kostüme erwärmte.

Der Streit zwischen ihnen endete in dem Augenblick, als ein anderer lautstark zu eskalieren drohte. Im Treppenhaus waren Tante Caro und Mama aneinandergeraten, und in unausgesprochener Einigkeit öffneten die Geschwister die Tür einen Spalt, um zu lauschen.

»Sie bleibt hier, Tante Caro, was immer du sagst. Und komm

mir nicht wieder mit dem Argument, dass wir uns einen Esser mehr nicht leisten können. Die einzige, die hier das Essen, die Kohlen und das Gas bezahlt, bin ich, und das gibt mir wohl ein gewisses Mitspracherecht, wem ich Unterkunft gewähre.«

Tante Caros Antwort war nicht zu verstehen, Mamas Erwiderung umso deutlicher. Sie klang scharf und kalt.

»Es schert mich einen Dreck, was die Leute denken. Aber ich kann gerne meine Sachen packen und ausziehen. Dann kannst du sehen, wer für deine Haushaltskosten aufkommt.«

Wieder ein empörtes Gemurmel und dann: »Das kann ich sehr wohl. Ich werde dir immer dankbar sein, dass du uns damals ein Zuhause gegeben hast, aber ich werde nicht die Schuld für deine Dummheiten in finanziellen Angelegenheiten auf mich nehmen. Ist das klar? Und nun finde dich damit ab, dass Fräulein Nona hier einige Zeit wohnt, oder nimm in Kauf, dass ich ausziehe!«

Mama rauschte die Treppe hoch, und Laura und Philipp konnten gerade noch einen Satz nach hinten machen, als sie wütend die Tür aufriss.

»Ihr habt gelauscht!«

»Ja, Mama.«

Sie fegte durch den Raum, und einige lose Blätter flatterten vom Tisch, an dem sie die Tage zuvor gearbeitet hatte. Laura fing sie auf und legte sie wieder zurück. Es waren Zeichnungen von Kleidern, die sie gerne näher betrachtet hätte, aber da Mama schlimmer schnaubte als der Drachen auf dem Teppich, machte sie sich lieber ganz klein. Noch einmal durchquerte Mama das Zimmer im Sturmschritt, trat Captain Mio auf den Schwanz, der kreischend unter den Sessel flüchtete, und hielt dann endlich ein.

»Entschuldigung. Ich habe mich aufgeregt. Entschuldigung, Mio. Ich habe dir wehgetan. Ach, soll die doch der Teufel frikassieren. Ich bin es so leid, immer den Sündenbock abzugeben.«

»Ja, Mama.«

»Ich habe Nona in die Wanne gesteckt. Ich suche ihr jetzt noch ein paar Kleider heraus, bring sie zu Bett, und anschließend komme ich zu euch und erkläre euch alles.«

»Ja, Mama.«

Es war aufregend, was sie zu berichten hatte. Dass sich in den letzten Wochen irgendetwas getan hatte, war ja nicht zu übersehen gewesen. Mama war viel häufiger als sonst ausgegangen, dann hatte sie angefangen, Bücher mit Bildern von Gewändern zu studieren, drei große Pakete waren abgegeben worden, stundenlang hatte sie mit Madame Mira zusammengesessen – und nun kam es raus.

»Ich werde für ein kleines Theater die Kostüme entwerfen und schneidern. Das wird Tante Caro überhaupt nicht passen, weil sie es für unschicklich hält.«

»Das Schneidern?«

»Das Schneidern für Geld und dass es für ein Theater ist.«

»Aber wir brauchen doch Geld, oder? Ich meine – um nicht hungern zu müssen wie Fräulein Nona.«

»Ganz richtig. Nur fürchte ich, dass Tante Caro dieser Konsequenz noch nicht ins Auge gesehen hat.«

»Ich werde dir helfen, Mama. Ich kann schon ganz gut gerade Säume nähen. Und Philipp kann prima Nähte auftrennen. Und ein bisschen Nähen kann er auch. Gehen wir wieder zum alten Isaak?«

»Nein, meine Süßen, diesmal haben wir das Vergnügen, mit ganz neuen Stoffen arbeiten zu können. Sie sind bei Madame Mira unten. Wollen wir sie uns mal ansehen?«

Laura war begeistert, und Philipp, der sich von der Fron des Auftrennens erlöst sah, stimmte einigermaßen gutwillig zu.

Madame Mira freute sich sichtlich über ihren Besuch und legte Kneifer und Buch beiseite. Mit Vergnügen schlüpfte sie in die Rolle einer beflissenen Verkäuferin.

»Die jungen Herrschaften möchten die gelieferte Ware prüfen? Vielleicht eine neue Frühjahrsgarderobe bestellen? Treten Sie näher, treten Sie ein in Madame Miras Salon, Messieurs dames. Prüfen Sie, bewundern Sie, fragen Sie.«

Es war lustig, ganz wie in einem vornehmen Geschäft.

In dem Packen lagen Rollen mit rotem, weißem, schwarzem und grünem Stoff. Madame Mira griff zur Schere, schnitt von jedem ein Stück ab und reichte es ihrer Kundschaft.

»Das ist Taft, Monsieur, aus bester Seide, ohne Knötchen oder Verdickungen.«

Philipp, weniger an dem Stoff als an der Herstellung interessiert, nahm den gebotenen Fetzen in die Hand und begutachtete ihn aufmerksam.

»Sie haben mal gesagt, dass früher dieses Zeug hier von den Seidweberinnen hergestellt wurde. Die gibt's aber nicht mehr. Kommt das aus einer Dampffabrik?«

»Ja, Monsieur, die Webstühle werden heute mittels Dampfmaschinen angetrieben.«

Das weckte augenblicklich sein Interesse.

»Wie?«

Mama zupfte an seinem Ohr.

»Ich habe diese Stoffe von Herrn Gernot Wever erhalten, das ist der Bruder der Dame, die das Theater eröffnen wird. Möglicherweise haben wir in der nächsten Zeit einmal die Gelegenheit, seine Fabrik drüben in Mülheim zu besichtigen.«

Diese Aussicht machte Philipp geradezu glückstrunken, und so ließ er bereitwillig über sich ergehen, wie Madame Mira Laura den Unterschied zwischen Taft und Atlas erklärte.

»Siehst du, bei dem Taft kreuzen sich die Kett- und Schussfäden jedes Mal, immer ein Kettfaden oben, einer unten. Bei dem Atlas oder Satin liegt der Schussfaden, das ist der, der mit dem Weberschiffchen durch die senkrechten Fäden gezogen wird, *über* zwei, drei, manchmal sogar mehr Kettfäden und nur *unter* einem. Darum glänzt die Oberfläche viel stärker, und die Unterseite wirkt stumpf.«

Laura betastete begeistert das Gewebe und wandte sich dann dem nächsten zu, einem in sich gemusterten grünen Stoff.

»Der ist ganz anders. Wie macht man das?«

»Das ist Damast, der ist für die Weber weit schwieriger herzustellen, denn hier wird nach einer Mustervorgabe der Schussfaden dort, wo diese Blätter und Ranken glänzend sind, über den Kettfäden geführt, und da, wo der Stoff matt erscheint, unter der Taftbindung.«

»Aber ...« Philipp begutachtete das Stück, das Madame Mira ihm reichte, mit gekräuselter Nase. Er konnte sich das Webverfahren ganz gut vorstellen, einen einfachen Handwebstuhl hatte er schon einmal gesehen. »Wie weiß der Weber denn, welche Fäden er drüber und drunter weben soll?«

»Darum muss er sich beim Weben nicht kümmern, dafür hat er seinen Zampel. Das ist der Junge, der die Fäden zieht, sodass sich immer das richtige Fach für das Schiffchen öffnet. Eine höllische Arbeit, sage ich dir. Und weil das so kompliziert ist, hat ein sehr, sehr kluger Zampeljunge aus Lyon sich vor Jahren eine Maschine ausgedacht, die das automatisch macht. Seither nennt man die Webstühle, die das können, nach ihm – Jacquard.«

»Und einen solchen besitzt auch Herr Wever, der dir gewiss erklären wird, wie er funktioniert«, warf Mama ein, und die zweite Welle der Glückseligkeit brachte Philipp zum Schweigen.

»Nun, genug der Warenkunde, meine Kinder. Madame Mira, mir ist heute ein Geschenk des Himmels ins Haus gestolpert. Oder besser, diese beiden jungen Samariter haben es gefunden.«

»Sie sind ja auch kluge junge Leute. Was ist es? Hat es mit dem Krawall zu tun, den ich vorhin auf der Treppe zu hören meinte?«

»Ja, das hat es. Eine junge Französin, die mittellos in Köln gelandet ist, haben sie uns beschert. Sie wollte mit ihrer Freundin Arbeit suchen, aber das lose Ding hat sie sitzen lassen. Nona scheint nicht sehr robust zu sein, vor allem sind ihre Sprachkenntnisse nicht so gut, dass sie sich selbst helfen kann. Aber sie ist eine Näherin. Handschuhe hat sie bisher genäht.«

»Ei, ei, das verlangt Fingerspitzengefühl.«

»Sie wird vermutlich auch Knopflöcher, Kragen, Rüschen und Säume nähen können. Ich werde sie ein paar Tage aufpäppeln und dann sehen, was sie kann.« Und dann schwoll Lauras Herz vor lauter Stolz, denn mit einem Augenzwinkern bat Mama sie und Philipp: »Ihr beide werdet ihr unsere Sprache beibringen. Ich bin sicher, das könnt ihr ganz besonders gut. Wenn ihr dabei ein bisschen Französisch lernt, kann das auch nicht schaden.«

»Ja, Mama«, sagten beide gehorsam.

Kranke Raupen

Wohltätig ist des Feuers Macht,
Wenn sie der Mensch bezähmt, bewacht,
Und was er bildet und was er schafft,
Das dankt er dieser Himmelkraft.

Friedrich Schiller,
Das Lied von der Glocke

Die Stichflamme schoss gegen den verhangenen Himmel, und mit einem Krachen stürzte das Dach des großen Schuppens ein. Die Hitze des Feuers strahlte bis zu Guillaume de Charnay, der halb von den blühenden Mimosenbüschen verdeckt dem Schauspiel zusah, zu dessen Aufführung er im vergangenen Herbst die zündende Idee hatte. Jetzt, fünf Monate später, trug die Saat Früchte. Der heimliche Besuch der Lagerräume für die Seidenspinnereier in einer eisigen, finsteren Winternacht bei seinem Nachbarn hatte sich gelohnt. Aus den von ihm dort deponierten Eiern waren braunfleckige Raupen geschlüpft, die zwar anfangs noch gierig fraßen, dann aber nach der zweiten oder dritten Häutung nicht mehr aufwachten.

Der gesamte Bestand seines Nachbarn war inzwischen infiziert, und es gab nach derzeitigen Erkenntnissen keine andere Möglichkeit, als die gesamte Zucht zu vernichten.

Durch Feuer.

Durch heißes, reinigendes Feuer.

Charnay verehrte das Feuer; es war ihm mehr als eine Wärmequelle, mehr als Licht. Es war eine Urgewalt, so wie es sich dort durch das trockene Holz des Schuppens fraß. Genug Nahrung fand es darin, die Borde, die Hürden, die Weidenzweige, an denen die Raupen sich hätten einspinnen sollen, alles das knisterte nun, sprühte Funken, flackerte auf und wurde zu Asche.

Reine, saubere Asche, der keine Spur von Krankheit mehr anhaftete.

Mit Feuer wurde das Übel getilgt, schon immer war es so gewesen. Eine Sintflut mochte die unreine Menschenbrut vernichtet haben, doch hatten die Letzten ihrer Art überlebt. Das Feuer überlebte niemand, sonst hätte die Kirche die Ketzer und Hexen nicht auf den Scheiterhaufen gebracht.

Angenehm erschaudernd stellte sich Charnay eine sich windende, nackte Hexe in den heftig lodernden Flammen des Holzschuppens vor, und der Muskel in seiner Wange begann wie wild zu zucken. Eine Möglichkeit, vielleicht. Irgendwann.

Jetzt aber war es Genugtuung und Befriedigung in ausreichendem Maße, zu sehen, wie das Geschick seines Nachbarn in Flammen aufging und in dem Feuer Tausende von Raupen ihr Leben ließen.

Feuer war Macht, wer das Feuer beherrschte, hatte teil an seiner Macht. Er spürte die Macht seit jenen Tagen in sich, als er lebend aus der Flammenhölle entkommen war. Das war kein Zufall, zumindest nicht in seinen Augen. Das Feuer hatte ihn verschont, damit er seiner Macht diente. Es hatte ihn reich beschenkt, ihm ein Leben in Wohlstand beschert und die bestraft, die ihn verhöhnten und verachteten.

Wie jetzt auch.

Das Abbrennen der Zuchtschuppen hätte vermieden werden können, hätte sein Nachbar ihn nicht wegen seines lächerlichen Ziegenkäses abgewiesen. So waren nun – mit ein wenig Unterstützung von seiner Seite aus – dessen Raupen von der Schlafkrankheit befallen, die schon so manchen Seidenbauer an den Rand des Ruins gebracht hatte.

Seine Raupen hingegen waren gesund, dank der peniblen Kontrollen, einer frischen Seidensaat aus Italien sowie den strengen Sauberkeitsregeln, die er für seine Arbeiterinnen aufgestellt hatte. Er würde in diesem Jahr eine reiche Ausbeute erzielen, und in den nächsten Jahren mit Sicherheit noch mehr. Die Preise für Rohseide waren in den vergangenen Jahren schon gestiegen; sie würden weiter nach oben klettern, je weniger Anbieter es gab.

Er würde einer der ganz Großen werden. Denn schon am morgigen Nachmittag wollte er seinen Nachbarn aufsuchen und dem armen Mann noch einmal ein großzügiges Angebot für seinen Streifen Land machen, den er selbst so dringend benötigte, um seine Maulbeerbaum-Pflanzung zu erweitern. Die Stecklinge dafür lagerten schon auf seinem Gut, er war sich so gut wie sicher, dass er nach der katastrophalen Ausbreitung der Seuche mit seiner Bitte auf offene Ohren stoßen würde, denn der Wiederaufbau der Seidenbau-Schuppen, das Beschaffen frischer Seidensaat und vor allem der komplette Ernteausfall mussten den Mann in finanzielle Bedrängnis bringen.

Zufrieden sah er zu, wie der Rest des Gebäudes nun zusammenbrach und zu einem Haufen Glut wurde, aus dem hier und da blaue Flammen waberten. Der Brandgeruch mischte sich mit der würzigen Mailuft, die von der Süße der Mimosen geschwängert war, die die Hecke zu dem begehrten Land bildeten.

Premiere

Ich bin die öffentliche Meinung;
Symbolisch nur in der Erscheinung,
Üb' ich mit Strenge die Kritik.
Der Chor, der einst erscheinen musste,
Macht' Alles in dem Drama klar,
Was jeder schon im Voraus wusste,
Der nicht zu sehr vernagelt war.

Jacques Offenbach,
Orpheus in der Unterwelt

Ich war aufgeregt. Warum auch nicht? Ich war schließlich Teil des Geschehens, und an diesem Abend sollte die Premiere im »Salon Vaudeville« stattfinden.

In den vergangenen Monaten hatte ich höchste Achtung vor LouLou gewonnen. Sie war eine unermüdliche Arbeiterin, ein Organisationstalent sondergleichen, eine gewiefte Geschäftsfrau und eine begabte, phantasievolle Tänzerin. Das Haus an der alten Burgmauer war renoviert und an die Anforderungen eines Salontheaters angepasst worden. Das Erdgeschoss war zu einem großen Saal mit einer leicht erhöhten Bühne umgebaut worden, Nebenräume zu Garderoben, der Keller zum Getränkelager. Im ersten Stockwerk war das von LouLou engagierte Schauspielerpaar eingezogen, die Mansarde diente mir als Arbeitszimmer und als Kostümfundus. LouLou hatte zu diesem Zweck extra das Fenster zur Straßenseite vergrößern lassen, damit genug Tageslicht für die feinen Näharbeiten einfiel.

Noch waren es vier Stunden, bis es sich zeigen sollte, ob das Programm die geladenen Gäste überzeugen würde, und ich verbrachte die Zeit damit, mein eigenes Kleid für diesen Abend fertig zu nähen. Denn dazu hatte mir in den letzten Tagen die Muße gefehlt. LouLou hatte sehr genaue Vorstellungen, wie der Gesamteindruck ihres Hauses zu wirken hatte, und dazu gehörte, dass die drei Serviermädchen meinem Vorschlag nach in gleicher Art angezogen waren, schwarz-weiß gestreifte Röcke, gelbe, tief ausgeschnittene Mieder, weiße Blusen und rüschenbesetzte Schürzen hatte sie befohlen und den Mädchen eine Grundausstattung geschenkt. Der Sängerin hatte sie ebenfalls ein Kleid versprochen, denn Melisande, eine Bänkelsängerin, die mit der Drehorgel durch die Straßen zog, hatte zwar eine wunderbare Stimme und ein unerschöpfliches Repertoire an Singstücken, war jedoch so heruntergekommen, dass sie sich keine in die elegante Umgebung passenden Gewänder leisten konnte.

Nicht zuletzt LouLou selbst verlangte drei neue Kostüme, zwei davon, die sie für ihre Tanzdarbietungen benötigte, und eine auffällige Robe, in der sie die Gastgeberin des Hauses spielte. Und sie wusste, was aufsehenerregend an ihr wirkte.

Und das hatte wenig mit den Kreationen zu tun, die ich bisher für mich entworfen hatte.

»Ariane, du musst umdenken«, hatte sie gesagt. »Die Gesellschaft, in der du dich bislang bewegt hast, ist prüde, zimperlich und äußerlich streng darauf bedacht, ihre sittsame Gesinnung zur Schau zu tragen.«

Recht hatte sie. Kräftige Farben galten als gewagt, Schwarz gar als sündig, wenn es nicht von verstaubten Witwen getragen wurde.

Ich beugte mich gerne ihrem Wunsch. Früher hatte ich auch mit Vorliebe lebhafte Farben getragen, aber inzwischen hatte ich mich den Gepflogenheiten meiner Umgebung angepasst. In den vielen langen Sitzungen, in denen wir über Schnitte, Materialien, Kosten und Accessoires entscheiden mussten, hatten wir beiden Frauen es aufgegeben, uns mit Formalitäten abzugeben, und mich erleichterte es, einen freundschaftlichen Umgangston pflegen zu können. LouLou war mir außerordentlich sympathisch, obwohl sie mir eigentlich nicht mit besonderer Herzlichkeit begegnete, sondern eine seltsame Distanz hielt und mich sogar oft mit kleinen Zynismen bedachte. Manchmal beschlich mich der Verdacht, dass sie mehr über mich wusste, als sie zugab. Das wäre durchaus möglich gewesen, denn sie kannte eine Reihe Leute, die über allerlei Informationen verfügten, von denen die Bekannten aus Tante Caros Umfeld nie ahnten, dass darüber an anderer Stelle gesprochen wurde. Vor allem die Damen aus dem horizontalen Gewerbe waren erstaunlich gut über die Ereignisse in der guten Gesellschaft informiert.

Und LouLou stand mit einigen von ihnen in Kontakt. Das hatte sie mir eines Tages unter die Nase gerieben, wohl um zu sehen, wie weit meine Toleranz ging.

Eingedenk Madame Miras Worten, dass man immer berücksichtigen sollte, warum jemand einen solchen Weg einschlug, hatte ich nur mit den Schultern gezuckt und gesagt: »Du wirst deine Gründe gehabt haben, dich mit ihnen anzufreunden.«

»Ja, die hatte ich«, knurrte sie daraufhin.

»LouLou, ganz weltfremd bin ich nicht.«

»Nein, bist du nicht, sonst wärst du nicht hier.« Ihr Lächeln war dennoch bitter. »Aber das ganze Ausmaß der Heuchelei würde dich dennoch entsetzen, wenn du es mit eigenen Augen sähest, fürchte ich.«

»Vielleicht. Ich hatte schon immer den Verdacht, dass die ehrbare Fassade einiger Herren aus dünnem Pappmaché besteht.«

»Richtig. Und du kannst davon ausgehen, je strenger die Moralhüter auftreten, desto heftiger brodelt es im Untergrund. Der menschliche Trieb nach dem Genuss des Verbotenen lässt sich nicht unterdrücken, er lebt sich in einem Zwielicht aus. Was glaubst du wohl, wie viele der stadtbekannten Honoratioren in diesem Bereich zu Gast sind. Und wie viel Geld sie für ihre heimlichen, oft perversen Vergnügungen bezahlen!«

»Offensichtlich reichlich.«

»Reichlich, und sie werden jetzt bei mir noch mehr ausgeben. Allerdings nicht mehr, um ihre unterdrückten Perversionen auszuleben. Aber solange man in den vornehmen Salons das Wort Beine nicht in den Mund nehmen darf, wird es mir ein Vergnügen sein, ihnen die meinen für teures Geld zu zeigen. In der sicheren Entfernung, auf der Bühne.«

»Keine weiteren – ähm – Dienstleistungen?«

»Von mir nicht, aber was die Mädchen machen, das will ich nicht zu genau überprüfen. Nur eines ist klar: Wenn sie schwanger werden, fliegen sie raus.«

»Das ist hart.«

»Nein, ist es nicht. Ich habe ihnen gesagt, mit welchen Methoden man es vermeiden kann. Also ist es ihr Risiko, wenn sie sich ihren Lohn aufbessern wollen. Hast du jetzt Bedenken, weiter für mich zu arbeiten?«

»Nein. LouLou, ich bin auf einem Gutshof aufgewachsen, mein Vater betrieb eine Pferdezucht. Mir war schon recht früh bekannt, dass die Fohlen nicht vom Klapperstorch aus dem Teich gefischt wurden. Meine Mutter hat mir diesbezügliche Fragen dezent, aber offen beantwortet. Aber natürlich weiß ich, dass die Damen der guten Gesellschaft in dem Glauben erzogen worden sind, ihr Körper sei eine Ansammlung von Peinlichkeiten.«

LouLou schnaubte verächtlich.

»Das hast du präzise ausgedrückt.«

»Ich habe mich nie als ein Haufen Peinlichkeit gesehen. Meine Ehe war ... mhm ... diesbezüglich ziemlich ... mhm ... glücklich.«

»In gehobenen Kreisen vermutlich eine Ausnahme. Ich glaube, die wenigsten Damen entwickeln ein unverkrampftes Verhältnis zu ihren Gatten. Männer werden von ihren Vätern, Brüdern oder Freunden allerdings anders belehrt. Du glaubst nicht, wie viele junge Männer ihre Lehrstunden in den Bordellen erhalten.«

»Hat mein Bruder auch, LouLou. Und er hat mir sogar davon erzählt«, erwiderte ich nüchtern und freute mich daran, dass LouLou dann doch die Worte fehlten. Ich erlaubte mir, ihr ein wenig aus meiner Familie zu erzählen, was ich, seit ich bei Tante Caro lebte, nur sehr selten und in sehr zensierter Form getan hatte.

»Mein Vater ist zu dem Gut in Hiltrup eher zufällig gekommen, weil zwei der vorrangigen Erben plötzlich verstorben waren. Er ist von ganzem Herzen Maler, und das Führen eines landwirtschaftlichen Betriebs lag ihm weidlich fern. Aber die Erträge waren anfangs wohl recht gut. Zudem fand er dort in meiner Mutter eine Frau, die seine Liebe und künstlerische Neigung erwiderte, und so wurde er zum Landedelmann. Leander ist drei Jahre älter als ich, und wir wuchsen zwischen Pferdeställen, Ölfarben, Getreidescheunen und Klavierkonzerten auf. Als unkonventionell könnte man unsere Jugend beschreiben. Und niemand hat es mir verwehrt, einer Stute beim Fohlen zuzusehen, oder dem Hengst beim Decken.«

»Warum um alles in der Welt bist du dann nach Köln gekommen, um dich dieser scheinheiligen Clique anzuschließen, Ariane? Du hättest zu deinen Eltern zurückgehen sollen.«

»Nein, das war nicht mehr möglich. Mein Vater hat eine gute Hand, wenn es um seine Gemälde geht, für Geld lässt er sie jedoch vermissen. Anfang der Fünfzigerjahre, du erinnerst dich vielleicht, gab es einige aufeinanderfolgende verregnete Sommer, in denen die Ernten sehr mager ausfielen. Da wurde das Geld bei uns schon knapp. Dann brannte die Getreidescheune ab, und um überhaupt wieder flüssig zu werden, hat er einige seiner Pferde verkaufen müssen. Leider handelte er sich dabei einen faulen Wechsel ein. Kurzum, er war pleite, das Gut wurde versteigert, und mit dem restlichen Erlös sind meine Mutter und er nach Paris gegangen, um dort ein Künstlerleben zu führen. Es geht ihnen nicht schlecht, meine Mutter gibt Klavierunterricht, mein Vater verkauft hin und wieder ein Gemälde. Sie lieben es, sich mit Gleichgesinnten zu umgeben, aber mich und meine beiden Kinder können sie nicht mit durchfüttern. Tante Caro lebte damals in behaglichem Wohlstand und bot mir an, zu ihr zu ziehen.« Ich seufzte leise bei der Erinnerung. »Ich war in den ersten Jahren viel zu – verstört? –, um mir ernsthafte Gedanken über die Folgen zu machen. Philipp war zwei, Laura ein Jahr alt, als ich bei ihr einzog. Ich verbrachte meine Tage fast ausschließlich damit, mich um sie zu kümmern, und es störte mich nicht, dass ich als junge Witwe auch gar nicht in Gesellschaft hätte gehen dürfen. Als es nach Tante Caros Ansicht wieder schicklich war, machte sie mich mit ihren Kreisen bekannt.«

»In die du jetzt erst einmal nicht mehr zurückkehren kannst. Das ist dir sicher klar.«

»Natürlich. Es wird einige Zeit dauern, bis Gras über die Sache gewachsen ist oder ein anderer Skandal größere Aufmerksamkeit auf sich lenkt. Irgendwann werde ich wieder in Gnaden aufgenommen werden, aber das kann dauern. Und Geld brauche ich jetzt.«

»Dann verdiene es dir, indem du weiter für mich arbeitest. Mir gefällt, was und wie du es tust.«

Diese trockene Bemerkung freute mich heimlich, aber ich blieb auch nüchtern in meiner Einschätzung der Lage.

»Und mir gefällt die Arbeit. Dennoch werden irgendwann Schwierigkeiten auf mich zukommen. Für eine Weile kann ich Tante Caro sicher noch vorspielen, dass ich einige ehrbare Aufträge erhalten habe, und selbst das verursacht ihr regelmäßig Vapeurs. Andererseits möchte sie ihr bequemes Leben nicht aufgeben, also biegt sie sich das, was sie weiß, für ihre Zwecke zurecht und glaubt an den wohltätigen Zweck meiner Arbeit. Aber es wird sich nicht vermeiden lassen, dass es sich herumspricht, dass ich für das sittenlose Theater arbeite.«

»Sie wird es überleben. Aber langfristig solltest du dich mit dem Gedanken anfreunden, von ihr fortzugehen.«

»Laura und Philipp ...«

»Lass sie in ihrer und Madame Miras Obhut. Sie sind alt genug und brauchen ihre Gluckenmama nicht mehr.«

Das war einer der Punkte, in dem wir sehr unterschiedlicher Auffassung waren. LouLou stammte aus einer kinderreichen Familie aus dem Bergischen, und alle hatten dort mit jungen Jahren schon mitarbeiten müssen. Schulbildung war Luxus, jeder Pfennig zählte.

Diese strenge Schule aber hatte ihr gesundes Verhältnis zum Wert der Arbeit geprägt, und dass Geld nicht stinkt, war ihre Maxime. Sie hatte mir einige Vorträge darüber gehalten, die mich nachdenklich gemacht hatten.

Aber solange es irgendwie möglich war, würde ich meine Kinder nicht im Stich lassen. Selbst wenn ich dafür das eine oder andere Zugeständnis würde machen müssen.

Ich befestigte noch eine Atlasschleife am tief ausgeschnittenen Mieder meines Kleides und schüttelte dann die weiten, blaugrün schimmernden Falten des Rocks aus. An diesem Abend würden sich die von LouLou höchstpersönlich eingeladenen Gäste und deren Freunde im »Salon Vaudeville« einfinden. Es waren zu meiner Überraschung nicht die gesellschaftlichen Außenseiter, sondern durchaus ehrbare Bürger, aber jene, die das Leben pragmatischer betrachteten als die auf Schöngeistigkeit und Wohlfahrt ausgerichteten Biedermeier. Ich hatte einige von ihnen bereits kennengelernt, seit Bernhard Marquardt mich eines Tages zum Besuch einer Vernissage eingeladen hatte. Zu diesen Menschen hatte ich sogleich ein weit herzlicheres Verhältnis gefunden als zu den Freunden meiner Tante. Mir gefiel die eigensinnige Lichtbild-Künstlerin Sebastienne Waldegg sehr, die mit ihren dreiundvierzig Jahren noch immer unverheiratet war und ihr Geld mit Portraits, aber auch mit Aufnahmen für die Presse verdiente. Ihr Bruder, Paul-Anton Waldegg, der Erbe eines renommierten Verlagshauses, machte mich mit einer scharfzüngigen Journalistin bekannt; die wiederum wurde von zwei jungen Forschern begleitet, die höchst angeregt über ihre geologischen Expeditionen zu berichten wussten. Kurzum, schon allein die Themen, über die man sich unterhielt, waren weit anregender als die literarischen Ergüsse im Hause Belderbusch. In dieser Runde war ich auch wieder Albert Oppenheim begegnet, der keine Scheu zeigte, sich mit mir offen zu unterhalten. Allerdings teilte er meine Einschätzung, dass meine Aussicht auf einen Bankkredit noch immer schlecht war.

Aber in LouLou hatte ich eine Auftraggeberin gefunden, die meine Arbeit ausreichend honorierte, sodass ich zunächst darauf nicht mehr angewiesen war.

»Madame, es wird Zeit zu kleiden«, sagte Nona, die, als die Glocken der Stadt sieben Uhr schlugen, aus einem Berg rüschenbesetzter Unterröcke auftauchte, an denen sie mit wunderbar akkuraten Stichen Spitzen genäht hatte.

»Was? O ja. Schluss mit den Tagträumereien! Du hast ganz recht. Hilfst du mir beim Anziehen?«

»Mais oui, Madame.«

»Wie heißt das auf Deutsch?«

»Ja, 'türlisch, Madame!«

Ich musste lächeln. Philipps Sprachkurs trug Früchte.

Im trügerisch schlichten Kleid aus meerblauem Damast und feinstem, blassgrünem Tüll fand ich mich dann im Salon ein, um der Premiere von LouLous Vaudeville-Theater beizuwohnen. Sie selbst, in schwarzem, silberdurchwebtem Brokat, die mahagonifarbenen Locken hoch aufgetürmt, begrüßte ihre Gäste und führte einige davon höchstpersönlich an ihre Tische. Die Serviermädchen standen mit Champagnerflaschen bereit, hinter dem goldgelben Samtvorhang vor der Bühne erklangen die gespenstischen Töne, wie sie beim Stimmen der Instrumente entstehen, Korken knallten leise, Seide raschelte, Fächer wedelten Parfümwölkchen und den Rauch feinster Zigarren durcheinander, es wurde gelacht und geplaudert, und ich nickte dem einen oder anderen Bekannten zu, ohne mich in die Gespräche einzumischen. Das war an diesem Abend nicht meine Aufgabe.

Ein distinguierter Herr im Abendanzug verbeugte sich dennoch neben mir und sprach mich unaufgefordert an.

»Verzeihen Sie, Frau Kusan, dass ich mich aufdränge, aber meine Schwester hat momentan keine Zeit, mich vorzustellen.

Sie hat mir aber schon so viel von Ihnen erzählt, dass ich unbedingt Ihre Bekanntschaft machen möchte.«

Ich sah ihn an und nickte leicht, denn etwas an ihm kam mir augenblicklich bekannt vor.

»Gestatten, mein Name ist Gernot Wever. Seidenfabrikant aus Mülheim.«

»Natürlich. Es ist die Nase!«, entfuhr es mir, als er höchst korrekt dieselbe über die Hand beugte, die ich ihm reichte.

»Ein Familienübel, und Louise macht weitaus mehr daraus als ich.«

»So hatte ich es aber nicht gemeint. Ich freue mich, dass Sie heute kommen konnten. LouLou lag viel daran.«

Er blickte sich kritisch um, als ob er nicht recht glauben wollte, was er sah. Es war ein hoher, von kunstvoll geformten Gaslampen erhellter Raum mit zartgelb getünchten Wänden, weißen Stuckapplikationen, gelbweiß gestreiften Portieren und weiß gedeckten Tischen, auf denen das Kristall der Gläser funkelte. Offensichtlich hatte er eine Lasterhöhle erwartet, zumindest aber roten und schwarzen Plüsch und den schwülen Duft von Moschus und Amber. LouLou hatte mir das eine oder andere von ihm erzählt, sodass ich nun versteckt schmunzeln musste.

»Finden Sie, dass Ihr Geld gut angelegt ist?«, erlaubte ich mir leicht zu sticheln. Ein nüchternes Lächeln antwortete mir.

»Wenn das Programm nur halb so geschmackvoll ist wie das Interieur, dann werde ich nicht klagen.«

»Es gibt einen musikalischen Einakter, eine vergnügliche Posse. Melli wird einige Lieder vortragen, die vielleicht frech, aber auf intelligente Art witzig sind, und zwischendurch wird LouLou einige Tanzeinlagen zeigen, die ich persönlich sehr ästhetisch finde.«

»Das wird sich weisen.«

»Seien Sie nicht so misstrauisch Ihrer Schwester gegenüber, Herr Wever. Das Publikum hier ist absolut ehrbar und will sich lediglich bei leichter, heiterer Unterhaltung die Zeit vertreiben.«

»Schön, wenn man dazu die Muße und das Geld hat.«

»Ja, schön vor allem für mich, Herr Wever. Denn mit dem, was ich davon verdiene, kann ich meinen Kindern die Zukunft sichern«, fühlte ich mich bemüßigt, ihn mit einiger Schärfe drauf hinzuweisen.

Er hatte den Anstand, sich mit einer Verbeugung zu entschuldigen.

»Sie müssen mich für einen stoffeligen Moralapostel halten, Frau Kusan. Ich bin es eigentlich nicht, sondern nur ein hart arbeitender Mann, der bisher wenig Zeit für leichtherzige Vergnügen hatte. Wollen wir uns an unseren Tisch setzen? Es sieht aus, als ob Louise ihre Ansprache halten möchte.«

So war es dann auch, und danach hob sich der Vorhang zum ersten Programmpunkt. Während sich die zwei Personen auf der Bühne schlagfertige Wortgefechte lieferten, betrachtete ich meinen Tischgenossen, der das Geschehen ernsthaft verfolgte. LouLou und er waren die beiden einzigen Überlebenden von den zehn Kindern der Wevers, und beide hatten es auf ihre Weise zu finanziellem Erfolg gebracht. Doch Gernot hatte seinen Weg als Unternehmer gemacht, LouLou den ihren in der Halbwelt. Beide stammten aus einem den Pietisten nahestehenden Elternhaus, aus dem LouLou so gründlich wie nur irgend möglich ausgebrochen war, dessen Grundeinstellung ihr Bruder aber weiterhin pflegte. Er missbilligte die Wahl seiner Schwester, aber als sie nach zehn Jahren jetzt endlich wieder Kontakt zu ihm aufgenommen hatte, war er bereit gewesen, ihr mit einem nicht unbeträchtlichen Kredit beim Aufbau dieses Theaters zu helfen. Auch die Stoffe für die Kostüme hatten wir zu Sonderkonditionen von ihm beziehen können.

Er war, ähnlich wie LouLou, ein anziehender, wenn auch nicht gutaussehender Mann, und die Art, wie er trotz seiner Ablehnung ihrer Lebensumstände seiner Schwester Hilfe angeboten hatte, imponierte mir. Deshalb nahm ich in der Pause auch bereitwillig seinen Arm und schlenderte durch die Besuchergruppen. Paula, heute an Alberts Seite, winkte mir mit dem Fächer zu, und ich lotste Gernot zu ihnen hin, mit dem Hintergedanken, die Tatsache, dass der junge Oppenheim das Etablissement beehrte, würde seine Vorurteile etwas abschwächen können.

Ich täuschte mich nicht, und die freundlichen Komplimente, die die beiden dem Salon Vaudeville machten, schienen ihn zu beeindrucken.

»Uns, liebe Frau Kusan, dürfen Sie aber auch gratulieren«, sagte Albert und nahm Paulas Hand. »Wir haben beschlossen, im Juli zu heiraten.«

»Das ist aber eine erfreuliche Nachricht. Dann wünsche ich Ihnen alles erdenklich Gute.«

Wir plauderten noch eine Weile über allerlei Gesellschaftliches, und plötzlich zwinkerte mir Albert zu.

»Paula, was hältst du davon, wenn du Frau Kusan die Kleider deiner Blumenmädchen entwerfen lassen würdest? Sie hat zwei Kinder gleichen Alters und kennt sich also nicht nur in der Kunst der Couture, sondern auch in deren Ansprüchen aus.«

»Hach, warum bin ich nicht selbst auf die Idee gekommen? Liebe Frau Kusan – hätten Sie denn noch die Kapazität, vier Kleider zu nähen?«

»Bis Juli sollte das wohl möglich sein, Fräulein Engels. Wollen wir uns die kommenden Tage darüber unterhalten, was Sie sich vorstellen?«

»Nur zu gerne, Frau Kusan.«

»Und wenn Sie eine Vorstellung von den Kreationen haben, dann setzen Sie sich doch bitte wegen der Stoffe mit mir in Verbindung«, fügte Gernot Wever hinzu und reichte Albert seine Karte.

Geschäftstüchtig war er, das musste man ihm lassen.

Dann erklang der Gong wieder, und wir widmeten uns Melisandes despektierlichen Liedern und LouLous atemberaubenden Tänzen.

Der Abend erwies sich als voller Erfolg.

Später, als alle Gäste gegangen, die Gaslampen ausgelöscht, die Tische abgeräumt und die Bühnenvorhänge geschlossen waren, setzten LouLou, Gernot, Nona und ich uns noch mit einer Flasche Champagner zusammen.

»Es wird sich rumsprechen, langsam, aber stetig«, resümierte LouLou.

»Ich hoffe es für dich, Louise. Du hast dir viel Mühe mit dem Theater gemacht«, meinte ihr Bruder trocken.

»Es überrascht dich wohl, dass ich in der Lage bin, ein halbwegs anständiges Programm anzubieten?«

Er zuckte mit den Schultern und trank einen winzigen Schluck Champagner.

»Ariane hat mich bei dem Einakter beraten. Ich hätte vermutlich eine gröbere Posse gewählt. Es geht doch nichts über eine gründliche Schulbildung«, sagte LouLou mit einem schiefen Lächeln. »Und aus Melisandes umfangreichem Liedgut hat sie auch die passenden Stücke herausgesiebt.«

»Sie haben also auch die künstlerische Leitung übernommen, Frau Kusan.«

»Ich habe meine Meinung geäußert, als ich gefragt wurde.«

»Du wirst es hoffentlich wieder tun. Wir werden uns am Publikumsgeschmack orientieren.«

»Besser, wir bekommen ein Publikum, das sich an unserem Geschmack orientiert«, murmelte ich und musste gähnen. Die Nacht war schon weit fortgeschritten.

»Eine brillante Idee, Frau Kusan, und nun erlauben Sie mir, Sie nach Hause zu bringen.«

»Das wäre nett. Danke.«

Nona und ich suchten unsere Umhänge, und inzwischen hatte Gernot Wever tatsächlich eine Droschke aufgetrieben.

Die kühle Nachtluft weckte meine Lebensgeister wieder, und ich gab ihm die Adresse an, zu der uns der Kutscher bringen sollte. Als wir meine umfangreichen Röcke in der Droschke verstaut hatten, fragte ich: »Sie werden doch heute Nacht nicht mehr nach Mülheim fahren?«

»Schwerlich. Ich habe mir ein Zimmer im Hotel am Dom genommen. Übrigens muss ich Ihnen danken, Frau Kusan, Sie üben einen guten Einfluss auf Louise aus.«

»Ich glaube nicht, dass irgendjemand Ihre Schwester in irgendetwas beeinflussen kann, was sie nicht selbst will.«

»Dann sind Sie eben zum rechten Zeitpunkt am rechten Ort gewesen. Und haben offensichtlich das Richtige getan. Also nehmen Sie bitte meinen Dank an.«

»Es liegt Ihnen viel an LouLou, nicht wahr?«

»Sie ist die Letzte meiner Familie.«

»Ja, das sagte sie.«

Ich schwieg darauf, denn es mochten sich Tragödien hinter dieser Tatsache verbergen, an die ich besser nicht rührte. Aber mir fiel plötzlich etwas anderes ein, wie ich meine Familie beglücken konnte. Ob Gernot Wever darauf eingehen würde, wagte ich nicht abzuschätzen, aber fragen schadete ja nicht.

»Ich erwähnte ja schon, dass ich zwei Kinder habe. Mein Sohn ist ein wissbegieriger Forscher und liegt mir ständig damit in den Ohren, dass er gerne eine Dampffabrik besichtigen würde.«

»Aha. Eine Dampffabrik. Nun, mit einer Dampfmaschine könnte ich dienen, wie auch mit allerlei Maschinen, die durch sie angetrieben werden.«

»Würde es Ihnen sehr viel ausmachen, mir, Laura und Philipp Ihre Fabrik zu zeigen?«

Aus der dunklen Wagenecke kam ein belustigtes Lachen.

»Es wäre mir geradezu ein Vergnügen, Frau Kusan, den jungen Ingenieur und die kleine Dame herumzuführen. Ich habe es schon immer bedauert, dass das heutige Schulsystem so wenig technische und naturwissenschaftliche Ausbildung anbietet. Ich spreche gleich morgen mit meinem Werkmeister und lasse Sie dann wissen, wann sich ein günstiger Termin ergibt.«

»Sie sind sehr gütig, Herr Wever.«

»Gütig, nein. Nüchtern, geschäftstüchtig, gelegentlich unnachgiebig und zumeist sparsam, aber Güte gehört nicht zum Katalog meiner Charaktereigenschaften.«

»Nun, dann sind Sie eben einfach nett.«

Er lachte noch einmal auf, und dieses Lachen gefiel mir.

»Na gut, dann akzeptiere ich eben nett. Meine Damen, wir sind da.«

Er öffnete den Schlag und half mir und Nona beim Aussteigen, begleitete uns noch zur Tür und verabschiedete sich mit einem etwas steifen, aber eleganten Handkuss von mir.

Als ich die Tür hinter mir geschlossen hatte und den Umhang ablegte, fragte Nona mit leiser Stimme: »Was ist ›gütig‹, Madame?«

»Bienveillant.«

»Ist er nischt?«

»Er will es nicht sein.«

»Aber Sie sind bienveillante, Madame.«

Damit brachte Nona mich in dieselbe Verlegenheit, in die ich Gernot Wever soeben versetzt hatte.

»Nein, Nona, auch ich bin das nicht.« Und dann grinste ich sie an. »Aber manchmal bin ich ganz nett!«

»'türlisch, Madame!«

Im Maulbeerhain

Nachzufolgen mit Beharrlichkeit ist Erfolg beschieden.
Nur durch Dienen kommt man zur Herrschaft
Und erlangt die Zustimmung Untergebener.
So wird Gelingen ohne Makel zuteil.

I Ging, Siu – Die Nachfolge

Die Bäume standen in vollem Laub, die Vögel fochten ihre Sangeskämpfe um Revier und Liebste aus, an den Ufern blühten die Azaleen, und der Klang der Bronzeglocken verhallte unter einem porzellanblauen Himmel.

Er fühlte sich kräftiger, seit er wieder Appetit am Essen gefunden hatte, seine Arme erinnerten nicht mehr an dürre Stecken, die Rippenbögen stachen nicht mehr ganz so deutlich hervor, wenn er sich morgens mit dem kalten Wasser übergoss. Er nahm, wenn auch nur in geringem Maße, an der Klostergesellschaft teil und setzte sich bei den Mahlzeiten zu den Mönchen.

Das Essen war ungewohnt, obgleich er auch zuvor die chinesischen Leckerbissen schon gekostet hatte. Hier aber wurde auf jegliche Form von Fleisch verzichtet, denn die buddhistische Regel verbat es, jene Wesen zu essen, deren Tod man verursacht hatte.

Aber die süß-sauer eingelegten Ingwerscheiben und Rettiche, die verschiedenen gedünsteten oder in Teig ausgebackenen Gemüse mochte er inzwischen sogar sehr gerne. Reis, Nudeln, manchmal gebraten, schmeckten ihm ebenso wie der Bohnenquark, der mit scharfen oder salzigen Saucen mariniert oder in knuspriger Sesamkruste gebacken war. Nur den doppelt fermentierten Tofu, der einen sehr strengen Geruch entwickelte, mied er geflissentlich und zog sich damit dann und wann einen gutmütigen Spott zu.

Er hatte auch eine gewisse Ausdauer wiedergewonnen, und seine Wanderungen umfassten jetzt nicht nur das weitläufige Klostergelände, sondern auch die nähere Umgebung. Auf diese Weise war er in die Maulbeerhaine gelangt.

Da sein Schlaf nicht besonders gut war, schlenderte er oft schon in der Morgendämmerung durch die jung belaubten Bäume und sah den schweigenden Arbeitern zu, die die Blätter ernteten, bevor der Tau sie befeuchtete.

Anfangs hatte er sie wenig beachtet; er hatte sich auf seinen Atem konzentriert und war hier und da stehen geblieben, um einige der Übungen zu absolvieren, die man ihn gelehrt hatte. Es war ihm aufgefallen, dass die klare, kühle Morgenluft ihm besonders gut schmeckte.

Niemand schien sich über den hochgewachsenen, schwarzbärtigen Europäer zu wundern, der in Kulihosen und einer gesteppten Jacke seines Weges ging.

Doch dann war eines Morgens ein Junge mit einer vollbeladenen Kiepe vor ihm über eine Wurzel gestolpert, und die ganze Last an Blättern breitete sich über den Boden aus.

Er beugte sich ohne nachzudenken vor, um dem schmächtigen Kerlchen aufzuhelfen, der ihn dafür mit großen, ängstlichen Augen ansah. Kaum dass er stand, machte er einige schnelle Verbeugungen und murmelte: »Danke, *tai pan*, danke.«

»Nichts zu danken, Junge. Komm, ich helfe dir, die Blätter wieder einzusammeln.«

»Nein, *tai pan*, die sind verdorben. Schmutzig.«

Der Junge wollte sich von ihm zurückziehen, aber zum ersten Mal, seit er im Kloster aufgewacht war, hatte etwas seine Neugier an den Dingen der Außenwelt erregt. Darum machte er ebenfalls eine kleine höfliche Verbeugung und fragte: »Wärest du so freundlich, einem unwissenden Fremden zu erklären, wozu ihr die Blätter einsammelt?«

Scheu verbeugte sich der kleine Bursche wieder und stotterte ein wenig, sie seien für die Raupen. Dabei wies er mit der Hand auf die flachen Holzhäuser, die sich in einiger Entfernung befanden. Diese Auskunft irritierte ihn mehr, als sie ihn erhellte, und er fragte sich, ob er das Wort für Raupe richtig verstanden hatte. Aber da der Junge sich ganz offensichtlich unbehaglich fühlte, bedankte er sich nur noch einmal und setzte dann seinen Weg fort.

Die Mönche hingegen konnten ihm weiterhelfen.

»Ah, Euer Geist ist wieder wach geworden, *baixi long*. Ich will Euch Eure Fragen gerne beantworten«, hatte sein Lehrer der *qi*-Übungen gesagt. »Die kaiserliche Seidenmanufaktur in Suzhou verlangt die allerbeste Seide, *baixi long*. Und die wird hier angebaut. In den Häusern, die ihr gesehen habt, werden die Seidenwürmer mit den Blättern der Maulbeerbäume gefüttert.«

»Ich habe mir nie Gedanken darüber gemacht, wie Seide entsteht. Ich werde diese Häuser morgen besuchen.«

»Man wird Euch den Zutritt verweigern, *baixi long*. Nicht, weil Ihr ein Fremder seid, sondern weil nur Frauen zu den Seidenwürmern dürfen. Die *Tsun Mou*, die Raupenmutter, kümmert sich um die Fütterung, achtet darauf, dass die haarigen Raupen sich nicht verknäulen, und sondert, wenn nötig, kranke Tiere aus. Sie sind sehr empfindlich gegen starke Gerüche, Erschütterungen und laute Geräusche, darum sind diese ausgewählten Frauen auch gehalten, sich nicht zu parfümieren, nur leise zu sprechen und sich vorsichtig zu bewegen. Versteht Ihr, ein unwissender Gast kann die Qualität der Seide mindern.«

»Ja, ich verstehe. Ich werde mich von den Häusern fernhalten. Aber vielleicht... vielleicht kann ich bei der Blätterernte helfen. Ich habe das Bedürfnis, eine Arbeit zu übernehmen, und es gefällt mir in dem Hain.«

»Die Seidenbauer brauchen jede Hand, *baixi long*, denn die Raupen werden von Tag zu Tag gefräßiger.«

Also sah er am kommenden Morgen den Männern und Jungen zu, die das junge Laub von den Ästen zupften, und nach einer Weile nahm er sich ebenfalls eine der Kiepen und begann, sie mit dem Grün zu füllen. Man schenkte ihm einige verstohlene Seitenblicke, aber niemand sagte etwas dazu. Erst als die Kiepe voll war, kam ein alter Arbeiter auf ihn zu und verneigte sich.

»Ich zeige Euch den Weg, *tai pan*. Folgt mir.«

Offensichtlich hatten die Mönche den Pflückern seine Absicht mitzuarbeiten erklärt, und folgsam trottete er hinter dem schwer beladenen Alten zu der Sammelstelle, wo die Blätter auf langen Tischen mit scharfen Messern zerteilt wurden.

»Geht nicht weiter, *tai pan*, nur bis hier.«

»Ich weiß, ehrwürdiger Alter. Und... oben im Kloster nennt man mich *baixi long*. Hier bin ich kein *tai pan*.«

»Wie Ihr wünscht, *baixi long*.«

Die Arbeit tat ihm wie erwartet gut, sie ermüdete seinen Körper und stärkte seine Muskeln. Und sie verhalf ihm zu einem traumlosen Schlaf.

Nach fünf Tagen erst sprach ihn der Alte wieder an, als er seinen letzten Korb Blätter abgeliefert hatte.

»Wascht Euch gründlich, *baixi long*, und dann folgt mir. Die *Tsun Mou* möchte mit Euch sprechen.«

Er schöpfte Wasser aus dem Brunnentrog und reinigte seine Hände, wusch sein Gesicht und goss sich sogar ein paar Kellen über die Haare. Dann schüttelte er sich und ging hinter dem Arbeiter her. Dieser blieb in respektvoller Entfernung vor dem ersten Raupenhaus stehen und bat ihn, auf die Raupenmutter zu warten. Es verging eine Weile, während der er die Gelegenheit hatte, das Gebäude zu betrachten. Wie alle Häuser war es in schlichter Symmetrie angelegt, die Fenster mit Reispapier verschlossen, das Dach mit Stroh gedeckt. Vier Frauen in weißen Kleidern, die Haare unter Schleiern verborgen, trugen klein geschnittene Blätter hinein. Dann trat die *Tsun Mou* aus der Tür und kam auf ihn zu. Sie war keine junge Frau mehr, aber ihr Gesicht glich der vollen Rundung des Mondes und strahlte freundliche Ruhe aus.

»*Baixi long*, ich hörte, Euch interessieren unsere gierigen Kinder?«, sagte sie mit einer lächelnden Verbeugung.

Er erwiderte diese Geste mit einer etwas tieferen, wie es sich einer ehrwürdigen Person gegenüber gebührte. Die Höflichkeitsformen der Chinesen hatten ihn schon immer beeindruckt, er hatte sich jedoch bisher seinen Geschäftspartnern gegenüber an seine eigenen Gesten gehalten. Aber inzwischen praktizierte er sie selbst, und es schien ihm richtig zu sein.

Die *Tsun Mou* wirkte denn auch erfreut.

»Vor fünf Tagen sind die ersten geschlüpft, *baixi long*, und nun wird ihnen ihre Haut zu eng. Sie schlafen.« Dann reichte sie ihm ein rotes Lackkästchen mit einem durchbrochenen Deckel. Ein kleines Kunstwerk, stellte er bewundernd fest. »Darin liegt eine kleine Schläferin. Sie wird morgen wieder aufwachen und einen noch größeren Hunger haben. Füttert sie gut, haltet sie von Lärm, heftigen Bewegungen und starken Gerüchen fern. Noch vier Mal wechselt sie ihr Kleid, und wenn der Mond wieder zunimmt, wird sie damit beginnen, sich einzuspinnen. Beobachtet und lernt, *baixi long*.«

Mit den höflichsten Floskeln, die er kannte, bedankte er sich für das Geschenk, und vermutlich hatte er die eine oder andere Vokabel erschreckend falsch ausgesprochen, denn die *Tsun Mou* unterdrückte sichtlich ihr Lächeln und verbeugte sich nur noch einmal. Dann eilte sie zurück zu ihren Schützlingen.

Als er mit seiner kostbaren Gabe ins Kloster zurückkam, wartete George Liu auf ihn.

»Ihr seht gut aus, *tai pan*«, begrüßte er ihn. »Gesund und kräftig.«

»Ich bemühe mich darum, George.«

»Ihr habt ein Geschenk erhalten?«

»Eine kaiserliche Raupe, die ich persönlich aufziehen darf.« Der arme George wirkte irritiert, und er lachte leise. »Ich habe wieder Neugier entwickelt, mein Junge. Die Seidenzucht, hier direkt vor meiner Nase, interessiert mich.«

»Nun, dann kümmert Euch gut um den Seidenwurm. Ich habe die wilden Larven als Kind auch beobachtet, wenn sie sich einspannen. Ein kleines Wunder ist es schon, wenn aus der Raupe ein Falter wird.«

Er stellte das Lackkästchen vorsichtig auf ein Bord und lud den jungen Mann ein, mit ihm einen schattigen Platz am Bach aufzusuchen.

»Was bringst du mir für Neuigkeiten, George?«

»In der Zeitung steht, die Vertreter Englands und Frankreichs hätten Noten nach Peking gerichtet. Lord Elgin und Baron Gros haben aber in Schanghai keine Antwort erhalten. Im April sind sie nach Dagukou aufgebrochen, um dort mit den chinesischen Kommissaren die Bedingungen der neuen Verträge festzulegen.«

»Mhm.«

»Es ist ein Handelsschiff aus England eingetroffen, das Maschinenteile für zwei Dampfmaschinen an Bord hat.«

»Mhm.«

»Euer Haus ist gerichtet, wann immer Ihr dort einziehen möchtet, *tai pan*.«

»Mhm.«

Diese Aussage aber weckte eine Frage in ihm, die er eigentlich schon viel früher hätte stellen sollen.

»George, wieso bin ich eigentlich in diesem Kloster gelandet?«

George Liu wirkte unglücklich und wand seine Finger umeinander. Stockend kam seine Antwort: »Tianmei, sie fand Euch und Ai Ling. Sie rief die Mönche um Hilfe, und als die noch Leben in Euch entdeckten, trugen sie Euch auf den Berg.«

»Warum?«

»Um Euch zu retten, *tai pan*.«

»Ich bin nun wieder kräftig genug, also sollte ich verschwinden, meinst du?«

»Nein, *tai pan*. Wenn Ihr Euch hier glücklich fühlt, dann bleibt. Ihr könnt im Kloster wohnen, so lange Ihr wollt. Ihr werdet hier immer Gastrecht haben.«

»Warum das, George? Ich habe mit den Mönchen nie etwas zu tun gehabt.«

»Ihr nicht, aber mein Vater, Euer Pate.«

»Servatius?«

»Ja.« Und dann sah der junge Mann, der auf irgendeine verwinkelte Weise sein Neffe war, ihn mit schmerzlich verzerrtem Gesicht an. »Ihr wisst nicht, wie er starb, nicht wahr?«

»Nur, dass er in einem Taifun umgekommen ist.«

»Ja, in einem Taifun. Ich will es Euch berichten, wenn Ihr Euch stark genug fühlt, es zu ertragen.«

»Sprich, mein Junge.«

»Es war ein gewaltiger Sturm damals, und es hatte schon wochenlang vorher geregnet, *tai pan*. Die Flüsse waren über die Ufer getreten, die Hügel aufgeweicht. Der Taifun aber brachte das größte Unglück. Mein Vater hielt sich hier auf, hatte meine Mutter besucht. Das Wasser stieg so schnell, dass das Dorf abgeschnitten wurde und unterzugehen drohte. Er half einer ganzen Anzahl von Bewohnern, sich zu retten. Fünf Mönche, die sich bei ihnen aufhielten, waren die Letzten, die er mit seinem Boot in Sicherheit bringen wollte. Doch das Boot war zu klein, es drohte zu kentern. So sprang er ins Wasser und wollte sich schwimmend retten. Er hätte es auch fast geschafft, wäre der Hang nicht ins Rutschen geraten. Die Flutwelle riss ihn mit. Die Mönche aber erreichten das Ufer.«

Still saß er da und blickte über den Bach, der an dieser Stelle in einem kleinen Gefälle über die rund gewaschenen Kiesel sprudelte.

»Als ich – krank war, sah ich einst sein Gesicht unter Wasser«, murmelte er.

George Liu hatte den Kopf gesenkt. Mit trauriger Stimme sagte er: »Ich habe eine alte Wunde wieder aufgerissen. Verzeiht.«

»Es gibt nichts zu verzeihen, George. Die Wunde war nie verheilt. Das habe ich inzwischen erkannt. Aber lass mich nun alleine.«

Mit stummen Verbeugungen verabschiedete sich der junge Halbchinese, und er sah weiter den quirligen Wassern zu, die um die glatten Trittsteine schäumten.

Mehr als eine Wunde war nicht verheilt, aber er hatte sie immer versucht zu ignorieren. Vielleicht war es an der Zeit, sich dem Schmerz zu stellen.

Servatius hatte ihm immer mehr bedeutet als sein leiblicher Vater. Die beiden Männer hätten unterschiedlicher nicht sein können. Der eine pflichtbewusst und auf das Einhalten der Traditionen und Formen bedacht, der andere ein Rebell, ein Abenteurer, ein Glücksritter. Natürlich hatten Ignaz und er ihn als Jungen bewundert, atemlos seinen Geschichten gelauscht, mit bei seinen Erzählungen über die Erlebnisse auf den Handelsreisen in exotische Gebiete mitgefiebert, ihn mit Tausenden von Fragen malträtiert und sich selbst kühnste Wagnisse ausgemalt, die es zu bewältigen galt.

Er war ihr Held.

Und als er sie einlud, eine Reise in den Orient mit ihm zu unternehmen, da waren er und sein siebzehnjähriger Bruder Feuer und Flamme. Ihr Vater war strikt dagegen gewesen.

Servatius setzte sich gegen dessen Widerstand durch, sie erlebten eine überwältigende Fahrt, doch als sie im April 1834 wieder in Frankreich ankamen und in Lyon bei Servatius' dortigem Geschäftspartner die Waren einlagerten, gerieten sie mitten in den zum zweiten Mal auflodernden Weberaufstand. In den gewalttätigen Unruhen geriet das Lagerhaus in Brand, in den Flammen kam Ignaz um.

Gebrochen vor Trauer und Schmerz kehrten sie zurück, und sein Vater, außer sich vor Wut und Verzweiflung, stritt mit Servatius und verbot ihm, jemals wieder Kontakt zu ihnen aufzunehmen.

Sein Pate hatte sich daran gehalten. Noch im selben Jahr hatte er Deutschland verlassen und sich in China angesiedelt. Glücksritter, der er war, hatte er seine Chancen gut genutzt und war bald Vertreter eines englischen Handelshauses in Schanghai geworden, betrieb seine eigenen Geschäfte mit Fortune, wobei er skrupellos genug war, die Vorteile des ersten Opiumkriegs zwischen den Briten und den Chinesen zu seinem Vorteil auszunutzen. Schon bald galt er als *tai pan*, als großer Handelsherr.

Er selbst hatte nach dem Tod seines Bruders wie betäubt den Forderungen seines Vaters nachgegeben, seine Matura gemacht, das anbefohlene Jurastudium begonnen und sich jeglicher jugendlicher Streiche enthalten. Doch fern von zu Hause war der Übermut wieder erwacht, und als Servatius ihn 1846 doch noch einmal in Köln aufsuchte, war die Saat gelegt.

Damals, vor zwölf Jahren, hatte er ihn zum letzten Mal gesehen.

Fünf Jahre später hatte er sein Testament in den Händen gehalten, in dem sein Pate ihm das Handelshaus in Schanghai anvertraute. Und einiges mehr.

Deshalb war er nun hier, und aus diesem Grund würde er die kaiserliche Raupe füttern. Denn sie schien ihm ein passendes Sinnbild für das Dasein, das er und Servatius zu führen liebten – beide waren sie von blinder Gier getrieben gewesen. Genau wie die Raupe, die sich blind für alles andere durch die Maulbeerblätter fraß, so hatten sie sich durch das saftige, grüne Leben gefressen.

Nachdenklich wanderte *baixi long*, der weißhäutige Drache, zurück ins Kloster.

Webmuster und eine bergische Kaffeetafel

Zwar ist's mit der Gedankenfabrik
Wie mit einem Weber-Meisterstück,
Wo ein Tritt tausend Fäden regt,
Die Schifflein herüber-hinüber schießen,
Die Fäden ungesehen fließen,
Ein Schlag tausend Verbindungen schlägt.

Johann Wolfgang von Goethe, Faust I

Schon eine Woche nach der Eröffnung des Theaters erhielt ich eine Einladung von Gernot Wever, der uns in der Woche vor Himmelfahrt durch seine Seidenfabrik führen wollte. In Philipps Augen erhielt ich dadurch den Rang einer Konteradmiralin, und Laura erhob mich auf den Thron einer Piratenkönigin, beides die denkbar höchsten Auszeichnungen, die eine Mutter in unserem Haus erreichen konnte.

Tante Caro hatte er auch eingeladen, und das besänftigte ihr in den letzten Tagen ziemlich aufgewühltes Gemüt. Noch immer hatte ich es nicht über mich gebracht, ihr reinen Wein einzuschenken, was meine geschäftlichen Ideen anbelangte. Der Besuch von Paula Engels mit zwei ihrer kleinen Cousinen, die bei ihrer Hochzeit dekorativ Blumen, Schleppe und Schleier tragen sollten, festigte ihren Glauben daran, dass ich nur aus Gefälligkeit den Damen der Gesellschaft meine Kleiderentwürfe zur Verfügung stellte. Da ich ihr erklärte, dass ich Nona als Näherin beschäftigte, duldete sie die junge Frau inzwischen auch im Haus. Nona hingegen verhielt sich so unauffällig wie möglich. Sie aß in der Küche mit den Kindern, nähte oben oder im

Theater und huschte so leise die Treppen hinauf und herunter, dass man sie für ein weißes Gespenst hätte halten können. Mir war sie unentbehrlich geworden. Hatte ich geglaubt, recht gut mit der Nadel umgehen zu können, so belehrte mich die Beobachtung ihrer Fertigkeit eines Besseren. Insbesondere die schwierigen Stoffe, die feine Gaze, Tüll und vor allem seidene Wirkwaren machte sie sich gefügig, während diese Stoffe mir nur zu oft widersetzlich durch die Finger schlüpften. Sie unterhielt sich manchmal beim Nähen leise mit Laura oder Philipp in einem eigenwilligen Mischmasch aus Französisch und Deutsch, war aber ansonsten sehr still. Weder erzählte sie von ihrer Heimat noch von ihrer Familie und hatte wohl auch kein Bedürfnis, dorthin zurückzukehren. Auch ihre Zukunft schien sie nicht weiter zu interessieren. Sie war zufrieden mit der kleinen Dienstbotenkammer, aß, was Hilde ihr auf den Teller füllte, steckte den kleinen Lohn, den ich ihr zahlte, mit einem scheuen Lächeln in ihre Schürzentasche und ging nur selten aus. Wir hatten mit ihr noch einmal den Altkleiderhändler aufgesucht, und aus den dort erworbenen Stücken hatte sie sich mit meiner Hilfe ein einfaches Kleid, zwei Röcke und zwei Blusen geschneidert, LouLou hatte ihr einen warmen Umhang und eine weite Jacke überlassen und ich zwei Nachthemden und einige Unterröcke.

Tante Caro hatte ich nicht gefragt, ob sie zu einer Kleiderspende bereit war. Ihre Wohltätigkeit erstreckte sich auf den Besuch kirchlicher Veranstaltungen, wo sie auf den Bazaren allerlei Krimskrams wie bestickte Pantöffelchen, Federmäppchen, Ziertüchlein oder Pfeifenständer – mochte der wilde Nick wissen, wozu sie den benötigte – erstand.

Aber seit dem Besuch des Herrn Seidenfabrikanten zwei Tage nach der Premiere war ich wieder in ihrer Gunst gestiegen. Sie witterte einen Kandidaten, da Gernot Wever mit seiner gravitätischen Höflichkeit ihrem Bild von einem distinguierten Gatten entsprach. Sie lag mir prompt damit in den Ohren, was mich üblicherweise sofort zum Igel mit aufgestellten Stacheln werden ließ. Diesmal aber störte es mich weniger, und an dem Tag vor dem Besuch in der Fabrik nahm ich mir die Zeit, über dieses Phänomen nachzudenken.

Das erste Mal seit langer Zeit hatte sich ein winzig kleines Gefühl in mir geregt. Kein romantisches, darüber war ich schon lange hinaus. Aber so ein wenig Neugier möglicherweise, ob ich noch in der Lage war, einen Mann zu fesseln, dessen Gegenwart mir ausgesprochen angenehm war. Angenehm, weil er ein ruhiger, anständiger Herr war, der zwar ein wenig steif in seinen Manieren, aber durchaus aufgeschlossen gegenüber unkonventionellem Handeln war. LouLou war nicht gesellschaftsfähig, vor dieser Tatsache konnte man nicht die Augen verschließen. Sie hatte jahrelang als ausgehaltene Frau ihr Geld verdient, was ihn entsetzt haben musste. Dennoch hatte er ihr einen großzügigen Kredit aus seinem eigenen, hart erarbeiteten Vermögen zur Verfügung gestellt. Er hatte an den Darbietungen im »Salon Vaudeville« kein besonderes Vergnügen empfunden, die Leichtherzigkeit der kecken Lieder und Possen lag ihm nicht. Aber genauso wenig hatte er das Konzert im Gürzenich genossen, zu dem er mich und Tante Caro eingeladen hatte. Ich schob es darauf, dass er von Kindheit an hatte arbeiten müssen. Seine Familie hatte in Heimarbeit einen Webstuhl betrieben, und alle, die auch nur einen Faden festhalten konnten, mussten mithelfen. Es kam wohl auch noch hinzu, dass er schon früh die Verantwortung für die sieben jüngeren Geschwister hatte übernehmen müssen, sodass ihm für eine höhere Schulbildung wenig Zeit geblieben war. Was er sich angeeignet hatte, waren eine gründliche technische Ausbildung und kaufmännisches Wissen. Literatur, Musik, Theater, Malerei waren ihm verschlossen geblieben. Aber war das denn so wichtig, sich darin auszukennen? Wenn ich an den vornehmen »Literatur-Circle« um Helenen dachte, dann schienen mir wahrlich ein gesunder Geldverstand und textiles Fachwissen von größerem Wert.

Sein größter Pluspunkt jedoch war sein Verständnis für die Wissbegier meiner Kinder, und ich war selbst gespannt darauf, was es in der Weberei zu sehen gab. Arbeitete ich auch gerne und viel mit den Stoffen – wie sie wirklich hergestellt wurden, hatte ich noch nie gesehen. Mein Unbehagen gegenüber Dampfmaschinen musste ich wohl langsam überwinden, wollte ich von meinem Sohn nicht wieder von der Flottenadmiralin zum Smutje degradiert werden, dachte ich mit einem kleinen Lächeln. Und mit einer gewissen Neugier erfüllte mich die Frage, wie er und die Kinder aufeinander wirken würden. Wenn Laura jemanden nicht mochte, konnte sie sehr geziert werden, Philipp hingegen reagierte leicht maulfaul und muffig. Ich achtete die Reaktionen der beiden, denn wie ich selbst aus meiner Jugend wusste, hatte man als Kind einen ausgeprägten Instinkt für Menschen.

Ich hätte mir keine Sorgen machen müssen, schon die Dampferfahrt nach Mülheim versetzte die beiden wieder in prächtige Laune. Tante Caro war ebenfalls in animierter Stimmung und begutachtete höchst aufmerksam die Damen und Herren Mitreisenden, gab kleine, erschreckte Quiekser von sich, als die Maschine das Deck in Vibration versetzte und die Schaufelräder sich zu drehen begannen, und bewunderte dann in höchsten Tönen die Aussicht.

Am anderen Ufer erwartete Gernot Wever uns bereits mit einem offenen Landauer, und die Fahrt durch den sonnigen Mittag verlief ohne Hindernisse.

Die Sonne aber verdunkelte sich, als wir uns der Fabrik näherten, denn auf dem hohen Schlot wehte eine schwarze Rußfahne. Es war nicht die einzige, auch am Rheinufer hatten wir schon qualmende Schornsteine gesehen.

»Die Firma Andreae«, hatte Wever kurz erklärt. »Die Konkurrenz. Leider noch unschlagbar für mich.«

Immerhin war aber auch sein Werksgebäude ein ansehnlicher Backsteinbau, und Laura wie Philipp, die ich vorsichtshalber an der Hand hielt, zuckten und zappelten wie die jungen Pferde. Doch zuvor war unser Gastgeber so einfühlsam, Tante Caro zu empfehlen, sich zu seiner Haushälterin führen zu lassen, denn sicher wolle sie sich nicht dem Getöse der Dampfmaschine und dem Staub der Webstühle aussetzen. Sie nickte erleichtert, und wir suchten zunächst das ansehnliche Wohnhaus auf, das neben der Fabrik erbaut worden war. Als die Tante der Obhut der molligen Wirtschafterin anvertraut worden war, begann für uns der aufregende Teil. Der Werkmeister, ein kerniger Rheinländer, übernahm Philipp, der ihn sofort ohne Scheu mit Fragen zu Leistung und Übersetzung, Dampfdruck und Drehmomenten löcherte. Gernot Wever hingegen führte Laura und mich in die hohen, luftigen Säle, in denen die Webstühle standen.

Wie benommen starrte ich auf die hin- und hersausenden Schütze, die mit ohrenbetäubendem Knallen auf die Anschläge rechts und links von den Rahmen krachten. Eine Unterhaltung war nur schreiend möglich, und so bekam ich nur die Hälfte von dem mit, was Wever uns zu erklären versuchte. Immerhin verstand ich, dass auf dem Kettbaum die Längsfäden des späteren Gewebes gewickelt waren wie auf eine gigantische Garnrolle. Diese Walze wurde oben auf dem Rahmen angebracht und die Fäden unten auf dem Warenbaum eingespannt, auf den später der Stoff aufgewickelt wurde. Die Menge und Länge der Kettfäden bestimmten Stoffbreite und Länge und auch die Farbabfolge. Diese Längsfäden wiederum mussten so bewegt werden, dass sie eine Öffnung, das Fach, bildeten, durch die das Weberschiffchen, das hier Schütz hieß, hindurchflitzen konnte. Bei jedem Durchschuss wurde eine ganz bestimmte Anzahl Kettfäden gehoben, sodass nach und nach ein Webmuster entstand.

Ich war schlichtweg fasziniert.

Meine Tochter ebenfalls. Wir schauten uns Webstühle an, die mit mehreren Schäften arbeiteten, die die Fächer öffneten. Auf ihnen wurden mehrfarbige, gestreifte oder karierte Stoffe hergestellt. Die komplizierten Muster der Damaste aber wurden auf den sogenannten Jacquard-Maschinen gewebt, und die – das beeindruckte mich noch viel mehr – arbeiteten mit einer hochkomplizierten Mechanik, bei der das Heben und Senken der

Kettfäden über ein Lochkartenband gesteuert wurde. Hier, in dem Höllenlärm, wollte ich unseren Führer nicht fragen, wie das funktionierte, aber es interessierte mich brennend.

Halb taub und leicht orientierungslos wankte ich nach einer guten Stunde aus dem Maschinensaal.

»Mein Gott, wie halten das die Arbeiterinnen nur aus?«, stöhnte ich.

Gernot Wever hob die Schultern. »Man gewöhnt sich dran. Aber nun kommen Sie, meine Damen, eine bergische Spezialität erwartet Sie. Die Kaffeetafel!«

Was immer ein Kinderherz – und das einer gefräßigen Mutter nebst Tante – höher schlagen lassen konnte, war aufgetischt!

Und dann begann die Schwelgerei. Die Wirtschafterin schnitt dicke Scheiben von dem Rosinenstuten ab, die dick mit Butter und Apfelkraut bestrichen, dann mit einer Lage Milchreis bedeckt und mit Zucker und Zimt bestreut wurden. Aus der Dröppelminna, einer bauchigen Kanne, die auf drei hohen Füßchen stand und unten einen Hahn hatte, wurde duftender Kaffee gezapft, was besonders Laura entzückte, die ihre heiße, süße Milch mit Kaffee aromatisieren durfte.

Allerdings musste ich zu meiner Schande bemerken, dass die Geräuschkulisse kaum weniger ohrenbetäubend war als in der Fabrikhalle. Meine Kinder schnatterten in höchsten Tönen, und Philipp, der gut fünfhundert neue technische Vokabeln aufgeschnappt hatte, warf mit Dampfdruck, Kugellagern, Maßtoleranzen, Ventilsteuerungen und Übertragungsmomenten nur so um sich. Laura hingegen trumpfte mit Zampel und Harnisch, Latzen und Litzen, Schusswippen und Musterkarten auf. Ich sah, dass Tante Caro mit sich rang, ob sie eingreifen sollte, denn über dieses Benehmen ärgerte sie sich wie üblich maßlos. Bevor sie einen scharfen Verweis aussprechen konnte, sagte ich also mit ruhiger Stimme in das aufgeregte Geplapper: »Ruhe an Bord! Ihr klappert genauso laut wie die Webstühle. Ich würde vorschlagen, ihr benutzt jetzt euren Mund für eine Weile zum Essen.«

»Ja, Mama.«

Damit trat Stille ein. Ich fand meine Kinder bezaubernd.

Während wir vom Stuten zu knusprigem Brot mit Käse und Wurst übergingen, konnte ich Gernot Wever endlich meine Fragen stellen. Mich hatte insbesondere das Weben von komplizierten Mustern beeindruckt.

»Ja, das ist eine Wissenschaft für sich, Frau Kusan. Die aufwändigste Arbeit beim Weben ist das Einrichten des Webstuhls. Das kann bis zu zwei Wochen dauern. Jeder einzelne Faden wird durch Ösen, die Litzen, gezogen und mit den Harnischschnüren zu Latzen zusammengefasst.«

»Woher weiß man, in welcher Reihenfolge diese Latzen zusammengestellt werden müssen?«

»Das vorgezeichnete Muster wird sozusagen zeilenweise aufgelöst. Jede Zeile entspricht einem Querfaden, dem Schuss. In dieser Zeile wird bestimmt, welche Kettfäden angehoben werden und welche unten bleiben.«

»Aber das können doch Hunderte von Zeilen sein«, entfuhr es mir, als ich auf die weiße Damasttischdecke blickte, auf der mein Gedeck stand.

»Ganz richtig. Es ist nicht nur so, dass sich ein Künstler ein Ornament ausdenken kann, so wie etwa beim Stoffdruck, nein, es muss in seine kleinsten Bestandteile zerlegt und in ein Schema aus Punkten übertragen werden. Es gibt zwei Arten von Punkten – Faden hoch oder Faden unten.«

»Und das war schon immer so?«

»Seit man Muster zu weben in der Lage war – ja. Nur die Handhabung ist heute leichter. Ich selbst habe vor zwanzig Jahren noch als Zampeljunge gearbeitet. Das heißt, ich habe oben auf dem Webstuhl gesessen und die Latzen gezogen, während meine Mutter das Weberschiffchen bediente. Und gnade mir Gott, ich hatte mich in der Reihenfolge vertan, also verzettelt. Denn Webfehler im Stoff minderten seine Qualität, und damit gab es weniger Geld.«

Philipp, der gerade zwischen einer heißen Waffel und einem

Stück Streuselkuchen schwankte, konnte nicht umhin, mit seinem Wissen zu prunken: »Das hat Monsieur Jacquard auch gestört, nicht wahr?«

Gernot Wever lächelte anerkennend.

»Monsieur Jacquard war ebenfalls einst ein geplagter Zampeljunge. Aber er hat aus der Not eine Tugend gemacht und die Musterkarte erfunden. Das sind Pappkarten, in die die Reihenfolge der zu hebenden Kettfäden in Form von Löchern eingestanzt werden. Diese Karten laufen wiederum über eine Walze. Häkchen, die mit Federn gespannt sind, bewegen nun die Kettfäden, und immer wenn sie auf ein Loch in der Karte treffen, springen sie vor und öffnen das notwendige Fach.«

»Die Weber waren aber nicht sehr glücklich mit dieser neuen Erfindung, nicht wahr?« Mir fiel ein, dass es in den Jahren um meine Geburt herum einige Weberaufstände gegeben hatte.

»O nein, die Weber lehnten jede neue Technik ab, weil sie dadurch weniger verdienten. In Lyon haben sie sogar einen Jacquard-Webstuhl öffentlich auf einem Scheiterhaufen verbrannt. Dennoch hat er sich sehr schnell durchgesetzt.«

Die Haushälterin legte mir eine heiße Waffel auf den Teller und stellte Kirschkompott und Schlagsahne dazu. Ich verfluchte innerlich das enge Mieder und nahm ein kleines Häppchen von dem Gebäck. Es war so köstlich und hinderte mich beinahe am Denken. Meine Tochter, die in kein Schnürleibchen gezwängt war, verdrückte bereits die zweite Waffel mit gleich bleibendem Appetit und nahm mir auch die nächste Frage ab.

»Sie machen aber nur zwei Muster, Herr Wever. Ich habe nämlich die Stoffe gesehen, die Sie Mama geschickt haben.«

»Sehr aufmerksam, Fräulein. Ja, ich habe nur das Recht, diese beiden Muster, die Blätter und die Ranken, zu weben. Ich sagte ja schon, es ist sehr aufwändig, diese Muster auf die Webtechnik zu übertragen. Wer immer so ein Dessin[2] entworfen hat, erwirbt das alleinige Recht daran. Es wird beim Gewerberat hinterlegt,

---

[2] Frühere Schreibweise des Wortes Design

und andere müssen dem Urheber dann dafür bezahlen, wenn sie es nutzen wollen.«

»Verständlich«, nuschelte ich, besann mich auf meine guten Manieren, schluckte runter und fügte hinzu: »Es wäre ja auch sehr ungerecht, wenn ein Fabrikant die ganze Arbeit hat, und die Konkurrenten machten seine Muster dann einfach nach.«

»Der Dessin-Gestalter hat die Arbeit, der Fabrikant zahlt ihm dafür. Ich habe aber leider keinen Künstler, der dazu in der Lage ist, also zahle ich für die beiden Muster das Nutzungsrecht. Nicht zu knapp, möchte ich sagen.«

Tante Caro, die die ganze Zeit schweigend zugehört und recht beachtliche Mengen an Kuchen dabei verputzt hatte, zeigte Unverständnis.

»Das verstehe ich nicht, Herr Wever. Es gibt doch so viele begnadete Künstler, die hübsche Bilder zeichnen. In meinem Bekanntenkreis entwerfen etliche Damen die schönsten Stickereien.«

»Es besteht ein gewisser Unterschied darin, ob man, sagen wir, Tischläufer oder Shawls bestickt oder ob man fortlaufende Muster für Stoffbahnen entwirft, gnädige Frau. Sie müssen beispielsweise wiederholbar sein, sich ohne Brüche aneinanderfügen, sich nach der Stoffbreite und Anzahl der Kettfäden richten und vieles mehr.«

»Kurzum, man muss rechnen können«, erklärte ich trocken. Das nämlich konnte Tante Caro nicht.

»So ist es«, stimmte mir Wever ebenso trocken zu.

Wir unterhielten uns noch ein wenig über Stoffe und Seidenqualitäten, und im Grunde war ich heilfroh, als die gewaltige Mahlzeit ihr Ende gefunden hatte. Tante Caro machte einen so schläfrig gesättigten Eindruck, dass die Haushälterin ihr empfahl, den Verdauungstrunk, einen scharfen Klaren, im Sessel am Fenster zu sich zu nehmen. Ich hingegen nahm das Angebot an, einige Schritte durch den Ort zu machen. Laura und Philipp gingen unaufgefordert der Haushälterin zur Hand. Vermutlich hofften sie auf weitere Genüsse in der Küche.

Als ob sie bei mir Hunger leiden müssten, die Rabauken.

Aber gut, ich war ganz froh, eine halbe Stunde mit Gernot Wever unter vier Augen sprechen zu können.

»Aufgeweckte Kinder sind die beiden, liebe Frau Kusan.«

»Manchmal ein wenig ungebärdig, ich weiß. Aber mir ist es lieber, sie fragen zu viel, als dass sie stumme Duckmäuser werden.«

»Sie haben ihren Vater schon früh verloren, nehme ich an.«

»Sie waren ein und zwei Jahre alt.«

»Es muss eine schwere Zeit für Sie gewesen sein.«

»In gewisser Weise. Doch heute ist sie aus anderen Gründen nicht leichter geworden, Herr Wever. Sie haben sicher gehört, dass meine Tante einem Aktienschwindel aufgesessen ist.«

»Dem Perpetuum mobile etwa?«

»Leider.«

»Ein Skandal. Ich hörte davon.«

Wir wanderten bis zur St. Clemenskirche schweigend weiter, dann versuchte ich einen kleinen Vorstoß.

»Sie verstehen, dass ich mir eine bezahlte Arbeit suchen muss, Herr Wever, nicht wahr?«

»Arbeit, meine liebe Frau Kusan, hat noch nie jemandem geschadet. Ich wäre der Letzte, der Ihnen das vorhielte. Louise sagt, dass Sie eine höchst begabte Schneiderin sind.«

»Ja, ich verstehe mein Geschäft.«

»Nur ein Geschäft ist es noch nicht. Das wissen Sie auch.«

Ich seufzte. Nein, das war es bis jetzt noch nicht. Den letzten Schritt musste ich noch machen, und der würde den Bruch mit Tante Caro herbeiführen. Aber deswegen hatte ich die Frage nicht gestellt.

»Sie sind eine erfrischende Ausnahme unter den Herren meiner Bekanntschaft, Herr Wever.«

»Tatsächlich? Ich stelle mir vor, dass ich Ihnen als einigermaßen ungalant vorkomme. Gesellschaftlichen Schliff konnte ich mir bisher nicht aneignen.«

»Galanterien sind Schaumgebäck. Ein Mann, der Kindern seine Fabrik zeigt, hat weit mehr Substanz.«

Meine kleine Schmeichelei brachte ihn offensichtlich dazu, nach Worten zu suchen. Ich erlaubte mir das Vergnügen, seine Verlegenheit zu vertiefen, und setzte hinzu: »Es wundert mich, dass noch keine junge Dame das erkannt hat, Herr Wever.«

»Es ... vermutlich liegt es an mir, Frau Kusan. Ich habe so wenig Zeit gehabt, mich um ... nun ja, um weibliche Bekanntschaften zu kümmern. Aber ich würde mich freuen, wenn mir zukünftig dazu die Gelegenheit geboten würde. Sie, Frau Kusan, sind nämlich eine sehr angenehme Gesellschaft.«

»Danke, Herr Wever. Ich würde es ebenfalls begrüßen. Zumal ich so eine kleine Idee habe, die uns beide betrifft. Darf ich sie Ihnen unterbreiten?«

»Sie haben eine Idee?«

Verdutzt bemerkte ich seine geröteten Wangen. Aha, er war zu gewissen Gedankengängen in der Lage. Schade, dass ich ihn enttäuschen musste.

»Ja, eine vielleicht ausgefallene Idee. Ich habe nämlich nicht nur eine Begabung im Entwerfen von Kleidern, sondern auch ein recht ansehnliches Zeichentalent. Und rechnen kann ich, im Gegensatz zu meiner Tante, auch recht ordentlich. Was halten Sie davon, wenn ich für Ihre Webmaschine ein neues Muster entwerfe? Welche Anforderungen an gemusterte Stoffe eine Couturière hat, weiß ich, und ich glaube, ich kann abstrakt genug denken, um es in das Raster Ihrer Musterkarten zu übersetzen. Zumindest mit ein wenig Nachhilfe Ihrerseits.«

Er blieb stehen und sah mich erstaunt an.

»Sie überraschen mich immer wieder, Frau Kusan.«

»Womit? Mit meinem Geschäftssinn?«

»Ja, damit auch. Kommen Sie, wir kehren um.«

Wir schlenderten schweigend die Hälfte des Weges zurück, dann hatte Gernot Wever eine Antwort für mich.

»Ich schlage vor, Sie machen eine Entwurfszeichnung von dem Muster, das Ihnen vorschwebt, und ich prüfe, ob es in die Maschine übersetzbar ist. Es sind eine Reihe technischer Faktoren zu berücksichtigen. Aber wenn es möglich ist, können wir über die Ausarbeitung sprechen, und dann bin ich gerne bereit, einen Vertrag mit Ihnen über die Nutzung zu machen.«

»Das ist eine angemessene Vorgehensweise, Herr Wever. Ich lasse in den nächsten Tagen von mir hören.«

»Ich hoffe, liebe Frau Kusan, aber doch nicht ausschließlich, um mit mir über Webmuster zu verhandeln.«

Ich klimperte mit den Augenlidern und lächelte ihn an.

»Wir werden sehen, nicht wahr?«

Da hatte ich ja etwas angezettelt!

Und kaum hatte ich das gedacht, fiel mir ein, dass man die Tätigkeit, die Kettfäden dem Muster entsprechend mit den Latzen zu verbinden, ja Anzetteln nannte.

Ah, pah!

Kurzum, den Nachmittag in Mülheim konnten wir alle als einen gelungenen verbuchen.

Aber er war auch anstrengend gewesen, und Tante Caro zog sich früh zurück. Die Kinder verzichteten auf das Abendessen und gingen ohne Murren zu Bett. Als ich kurz darauf in ihr Zimmer schaute, waren sie schon in tiefen Schlaf gesunken. Ich hingegen war aufgewühlt. Darum holte ich mir aus den schwindenden Vorräten im Keller eine staubige Flasche Rotwein und setzte mich mit meinem Glas an das Salonfenster, von dem aus man über die nächtliche Straße schauen konnte. Die Obermarspforte war nur eine Gasse, und selbst in den hellen Abendstunden im Mai spielte sich kaum Leben zwischen den Häusern ab. Es war ruhig, und langsam krochen die Dämmerschatten unter die Giebel. Ich verzichtete darauf, die helle Gaslampe zu entzünden, im Halbdunkel konnte ich meine Gedanken besser ordnen.

Mein behäbiges Leben hatte mit Beginn dieses Jahres eine Wende genommen. Die tugendhafte, wohlsituierte Witwe hatte ihre sittsame Haut abgestreift, und was darunter zum Vorschein kam, war mir manchmal selbst noch fremd. Anderes indessen, so wollte es mir vorkommen, war nur unter einem zu engen Korsett eingeschnürt gewesen und drängte jetzt wieder zur Freiheit.

Unseligerweise war mein derzeitiges Leben auf einer Lüge aufgebaut. Und dieses Lügengespinst lief nun mehr und mehr Gefahr, zerrissen zu werden.

Wenn das geschah, würde ich schutzlos sein.

Ein Anlass mehr, eine gründliche Veränderung einzuleiten?

Ich nippte an dem Wein und sah dem Heimflug der Schwalben nach, die unter dem First des gegenüberliegenden Hauses ihr Nest angeklebt hatten.

Dank LouLous gut bezahlten Aufträgen hatte ich in den vergangenen drei Monaten nicht weiter an meinem Kapital zehren müssen, sondern, im Gegenteil, sogar noch etwas zur Seite legen können, das mir einen bescheidenen Start in das Geschäftsleben ermöglichte.

Alles in allem waren es drei unterschiedliche Richtungen, die ich einschlagen konnte.

Wenn es mir gelang, über die Anfertigung der Kinderkleider für Paula Engels Hochzeit ein Entree als Couturière der *haute volée* zu erringen, könnte ich zumindest am Rande der ehrbaren Gesellschaft weiterexistieren. Dasselbe galt für die heute neu aufgekeimte Idee, als Mustergestalterin für Wever zu arbeiten. Dann aber würde ich weiterhin mit meiner Lüge leben müssen.

Wenn es mir nicht gelang, als Schneiderin für die ehrbare Kundschaft zu arbeiten, konnte ich entweder mein Klientel in der Halbwelt suchen, wodurch ich für die vornehme Welt perdu war. Allerdings war damit auch die Geheimnistuerei obsolet. Aber Laura und Philipp würde ich Probleme bereiten, es sei denn, sie blieben, wie LouLou es vorschlug, in Tante Caros Obhut und ich würde so weit wie möglich Abstand zu ihnen halten. Dieses Szenario mochte ich gar nicht gerne weiterspinnen.

Oder ich nahm eine gänzlich andere Möglichkeit wahr, und die hieß Gernot Wever. Er war mir sympathisch, er war ledig, er war vermögend. Es würden unter Umständen ein paar zarte

Winke nötig sein, ihn auf die richtige Fährte zu setzen, aber – nun – es wäre nicht das erste Mal, dass ich einen Mann zur Ehe verführte.

Ich ließ meinen Gedanken ein wenig frei in diese Richtung laufen. Ja, er war ansehnlich, hochgewachsen, hatte einen kräftigen, sehnigen Körper, der mich nicht abstieß. Es gehörte sich vielleicht nicht, als Frau ein solches Kriterium in die Waagschale zu werfen, aber für mich hatte auch dieser Aspekt einer Ehe eine wesentliche Bedeutung. Eine Erkenntnis, die ich meinem Gatten selig, Schlawiner, der er war, zu verdanken hatte. Dummerweise schien der warme Mai Frühlingsgefühle in mir zu wecken, und ich gestand mir ein, dass ich mich nach Zärtlichkeit sehnte. Nein, nicht nur nach Zärtlichkeit, sondern nach Stärkerem, nach heißem Begehren, nach wilder Lust, nach Händen auf meiner bloßen Haut, nach fordernden Küssen, nach dem Druck fester Muskeln über mir...

Verdammt, verdammt, verdammt, warum hatte er mir das angetan?

Es war leider nicht Gernot Wevers Bild, das mir bei dieser wüsten Phantasie vorschwebte.

Ich stürzte den Rest des Weins hinunter und goss mir ein weiteres Glas ein.

Verloren, vorbei und selbst verschuldet.

Ich würde nicht schon wieder um ihn weinen, und obwohl der Tag so vielversprechend verlaufen war, fühlte ich mich jetzt innerlich wie zerrissen. Verstand und Gefühl, Pflicht und Leidenschaft zerrten an mir wie Captain Mios Krallen an meinem Rock.

Ich nahm den Kater hoch und setzte ihn auf meinen Schoß.

Schwer war der alte Pirat geworden in den acht Jahren seines Lebens. Als Philipp gerade ein Jahr alt gewesen war, hatte sein Vater ihn angeschleppt und das weiße, schwarz gefleckte Katerchen in seine Wiege gelegt. Ich hatte gezetert und vor Läusen und Flöhen gewarnt, aber Klein Philipp und Klein Mio begannen sofort eine tiefe Welpenfreundschaft, gegen die meine mütterlichen Warnungen wirkungslos abprallten. Allerdings musste ich zugeben, dass Mio nie zu Klagen Anlass gegeben hatte, was Ungeziefer anbelangte. Er war auch zu den Kindern immer sanft geblieben, mochten sie ihn auch noch so ungeschickt umherschleppen, ihm Schleifen um den Hals oder schwarze Piratenflaggen an den Schwanz binden, nie hatte er sie mehr als mit eingezogenen Krallen geboxt oder sie warnend angefaucht.

Ich hatte da schon eher mal einen Kratzer abbekommen, aber immer nur, wenn ich mich unlauter in ihre wilden Spiele einmischte.

Ja, auch dieser pelzige, schnurrende Seelentröster war ein Vermächtnis meines Gatten selig und sicher das beste Vermächtnis an seine Kinder.

Verdammt, warum musste ich heute so oft an den Lumpenhund denken?

Seidenhaut

Wie schläfst Du so ruhig und träumest,
Du armer, verlaß'ner Wurm!
Es donnert, die Tropfen fallen,
Die Bäume schüttelt der Sturm!
Dein Vater hat Dich vergessen,
Dich und die Mutter Dein;
Du bist, du armer Waise,
Auf der weiten Erde allein!

Joseph Christian Freiherr von Zedlitz, Mariechen

»Ariane hütet ein Geheimnis, Nona, und das müssen wir ihr lassen«, sagte Madame LouLou und zog das hautfarbene, eng anliegende Seidentrikot über ihren nackten Körper. »Du hältst dich ja ebenfalls recht bedeckt, was deine Vergangenheit anbelangt.«

»Isch kann nischt sprechen darüber. Tut mir leid«, murmelte Nona und zupfte an dem elastischen gewirkten Stoff, der sich faltenlos um die prachtvolle Figur von Madame schmiegte.

Vor einem Monat war eine kleine Akrobatin aus dem »Cirque Napoleon« zu ihnen gestoßen und hatte für drei Wochen ein Engagement gesucht. Sie hatte eine bemerkenswerte Nummer auf einer von der Decke hängenden Schaukel vorgeführt, war dann aber mit ihrem Freund wieder nach Paris zurückgekehrt. Was sie ihnen hinterlassen hatte, war die Idee zu einem Kleidungsstück, das ein junger Artist in ihrem Zirkus bei der Arbeit trug. Jules Leotard übte seine halsbrecherischen Stücke in einem eng anliegenden Anzug, der seine Muskeln deutlich erkennen ließ. Madame LouLou war begeistert von der Vorstellung, bei ihren Tanznummern ein solches Trikot zu tragen, das weder zwickte noch verrutschte und nachgiebig allen Verrenkungen folgte. Der fein gestrickte Seidenstoff, gleich dem, aus dem die Strümpfe gewirkt waren, eignete sich hervorragend für diesen Zweck, und sie hatte Madame Ariane gebeten, ihr Nona auszuleihen, damit sie die aufwändige Näharbeit übernahm.

Nona fühlte sich geschmeichelt und hatte Stunden um Stunden damit verbracht, das schwierige Material in Form zu bringen. Weil sie keine Vorlage hatte, musste sie oft Nähte wieder auftrennen, da und dort Stücke einfügen, Ärmel neu ansetzen und Verschlüsse ändern. Jetzt half sie Madame, die vielen Häkchen am Rücken zu schließen, und betrachtete dann bewundernd das Ergebnis. Wie in eine makellos schimmernde Seidenhaut gehüllt stand Madame vor dem hohen Spiegel ihres Schlafzimmers, hob dann langsam die Arme weit über den Kopf, drehte eine Pirouette und sank langsam und geschmeidig in einen Spagat.

Nichts riss, keine Naht platze, nirgendwo bildeten sich Falten.

»Diesmal stimmt es, Nona. Mach mir ein zweites davon.«

»Ja, Madame.«

»Und nun hilf mir bei den Häkchen. Das ist der einzige Nachteil, den ich erkennen kann – alleine komme ich in das Ding weder hinein noch wieder heraus.«

Mit ihren geschickten Fingern öffnete Nona die Verschlüsse am Rücken und bemühte sich, so wenig wie möglich Madames helle Haut zu berühren. Sie war entsetzt, aber auch fasziniert davon, wie wenig Scham Madame kannte. Sie zog sich mitten im Zimmer einfach vollständig aus, ohne sich hinter einem Paravent zu verbergen, und bewegte sich in ihrer Nacktheit vollkommen unbeschwert.

Und was hatte sie für einen wundervollen Körper! Straff, üppig, beweglich. So ganz anders als ihre weiße, magere Figur mit dem entstellten Bein. Sie hätte gerne mit den Handflächen über den glatten Rücken gestrichen, der sich vermutlich wie die feinste Seide anfühlte. Für einen Moment verweilte sie bei dem Gedanken, und ihre Finger hielten in ihrer Tätigkeit inne.

Als hätte sie ihre Gedanken gelesen, erklang Madames warmes Lachen.

»Du darfst mich berühren, Nona, wenn du willst.«

Nona zuckte jedoch zusammen und hakte die letzten Verschlüsse auf. Dann packte sie mit gesenktem Kopf ihre Nähutensilien zusammen und vermied jeden Blick auf ihre Arbeitgeberin, die sich nun wieder ankleidete.

»Du hast gute Arbeit geleistet«, sagte diese schließlich. »Ich habe hier einen hübschen Stoff für dich. Lass dir von Frau Ariane ein Sonntagskleid daraus zuschneiden.«

»Ich brauche kein Sonntagskleid.«

»Jede Frau braucht ein Sonntagskleid. Du gehst doch bestimmt in die Kirche.«

Nona schüttelte den Kopf. Sie hatte sich bisher noch nicht einmal getraut zu fragen, wo in ihrer Nähe eine katholische Messe gelesen wurde. Madame Ariane und die Kinder besuchten den evangelischen Gottesdienst, und Madame Caro Elenz wollte sie sich auf keinen Fall anschließen, das hätte sie als sehr ungehörig empfunden, und Madame Mira ging nicht mehr aus dem Haus, um die Messe zu hören. Ihren schmerzenden Knochen, so hatte sie gesagt, war das Knien zu mühselig. Der Herrgott würde es wohl verstehen, wenn sie ihre Gebete zu Hause sprach.

Trotz ihrer Aussage, dass sie kein gutes Kleid benötigte, sah sie bewundernd den graublau und dunkelblau karierten Barchent an.

»Zier dich nicht, Nona. Du hast es dir verdient.«

»Danke, Madame.«

Madame legte den Stoffpacken in den Weidenkorb und fragte: »Ist das auch nicht zu schwer für dich?«

»Nein, Madame. Ich seh nur aus wie dünner Stecken. Ich bin kräftig.«

»Nun, dann geh nach Hause. Richte Frau Ariane meine Grüße aus.«

Nona nahm den Korb auf und stieg mit ihrem leichten Hinken die Treppe hinunter. Madame folgte ihr, und an der Haustür nahm sie sie an den Schultern, beugte sich vor und küsste Nona leicht auf die Stirn.

Seltsam gerührt wanderte Nona durch die belebte Schildergasse. Noch nie in ihrem Leben war sie so gut behandelt worden wie in den drei Monaten, die sie bei Madame Ariane wohnte. Sie musste sich um nichts kümmern als um ihre Näharbeiten. Man wusch ihre Wäsche, man richtete ihr die Mahlzeiten, wies ihr die Wege, die sie zu gehen hatte, sagte, was sie zu tun hatte, und sprach langsam und verständlich mit ihr. Manchmal fühlte sie sich wie das Kind, das sie nie gewesen war.

Madame LouLou bewunderte sie grenzenlos. Sie war so voller Energie, so willensstark, so selbstbewusst. Und wenn sie tanzte, dann glich sie einer wilden, wirbelnden Flamme. Oder sie wirkte wie ein farbenprächtiger Schmetterling in ihren schwebenden Chiffonröcken und den Schleiern, die sie dabei um sich herum ausbreitete. Nie wurde sie müde, ihr bei den Proben zuzuschauen, und nie schickte Madame sie fort. Nein, manchmal kam sie verschwitzt und schwer atmend zu ihr, strich ihr über die Haare und fragte, ob es gut genug gewesen sei.

Es war immer gut genug.

Aber auch für Madame Ariane empfand Nona tiefe Achtung. Sie war anders als Madame LouLou, kein Schmetterling, eher eine schöne Blüte, eine Rose vielleicht oder eine Lilie. Sie war stark, ganz gewiss, aber selbst mit ihren kurzsichtigen Augen erkannte Nona, dass sie an einem Kreuz zu tragen hatte, an einem Kummer, den sie gut zu verstecken wusste. Heute hatte sie es gewagt, Madame LouLou darauf anzusprechen, und die hatte ihr diesen Eindruck bestätigt.

»Ich weiß nicht genau, was es ist, Nona, aber ein Mann, der den Namen Kusan trug, hat mir vor einigen Jahren in einer verdammt beschissenen Situation eine Chance gegeben. Ich habe ein paar Erkundigungen über Frau Ariane eingezogen, sehr diskret, und darum habe ich ihr, als sie zu mir kam, ebenfalls eine Chance geboten. Sie hätte sie ablehnen, der Herausforderung nicht gewachsen sein oder sie missbrauchen können, aber nichts davon hat sie getan. Sie hat sich ihren Lohn weidlich verdient. Mal sehen, was sie draus macht.«

Nona war sich sicher, dass Madame LouLou weit mehr wusste, als sie preiszugeben gewillt war, aber auch das akzeptierte sie. Sie musste es nicht wissen.

Über diese Gedanken hin hatte sie die Obermarspforte erreicht und schlüpfte, wie es ihre Art war, über den Hinterhof ins Haus. Hilde hatte ihr Essen warm gestellt, und als sie nach oben zu ihrer Kammer huschte, klopfte sie vorher noch im Nähzimmer an, um Madame LouLous Grüße auszurichten.

»Komm herein, Nona, und sag mir, was du von diesen Mustern hältst.«

Nona stellte den Korb ab und trat zu dem Tisch, der mit einigen großen, karierten Bögen bedeckt war. Auf dreien waren mit spitzem Bleistift sich wiederholende Ornamente gezeichnet. Das eine bestand aus stilisierten Chrysanthemenblüten, die über ihre Stiele und Blätter verbunden eine fortlaufende Ranke bildeten, das andere zeigte Blüten und Schmetterlinge und das dritte durch Wolken fliegende Kraniche.

»Sie sind schön, Madame. Toutes sont belles.«

»Kannst du dir einen Stoff vorstellen mit diesen Mustern?«

Nona überlegte ernsthaft.

»Dies mit Vögeln werden die Damen nicht mögen. Zu spitzig, die Schnabel. Ich denke, ich würde es mögen. Vielleicht die Herren für Negligé?«

»Damit liegst du wahrscheinlich richtig.«

Nonas Blick fiel auf den Boden, und ein scheues Lächeln huschte über ihr Gesicht.

»Es sind Bilder aus Teppich, richtig?«

»Ertappt!«, lachte Madame Ariane. »Aber es wäre mal etwas anderes, eine chinesische gemusterte Seide.«

»'türlisch!«

»Na, wir werden sehen, was der Herr Fabrikant dazu sagt.«

»Der Bruder von Madame LouLou, nicht wahr? Ich soll grüßen Sie von ihr.«

»Danke. Passt das Trikot jetzt?«
»Es sitzt. Und, Madame ...«
»Ja, Nona?«
»Sie hat geschenkt mir einen Stoff.«
»Das wollte sie tun, für ein Sonntagskleid, nicht wahr?«
Nona nickte und legte das Paket auf einen Stuhl. Madame Ariane begutachtete den Barchent und nickte. »Daraus können wir etwas sehr Hübsches machen.«

Zwei Tage später schon waren die Teile zugeschnitten und geheftet, Nona setzte sich mit großem Eifer in ihre Arbeitsecke und begann mit den Näharbeiten. Auch Madame Ariane stichelte eifrig an den Kleidern für die Blumenmädchen bei der Hochzeit. Sonnenlicht fiel durch das geöffnete Mansardenfenster auf ihre Finger. Ein Drehorgelspieler auf der Straße dudelte sein Repertoire an Gassenhauern herunter, ein Karren klapperte vorbei, ein paar Kinder lachten.

Nona war glücklich. So glücklich, dass sie schon wieder ängstlich war. Die Freundlichkeit und Fürsorge, mit der man sie behandelte, die Rücksichtnahme, das feine Benehmen, in das sie mit eingeschlossen war, das war so anders als alles, was sie zuvor erlebt hatte. Es war ihr in den Schoß gefallen, ohne dass sie es sich verdient hatte, und darum kroch dann und wann die Angst in ihr hoch, dass sie alles wieder von einem Tag auf den anderen verlieren konnte.

Madame Ariane war eine kluge Frau, schon am ersten Tag, als sie ihr das heiße Wannenbad vorbereitet hatte, hatte sie die hässliche Narbe an ihrem Bein gesehen. Sie hatte nicht gefragt, wie jeder andere es getan hätte, und damals war Nona ihr nur dankbar gewesen.

Was würde sie tun, wenn sie die hässliche Wahrheit wüsste?

Würde sie sie wieder auf die Straße schicken?

Schon seit Tagen, vor allem in den Nächten, quälte sie sich damit herum. Und nun, in dieser beschaulichen Stimmung, dem hellen, heiteren Frühlingstag, wurde die Angst übermächtig. Ihre

Hände fingen an zu zittern, und sie musste die Nadel niederlegen, um keinen Fehler bei der Arbeit zu machen.

»Nona, was ist los? Geht es dir nicht gut? Ist es zu warm hier drin?«

Der Kloß in ihrer Kehle wurde dicker, sie fühlte Tränen in ihre Augen aufsteigen. Warum musste Madame das auch noch bemerken? Sie riss sich zusammen und murmelte: »Entschuldigung.« Dann stichelte sie weiter, aber ihre Hände wollten ihr nicht gehorchen. Sie fühlte Madame Arianes Augen fragend auf sich ruhen. Nicht ungehalten, sondern besorgt.

»Machen wir eine Pause, Nona. Ich hole uns eine kühle Limonade.«

»Nein danke, Madame. Es ist nichts.«

»Doch, Nona. Du siehst elend aus. Fühlst du dich krank? Eine Frühlingsgrippe? Oder etwas anderes?«

Heftig schüttelte sie den Kopf. Madame sollte nur nichts Schlimmes vermuten. Heilige Maria, nein. Sie sollte nicht vermuten, dass sie möglicherweise schwanger war.

»Du hast zu viel gearbeitet, Nona.«

Noch einmal schüttelte sie den Kopf, aber nun liefen ihr die Tränen über die Wangen. Die Erinnerung an die Demütigungen wurde durch das Mitgefühl so unerträglich, dass sie an die Oberfläche drängten. Und als sie das angebotene Taschentuch entgegennahm, um sich das Gesicht abzuwischen, brach es aus ihr heraus: »Madame, Sie haben nie gefragt, was mit meinem Bein ist.«

Madame wirkte ein wenig überrascht, nickte dann aber. »Eine hässliche Narbe, zu der bestimmt keine schöne Geschichte gehört.«

»Nein, nicht schön. Aber Sie müssen wissen.«

»Ja, wenn du sie mir anvertrauen willst, Nona. Keine Angst, ich werde dir wegen deiner Vergangenheit keine Vorwürfe machen.«

Sie war so gut zu ihr, Madame Ariane. Und so berichtete Nona, unterbrochen von krampfhaften kleinen Schluchzern, über ihre Kindheit im Waisenheim von Lyon. Davon, dass sie mit acht Jahren zur Arbeit bei einem Seidenbauern geschickt worden war. Erst hatte sie Blätter für die Raupen gepflückt, aber als die Zeit der Verpuppung gekommen war, hatte man ihre flinken, geschickten Finger entdeckt, und es wurde schnell ihre Aufgabe, die haarfeinen Fäden abzuhaspeln. Als diese Arbeit getan war, ließ man sie auch das Spinnen der Florettseide übernehmen, denn wie sich zeigte, waren die Fäden, die durch ihre Hände liefen, besonders glatt und ebenmäßig.

»Ich mochte Seide, Madame, sie fühlt sich so sanft an, so fein. Aber ich weinte um die toten Schmetterlinge in den Kokons.«

»Ein Kind hat das Recht dazu, Nona.«

»Sie lachten über mich. Sagten, ich bin wie Raupe so weiß und würde auch eines Tages Puppe, und sie würden mich in kochend Wasser werfen, um mir Kleid auszuziehen.«

»Wie bösartig.«

Nona hob nur die Schultern. Sie fühlte sich ein bisschen sicherer, aber das Schlimmste stand ihr nun noch bevor.

»Ich bin *curieuse*, sonderbar. Aber Arbeiter waren es nicht. Das mit dem Bein.« Sie hielt inne, suchte nach Worten. »Es ging mir ganz gut. Der alte Herr, Monsieur de Charnay, schätzte meine Arbeit.«

»De Charnay?«

Verblüfft hob Nona den Kopf.

Madame Ariane sah sie eindringlich an. »Guillaume de Charnay?«

»*Non*, Madame. Das war sein Schwiegersohn. Er übernahm die Leitung, als der alte Herr starb. Ich war zwölf und die beste Seidenspinnerin.«

»Der Schwiegersohn, sagst du? Er muss ein enger Verwandter des Besitzers gewesen sein. Das wundert mich ...«

»Nein, Madame, er hat den Namen seiner Frau angenommen. Manchmal das geht.«

»Weißt du, wie er vorher hieß?«

»Nein, Madame, tut mir leid. Aber warum ... Kennen Sie ihn?«

Das Lächeln war grimmig, mit dem Madame antwortete: »Ich bin ihm einmal begegnet. Er hat vor neun Jahren um mich angehalten. Ich habe ihm einen Korb gegeben.«

»Korb?«

»Ich habe ihn abgewiesen. Er war mir nicht sympathisch.«

»Die Wege sind seltsam, Madame.«

»So seltsam auch wieder nicht. Er hat Verwandtschaft in Deutschland und war zu Besuch in unserer Stadt.«

»Er ist ein eigenartiger Mann, Madame, *un ascète*, aber manchmal er braucht Sünde. Ich war nicht die einzige.«

»Nicht die einzige? Hat er dir ein Leid angetan, Nona?«

Nona nickte, aber es fiel ihr schwer, immer noch schwer, über das zu reden, was dann passiert war. Aber Madame war so geduldig, und seltsamerweise hatte der kleine Exkurs über de Charnays Namen ihr eine kleine, hilfreiche Distanz zu ihrer eigenen Geschichte geschaffen. Also nahm sie ihren Mut zusammen.

»Es war, als ich schon achtzehn war. Da bemerkte mich Monsieur. Er ... mir fehlt Wort, Madame. *Il me violait, vous comprenez?*«

»Er hat dich vergewaltigt. Ja, ich verstehe, Nona. Es scheint, dass ich trotz allem *einen* gewaltigen Fehler nicht gemacht habe, als ich seinen Antrag ablehnte.«

Es lag Mitgefühl in Madames Stimme, aber sie fragte nicht tiefer nach. Darum schluckte Nona die Bitterkeit hinunter und erzählte weiter. Sie war schwanger geworden, aber schwangere Arbeiterinnen wurden entlassen. In ihrer Angst wurde sie nachlässig beim Arbeiten, und so passierte es, dass ihr ein Bottich mit kochendem Wasser, in dem die Puppen der Seidenwürmer abgetötet wurden, umkippte und ihr Bein verbrühte. Man war wütend auf sie, weil eine ganze Ladung Kokons durch ihr Missgeschick verdorben war.

Die Schmerzen waren schlimm, ein Arzt wurde aber nicht geholt. Erst als sie eine Fehlgeburt erlitt, half ihr eine Hebamme.

»Als ich wieder einigermaßen gehen konnte, warf Monsieur de Charnay mich raus. Eine von den Frauen half mir, brachte mich nach Lyon, und ich fand Arbeit in der Handschuh-Manufakur.«

»Danke, Nona, dass du mir diese Geschichte anvertraut hast.« Madame Ariane stand auf und strich ihr über die Haare. »Du bist ein tapferes Mädchen.«

Nona schüttelte den Kopf.

»Nein, ich bin nur eine weiße Raupe. Ich bin nur eine Spinnerin.«

»Wer weiß, vielleicht wird aus dir noch mal ein Schmetterling. Wenn das Kleid fertig ist, begleite ich dich zur Messe. An Pfingsten. Was hältst du davon?«

»Aber Madame, Sie sind doch ...?«

»Eine Ketzerin? Nein, nein. Ich bin eine Christin wie du auch, ich gehöre nur einer anderen Gemeinschaft an. Ich bin aber sicher, dass der Priester es mir nicht verwehren wird, auch in einer katholischen Kirche zu beten. Allerdings musst du mir etwas helfen, damit ich nichts falsch mache.«

Es war wie nach einer Beichte, es war, als ob sie für all ihre Vergehen Absolution erhalten hatte. Es war ihr ein Druck vom Herzen genommen worden, und eine wundervolle Leichtigkeit erfüllte ihr Herz. Darum schnäuzte sie sich ein letztes Mal und sagte dann mit einem winzigen Lächeln: »'türlisch, Madame.«

Turbulenzen

Wohl wünsch' ich vieles mir; doch, wär' ich ein Matrose,
Dann wünscht' ich einen Sturm und eine Wasserhose
Im fernsten Südmeer mir; dann wünscht' ich, daß mein Schiff
Der zürnenden Gewalt des Trombengeists verfiele ...

Ferdinand Freiligrath, Schiffbruch

Am Freitag vor Pfingsten stand ich mit zwei aufgekratzten Kindern auf dem Bahnhof bei St. Pantaleon und wartete darauf, dass der Zug einfuhr. Es war drückend heiß, und alle Welt hoffte seit Tagen auf ein erlösendes Gewitter. Wahrscheinlich waren Laura und Philipp deswegen so kribbelig, selbst ich musste eine leichte Gereiztheit unterdrücken, denn die beständigen Fragen, wann der Zug nun käme, was denn wohl die Überraschung sei, die Herr Wever versprochen hatte, warum die Dame da drüben den Hund nicht von der Leine ließ und ob es wohl ganz bestimmt nicht zu regnen anfangen würde, zerrten an meinen Nerven.

Die Pfingstferien nutzten zahlreiche Menschen, um die Stadt zu verlassen. Studenten in ihrem bunten Corps-Wichs hatten sich schon zu dieser frühen Stunde auf dem Bahnsteig versammelt und disputierten lauthals irgendwelche weltbewegenden Themen, die durch das heimliche Kreisen einiger Flachmänner philosophisch beschwingt wurden. Gleichfalls farbenprächtig und männlich in ihren Ausgehuniformen gaben sich die jungen Offiziere, die auf den Zug warteten, verhielten sich aber etwas gesitteter. Das mochte an dem Fehlen des Alkohols liegen. Ein paar gesetzte Ehepaare mit mehr oder minder nörgeligen Kindern wurden von Dienstleuten und ihrem Gepäck umschwirrt, ein Trüppchen ehrwürdiger Schwestern drückte sich eng zusammen wie eine Schafherde, wenn's donnerte.

Endlich kündete das Schnauben und Stampfen die Einfahrt des feuerspeienden Drachen an, der die Wagons hinter sich nach Rolandseck ziehen sollte. So die Lesart meiner Kinder.

Wir quetschten uns mit zwei älteren Fräuleins in ein Coupé, und ich musste tatsächlich einen verschärften mütterlichen Ton einsetzen, um Laura und Philipp zur Ruhe zu bringen. Sie saßen dann auch recht ruhig da, aber sie schmollten. Ich wagte sie nur unter gesenkten Wimpern anzuschauen. Noch war Philipps Matrosenanzug makellos sauber, und Lauras Kleid mit dem breiten Matrosenkragen wies weder Knitter noch Rußflecken auf. Aber wie schnell sich das in einer Dampfeisenbahn ändern konnte, wusste ich nur zu gut.

Ich hoffte, auch Gernot Wever würde dafür Verständnis haben. Es war sehr liebenswürdig von ihm, uns mit der Einladung die Billetts für die einfache Fahrt zu dem beliebten Ausflugsort zu schicken, wo er uns am Bahnhof abholen wollte. Da es keine Rückfahrkarten gab, vermutete ich, dass seine Überraschung in der Art der Rückreise liegen sollte.

Wir hatten in der letzten Zeit fast täglich korrespondiert, denn meine Stoffmuster-Entwürfe hatten großes Interesse geweckt. Ich hatte inzwischen das favorisierte Chrysanthemen-Ornament in eine Musterkarte übertragen, und einer der Weber würde es nun auf einem Handwebstuhl einrichten. Das Probestück würde dann noch einmal auf seine Wirkung hin begutachtet werden, und wenn es gefiel, würde Gernot Wever es erwerben, gesetzlich schützen und die entsprechende Lochkarte für die Jacquard-Maschine erstellen lassen. Es brauchte alles seine Zeit, und meine Ungeduld half auch nicht, den Vorgang zu beschleunigen.

Während ich aus dem Fenster schaute und die Landschaft an mir vorbeifliegen ließ, hing ich weiter meinen Gedanken nach. Immerhin hatte ich einen nächsten Schritt unternommen und mich um einen Gewerbeschein bemüht. Gleichgültig, in welche Richtung meine Schneiderei sich entwickeln würde, so wie im Augenblick konnte ich nicht weitermachen. LouLou hatte mir meine Arbeit zwar bezahlt, aber sozusagen als Freundschaftsdienst. Wenn ich wirklich professionell Kleider für meine Kundinnen entwerfen wollte, musste ich ein richtiges Geschäft führen, meine Einnahmen und Ausgaben dokumentieren und Steuern zahlen. Aber ich konnte dann auch Anzeigen schalten und Geschäftskarten drucken, um Werbung für mich zu machen. Nun war es seit der Franzosenzeit wenigstens einfach geworden, ein Geschäft zu gründen, und auch die preußische Regierung unterstützte die Gewerbefreiheit. Manche Handwerker begehrten zwar dagegen auf, dass man keinerlei Qualifikationsnachweis mehr benötigte, um Brot zu backen, Schuhe zu flicken oder Kleider zu nähen, was ich durchaus verstehen konnte, aber das Gesetz half Menschen wie mir, denen eine reguläre Ausbildung versagt geblieben war, ihren Lebensunterhalt zu verdienen. Dennoch war es mir, bis ich einen festen Kundenstamm hatte, wichtig, ein weiteres Standbein zu haben, weshalb ich so ungeduldig auf Wevers Entscheidung wartete.

»Mama, sieh mal, da sind ganz dunkle Wolken!«

Laura riss mich aus meinen Gedanken. Wir rollten soeben aus dem Bahnhof von Godesberg, und wirklich verdunkelte sich der Himmel dramatisch. Scheußlich wäre es, wenn der Ausflug ins Wasser fiele, die Bedenken teilte ich mit meinen Kindern. Aber mir war leider nicht die Macht gegeben, das Wetter zu beeinflussen, und das sagte ich ihnen auch.

Die beiden Fräuleins verließen uns beim letzten Aufenthalt, und wir hatten das Coupé für uns allein, sodass ich die Schweigepflicht ein wenig lockerte. Aber es fiel mir schwer, den unablässigen Vermutungen, Fragen und kleinen Nörgeleien meine ungeteilte Aufmerksamkeit zu schenken, denn das Rattern der Wagen und die unnatürlich drückende Hitze hatten sich wie ein Bleiring um meinen Kopf gelegt. Ich rieb mir die schmerzenden Schläfen, schnupperte an dem mit Kölnisch Wasser befeuchteten Tüchlein und hoffte auf ein baldiges Ende der Tortur, selbst wenn das einen kräftigen Regenguss bedeuten sollte.

Noch zwei Stationen, und wir hatten den Bahnhof in Rolandseck erreicht. Auf dem Perron wartete bereits Gernot Wever, sehr zünftig gekleidet in einer karierten Hose, einem leichten Jackett und mit einem Strohhut auf dem Kopf, den er höflich abnahm, als er unserer ansichtig wurde.

»Meine liebe Frau Kusan, ich hoffe, die Anfahrt war nicht zu beschwerlich.«

»Die Fahrt nicht, aber das Wetter ist doch unverhältnismäßig heiß für den Juni, nicht wahr?«

»Nun, darum habe ich für uns ja auch eine Unterhaltung organisiert, die für Abkühlung sorgen wird. Doch zuvor gilt es noch eine kleine Anstrengung zu bewältigen.«

Diese Anstrengung hielt sich jedoch in Grenzen und half meinen Kindern, ihren seit Stunden unterdrückten Bewegungsdrang auszuleben. Wir erklommen nämlich die kleine Anhöhe, die uns zum vielbesungenen Rolandsbogen führte. Dieser ehemalige Fensterbogen einer alten Burg war malerisch mit Efeu überwachsen, und von der Stelle, an der er stand, hatte man wirklich einen herrlichen Blick über das Rheintal.

Es ging mittlerweile auf Mittag zu, und unten im Dorf läuteten die Glocken. Unter uns lag die Insel Nonnenwerth mit ihrem Kloster, Dampfschiffe, Schleppkähne, Segelboote und die Rhöndorfer Fähre belebten den Strom. Gegenüber erhob sich das Siebengebirge mit dem stolzen Drachenfels, der Philipp sofort zu wilden Phantasien hinriss. Ich gebot ihm Einhalt, denn unser Gastgeber wollte uns die Aussicht erläutern. Nun mochte Gernot Wever ein höflicher und freundlicher Herr sein, ein guter Geschichtenerzähler war er nicht, und ich bemerkte, wie Laura mit gequälter Miene der erbaulichen Schilderung der entsagungsvollen Liebe von Roland und Hildegunde zuhörte. Philipp hingegen war schweigend in seine eigenen Abenteuer versunken. Also blieb es mir überlassen, dem Erzähler gebührend Beifall zu spenden.

Der Himmel war glastig geworden, die Luft schien Schlieren vor Hitze zu bilden, aber die dunklen Wolken waren am südlichen Horizont verblieben und bildeten einen dramatischen Kontrast zur sonnendurchfluteten Landschaft.

»Wagen wir den Abstieg, meine Herrschaften. Unten liegt ein Segelboot am Ufer, das uns nach Köln zurückbringen wird. Die leichte Brise auf dem Rhein wird uns erquicken. Und desgleichen das kleine Picknick, das für uns vorbereitet ist«, erklärte Gernot Wever schließlich.

Die Stimmung meiner Kinder stieg augenblicklich von Ennui zu Euphorie, und ehrlicherweise erleichterte auch mich diese Aussicht. Beschwingt wanderten wir den schmalen Pfad ins Dorf hinunter, wobei Gernot Wever mir galant seinen Arm als Stütze bot. Ich war einmal mehr glücklich darüber, sowohl auf Krinoline als auch auf Mieder verzichtet zu haben, obwohl ich dadurch eher wie eine Arbeiterin und nicht wie eine Dame wirkte. Aber solche Ausflüge mochte ich mir nicht noch durch Bekleidungskonventionen erschweren.

Auf dem Segelboot erwartete uns ein kräftiger Schiffer, der gutmütig seine Pfeife aus dem Mund nahm, um sich dem Überfall durch zwei wissbegierige Kinder zu stellen, die ohne Umstände an Bord gehüpft waren. Ich wurde weit umständlicher von meinem Begleiter in das Boot geführt. Er vermutete wohl, dass ich Angst vor den schwankenden Planken hatte. Darum tat ich ihm den Gefallen und ließ ihn seine männliche Heldenhaftigkeit beweisen. Schließlich waren wir allesamt im Heck verstaut, und ein mächtiger Korb wurde geöffnet, während der Rheinschiffer die Leinen löste. Sanft glitt das Boot in die Strömung, der Wind blähte das Segel, und durch geschicktes Kreuzen, wie Philipp fachmännisch feststellte, umsegelten wir uferseitig flussaufwärts die langgestreckte Insel Nonnenwerth.

Hühnersalat, frische Brötchen, ein goldgelber Camembert, Rosinenstuten, Erdbeeren, im Wasser gekühlter Wein und Limonade stillten Hunger und Durst, und so bemerkte ich das auf uns zukommende Wetterphänomen erst, als wir den Südzipfel der Insel umrundet hatten und in das breite Fahrwasser zwischen den Inseln Grafenwerth und Nonnenwerth steuerten. Es mochte halb zwei gewesen sein, als am Honnefer Ufer ein aschgraues Band am Himmel erschien, das beinahe senkrecht nach oben aufstieg.

Auch Laura bemerkte es und quiekte auf.

»Schaut mal, was ist das denn? Dieser Streifen da! Der ist ja fast so hoch wie die Berge.«

Der Schiffer hatte es auch gesehen und beobachtete die Erscheinung mit gerunzelter Stirn.

»Seltsam das«, grummelte er.

Und das war es auch, denn da, wo das Band auf den Boden traf, hatte sich eine schwarze Masse gebildet, die in wirbelnder Bewegung hinaufgezogen wurde. Der dunkle Streif war also eine aus den feinen Staubteilchen der trockenen Felder gebildete Säule. Sie hatte eine gewisse Ähnlichkeit der Rauchsäule eines großen Brandes, die von einem heftigen Wind bewegt wurde. Dieser Wirbel wanderte Richtung Rhein.

»Mein Gott, eine Windhose!«, rief Gernot Wever aus. »Versuchen Sie ans Ufer zu kommen, Mann!«

»Schwierig, Chef. Die Strömung ist zu stark hier«, sagte der Bootsführer ruhig. »Und sicher ist es auch nicht.«

In dem Augenblick traf die Säule den Fluss. Sofort erhob sich das Wasser, das in Wellenkämmen und Schaum emporsprang. Ich legte meine Arme um die Kinder, und fasziniert bestaunten wir die Erscheinung, die nun einer sich drehenden Krone ähnelte. Seltsamerweise verspürte ich keine Angst, sondern nur Staunen. Die Erscheinung wirkte, als ob sich im Rhein eine Insel erhoben hätte, um die das Wasser im Kreis herum aufspritzte. Noch war sie weit genug entfernt, aber wir beobachteten, dass die Säule weiter nach oben stieg und im Voranschreiten – von uns weg – zwischen zwei Dampfschiffen hindurchging, jedoch ohne Schaden zu verursachen. Dann überquerte sie weiter vorne den Rhein und traf auf das Mehlemer Ufer, wo die Wasserkrone in sich zusammenfiel. Seltsamerweise hatten wir keinen nennenswerten Windzug verspürt, und unser Boot glitt noch immer ruhig durch die Wellen.

»Dem Himmel sei Dank, das ist noch mal an uns vorbeigegangen«, sagte Gernot Wever und setzte sich, jetzt etwas entspannter, wieder zu uns. »Beeindruckend, so ein Ereignis, nicht wahr?«

»Das ist noch nicht zu Ende«, meinte der Bootsführer trocken und begann mit ruhigen Bewegungen das Segel einzuholen.

Recht hatte er. Denn nun wurde über dem Ufer eine gelblich weiße Wolkenspitze sichtbar. Sie hatte die Gestalt eines umgekehrten etwas schiefen Kegels und hob sich leuchtend von graublauen Wetterwolken über uns ab. Der Wirbel riss wiederum Staubmassen über Land empor, die eine bis in die Wolkendecke reichende Säule bildeten. Auf mehreren größeren Schiffen, die am Ufer vertäut waren, brach hektische Geschäftigkeit aus. Man ließ Anker herab, befestigte Segel und Tauwerk und bereitete sich auf das Eintreffen des gefährlichen Wirbels vor. Denn bevor sie die oberen Landhäuser bei Mehlem erreichte, hielt die Wettersäule in ihrer Bewegung inne, drehte sich um und schritt zurück. Zum zweiten Mal sprang der Wirbel auf den Rhein, allerdings mit ungleich größerer Kraft als beim ersten Mal. Mit einem gewaltigen Brüllen und Tosen verwandelte sich das Wasser in eine weiße Schaummasse. Der Fluss schien förmlich zu sieden, und mit einem Mal erhob sich aus dem wogenden Schaum eine Masse von Wasser und Wasserdunst fast senkrecht und teilte sich in drei aufwärts strebende Strahlen. Jetzt traf auch unser Boot der erste Windstoß.

»Refft die Segel!«, krähte Philipp. »Bemannt das Ruder!«

»Richtig, mein Junge. Jetzt wird es lustig«, meinte der Schiffer und grinste meinen Sohn an.

»Hart steuerbord! Alle Mann in die Wanten!«, krähte Laura, woraufhin der Bootsmann dröhnend auflachte.

»Backbord, du Leichtmatrose! Backbord!«

Das Segeltuch fiel nach unten, eine Welle versetzte uns in heftiges Schaukeln.

»Runter! Alle runter! Legen Sie sich nieder, Frau Kusan. Die Kinder! Halten Sie die Kinder fest!«

Gernot Wever war aufgeregt, aber ich mochte seinem Drängen nicht folgen, genauso wenig wie Laura und Philipp. Wir konnten unsere Blicke nicht von dem Phänomen wenden, das sich vor uns in seiner ganzen Pracht entfaltete. Der mittlere Wasserstrahl dieses gigantischen Springbrunnens stieg hoch über die beiden seitlichen empor. Die beiden seitlichen Strahlen teilten sich noch einmal, und der mittlere vereinigte sich gleich darauf mit dem von oben kommenden Windtrichter. Dieser Trichter sog das Wasser mit einer solchen Kraft aus dem Rhein in den Himmel, dass die Säule höher als der Drachenfels anwuchs. Das ganze Gebilde wirkte wie eine Kathedrale aus Schaum und Nebeldunst. Senkrecht erhob sich ihr Turm, wie von Silber glänzend, und berührte mit seiner Spitze die Wolken. Darauf verengte sich die Wassersäule an ihrem Fuß, wo sie auf der wirbelnden, kochenden Schaummasse ruhte. Das Brausen und Tosen nahm zu, als sie unaufhaltsam in unsere Richtung wanderte. Gernot Wever warf sich über mich, der Schiffer über die Kinder.

Ja, jetzt bekam ich es auch mit der Angst zu tun. Und doch versuchte ich, einen Blick auf dieses Naturschauspiel zu werfen. Würden wir kentern? Würde der Sog uns emporwirbeln und aus großer Höhe fallen lassen? Sollten wir zerschmettert werden?

Ich bekam Lauras Hand zu fassen, dann auch Philipps. Und in das Windgeheul hinein hörte ich meinen unerschrockenen Sohn ausrufen: »Beim wilden Nick, ist das toll!« Er lachte, und auch Laura grinste, als ob es der größte Spaß ihres Lebens wäre, in einer Wasserhose Karussell zu fahren.

Die Wogen nahmen zu, wir wurden durchnässt, das Boot schöpfte Wasser, doch bevor die Säule uns erfasste, hielt sie plötzlich in ihrer Bewegung inne, beschloss aus einem nur ihr verständlichen Grund, uns zu verschonen, und bewegte sich auf das gegenüberliegende Ufer zu, wo sie – ebenfalls nur knapp – die Röhndorfer Fähre verfehlte.[3]

Obwohl die Gefahr endgültig gebannt schien, lag Gernot Wever noch immer über mir, und vielleicht war es der Erleichterung und der überstandenen Angst zuzuschreiben, dass ich seinen Körper plötzlich sehr deutlich wahrnahm. Ich konnte nicht widerstehen, ich wand mich ein wenig unter ihm. Er versuchte sich zu erheben, aber ich legte ihm die Arme um den Hals und gab ihm einen herzhaften Kuss.

Den er erstaunlich innig erwiderte, dann aber abrupt beendete.

Na gut, die Kinder schauten mit interessierten Mienen zu.

Also küsste ich sie auch gründlich ab.

Den Schiffer ließ ich aus. Das wäre dann doch zu viel des Guten gewesen.

In diesem Augenblick aber brach das Unwetter richtig los, und der Heimweg wurde höchst ungemütlich. Ein Wolkenbruch mit Hagel und Sturm durchnässte uns alle bis auf die Haut, und Gernot machte es sich zur Aufgabe, mich weiterhin mit seinem eigenen Körper zu schützen. Ich wehrte mich nicht gegen seine Fürsorge, viel zu lange schon hatte mich kein Mann mehr in den Armen gehalten.

Und meine Kopfschmerzen waren auch wie weggewischt!

---

[3] Dieser Tornado fand am 10. Juni 1858 tatsächlich statt und ist in allen Einzelheiten wie beschrieben dokumentiert. Ich konnte es Ihnen einfach nicht vorenthalten.

Die Verpuppung

Mittagssonnenglast –
auf der Tempelglocke schläft
sanft ein Schmetterling!

Taniguchi Buson, Der Schmetterling

Die kaiserliche Raupe hatte begonnen, sich zu verpuppen. Mit geduldigem Interesse verfolgte er die Bewegungen ihres Kopfes, der Achten beschrieb und dabei die beiden Fäden um sich spann, während sie sich um sich selbst drehte. Die Natur barg überraschende Geheimnisse. Während der Monate, die er nun im Kloster weilte, hatte er weit mehr als in den achtunddreißig Jahren seines Lebens gelernt, auch die Wunder der kleinen Dinge zu erkennen und zu bestaunen.

Und obwohl er nun wieder körperlich gesund war, kräftig und ausdauernd, ja sogar beweglicher als früher, war sein Schlaf erneut unruhig geworden und die Träume erschreckender. Er wanderte viel in den warmen Nächten umher, um ihnen zu entfliehen, und es überraschte ihn wenig, dass der Abt an diesem Abend zu ihm kam, um ihn zu einem gemeinsamen Spaziergang aufzufordern. *Xiu Dao Yuan* war ein altersloser Mann, der zwischen fünfzig und siebzig Jahren alt sein mochte. Weder an seinem ruhigen Gesicht noch an seinen beherrschten, gemächlichen Bewegungen konnte man sein Alter ablesen. Auch seine Stimme war bedächtig, seine Worte wählte er zurückhaltend.

Vor allem war sein Schweigen ausdrucksvoll, und während er neben ihm an dem Bachlauf entlangging, überraschte er sich selbst damit, dass er in Gedanken das formulierte, was er den stillen Mönch fragen wollte. Während er nach den Worten suchte, sich in der einen oder anderen Weise auszudrücken versuchte, klärte sich sein Geist mehr und mehr.

Sie erreichten eine von Büschen umstandene Wiese, von wo aus man über das Tal blicken konnte. Die Sonne stand schon tief und warf lange Schatten. Im Laub sangen die Vögel ihre letzten Strophen, und im Abendwind lag der süße Duft zahlloser Blüten.

Ein bunt gefiederter Pirol flatterte auf und setzte sich auf die Schulter des Abtes.

Er blieb unbeweglich stehen, wieder einmal war er verblüfft über die Fähigkeiten des Mannes, der so vieles einfach durch seine innere Kraft zu beherrschen schien. Der Vogel zwitscherte sein melodiöses Liedchen und machte dann Anstalten, sich wieder in die Lüfte zu erheben.

Es gelang ihm nicht.

Wann immer er versuchte, sich von der Schulter aufzuschwingen, hielt ihn eine winzige Bewegung des Mönches zurück.

Dann aber ließ *Xiu Dao Yuan* die Schulter sinken und gab das verwirrte Tierchen frei.

»Er braucht etwas, um sich abzustoßen, *baixi long*. Aber ich gestattete es ihm nicht, mich als Felsen zu benutzen, sondern gab seinen Bewegungen nach. Es ist keine Magie, *baixi long*, nur Konzentration und Körperbeherrschung.«

»Ich werde diese Kunst nie beherrschen.«

»Doch, das werdet Ihr. Geht morgen zu den Seidenhäusern und schaut gut zu. Berichtet mir am Abend, was Ihr gelernt habt.«

Er hatte bislang noch immer Blätter geerntet, mehr und mehr, um die hungrigen Raupen zu füttern, aber seit dem Vortag war eine Veränderung eingetreten. Er vermutete, dass die Raupen sich auch dort zu verpuppen begonnen hatten. Unter den Vordächern der Häuser waren nun wassergefüllte Bottiche aufgestellt, unter denen ein Feuer brannte. Die Frauen brachten in

Körben etwas heraus, was ihm zunächst wie Eier vorkam. Dann aber bemerkte ihn die *Tsun Mou* und winkte ihn zu sich.

Er verbeugte sich ehrerbietig und wurde mit einer Erklärung belohnt.

»Die Kokons werden in das kochende Wasser gelegt, *baixi long*, damit die Raupe stirbt und wir den Anfang des Fadens finden können.«

Sie wies auf die fast hühnereigroßen, leicht gelblichen Puppen, die in dem siedenden Wasser weiß wurden. Mit einem Reisigbündel rührten einige alte Frauen nach einer Weile darin und fischten dann die zarten Fäden heraus, die daran hängen geblieben waren. Sehr vorsichtig wurden sie über den Rand der Bottiche gelegt, und weitere Frauen nahmen davor Platz, um immer drei, vier Fäden zusammenzuführen, langsam und vorsichtig herauszuziehen und über eine Haspel zu legen. Mit den Füßen bedienten sie dieses Gerät, das sich langsam und stetig zu drehen begann, und der Faden wickelte sich gleichmäßig auf das Gestell. Es sah eigentlich ganz leicht aus. Dann und wann wurde ein neuer Faden hinzugefügt, vermutlich wenn der Kokon abgewickelt war. Es erstaunte ihn, wie lang die Seidenfäden waren, und aus der Antwort, die er erhielt, rechnete er die unglaubliche Länge von über tausend Metern aus. Hätte er es nicht mit eigenen Augen gesehen, würde er geglaubt haben, dass er sich verhört hätte.

Die *Tsun Mou* schien sich darüber zu freuen, dass er mit so großer Aufmerksamkeit zuschaute, und sie gab einer Frau einen Wink. Die kam mit einer Handvoll recht kleiner, gelblicher Kokons zurück und reichte sie ihr mit einer Verbeugung.

»Setzt Euch an diesen Bottich, *baixi long*, und zeigt uns, dass auch ein Fremder wie Ihr so etwas Einfaches kann wie einen Seidenfaden abwickeln.«

Sie wollten ihn ein wenig necken, natürlich. Aber es waren hübsche junge Frauen, und warum sollte er ihnen den Spaß nicht gönnen? Im Übrigen – so schwer konnte es ja wirklich nicht sein.

Diese Meinung änderte er in dem Augenblick, als er sich gleich beim ersten Versuch, einen Faden aufzufischen, die Finger verbrühte.

Niemand lachte.

Es lachte auch keine der Frauen, als er mit den kurzen, abgerissenen Seidenfädchen in der Hand dasaß und die Kokons wortlos verfluchte. Als er es nach einem halben Tag endlich geschafft hatte, vier Fäden langsam und gleichmäßig aus dem Wasser zu ziehen und auf der Haspel zu befestigen, taten ihm alle möglichen Muskeln weh, und er sehnte sich nach den schweren Kiepen mit den Maulbeerblättern.

Aber *Tsun Mou* würde ihn nicht gehen lassen. Sie zeigte ihm stattdessen, wie er mit den Füßen die Haspel in Bewegung zu setzen und die vier haarfeinen Fäden mit den Fingern so zu lenken hatte, dass sie ordentlich aufgewickelt wurden.

Das Ergebnis glich einer Katastrophe. Die Seide verknäuelte sich, die Kokons flogen ihm ins Gesicht und blieben in seinem Bart hängen, denn er hatte die Haspel viel zu schnell gedreht, und ein leises, kaum unterdrücktes Kichern ging durch die Reihen.

Die *Tsun Mou* wies die Frauen barsch zurecht, und mit unglaublicher Geduld half sie ihm, erneut vier Fäden aus dem Wasser zu ziehen und über die Haspel zu legen. Diesmal war er zu vorsichtig, das nächste Mal zu energisch, das darauffolgende Mal zu langsam, und irgendwann hörte er auf, seine Misserfolge zu zählen.

Als die Sonne die Schatten verlängerte, hatte er vier Kokons ab- und ein knotiges, klumpiges Garn auf der Haspel aufgewickelt. Es erschien ihm als ein erstaunlicher Erfolg, auch wenn er keine neuen Fäden eingezwirnt hatte – das überstieg bei Weitem seine Fähigkeiten. Er war inzwischen voll der Bewunderung für die geduldigen, geschickten, fingerfertigen Frauen.

Die Arbeiterinnen beendeten ihre Tätigkeit, die Feuer erloschen, die Haspeln standen still. Verkrampft und müde stand er auf und atmete die warme Sommerluft ein. Der Fußmarsch zum Kloster würde ihm guttun. Doch vorher verbeugte er sich mit der allergrößten Hochachtung vor der Raupenmutter.

»Ihr habt mir ein großes Geschenk gemacht, *Tsun Mou*. Ich danke Euch.«

Die *Tsun Mou* verbeugte sich ebenfalls.

»Ihr habt uns ein großes Geschenk gemacht, *baixi long*. Ihr habt unserer Seide Achtung erwiesen. Wenn Ihr mögt, kommt morgen wieder.«

Er würde das wohl tun müssen, denn es war der Abt gewesen, der die Raupenmutter angewiesen hatte, ihn das Seidenhaspeln zu lehren. Warum, das mochte nur *Xiu Dao Yuan* in seiner Unergründlichkeit wissen. Während er den Berg hinaufwanderte, ließ er seine Gedanken fließen, und wenn er ehrlich war, kreisten sie ausschließlich ums Essen.

Nach einem Teller Reis und eingelegtem Gemüse fühlte er sich schon erheblich besser, und als der Abt ihn zu seiner abendlichen Runde aufforderte, ging er, wenn auch müde, doch zufrieden neben ihm her. Wiederum ertappte er sich dabei, dass er die unausgesprochene Frage im Geiste formulierte.

Als sie auf der Wiese mit dem beeindruckenden Blick über dem Tal angekommen waren, ließ sich der Abt auf einem noch sonnenwarmen Fels nieder und bedeutete ihm, sich zu ihm zu setzen.

»Seide ist ein bemerkenswertes Material. Wenn man die richtige Technik kennt, reißen die haarfeinen Fäden nicht, wenn man sie aufwickelt.«

»Gut beobachtet, *baixi long*. Wenn Ihr nun Eure Übungen macht, denkt daran. Zerreißt die Fäden nicht.«

Und das Bild, in einem hauchzarten Gespinst zu stehen, die *qi*-Bewegungen zu machen, ohne es zu zerstören, erschien augenblicklich vor seinem Auge. Er nickte nur, zum Zeichen, dass er verstanden hatte.

»Erhebt Euch, *baixi long*!«, befahl der Abt plötzlich und stand ebenfalls auf.

Er gehorchte.

»Greift nach meinem Hals.«

Er gehorchte und landete unsanft auf dem Boden, bevor er wusste, was geschehen war. Er brauchte einen Augenblick, bis sein Zwerchfell wieder normal arbeitete, dann ergriff er die ausgestreckte Hand des Abts, um aufzustehen.

Und landete erneut auf dem weichen Grasboden.

Diesmal kroch er aus der Reichweite der unberechenbaren Hände und rappelte sich ohne Hilfe auf.

Xiu Dao Yuan verbeugte sich.

Er auch.

»Alles hat zwei Seiten, *baixi long*. Bedenkt das. Und übt.«

Er tat wie geheißen, denn es lenkte ihn von dem ab, was fordernd an die Oberfläche kommen wollte. Er war gesund, er hatte ein Haus, er hatte ein Geschäft und Verpflichtungen. Er hatte keinen Grund mehr, im Kloster zu bleiben und der Gemeinschaft dort zur Last zu fallen. Aber auf der anderen Seite sträubte sich alles in ihm dagegen, den Ort der Zuflucht, der Weltflucht, zu verlassen und sich den Anforderungen des westlichen Lebens zu stellen. Wann immer George Liu zu ihm kam und Nachrichten brachte, mahnte ihn sein Gewissen. Und immer wieder flüchtete er sich zu den Seidenhäusern, haspelte Kokons ab, versuchte, die Bewegungen seiner *qi*-Übungen zu vervollkommnen.

Alles, aber auch alles war zum Verzweifeln. Hatte er geglaubt, die Schritte, Haltungen und Formen zu beherrschen, so erschienen sie ihm jetzt verkrampft und unharmonisch. Seine Gelenke schmerzten, seine Muskeln verhärteten sich, sein Atem wollte nicht mehr fließen. Genauso war es bei den Kokons. Nie gelang es ihm, einen Faden an den nächsten anzuknüpfen, obwohl die von den Raupen gesponnenen Fasern mit einem feinen Klebstoff überzogen waren, der die einzelnen Fäden zusammenzuschweißen schien.

Unbefriedigt saß er abends vor dem Lackkästchen, in dem die

kaiserliche Raupe ihre Puppe gesponnen hatte, und grollte mit sich. Zudem hatte es Ärger unter den Mönchen gegeben, und einige von ihnen hatten, wie er aus dem ihm genüsslich hinterbrachten Geschwätz entnehmen konnte, gefordert, er solle allmählich verschwinden, und außerdem sei es Zeit, dass er dem Kloster ein ausreichend großes Geschenk machte. Man neidete ihm die Aufmerksamkeit, die der Abt ihm schenkte, man misstraute seiner fremden Herkunft, man beschuldigte ihn der Gefräßigkeit, man betrachtete seine Verbindung zu der *Tsun Mou* argwöhnisch und unterstellte ihm Lüsternheit im Umgang mit den Frauen. Gut, er war nicht völlig unberührt geblieben von der weiblichen Gesellschaft, und nachts dachte er oft an Ai Ling. Obwohl sie seinen Tod gewollt hatte, vermisste er ihren zarten, biegsamen Körper und ihre erlesenen Zärtlichkeiten. Aber natürlich hatte er sich keiner der Seidenfrauen auch nur im Entferntesten lüstern genähert, hier waren wohl Neid und eigenes Wunschdenken die Ursache der Spekulationen.

Nun ja, die Klostergemeinschaft war kein Hort menschlicher Vollkommenheit und Erleuchtung, sondern eine ganz normale Gemeinschaft unterschiedlicher Charaktere, die ihre Schwächen und Fehler hatten.

Er sollte gehen. Doch gleich dem Pirol, der nicht von der Schulter des Abtes fliegen konnte, weil er keinen Widerstand fand, hielt es ihn gefangen in seinem selbst auferlegten Ehrgeiz, die Seide zu meistern.

Der Juni schritt voran, und es wurde wärmer. Auch die letzten Nachzüglerraupen hatten sich inzwischen verpuppt, und immer weniger Kokons mussten abgehaspelt werden. Einige Male hatte er mit dem Gedanken gespielt, die kaiserliche Raupe mitzunehmen und im kochenden Wasser zu töten, aber ein eigensinniges Gefühl der Zugehörigkeit zu dem Tierchen hielt ihn zurück. Und daher konnte er nach vierzehn Tagen beobachten, wie an einem Ende des flauschigen Seidenballs eine Flüssigkeit austrat.

Es hatte eine Veränderung stattgefunden, und sie wurde noch

beeindruckender, als das Loch in dem Kokon größer wurde und schließlich ein paar haarige Beine hervorkamen. Am Abend dann schließlich war der Schmetterling geschlüpft und saß, benommen von seiner neuen Freiheit, in dem geöffneten Lackkästchen. Langsam entfaltete er seine graubraunen Flügel über seinem pelzigen Leib.

Vorsichtig, sehr vorsichtig hob er den Falter aus seinem Gemach und setzte ihn sich auf den Handrücken. Mit ihm zusammen trat er ins Freie und hob den Arm in die Luft, um ihn zum Fliegen zu ermutigen.

Und dann war es plötzlich so einfach.

Immer wenn der Schmetterling aufsteigen wollte, gab er kaum merklich nach, und der Seidenspinner blieb flatternd auf seiner Hand sitzen.

Dreimal, viermal gelang es ihm, dann ließ er den kaiserlichen Falter aufsteigen und in der Abendsonne taumelnd seinen Weg nehmen.

Lachen spülte in ihm hoch, reines, befreites Lachen. Eigentlich ein fast irrsinniges Lachen war es, mit dem er dem Flug der verwandelten Raupe folgte. Wie leicht es war, geradezu unerträglich leicht, zu handeln, als ob hauchzarte Fäden ihn mit der Luft, mit der Natur und all ihren Geschöpfen verbanden. Ohne nachzudenken, ohne zu wollen, ohne Anstrengung hatte er ein Ergebnis erzielt, von dem er geglaubt hatte, dass es ihm auf immer versagt bleiben würde.

Der Mönch, der ihn in den ersten Tagen gepflegt hatte, kam vorbei und stimmte in sein Lachen ein. Und verrückterweise verstand er nun, was die Bilder der lachenden Mönche in den Wandelgängen des Klosters zu bedeuten hatten.

»Erleuchtung«, sagte der Abt hinter ihm, »ist der beste Grund für ein lautes Gelächter.«

Der Drang zum Lachen ließ nach, nicht jedoch die tiefe Heiterkeit. Er verbeugte sich tief vor *Xiu Dao Yuan*.

»Die Seide ist abgehaspelt, die Schmetterlinge sind geschlüpft, bereit, ihre Partner zu suchen und sich zu begatten. Für Euch beginnt ein neuer Weg, *baixi long*. Ihr habt die Seide bezwungen, nun ist es an der Zeit, die andere Seite zu erlernen. Seide und Schwert, beides gilt es zu beherrschen. Beides steckt in Euch. Seid Ihr bereit, Drago *tai pan*?«

Es war die Anrede, die ihn zurückgleiten ließ in seine irdische Form. Sein eigener Name klang ihm fremd in den Ohren, doch auch diese Herausforderung würde er nun annehmen. Auch wenn er den trüben Verdacht hegte, dass der Berg, den er ab jetzt zu erklimmen hatte, weit steiler sein würde als der kleine Hügel, den er eben bewältigt hatte.

Jetzt musste er sich wirklich auf seine Rückkehr in die äußere Welt vorbereiten.

Der Zeitpunkt kam näher, und er erkannte, wie klug sein Lehrer ihn geführt hatte.

Wäre er früher aufgebrochen, hätte er das Wesen in dem Kokon getötet, das er in sich trug. Nun musste er das Gespinst der Vergangenheit auflösen und aus eigener Kraft ausschlüpfen.

Allerlei Anknüpfpunkte

Allein, ganz fix, nähnadelfein
Bügelt der Schneider hinterdrein:
»Ist Leut' begraben eine Kunst?
Nein, Leute machen, das ist ein'.«
»Du machst doch keine, kleiner Schneider?«
»Nein, ich nicht, aber meine Kleider.«

Christian Friedrich Scherenberg,
Der güldene Ring

Ja, es war an der Zeit, sich der Welt zu stellen.

Die Gattin des Kommerzienrats steckte zufrieden meine Karte in ihr perlenbesticktes Retikül und versicherte mir noch einmal, wie entzückend die Mädchen aussähen, die Paula Oppenheims Schleppe getragen hatten.

Die Hochzeit Albert und Paula Oppenheims war ein glänzendes gesellschaftliches Ereignis, und da sich die Wogen inzwischen geglättet hatten, die mein unpassendes Auftreten im vergangenen Jahr ausgelöst hatten, waren Tante Caro und ich auch der liebenswürdigen Einladung gefolgt. Natürlich rümpften einige Damen immer noch die Nase über mich, allen voran die Dichterfürstin Helene und ihr Klüngel. Aber das war mir weidlich egal. Viel erfreulicher war es, dass mir Paulas dezent geflüsterte Hinweise schon zwei weitere potenzielle Kundinnen verschafft hatten, die erwogen, Festtagskleider für ihre Töchter von mir kreieren zu lassen. Julia Masters war die Erste gewesen, die mich angesprochen hatte.

»Sie sehen bezaubernd aus, wie kleine Elfen. Und wissen Sie was, Frau Kusan, das liegt sicher auch daran, dass sie sich einigermaßen natürlich bewegen. Ich habe es als Kind immer gehasst, in starre Mieder und gestärkte Rüschen geschnürt zu werden.«

Ich verriet ihr mein Geheimnis nicht – warum sollte ich? Aber genau das war meine Überlegung gewesen, als ich die Kleider entworfen hatte. Von LouLous Tanzkostümen und denen der Balletteusen hatte ich mir einiges abgeschaut, und so waren luftige, aus vielen Lagen pastellfarbenen Chiffons bestehende Röcke entstanden, in denen die Mädchen sich mit Begeisterung drehten und beschwingt ausschreiten konnten.

Julia Masters wollte mit ihrem Verlobten Paul-Anton Waldegg im Herbst Hochzeit feiern und hatte mich schließlich gebeten, auch für sie die Ausstattung der Blumenmädchen zu übernehmen. Ich sagte unverzüglich zu, nicht nur, weil der Auftrag lukrativ war, sondern auch, weil ich die junge Frau ausgesprochen sympathisch fand. Sie war, wie ich gehört hatte, die Tochter des Schokoladenfabrikanten Alexander Masters und seiner Frau Amara, die zu den Bekannten Oppenheims gehörten. Ihr Verlobter hatte sich als Erbe des Verlagshauses Waldegg und Lindlar eine einflussreiche Position in der Gesellschaft erworben. Eine männliche Schönheit war er bestimmt nicht zu nennen, dazu wirkte sein Gesicht zu ungleich, ja fast wie zweigeteilt. Er wusste es und schob die Schuld launig seinem Vater zu. Auch ansonsten präsentierte er sich als ein höchst amüsanter Plauderer.

»Mein Vater hat sich jetzt endlich vom Geschäft zurückgezogen und ist dabei, seine Memoiren zu schreiben«, berichtete er einem kleinen Kreis von Zuhörern gerade.

»Vom Alter her müsste er interessante Zeiten erlebt haben«, erwiderte ich höflich, da ich einen weiteren verkannten Dichterfürsten witterte.

»Oh, natürlich, Frau Kusan. Sollte dieses umwerfende Werk je fertig werden, werde ich es umgehend veröffentlichen, und das Publikum wird eine Biographie zu lesen bekommen, bei dem einigen vermutlich die Haare zu Berge stehen werden. ›Kreuzbube‹ will er es genannt haben und zankt deswegen ausgiebig mit meiner Mutter, die manche Passagen seiner wenig ruhmreichen Vergangenheit gerne zensieren möchte.«

Julia kicherte leise dazu.

»Deine Mama wird eher die Passagen zensieren wollen, die sie selbst betreffen, aber das fände ich ausgesprochen schade. Wissen Sie, Frau Kusan, meine zukünftige Schwiegermutter hat ein höchst abenteuerliches Leben als Trossbub geführt.«

»Und mein Vater – deshalb der vielsagende Titel – hat sieben Jahre an der Kette verbüßt. Wegen Falschspielerei. Sie sehen, ein delikates Werk ist im Entstehen.«

Die Leichtigkeit, mit der die beiden über die Skandale der Vergangenheit sprachen, nahm mich sehr für sie ein.

Kurzum, ich unterhielt mich blendend auf dem Ball, und auch Tante Caro schien mit der Welt ausgesöhnt. Obwohl ich sie nicht gerne als Aushängeschild meiner zukünftigen Tätigkeit sehen wollte. Sie hatte sich zu dem festlichen Anlass für eine recht kapriziöse Garderobe entschieden. Ihr eigenwilliges Gewand war aus stark glänzendem Atlas von leuchtendem Blau gefertigt und mit rostroten und orangefarbenen Schleifen geschmückt, und leider hatte sie ihren Fifi auch noch mit einer schillernd grünen Plumage verziert, sodass sie den Eindruck erweckte, als wolle eine Mandarinente als Pompadour auftreten. Sie schnatterte auch unablässig wie dieser Wasservogel und verbreitete vermutlich eifrig Andeutungen, die mich und meinen Begleiter betrafen.

Gernot Wever machte natürlich eine gute Figur in seinem tadellosen Gesellschaftsanzug und hatte auch in diesem Kreis einige Bekannte gefunden, mit denen er, wenn auch etwas steif, Konversation betrieb.

Er hatte sich für zwei Tänze auf meiner Ballkarte eingetragen, aber elegante Bewegung zur Musik gehörte nicht zu seinen größten Begabungen, und so hatten wir den ersten Tanz klammheimlich abgebrochen. Mit Bernd Marquardt hingegen tanzte es sich hervorragend. Aber er war ein Schlingel, ohne Frage. Er flirtete hemmungslos mit mir, doch er brachte mich auch unablässig zum Lachen mit seinen scharfzüngigen, manchmal sogar ein wenig sarkastischen, aber immer tödlich treffenden Bemerkungen über die Anwesenden. Als unser Tanz beendet war, bemerkte ich Gernots verfinsterte Miene und verabschiedete mich, wenn auch mit Bedauern, aber recht hurtig von ihm. Und schon kam Tante Caro auf mich zugeflattert und zischelte mir mahnend hinter dem Fächer zu: »Ariane, du *darfst* nicht wieder mit ihm tanzen. Du musst doch auf dein Ansehen achten. Jetzt umso mehr, Liebes. Der Mann hat einen ganz schlimmen Ruf.«

»Ich weiß, Tante Caro. Er ist ein Lebemann, ein Bonvivant ...«

»Still, Kind, still. Wenn man dich hört!«

»Ist er, weiß man allenthalben, und sagt man auch. Im Übrigen ist er sehr charmant.«

Ich weiß nicht, Vorwürfe, die mein schickliches Benehmen betrafen, weckten in mir immer eine unbezähmbare Widerborstigkeit. Marquardt war Junggeselle, gut situiert, aus angesehener Familie, gebildet und verdammt gut aussehend. Er bewegte sich lässig in allen Gesellschaftsschichten, denn die Damen der *haute volée* luden ihn gerne ein, weil er amüsante Unterhaltung versprach, er selbst verbrachte seine Abende aber auch sehr oft im Vaudeville, wo er mit Schauspielerinnen und Tänzerinnen am Arm auftauchte.

»Tante Caro, ich kann selbst auf mich aufpassen. Die Einzige, die hier für Aufsehen sorgt, bist du. Sei so gut und überlass mich meinem eigenen Vergnügen.«

Sie wollte schon wieder anfangen zu gackern, aber ich wurde erlöst, denn Gernot tauchte an meiner Seite auf.

»Darf ich Sie zu einer kleinen Erfrischung überreden, Ariane?«

Ich nickte und nahm den mir gereichten Arm. Seit unserem turbulenten Erlebnis auf dem Rhein waren wir uns ein wenig näher gekommen, was sich in der vertraulichen Anrede und gelegentlichen Handküssen manifestierte. Und jetzt einem Anfall von leichter Eifersucht, wie ich vermutete.

»Herr Marquardt ist ein ausgezeichneter Tänzer, nicht wahr?«

Ich nahm ein Glas Champagner von einem Tablett.

»Ja, Gernot, das ist er. Auch ein witziger Plauderer, ein Adonis und ein Windhund.«

Gernot lächelte nicht.

»Sie mögen ihn.«

»Welche Frau mag einen solchen Mann nicht? Aber könnten Sie sich vorstellen, dass Bernd Marquardt ein Segelboot mieten würde, um meinen Kindern und mir eine Freude zu bereiten?«

Jetzt lächelte er plötzlich doch wieder.

»Nein, meine Liebe, das glaube ich nicht. Könnte es sein, dass Ihnen das mehr imponiert als pikante Komplimente?«

Ich ließ meinen Fächer aufspringen und sandte ihm einen glühenden Blick über den Spitzenrand. Das wiederum brachte ihn zum Erröten. Gernot Wever war ein etwas schwerfälliger Flirt, ungemein berechenbar und sehr zuverlässig. Ich mochte ihn. Wie sehr – da war ich mir allerdings noch nicht sicher. Aber verderben wollte ich es mir auf gar keinen Fall mit ihm. Vor allem, seit er mein Stoffmuster wirklich übernommen und mir einen ansehnlichen Preis dafür gezahlt hatte. Das war ein weiterer guter Grund, den nächsten ernsthaften Schritt in die berufliche Selbstständigkeit anzugehen. In den nächsten Tagen würde ich mir einige Räumlichkeiten ansehen, die sich als Atelier eignen könnten. LouLou war mir auch in der Hinsicht behilflich; sie kannte sich in Köln weit besser aus als ich. Den Gewerbeschein hatte ich ohne besondere Schwierigkeiten erhalten und die Gebühren und Steuern bezahlt. In den Behördenangelegenheiten hatte Gernot mir beigestanden, wofür ich ihm ebenfalls dankbar war. Blieb noch eine Hürde – Tante Caro. Sie würde Vapeurs bekommen, Bedenken tragen, schlimmste Befürchtungen äußern und die Welt untergehen sehen. Aber möglicherweise könnte ein Hinweis darauf, dass Gernot mich in der Angelegenheit unterstützte, ihr einigen Wind aus dem aufgeplusterten Federkleid nehmen.

Die Musiker hatten eine Tanzpause angekündigt, eine Anzahl älterer Herren verzog sich erleichtert in die Räume, in denen Spieltische zur Unterhaltung einluden und das Rauchen gestattet war. Julia Masters aber schlenderte wieder auf uns zu und lächelte mir zu.

»Kommen Sie mit, Frau Kusan, Herr Wever, ich würde Sie gerne meinem Vater vorstellen.«

Alexander Masters unterhielt sich mit einigen Herren von der Handelskammer, widmete seiner Tochter aber gleich darauf seine Aufmerksamkeit. Offensichtlich hatte er von Gernot bereits gehört, er begrüßte ihn ausgesucht herzlich.

»Wever, Mülheim, nicht wahr? Eine gut geführte Weberei, hörte ich.«

»Ich versuche, sie nach modernsten Erkenntnissen zu leiten.«

»Begrüßenswert, Wever. Wir beide haben, wenn ich es richtig verstanden habe, recht ähnliche Erfahrungen in unserer Jugend gemacht. Sie müssen wissen, dass ich als Junge einige Jahre in einer englischen Baumwollweberei gearbeitet habe. Manchmal klingeln mir heute noch die Ohren, wenn ich an den Lärm der Webstühle denke.«

»Sie sind leider immer noch laut, Herr Masters, aber ich beschäftige keine Kinder in meinem Betrieb. Sie haben recht, auch ich habe meine Knabenzeit am Webstuhl verbracht, erst am heimischen, dann bei Leyen in Krefeld.«

»Eine harte Schule, aber Sie haben etwas daraus gemacht.«

»Genau wie du, Papa«, sagte Julia und tupfte ihrem Vater mit dem Fächer auf den Arm.

»Meine Tochter versucht wieder einmal Bescheidenheit zu heucheln. Sie ist mitverantwortlich für das Entstehen unserer Fabrik.«

»Schokolade«, warf ich lächelnd ein. »Die allerbeste, die ich je genascht habe. Wenn ich morgen meinen Kindern erzähle, dass ich Sie kennengelernt habe, werden sie mir die Ohren vom Kopf fragen.«

»Und wenn Sie, Herr Masters, diese Kinder zu einer Fabrikführung einladen, dann werden Sie vermutlich in den Rang eines Flottenadmirals erhoben.«

Manchmal entwickelte Gernot sogar einen feinen Sinn für Humor.

»Das werden wir zu regeln wissen«, versprach Julia, und das Gespräch zwischen den beiden Herren wandte sich produktionstechnischen Fragen zu, während Julia sich nach Laura und Philipp erkundigte. Dann aber schnappte ich ein paar interessante Wortfetzen auf, als Alexander Masters von seinem Besuch der Kakaoplantage seines Geschäftsfreundes Jantzen berichtete. Wie eine winzige Stichflamme schoss in mir die Sehnsucht auf. Trinidad, Südamerika, eine lange Schiffsreise – hatten mich meine Kinder schon angesteckt mit ihrem Fernweh?

»Wir stellen Luxuswaren her, Wever, und da sind beste Rohstoffe die Voraussetzung. Woher beziehen Sie eigentlich die Seide? Orient? China? Ich bin erschreckend unwissend in dieser Sparte.«

»So wie ich in Sachen Kakao, Herr Masters. Beste Rohseide kommt noch immer aus China. Aber der Transport ist weit aufwändiger als der über den Atlantik. Selbst die schnellsten Schiffe benötigen noch immer vier, fünf Monate unter günstigsten Bedingungen. Die Reise geht um Indien, um Afrika, die afrikanische Küste entlang bis ins Mittelmeer. Möglicherweise wird es besser, wenn der Kanal am Suez fertig gestellt ist. Bisher jedenfalls würden mir die Transportkosten noch allzu sehr zu Buche schlagen. Aber wir haben in Frankreich und Italien recht ordentliche Seidenzüchter, die zu vertretbaren Preisen gute Qualität liefern.«

»Sie haben also auch feste Lieferanten, oder wird das Material auf dem offenen Markt gehandelt?«

»Sowohl als auch, aber ich habe eine feste Geschäftsbeziehung, ähnlich wie Sie, mit de Charnay, einem Seidenzüchter nahe bei Lyon.«

Ich hatte Mühe, meinen Gesichtsausdruck zu kontrollieren. Mehr als ein Dutzend Gedanken wollten mir durch den Kopf zucken, aber ich schob sie zur Seite, um mich später damit zu befassen. Wichtiger war es im Augenblick, weiter zuzuhören.

»… eine Krankheit der Seidenwürmer in den vergangenen Jahren zu Ausfällen geführt, wodurch naturgemäß die Preise ansteigen. Aber Charnay führt sein Unternehmen sorgfältig und hat bisher einen Befall seiner Bestände vermeiden können.«

»Das ist immer ein Risiko. Auch die Kakaofrucht ist eine empfindliche Diva, und ist erst einmal eine Plantage von einem Pilz oder Ungeziefer befallen, bleibt meist nichts anderes übrig, als sie vollends aufzugeben und neu anzupflanzen. Gerade alte Bestände sind gefährdet, und ich habe die Hoffnung, dass die neuen Versuche, den Kakao in Afrika anzupflanzen, dieses Risiko mindern.«

Die Musikanten hatten ihre Instrumente wieder aufgenommen, und ich warf einen raschen Blick auf meine Tanzkarte, dann zu Gernot, der sich sehr wohl bewusst war, dass sein Name darauf vermerkt war.

»Meine Liebe, ich werde Stunden nehmen. Aber heute Abend wollen wir diesen Tanz lieber auslassen«, sagte er mit einem bedauernden Lächeln.

»Oder Sie übertragen mir die angenehme Pflicht, mit Frau Kusan die Runde zu absolvieren.«

»Wenn sie einverstanden ist, Herr Masters, gerne.«

Ich war sehr einverstanden. Alexander Masters war ein geübter Tänzer, das zeigte sich sehr schnell. Wir drehten uns zu den beschwingten Walzerklängen, und ich fragte mich heimlich, warum die weiße Haarsträhne an seiner Schläfe mir so reizvoll erschien. Aber auch diesen Gedanken schickte ich flugs in die Versenkung. Er war mit einer reizenden Dame verheiratet und weiß Gott nicht mehr an mir interessiert, als es sich gegenüber einer netten Tanzpartnerin schickte.

Alles in allem war der Ball, mit dem Albert und Paula Oppenheim ihre Hochzeit feierten, ein erfreuliches Fest, das mir einige Anstöße zum Nachdenken gegeben hatte. Gernot brachte Tante

Caro und mich weit nach Mitternacht nach Hause und verabschiedete sich mit einem beinahe feurigen Handkuss von mir. Nun ja, mehr war in Gegenwart der Schnatterente auch nicht zu erwarten.

Zum Glück flatterte sie dann auch gleich in ihr Nest, während ich mir noch einen Moment des Resümierens im Salon gönnte. Außer drei kleinen Gläsern Champagner hatte ich den ganzen Abend nichts getrunken und nahm mir ein Glas weißen Wein mit zu meinem Lieblingsplatz am Fenster.

Charnay – eigentlich kein Zufall. Wenn man mit einem Seidenfabrikanten bekannt war, musste sicher auch mal der Name eines Rohstoffproduzenten fallen, und Charnay war einer der größeren. Er war schon damals, als er um mich angehalten hatte, recht erfolgreich gewesen. Zumindest hatte er den Anschein erweckt. Er war mir unsympathisch gewesen, was natürlich nichts mit seiner Fähigkeit als Seidenzüchter zu tun hatte. Und er war mir damals auch zu alt vorgekommen. Ich war achtzehn, er sechsundvierzig. Ein schlanker, fast knochiger Mann mit sonnengebräunten, hageren Zügen – wie Nona sagte, ein Asket. Nicht unansehnlich oder missgestaltet, auch nicht aufdringlich oder von schlechten Manieren. Heute hätte ich noch nicht einmal sagen können, warum ich ihn nicht mochte. Meine Eltern schätzten ihn und hätten es sehr begrüßt, wenn ich seinen Antrag angenommen hätte. Ich verstand es inzwischen – sie wollten mich wohl versorgt wissen, denn schon damals stand es um ihre Finanzen nicht mehr rosig. Ich fühlte mich gedrängt – und mein unseliger Charakter sei beklagt: Er ließ mich eine andere Fehlentscheidung treffen. Ich dummes Huhn war nämlich verliebt. Ich hatte keine finanzielle Absicherung in der Ehe angestrebt, ich wollte Liebe und Leidenschaft.

Letzteres hatte ich bekommen, Ersteres an ein unwertes Subjekt verschenkt. Zum Schluss hatte ich nichts mehr von beidem. Und nun war ich alleine, aber ich hatte die Wahl.

Bernd Marquardt, das hatte ich natürlich gespürt, war

durchaus bereit zu mehr als einem Flirt, und er hatte natürlich auch mehr in mir geweckt als nur ein bisschen Freude am Tändeln. Das leise Prickeln, das ich in seinen Armen beim Tanzen gespürt hatte, konnte durchaus der Beginn eines heißeren Feuerchens werden. Aber ich hatte ja dazugelernt – mit Schlawinern hatte man seinen Spaß, durfte sich aber keine Illusionen über tiefer gehende Gefühle machen. Andererseits – diskret war er bestimmt, der gute Bernd. Bislang war noch kein Getuschel an meine Ohren gelangt, obwohl ich vermutete, dass nicht nur Ballettmäuschen und Bühnennachtigallen sein Bett teilten.

Ja, ich mochte ihn, genau wie ich Gernot auch mochte. Dessen Absichten aber blieben mir bislang noch verborgen. Er schätzte meine Gesellschaft, hatte auch einen gewissen Beschützerinstinkt, aber zwischen Courtesie und Heiratsabsichten lag doch eine ganze Welt. Immerhin würde es für ihn bedeuten, nicht nur mich, sondern auch zwei Kinder eines anderen Mannes zu seiner Familie zu machen. Er war ein ernsthafter Mann, der seine Handlungen gut überlegte.

Ich fragte mich, ob ich ihn auf Charnays hässliche Verhaltensweisen aufmerksam machen sollte. Aber kurz darauf verwarf ich den Gedanken. Zum einen war es Nonas Geheimnis, das sie mir anvertraut hatte, zum anderen – was würde es ändern? Wenn Gernot sich deswegen genötigt gesehen hätte, seine Geschäfte mit Charnay einzustellen, dann wäre an seine Stelle sofort ein anderer Seidenweber getreten.

Ich trank meinen Wein aus und ging zu Bett.

Und träumte von charmanten Luftikussen und leidenschaftlichen Küssen.

Tat mir nicht gut.

Am nächsten Morgen war ich demzufolge etwas angeschlagen und müde, aber dennoch stand ich auf, bevor Tante Caro sich aus den Plumeaus erhob. Nona hatte, wie seit einigen Wochen üblich, die Kinder zur Schule begleitet und saß bereits oben im

Nähzimmer, um an einem von LouLous Trikots zu sticheln. Ich half Hilde, die Wäsche einzusortieren, beglich die Rechnung für den Milchmann und gab ihm die Bestellung für die nächste Woche auf, ließ den Kaminkehrer ein und nahm die Post entgegen. Drei heftig parfümierte Umschläge galten Tante Caro und beinhalteten vermutlich höchst geistlose Tratschereien ihrer Bekannten. Einer jedoch war an uns beide adressiert, und als ich den Absender las, beschloss ich, ihn aufzumachen. Mit dem eng beschriebenen Briefbogen in der Hand stieg ich nach oben, um ihn zu lesen, bevor ich an meine Arbeit ging.

Nona hob den Kopf und sah mich mit ängstlichen Augen an. Das wunderte mich, denn sie hatte seit ihrer Aussprache deutlich an Sicherheit gewonnen und ging inzwischen sonntags sogar alleine zur Messe. Aber weil ich erst das Schreiben von Cousine Hannah lesen wollte, nickte ich ihr nur zu.

Onkel Ernst, Tante Caros und meiner Großmutter älterer Bruder und damit mein Großonkel, würde im nächsten Monat siebzig werden und hatte vor, zu diesem Anlass seine Familie um sich zu versammeln. Gleichzeitig, so berichtete Hannah, sollte zu diesem Anlass ihre Verlobung mit dem Pfarramtsanwärter Armin Kamphoff stattfinden.

Soso.

Hannah war Onkel Ernsts Tochter aus zweiter Ehe, ein Nachkömmling, gezeugt im rüstigen Alter von neunundvierzig, und damit jetzt einundzwanzig Jahre alt. Ich hatte sie als ein jüngeres Ebenbild von Tante Caro in Erinnerung, klein, mollig und mit einer Menge flauschiger brauner Locken. Außerdem kicherte sie gerne und oft und spielte recht anständig Klavier. Sehr viel mehr wusste ich nicht von ihr. Als ich Münster vor zehn Jahren verlassen hatte, war sie noch ein Mädchen gewesen, und seither hatte ich sie immer nur an den Weihnachtsfeiern getroffen. Nun war sie also erwachsen geworden und trug sich mit Heiratsabsichten.

Heiraten wurde nachgerade zur Seuche.

Aber gut, für den vierzehnten August sollte also eine Reise in meine Heimatstadt geplant werden. Es passte ganz gut, die Kinder hatten Sommerferien, die vornehme Welt hatte die Stadt verlassen, um in die Sommerfrische zu fahren, und mein Atelier würde ich sinnvollerweise erst zum Herbst eröffnen. Warum nicht eine Woche Familienbesuch einplanen? Es fuhr ja inzwischen die Köln-Mindener Eisenbahn bis Hamm, und von dort gab es Anschluss nach Münster. Den Kindern würde die etwa vierstündige Bahnfahrt ein Vergnügen sein, Tante Caro konnte sich anschließend von den Verwandten von der unmenschlichen Tortur durch mitfühlenden Klatsch und Tratsch heilen lassen, und ich – ich würde lange Spaziergänge über das Land machen, fern von rauchenden Schloten, ratternden Kutschen, engen Häuserschluchten und dem modrigen Dunst des schlammigen Rheinufers.

»Madame?«

»Oh, Nona. Ich war ganz in Gedanken versunken.«

»Schlechte Neuigkeiten?«

»Nein, nein. Eine Einladung zu einem großen Familienfest. Wirst du es im August eine Woche ohne uns hier aushalten, Nona?«

Wieder sah sie mich ängstlich an und druckste herum.

»Was ist? Haben die Kinder etwas ausgefressen?«

»Nein, Madame, ich habe gefressen aus.«

»Ei, ei. Und was?«

»Es tut mir so leid, und ich weiß nicht, was tun, Madame. Madame LouLou hat mich gefragt, ob ich zu ihr ziehe. Helfen bei Kleidern und Kostümen. Aber ich nähe doch für Sie.«

»Und Madame LouLou hat dir einen höheren Lohn angeboten?«

Verlegen nickte Nona. Ein wenig verwunderte mich LouLous Vorgehen. Sie hätte mir ihre Absicht ja durchaus mitteilen können.

»Das auch, Madame Ariane. Aber es ist... Ich habe sie gefragt. Weil Sie haben doch die Maschine gekauft.«

Hoppla, was hatte ich denn da unwissentlich angerichtet? Gernot hatte mir nicht nur seine Unterstützung bei den Behördengängen angeboten, er hatte mir sogar einen weit besseren Vorschlag unterbreitet. Er hatte nämlich seinen Kontakt zu Clemens Müller in Dresden genutzt, um mir eine Nähmaschine zu besorgen. Ich hatte zwar von diesen Apparaten schon gelesen, bisher aber nie daran gedacht, selbst damit zu arbeiten. Er aber meinte sehr richtig, dass ein Gerät, dass dreihundert Stich pro Minute nähen konnte, eine ungeahnte Verbesserung meiner Leistung darstellen würde. Damit lag er unbedingt richtig. Eine wirklich gute Näherin konnte bis auf dreißig Stich pro Minute kommen, ich war deutlich langsamer. Im nächsten Monat würde die Nähmaschine geliefert werden, und erfreulicherweise konnte ich sie in Raten bezahlen.

Ich hatte vergessen, dass Nona sich dadurch überflüssig fühlen könnte.

»Nona, ich habe die Maschine gekauft, weil ich glaube, oder besser: hoffe, wir würden bald so viele Aufträge haben, dass wir viel schneller arbeiten müssen. Aber diese Maschine kann nicht alles. Ich bezweifle, dass man diese Wirkwaren damit nähen kann.« Ich wies auf die sich an den Kanten einrollende, elastische Seide. »Gaze, Chiffon, Tüll, Organza – das wird alles noch mit der Hand genäht werden. Ich brauche dich weiterhin.«

»Ja, Madame. Aber ich habe Madame LouLou versprochen, ihr zu helfen. Abends, bei Kostümen.«

LouLou wollte sie als Zofe – nun, warum nicht? Ich würde mit ihr reden, ob sie nicht dennoch stundenweise die feinen Näharbeiten für mich übernehmen konnte. Nona hätte ihren doppelten Lohn und sicher ein großzügigeres Zimmer als unser Dienstbotenkämmerchen. Außerdem würde sie dann Tante Caro auch nicht mehr stören, deren missgünstiges Verhalten ihr sicher unangenehm war.

»Gut, Nona, dann ziehst du zu Madame LouLou. Aber wenn sie einverstanden ist, würdest du mir dann tagsüber helfen, wenn ich mein neues Atelier habe?«

»'türlisch!«

Gut, Philipp und Laura würden sie auch vermissen.

Aber auch sie würden sich zukünftig an Veränderungen gewöhnen müssen.

Florierende Geschäfte

Fliehe, bist du des Führers im eigenen Busen nicht sicher,
Fliehe den lockenden Rand, ehe der Schlund dich verschlingt!
Manche gingen nach Licht und stürzten in tiefere Nacht nur.

Friedrich Schiller,
Einem jungen Freunde

Charnay nahm einen Schluck des ausgezeichneten Weines, der in den Räumen der Société de la Soie gereicht wurde, und hörte aufgeräumt seinem Nachbarn zu. Es war einer dieser Abende, an denen er sich eine wirklich große Belohnung gönnte. Der Ertrag der diesjährigen Seidenproduktion war hervorragend, die Preise auf Grund der Raupenkrankheiten noch einmal deutlich gestiegen, und die Hälfte seiner Ware hatte bereits sein deutscher Geschäftspartner abgenommen. Wenn auch mit einem gewissen Murren. Dabei hatte er nur einen zehnprozentigen Zuschlag verlangt.

Auf dem neu erworbenen Grundstück hatten seine Leute bereits die Maulbeerbaumstecklinge gesetzt, und in fünf Jahren würde er seine Erträge noch einmal um ein Drittel steigern können. Kurzum, seine Geschäfte florierten.

Das Essen war opulent gewesen, die Klagen der anderen Seidenzüchter erquickten ihn weit mehr noch als der dunkelrote Bordeaux. Weitere vier Kollegen hatten mit bösen Einbrüchen zu kämpfen gehabt und versuchten verzweifelt, an gesunde Seidensaat zu kommen. Aber auch die Italiener steckten in Schwierigkeiten, und die Eier des Seidenspinners aus China oder Japan waren teuer und sehr schwer zu bekommen.

»Sie sind vom Glück gesegnet, de Charnay«, sagte sein Tischnachbar gerade mit säuerlicher Miene. »Wie stellen Sie es an, dass Ihre Raupenhäuser verschont bleiben?«

Da er seine rigorosen Aussonderungsmaßnahmen für sich behalten wollte, murmelte er nur etwas Belangloses über möglicherweise günstige Klimabedingungen und eine gute Belüftung der Brutschuppen.

»Werde mich darum auch mal kümmern müssen. Unsere Seidenhäuser sollten mal renoviert werden. Aber die Investitionen... Sie haben die Rohseide nach Köln verschifft, habe ich gesehen.«

»Einen Teil. Den Rest werde ich hier auf den Markt bringen. Wenn die Preise noch etwas angezogen haben«, erwiderte Charnay mit der Andeutung eines Lächelns.

»Sie bevorzugen die deutschen Abnehmer?«

Jetzt war die Stimme des Mannes mehr als säuerlich. Er war für seinen Patriotismus bekannt. Bevor es zu politischen Disputen kam, erhob ein anderer Seidenzüchter schlichtend seine Stimme und erklärte: »De Charnay hat schließlich deutsches Blut in den Adern. Nicht wahr, Sie haben nicht nur geschäftliche, sondern auch private Beziehungen nach Köln?«

»Geschäftliche, Lebrun, geschäftliche. Von meinen Verwandten lebt niemand mehr.«

Eine Tatsache, die Charnay wenig betrübte. Was ihn aber gleich darauf in verdrießliche Stimmung versetzte, war der Bericht eines weiteren Mitglieds der Gesellschaft. Der Mann hatte im vergangenen Monat die Stadt am Rhein aufgesucht und schwärmte von den Unterhaltungsmöglichkeiten, die ihm geboten worden waren.

»Sie fangen an, ein richtiges Flair zu entwickeln. Es gibt einige nette *Cafés dansantes*, ein großes Lustspieltheater in der Schildergasse und, ganz neu, einen Salon Vaudeville, den eine höchst amüsante Dame führt. Dürfte für Sie interessant sein, Charnay. LouLou Wever ist nämlich die Schwester Ihres Kunden Gernot Wever in Mülheim.«

Die bittere Galle kam ihm hoch, als er an den unrühmlich

verlaufenen Nachmittag im Sommertheater im vergangenen Jahr dachte. LouLou, die Schlampe! Ihren Nachnamen hatte sie nie genannt, die hinterhältige Tänzerin. Mit zusammengebissenen Zähnen antwortete er: »Ich wusste nicht, dass Wever so zwielichtige Verbindungen hat.«

»Was macht das schon, so lange er pünktlich zahlt!«

»Wer weiß, zu welchen Kreisen er seine Beziehungen pflegt!«

»Aber, aber, Charnay. Erzählen Sie uns doch nicht, dass Sie als lediger Mann nicht auch dann und wann Abwechslung suchen.«

»Nicht bei den Verwandten meiner Abnehmer. Das ist ja degoutant. Ich werde über weitere Geschäfte nachdenken müssen.«

»Tun Sie das, mein Lieber, tun Sie das«, höhnte sein Tischnachbar jetzt. »Aber geben Sie mir doch bitte die Adresse jenes Seidenfabrikanten.«

Die Galle ließ sich nicht einmal mit dem dunklen Wein hinunterspülen. Und es kam noch schlimmer.

»Die Adresse kann ich Ihnen auch geben«, sagte Lebrun. »Hab ja selbst versucht, mit ihm ins Geschäft zu kommen. Er wird expandieren, vermute ich. Er sprach davon, eine weitere Jacquard-Maschine zu erwerben. Mag sich für ihn lohnen. Er hat eine Künstlerin an der Hand, die Stoffmuster für ihn entwirft, die sich ungewöhnlich gut verkaufen. Ich habe die Dame selbst kennengelernt. Nettes Persönchen. Ist auch mit seiner Schwester befreundet. Ariana oder Adrienne Kusan. Eine junge, lebenslustige Witwe.«

Gelbe Wut stieg in Charnay hoch. Er hörte nicht mehr die anzüglichen Bemerkungen, die Schilderungen erotischer Erlebnisse, zu denen sich die anderen Herren jetzt zu fortgeschrittener Stunde hinreißen ließen, nicht mehr die pikanten Histörchen über einige der Abwesenden, sondern in seinen Ohren klang nur noch der Name Kusan nach.

Demütigung war mit diesem verfluchten Namen verbunden.

Tiefste Demütigung. Oft, wieder und wieder war er gedemütigt worden. Nicht zuletzt von Ariane Kusan.

So hatte er sich im vergangenen Sommer wirklich nicht getäuscht, als er sie mit unschicklich gerafften Röcken zum Dampfschiff hatte laufen sehen. Sie lebte jetzt in Köln, sie kannte LouLou, die elende Dirne, und steckte nun auch noch mit Wever unter einer Decke.

Was würden die drei über ihn lachen. Sich an seinen Niederlagen ergötzen, seine Erniedrigungen genießen. Er vermeinte das schrille Lachen der beiden Weiber in seinen Ohren klirren zu hören. Seine Hände verkrampften sich um das Damasttischtuch, sein Gesicht begann unruhig zu zucken, ein Gurgeln löste sich unwillkürlich aus seiner Kehle. Sie verachteten ihn, sie schmähten ihn, blanke Häme gossen sie über ihn.

Mit einem Stuhlpoltern stand er auf, und mit einem Ruck riss er das Tischtuch mittendurch, sodass Gläser, Flaschen und Blumenvasen umfielen und geräuschvoll auf dem Boden zersplitterten.

»De Charnay!« Jemand fasste ihn am Arm, aber er schüttelte die lästige Gestalt ab und stakste mit verkrampften Beinen aus dem Bankettsaal.

Luft, er brauchte Luft zum Atmen. Luft, mehr Luft.

Keuchend lehnte er sich an die Hauswand und rang nach Atem.

Was hatte er getan? Wie konnte das passieren? Nach so vielen Jahren angestrengter Disziplin war es wieder geschehen. Er musste von Sinnen gewesen sein, sich dermaßen von seinen Gefühlen übermannen zu lassen.

Noch immer zuckte es in seiner Wange, aber die Verkrampfung seiner Muskulatur ließ allmählich nach. Das gallebittere Gefühl, das seine Kehle verengt hatte, war noch immer da, aber der Hass wurde dumpfer, konnte gebändigt werden. Langsam klärten sich auch seine Gedanken wieder. Er stieß sich von der Mauer ab und wanderte durch die schwülwarmen Straßen von Lyon.

Köln – dieses elende Drecksnest, dieser Pfuhl dunkelster Erinnerungen, dieser Hort der Entwürdigung. Warum hatte er sich nur verleiten lassen, dorthin seine Beziehungen zu knüpfen? Er hätte schon viel früher jeden Kontakt vermeiden sollen.

Er würde jetzt die Konsequenzen ziehen. Nichts band ihn mehr an die Stätte seiner Erniedrigungen. Nichts außer Hass.

Aber dann glomm das Fünkchen Erkenntnis auf. Was hatten sie von Ariane Kusan gesagt? Witwe?

Witwe!

Kusan war also tot, verschollen, verrottet. Und das war gut so.

Aber Ariane lebte noch und trug seinen Namen.

Was wusste sie von ihm? Was hatte er ihr erzählt? Was hatte LouLou ihr anvertraut?

Ruhig, ganz ruhig.

Charnay lehnte sich an das Brückengeländer und starrte in die flackernden Lichter auf den Wellen der Saône.

Er musste sich besinnen, Schaden begrenzen, mehr herausfinden. Er konnte die Kontakte nach Köln noch nicht abreißen lassen. Aber er musste sie anders gestalten.

Ja, er musste gestalten und planen. Alleine, in der Abgeschiedenheit seines Gutes.

In der Société würde man natürlich über seinen Auftritt reden, aber nicht mehr als über die gelegentlichen Ausfälle anderer trunkener Mitglieder. Er selbst würde sich aber dafür einer langen, wirkungsvollen Kasteiung unterziehen. Ja, es war wichtig, sich eine läuternde Strafe auszudenken. Das reichhaltige Essen an diesem Abend sollte das letzte für lange Zeit gewesen sein. Wasser, dunkles Brot, dann und wann ein Apfel mussten reichen. Nicht mehr als drei Stunden Schlaf. Keine Frauen, keine Belohnung – Arbeit. Eigenhändige harte Arbeit. Das alles würde auch seinen Gewinn mehren und vorbildlich auf seine Arbeiter wirken.

Und dann, wenn er sich wieder rein fühlte, würde er über Konsequenzen nachdenken.

Harte Konsequenzen.

Sie würden nie wieder über ihn lachen.

Mit Dampf zu einer Familienfeier

> *JUPITER:*
> *Die sterblichen Menschen kommen jetzt*
> *schneller fort als die unsterblichen Götter!*
> *MERKUR:*
> *Sie sind tätig. Sie haben Eisenbahnen;*
> *sie haben Dampfschiffe.*
> *JUPITER:*
> *Ja, seit sie die Dampfkraft benutzen,*
> *teilen sie ihre Macht mit uns.*
>
> Jacques Offenbach, Orpheus in der Unterwelt

Philipp fand, Mama war eine prima Sorte, eine ganz Richtige und eine Teufelsbraut. Na ja, das sagte man besser nicht laut. Aber sie war viel verständiger als andere Mütter. Das musste man mal feststellen. Fand Laura auch. Sie hatte ihr nämlich unter dem weiten Rüschenrock Jungshosen angezogen, und den Rock hatte sie jetzt in ihre Tasche gesteckt und ihnen beiden Ballonmützen aufgestülpt.

»Sie ist jetzt Laurin, dein kleiner Bruder, vergiss das nicht.«
»Nein, Mama.«
»Und ihr kommt sofort zurück, wenn der Lokomotivführer es sagt. Kein Betteln und kein Nörgeln, verstanden?«
»Ja, Mama.«
»Und ihr seid auch höflich und hört auf das, was er sagt.«
»'türlich!«

Das musste im Brustton der Überzeugung gesagt werden, denn Philipp war bereit, jedes Wort, ja jeden Buchstaben einzeln aufzusaugen, den der Halbgott oben auf dem Führerstand von sich zu geben belieben würde. Mama hatte sie an die Hände genommen, was zwar eigentlich nicht notwendig war, aber für den Genuss, auf eine echte Dampflok klettern zu dürfen, hätte er noch ganz andere Torturen über sich ergehen lassen.

Sie waren in Duisburg angekommen, wo der Kessel frisches Wasser aufnehmen musste und der Kohletender neu befüllt wurde. Daher gab es hier einen Aufenthalt, und Mama hatte wohl schon lange zuvor mit dem Eisenbahner ausgemacht, dass ihre beiden Söhne die Maschine besichtigen durften.

Der Lokführer war ein rundlicher Herr im schwarzen Anzug und Zylinder, der ihnen aus einem zerzausten Backenbart heraus zugrinste.

»Junge Ingenieure, was?«, grumpelte er. »Na, dann kommt man hoch.«

Er musste ihnen auf den Führerstand weit oben über dem zwei Meter hohen Antriebsrad helfen, und dann erklärte er ihnen in viel verständlicheren Worten, als jeder Lehrer es konnte, wie die Kolben gesteuert wurden, wie man bremste, wie die Feuerbüchse mit Kohlen versorgt wurde und so viele andere Sachen mehr. Laura war ganz still geworden, aber er, Philipp, hatte einige Fragen gestellt. Schließlich hatte aber auch Laura eine ziemlich blöde Frage vorgepiepst.

»Ist das nicht ganz schön windig hier oben? Ich meine, wenn Sie richtig schnell fahren?«

»Das ist es wohl. Darum haben sie mir ja auch endlich diesen Windschutz aufgebaut.«

Das war allerdings nur eine ziemlich schäbige Scheibe, rußverschmiert und voller toter Fliegen.

»Auf einem Pferd oder einer Kutsche hat man auch keinen Windschutz«, wies Philipp seine Schwester zurecht, und der Lokomotivführer lachte.

»Na, ein büschen schneller sind wir schon. Ohne Last kann die Crampton hundertzwanzig Kilometer in der Stunde zurücklegen. Und selbst mit Wagons sind es über achtzig.«

Unglaublich!

Und dann kam der krönende Abschluss. Kurz bevor die Reise weitergehen sollte, durfte Philipp nämlich ganz kurz an dem Hebel ziehen, der die Dampfpfeife ertönen ließ.

»So, und nun zurück zu Muttern, ihr zwei.«

Er half ihnen, nach unten zu klettern und machte eine lustige kleine Verbeugung vor Mama.

»Da haben Sie Ihren Sohn und Ihre Tochter wohlbehalten wieder, gnä' Frau. Kluge Kinder haben Sie.«

»Klug genug aber nicht, um sich an die Verabredungen zu halten.«

Er lachte wieder dröhnend und tätschelte Laura.

»Ist 'n süßes Dingelchen. Hab selbst zwei Mädchen, aber die wollen von Maschinen nichts wissen. Und nu steigen Sie ein, es geht gleich weiter.«

»Danke nochmals, Herr Lokführer«, sagte Mama und drückte dem Mann einen Umschlag in die Hand.

»Doch da nicht für«, sagte der und reichte ihn an Philipp weiter. »Kauft euch ein paar Bonschen davon.«

Also, das war ein Erlebnis! Man konnte danach sogar Tante Caros Lamentieren ertragen. Ihr waren die Sitze zu hart, es ruckelte zu stark, im Coupé war es zu warm, wenn das Fenster zu war, und zu rauchig, wenn Mama es öffnete, beim Aus-dem-Fenster-Gucken wurde einem schwindelig, beim Lesen übel.

Aber Laura und er ertrugen es mannhaft und lösten mit Mama Rätselspiele.

In Hamm mussten sie umsteigen, und den Aufenthalt nutzten sie, um in dem Gasthof am Bahnhof ein Mittagessen einzunehmen. Dann ging es noch einmal eine Stunde weiter bis Münster, wo sie am Bahnhof ein Bediensteter von Großonkel Ernst mit einer Equipage abholte.

Tante Caro seufzte, als sie schließlich die Villa erreicht hatten, dass der Heiligen Jungfrau zu danken sei, die sie die Strapazen hatte unbeschadet überstehen lassen. Philipp und Laura waren sich jedoch einig, dass die wirklichen Strapazen jetzt erst begannen. Sie wurden herumgereicht, von zahllosen Tanten, Cousinen und anderen weiblichen Verwandten abgeküsst, ihre Größe kommentiert und ihre Ähnlichkeit mit Mama bestaunt.

Endlich durften sie in das Mansardenzimmer verschwinden, das für die jüngsten Besucher vorgesehen war. Nicht, dass es Freiheit bedeutet hätte. Das Kindermädchen, ein Fräulein Hedwig, das die beiden Söhne und die drei kleinen Töchter von ihrem Onkel aus Hannover beaufsichtigte, sollte für Disziplin und Beschäftigung der ganzen Meute sorgen.

Es gelang ihr nicht besonders gut, denn Benni und Manni hatten sich schon eine ganze Menge eigener Belustigung ausgedacht. Und die bestand überwiegend darin, Fräulein Hedwig zum Wahnsinn zu treiben.

Dazu kam es auch wirklich in der zweiten Nacht.

»Sie schlüpft zu Onkel Thomas ins Zimmer, wenn er zu Bett geht. Und eine Stunde später kommt sie wieder raus. Im Nachthemd. Und schleicht in ihr Bett«, erklärte Benni und erläuterte dann mit der ganzen männlichen Weisheit seiner zwölf Jahre, was sich hinter der verschlossenen Tür abspielte. Um Fräulein Hedwigs lustvolles Erleben noch weiter zu steigern, hatten er und sein Bruder geplant, sie auf dem Rückweg als Geisterspuk zu erschrecken, was mittels eines weißen Kopfkissens und eines Lakens auch ganz trefflich gelang.

Bedauerlicherweise erschrak das arme Kindermädchen derart, dass es die Treppe hinunterstürzte und sich ein Bein brach.

Mama nahm Philipp am nächsten Vormittag sehr streng ins Gebet. Andererseits aber verbesserte sich dadurch die Situation auch wieder, denn da Fräulein Hedwig mit eingegipstem Bein im Krankenhaus lag, erklärte sich Cousine Hannah bereit, sich um die Rasselbande zu kümmern.

Und Cousine Hannah war viel netter. Sie kannte unzählige Spiele, konnte Gitarre spielen und brachte ihnen lustige Lieder bei, vor allem besaß sie ein paar Bücher mit wirklich prima Geschichten. Zwar keine von Seeräubern und Schiffbrüchen, aber solche von Spuk und Gespenstern, nächtlich umgehenden weißen Frauen und kopflosen Rittern.

Schade, dass sie zwischendurch auch im Salon bei den Erwachsenen erscheinen musste. Außerdem hatte sie einen Verlobten, mit dem sie Spaziergänge machte.

Laura mochte den Mann nicht, Philipp war er zunächst gleichgültig. Aber als er ihn am vierten Tag ihres Aufenthalts erwischte, wie er den Pflaumenbaum im Garten hochkletterte – die Leiter stand angelehnt am Stamm, damit war doch eine förmliche Einladung ausgesprochen, sich an den Früchten zu bedienen, oder? –, hatte er ihn eigenhändig vom Ast gepflückt und ihm eine Strafpredigt gehalten.

Er roch nicht gut aus dem Mund. Und seine schweißigen Hände hatte er auch zu lange auf seinem Hintern gehalten, fand Philipp und gab seiner Schwester recht. Armin Kamphoff war nicht sein Fall.

Onkel Thomas hingegen schon eher. Der war lustig, hatte trockene Hände und konnte Witze erzählen. Mama mochte ihn auch. So sehr, dass sie mit ihm im Garten geschmust hatte.

Was ein lange beiseitegeschobenes Problem wieder in Philipps Bewusstsein brachte. Eines, das er ausschließlich mit seiner Schwester – auch wenn sie nur ein Mädchen war – besprechen konnte. Denn sie hatten einige merkwürdige Gespräche belauscht. Nicht absichtlich natürlich, sondern zufällig. Deshalb zogen die Geschwister sich auch am Nachmittag des siebzigsten Geburtstags ihres Großonkels, während unzählige Besucher die unteren Räume bevölkerten, mit ihrer Beute in die Abgeschiedenheit der Mansarde zurück.

»Tante Elisa hat gesagt, er hat sie nur wegen der Mitgift geheiratet, aber Cousine Milli behauptet, sie hätte ihn verführt.«

»Ja, und deshalb hat er sie nicht gemocht. Haben sie gesagt. Und dann ist er verreist«, ergänzte Laura. »Aber ich glaub das nicht. Mama hat gesagt, er ist tot. Und sie war früher oft traurig, weißt du noch?«

»Ja, und sie hat auch gesagt, dass er ein Abenteurer war. Aber das ist ja nichts Schlimmes. Er sieht zumindest nicht böse aus, findest du nicht auch?«

Sie beugten sich beide über die Daguerrotypie, die sie auf einem der vielen Kaminsimse gefunden hatten. Darauf war ganz deutlich ihre Mama zu erkennen. Sie saß auf einem Sessel, in einem tief ausgeschnittenen hellen Kleid und einem von einer Spitzenkrone gehaltenen Schleier, der sich wie eine Wolke um sie herum bauschte. Neben ihr stand ein Mann in schwarzem Frack und gemusterter Weste. Seine Haare waren dunkel und lockten sich, um sein Kinn und seinen Mund trug er einen wie mit einem dünnen Pinsel gemalten schmalen Bart. Und da er Mama anlächelte, sah man auch seine Zähne. Und die waren genauso ein bisschen schief wie Philipps.

»Das ist unser Papa. Ich bin ganz sicher.«

»Mhmh. Das ist ihr Hochzeitskleid.« Und nach einer Weile sagte auch Laura: »Nein, er sieht nicht böse aus.«

»Schade, dass wir uns nicht an ihn erinnern können. Ich hab's versucht, Laurie. So vorm Einschlafen, weil da manchmal die Bilder erscheinen. Aber ich kann mich nicht an ihn erinnern.«

»Er ist tot. Vielleicht geht das deshalb nicht. Ich glaub, er wär ein netter Papa gewesen.«

Laura klang plötzlich so traurig, dass auch Philipp davon angesteckt wurde. Eigentlich hatte er seinen Vater nie richtig vermisst, erst seit sie zur Schule gingen und von ihren Kameraden hörten, was es bedeutete, einen Vater zu haben, war ihm sein Fehlen aufgefallen. Auf der anderen Seite – Mama war besser als viele Väter, wenn man die Beschreibungen so hörte. Hatte sie sie nicht mit in die Weberei genommen und dann noch – welch himmlisches Paradies – in die Schokoladenfabrik? Und es jetzt sogar möglich gemacht, eine echte Dampflok zu besichtigen?

Trotzdem ...

Laura strich mit ihrem Zeigefinger über das Glas des Bilderrahmens, dort, wo sich sein Gesicht befand.

»Vielleicht wäre er streng mit uns«, vermutete Philipp.

»Ja, vielleicht.«

»Oder würde uns hauen.«

»Mhm.« Und ganz leise kam es dann von Laura: »Oder lieb haben.«

Auch Philipp fuhr mit der Fingerspitze über das lachende Gesicht seines Vaters und murmelte: »Dann könnt er mich auch hauen.«

»Mhm.«

Versunken in eine unerfindliche Trauer betrachteten sie beide schweigend das Bild. Dann aber besann sich Philipp wieder auf den wichtigsten Teil ihrer Unterhaltung.

»Glaubst du, dass Mama heiraten will?«

»Weil Tante Caro sie immerzu triezt deswegen?«

»Tante Caro ist eine Klapperbüchse, darauf muss man nichts geben. Ich meine wegen Herrn Wever. Und so.«

Das »und so« betraf natürlich die Schmusereien mit Onkel Thomas, und das wusste Laura auch.

»Ich glaub, sie mag Herrn Wever. Aber sie schmust nicht mit ihm, sondern zeichnet Stoffmuster für seine Fabrik.«

»Ja, aber er kommt sehr oft und führt sie aus. Und er küsst ihre Hand.«

»Und sie hat ihn auf dem Segelboot geküsst.«

Das galt es zu beachten, genau wie die Blumen und die Pralinen. Und die Dampffabrik.

»Er ist ganz nett, findest du nicht, Laurie?«

»Ja...«

»Nicht?«

»Er hat einen Stock im Rücken.«

»Stimmt. Und richtig lustig sein kann er auch nicht.«

Wieder musste Philipp das lachende Gesicht seines Vaters ansehen. Es strahlte richtig. Das war nicht nur ein höfliches Lächeln. Der Mann auf dem Bild freute sich wirklich.

»Aber er hat Geld und ein schönes großes Haus. Und zu uns ist er bisher immer nett gewesen.«

»Mhm.«

Und dann brach aus Laura heraus, was Philipp bislang nicht hatte in Worte fassen können.

»Er ist *langweilig*!«

»Stimmt.«

Ihre kleine Konferenz wurde jäh unterbrochen, noch bevor sie die Erkenntnis nutzen konnten, um Pläne für die Zukunft zu schmieden. Mama trat ins Zimmer und warf ihren strengen Blick auf sie beide.

»Deserteure!«

»Ja, Mama.«

»Ich werde euch bei Wasser und Brot aussetzen, wenn ihr euch nicht gleich wieder nach unten begebt. Cousine Hannah wird ihre Verlobung verkünden, und wir müssen ihr gratulieren.«

»Ja, Mama.«

»Was habt ihr denn da erbeutet?«

Sie beugte sich über die gerahmte Daguerrotypie, und ihre Gesichtszüge wurden plötzlich ganz weich.

»Oh, mein Hochzeitsfoto.«

»Es stand im Kleinen Salon auf dem Kaminsims.«

»Da gehört es auch wieder hin. Gib es mir, Philipp. Und nun runter mit euch, und ihr benehmt euch bitte wie zwei mustergültige Offizierskadetten bei der Inspektion!«

»'türlich!«

Der Trubel war schließlich vorbei, und der letzte Tag vor der Abreise war angebrochen. Benni und Manni waren bereits abgereist, die ortsansässigen Verwandten gingen ihren eigenen Beschäftigungen und Pflichten nach, in der Villa kehrte Ruhe ein. Darum fand Mama auch wieder Zeit, sich um sie zu kümmern, und an dem sonnigen Nachmittag schlug sie einen gemeinsamen Spaziergang vor. Da Haro, Onkel Ernsts alter Schäferhund, sie begleiten sollte, würde der Ausflug nicht zu öde werden. Der Hund liebte es, Stöcke zu apportieren und mit seinen Menschen darum zu rangeln.

Das Ziel allerdings, das Mama gewählt hatte, verblüffte Philipp dann doch. Vor der hohen Friedhofsmauer wies sie ihn an, Haro an die Leine zu nehmen und kurz zu halten. Dann schlenderten sie durch die Gräberreihen. Zwischen dunklen Eiben, Lebensbäumen und Lorbeer breitete hier ein verwitterter Engel seine Flügel aus, da mahnte ein hoher Obelisk, der Gefallenen der letzten Kriege zu gedenken, schlichte Säulen, manche schon mit Mooshauben, zählten die Namen der Geschlechter auf, die sich zu ihren Füßen versammelt hatten, aber auf einigen Gräbern standen auch steinerne Urnen, aus denen ganze Kaskaden von Blüten quollen.

Bei einem rosenberankten Grab blieb Mama stehen.

»Meine Großeltern, die Eltern meiner Mama, ruhen hier«, erklärte sie und legte ein Sträußchen Margeriten aus ihrem Korb nieder. »Und daneben die Tante meines Vaters.«

Sie legte noch ein Blumengebinde nieder.

Auch weitere Verwandte wurden bedacht, aber Philipp verlor bald die Übersicht. Bei den Lebenden war es ja schon kompliziert genug, sich zu merken, wer was war, bei den Toten schien es ihm noch viel verwirrender.

Laura rettete die Situation.

»Mama, gibt es auch ein Grab von Papa hier?«

Mit einem kleinen Ruck blieb Mama stehen, blinzelte kurz in die Sonne und schüttelte dann den Kopf.

»Nein, Laura. Euer Papa befindet sich in einem fremden Land.«

»Wo, Mama?«

»Ich weiß es nicht. Weit weg von hier.«

Das hatte sie schon einmal erzählt, und Philipp konnte sich nicht erinnern, ob sie ihnen gesagt hatte, woran er gestorben war. Alte Leute starben, weil sie – eben alt und krank waren. Aber Papa hatte so jung ausgesehen. Ein Abenteurer, fiel ihm wieder ein, und eine grandiose Vorstellung schlich sich in seine Gedanken.

»Ist er bei einem Schiffbruch ums Leben gekommen? Oder bei einem Kampf mit Piraten?«

Wieder blinzelte Mama in die Sonne, bevor sie antwortete.

»Nein, das nicht. Er ist ... einfach ... gestorben.«

»War er krank, Mama?«, beharrte jetzt auch Laura auf einer Erklärung.

»Nein, aber er hat die Gefahr gesucht und... nun ja, wer die Gefahr sucht, kommt manchmal darin um.«

»Jakobs Vater hat sich erschossen, hat neulich einer aus meiner Klasse erzählt. Weil er ruiniert war. Aber das hat Papa doch nicht getan, oder?«

Diese Möglichkeit erschreckte Philipp wirklich.

»Nein, ganz bestimmt nicht. Euer Vater hätte eher einen anderen erschossen als sich selbst. Aber nun lasst dieses Thema bitte auf sich beruhen und helft mir, den Grabstein von Tilda Buddenholtz zu finden.«

Eine solche Aufgabe war natürlich eine Herausforderung, Philipp und Laura schwärmten augenblicklich aus, um sich auf die Suche zu machen. Aber dann hatte Mama das Grab als Erste gefunden und stand mit einem ziemlich komischen Gesicht davor.

Darum las auch Philipp die Inschrift auf dem Stein, die ihm zunächst nichts sagte. Tilda Buddenholtz war vor – na, da brauchte man doch die Finger nicht für – sieben Jahren gestorben. Kaum – also gut, genau – dreiundfünfzig Jahre alt war sie geworden, und ihr Gatte war ihr zwei Jahre später gefolgt. Aber dann verloren die Rechenkünste ihre Attraktivität. Die Frau Tilda war nämlich eine geborene Stubenvoll. Und da klingelte doch etwas in ihm, mindestens so laut wie die neumodische Weckuhr, die sie zu Weihnachten bekommen hatten.

Stubenvoll – so hatte der Weberjunge geheißen, von dem Madame Mira mal erzählt hatte. Der Lehrling bei Wasser, Brot und Prügel werden musste.

»Mama, kennst du die Dame? Ist das die Mutter von dem Zappelphilipp?«

»Hoppla, du hast aber ein gutes Gedächtnis, Philipp! Nein, das ist nicht die Mutter, das ist die Schwester von Wilhelm Stubenvoll, der sich heute Guillaume de Charnay nennt, wenn mich nicht alles täuscht.«

»Kann man denn einfach so seinen Namen ändern?«

»Er konnte es wohl. Na ja, Stubenvoll würde ich auch nicht gerne heißen, und da er heute in Frankreich lebt, nehme ich an, fällt es den Leuten dort auch leichter, seinen jetzigen Namen auszusprechen.«

»Er hätte sich auch Salonplein nennen können«, quiekte Laura dazwischen, und Mama musste loskichern.

Mama konnte wunderbar kichern. Es steckte an, und es machte ihr auch gar nichts aus, auf dem Friedhof so lustig zu sein.

»Ihr Süßen, sollte ich jemals in meinem Leben Monsieur Salonplein begegnen, werde ich ihn darauf hinweisen.«

»Bist du ihm denn schon mal begegnet, Mama?«

»Vor langer Zeit. So, und nun wollen wir zurückgehen. Ich muss unsere Koffer packen und Tante Caros Reisefieber lindern.«

»Ja, Mama.«

Sie legte die Arme um Philipps und Lauras Schultern und drückte die beiden kurz an sich.

»Ihr habt euch die ganze Zeit ziemlich gut benommen.«

»Es war ja ziemlich nett hier. Besuchen wir Onkel Ernst bald wieder?«

»Mal sehen.«

»Du fandest es doch auch schön, nicht, Mama?«

Philipp kam sich sehr diplomatisch vor, denn eigentlich wollte er wissen, ob Onkel Thomas eine wichtigere Rolle bei der guten Laune spielte, die sie während des ganzen Aufenthaltes gezeigt hatte, aber Laura verdarb wieder alles. Bevor Mama nämlich antworten konnte, sagte sie: »Fräulein Hedwig – bevor sie die Treppe runtergefallen ist, kam sie aus dem Zimmer von Onkel Thomas.« Und dann sah sie Mama ganz komisch an.

Und Mama murmelte mit ganz komischer Stimme vor sich hin: »Danke, Laura!«

Frauen!

Das Ende des Nichtstuns

Halte den Rücken gerade und ruhig wie ein Berg,
Dass die Bewegungen des Herzens dich nicht erschüttern.
Tritt dann in die Welt hinaus
Und erkenne die Ruhe im Bewegten.

I Ging, Ken – der Berg

Er wanderte durch die Reihen goldbelaubter Maulbeerbäume. Die zweite Seidenernte war abgeschlossen, das Garn gewaschen und von dem stumpfen Klebstoff befreit, den die Raupen verwendet hatten, um ihren Kokon zu festigen. Seifenlauge hatte diese Substanz abgespült, und als das Garn im sanften Sommerwind getrocknet war, schimmerte es wie weißes Mondlicht auf einem unbewegten See. Hochwertigste kaiserliche Seide wurde an die Hofweberei in Suzhou gesandt, um dort gefärbt und verwebt zu werden. Aus dem Brokat wurden dann Hofgewänder genäht und bestickt, die an Pracht ihresgleichen suchten.

Für ihn war die Seide verschwunden, geblieben waren die Bäume, die sich von der dauernden Ernte ihrer Blätter erholt hatten und die der Herbst nun allmählich verfärbte. Die Raupenhäuser waren gereinigt worden, die Reisighürden verbrannt, die Eier der Seidenspinner sorgsam in Leinentücher gewickelt und gelagert bis zum nächsten Frühjahr, wenn die Maulbeerbäume wieder austrieben.

Er ging langsam, denn wie so oft taten ihm unzählige Stellen an seinem geschundenen Körper weh. Nie hatte er geglaubt, dass der Weg, den er eingeschlagen hatte, dermaßen schmerzhaft sein würde. Seine beiden neuen Lehrer, junge Mönche von höflichem Benehmen, bemühten sich, ihm die andere Seite der *qi*-Übungen zu vermitteln. Und die hatten mit feinen Seidenfäden, so schien es ihm, überhaupt nichts mehr zu tun. Sie waren scharf und hart wie reiner, nackter Stahl. Es waren noch immer dieselben Bewegungen, aber wenn ihn die Faust, die Fingerspitzen, eine Ferse trafen, dann bildeten sich Blutergüsse, wurde Fleisch gequetscht, entstanden Beulen und Platzwunden, oft sogar kurzzeitige Lähmungen. Dabei setzten seine Gegner noch nicht einmal ihre volle Kraft ein. Das zumindest hatte ihm die erste Erkenntnis beschert – was sie ihm beibrachten, war todbringend, so wie dieselben Übungen, auf andere Weise ausgeführt, die Lebenskräfte stärkten. Beide Seiten kannte er inzwischen, beherrschen tat er sie nicht.

Dennoch war er nicht unglücklich. Und das überraschte ihn. Es lag vermutlich daran, dass er trotz aller körperlichen Niederlagen auf anderen Gebieten klarer zu denken begann.

Er tat nichts mehr als Zufall ab, sondern betrachtete das Geschehen, das sich um ihn herum entwickelte, als seine Art lebendiger Verknüpfung hauchzarter Fäden. Seine Aufgabe war es, so hatte er erkannt, zu beobachten und das mögliche Muster in dem zu erkennen, was er sah.

George Liu war, wie üblich, am Tag zuvor vorbeigekommen und hatte ihm die Nachrichten darüber gebracht, was sich außerhalb der Klostermauern abspielte.

Der chinesische Hof hatte sich, nachdem die britischen und französischen Geschwader nach Beschießung des Forts Dagu bis nach Peking vorgedrungen waren, bereit erklärt, Verträge mit den Europäern abzuschließen, die ihnen einen größere Handelsfreiheit gewährten. Die Ratifizierung der Verträge verzögerte sich zwar noch, aber ein Ende, möglicherweise wieder mit Gewalt, war abzusehen. Im Land selbst war es wieder zu Aufständen gekommen, und es schien, dass die Regierung unter beträchtlichem Druck stand.

Aber nicht nur chinesische Nachrichten hatte George mitgebracht. Auch Briefe von deutschen Geschäftspartnern, die er nun endlich zu lesen begann. Sie hatten eine lange Reise hinter sich, und manches mochte nicht mehr aktuell sein. Aber eine Bemerkung stach ihm besonders ins Auge. Es klagte einer seiner Partner über die Schwierigkeiten auf dem Seidenmarkt und fragte an, ob man nicht Seidenstoffe aus China exportieren könne. Der ehrgeizige junge George Liu wusste auf sein Nachfragen sogar noch weitere Details zu dieser Nachricht beizusteuern, die er seiner gewissenhaften Zeitungslektüre entnommen hatte.

»Es gibt eine Seidenraupenkrankheit, *tai pan*. Schon seit Jahren, aber jetzt wird sie immer schlimmer. Es hat schon Aufkäufe gesunder Seidensaat in Japan gegeben, berichtet man.«

»Kann man die Seidensaat denn überhaupt transportieren?«

George lachte leise: »Was glaubt Ihr wohl, wie die Seide einst nach Europa gekommen ist? Sogar über den langen Landweg hat man sie mitgenommen. Ich weiß nicht viel von den Eiern des Seidenspinners, aber sie scheinen recht haltbar zu sein.«

Er nahm sich vor, mit der Raupenmutter darüber zu sprechen, aber seine Gedanken gingen ganz andere Wege. Die Seide aus Suzhou konnte nicht ausschließlich für Hofgewänder verwendet werden, es musste einen Überschuss geben, der auf anderen Märkten gehandelt wurde. Die Gesellschaft, deren Anteile er von seinem Paten Servatius geerbt hatte, besaß Schiffe, die europäische Güter nach China brachten und mit hohem Gewinn verkauften oder tauschten. Er und seine Partner pflegten enge und gute Beziehungen zu den chinesischen Hongs, den Kaufmannsgilden, die das alleinige Recht hatten, mit den Europäern Handel zu treiben. Zudem wusste er gut genug über die Korruption der Beamten Bescheid, um an der richtigen Stelle die richtigen Waren einzukaufen, und verfügte über genügend Mittel, das auch zu tun.

Bisher hatte er hauptsächlich mit Tee gehandelt, Porzellan und Lackwaren als gewinnbringende Spielerei betrachtet und Seidenstoffe nur in geringem Umfang exportiert, da ihm der Absatzmarkt nicht lukrativ genug erschien.

Inzwischen hatte sich die Situation aber geändert, und da ihm ein tiefer Einblick in die Seidenproduktion gewährt worden war, sah er nun eine Möglichkeit, seine geschäftlichen Aktivitäten auf ein neues Gebiet auszudehnen.

Die Zeit des Nichthandelns war vorüber; die Zeit war gekommen, aus seinem Wissen und seinen Fähigkeiten Kapital zu schlagen. Viel zu lange schon hatte er die Geschäfte von seinen Partnern führen lassen. Daher hatte er nach einer Weile schweigenden Nachdenkens, die den armen George schon unruhig auf seinem Sitz hin- und herrutschen ließ, gefragt: »George, wo wird die Rohseide von Suzhou gehandelt?«

»Ich weiß es nicht, *tai pan*.«

»Finde es heraus. Aber ohne Aufsehen zu erregen.«

»Ja, *tai pan*.«

Er registrierte erfreut, dass die Augen des jungen Halbchinesen zu leuchten begannen. Der Junge war begierig, etwas zu tun, und offensichtlich war er froh, endlich mit seinen getreulich überbrachten Nachrichten Gehör gefunden zu haben.

Die goldgelben Blätter über ihm raschelten, während er gelassen bergan zum Kloster wanderte. Eine Antwort auf seine Frage würde er von George frühestens in einigen Tagen erhalten, und er betrachtete sich selbst mit leisem Amüsement. Wie chinesisch er in dem Jahr geworden war, das er unter den Mönchen verbracht hatte. Früher hätte er sofort Pläne geschmiedet, Strategien entworfen, einen Haufen Leute verrückt gemacht. Jetzt war er geduldig geworden, verbannte die wilden Spekulationen aus seinen Gedanken und betrachtete die sich wandelnde Natur. Keiner jedoch hatte ihn gemahnt, sich so zu verhalten, niemand hatte ihm Vorschriften gemacht, was er tun oder lassen sollte. Seine Lehrer – als solche sah er inzwischen die Mönche, die sich um ihn kümmerten – dozierten und erklärten nie. Sie stellten ihn vor Aufgaben, überließen es ihm, sie zu lösen. Es musste an ihrem Geschick liegen, zum richtigen Zeitpunkt die richtigen Herausforderungen zu wählen, sodass er sie bewältigen konnte.

Er hatte viel gelernt, am meisten jedoch von dem Abt – dem

Mann, der so gut wie nie mit ihm sprach, und wenn, dann nur eigenartige Äußerungen von sich gab. Aber dadurch, dass er auf diese Weise selbst angeregt wurde, in einem schweigenden Gespräch, in Gedanken also, seine Fragen zu formulieren, erhielt er unverhoffte Antworten.

»Was ist Gegenwart?«, war *Xiu Dao Yuans* letzte Bemerkung auf ihren stillen Dialog gewesen, und diese Frage beschäftigte ihn seither.

Früher hätte er darüber gelacht und geantwortet: Na, jetzt! Aber nun erschloss sich ihm bei der Erforschung dieser Angelegenheit eine andere, weit größere Gedankenwelt.

Durch die Konzentration auf die Gegenwart gewann die Vergangenheit eine andere Bedeutung. Die Zukunft bekam ebenfalls ein neues Gewicht, wenn man ausschließlich das Jetzt als Leben akzeptierte. Durch diese Sicht lösten sich die schweren Ketten, die ihn an das Verflossene fesselten. Noch immer wogen die Verluste schwer, sicher. Seine Mutter hatte er kurz nach der Geburt verloren, sie nie kennengelernt, seinen Bruder hatte er mit vierzehn sterben sehen, sein Pate war in den Fluten umgekommen, sein Vater hatte sich von ihm losgesagt, seine Geliebte sich das Leben genommen. Trauer kam an die Oberfläche, Trauer zerplatzte wie schwarze Teerblasen, Trauer wurde zu einem anerkannten Gefühl, das das Jetzt nicht mehr betraf.

Die Zukunft würde kommen, wie sie kommen sollte. Wann, ob und wie die Verträge zwischen den Europäern und den Chinesen zustande kamen, konnte er nicht beeinflussen, sich Sorgen darüber zu machen, würde seine Energie binden. Wann und ob George Liu einen Händler finden würde, der zu guten Preisen Seide anbot, konnte er nicht durch Grübeln beeinflussen. Einzig dann, wenn die Herausforderung an ihn herantrat, war sein Handeln gefordert.

Dann aber schnell und effizient. Dass er es konnte, wusste er. Sein Geschäft hatte er gelernt, die Winkelzüge und Feinheiten, die groben Praktiken wie die filigranen waren ihm, seit er in China tätig war, geläufig geworden.

Wenn das nur auf einem anderen Gebiet ebenso einfach wäre.

Seine beiden Lehrer erwarteten ihn auf der Lichtung mit dem weiten Blick über das Tal. Gemeinsam absolvierten sie die Atemübungen des *qi*. Dann aber begann der harte Teil der Ausbildung. Einer von ihnen griff ihn an, er versuchte dem Schlag auszuweichen, die Faust abzulenken. Und schon hatte ein Tritt ihn aus dem Gleichgewicht gebracht. Er rappelte sich auf. Schnell wie eine Viper kam der Arm auf ihn zugeschossen, Knöchel trafen schmerzhaft seine geprellte Rippe. Er atmete tief ein, um sich nicht von der Pein überwältigen zu lassen. Vergeblich war seine jämmerliche Abwehr gegen den Stoß in seinen Magen. Er krümmte sich, sein Lehrer wartete wortlos, bis er sich wieder aufgerichtet hatte.

»Die Zeit des Nichthandelns ist vorüber.«

Hatte das jemand zu ihm gesagt? Hatte er das laut gedacht? War es eine Eingebung?

Er blickte dem jungen Mönch in die Augen, und plötzlich sah er das feine Gespinst, das sie beide miteinander verband. Nein, nicht sehen, spüren konnte er es, so wie er vor einiger Zeit die Absicht des kaiserlichen Schmetterlings gespürt hatte, als er fortfliegen wollte.

Handeln war das Gebot. Und so handelte er, als das feine Gespinst seine Struktur änderte. Die Faust traf auf seinen Unterarm, bevor sie seinen Solarplexus berührte, aus der Drehung heraus hakte sein Fuß sich hinter das Standbein seines Lehrers und brachte ihn zu Fall.

Der saß nun mit dem Hintern im Gras und lachte, stand geschmeidig auf und verbeugte sich.

Gut, die nächsten Male war er wieder der Verlierer, aber dennoch konnte er einige Treffer landen. Sein Rhythmus, sein Zeitgefühl hatte sich verändert, stellte er fest, nicht sein Gegner.

Mit tiefer Genugtuung schlenderte er bei Einbruch der Dämmerung mit den beiden Mönchen zum Essen. Die aufgeplatzte Lippe störte ihn wenig, die würde heilen. Das Gespür für den richtigen Zeitpunkt, das würde er nie wieder verlieren. Er würde es ignorieren können, es leugnen oder unterdrücken – wissen würde er immer darum.

Welch ein Geschenk, dachte er, als er Reis und eingelegtes Gemüse in seine Schale füllte.

Ein gelungener Fehltritt

So sei doch höflich! Höflich mit dem Pack?
Mit Seide näht man keinen groben Sack!

Johann Wolfgang von Goethe, Zahme Xenien

»Es ist keine leichte Entscheidung, Ariane«, stimmte mir Madame Mira zu und beugte sich noch einmal über die beiden Listen, die ich angelegt hatte.

»Leisten kann ich mir das eine wie das andere, aber welches hat die größeren Vorteile?«

Wir diskutierten über mein zukünftiges Atelier. Mit Madame Miras Hilfe hatte ich eine Aufstellung von Voraussetzungen angefertigt, die das Etablissement haben musste. Ich brauchte einen Ausstellungs- und Empfangsbereich, eine angemessen große und praktische Anprobe, ein helles Nähzimmer, in dem ich auch meine neu erworbene Nähmaschine unterbringen konnte, an der ich derzeit in LouLous Kostümfundus übte, und ich benötigte ein ausreichendes Stofflager. Die Räume an der Breiten Straße erfüllten diese Bedingungen, mehr aber auch nicht. Das Haus in der Zeughausstraße hatte darüber hinaus noch eine Küche im Halbkeller und ein viertes, zum Hinterhof hinaus liegendes Zimmer.

»Die Breite Straße ist mondäner, das sollten Sie bedenken. Und zuvor gehörte es einer Putzmacherin, weshalb die Adresse einigen Damen sicher noch in Erinnerung sein wird.«

»In den anderen Räumen war ein Miedermacher, auch daran werden sich die Kundinnen erinnern. Die Lage – nun ja, weniger mondän, aber noch nicht abgelegen.«

»Die Küche könnte ein Vorteil sein, Ariane. Sie hat einen

Herd und einen Spülstein. Sie könnten Kaffee oder Kakao servieren. Ganz abgesehen davon tut man sich mit dem Bügeln leichter, wenn Wasser und Ofen zur Verfügung stehen.«

»Das ist allerdings richtig, darüber habe ich noch gar nicht nachgedacht. Andererseits, es gibt die Bügeleisen, die man mit Kohle füllt ...«

»Wozu Sie aber erst einmal ein Becken mit glühender Kohle benötigen, und außerdem sind diese Eisen scheußlich schwer und gefährlich bei kostbaren Stoffen. Es fällt immer mal ein Glutbröckchen hinaus.«

»Was man so alles bedenken muss.«

»Ach ja, und wenn man glaubt, man habe endlich alles berücksichtigt, dann spielt einem die Realität ganz unerwartete Streiche. Darum sollten Sie noch eine Nacht darüber schlafen und sich dann für die Räumlichkeiten entscheiden, die Ihnen am besten gefallen. Hundert Prozent bekommt man sowieso nie.«

»Sehr richtig, und jetzt werde ich mich zu einer höchstens zu zwanzig Prozent amüsanten Unterhaltung aufmachen. Frau Gülich hat zum Tee eingeladen, ihr fünfzigster Geburtstag ist der Anlass.«

Madame Mira lachte leise.

»Sie haben hoffentlich kein Gedicht vorbereitet.«

»Ich doch nicht.«

»Dann laufen Sie jetzt und machen Sie sich hübsch. Haben Sie das neue Kleid schon fertig?«

»'türlich!«

Jetzt lachte sie sogar laut auf. Aber ich mahnte mich, keine schlechten Angewohnheiten von meinen Kindern zu übernehmen. Ich hatte auch so schon genug davon.

Gernot hatte mir eine Länge des neuen Stoffs geschickt, der nach meinem Chrysanthemenmuster gewebt war. Ein helles Grün als Grundton, die Blumen in Elfenbein. Die Rückseite zeigte das Dessin umgekehrt. Es war die von mir am wenigsten präferierte Farbzusammenstellung; ich hatte ihm ein leuchtendes Kobaltblau mit Weiß oder einfach Ton in Ton in Dunkelgrün vorgeschlagen, aber er behauptete, kräftige Farben würden sich nicht so gut verkaufen.

Dennoch, das Kleid war schön geworden, das süßliche Grün hatte ich durch tannengrüne Satinbänder und einen ebenfalls dunkelgrünen Chiffonshawl kontrapunktiert, und so gefiel es mir. Aus gegebenem Anlass würde ich es dem Damenkränzchen vorführen.

Tante Caro hatte sich wieder für ihr geliebtes Sperlingsbraun entschieden, jedoch ohne Fifi und Gefieder, nur ihr Spitzenbonnet hatte sie aufgesetzt und mit einer üppigen Schleife um das Kinn gebunden. Ich hatte ein Nichts von Toque auf meinen hochgesteckten Haaren befestigt.

Für eine Nachmittagsgesellschaft waren wir korrekt gekleidet.

Die Damen hatten sich schon weitgehend in Gülichs Salon eingefunden, in zwei Samowaren kochte Tee, feinste Chocolaterien und Patisserien lockten auf silbernen Etageren, kleine goldgeränderte Mokkatässchen und hauchdünne Teetassen aus Chinaporzellan wurden auf schwellenden Reifröcken balanciert, und der Duft der Herbstblumenbouquets stritt mit den Parfümwolken der menschlichen Blütenlese, die sich in dem überheizten Raum versammelt hatte.

Man plauderte, man gratulierte dem Festtagskind, überreichte kleine, damenhafte Gaben. Helenen wurde von einem Gedicht entbunden, das zum Glück zu kurz war, um meine Verseschmiede in Bewegung zu setzen, aber dann überlegten sich die Göttinnen des Schicksals eine besonders widerwärtige Wendung im Webmuster meines Geschicks.

»Wo ist eigentlich unsere liebe Johanna Hempel?«, fragte eine der Damen in die Runde. »Hat sie Ihre Einladung abgelehnt, liebe Frau Gülich?«

Man schwieg. Dann räusperte sich Helene und bemerkte mit leise vibrierender Stimme: »Sie hat einen Kuraufenthalt angetreten.«

»Ach, die Ärmste«, säuselte Tante Caro. »Ich habe gar nicht gehört, dass sie krank war.«

»Nein, ich auch nicht. Was hatte die Gute denn? Ich dachte gestern auch schon fast, mich würde die Grippe ereilen.«

Aha, nun wollte man sich an den Maladien Abwesender ergötzen. Eines der Lieblingsthemen dieses Kränzchens. Nichts ist schöner, als die Symptome anderer zu diskutieren und womöglich selbst mit schlimmeren auftrumpfen zu können.

Doch Johanna Hempel hatte sich offensichtlich eine »diplomatische« Krankheit zugezogen.

»Sie hat sich ein wenig zurückziehen müssen«, wusste Helenes Schwester Etta zu berichten. »Wir werden wohl einige Zeit nichts mehr von ihr hören.«

»Tatsächlich?«

In diesem Wort lag eine Welt von Vermutungen. Und zwar spektakulärster Art. Da Helene ihre verbale Inkontinenz nie eindämmen konnte, beugte sie sich jetzt vor und sprach in einem so durchdringenden Flüsterton, dass alle aufmerksam ihre Köpfe zu ihr wandten.

»Sie will dem Skandal entgehen. Aber ich fürchte, meine Lieben, selbst wenn sie zurückkehrt, werden wir sie nicht mehr empfangen können.«

»Mein Gott, was ist ihr widerfahren?«

»Das Schlimmste, liebe Frau Elenz. Ach, ich kann es kaum fassen. Sie war immer eine so nette Person. Und nun das!«

Ich fragte mich allmählich, ob sie ihren Gatten gemeuchelt, in handliche Stücke zerlegt und öffentlich an die streunenden Hunde der Stadt verfüttert hatte. Verdient hätte der Kerl das.

»Ja, ich habe es auch munkeln gehört. Ist es denn wahr, Frau von Schnorr? Ist es wirklich wahr?«

»Ja, Liebste. Sie hat es getan.«

»Was?«, konnte ich mich einfach nicht zurückhalten zu fragen.

Ich erhielt einen strafenden Blick, dann aber kündete Helenen von der Sünde.

»Sie hat sich von ihrem Gatten scheiden lassen.«

»Heilige Jungfrau, beschütze uns!«, entfuhr es einer der Damen, und ich fragte mich, wovor Maria sie in Schutz nehmen sollte. Vor der Ansteckungsgefahr, die von Scheidungen ausging? Oder vor Johanna selbst?

»Du liebes bisschen, aber sie hat doch eine kleine Tochter. So ein süßes Ding. Wie kann sie nur?«

»Ihre Tochter hat sie mitgenommen, als sie die Stadt verließ!«

»Wie schrecklich! Wie trägt es ihr Gatte? Das muss ja ein Schlag für ihn sein.«

Ich hatte da so meine eigenen Gedanken. Gustav Hempel war mir, dank LouLou, kein Unbekannter. Was mich mehr und mehr ärgerte, war das dümmliche und scheinheilige Getue der Sittenrichterinnen, die Johanna verdammten.

»Er wird dafür sorgen, dass das Kind zu ihm zurückkommt. Johanna kann man seine Tochter ja nicht überlassen. Wer weiß, was für einen lockeren Lebenswandel sie zu pflegen beabsichtigt. Eine geschiedene Frau zieht ja Wüstlinge an wie der Nektar die Bienen.«

»Nun, auf jeden Fall werde ich sie nicht mehr grüßen, wenn ich ihr begegnen sollte.«

»Wir werden den armen Gustav gleich morgen zum Essen einladen.«

Sie verrissen Johanna mit Genuss und weideten sich an den Vorstellungen, was für ein Lotterleben sie nun führen würde. Ich biss die Zähne zusammen und schluckte und schluckte. Doch als dann die oberste Heuchlerin noch einmal davon anfing, man müsse Hempel helfen, seine sechsjährige Tochter zurückzubekommen, konnte ich meinen Mund nicht mehr halten.

»Ich hoffe, dass er nie Gelegenheit hat, Hand auf das unschuldige Kind zu legen, meine Damen. Sie mögen empört sein über Johannas Tat, aber ich sage Ihnen, sie hat richtig gehandelt. Meine Achtung hat sie damit gewonnen.«

»Ariane! Wie kannst du so etwas sagen. Eine Frau *darf* sich nicht scheiden lassen. Ein Paar gehört zusammen. In guten und in bösen Zeiten. Bis dass der Tod sie scheidet.«

Tante Caro flatterte. Andere stimmten ein.

Ich unterbrach sie, denn die Wut in mir verhielt sich wie der Dampf in einem überhitzten Kessel, und ich fauchte entsprechend.

»Gustav Hempel, so weiß ich aus sicheren Quellen, ist ein Säufer. Schlimmer, er ist ein ständiger Gast in den hiesigen Bordellen. Wollen Sie einem solch liederlichen Menschen ein sechsjähriges Mädchen anvertrauen? Er sucht Vergnügungsstätten auf, die Ihnen noch nicht einmal dem Namen nach bekannt sind, er verspielt sein Vermögen und vermutlich auch das seiner Frau in den übelsten Kaschemmen. Warum sollte Johanna sich das gefallen lassen? Er hat sich, soweit ich weiß, bereits mit der Syphilis angesteckt. Muss eine Frau das erdulden? Und noch mehr, meine liebsten Damen – er bevorzugt elf- und zwölfjährige Jungfrauen zur Befriedigung seiner perversen Gelüste. Soll seine Tochter wirklich in seiner *Obhut*«, dieses Wort spuckte ich förmlich aus, »aufwachsen?«

Die ehrbare Meute blickte mich mit hervorquellenden Augen an.

Sprachlos.

Ich erhob mich, nickte hoheitsvoll in die Runde und sagte dann mit so ruhiger Stimme, die mich selbst überraschte: »Ich verstehe. Ich selbst habe keinen Wunsch, in einem Kreis wie dem Ihren weiterhin empfangen zu werden. Sie haben alle zusammen nicht mehr Hirn als ein zu lange ausgekochtes Suppenhuhn. Einen schönen Tag noch, meine Damen. Tante Caro, bemüh dich gar nicht erst aufzustehen, ich finde alleine nach Hause.«

Das war gelogen. Meine Knie zitterten, als ich vor der Tür stand. Ein mitleidiger Passant rief mir eine Droschke, und ich ließ mich zu LouLou fahren. Sie war um diese Uhrzeit meistens im Theater anzutreffen, um ihre Auftritte zu üben, mit den Akteuren zu proben und allgemein nach dem Rechten zu sehen.

Nona öffnete mir auf mein Klopfen und brachte mich hinter die Bühne.

»Sie tanzt gerade, Madame Ariane.«

»Gut, ich warte.«

»Pardon, Sie sehen müde aus. Setzen Sie sich.«

Dankbar nahm ich auf einem gepolsterten Hocker Platz, und kurz darauf kam LouLou herein. Sie roch nach Schweiß und Puder, ihre Haare ringelten sich feucht um Stirn und Nacken, aber ihr Gesicht glühte. Immer wenn sie getanzt hatte, sah sie fast schön aus.

»Dir ist etwas passiert, Ariane? Du wirkst verstört. Nona, hol Madame ein Glas Champagner.« Sie lächelte. »Champagner hilft immer.«

»Besser als Tee im Augenblick.«

Sie wartete, bis Nona mir das Getränk gereicht hatte. Dann hob ich das Glas und bot den beiden Salut.

»Auf die neue Ariane. Die Ausgestoßene! Sie lebe hoch!«

»Vivat!«

Ich trank das Glas halb leer, stellte es ab und rieb mir die Augen.

»Gustav Hempel war mein Verderben. Seine Frau hat sich von ihm scheiden lassen, und ich habe mich auf ihre Seite geschlagen.«

»War auch an der Zeit, dass sie ihn loswurde. Der Mann ist eine Pest. Ich habe ihm Hausverbot erteilt. Ich will nicht, dass er meine Mädchen ansteckt. Aber was für Folgen hat das jetzt für dich?«

»Sehr einfach, LouLou. Meine Entscheidung für das Atelier in der Zeughausstraße ist somit gefallen. Denn ich werde bei Tante Caro ausziehen und sehen, ob ich die obere Etage auch noch mieten kann. Verdammt, ich wollte das nicht, aber jetzt habe ich meine Kinder da mit hineingezogen.«

»Such dir ein vertrauenswürdiges Kindermädchen und lass sie bei deiner Tante wohnen.«

»Sie wird uns samt und sonders die Tür weisen.«

»Ariane, du bist im Augenblick nicht in der Lage, klar zu denken.«

»Nein!«, sagte ich und half dem Umstand weiter nach, indem ich das Glas leerte.

»Dann tue ich das für dich. Deine Tante ist pleite, richtig?«

»Ja, sicher.«

»Du unterstützt sie.«

»Sicher.«

»Wenn du auziehst, sitzt sie auf dem Trockenen.«

»Sitzt sie.«

»Lass die Kinder bei ihr, such ein anständiges Kindermädchen und unterstütze sie weiter. Dann wird sie schon den Mund halten, und die Kinder haben ein achtbares Zuhause.«

»Ich mag sie nicht verlassen.« Die Tränen brannten mir inzwischen hinter den Lidern.

»Du meine Güte, ihr wohnt ein paar Straßen voneinander entfernt. Du kannst sie jeden Tag sehen. Und wenn die Turbulenzen sich gelegt haben, suchst du eine geeignete Wohnung für euch zusammen.«

»Wahrscheinlich hast du recht, LouLou.«

»Nicht nur wahrscheinlich.« Und dann tätschelte sie mir die Schulter. »Und vergiss meinen stockfischigen Bruder nicht. Der hat schließlich auch einen Narren an dir gefressen.«

»Bin gespannt, wie Gernot auf meine neueste Eskapade reagieren wird.«

»Ich auch!« LouLou grinste. »Komm, lass die Ohren nicht hängen. Du hast eine prächtige Attacke geritten, jetzt verschenk den Sieg nicht.«

»Hast du seit Neuestem Gäste aus der Kavallerie hier?«

»Wie kommst du nur darauf?«

Da mir ein bisschen leichter zu Mute war, lächelte ich also auch.

»Gut, dann sattle ich mein Schlachtross jetzt noch einmal und erlege einen aufgeregten Sperling.«

Die Auseinandersetzung begann in dem Augenblick, als ich durch die Tür des Salons trat. Tante Caro hatte sich bereits mit einem Riechfläschchen versorgt, und als sie meiner ansichtig wurde, stöhnte sie auf.

»Deine Schauspielkunst in Ehren, Tante Caro, an mich ist sie verschwendet.«

»Kind, wie konntest du nur?«

»Wie konnte ich die Wahrheit sagen? Das fällt mir gewöhnlich leichter, als zu heucheln, Tante Caro. Das solltest du allmählich gemerkt haben. Und wenn du dich jetzt fragst, woher ich diese undelikaten Einzelheiten von Hempels ekelhaften Gepflogenheiten habe, dann werde ich dir das auch verraten.«

»Ich will das gar nicht wissen. Es ist böswilliger Tratsch und Verleumdung!«

»Du hörst mir zu, Tante Caro, und spar dir deine Vapeurs!« Ich nahm ihr das Riechfläschchen weg und schenkte ihr stattdessen einen Cognac ein.

»Gernot Wevers Schwester LouLou ist meine Freundin.«

»Du hast mir nie erzählt, dass er eine Schwester hat. Und schon gar nicht, dass sie deine Freundin ist«, jammerte Tante Caro.

»Du würdest sie nicht empfangen. Deshalb habe ich sie gar nicht erst in die Verlegenheit gebracht, sie mit dir bekannt zu machen.«

»Aber... aber Herr Wever ist doch...«

»Ein Mann aus kleinen Verhältnissen. Er hat sich hochgearbeitet, seine Schwester auch. Er in den Fabriken, sie in Tanzcafés und Boudoires. Heute ist er Unternehmer und sie Besitzerin des ›Salon Vaudeville‹, von dem du auch schon gehört hast. Ich fertige die Kostüme für sie und ihre Akteure.«

Tante Caro schnappte nach Luft. Ich drückte ihr das Glas in die Hand und zwang sie, einen Schluck zu nehmen. Dann hustete sie und röchelte: »Du hast für eine... eine...«

»Theaterbesitzerin, Tante Caro. Und ich arbeite auch weiterhin für sie. Was glaubst du wohl, wie ich ansonsten zu dem Geld kommen konnte, mit dem ich deinen Haushalt unterhalte? Aber um auf den Punkt zurückzukommen – LouLou hat aus erster

Hand Informationen über Gustav Hempel und sein unappetitliches Verhalten. Zu ihrer Ehrenrettung muss ich sagen, dass er in ihrem Haus nicht geduldet ist. Anders als in den Häusern der ehrbaren Damen, die du deine Bekannten nennst.«

»Ich glaube das nicht. Nein, das glaube ich nicht. Und ich verbiete dir ...«

»Du hast mir nichts zu verbieten«, fuhr ich ihr über den Mund. Die besänftigende Wirkung des Champagners war verflogen, und ich berichtete ihr über die Maßnahmen, die ich zu ergreifen gedachte. Dann überließ ich sie ihren Vapeurs und ging in mein Zimmer.

Kaum hatte ich die Tür geschlossen, klopfte es aber schon, und Laura steckte ihre Nase herein.

»Na, dann kommt. Ihr habt gelauscht, nehme ich an.«

»Ja, Mama.«

»Gut, das erspart mir größere Erklärungen.«

»Du gehst weg.«

Philipp bemühte sich um einen gleichmütigen Ton, aber ich kannte ihn. Ich konnte die Gefühle beider in ihren Gesichtern lesen.

»Ich ziehe aus diesem Haus aus, aber ich verlasse euch nicht.«

»Du lässt uns alleine. Wie Papa.«

Großer Gott, in was für einen Schlamassel hatte ich mich nur gebracht.

»Nein, ich lasse euch nicht alleine. Übermorgen gehen wir zusammen in die Zeughausstraße, und ich zeige euch, wo ich mein Atelier aufmachen werde.«

»Warum können wir nicht auch dahin ziehen?«

»Weil es zu klein für uns zusammen ist. Laura, Philipp – ich muss erst noch etwas mehr Geld verdienen, um ein großes Haus zu mieten. Gebt doch wenigstens ihr mir eine Chance.«

Ich war langsam so verzweifelt, dass mir wirklich die Tränen in den Augen standen.

»Ich will nicht alleine bei Tante Caro bleiben«, maulte Philipp, und Laura schloss sich an.

»Ich werde ein besonders nettes Kindermädchen...«

»Ich will auch kein Kindermädchen. Die sind doof. Wie Fräulein Hedwig. Bah!«

»Ich verspreche, dass sie viel lieber sein wird als Fräulein Hedwig. Bitte versteht mich doch. Ich habe mich mit Tante Caros Bekannten verzankt. Ich weiß ja, dass es dumm war, aber sie sind so entsetzlich blöde.«

Ich stützte meine Stirn in meine Handflächen und rieb meine brennenden Augen.

»Worüber hast du gezankt, Mama?«

Was konnte ich noch verlieren? Der Klatsch würde ihnen eine verdrehte Version liefern. Also versuchte ich meinen neun und zehn Jahre alten Kindern zu erklären, warum Ehen auseinandergehen konnten und was eine Scheidung bedeutete.

»Er war fies zu ihr, und sie will nichts mehr mit ihm zu tun haben, und deswegen ist sie bei den Gackerhühnern im Verschiss?« Philipp sah mich ungläubig an.

»So kann man es in kurzen Worten ausdrücken.«

»Ich glaub, die sind dumm, Mama. Und du hattest recht. Aber jetzt sind sie dir auch böse und schneiden dich. Lass uns doch zusammen von hier weggehen.«

»Erst brauche ich Geld, Philipp. Und das kann ich sehr gut hier verdienen. Allerdings nur zusammen mit Nona und Herrn Wevers Schwester LouLou.«

So weit die geschönte Wahrheit. Meine Kinder schmollten und disputierten noch eine ganze Weile, und ich bemühte mich, so gut wie möglich unsere Lage zu erklären. Zu einem kleinen Teil gelang es mir, aber danach war ich so erschöpft, dass ich schon um neun Uhr zu Bett ging und abgrundtief schlief.

Die nächsten zwei Wochen waren mit hektischer Arbeit gefüllt. Das Atelier hatte ich angemietet, ein Maler werkelte eifrig darin herum. Ein Rollkutscher transportierte meine Möbel und sonstigen Besitztümer, Gernot lieferte Ballen von seinen Stoffen, andere Händler die notwendigen Qualitäten, die er nicht herstellte, die Nähmaschine fand ihren Platz, eine notdürftige Küchenausstattung musste besorgt werden, zwei Schneiderpuppen versammelten sich um einen langen Zuschneidetisch, und ich hängte zarte Tüllgardinen an die Fenster und nagelte ein elegant beschriftetes Schild über die Tür.

Doch es gab auch Kämpfe auszufechten, und einer drehte sich um den großen Seidenteppich, den ich gerne im Anprobenraum auslegen wollte. Die Kinder bestanden auf ihrem Meer und der Dracheninsel, selbst Captain Mio krallte sich in die Fransen, als wir ihn zusammenrollten. Also überließ ich ihnen den persischen Teppich aus meinem Schlafzimmer und empfahl den beiden, die Kulisse für ihre Abenteuerspiele zukünftig in den Dschungel zu verlegen.

Es kam nicht gut an.

Genauso wenig wie die vier Damen, die mir die Personalagentur auf meine Anfrage nach einem Kindermädchen geschickt hatte. Tante Caro, Laura und Philipp waren bei den Gesprächen dabei, denn ich wollte ihnen die neue Hausgenossin nicht einfach vor die Nase setzen.

Die Ausbeute war mager. Die erste junge Frau war ein solches Landei, dass man sie nicht alleine auf die Straßen lassen konnte, sie hätte sich unweigerlich schon im ersten Karree verlaufen. Unsere Ablehnung war einhellig. Die zweite war eine bibelfeste Gouvernante, der der Heilige Geist aus allen Poren quoll. Sie gefiel uns dreien nicht, wäre aber von Tante Caro geduldet worden. Die dritte trat schon gleich wie ein weiblicher preußischer Feldwebel auf und durchbohrte die Kinder mit stechendem Blick. Sie hatte verloren, bevor sie den Mund zum ersten gebellten Befehl öffnen konnte. Tante Caro erwärmte sich herzlich für die vierte Anwärterin, ein elegisches höheres Fräulein, das noch nicht einmal wusste, dass es Dampfmaschinen überhaupt gab.

Was sie schlicht disqualifizierte.

Ich war mit meinen Nerven fast fertig, als LouLou mir anbot, Nona könne sich für ein paar Wochen um die Kinder kümmern. Auch wenn das wieder zu Spannungen mit Tante Caro führen würde. Aber dann ergab sich in all dem Trubel eine unerwartet glückliche Lösung.

Glück war jedoch nicht der Grund für den verkleckten Brief von Cousine Hannah, auf dem die Tinte an den vielen Stellen bis zur Unleserlichkeit verschwamm, wo ihr die Tränen aufs Papier getropft waren. Sie hatte die Verlobung mit Pfarramtsanwärter Armin Kamphoff gelöst. Warum, das konnte ich aus dem Geschreibsel nicht entziffern, aber sie würde wohl schon ihre guten Gründe gehabt haben. Nichtsdestotrotz war sie jetzt in der gleichen Situation wie ich, nämlich wie Philipp es so trefflich bezeichnete – in Verschiss geraten.

Ich fragte die beiden, bekam ein den Umständen entsprechendes, geradezu begeistertes Valet, lief zum Postamt, sandte die kurze Meldung, dass ich sie dringend als Kindermädchen brauchte, und fragte nach, wie bald sie kommen könnte.

Nach zwei Tagen lag die Antwort vor. »Donnerstag mit dem Nachmittagszug!«

Das beeindruckte mich. Entweder war die Lage so dramatisch, dass sie es nicht mehr aushalten konnte, oder sie war eine tatkräftige junge Frau, die eine Chance nutzte, ohne groß zu lamentieren.

Wir holten sie vom Bahnhof ab, und von dem Augenblick an stiegen meine Hoffnungen auf eine erträgliche Zukunft wieder.

Schlägerei im Theater

Die ihr den Nervenfaden unsers Lebens
Durch weiche Finger sorgsam treibt,
Bis unterm Klang der Schere sich vergebens
Die zarte Spinnewebe sträubt.

Friedrich Schiller,
An die Parzen

Nona hielt sich während der Vorstellungen immer hinter den Kulissen auf, in den Zuschauerraum ging sie nie. Zum einen, weil sie keine neugierigen Blicke auf ihre Blässe lenken wollte, zum anderen, weil sie lieber schnell bei der Hand sein wollte, wenn die Schauspieler, Sängerinnen oder Tänzerinnen mit irgendeinem Problem ihrer Kleider von der Bühne kamen. Oft genug gab es auf die Schnelle einen ausgerissenen Ärmel zu flicken, eine geplatzte Naht zu richten, aber auch hastig das Kostüm, ein Trikot zu wechseln. Alle, die im Salon Vaudeville auftraten, wussten ihre stille Hilfsbereitschaft zu schätzen, und sie bekam mehr als genug freundliche Worte zu hören.

Besonders liebevoll aber war LouLou zu ihr. Nona lächelte in sich hinein. Madame konnte nach außen berechnend wie ein Schlachterhund wirken, bissig manchmal, unbarmherzig, wenn etwas schiefging, kalt und mitleidlos gegenüber denen, die selbstverschuldete Fehler begingen. Eine betrunkene Tänzerin hatte sie eigenhändig auf die Straße gesetzt, Melisande, die irgendein aufputschendes Zeug geschnupft hatte, mit Worten heruntergeputzt, dass sie anschließend wie ein Häuflein Asche im Kamin wirkte, einem notorisch zu spät kommenden Schauspieler eine ähnliche Abreibung verpasst und einem Musiker, der wiederholt versucht hatte, ihr unter die Röcke zu fassen, die eigene Fidel über den Schädel gezogen.

Gute Leistung belohnte sie aber ebenso unbarmherzig. Zwei Serviermädchen, die ehrgeizig genug waren, als Tänzerinnen auftreten zu wollen, half sie beim Einüben ihrer Stücke, den beiden Putzfrauen und Garderobieren steckte sie immer mal wieder eine Münze zu, wenn sie die Spuren besonders ausgelassener Stimmungen beseitigten, Madame Ariane bezahlte sie gut für die ausgefallenen Kreationen, die sie für sie entwarf, und Nona selbst bekam mehr Lohn, als sie ausgeben konnte. Und sie hatte ein eigenes, hübsch eingerichtetes Zimmer, regelmäßige, sehr leckere Mahlzeiten und in Madame LouLou eine Freundin, die ihr täglich die großen und kleinen Ereignisse anvertraute, sodass sie sich wie ein wichtiger Teil des Ganzen fühlte. Dorthin, wo früher ständig Angst wie ätzende Säure in ihr brannte, war Vertrauen getreten. Nicht völliges Vertrauen in alles und jeden natürlich, denn die Sicherheit herrschte nur in ihrem kleinen Kreis. Die Welt draußen war weiter laut und brutal, gewalttätig und unberechenbar. Darum trug sie weiterhin den schmalen Seidenschal in ihrer Tasche. Sicherheitshalber.

Auch an diesem Abend schaute sie hinter den Vorhängen zu, wie LouLou ihren Schmetterlingstanz vorführte. Das hautfarbene Trikot, das sie unter den zahllosen fliegenden, schwebenden Chiffonröcken trug, gab dem Publikum immer wieder Anlass zu ausschweifenden Spekulationen; das wusste sie, weil die Serviermädchen sie Madame lachend berichtet hatten. Im Augenblick aber wurden sie sogar während der Aufführung im Zuschauerraum laut. Gewöhnlich benahmen sich die Besucher des Salon Vaudeville recht anständig. Unteroffiziere, manchmal auch junge Offiziere, Studenten, Angestellte der großen Fabriken, Handelsreisende und natürlich allerlei Damen und Mädchen in ihrer Begleitung erfreuten sich an den leichten Stücken, den frechen Liedern und aufreizenden Tänzen. Anstoß nahm kaum jemand an den Darbietungen, sie hielten sich dank LouLous Aufsicht auch immer innerhalb der Grenzen des guten Geschmacks.

Die Gruppe, die sich jetzt lauthals über Madames körperliche Qualitäten ausließ, gehörte zu der Besatzung eines Rheinschiffs. Die Männer hatten sich offenbar schon vor Eintritt in das Theater kräftig Mut angetrunken. Andere Gäste versuchten, sie zum Schweigen zu überreden, was die Schiffer als Eingriff in ihre persönliche Freiheit werteten, woraufhin sie sogar noch lauter wurden. Einige Zuschauer verließen daraufhin die Vorstellung, und LouLou beendete ihren Tanz mit einer schnellen Pirouette.

»Meine sehr verehrten Damen und Herren, ich möchte Sie bitten...«

Sie kam nicht weit mit ihrer Ansprache, das Gejohle wurde lauter, und man forderte sie auf, für das verdammt gute Geld, das man für den Eintritt hingelegt hatte, endlich eine angemessene Leistung zu zeigen. Wie diese auszusehen hatte, deckte sich nicht mit dem für den Abend vorgesehenen Programm. Nona sah, wie LouLou den drei kräftigen Saalhütern einen Wink gab. Sie bahnten sich den Weg zu den Randalierern, um sie an die frische Luft zu befördern. Das allerdings scheiterte an der Sturheit der unerwünschten Gäste.

Schon flog die erste Flasche, schon klirrte Glas, fiel der erste Tisch um. Frauen und Mädchen flohen kreischend zum Ausgang, einige weitere männliche Gäste betrachteten die Handgreiflichkeiten als Aufforderung, ihre Ehre zu verteidigen, und gleich darauf kochte der Saal. Die Musiker hetzten hinter die Kulissen, die Serviermädchen drückten sich ängstlich an die Wand, da ihnen der Weg zum Ausgang versperrt war, und LouLou versuchte noch einmal, sich Gehör zu verschaffen.

Nona aber fühlte sich wie gelähmt vor Angst. Zitternd machte sie sich hinter dem Vorhang klein und starrte in die brüllende Menge, die nun mit Stuhlbeinen, Tabletts und Champagnerkühlern aufeinander eindrosch. Gewalttätigkeit verursachte ihr Übelkeit, Atembeklemmung und rasendes Herzklopfen. Lou-

Lou war an den Rand der Bühne getreten und brüllte mit lauter Stimme: »Ruft die Gendarmen!«

Einer der Matrosen sprang zu ihr hoch und riss sie um. Unflätig grölend zerrte er an ihren Röcken. Ein zweiter folgte und fiel ebenfalls über sie her.

Der Anblick der kreischenden, strampelnden, kratzenden und spuckenden LouLou setzte eine tief in Nona liegende Energie frei.

Was ihr einst passiert war, durfte Madame nicht geschehen. Um keinen Preis. Und wenn sie selbst dabei draufging.

Ohne zu wissen, wie er dahin gekommen war, hielt Nona den schmalen Seidenschal in ihrer Hand. Sie sprang aus ihrer schützenden Ecke zu der rangelnden Gruppe, und mit einer gleitenden, lautlosen Schlangenbewegung legte sich die glatte Seide um den Hals des Mannes, der eben LouLous Trikot zerriss. Das beschwerte Ende landete wieder in Nonas Hand, sie wollte gerade mit einem kurzen, scharfen Ruck daran ziehen. Doch in dem Augenblick schlug Madame ihm mit aller Kraft ihre Faust ins Gesicht. Sein Kopf flog zurück, die Seide rutschte Nona aus den Fingern. Sie fing den Stoff auf, ließ den Schal zurück in ihre Hand gleiten und wirbelte ihn Richtung des anderen Matrosen. Der wich seitwärts aus, und nur das bleibeschwerte Ende traf sein Auge. Immerhin trat er verdutzt einen Schritt zurück und fiel von der Bühne. Einer seiner Kumpane kam mit ihm zu Fall, und in dem Augenblick stürmten die Gendarmen in das Theater.

Nona kniete sich neben LouLou nieder und nahm ihre Hand.

»Madame?«

»Schon gut, Nona. Nur ein paar blaue Flecke.«

Dann schloss sie die Augen. Und riss sie gleich darauf wieder auf.

»Was hast du mit dem da getan?«

Wieder übermannte Nona das Zittern, als sie zu dem regungslos daliegenden Mann schaute. Sie traute sich nicht, aufzustehen, aber Madame kam schon auf die Knie und fühlte nach seinem Hals.

»Lebt noch. Wär aber nicht schade drum gewesen«, knurrte sie mit zusammengebissenen Zähnen.

Der Tumult war einigermaßen abgeklungen, aber nun wollten die Ordnungshüter wissen, wodurch er entstanden war.

»Nona, verschwinde! Schnell!«

»Aber Madame!«

»Husch. Gehorch mir!«

Nona schaffte es gerade noch, ungesehen durch den Seitenausgang zu huschen, als zwei der Gendarmen zu Madame auf die Bühne traten.

Es war eine lange, einsame Nacht, die Nona in ihrem Zimmer verbrachte. Sie konnte nicht schlafen. Wie könnte sie schlafen, nachdem das alles passiert und Madame noch nicht wieder zu Hause war. Die Standuhr unten schlug getreulich alle Viertelstunde, ließ die Mitternacht vergehen und kündete bereits die erste Stunde des neuen Tages.

Endlich ging die Haustür, und sofort lief sie die Treppe hinunter.

Madame sah müde aus, ihre rechte Wange war gerötet, ihre wirren Haare mit einem Tuch zusammengebunden.

»Nona, hast du auf mich gewartet?«

»'türlisch!«

Madame seufzte.

»Komm, wir machen uns eine große Kanne Kakao. Ich kann jetzt nicht einfach zu Bett gehen.«

»Nein, Madame. Das kann man nicht.«

Sie setzten sich an den Küchentisch, und während Madame die Glut im Herd wieder anfachte und mit Milch, Zucker und Kakaopulver hantierte, schimpfte sie leise vor sich hin.

»Diese Idioten von Polizei. Sie wollen mir die Schuld anhängen. Wegen Sittenverstoßes und unanständigem Verhalten. Meine zügellosen Darbietungen hätten die Gäste aufgepeitscht.«

»Aber das stimmt doch gar nicht.«

»Doch, Nona. In ihren Augen stimmt es. Die scheinheiligen Spießbürger werden es immer so sehen. Auch wenn sie selbst die größten Schweine sind und gierig hinter jeder Pikanterie hergeifern wie die brünstigen Eber.«

»Wird man Ihnen Schwierigkeiten machen?«

»Ja, eine Weile. Aber sie werden dafür bezahlen. Hier ist dein Kakao, Liebes. Und nun solltest du mir erzählen, auf welche Weise du mir den stinkenden Lumpenhund vom Leib geschafft hast.«

»Hiermit, Madame.«

Nona zog den Seidenschal aus ihrer Rocktasche und legte ihn auf den Tisch.

»Ein einfacher Schal? Ich habe bemerkt, dass du ihn immer bei dir hast. Ich dachte, du brauchst ihn, um deinen Hals zu wärmen oder so.«

»Es ist ein *rumal,* Madame. Eine Waffe.«

»Den Eindruck habe ich allerdings auch. Du bist nicht so ganz wehrlos, kleiner Seidenwurm, was?«

»Ich hatte sehr viel Angst, Madame.«

»Ich weiß. Und dennoch.« Madame ließ die Seide durch ihre Finger laufen und befühlte das beschwerte Ende. »Blei?«

»Blei.«

»Ich verstehe. Man braucht eine gewisse Fertigkeit, ihn so zu schlingen, dass er fest sitzt, aber dann reicht vermutlich ein kleiner Ruck. Seide reißt nicht so schnell.«

Nona nahm das schmale Tuch und wirbelte es um die mit einer Holzkugel versehene Rückenlehne eines Küchenstuhls.

»Ich habe viel geübt, Madame.«

»Gott sei Dank. Wer hat dir aber den Trick verraten? Oder bist du selbst darauf gekommen?«

Nona rollte den Schal zusammen. Sollte sie wirklich wieder etwas aus ihrer Vergangenheit preisgeben? Es gab so viel, an das sie nicht mehr erinnert werden wollte, jetzt, da das Leben ruhig und sicher für sie geworden war. Andererseits, genau wie

Madame Ariane schuldete sie auch Madame LouLou Erklärungen.

»Verzeih, Liebes, du musst mir nichts erzählen. Wir tragen alle unsere Geheimnisse mit uns, und ich werde dich gewiss nicht drängen.«

»Ich weiß, Madame. Aber ... Ich habe Madame Ariane etwas erzählt. Sie sollen es auch wissen. Oder hat sie ...«

»Madame Ariane kann zwar ihre Zunge nicht hüten, wenn sie in Zorn gerät, Nona. Aber ihr Schweigen über die Geheimnisse – ihre eigenen wie die ihrer Freunde – ist bei ihr so tief wie die Kellergewölbe unter dem Dom.«

»Ja, sie kann schweigen sehr stille, aber ich weiß auch von ihr Geheimnis. Und das lasse ich in meinem Keller.«

»Selbstverständlich, Nona.«

»Aber ich erzähle Ihnen von *rumal*.«

Wieder berichtete Nona von dem Waisenheim, der Arbeit bei dem Seidenbauern, und als sie den Namen Charnay erwähnte, zuckte Madames Augenbraue in die Höhe.

»Sie kennen Monsieur de Charnay, Madame?«, fragte sie leicht fassungslos, verschloss aber sofort den Mund wieder, um nicht Madame Arianes Reaktion auf diesen Namen auszuplaudern.

»Ja, ich bin ihm begegnet. Letztes Jahr im Sommer. Er – nun, erzähl weiter.«

»Ja, Madame. Als ich vierzehn war, da kam eines Nachts im August eine Gruppe Männer auf das Gut. Matelots, aus Marseille. Ganz leise kamen sie, mit drei großen Wagen. Aber Monsieur ist misstrauisch, weil Lager voll mit Rohseide, und er hat Wachen aufgestellt. Es gab Alarm und dann Angriff. Fast so wie heute. Ich hatte auch Angst, versteckte mich im Raupenhaus. Die Matelots, die Matrosen, sie waren Kämpfer, sie überwältigten Arbeiter, und Monsieur kam mit Gewehr. Ich beobachte durch Ritzen von Schuppen. Ein Mann, ein großer mit Bart, aber kein Matelot, er geht auf Monsieur zu und die beiden ringen. Als Monsieur versucht zu fliehen, plötzlich weißes Tuch um sein Hals, und er fällt nieder. Danach bindet der Mann ihn und schleppt ihn in den Schuppen, ganz nah an mir vorbei. Er wirft ihn in eine Ecke. Dann geht er raus und holt eine Fackel. Ich beinahe sterben vor Angst, Madame. Weil er anzünden will, all den trockenen Reisig und so. Aber da sieht er mich. Ich mache mich ganz klein, aber er bringt die Fackel raus und kommt zurück. Er beugt sich zu mir und sagt Seidenwürmchen zu mir und hebt mich hoch, weil ich vor Zittern nicht sprechen und nicht laufen kann. Madame, es war so seltsam. Es waren brutale Männer, aber er war lieb zu mir und tröstet und sagt, ich soll zu Nachbarn laufen und Feuer schreien. Ich verlier langsam Angst und kann auch wieder stehen und sprechen. Er betrachtet mich genau und, Madame, er sagt: ›Du wirst es immer schwer haben, Würmchen. Aber Seide ist deine Freundin. Nimm das und übe.‹ Und er zeigt mir Werfen mit Schal einmal, paarmal. Und das Zuziehen, Madame. Wenn es schnell gemacht wird, bricht es den Hals. Dann schickt er mich weg. ›Geh!‹, sagt er. ›Und dreh dich nicht um.‹ Ich will gehorchen, Madame, aber dann nimmt er Fackel wieder und geht in Schuppen. Und da konnte ich nicht laufen. Er will verbrennen Monsieur, und das ist Mord. Also bin ich hinter ihm hergegangen und habe ihn im Arm gefallen und gefleht, nicht zu brennen. Aber seine Augen waren kalt und herzlos. Ich bin auf Knie und habe gesagt, Monsieur ist doch ein Mensch. Und er auch. Und dann rief draußen jemand meinen Namen. Es war ganz seltsam, Madame. Ich werde nie verstehen, was passierte. Der Mann sah mich endlich wieder an und murmelte: ›Nona? So heißt du, Mädchen?‹ Ja, sage ich, und er sieht zu Monsieur hin. ›Nona, die Spinnerin. Wenn denn das Schicksal selbst beschließt, dein Leben zu verschonen, Charnay, dann ist es nicht an mir, es zu vernichten.‹ Er gibt mir Fackel und hebt Monsieur hoch. Er ist gebunden und hat Knebel im Mund, aber Augen flackern wild. Der Mann wirft ihn über Schulter wie Sack Kartoffeln, trägt ihn raus und schmeißt ihn in die Hecke. Ich laufe hinterher, und er sagt noch einmal: ›Dein Leben liegt in der Hand der Schicksalsgöttinnen, nicht in der meinen. Aber dein Hab und Gut, das nehme ich dir, so wie du mir das meine genommen hast.‹ Und dann hat er mir Fackel weggerissen und Schuppen angezündet. Die Wagen hatten die Matelots schon mit der Seide beladen, und bevor die Nachbarn kamen, waren sie lange fort.«

»Großer Gott, was für eine Geschichte, Nona!«

»Ja, grausam und seltsam. Ich versteh immer noch nicht, warum, aber ich bin dankbar für *rumal*. Ich übe viel und heimlich, und schon paarmal hat mir geholfen. Aber der Mann war très mysterieux.«

»Du hast seinen Namen nicht erfahren?«

»Nein, Madame. Ich war nachher ein Jahr bei Nachbarn als Spinnerin, dann hat Monsieur de Charnay mich wieder geholt. Es war nicht großer Schaden passiert, Madame. Nur ein Schuppen abgebrannt und Seide von ein Jahr geraubt. Aber Seidensaat und die Bäume waren ganz.«

»Es wäre großer Schaden entstanden, hätte der Mann Charnay umgebracht«, stellte Madame trocken fest. »Er muss einen gewaltigen Hass auf ihn gehabt haben.«

»Ja, aber warum ist er dann gegangen? Nur mit Seide, Madame?«

»Weil du um Charnays Leben gebeten hast? Vielleicht. Er war kein Seemann, sagst du.«

»Nein, aber er trug Leinenhemd und Hose und Stiefel wie sie. Aber er war anders.« Nona versuchte, sich die lange in das Vergessen gedrängte Begegnung noch einmal vor Augen zu führen. Jetzt, nachdem sie darüber hatte sprechen können, war es leichter, und das Entsetzen von damals war verschwunden. Madame stand auf und füllte ihre Tassen noch einmal mit der süßen Schokolade und gab auch jeweils einen Löffel Cognac in die Tassen.

»Damit wir besser schlafen können, Nona.«

»Ich bin nicht müde.«

»Eben.«

Dennoch nahm sie die Tasse in die Hände und wärmte sich daran. Der Kakao duftete so köstlich.

»Madame, der Mann, er sprach meine Sprache, aber wie ein Fremder.«

»Matrosen und Seeleute kommen aus vielen Ländern.«

»Ja, weiß ich. Er war groß und stark. Richtig stark, Madame, wie Arbeiter. Aber er hatte einen goldenen Ring an der Hand. Und die Matelots, sie gehorchten ihm.«

»Und er sprach von Schicksalsgöttinnen. Ich habe nicht viel Bildung, Ariane könnte uns dazu bestimmt mehr sagen. Aber ich nehme an, dein Gefühl ist richtig. Er war ein Mann, der eine Rechnung mit Charnay offen hatte. Je nun, Charnay ist kein reiner Engel unter den Männern.«

»Nein, Madame.«

Madame nippte an ihrem Kakao und schaute über die matt leuchtende Petroleumlampe hinaus in die nächtliche Schwärze vor dem Küchenfenster.

»Ich habe Charnay im vergangenen Jahr kennengelernt, Nona. Ich hatte im Sommer noch ein Engagement bei Stollwerck, er war in Geschäften hier und vergnügte sich mit zwei Bekannten am Abend in dem Café. Sie sprachen uns nach der Vorstellung an, meine Kollegin und mich, und wir ließen uns zu Wein und Essen einladen. Er sprach ausgezeichnet Deutsch, die beiden anderen Herren nur wenig. Sie erzählten uns viel von Lyon und Paris und den Variétés, den Cafés dansantes, den Boulevards und Bistros, und irgendwie war er es, der mir an jenem Abend den Floh ins Ohr setzte, ein eigenes Theater aufzumachen.«

»Floh in Ohr?«

Madame lachte leise. »Entschuldigung, die Idee gab er mir ein. Kurzum, ich fand ihn recht charmant und willigte ein, mit ihm am Wochenende das Sommertheater in Mülheim zu besuchen. Er legte meine Zusage allerdings ein wenig zu weit aus und wurde aufdringlich.«

»Hat er Sie ... hat er ...?«

»Nein, Nona. Auch ich weiß mich zu wehren. Er kam sozusagen davon ab, mich zu Intimitäten nötigen zu wollen. Aber er hatte mir das Kleid zerrissen, und so lernte ich Madame Ariane kennen. Denn sie hat mir geholfen, es zu flicken.«

»Ich muss Ihnen noch etwas gestehen, Madame. Das, was Madame Ariane schon weiß.«

»Wenn du es möchtest, Nona.«

Dieses zweite Mal fiel es ihr viel leichter, von Vergewaltigung, Fehlgeburt und verbrühtem Bein zu sprechen, und in Madames Augen las sie nichts als stilles Mitgefühl. Sie sagte nichts dazu, sondern streichelte ihr nur über die Haare.

»Trink aus, Seidenwürmchen. Es ist Zeit, schlafen zu gehen.«

Und der Schlaf hüllte sie in seine weichen Daunen und wehrte für diesmal alle bösen Träume ab.

Geisterseher

Nun tanzten wohl bei Mondenglanz,
Rundum herum im Kreise,
Die Geister einen Kettentanz,
Und heulten diese Weise:
Geduld! Geduld! Wenn's Herz auch bricht!

Gottfried August Bürger, Lenore

Die Nähmaschine ratterte fröhlich, und unter meiner Hand bewegte sich eilig der Stoff voran. Welch eine Erfindung! Was früher Stunden brauchte, wurde mit ihr in Minuten fertig. Vor allem die langen Säume der weiten Röcke, die zahllosen Bahnen, die man aneinanderheften musste, konnte ich alleine damit nähen, ohne eine weitere Hilfskraft einzustellen. Aber dennoch brauchte ich Nona regelmäßig jeden Vormittag, damit sie die komplizierteren Arbeiten übernahm. Hauchdünne Stoffe verdarb die Maschine, zarte Spitzen vertraute ich ihr nicht an, Kragen, Ärmelsäume, Knopfleisten, alles, worauf das Auge gelenkt wurde, stichelte Nona weit sorgfältiger als die Maschine.

Das neue Leben schien ihr zu behagen. Selbst der hässliche Vorfall im Salon Vaudeville hatte sie nicht verstört. Bereitwillig hatte sie mir von der Schlägerei erzählt und auch über LouLous Schwierigkeiten berichtet. Die Behörden – die finstersten Dämonen der Hölle mochten dereinst die preußischen Beamten braten – hatten gedroht, ihr die Konzession zu entziehen. Aber sie hatte auch Freunde, die sich für sie einsetzten, daher zahlte sie weiter ihren Akteuren die Gage und ermutigte sie, die Zeit zu nutzen, ein neues Stück einzuüben.

Tante Caro hatte sich natürlich bis aufs Äußerste echauffiert, als sie die Zeitungsnotiz über die Ausschreitungen im Theater gelesen hatte. So berichtete mir Hannah getreulich.

Das Mädchen war unser aller Lichtblick. Die Kinder mochten sie, akzeptierten sogar ihre Autorität und schwiegen fein stille über ihre täglichen Besuche bei mir im Atelier. Obwohl Tante Caro sich sehr wohl denken konnte, wo sie die Nachmittagsstunden verbrachten. Aber sie hatte das wunderbare Talent, das nicht wahrzunehmen, was sie nicht sehen wollte. Wir hatten nach meinem Auszug aus ihrem Haus ein recht angenehmes Wohnarrangement für alle Beteiligten gefunden. Hannah war in mein Zimmer in der zweiten Etage gezogen, Laura bekam das kleine Zimmer unterm Dach, das zuvor Nona bewohnt hatte, für sich, und Philipp durfte das große Mansardenzimmer nachts als das seine betrachten, tagsüber diente es beiden Kindern als Arbeits- und Aufenthaltsraum.

Hannah selbst hatte mir schon gleich nach ihrem Eintreffen Anfang Oktober ihr Herz ausgeschüttet. Keine zwei Monate lang hatte die Verlobung mit Pfarramtsanwärter Kamphoff gehalten, und ihre Entscheidung, sie Knall auf Fall zu lösen, hatte die gesamte Verwandtschaft gegen sie aufgebracht.

»Aber Ariane, ich konnte es nicht ertragen. Ich glaube, ich bin nicht normal. Ich mag nicht, wenn ein Mann mich anfasst. Und er hat es immer wieder versucht. Ich fand es so ekelig.«

»Ich glaube, dass du völlig normal bist, Hannah. Aber es gibt Männer und Männer. Hast du deinen Verlobten lieb gehabt?«

»Ja... nein... eigentlich fand ich ihn nett. Anfangs. Er war so aufmerksam, hörte immer zu und hatte so große Pläne. Weißt du, er wollte vielleicht Missionar werden.«

»Das hätte dich gereizt? Mit ihm in ferne Länder zu reisen, Eingeborene zu bekehren, Armen und Kranken zu helfen?«

»Es wäre anders gewesen, aufregender. Oder nicht?«

»Warum fragst du mich?«

»Oh... äh... ich dachte, weil Philipp und Laura auch so gerne Abenteuer erleben wollen. Und die Bücher über Weltreisen und so, die ihr gelesen habt.«

»Wenn man jung ist, hat man gerne solche Träume«, antwortete ich diplomatisch. »Der Herr Pfarramtsanwärter hat sie aber nicht weiter verfolgt, vermute ich?«

»Nein. Er hat eine Stelle in einer kleinen Klitsche angeboten bekommen. Das war das eine, was mich gestört hat. Er hat einfach zugesagt, ohne mich zu fragen.«

»Das ist zugegebenermaßen sein Recht. Ob es guter Stil ist, ist eine andere Frage.«

»Ja, sicher. Es war ja auch nicht nur Fernweh... Na ja. Aber...«

»Aber Kleinkleckersdorf ist eben nicht Surabaya, nicht wahr? Darum kühlte deine Begeisterung für ihn ein wenig ab, stimmt's?«

»Ich bin so kleinmütig, Ariane. Ja, er kam mir plötzlich so langweilig vor. Und dann, nachdem wir verlobt waren, hat er angefangen, mich zu küssen. Ich meine, das macht man ja, aber ich mochte es gar nicht gerne.«

Ich unterdrückte einen milden Schauder. Der verhinderte Missionar hatte einen unangenehmen Mundgeruch, der mich schon bei unserem Besuch auf Abstand gehalten hatte. Ob es irgendeine selbstlose Form der Liebe gab, die drüber hinwegsehen – oder -riechen – konnte, war eine Frage für sich.

»Hannah, es gehört meiner Meinung nach zu einer Ehe dazu, dass man seinen Gatten auch körperlich mag. Es wird viel von reiner Liebe gesprochen, von Pflicht und Duldung, aber ich fürchte, das sind Spiegelfechtereien. Wenn du dich von ihm abgestoßen gefühlt hast, dann war deine Entscheidung richtig. Geschickter wäre es natürlich gewesen, du hättest es gar nicht erst zur Verlobung kommen lassen.«

»Ja, ich weiß.« Kleinlaut drehte Hannah ihr Taschentuch zwischen den Fingern.

»Man hat dich gedrängt«, vermutete ich und wurde bestätigt.

»Ich werde von jetzt an vorsichtig sein, Ariane. Ich will mit Männern nichts mehr zu tun haben.«

»Ah pah. Bis du einen findest, dessen Küsse dir schmecken.«

Hannah schüttelte sich.

»Ich will nicht mehr geküsst werden.«

»Liebelein, wenn's der Richtige ist, wirst du wollen. Das und noch viel mehr. Aber jetzt gräm dich nicht darüber. Über den Skandal wächst Gras, du hast hier eine Aufgabe, und alles andere wird die Zukunft zeigen.«

Seit vier Wochen pflegten wir das neue Arrangement nun, und Tante Caros Gefieder hatte sich erwartungsgemäß geglättet. Ich hielt mich vollkommen aus dem Kreis ihrer Bekannten heraus, schon deshalb, weil ich eine ganze Reihe Aufträge zu erledigen hatte und meine Zeit sorgsam einteilen musste. Insbesondere die Zeit zwischen vier und fünf Uhr nachmittags war meinen Kindern gewidmet. Darum stand ich jetzt auch von der Nähmaschine auf und ging in die Küche, um Tee zu kochen und das Weihnachtsgebäck, das ich heute Morgen bei dem Konditor gekauft hatte, in ein Körbchen zu füllen.

Die Küche hatte sich zu einem heimeligen Aufenthaltsort entwickelt. Der Maler hatte die Wände hellblau gestrichen, auf die Borde in dem hohen, weißlackierten Geschirrschrank hatte ich Leinendecken mit Häkelspitzen gelegt, auf denen sich dickes, blauweißes Steingutgeschirr stapelte, ein glänzender Kupferkessel stand auf dem emaillierten Herd, und drei Kasserollen hingen an Haken darüber. Die Tür, die zum Hinterhof hinauf führte, hatte ich dunkelblau lackiert, blauweiß karierte Gardinen rahmten das Fenster, durch das man zwar nur die Füße der Menschen sehen konnte, die draußen vorübergingen, aber zwei helle Petroleumleuchten spendeten genug Licht an dunklen Tagen und abends. Für den Fußboden hatte ich einen billigen, aber bunten Flickenteppich gekauft, ein etwas zerschrammter Esstisch und sechs Stühle mit ebenfalls karierten Polstern vervollständigten die Einrichtung. Das Bügelbrett lehnte ich an die Wand, doch das Plätteisen stand wie immer in der Nähe der Herdplatte. Madame Mira hatte schon recht gehabt, für diese Handgriffe in der Schneiderei war eine Küche ganz nützlich.

Die Türglocke erklang, und die Stimmen meiner Kinder kamen näher.

»Mama, ich habe ein Sehr gut im Rechnen und Philipp hat einen Tadel ins Klassenbuch gekriegt!«

»Petze!«

»Du hast gesagt, das war's wert!«

»Ruhe an Deck. Hängt das Schild an der Tür?«

»'türlich!«

Wenn die Kinder bei mir waren, war das Atelier selbstverständlich geschlossen.

»Wo ist Hannah?«

»Sie wollte in der hohen Straße bummeln gehen. Weihnachtsgeschenke kaufen!«

»Ah, na gut.« Hannah besaß eine Menge Feingefühl. Wenn es nicht gerade junge Hunde regnete, vergnügte sie sich in den Straßen der Stadt, und zugegebenermaßen mochte das bei ihrer ländlichen Herkunft noch immer von großem Reiz sein. Uns gab es die Gelegenheit, ohne Hemmungen über alles zu reden, was uns notwendig erschien, aber unter uns bleiben sollte. Klagen über ihr Kindermädchen hatten meine beiden allerdings nicht vorzubringen. Im Gegenteil, sie waren sogar begeistert von ihr. Aber jetzt galt es erst einmal, Philipp wegen seiner Straftaten zu verhören. Kreide auf dem Stuhl des Lehrers, dessen weiße Kehrseite anschließend zu allgemeiner Heiterkeit beitrug, war ein Vergehen, das korrekt mit einem Tadel geahndet worden war, weshalb ich mich nur zu einem milden Verweis gezwungen sah.

Die gute Note allerdings lobte ich ebenso nur mit geringem Überschwang.

»Ein Sehr gut. Schön, Laura. Nichts anderes habe ich erwartet. Das nächste Mal bitte dasselbe Ergebnis.«

»Ja, Mama.«

»Probleme, Sorgen, Schwierigkeiten?«

»Nein, Mama.«

»Drängende Fragen?«

»Nein, Mama.«

»Besondere Vorkommnisse oder überwältigende Neuigkeiten?«

Das war immer der Tagesordnungspunkt, an dem ich den neuesten Klatsch und Tratsch erfuhr oder die Zusammenfassung der wüsten Geschichten, die Hannah aus der Leihbücherei auszugraben wusste. Sie war noch viel einfallsreicher darin als Madame Mira und hatte eine Fundgrube von Schauer- und Gruselgeschichten aufgetan, die einem das Blut in den Adern gefrieren lassen konnten. Zumindest in den Interpretationen meiner phantasiebegabten Kinder. Was dann auch heute zu der Frage führte, ob ich in meinem langen, abwechslungsreichen Leben nicht auch schon mal wenigstens *einen* Geist gesehen hätte.

Ich hatte – und viel zu gut erinnerte ich mich daran, vor allem, wenn ich meinen feixenden Sohn betrachtete.

»Also gut, ich habe. Beinahe wenigstens«, begann ich. Warum sollte ich ihnen diese Geschichte vorenthalten, nur weil sie bei mir schmerzliche Erinnerungen weckte? »Als ich noch sehr jung war und mich gerade mit eurem Vater verlobt hatte, unternahmen wir an einem schönen, warmen Herbsttag mit einem Wagen eine Spazierfahrt übers Land. Wir hatten einen Picknickkorb dabei und fanden einen schönen Platz an einem stillen See. Es war ein sehr vergnüglicher Nachmittag, und die Zeit verflog so rasch, dass wir nicht bemerkten, wie eine schwarze Gewitterwolke aufzog. Es war schon fast zu spät, bis wir alles zusammengeräumt hatten. Die Tischdecke, auf die wir unsere Teller und den Korb gestellt hatten, wurde uns sogar von einer heftigen Böe entrissen. Das Pferdchen war unruhig, und kaum hatten wir uns in Bewegung gesetzt, brach das Donnerwetter auch schon los. Wir wurden klatschnass, mir flog der Hut vom Kopf, und als ein Blitz ganz in unserer Nähe in einen Baum einschlug, ging das arme Pferdchen vor lauter Angst durch. Als euer Vater das Tier endlich beruhigt hatte, wussten wir nicht mehr, wo wir uns befanden. Da sahen wir im Aufleuchten eines gewaltigen Blitzes ein verfallenes Haus in der Nähe aufragen, und er lenkte den Wagen dorthin. Es war nicht mehr als eine Ruine aus Feldsteinen, das Dach war schon lange eingestürzt, Türen und Fenster hohle Löcher, aber drinnen waren wir wenigstens vor dem Sturm und etwas vor dem peitschenden Regen sicher. Aber es war ganz schön gruselig in dem Gemäuer.«

Die Augen meiner Kinder glänzten vor Vergnügen und Spannung, darum trug ich noch ein bisschen dicker auf und schilderte die schaurige Nacht, in der ich mich ängstlich in die Arme meines Verlobten geflüchtet hatte, der selbstverständlich mannhaft dem Grauen trotzte. Hatte er ja auch wirklich getan, nur die Art und Weise, wie er mich beschützte, war für Kinderohren nicht unbedingt geeignet.

»Das Gewitter verzog sich allmählich, es tröpfelte nur noch, aber inzwischen war es schuckeschwarze Nacht geworden, und außer dem sich entfernenden Donnergrummeln war alles rundum ganz still. Wir flüsterten nur noch, um die Ruhe nach dem Sturm nicht zu entweihen, und daher hörte ich plötzlich diesen schaurigen Laut. Es klang, als ob ein Wesen hoch aus den Lüften nach uns rief. Hohl und wehklagend hallte die Stimme über die Felder. Ich sage euch, mir klapperten förmlich die Zähne. Immer näher kam das Rufen, immer eindringlicher wurde es. Und dann...« Ich nahm mir einen Keks, um mich zu stärken, und einen Schluck Tee, um ihn hinunterzuspülen, während Laura und Philipp ungeduldig mit den Füßen scharrten.

»Und dann, Mama?«

»Und dann erfüllte ein unheimliches Rauschen das alte Haus, und eine weiße Gestalt landete auf dem verfallenen Giebel. Mit glühenden Augen blickte das Wesen zu uns herab, der gehörnte Kopf drehte sich fast einmal um den ganzen Hals, und es ließ noch einmal sein misstönendes Rufen erschallen.«

»Und dann, Mama? Und dann?«

»Dann lachte euer Vater, und die weiße Eule flatterte missbilligend mit ihren Flügeln, ließ ein weißes Federchen fallen, erhob sich und verschwand mit einem letzten ›Uhuhuu!‹.«

»Och nöööö!«

»Och doch. Es war schaurig schön, meine Süßen. Und ich fürchte, solche und ähnliche Erlebnisse haben all die Gruselgeschichtenschreiber angeregt, ihren Spuk und ihre Gespenster zu erfinden.«

»Bist du ganz sicher, dass es nicht doch ein Geist war?«

War ich nicht, das Erlebnis ging tiefer, als ich es gerade geschildert hatte. Denn in jener Nacht hatte es zwar gedonnert, und Wetterleuchten hatte den Himmel zerrissen, aber Regen war nicht gefallen. In der Ruine war der Boden mit federndem Gras bewachsen gewesen, und eine weiche Decke aus dem Wagen bildete ein sehr gemütliches Lager. So gemütlich, dass in jener Nacht mein Sohn Philipp gezeugt wurde. Unter den wachsamen Augen einer Schleiereule. Das weiße Federchen, das sie uns geschenkt hatte, lag wohlverwahrt in dem Kästchen, in dem alle meine Geheimnisse ruhten.

»Vielleicht war es ein Geist, der die Gestalt einer weißen Eule angenommen hat, Philipp. Beschwören kann ich es nicht.«

»Aber Papa hatte keine Angst?«

»Nein, euer Vater hatte keine Angst. Er hatte nie Angst. Er lachte immer über die Gefahr. Und er brachte mich in dieser Nacht auch sicher nach Hause.« Ungewöhnlich zielsicher, sodass ich ernsthaft daran zweifelte, dass wir uns wirklich zu der Ruine »verirrt« hatten.

Ich stand auf und legte meine Arme um die beiden, Philipp entzog sich, ganz harter Mann, der keine weibischen Schmusereien duldete, aber Laura schmiegte sich an mich. Was immer der Herumtreiber auch für schuftige Charakterzüge gehabt haben mochte, auf seine Kinder hatte es sich nicht abgefärbt.

»Ich hätte auch keine Angst. Und selbst wenn ein geköpfter Ritter durch die Tür käme.«

Oder doch?

»Ich fürchte, Philipp, dann müsstest du mich beschützen. Geköpfte Ritter sind kein appetitlicher Anblick.«

Danach sprachen wir noch von der bevorstehenden Reise

nach Münster, wo das Familien-Weihnachtsfest gefeiert werden sollte. Diesmal aber stellte ich mich taub, als Philipp den Wunsch äußerte, bei dem Lokführer im Fahrstand mitfahren zu dürfen. Es hatte gereicht, dass ich einmal preußische Bahnbeamte bestochen hatte. Kurz darauf hörte ich die Türglocke anschlagen und forderte meine Kinder auf: »Und nun trinkt euren Tee aus, Hannah kommt, um euch abzuholen, und ich habe einen Anprobentermin.«

»Ja, Mama.«

Hannah und die Kinder gingen, LouLou kam.

Ich hatte ein neues Gesellschaftskleid für sie entworfen, nachdem ich Gernot endlich hatte überreden können, den Chrysanthemenstoff auch schwarz mit goldgelbem Muster zu weben. Er wurde ihm zu seiner eigenen Überraschung förmlich aus der Hand gerissen.

LouLou begutachtete das halbfertige Kleid auf der Schneiderpuppe und nickte.

»Ungewöhnlich, kapriziös und ein Hauch verrucht. Du hast ein Händchen dafür, Ariane.«

»Zieh es über, ich muss den Sitz des Oberteils prüfen.«

Ohne Umstände knöpfte sie die Bluse auf und stieg aus ihrem Rock. An ihren Schultern verblassten die Prellungen, die ihr bei der Schlägerei im Theater zugefügt worden waren.

»Wie sieht die Lage im Salon aus?«

»Die Renovierungen sind so weit abgeschlossen, neue Stühle werden morgen geliefert. Aber die Konzession will man mir noch immer nicht erteilen.«

»Ich könnte manchmal mit der Schneiderschere dreinfahren!«, knurrte ich, den Mund voller Nadeln.

»Eine befriedigende Vorstellung. Die große Zuschneideschere, ja?«

»Ja. Woran liegt es?«

»Frag lieber, bei *wem* es liegt. Meine Informanten berichten mir, dass die Entscheidung an einem alten Bekannten von mir hängt.« Sie schnaubte leise. »Ich könnte sie beschleunigen, wenn ich ihm ein wenig Entgegenkommen zeigen würde. Vermutlich spekuliert er darauf.«

»Du wirst es aber nicht tun?«

»Ich denke darüber nach, Ariane. Schockiert?«

»Nur ein bisschen. Weil ich glaube, dass das von seiner Seite aus nicht erwartet werden dürfte. Aber ich lerne ja dazu. Heb den Arm. Danke.«

»Ariane, hör nicht auf mich, ich bin in bitterer Stimmung.«

»Gut, dann höre ich nicht. Den anderen Arm.«

Ich steckte und heftete, maß und zupfte, bis das Oberteil die richtige Passform hatte. LouLou schwieg, und es lag Grollen in ihrem Schweigen. Dann fragte sie unerwartet: »Was ist mit meinem Bruder und dir, Ariane?«

»Was soll sein? Ich habe ihm zwei neue Muster vorgeschlagen, mit ihm über Farbzusammenstellungen disputiert, er hat uns vergangenes Wochenende zu einem Ausflug ins Siebengebirge eingeladen und für die Kinder einen Eselsritt auf den Drachenfels arrangiert. Bedauerlicherweise war der Drache nicht zu Hause, aber ansonsten war es ganz schön.«

»Du weichst meiner Frage aus, Ariane.«

»Tu ich das? Willst du wissen, ob ich ehrbare Absichten habe?«

Sie schnaubte noch mal. »Ich will wissen, ob *er* irgendwelche Absichten hat und wie du dazu stehst.«

»Ich weiß nicht, mit welchen Absichten Gernot sich trägt, LouLou. Er ist ein höflicher Mann, der einer Dame nie zu nahe treten würde. Er scheint Gefallen daran zu finden, meinen Kindern eine Freude zu machen.«

»Er gibt deinen Kindern das, was er glaubt, seinen Geschwistern schuldig geblieben zu sein.«

Ich half ihr wortlos aus dem Kleid, und sie zog sich ebenso wortlos wieder an. Irgendwas ging LouLou im Kopf herum. Darum lud ich sie in meine Küche ein. Es war inzwischen nach sechs Uhr, und weitere Kunden waren nicht mehr zu erwarten.

»Apfelsaft und Lebkuchen, mehr habe ich nicht im Haus.«

»Du brauchst ein Dienstmädchen. Es ist doch idiotisch, dass du nebenbei noch den ganzen Haushalt machst.«

»Find mal eine.«

»Hätte eine, wenn du nicht die Nase rümpfst.«

»Worüber?«

»Hat sich in Schwierigkeiten gebracht und nun ein Bankert am Hals. In den ehrbaren Häusern wird sie natürlich nicht mehr genommen.«

Ich seufzte. Das mit der Ehrbarkeit war eben so eine Sache. Aber LouLou hatte recht. Es war einfach zu viel. Ich brauchte jemanden, der die Asche raustrug und das Nachtgeschirr leerte, die Teppiche kehrte und die Fenster putzte, den Abwasch machte und den Kamin richtete. Alles keine schweren Arbeiten, aber sie fraßen mir die Zeit weg, die ich für meine Schneiderei, die Musterentwürfe und meine Kinder benötigte.

»Schick sie vorbei. Wenn sie keine Schlampe ist, kann sie halbtags hier arbeiten.«

»In Ordnung. Und jetzt noch mal – wie stehst du zu meinem Bruder?«

»Ich schätze und respektiere ihn.«

»Mhm. Na gut, mehr kommt da wohl nicht von dir.« Sie stand auf und ging zwischen Geschirrschrank und Herd hin und her, dann setzte sie sich wieder hin und sah mich an.

»Du weißt nichts von unserer Familie.«

»Nicht sehr viel.«

»Du solltest etwas mehr wissen.« Sie betrachtete einen Keks, legte ihn dann aber wieder in den Korb zurück. »Unsere Eltern waren Heimweber in Haan. Sie stellten die Stoffe für eine Elberfelder Firma her. Wir besaßen ein kleines Haus, einen Garten, in dem wir überwiegend Kohl anbauten, einen Ziegenstall und ein paar Hühner. Unser Vater und die ältesten Jungen zogen freitags zu Fuß nach Elberfeld, um den Putzbaum mit der fertigen Ware abzuliefern und den neuen Kettbaum mitzunehmen. Dafür gab es dann den Lohn. Einen dürftigen Lohn, zumal meine Mutter Jahr um Jahr einen Esser mehr auf die Welt brachte.«

»Gernot hat mir erzählt, dass er schon früh mitarbeiten musste.«

»Ja, das mussten wir alle. Es ging streng zu in unserer Familie. Meine Eltern glaubten an einen Herrgott, der verdächtige Ähnlichkeit mit einem preußischen Offizier hatte und lediglich einer kleinen Schar Auserwählter gestattete, seiner Gnade teilhaftig zu werden. Der Rest der Welt, und dazu gehörten wir natürlich, wird von oben streng beaufsichtigt, damit der Schaden, den die Menschheit anzurichten in der Lage ist, so gering wie möglich bleibt.«

»Das hört sich sehr wenig unterhaltsam an.«

»Das war es auch. Und es blieb nicht aus, dass sich dadurch Rebellion entwickelte. Mein ältester Bruder verließ im Streit das Haus, um in einer Fabrik zu arbeiten, schloss sich dort kommunistischen Aufrührern an und wurde erschossen. Meine jüngere Schwester brannte mit einem Färber durch, wurde schwanger und ging ins Wasser. Eine andere Schwester versuchte ihr Glück auch in der Fabrik, geriet in eine Maschine und wurde getötet. Mein Bruder ...«

»Mein Gott, LouLou!«

»Ich hör schon auf.«

»Nein, erzähl weiter. Ich weiß, dass du und Gernot die letzten überlebenden Kinder seid.«

»Ein paar von den elenden Würmern wurden keine drei Jahre alt, aber das war ja Gottes Wille. Ariane, ich habe es ausgehalten, bis ich achtzehn war. Drei Jahre Schulbildung hatte ich, das ABC und ein bisschen Rechnen gelernt, ansonsten konnte ich schwarze Seide weben. Sehr feste, starke, schwere Seide, wie die Frauen sie bei uns trugen, die es sich leisten konnten. Meist bekam man das erste Seidenkleid zur Hochzeit. Später diente es dann als Sonn- und Feiertagsgewand, und die meisten Frauen wurden darin auch begraben. Viel zu häufig nach dem Kindbett. Ich erhielt mein schwarzes Kleid zur Taufe des letzten Sprösslings meiner ausgelaugten Mutter. Wahrscheinlich ahnte sie, dass das ihr Abschiedsgeschenk an mich war. Ein starres Gebilde, das mich vom Kinn bis zu den Fingerspitzen und den Füßen verhüllte. Ich habe es in meinem Leben dreimal getragen. Bei besagter Taufe und ein halbes Jahr später bei der Beerdigung unseres Nachbarn. Da allerdings passierte etwas, das auch in mir die Rebellion in Gang setzte. Die Enkelin des Alten tauchte nämlich unversehens auf dem Friedhof auf. Du musst dir das Bild vorstellen. All die biederen, frommen Pietisten in ihren schwarzen Anzügen und Kleidern, und dann kam die Frau, aufgeputzt mit einem gelb-rot gestreiften Kleid, roten Unterröcken und einem federbesetzten Hut, an das Grab stolziert, warf einen abschätzigen Blick auf den Sarg und fragte dann mit lauter Stimme nach dem Advokaten.«

»Dramatisch.«

»Wirkungslos. Keiner antwortete ihr. Aber alle wussten natürlich, dass sie die Erbin war. Die Gesellschaft wandte sich geschlossen von ihr ab, niemand grüßte sie, niemand sprach ihr sein Beileid aus. Sie scherte sich nicht viel darum, sie suchte das Haus des Alten auf und richtete sich dort für die Nacht ein. Ich war fasziniert von ihr, Ariane. Die Gerüchte sagten, dass sie vor zehn Jahren nach Köln gegangen und dort zu Reichtum, nicht allerdings zu Ansehen gekommen war. Wodurch, das war mir damals noch nicht klar, wohl aber erkannte ich bunte Seide, wenn ich sie sah. Und die wollte ich auch haben. Nicht den starren, schwarzen Taft. Also schlich ich mich abends heimlich aus dem Haus und klopfte zaghaft an ihre Tür. Sie war etwas erstaunt, mich zu sehen, ließ mich aber ein und hörte sich meine gestammelten Erklärungen und Beileidsbekundungen an.«

»Was zumindest nett von dir war.«

»Nicht nett, eigennützig. Das durchschaute sie ziemlich schnell. Offenbar sah sie in mir aber Möglichkeiten, und so schlug sie mir nach einem längeren Gespräch vor, ich solle meine Habseligkeiten in eine Tasche – nicht mehr – stecken, mich ohne Abschied aus dem Haus begeben, zu Fuß zur nächsten Poststation gehen und dort auf sie warten. Ich knüpfte also ein paar liebgewordene Kleinigkeiten und mein schwarzes Kleid in ein Tuch und verließ vor dem Morgengrauen mein Elternhaus.«

»Mutig.«

»Mut der Verzweiflung vielleicht und sicher auch ein Fehler, aber letztlich keiner, den ich wirklich bereue. Andere Dinge schon, das nicht. Obwohl mich die herbe Wirklichkeit bald einholte. Sie hatte mir Arbeit als Servierin in ihrem Lokal versprochen, aber das war ich nur zwei Wochen lang. Dann verhökerte sie meine Jungfräulichkeit für drei bunte Seidenkleider und danach meine Dienste für einen weit geringeren Lohn. Immerhin war sie so klug, mir in der ersten Zeit die Freier mit den ›Sonderwünschen‹ vom Hals zu halten, und gab mir ein paar nützliche Ratschläge, wie ich es vermeiden konnte, schwanger zu werden.«

»Oh!«

»Gebe ich dir gerne weiter, bei Gelegenheit.«

»Ähm, danke.« LouLou hatte es geschafft, mich weitgehend sprachlos zu machen. Dass sie sich als *grande horizontale* ihr Geld verdient hatte, war mir aus ihren vorherigen Erzählungen klar gewesen, doch ich hatte es mir in meiner Naivität so vorgestellt, dass sie als Geliebte von den Herren ausgehalten worden war.

»Schlimmer als du dachtest, was?«

»Na ja, anders.«

LouLou legte mir ihre Hand über die Finger.

»Ich habe lange überlegt, ob ich es dir sagen sollte. Aber du musst wissen, welche Geister in meiner Vergangenheit herumspuken. Ich bin schließlich Gernots Schwester.«

Ich hatte mich immer für tolerant gehalten, nicht so engstirnig wie die vornehme Gesellschaft, aber die Vorstellung, dass LouLou als ganz gewöhnliches Freudenmädchen ihr Leben gefristet hatte, versetzte mir doch einen Stich. Aber was sollte ich nun daraus machen? Ihr die Freundschaft aufkündigen?

Ich beschloss, meine sittliche Empfindlichkeit später zu durchdenken und das Gespräch erst einmal weiterzuführen.

»Je nun, LouLou. Immerhin hast du diese... mhm... Zeit hinter dir gelassen.«

»Das habe ich, obwohl es knapp war, Ariane. Mit zweiundzwanzig war ich ziemlich herunter. Ich tingelte durch die schlechteren Cafés und Kneipen, wedelte ein bisschen mit den Röcken zur Musik und hoffte auf eine kostenlose Mahlzeit und ein paar nächtliche Einnahmen. Dabei traf ich eines Abends einen Mann, der mich an seinen Tisch holte, mir ein Essen bestellte und einen guten Rat gab. Den habe ich befolgt. Darum bin ich hier.«

»Das war jetzt aber eine sehr gekürzte Fassung der Geschichte. Meine Kinder würden dich als grässlich schlechte Geschichtenerzählerin einstufen.«

LouLou lächelte schief.

»Ja, es ist eine Kurzfassung. Aus verschiedenen Gründen will ich sie nicht länger erzählen, aber eines Tages werde ich auch das tun. Nur so viel, Ariane – das war der Rat des Mannes: ›Verkauf es teuer! Die Männer wollen ihre Triebe unbedingt befriedigt haben. Je schwerer das für sie zu erreichen ist, desto höher kannst du den Preis setzen. Lock sie, aber lass sie nicht.‹ Ich fand es sehr einsichtig, Ariane. Und da er einen Dienst von mir verlangte, setzte ich gleich einen hohen Preis an. Er lachte und bezahlte ihn. Mit diesem Kapital baute ich mir ein neues Leben auf. Nach seinem Rat handele ich heute noch. Du solltest es auch.«

»Ich?«

»Die vornehmen Damen und Mädchen tun doch nichts anderes als die bezahlten Kokotten. Sie zwängen ihren Körper in Korsetts, die ihre Rippen verbiegen, damit ihre Taille zerbrechlich wirkt, sie tragen Kleider, die ihre Schultern und Rücken entblößen, manche Damen lassen ihre Brüste halb aus dem Dekolleté hängen, sie ziehen schwarze Spitzenstrümpfe an und tupfen sich Moschus und Ambra in den Busen. Sie versprechen, doch sie halten nicht. Die Herren werden angelockt, doch wenn sie näher treten wollen, wehren der starre Fischbeinpanzer und der stählerne Rockkäfig alle Versuche ab. Wenn sie ans weiche

Fleisch wollen, müssen sie zahlen. Mit dem Ehevertrag. Jetzt erzähl mir nicht, dass du derartige Kunststückchen nicht auch schon angewandt hast.«

Die Röte war mir bei den letzten Worten ins Gesicht geschossen. Wie entsetzlich, so den Spiegel vorgehalten zu bekommen.

»Ich ... ich versprech dir, LouLou, bei Gernot werde ich das nie so machen«, stammelte ich verzweifelt.

»Dann bist du dümmer, als ich dachte, Ariane. Mein Bruder ist äußerlich ein hölzerner Geselle, den du nur mit deutlichen Mitteln zu Entscheidungen bewegen kannst. Aber er ist auch ein Mann. Wenn du ihn also heiraten willst, lock ihn und setz den Preis hoch.«

»Aber ich will ihn doch gar nicht heiraten!«, entfuhr es mir.

»Nicht? Wär aber keine schlechte Lösung. Bei Bernd Marquardt solltest du allerdings vorsichtig sein. Der weiß, wie der Hase läuft. Und er bekommt immer zum besten Preis, was *er* will.«

Mit dieser Bemerkung weckte sie nun wirklich meine Empörung.

»Ich suche weder einen Ehemann noch einen Geliebten!«, fauchte ich – möglicherweise nicht ganz wahrheitsgemäß. Aber was wusste sie schon von meinen heimlichen Sehnsüchten in stillen Abendstunden.

»Aber warum denn nicht?« LouLous Ton troff von bitterem Spott. »Stören dich die Geister der Vergangenheit etwa doch?«

»LouLou, du machst mich fertig!«

Sie stand auf und griff nach ihrem Umhang.

»Ich lass dich alleine. Du hast genug Gesellschaft an deinen Erinnerungen.«

Weg war sie, und ich hätte ihr am liebsten die Teekanne hinterher geworfen. Was fiel ihr eigentlich ein? Was wollte sie mit dieser Provokation erreichen? Erst stellte sie mich auf die gleiche Stufe wie die bezahlten Liebesdienerinnen, dann gab sie mir den Rat, ihren Bruder zu verführen oder mit Marquardt eine Affäre zu beginnen, und dann spielte sie auf meine Erinnerungen an. Auf welche, verdammt noch mal? Sie wusste doch gar nichts von mir.

Oder wusste sie mehr, als ich ahnte?

Wusste sie, auf welche Weise ich zu meinem Gatten selig gekommen war?

Diesen fragwürdigen Geist meiner Vergangenheit?

Wer war der Mann, der ihr geholfen hatte?

Warum hatte sie mir das erzählt?

Ich rechnete nach. LouLou war jetzt vierunddreißig. Mit zweiundzwanzig war sie ihm begegnet. Im Jahr 1846 also. Zwei Jahre, bevor ich geheiratet hatte. Zu der Zeit hatte der Lumpenhund in Köln seine Referendarszeit absolviert.

Und wann hatte sie das dritte Mal ihr schwarzes Seidenkleid getragen? Zu welchem Anlass?

Hölle und Frikassee.

Förderliche Schritte

Der Mond geht unter, eine Krähe krächzt durch den Frost.
Unter dem Schatten der Ahornbäume wandert des Fischers Laterne.
Es tönen vom Tempel des Kalten Berges hinter Suzhou
Um Mitternacht die Glocken zu meinem Boot herüber.

Zhang ji, An der Ahornbrücke vor Anker

Er hatte sich in einen europäischen Geschäftsmann zurückverwandelt, trug mit Gleichmut den hohen, steifen Kragen, die festen Lacklederschuhe und einen Kammgarn-Anzug. Er bewohnte wieder sein Haus in Schanghai und ging täglich in das Kontor der Handelsgesellschaft, um die fälligen An- und Verkäufe zu tätigen. Eine Schiffsladung Rohseide war bereits auf dem Weg nach Europa, eine weitere wurde eben in die Lager geliefert. George Liu hatte gute Arbeit geleistet, und er band ihn nun mehr und mehr in seine Aktivitäten ein. Darum rief er ihn auch zu sich, damit er ihn in die Lagerhäuser am Suzhou Creek begleitete, wo er die neuen Seidenballen in Augenschein nehmen wollte.

Etliche chinesische Arbeiter entluden Wagen, verstauten Säcke, Fässer und Kisten, und es dauerte eine geraume Zeit, bis der Lageraufseher ihnen nach zahlreichen Verbeugungen die Seidenlieferung zeigen konnte.

Probeweise öffnete er eine der festen Leinenhüllen und griff hinein.

»George, was hast du mit Lian ausgemacht?«
»Seide erster Güte, *tai pan*. Wie gewünscht.«
»Und was ist das hier?«
Der junge Mann fasste ebenfalls in den Ballen.

»Keine gute Seide?«

»Billigste Flockseide. Die anderen Ballen, Aufseher!«

Die Prüfung war schnell getan, und er nickte.

»Kündige Lian meinen Besuch an, George. Ich habe ein Gespräch mit ihm zu führen. Heute noch. Ich akzeptiere keine Ausrede.«

Um Ausreden war das großspurige Mitglied des Hongs nie verlegen, das war ihm schon häufig aufgefallen. Im Großen und Ganzen waren die Kaufleute der Gilden ehrlich, kleinere Betrügereien übersah man geflissentlich, da auch sie der Willkür der Beamten ausgeliefert waren. Aber das hier ging zu weit.

Mit vier Angestellten – es machte mehr Eindruck, wenn man mit Gefolge auftrat – ließ Drago *tai pan* sich also am Nachmittag im Palankin durch die engen Gassen tragen. Lians Haus lag abseits vom europäischen Settlement, ein weitläufiger Palast mit vier drachenstrotzenden Toren, die in dämmrige Innenhöfe führten. Der Hausherr selbst erschien, wie es Sitte war, auf den Stufen, und während er aus seinem Palankin kletterte, versank der Handelsherr bereits in viele tiefe Verbeugungen. Er tat es ihm nach, in fein abgewogener Tiefe, die sein Gegenüber mit unbewegter Miene registrierte. Dieser bat sie schließlich in den großen Empfangsraum, und die üblichen Höflichkeitsrituale um das Platznehmen auf dem Ehrenplatz begannen. Während der gesamten Zeremonie beobachtete er seinen Gastgeber eingehend, doch nicht aufdringlich. Der Mann war sich offensichtlich durchaus bewusst, weshalb dieses Treffen anberaumt worden war. Und er fühlte sich nicht besonders wohl in seiner Haut. Hatte er auf eigene Faust gehandelt oder auf Anweisung oder gar unter Druck? Das galt es herauszufinden. Aber nicht auf direktem Wege.

Tee wurde serviert, allerfeinster schwarzer Tee selbstverständlich in zartem, fast durchsichtigem Porzellan. Auf Dutzenden von Lacktabletts und Tellern reichte man kleine Leckereien, unter vielen Verneigungen wurde gegessen und getrunken. Dabei drehte sich das Gespräch beständig um Allgemeinplätze und wurde geschmückt mit den blumigsten Floskeln der Ehrerbietung. Ein Spiel, in dem die Fäden zwischen den Kontrahenten gesponnen und auf ihre Stärke abgetastet wurden. Er spürte die Unruhe seiner europäischen Begleiter und die milde Verwunderung von George an seiner Seite. Er verstand sie gut. Sein Verhalten musste ihnen ungewöhnlich vorkommen. Früher hatte er in solchen Situationen schnell und mit harten Worten seinen Standpunkt klargemacht. Auch das hatte Erfolg gezeigt. Manchmal, nicht immer. Einige der chinesischen Partner hatte er damit derart brüskiert, dass sie danach nie wieder Geschäfte mit ihm getätigt hatten. Diesmal ging er überhaupt nicht auf das Problem ein, sondern lobte ausdrücklich Lians Redlichkeit und seine guten Beziehungen zu seinen Geschäftspartnern in immer neuen Formulierungen. Lian hielt es ebenso und beteuerte inständig, wie unsagbar viel ihm an der Harmonie zwischen Ausländern und den Söhnen des Himmels lag. Als er sich sicher war, dass Lian aus eigenem Antrieb minderwertige Ware geliefert hatte, stellte er seine Teetasse mit Nachdruck nieder und vollführte eine weitere Verbeugung.

»Ich habe mit großem Gewinn die Schriften Eures weisen Meisters Kung tzu studiert, Lian *xiansheng*. Einer seiner Ratschläge ist mir besonders gut im Gedächtnis geblieben. Er lautet: ›Einen Fehler machen und sich nicht bessern: Erst das ist ein wirklicher Fehler.‹«

Damit erhob er sich, gab seinen Begleitern ein Zeichen, es ihm gleichzutun und wandte sich zum Ausgang.

Lian eilte ihnen voraus, und mit weiteren tiefsten Verbeugungen wurden sie verabschiedet.

Am nächsten Tag waren die Seidenballen gegen solche hochwertigster Qualität ausgetauscht.

Sein Umgang mit den deutschen, französischen und insbesondere den britischen Angehörigen des Schanghaier Settlements verlief holpriger als der mit den Chinesen. Das lag unter anderem daran, dass er sich nicht mehr besonders gerne an deren

Geselligkeiten beteiligte. Es gab einige Clubs, die man abends aufzusuchen pflegte. Dicker Tabaksqualm, Whisky, Rum und Cognac sowie das Verzehren mächtiger Fleischportionen gehörten zu den in diesen Räumen geübten Ritualen. Nicht dass er den Männern diese Gepflogenheiten übel genommen hätte, hatte er sich doch noch vor einem Jahr selbst daran beteiligt. Doch seit er die leichte Nahrung der Mönche zu schätzen gelernt hatte, schmeckten ihm fettes Fleisch und dicke Saucen nicht mehr. Ein paarmal hatte er sich Gemüse bestellt, aber das matschig gekochte, geschmacklose Grünzeug widerte ihn ebenso an. Also nahm er seine Mahlzeiten lieber in seinem Haus ein, wo er seinem einheimischen Koch zu dessen äußerster Genugtuung Anweisung erteilt hatte, ihm Reis und Gemüse in delikater Form zuzubereiten. Gäste erhielten natürlich auch gewürzte Schweinefleischbällchen, knusprige Ente oder andere Delikatessen.

Da er nun auch nicht mehr im Kloster wohnte, hatte er auch dann und wann erwogen, sich wieder eine Geliebte zu nehmen. Aber die wenigen jungen Damen der Gesellschaft waren prüde und gut behütet, mit einer verheirateten Frau wollte er kein Verhältnis anfangen, obwohl einige von ihnen ihm ihr Interesse signalisiert hatten. Schanghai war ein Dorf in dieser Hinsicht, er wollte nicht noch mehr ins Gerede kommen. Und eine Chinesin – nach Ai Ling stand ihm der Sinn danach nicht mehr.

Es sprach sich seine asketische Lebensweise herum, wurde belächelt, und man nannte ihn spöttisch einen geläuterten Sünder und verquasten Spinner. Hinter seinem Rücken tuschelte man, der Tod von Ai Ling und Tianmei und vor allem der dauernde Opiumgenuss habe ihn aus der Bahn geworfen. Einer der Herren nahm ihn schließlich zur Seite und empfahl ihm, einen längeren Heimaturlaub zu nehmen. Es sei nicht gut, sich zu sehr mit den Gebräuchen der Einheimischen vertraut zu machen. Schließlich gehöre man doch einer christlichen Nation an. Und sei dem Vaterlande verpflichtet. Vor allem in seinem Auftreten gegenüber den Schlitzaugen, nicht wahr?

Er nahm Tratsch wie Belehrung ungerührt hin, konzentrierte sich auf die anstehenden Arbeiten und wickelte auf seine Art den Handel mit Tee, Seide und Porzellan ab. Wann immer er Zeit hatte, ritt er nach Suzhou hinaus, wo sein Haus inmitten der Gärten auf ihn wartete. Schanghai war eine geschäftige Hafenstadt, eng, schmutzig, laut, geldgierig und brutal. Suzhou war eine Perle der Schönheit. Selbst in den kargen Wintermonaten, in denen die Natur ruhte, die Blüten sich noch in ihren Knospen verbargen und schwarze Krähen auf den kahlen Ästen kauerten wie trübsinnige Beamte, ging von den Gärten der Hauch vollendeter Harmonie aus. Manchmal ruderte er auf den schmalen Wasserstraßen, die das Gebiet wie ein Netz durchzogen, duckte sich unter den runden Steinbögen der Brücken, schob gemächlich die blattlosen sich ins Gewässer neigenden Zweige der Trauerweiden auseinander und erfreute sich an dem lautlosen Flug eines Kranichs über dem bleigrauen See.

In diesen Zeiten wurde ihm bewusst, wie sehr er das Land liebte. Es war groß, nur einen Bruchteil erst hatte er gesehen. Seine Gegensätze so gewaltig wie seine Ausdehnung. Dragos Herz wurde berührt von dem ausgewogenen Ebenmaß der stillen, kunstvolle Anlagen, den anmutigen gebogenen Dächern der Pagoden, dem geisterhaften Klang der Rohrflöte, die ein Fischer auf seinem Boot spielte. Doch verschloss er seinen Blick auch nicht vor den unvorstellbaren Grausamkeiten, die ebenso das Bild Chinas prägten. Die skelettdünnen, Blut hustenden Riksha-Kulis, die opiumsüchtigen, verstümmelten Bettler, die Leichen der ausgesetzten Mädchenkinder in den stinkenden Gossen, die blutige Zurschaustellung öffentlicher Hinrichtungen – ja, die begegneten einem auch. Genau wie die prunkvollen Züge der Mandarine mit ihrem Gefolge, mit Gongs und Glocken, bunten Quasten und goldbestickten Bannern, die zierlichen, weiß und rosa geschminkten Blumenmädchen und die knatternden Seidendrachen in der Luft eine weitere Facette des reichen Lebens bildeten. Er liebte aber auch die schwarzen, trägen Wasserbüffel, die geduldig die Felder pflügten, die smaragdgrünen Reisterrassen, den

Schein der Lampen in der Dämmerung, die die Kormoranfischer auf ihren flachen Kähnen mitführten, und die geblähten Segel der Dschunken auf dem Meer.

Er hatte sich in seinem Leben wieder eingerichtet. Es bereitete ihm Freude, sein Geschäft blühen zu sehen, sein Vermögen zu mehren und hochwertige Waren nach Deutschland schicken zu können. Die Vergangenheit ruhte, er hatte seinen Frieden gemacht mit ihren Geistern, die Wunden waren verheilt.

Bis auf eine.

Sie lag tief in ihm verborgen. Sie hatte er selbst in dem langen Jahr bei den Mönchen nicht berühren mögen. Und nun, da die anderen zu schmerzen aufgehört hatten, drängte sie sich wieder und wieder an die Oberfläche.

Er schob sie beiseite, so gut es ging. Verluste konnte er betrauern, Verrat verzeihen, den Schaden an seinem Stolz vermochte er nicht zu verwinden.

Als das chinesische Neujahrsfest in der ersten Februarwoche nahte, entschloss er sich daher, dem Kalten Berg einen weiteren Besuch abzustatten.

Der Abt empfing ihn, als sei er nie fort gewesen. Er wies ihm seine alte Kammer zu, dort legte er die westliche Kleidung ab, die chinesische an und nahm seine stillen Übungen wieder auf. Am Nachmittag fanden sich auch seine beiden Lehrer ein, und mit einer neuen Kollektion blauer Flecken, aber durchaus zufrieden mit seiner eigenen Leistung aß er später mit ihnen. Mochten in den Städten und Dörfern auch ausgelassene Feiern zum neuen Jahr stattfinden, hier oben herrschte Stille. Doch nach und nach versammelten sich jene, die wie er von einhundertundacht Schlägen der alten Glocke in der hohen Pagode die Befreiung von den einhundertundacht irdischen Leidenschaften erhofften.

Sie hallten klangvoll durch die mondlose Nacht, als das Jahr der Erdziege anbrach.

»In welchem Jahr seid Ihr geboren, Drago *tai pan*?«, fragte der Abt, der still zu ihm getreten war.

»Nach unserer Zeitrechnung im Jahre 1820, vor neununddreißig Jahren.«

Vergnügt gluckste der Abt.

»Ich nehme nicht an, dass Eure Eltern mit unserem Kalender vertraut waren?«

»Nein, ganz gewiss nicht.«

»Nun, dann mag das unerforschliche Wirken des Unbenennbaren selbst Euch Euren Namen verliehen haben. Ihr seid geboren im Jahr des eisernen Drachen. Bezähmt ihn, Drago *tai pan*.«

Er zog es gar nicht erst in Erwägung, den Abt zu fragen, was er damit meinte. Er würde doch keine weitere Auskunft bekommen.

Es war nur ein Rätsel mehr, das er selbst lösen musste – oder durfte.

Unerwartete Besuche

*Man kann unmöglich in der Welt leben,
ohne von Zeit zu Zeit Komödie zu spielen.*

Nicolas Chamfort

LouLous eigenartige Äußerungen beschäftigten mich noch eine ganze Weile, aber ich wollte mir natürlich nicht die Blöße geben, sie danach auszufragen. Außerdem konnte ich ihr im Grunde nicht böse sein. Sie hatte mir so viel geholfen, meine Entscheidungen unterstützt, mir Aufträge erteilt, mich weiterempfohlen, was sollte ich es ihr übel nehmen, wenn sie ihre Bitterkeit, ihre Enttäuschung und schlechte Laune an mir ausließ. Denn das steckte wahrscheinlich hinter den Äußerungen, die sie gemacht hatte. Mag sein, dass sie meinem nichtsnutzigen Gatten selig vor Jahren begegnet war – und wenn schon, was spielte das heute noch für eine Rolle? Selbst wenn sie Vermutungen über unsere nicht gerade gewöhnliche Beziehung zueinander angestellt oder irgendwelche Gerüchte aus ihren Kreisen gehört hatte – es war nicht mehr von Bedeutung. Wenn wir uns trafen, begegneten wir uns freundschaftlich, ihren Bruder erwähnte sie nicht mehr, und Marquardts Name fiel zwischen uns auch nicht wieder.

Dieser Zwischenfall verlor gänzlich an Bedeutung, als die neuerliche Reise nach Münster vorbereitet werden musste. Das Weihnachtsfest selbst verlief mit den üblichen familiären Belustigungen, und ich war froh, den kalten und trüben Januar in meinem verhältnismäßig ruhigen Atelier zu verbringen. Bette, das Dienstmädchen, schleppte jeden Morgen ihre kleine Bankerttochter an, schob den Korbwagen in der Küche neben den Herd und erfüllte schweigend, langsam, wenn auch gutwillig, die ihr aufgetragenen Pflichten. Für Gernot war ich aus eigenem Entschluss nicht mehr so häufig zu sprechen, und wenn, dann beschränkte ich unsere Treffen auf rein geschäftliche Angelegenheiten. Er machte keine Einwände und stellte auch keine Fragen.

Der Salon Vaudeville hatte mit Beginn des Jahres die Konzession wieder erhalten und erfreute sich erneut großen Zuspruchs. Ich fragte LouLou nicht, ob sie den Vorgang beschleunigt hatte. Das war ihre Angelegenheit. Durch ihre Vermittlung hatte ich einige neue Kundinnen erhalten, deren gesellschaftlichen Status ich nicht zu genau zu hinterfragen wagte. Sie verfügten über beträchtliche Mittel, waren allesamt ausgesprochene Schönheiten und bedurften vielfach vorsichtigen Rats in Stilfragen. Ich arbeitete gerne mit kräftigen Farben, das ewige Pastell, das für die jungen Frauen der besseren Gesellschaft vorgeschrieben war, hatte ich nie besonders geschätzt, ebenso wenig matronenhaftes Braun oder Violett. Aber schillernd grüne Moireseide oder grellroten Taft weigerte ich mich ebenfalls zu verarbeiten. Überwiegend gelang es mir, die Damen zu überzeugen, und selbstverständlich pries ich die Stoffe nach meinen Musterentwürfen an.

Nun war der Januar ins Land gegangen, die ersten Februartage hatten ein wenig Frost gebracht, aber heute war der Tag fast frühlingshaft, und die Sonne schaffte es sogar, einige Strahlen in mein Nähzimmer zu senden. Als die Türglocke ging, legte ich die Hand auf das Schwungrad der Nähmaschine, um sie abzubremsen, und betrat den Vorraum.

Es war ein unerwarteter Besuch, den ich begrüßen durfte, und ich tat es mit großer Herzlichkeit. Hannah hatte nämlich Madame Mira zu mir begleitet.

Die alte Dame wirkte weit gebrechlicher, als ich sie in Erinnerung hatte. Eine böse Grippe, erklärte sie, habe ihr einige Tage Unpässlichkeit verursacht. Es war aber wohl mehr als nur diese Krankheit, sie wirkte gebeugter und älter, stützte sich auf Stock und Hannah, während sie sich mit flinken Augen umsah.

»Fräulein Hannah und die Kinder haben mir so viel erzählt von Ihrem Atelier, dass ich so lange gequengelt habe, bis sie mir erlaubten, Sie zu besuchen, Ariane.«

»Sie können gar nicht quengeln, Madame Mira, das können nur Philipp und Laura. Aber schauen Sie sich nur in Ruhe um, Sie sollen eine exklusive Führung durch mein kleines Reich erhalten.«

»Sehr hübsch hier.« Sie nickte anerkennend und zwickte der Schneiderpuppe, die eines meiner neuesten Modelle zur Schau stellte, in den Rock. »Schöner Stoff.« Dann zupfte sie an der Längsnaht. »Ist das mit der Maschine genäht?«

»Ja, Madame!«

Sie kramte in ihrem Retikül nach dem Zwicker, setzte ihn auf die Nase und untersuchte das Kleid gründlich.

»Na ja, geht so.«

»Also Madame Mira! Es ist allemal besser als huschelig mit der Hand geheftet.«

»Ja, ja, ja.«

Dann begutachtete sie den Anprobenraum selbst und dessen Einrichtung über den Rand ihres Zwickers hinweg und billigte sie mit den Worten: »Der Teppich macht etwas her. Wirkt hier besser als in Ihrem alten Zimmer. Auch die Vorhänge – schöne Farben, zurückhaltend, elegant. Fast so geschmackvoll wie mein Salon damals. Sehen Sie zu, dass Sie immer ein paar frische Blumen dekoriert haben, das zeugt von Großzügigkeit. Aber jetzt zum Arbeitszimmer, Mädchen. Das hier dient nur der Schau!«

Ich öffnete die Tür zum Nähzimmer, und auch hier sah sie sich gründlich um, zerknitterte fachmännisch die Stoffe aus meinem Vorrat zwischen ihren kundigen Fingern und lauschte dem leisen Seidenschrei, der erklang, wenn hochwertiges Gewebe übereinander gerieben wurde. Es war ein zartes Knistern, vergleichbar mit dem Geräusch, den ein leichter Schritt auf frisch gefallenem Schnee erzeugte. Dann ließ sie sich die Bedienung der Maschine zeigen und grummelte mit gespielter Missbilligung, dass Nähen auf so einfache Weise den Charakter verdürbe. »Aber verflixt noch mal, so einen Apparat hätte ich auch gerne gehabt.«

Hannah war inzwischen in die Küche gegangen, um Kaffee zu kochen, und ich führte Madame Mira noch in meine kleine Schlafkammer. Auch sie hatte ich neu streichen lassen, die Wände leuchteten in einem blassen Gelb, den dunklen Kleiderschrank hatte Bette frisch gewachst und poliert, und über mein schmales Messingbett lag eine gelb und weiß geblümte Decke ausgebreitet. Ein mit demselben Stoff bespannter Paravent verbarg den Toilettentisch, und ein schmales Regal am Fenster bot meinen Büchern, einem Lackkästchen und einem Bilderrahmen Heim. Mehr Meublement passte aber wirklich nicht in das Zimmerchen hinein.

Madame Mira ging ohne Umschweife auf das Regal zu und fischte die gerahmte Daguerrotypie heraus. Durch die Gläser auf ihrer Nase betrachtete sie die Aufnahme lange und sehr interessiert.

»Ich wollte schon immer mal wissen, wie Ihr Ehemann aussah, Ariane. Verzeihen Sie einer alten Frau ihre Neugier.«

Die Aufnahme hatte ich, ich gestehe es, bei unserem letzten Aufenthalt an Weihnachten aus dem kleinen Kaminzimmer meines Großonkels mitgehen lassen. Es war ein spontaner Raub gewesen, dessen ich mich ein wenig schämte. Einst hatte ich alle Bilder meines Gatten selig vernichtet, bis auf den zarten Scherenschnitt in meinem Medaillon. Es hatte mir daher einen solchen Stich versetzt, als ich sein Gesicht wiedersah, dass ich seit dem Sommer, als die Kinder die Aufnahme entdeckt hatten, immer wieder daran denken musste.

»Ein schöner Mann, Ariane. Ein bisschen wild vielleicht, aber ein fescher, lebhafter Mann.« Sie zwinkerte mir zu. »Und ein ganzer Kerl, was?«

»Ein Mistkerl, Madame. Aber ein schöner.« Ich nahm ihr sanft den Rahmen aus der Hand und stellte ihn wieder an seinen Platz. »Ich glaube, Hannah hat den Kaffee fertig gebrüht. Kommen Sie, ich zeige Ihnen jetzt den gemütlichsten Raum, den wir haben.«

Ich reichte ihr den Arm und führte sie langsam die Stufen zur Küche hinunter.

Während wir uns an Mutzen und Kaffee stärkten, plauderte Madame Mira über das Leben in Tante Caros Haus. So erfuhr ich, dass die Kinder immer noch jeden Tag zu ihr kamen, und sie fragte, ob es mir recht sei, wenn sie ihnen die Abenteuer des Marco Polo vorlesen würde.

»Es ist eine schwierige Lektüre, aber sie sind ja so an fernen Ländern interessiert, und Amerika haben wir nun in alle Richtungen schon durchquert.«

»Wenn sie etwas nicht verstehen, werden sie fragen. Dann ist es Ihr Problem, wenn Sie nicht befriedigend antworten können«, sagte ich mit einem Lächeln, und Madame Mira nickte. »Die Enzyklopädie des seligen Herrn Professor wird uns ein guter Freund und Begleiter werden.«

Dann plauderte sie über Tante Caro, die wieder mehr in Gesellschaft ging, aber sich strikt weigerte, auch nur ein Wort über mich und meine Tätigkeit zu verlieren. Ich hatte nichts anderes erwartet. Während des gemeinsamen Aufenthalts in Münster hatte unsere Unterhaltung aus sehr einsilbigen Wortwechseln bestanden.

»Sie klagt und jammert ständig, dass sie gezwungen sei, sich derart einzuschränken. Nicht einmal ein neues Kleid für den Kirchgang kann sie sich leisten. Ich nehme an, das war es, was ich Ihnen weiterleiten sollte, Ariane.«

»Was Sie hiermit pflichtschuldigst getan haben. Komisch, ich habe irgendein Problem mit den Ohren, Madame Mira. Manche Sachen höre ich nicht so richtig, da klingelt und rauscht es immer in meinem Kopf.«

»Tja, das hat man hin und wieder. Ich verstehe das, Ariane. Sie arbeiten hart, um Ihre Tante, die Kinder, ein Kindermädchen und eine Wirtschafterin zu bezahlen. Mehr kann sie wirklich nicht verlangen. Zumal sie Ihnen gerade diese Arbeit auch noch übel nimmt und Ihnen jede Anerkennung dafür vorenthält.«

»Das stört mich inzwischen nicht mehr, Madame Mira. Meine Kinder haben ein respektables Heim, bis ich mir etwas für uns gemeinsam leisten kann. Ich spare darauf hin, darum bekommt sie nicht mehr als das, was sie unbedingt benötigt. Wenn sie ein neues Kleid haben möchte, dann soll sie ihren hässlichen Rubinschmuck verkaufen. Er steht ihr sowieso nicht.«

Madame Mira kicherte und nahm sich noch ein Stück Gebäck.

Hannah hatte die ganze Zeit höflich schweigend bei uns gesessen, Kaffee nachgeschenkt, kleine Handreichungen gemacht, aber jetzt legte auch sie die Hände flach auf den Tisch und sagte: »Sie fragt mich ständig aus, wie die Geschäfte bei dir laufen, wer deine Kundinnen sind, ob ich Männer bei dir angetroffen hätte. Ich habe da aber auch immer so ein Klingeln und Rauschen in den Ohren, Ariane. Ganz genau wie du.«

»Tante Caro ergötzt sich an der Vorstellung, dass ich ein Lotterleben führe. Das ist eben die Lieblingsbeschäftigung unserer großen Scheinheiligen.«

»Also Klingeln und Rauschen kann ich auch in den Ohren haben. Wenn sie das nächste Mal über ihre Garderobe klagt, werde ich ihr zeigen, wie man mit ein paar kleinen Änderungen alte Kleider neu aufputzen kann. Und nebenbei den grässlichen Rubinschmuck erwähnen.«

Dann wandten wir uns angenehmeren Themen zu. Ich zeigte Madame Mira einige meiner neuen Entwürfe für Nachmittags- und Abendkleider, und sie zauberte noch ein paar wertvolle Tipps aus ihrem unergründlichen Nähkästchen hervor.

Ihr Kommen hatte mich wirklich gefreut, und ich nahm mir vor – Tante Caro hin oder her –, sie wenigstens einmal im Monat zu besuchen und Hannah zu bitten, sie zwischendurch auch immer mal im Atelier vorbeizubringen.

Der zweite Besuch, der gerade zwei Tage später in mein Atelier schneite, löste aber noch eine viel größere Freude aus – und hatte auch unerwartete Folgen.

Ich saß gerade über einem Zeichenbogen am Küchentisch und zählte einen schwierigen Musterrapport aus, als die Glocke mich darauf aufmerksam machte, dass eine Kundin den Empfangsbereich betreten hatte. Etwas ärgerlich, weil ich durch sie in der kniffligen Arbeit gestört wurde, legte ich den Bleistift nieder und lief nach oben. Eine junge Dame, deren schwarze Locken unter einem Pelzmützchen hervorquollen und deren bordeauxroter Mantel eng ihre zierliche Figur umspannte, hatte bereits den Anprobenraum betreten und starrte verlangend das meergrüne Kleid an, das ich ganz neu der Schneiderpuppe übergezogen hatte. Doch ihre eigene Kleidung mochte modisch geschnitten sein, die erfahrene Schneiderin in mir erkannte die abgenutzten Stellen und die vielen kleinen Änderungen auf den ersten Blick. Ihr Begleiter war sogar noch nachlässiger gekleidet, sodass ich fürchtete, ihr eine herbe Enttäuschung bereiten zu müssen, sollte sie den Wunsch nach einer neuen Garderobe hegen.

Dann drehte sich ihr Begleiter um, und mir blieb die Luft weg.

Ihm offensichtlich auch.

»Ariane! Fädchen! Mann, bist du hübsch geworden«, rief er dann auch und breitete die Arme aus. Ich stürzte hinein, halb lachend, halb weinend.

»Leander! Was machst du denn hier? Im kalten, klammen Februar?«

»Das ist eine lange Geschichte, die ich dir in den nächsten drei Monaten erzählen werde.«

»Du bleibst bis Mai?«

»Auf Einladung des hochwohllöblichen Herrn Korsettfabrikanten Karl Adolph Kronenberg.«

»Ein bewundernswerter Mann, sicher, nur – müsste ich ihn kennen?«

»Du wirst ihn kennen und lieben lernen. Aber zuerst möchte ich dir diese noch viel liebreizendere Dame vorstellen.«

Die junge Frau sah mich mit dunklen Augen unter sehr hoch gewölbten Brauen ein wenig unsicher lächelnd an, und als er mir ihren Namen, Viola Martel, nannte, entfuhr es mir: »Ach, nicht Hero?«

»Ich bin doch nicht lebensmüde.«

Wir lachten – zehn Jahre verflogen wie nichts, die alten Gewohnheiten rückten an ihre Plätze, keine spöttische Anspielung vergessen, so vieles vertraut. Doch die unverfälschte Freude über das Wiedersehen musste warten, erst galt es Viola zu begrüßen. Sie sprach eine Mischung aus Französisch und Deutsch, wobei ihre Muttersprache deutlich überwog. Höflich bekundete sie ihr Vergnügen, mich kennenzulernen, und hoffte, dass sie keine Ungelegenheiten verursachte.

»Aber nein. Einzig, wenn ihr hier übernachten wolltet, Leander, dann wird es ein bisschen problematisch.«

»Aber nicht doch. Kronenberg hat uns Zimmer in einer hübschen Pension gemietet, am Rhein unten. Wir haben uns bereits eingerichtet.«

»Nun kommt erst einmal mit in die Küche, wir müssen hier ja nicht herumstehen wie die Zinnsoldaten. Mademoiselle Martel, möchten Sie mir Hut und Mantel geben?«

Sie reichte mir beides und enthüllte ein kariertes Barchentkleid, das auch schon mal bessere Zeiten gesehen haben mochte. Leander warf seinen weichen Hut und den abgeschabten Paletot über einen Sessel und folgte mir nach unten.

»Niedlich hast du es hier, Fädchen.«

Ich wollte die Musterzeichnung vom Tisch räumen, aber er hatte sich schon darauf gestürzt. Während er sie fachmännisch musterte, ergötzte ich mich an seinem Anblick.

Zehn Jahre lang hatte ich meinen Bruder nicht mehr gesehen. Er war groß und sehnig, seine unordentlichen Locken hätten wieder einmal einen Schnitt vertragen können, sein Gesicht war trotz des Winters leicht gebräunt, seine Kleidung wie üblich völlig nachlässig. Vierunddreißig war er, doch im Gegensatz zu den gesetzten Herren der besseren Kreise, die ihr Wohlstandsbäuchlein ansetzten und hohe Stirnen bekamen, wirkte er noch immer wie der junge Mann, den ich an meinem Hochzeitsfest zum letzten Mal gesehen hatte. Danach war ich nach Braunschweig gezogen, er kurz darauf nach Paris. Wir hatten hin und wieder Briefe gewechselt, aber er gehörte zu den Schreibfaulpelzen, und so hatte ich von seinen Unternehmungen nur aus den Berichten meiner Mutter erfahren. Immerhin hatte er sein Kunststudium mit Erfolg abgeschlossen, Zinsen aus einer winzigen Erbschaft erlaubten ihm, ein mageres, aber freies Künstlerleben zu führen, ohne sich von Auftragsarbeiten einengen lassen zu müssen. Vor fünf Jahren schließlich hatte er sich in dem Künstlerörtchen Barbizon niedergelassen. Aber auch er hatte sich über mich auf dem Laufenden gehalten, bei unserer Mutter meine Adresse erfragt und von ihr auch von meinen gesellschaftlichen Fehltritten gehört.

Das waren die dürren Fakten, die wir voneinander kannten, da er aber nun aufgetaucht war, würden wir ganz bestimmt das Skelett mit Fleisch füllen. Aber zuerst war ich gespannt, was er von meinem Rosenrankenmuster hielt.

»Mama hat mir schon erzählt, dass du auch unter die Künstler gegangen bist, Fädchen. Ist es das hier, was du machst?«

»Ja, ein Versuch.«

»Ziemlicher Mist. Wer will kitschige Rosenblüten? Am besten noch rosa und weiß auf lindgrünem Grund.« Und dann grinste er: »Aber wenn's ordentlich bezahlt wird, warum nicht?«

»Wird ordentlich bezahlt, wird auch gewünscht, aber gefallen tut es mir auch nicht. Das Dumme ist nur, dass mir irgendwie die Ideen ausgegangen sind.«

Er zog sich den Stuhl herbei, riss das oberste Blatt vom Skizzenblock und nahm den Stift in die Hand.

»Woher hattest du vorher deine Ideen?«

»Oh, die sind auch geklaut. Von dem Teppich vorne zum Beispiel. Ein Chrysanthemenmuster, fliegende Kraniche, dann eine der Kirschblütenranken von einem Lackkästchen, ein geometrisches Muster aus Mäandern und Blumen, tja, und jetzt eben die Rosen von dieser Milchkanne.«

»Dummes Fädchen. Wir klauen doch alle! Ist dir noch nie der Gedanke gekommen, mal nach draußen zu gucken, wenn du florale Motive brauchst?«

»Doch, aber ich habe nun mal nicht dein Talent, Leander.«

Ich schürte das Feuer und setzte den Wasserkessel auf den Herd.

»Du hast Talent, aber ein anderes als ich. Ich könnte nie diese akribischen Wiederholungen hinbekommen.« Er hatte andere Versuche entdeckt. »Floral soll es sein, richtig?«

»Angeblich ziehen die Kundinnen es vor. Mir gefallen aber die Kraniche besser.«

»Mir auch!«, sagte Mademoiselle Martel unerwartet.

»Gleicher Geschmack. Aber statt kitschiger Blüten könntest du es mal damit versuchen.«

Und dann flog der Stift über das Blatt. Ich blieb mit angehaltenem Atem neben ihm stehen und beobachtete, wie sich wieder einmal vor meinen Augen ein Wunder vollzog.

Leander war ein großer Künstler.

Diese Meinung vertrat ich nicht nur, weil er mein einziger und liebster Bruder war.

Ein Farnblatt, filigran, anmutig gebogen, doch gleichzeitig von strenger Geometrie. Eine Weinlaubranke, Schafgarbendolden, eine Wistarienrispe, kleine und große Federn in fröhlichem Wirbel.

Ohne Vorbild, ohne Modell, einfach so aus der Hand.

»Kannst du damit etwas anfangen?«

»Du hast mir gerade Aufträge für Monate gesichert.«

Ich füllte die Kaffeemühle mit Bohnen, klemmte sie mir zwischen die Beine und mahlte, während Leander die Skizzen zusammenräumte. Während sich der Kaffeeduft in der Küche verbreitete, wollte ich wissen: »So, mein Lieber, und jetzt berichte, warum du dich mit einem Korsettfabrikanten gemein machst.«

»Weil er nicht nur üppige Frauenkörper zu Kunstwerken formt, sondern auch ein Kunstsammler ist. Ein ungewöhnlicher sogar, denn er gehört nicht zu diesen romantisch verklärten Schöngeistern, die sich für farbenprächtige Schlachten- oder Bibelszenen begeistern, wie sie unsere allseits beliebten Nazarener auf so zu Herzen gehende Weise zu produzieren wissen. Er interessiert sich für unsere Experimente mit Licht und Farben. Jemand hat ihm den Tipp gegeben, dass in Barbizon die neue Generation Maler heranreift. Jedenfalls hat er uns besucht und war hellauf begeistert. Wir kamen ins Gespräch – wie das so ist. Ihm gefallen meine Arbeiten, mir gefiel der Mann, also habe ich sein Angebot angenommen, meine Sachen hier in Köln auszustellen. Reich werde ich nicht damit. Es ist sogar ein ziemliches Risiko damit verbunden, denn die meisten Leute verstehen nicht, was meine Kollegen und ich malen. Ich kann von Glück reden, wenn die Ausstellung überhaupt besucht wird. Verkaufen werde ich wohl nichts. Aber ein, zwei freundliche Erwähnungen in der Presse würden mir schon reichen. Viola und ich betrachten es also einfach als einen geschenkten Urlaub.«

Was meine Aufmerksamkeit auf Mademoiselle lenkte. Sie war zurückhaltend, aber sie hatte neugierige Augen. Hübsch war sie auch. Ich wandte mich direkt an sie: »Sind Sie auch Künstlerin, Mademoiselle Martel?«

»Bitte, ich bin Viola, ja? Und, ja, ich bin auch Künstlerin. Aber nicht Malerin.«

»Viola ist Tänzerin. Chérie, Ariane wird keinesfalls die Nase über dich rümpfen.«

»Nein, kein bisschen, Viola. Ich habe einige Kundinnen aus dem Theaterbereich, Schauspielerinnen, Tänzerinnen, Sängerinnen. Was mich übrigens auf eine grandiose Idee bringt. Habt ihr beide heute Abend schon Verpflichtungen?«

»Nein. Wir leben ein wildes, unabhängiges Künstlerleben, bis im April die Ausstellung beginnt.«

»Dann erlaubt mir, dass ich euch zu einem Theaterbesuch einlade.«

Leander verzog den Mund, und ich wusste, was er befürchtete.

»Nein, nein, mein liebster Bruder. Nicht Hamlet, keine Iphigenie, kein Faust und keine Räuber. Die leichte Muse will uns unterhalten. Hätte ich je eine Neigung zur Tragödie gezeigt?«

»Hast du nicht, verzeih. Du bist unter dem Stern der Komödianten geboren.«

»Was mich bedauerlich unfähig zur gesellschaftlich vorgeschriebenen Ernsthaftigkeit macht.«

»Ich hörte davon, deshalb habe ich auch gar nicht erst bei Tante Caro vorgesprochen.«

Der Kaffee war fertig, und ich stellte Tassen und Milchtopf auf den Tisch. Leander erzählte von unseren Eltern, mit denen er im vergangenen Sommer einige Wochen im Süden Frankreichs verbracht hatte.

»Papa könnte so ein großer Maler sein, wenn er immer das auf die Leinwand brächte, was er in der Zeit geleistet hat, Ariane. Aber er nimmt Portraitaufträge an, die er selbst öde findet, nur um Geld zu verdienen.«

»Was soll er machen, Leander? Von Mamas Klavierstunden könnten sie sich keine Reisen in den Süden leisten.«

Mein Bruder zuckte höchst französisch mit den Schultern und goss sich reichlich Milch in den Kaffee.

»Schon gut, ich bin ein Idealist. Aber ein liebenswerter, oder?«

Das war er, mein Bruder. Ein Träumer, ein Besessener und ein von den Musen begnadeter Künstler.

»Außerdem habe auch ich eine profane Geldquelle aufgetan. Viola hat mich drauf gebracht.«

»Er hat mir Vorratsschrank leergefressen, ich musste mir helfen, Madame.«

»Ariane bitte, Viola. Und seine Gefräßigkeit ist mir wohlbekannt. Wie haben Sie ihn gezähmt?«

»Macht Zeichnungen für Plakate für unser Theater. Mit mir als Modell!«

»Sehr schlau!«

Leander grinste verlegen.

Drei Stunden später brachen wir zu unserem Theaterbesuch auf. Viola hatte ein flammendrotes Seidenkleid angezogen, mein Bruder sich sogar in ein Hemd mit steifem Kragen gezwängt, was ich als großes Entgegenkommen wertete. Am Salon Vaudeville wählte ich nicht den Haupteingang, sondern klopfte an die Hintertür. Nona machte mir auf, und ich fragte sie, ob noch drei Plätze für uns zu haben seien.

»'türlisch! Ich regle das. Gehen Sie vorne rein.«

Während wir zum Haupteingang gingen, hob Leander fragend eine Braue.

»Eine deiner zweifelhaften Beziehungen, Fädchen?«

»Eine meiner unzweifelhaft nützlichen, Bruderherz.«

Der Saaldiener führte uns zu einem Tisch direkt an der Bühne, und eines der Serviermädchen kam sofort auf uns zu.

»Guten Abend, gnädige Frau. Guten Abend, die Herrschaften. Madame LouLou lässt fragen, was Sie zu trinken wünschen.«

»Champagner, Lili.«

»Zweifellos überaus nützlich!«, zischelte Leander und sah sich um. Der Zuschauerraum füllte sich, aber da es ein normaler Werktag war, blieben doch einige Tische weiter hinten unbesetzt. Auch Viola betrachtete die Umgebung mit Kennerblick.

LouLou hatte das Repertoire zwar erweitert und an den Geschmack des Publikums angepasst, auf Grund der Ausschreitungen im Herbst jedoch auf deutliche Anzüglichkeiten verzichtet. Der Einakter, der das Programm eröffnete, war witzig, und ich hörte Leander neben mir leise die wichtigsten Stellen für Viola übersetzen. In der anschließenden Pause schlenderten wir durch den Saal, bedienten uns am Buffet, und ich erzählte in zusammengefasster Form, wie ich LouLou kennengelernt hatte und auf welche Weise wir zusammenarbeiteten.

»Gut gemacht, Fädchen. Mama hat das nicht ganz richtig verstanden oder mir verkehrt berichtet. Sie meinte, dass du als Garderobiere an einer großen Bühne arbeitest. Aber das hier ist ja viel aufregender.«

»Sie machen die Kostüme für die Schauspieler?«, wollte auch Viola wissen.

»Für alle hier. Auch die Serviermädchen, vor allem aber für die Tänzerinnen.«

»Es ist schwierig, für Tänzerinnen zu nähen. Immer platzen Nähte!«

»Wie wahr. Aber es gibt Tricks.«

Viola gefiel mir. Sie war keine gebildete junge Dame, aber von schneller Auffassungsgabe und unprätentiösem Benehmen, selbstsicher und ein wenig ernsthafter, als man es erwartet hätte. Leander schien ihr sehr zugetan zu sein, bei ihr war ich mir nicht ganz sicher. Aber ich kannte sie ja auch erst seit ein paar Stunden.

Dann aber, nach Melisandes schaurigen Balladen zur Drehorgel, konnte ich erleben, wie Viola jegliche Zurückhaltung verlor und in blanke Ergriffenheit verfiel.

LouLou tanzte. Einen verrückten, überaus witzigen Tanz, bei dem sie vorgab, dass eine Biene sich in ihre Röcke verirrt hatte, weshalb sie in immer neuen Figuren hier und da gelüpft werden mussten.

Mit weit aufgerissenen Augen, die Lippen leicht geöffnet, vorgebeugt und die Handballen auf die Tischkante gepresst, saugte Viola förmlich jede Bewegung in sich hinein.

»Sie ist … Sie hat nichts an unter dem Kleid?«, fragte sie einmal fassungslos. Und verbesserte sich schnell. »O doch, sie hat ganz lange Strümpfe.«

»Ein Trikot aus Seide«, flüsterte ich ihr zu.

»C'est fantastique!«

Melisande schmetterte noch ein keckes Chanson, LouLou zeigte ihren Schmetterlingstanz, und sowohl Leander wie auch Viola spendeten ihr stürmischen Beifall. Der Vorhang schloss sich, und ich bat die beiden, mir zu folgen.

LouLou hatte eine eigene kleine Garderobe und erwartete

uns bereits. Ich stellte meine Begleiter vor, und Viola versank in eine tiefe Reverenz vor ihr und küsste ihr die Hand.

»Merveilleuse«, stammelte sie, von Ehrfurcht offensichtlich so erschüttert, dass sie alle deutschen Vokabeln vergessen hatte.

»Lob von einer Kollegin, Viola, ist das höchste Lob«, sagte LouLou lächelnd, und Nona reichte uns den allgegenwärtigen Champagner.

Ich lauschte still, wie sie zu fachsimpeln begannen, und stellte zufrieden fest, dass ich eine Gesellschaft gefunden hatte, die mir weit mehr behagte als die steifen, prüden und von Dutzenden von Formvorschriften geprägten Zusammenkünfte der vornehmen Welt. Ich war wohl wirklich unter dem Komödiantenstern geboren.

Was soll's, dachte ich und trank meinen Champagner aus.

Fortunas Rad
im Aufwärtsschwung

Ich halte Leib und Geist in strenger Zucht
Und werde doch vom Teufel hart versucht
...
Den Städterhochmut haßt' ich allezeit
Und hätte gern ein städtisch Kind gefreit.

Conrad Ferdinand Meyer, Homo sum

Der Frühling hatte Einzug gehalten, sanft erst und mit kleinen Blüten und seidenzarten Blättchen. Erste Bienen brummelten durch die frische, kühle Luft, suchten nach den ersten Honigtöpfchen, kleine Falter tänzelten über dem jungen Gras. Vogelpärchen sammelten eifrig Reisig und Halme, um in den Büschen und Bäumen ihre Nester zu bauen. Die Maulbeerbäume zeigten erstes Laub, und da und dort schlüpfte an sonnenbeschienenen Stellen eine hungrige Raupe aus.

Nicht alle Seidenspinner waren der menschlichen Eitelkeit geopfert worden, manch Falter war entkommen, manch Weibchen hatte seine Eier auf die Blätter der Bäume gelegt. Das Laub war gefallen, vertrocknet. Der Brut hatte es nicht geschadet. Das Leben darin war nicht abgetötet worden, weder durch Trockenheit noch durch Frost, weder durch Regen noch durch Fäulnis. Wärme aber bewirkte Veränderung, Wachstum, Wandlung.

In diesem Jahr waren besonders viele Raupen in Freiheit geschlüpft, davon eine ganze Anzahl derer, die aus den verseuchten Beständen stammten, mit denen Guillaume de Charnay experimentiert und die er seinem Nachbarn in die Bruthäuser gesetzt hatte.

Die Schuppen mochten abgebrannt worden sein, die Seidenspinner aber überlebten.

Und mit ihnen die Seuche.

Charnay hatte den Winter in strenger Askese verbracht, die seine Haushälterin hin und wieder mit einem vielsagenden Augenrollen ihren Freundinnen gegenüber kommentierte. Aber er hatte auch hart gearbeitet. Sein Gewinn war der höchste seit Jahren, und bei kluger Investition würde er seine Produktion beträchtlich ausweiten. Das neu erworbene Stück Land reichte ihm bei Weitem nicht mehr für seine ehrgeizigen Pläne. Die dort angepflanzten Bäume würden noch Jahre brauchen, bis sie ausreichend zum Futter für die gierigen Raupen beitragen konnten. Er benötigte bestehende Pflanzungen. Die aber besaßen seine Nachbarn.

Und die finanzielle Lage dieser unvorsichtigen Seidenbauern war bedenklich.

Ja, der eine oder andere, so hatte er gehört, war in beträchtliche Schwierigkeiten geraten, hatte sich verschuldet und konnte die Banken nicht mehr befriedigen. Zwei Güter standen bereits zum Verkauf an, weil die Besitzer der schwer belasteten Ländereien das Geld für die Hypothekenzahlungen nicht mehr aufbringen konnten.

Intensive Berechnungen, einige lange, fruchtbare Gespräche mit seinem Bankier und schließlich zähe, harte Verhandlungen bescherten Charnay schließlich die gewünschte Ausweitung seines Besitzes. Nicht alles konnte er aus den Gewinnen der letzten Produktion bezahlen, auch er musste sein Stammgut hoch belasten. Aber die Bank hatte ihn als erfolgreichen Seidenzüchter und verlässlichen Geschäftskunden kennengelernt, sodass sie ihm gegen die entsprechende Sicherheit gerne das Kapital zur Verfügung stellte.

Kaum hatte er die beiden Betriebe übernommen, machte er sich daran, deren Brut- und Aufzuchthäuser zu säubern, und manches lodernde Feuer vernichtete Schuppen und Scheuern.

Wohlweislich hatte er im Jahr zuvor mehr als die doppelte Menge Seidensaat erzeugt, und als die Blätter der Maulbeerbäume weit genug gesprosst waren, um geerntet zu werden, ließ er die Leinentücher aus den kalten, dunklen Kellern bringen, um sie in den warmen, neuen Gebäuden auszubreiten. Mit äußerst kritischen Augen prüfte er selbst jede einzelne Lage Eier, um jene auszusondern, die möglicherweise infiziert waren. Jetzt hob er sie nicht mehr auf, sondern übergab auch sie dem läuternden Feuer.

Als schließlich alle Saat ausgelegt war und auf die Wirkung der Frühlingssonne wartete, stellte er neue Berechnungen an.

Es würde ein ergiebiges Jahr werden, schloss er, als er mit spitzer Feder die geplanten Summen addiert hatte. Das beste überhaupt. Wenn es keine schwerwiegenden Störungen gäbe, würde er einen Großteil seiner Schulden bereits mit dem Verkauf der ersten Produktion wieder ablösen können.

Vor allem, wenn er die Preise weiter anpasste.

Und das ließ sich bei seinen ausländischen Kunden noch besser durchsetzen als bei den einheimischen. Die französische Seidenindustrie verschlang gewaltige Mengen Rohseide, und seine Kollegen machten ihre Geschäfte lieber im Binnenmarkt als mit Männern, deren Sprache sie nicht beherrschten und die die ihre nicht mal ansatzweise zu verstehen versuchten. Das war sein großer Vorteil.

Ja, in diesem Sommer oder im Herbst würde er wieder nach Deutschland reisen. Neue Kontakte auf dem hungrigen Seidenmarkt zu knüpfen, sollte einfach zu bewerkstelligen sein. Wer ein rares Gut besaß, dem wurden gerne die Türen geöffnet.

Das Rad der Fortuna trug ihn nun endlich stetig nach oben.

Deshalb würde er auch diese anderen Angelegenheiten befriedigend zu regeln wissen.

Die Witwe Kusan beispielsweise – diskrete Erkundigungen hatten ergeben, dass sie gegen Geld für Wever arbeitete und sich zudem mit irgendwelchen Schneiderarbeiten über Wasser hielt. Ihre Eltern, völlig verarmt, hatten das Land schon vor Jahren verlassen und fristeten in Paris ein karges Künstlerleben. Von Kusan jedoch fehlte jede Spur. Wann und wo er sein schäbiges Leben ausgehaucht hatte, wusste keiner seiner Informanten zu berichten. Er hatte ihr aber offensichtlich keinen roten Heller, sondern nur zwei Kinder hinterlassen – so denn die beiden Bälger, die Ariane großzog, seinen Lenden entstammten.

Erst hatte er geglaubt, die kleine Schlampe ließe sich von Wever aushalten, aber die letzten Meldungen zeichneten ein anderes Bild. Sie schien tatsächlich Stoffmuster für seine Fabrikationen zu entwerfen. Wever hatte einen zweiten Jacquard-Webstuhl angeschafft und bereits angekündigt, dass er eine um dreißig Prozent höhere Menge an Rohseide benötige. Offensichtlich trug die Zusammenarbeit der beiden Früchte.

Hatte sie sich also aus dem Dreck wieder emporgearbeitet?

Es wurde Zeit, dass Fortuna ihrem Rad einen kräftigen Abwärtsschwung verpasste.

Charnay klappte seine Rechnungsbücher zu und begab sich in seinen Salon. Er überlegte ernsthaft, ob es nicht an der Zeit war, die strenge Bestrafung zu lockern und sich für die hervorragende Arbeit der vergangenen Monate zu belohnen. Eine Weile sann er darüber nach – eine Belohnung musste genauso sorgsam gewählt werden wie eine Strafe. Er entschied sich schließlich für eine Flasche Rotwein und ein paar entspannte Reflexionen über die Möglichkeiten, die sich ihm boten, um Fortuna zu bestechen.

Doch nach dem ersten Glas schon begannen seine Gedanken zu wandern. Er war nach dem langen Fasten den schweren Wein nicht mehr gewöhnt, und undiszipliniert erschien das spöttisch lächelnde Gesicht Arianes vor seinen Augen. Er sah sie wieder auf dem Ball vor zehn Jahren neben dem sichtlich betrunkenen Kusan stehen, während ihr Vater ihre Verlobung verkündete. Ihr Bruder musste den künftigen Bräutigam stützen, so sehr wankte er.

Was immer sie mit dem Kerl angestellt hatte, es war als Beleidigung ihm gegenüber gedacht. Denn er hatte noch am Nachmittag die Einwilligung ihres Vaters zur Ehe mit ihr erhalten und wollte ihr an diesem Abend seinen Antrag machen.

Aber als sie kurz nach der Ankündigung ihrer Verlobung mit dem Trunkenbold an ihm vorbeiging, hatte sie leise gezischt: »Zu spät, Monsieur!«

Das Glas Rotwein flog durch den Raum und zersplitterte am Kaminsims.

Ein fröhlicher Galopp

Diese hohe Grazie
Entzückt Jedermann,
So, dass selbst Terpsichore
Ihn beneiden kann.
Galopp schließt nun den Ball,
Wie bei dem Karneval
Fast jederzeit der Fall. –
Hopp! hopp!
Es lebe der Galopp!

Jacques Offenbach,
Orpheus in der Unterwelt

Philipp und Laura genossen es in vollen Zügen, einen Onkel zu haben. Und Leander genoss es, ihr Held zu sein. Er erzählte ihnen von Paris, von den Straßensängern und den Brücken über der Seine, von den bettelnden Veteranen und den Hinterhofkatzen, den kauzigen Concierges und den Mühlen auf dem Montmartre – wild durcheinander, aber immer verbunden mit kleinen, schnellen, höchst treffenden Skizzen. Hier eine Blumenverkäuferin, da Madame la Cocotte, hier Monsieur Napoleon und dort der Obelisk vom Place Vendôme. Aber als ich ihm, nachdem die Kinder fort waren, zuflüsterte, er würde einen wunderbaren Vater abgeben, fuhr er mit einem empörten Lachen auf.

»Hör auf zu glucken, Fädchen. Das ist ein Gebiet, das ich hoffentlich nicht so schnell betreten werde.«

Es gab mir zu denken, und um ihn noch ein bisschen mehr zu reizen, fragte ich höflich nach, wie Viola denn dazu stünde.

»Liebes kleines Schwesterlein, was für eine intime Frage.«

»Lieber großer Bruder, ich habe zwei Kinder geboren, ich weiß, wie das funktioniert.«

Er wurde ernst.

»Nein, Ariane. Ich kann es mir nicht leisten, und wahrscheinlich werde ich es mir auch nie leisten können. Und warum sollte ich das einer Frau antun? Sie wüsste nie, ob genug Geld für die nächste Woche da ist, weil ich erst einmal alles für Pinsel, Leinwand und Farbe ausgebe.«

»Du fürchtest weniger um eine mögliche Frau und Kinder als um deine Bequemlichkeit. Sie könnte dir ein schlechtes Gewissen verursachen, nicht wahr?«

Seine sehr französische Geste zeigte mir, dass ich richtig lag. Aber ich insistierte nicht mehr. Wer war ich, ausgerechnet ich, dass ich ein Recht dazu gehabt hätte? Also freute ich mich einfach nur daran, zu beobachten, wie blendend sich er und meine Kinder verstanden.

Wer sich ebenfalls blendend verstand, waren Viola und LouLou. Wobei ich LouLou, die ich inzwischen ganz gut einzuschätzen gelernt hatte, eine gewisse Berechnung unterstellte. Sie hatte Viola zu ihren Tanzübungen eingeladen, und stundenlang probten die beiden miteinander. LouLou war immer begierig, neue, möglichst spektakuläre Choreographien zu lernen, und ich hatte den Eindruck, dass sie von Viola, die Bühnenerfahrung an der Oper hatte, einiges abgucken wollte.

So allmählich ging mir auf, dass Gernot und seine Schwester erstaunlich viel gemeinsam hatten. Beide waren nüchterne Menschen, die genau Vor- und Nachteile ihres Handelns abwogen und jede Leistung gegenrechneten. Gab man ihnen etwas aus freien Stücken, erhielt man den Gegenwert nach kurzer Zeit zurück. Für eine Gabe ihrerseits aber erwarteten sie eine angemessene Leistung im Gegenzug. Weshalb ich mir manchmal in stillen Stunden die Frage stellte, was LouLou von mir erwartete, denn ich war bisher vermutlich die Einzige, der sie selbstlos und ohne Grund mehr gegeben hatte als ich ihr.

Wenn der Zeitpunkt günstig wäre, würde ich sie danach fragen.

Für die Zeit, die Leanders Freundin ihr opferte, hatte sie sich dadurch revanchiert, dass sie Nona beauftragt hatte, für Viola ein Trikot zu nähen. Daher kamen die beiden kurz nach unserem ersten Besuch im Salon Vaudeville bei mir zusammen, um Maß zu nehmen und über die Verarbeitung zu sprechen. Ich hörte dem schnellen Französisch zu, mit dem die jungen Frauen sich unterhielten, und räumte die neue Stofflieferung ein. Ein Ballen war dabei, den ich exklusiv bei Gernot bestellt und auf eigene Rechnung bezahlt hatte. Es handelte sich um elfenbeinfarbene Seide mit einem filigranen Kirschblütenmuster in Schwarz. Er hatte es nicht für den offenen Verkauf weben wollen, weil es ihm zu außergewöhnlich erschien, aber ich hatte mich durchgesetzt und ihm eine ganze Partie abgenommen. Nun lag das schimmernde Material vor mir ausgebreitet und erfüllte alle meine kühnsten Erwartungen. Wie zarte Schattenrisse schwankten die Zweige über den Stoff. Schon entstand in meiner Vorstellung das Kleid, das ich daraus für mich, und nur für mich, entwerfen wollte. Mit schnellen Strichen machte ich mir eine Zeichennotiz davon. Schlicht, damit das Muster wirkte, glatt der Rock und das Oberteil, aber mit einem breiten Kragen, mit schwarzem Satin abgesetzt, der ein tiefes, schulterfreies Dekolleté enthüllte. Als besonderen Blickfang aber sah ich eine kirschrote Schärpe, die die Taille betonte.

Die Türglocke lockte mich in den Empfangsraum, und mit Leander trat auch LouLou ein.

»Welch ein Aufgebot von Grazien!«, rief mein Bruder aus und sah mich fragend an. »Darf ich mich überhaupt unter so viel schöpferischer Weiblichkeit aufhalten?«

»Wenn Sie nicht so unschmeichelhafte Karikaturen von uns machen wie gestern von einigen unserer besten Gäste«, sagte LouLou mit erhobenem Zeigefinger. Zu mir gewandt meinte sie dann: »Wir müssen über ein neues Kostüm nachdenken; ich habe da eine Idee zu einem besonders ausgefallenen Tanz.«

»Ich hingegen würde diese eifrige Runde gerne mit einigen Leckereien bei Kräften halten«, sagte Leander und zog das karierte Tuch von dem Korb mit goldgelbem Gebäck. Hefeteig, Zucker und Schmalz verbreiteten augenblicklich ein so köstliches Aroma, dass mir das Wasser im Mund zusammenlief.

»Du verführst uns, Leander, aber eigentlich spricht doch nichts dagegen, erst einmal eine kleine Pause zu machen, meine Damen. Oder?«

Kurz darauf saßen wir um den Küchentisch und schmausten. Plötzlich lachte Leander auf und meinte: »Das passiert einem Mann auch nicht alle Tage, mit den drei Parzen Krapfen zu essen!«

»Was meinst du damit, Leander? So alt sind wir doch auch noch nicht. Oder willst du dein Schicksal herausfordern?«, neckte ich ihn.

Er grinste jetzt noch breiter und deklamierte mit dumpfer Stimme:

»Es haben die drei Parzen
auf ihren Nasen Warzen,
und diese Nasen beben
beim Spinnen, Schneiden, Weben!«

Ich musste kichern. Stegreifverse zu dichten war eine Belustigung unserer Kindertage gewesen. Leider hatten wir beide ein Talent dafür, was mir ja bedauerlicherweise nicht immer zum Ruhm gereicht hatte.

»Du wirst uns jetzt sicher erklären, wer welche Parze ist, mein Lieber, und dann achte darauf, wer die Schere in der Hand hat.«

LouLou hatte ihre Augen zwischen uns hin- und herwandern lassen und fragte jetzt, leicht indigniert: »Ich bin wohl zu unwissend, um euren Witz zu verstehen.«

»Nein, wir sind schlecht erzogen, LouLou. Entschuldigung. Die drei Parzen sind die römischen Schicksalsgöttinnen. Eine spinnt den Lebensfaden, die zweite misst ihn ab und webt ihn zum Lebensmuster, und die letzte schneidet ihn ab.«

Diesmal sah Nona überrascht auf. Und mir ging eine Gaslaterne auf.

»Nona, die Spinnerin, Decuma, die Weberin, und Morta, die Schneiderin. Wie passend.«

»Nona, die Spinnerin!«, flüsterte Nona. »Das hat er also gemeint.«

»Es hat dich schon mal jemand mit der Schicksalsgöttin verglichen?«

»Ja, Madame Ariane. Ein seltsamer Mann. Er hat versucht, Monsieur Charnay umzubringen. Aber ich habe ihn um Gnade angefleht, und so hat er es nicht getan, sondern gesagt, sein Schicksal läge in der Hand der Göttinnen.«

»Charnay?«

»Ich habe es Madame LouLou auch erzählt.«

»Und wie ich eben feststelle, Ariane, haben wir drei einen gemeinsamen Bekannten.«

»Wir vier«, ergänzte Leander.

»Nein, wir sind unser fünf, LouLou. Dein Bruder kennt den Herrn auch. Er macht blendende Geschäfte mit ihm. Rohseide, wie du weißt, bezieht er aus Frankreich.«

LouLou gab einen gezischten Fluch von einer derartigen Derbheit von sich, dass Leander einen Pfiff ausstieß und mir beinahe die Ohren vom Kopf gefallen wären. Nona und Viola sahen einander zum Glück nur verständnislos an.

»Der Herr hat sich Ihnen nicht angenehm gemacht, Lou-Lou?«, fragte Leander nach.

»Nein, und Nona auch nicht.«

»Ariane ebenfalls nicht, wenn ich mich recht erinnere. Interessant. Ich fand ihn damals recht umgänglich, aber auf Frauen hat er offensichtlich eine andere Wirkung.«

»Mich wollte Monsieur Salonplein ja nur heiraten, den beiden anderen Parzen ist er unaufgefordert wesentlich näher getreten.«

Leander sagte ebenfalls etwas sehr Unnettes über den Seidenzüchter und stutzte dann. Zu Nona gewandt fragte er: »Und dennoch haben Sie darum gebeten, sein Leben zu verschonen?«

»Ich war ein Kind noch, und er hatte mir noch nichts getan.«

»Was der Angelegenheit einen noch weit bösartigeren Charakter gibt«, stellte ich wütend fest.

Nona hob die Schultern.

»Er wird sich nicht erinnert haben, Madame. Er ist so – lange Zeit lebt er wie *ascète*, arbeitet hart, fastet streng und geht nicht aus. Aber dann kommt eine Zeit, da lässt er sich großes Essen machen, trinkt Wein, und manchmal nimmt er sich Frauen.«

»Ein religiöser Fanatiker?«

»Er geht nicht in die Messe.«

»Es gibt auch andere Religionen.«

»Vielleicht.«

»Fädchen, du hast einen guten Instinkt bewiesen, als du seinen Antrag verhindert hast.«

»Na, ich weiß nicht«, war alles, was ich dazu sagen wollte. LouLou hatte mit halb gesenkten Augen zugehört und fragte plötzlich: »Wie hast du ihn eben genannt, Ariane? Doch nicht Charnay.«

»Nein. Salonplein. Das ist eine Schöpfung von Laura. Wir haben nämlich in Münster auf dem Friedhof herausgefunden, dass seine Schwester eine geborene Stubenvoll war.«

Viola prustete.

»Und weiterhin erinnerten sich die Kinder daran, dass Madame Mira mal von einem Zappelphilipp namens Wilhelm Stubenvoll gesprochen hatte, der zu einem Lyoner Seidenhändler in die Lehre gegeben worden war, weil sein alter Herr in die Pleite gegangen war.«

»Guillaume – Wilhelm.« Leander nickte.

»Und seine Frau hieß Josefine de Charnay. Er nahm ihren Namen an, Madame.«

»Warum wohl?«

»Da er kein Ausbund von Tugenden ist, möchte man sich fast

böse Gedanken dazu machen. Schade, dass wir ihm damals nicht näher auf den Zahn gefühlt haben.«

»Du hast mit Gernot nicht darüber gesprochen, Ariane?«

»Nein, LouLou. Obwohl ich versucht war, es zu tun, nachdem Nona mir von ihm berichtet hat. Aber Gernot scheint gute Geschäfte mit ihm zu machen, und die Vergangenheit kann er nicht mehr ungeschehen machen. Wenn er einen anderen Lieferanten sucht, verkauft Charnay seine Rohseide eben woanders.«

LouLou nickte. Geschäft war Geschäft. So sah sie es.

Ich aber notierte mir in Gedanken, dass ich Madame Mira über den Zappelphilipp bei Gelegenheit noch mal ausfragen würde.

Wir wechselten das Thema, und Leander schilderte in humorigen Worten, welche Schwierigkeiten er mit dem Rahmenmacher hatte, der unbedingt seine Naturstudien in breite, vergoldete Barockleisten spannen wollte. Mir kam dabei etwas ganz anderes in den Sinn. Viola, still und ernst wie üblich, hörte zu, lächelte dann und wann leicht, nippte an ihrem Kaffee, tupfte einzelne Krümel mit der Zunge von ihren Fingerspitzen. Die Sonne fiel durch das unter der Decke liegende Fenster auf ihre Haare, und in den Locken glänzten blauschwarze Lichter auf. Leander hatte die Inspiration einmal mit einem Blitz verglichen, der für einen Bruchteil der Ewigkeit das vollendete Werk vor seinen Augen entstehen ließ. Er musste das Gesehene dann einfach malen.

Ich sah das elfenbeinfarbene Kleid mit den schwarzen Kirschblüten in diesem Augenblick an Viola.

Und wie mein Bruder auch dachte ich nicht an Geld und Ruhm – ich wollte sie darin einfach nur bei seiner Vernissage sehen.

»Die Ausstellung findet bei Kronenberg statt, nicht wahr?«, unterbrach ich Leanders launiges Lamento.

»In seiner Villa in der Neustadt. Kommen Sie auch, LouLou, Nona«, bat Leander.

»Mal sehen.«

Sie würden nicht kommen, ich wusste es. Aber meine Frage zielte auch in eine andere Richtung.

»Es wäre doch dem Anlass angemessen, sich ein neues Kleid anfertigen zu lassen, nicht wahr, Viola?«

Ein klein wenig spöttisch verzog die junge Tänzerin ihr Gesicht.

»Wäre es bestimmt, Ariane. Und wenn ich es mir leisten könnte, ich würde Sie bitten, es mir zu machen.«

»Viola, mein Bruder ist der Anlass, und es wäre nur recht und billig, wenn er Ihnen eines zum Geschenk machen würde«, sagte ich mit einem leichten Vorwurf und trat Leander unter dem Tisch ans Schienbein.

»Äh ... ja, natürlich.«

»Und du brauchst ebenfalls einen neuen Anzug.«

»Äh ... nein, eigentlich nicht.«

»O doch. Viola, Sie kümmern sich darum, dass er wie ein erfolgreicher, genialer Künstler auftritt, und ich kümmere mich um die Robe, die er Ihnen schenken wird. Hast du einen Taler, Leander?«

»'türlich!«

»Mein Sohn hat einen durchschlagend schlechten Einfluss auf die Ausdrucksweise seiner Umgebung, aber darüber reden wir ein andermal.«

»Ist ja gut, ich habe hundertzwanzig Taler. Reicht das?«

»Für den Anzug mehrmals. Gib mir den Taler, Bruder, und du hast das Kleid.«

Ich unterstrich meine Forderung mit einem weiteren Tritt ans Schienbein, und er zog seine Börse hervor.

»Das können Sie ...«

»Madame Ariane kann«, schnitt Nona entschieden Viola das Wort ab und verblüffte mich damit.

»Begleiten Sie mich nach oben, damit ich Maß nehmen kann, und kommen Sie übermorgen zur Anprobe, Viola.«

»Aber ich ...«

»Widersprechen Sie nicht, sonst nähe ich Ihnen einen Kartoffelsack!«

Sie folgte mir schließlich und ließ mich mit dem Maßband hantieren, fragte aber dann doch noch mal nach: »Sie sagen mir nicht, wie es aussieht?«

»Sie sehen es bei der Anprobe. Haben Sie Vertrauen zu mir, Viola. Ich bin auf meine Art auch eine Künstlerin!«

Ihr Blick fiel wieder sehnsüchtig auf das meergrüne Kleid an der Kleiderpuppe, aber ich schüttelte den Kopf.

»Es wird spektakulärer, glauben Sie mir.«

Das wurde es auch. Ich ließ alle eigene Eitelkeit fahren, denn anders als zu ihrem aparten schwarzhaarigen Liebreiz würde dieser Stoff langweilig zu meinen blonden Haaren wirken. An Viola konnte er zu einer Sensation werden.

Ich freute mich darüber, dass sie es ebenso sah, als sie das Gewand zum ersten Mal anprobierte. Ihr blieb nämlich buchstäblich der Mund offen stehen, als sie sich im Spiegel betrachtete.

»Na, können Sie sich überwinden, sich damit an der Seite meines Bruders zu zeigen?«

»Madame!«, seufzte sie und küsste mir mit einer ebenso tiefen Reverenz wie vorher schon LouLou die Hände. Dann aber zwinkerte sie mir zu und versprach: »Er wird einen neuen Anzug haben. Ich schleife ihn an den Haaren zum Schneider!«

»Und falls Sie jemand fragen sollte, wer das Kleid für Sie entworfen hat, dürfen Sie meinen Namen in das neugierige Öhrchen flüstern.«

So machte man eben auch Geschäfte. Mal sehen, ob ich nicht doch eine vornehme Kundschaft würde anlocken können.

Aber diese Tat führte noch zu einem weiteren Handel. Viola hatte sich ausmanövriert gesehen, indem ich Leander gebeten hatte, ihr ein Kleid zu schenken, das sie sich nicht leisten konnte, und dafür nur einen symbolischen Preis genommen hatte. Sie dachte aber offensichtlich in ähnlich verschlungenen Pfaden, denn am Tag darauf baten Leander und sie mich, sie zum Theater zu begleiten.

»Wir wollen Madame LouLou etwas schenken«, war ihre Begründung.

Morgens war das Theater leer, roch nach kaltem Rauch und verschütteten Getränken, abgestandenem Parfüm und Bühnenstaub. Zwei Frauen waren dabei, die Tische zusammenzustellen, um den Boden zu fegen und zu wischen; sonst war niemand anwesend.

»Trostlos, wenn keine Gäste hier sind«, meinte LouLou. »Und das Tageslicht bekommt unsereinem genauso wenig wie den ungeschminkten Räumen.«

»Kinder der Nacht, das seid ihr, Blumen, die nur im Gaslicht blühen. In einem Garten aus Kristall und künstlichem Laub.« Leander schnippte die bemalten Seidenblätter einer künstlichen Weinranke zur Seite, die sich von der Wand gelöst hatte.

»Poet sind Sie auch? Ich dachte, Sie malen.«

»Ich bin vielseitig begabt. Mama ist Musikerin, sie lehrte mich die Noten und auf dem Klavier herumzuhämmern. Das kann ganz nützlich sein. Darf ich das Instrument dort benutzen?«

»Solange Sie es mit Ihrem Gehämmer nicht verstimmen.«

Leander begann mit einem kleinen Geklimper, das sich lustig anhörte. Es steigerte sich plötzlich mehr und mehr, und dann brach ein donnernder Galopp los. Es war so mitreißend, dass ich nicht anders konnte als mitzuklatschen.

»Holla, was ist das, Leander?«, fragte ich, als er mit einem Crescendo endete.

»Das, meine Lieben, hat ein Kölner Musiker komponiert, der in Paris das Théâtre des Bouffes-Parisiens leitet. Jakob Offenbach, dort besser bekannt als Jacques Offenbach, stellte seine Oper ›Orphée aux enfer‹ im vergangenen Herbst dem äußerst geneigten Publikum vor, und Viola hatte darin die Rolle einer olympischen Tänzerin.«

LouLou, die ebenfalls begeistert mit dem Fuß gewippt hatte, schüttelte den Kopf.

»Opern sind nichts für mich, Leander.«

»Oh, diese schon. Es ist eine sehr komische Oper. Und jetzt wird dir Viola zeigen, wie man zu diesem Stück, das ich eben gespielt habe, tanzt.«

Viola lief auf die Bühne, und als diesmal der wilde Galopp erklang, fegte sie mit einer derartigen Dynamik über die Bretter, dass mir die Spucke wegblieb. Ihre Röcke wirbelten hoch, sie bekam den Saum zu fassen und schwenkte die bunten Unterröcke so, dass man die schwarzen Strümpfe und die rüschenbesetzten Hosen darunter sehen konnte. Sie schlug Rad und kreischte, juchzte, warf die Beine hoch. Zum Schluss nahm sie ihren rechten Fuß in die Hand, eine körperliche Leistung, die ich noch nie gesehen hatte, und drehte sich wie ein Wirbelwind umeinander, um zum letzten Akkord in einen Spagat zu springen. Zu springen, du liebe Güte!

Wir spendeten lauten Applaus.

Etwas atemlos kam sie dann zu uns und erklärte: »Das tanzen die Wäscherinnen und Nähmädchen in den Cafés. Monsieur Offenbach hat es zu seinem CanCan inspiriert. Sie haben vier Tänzerinnen, Madame LouLou. Wenn Sie wollen, bringe ich ihnen das bei.«

Leander nahm die Noten vom Klavier und reichte sie der sprachlosen LouLou.

»Unser Geschenk«, meinte er grinsend. »Aber fragen Sie nicht, wie wir darangekommen sind.«

»Vielleicht näht Ariane ihnen die Kostüme. Es ist gut, wenn die Röcke innen bunte Volants haben.«

Nachdem LouLou wieder der Sprache mächtig war, drehte sie sich um und meinte trocken zu mir: »Sieh dich beauftragt, fünf Kleider zu nähen. So schnell wie möglich.« Dann lachte sie laut auf. »Karneval steht vor der Tür. Der Salon Vaudeville wird seine Gäste mit einem besonderen Programm überraschen.«

Kampf der Drachen

In Muße ging ich einen ehrwürdigen Mönch besuchen,
Dunstige Berge lagen tausendfach geschichtet.
Als mir der Meister den Heimweg wies,
Hängte der Mond seine runde Laterne auf.

Hanshan, Gedichte vom Kalten Berg

Er war des Staunens noch mächtig, stellte er fest, als er das bunte Gewimmel um sich herum beobachtete. Hier in der Seidenregion diente das Qingming-Fest nicht so sehr der Ahnenverehrung, sondern viel mehr der Huldigung der Seidenraupengöttin. Festlich gekleidete Menschen bevölkerten die Straßen und versammelten sich vor der großen Pagode, die die Figur der Göttin beherbergte. Man brachte ihr Opfer dar, Seide natürlich, Weihrauch, Geistergeld und Blüten, man bat damit um ihren Segen, damit die Raupen sich gut entwickelten und reine, fehlerlose Seide spannen. Tiefe Gongschläge und Trommelklang wehten von dem Tempel zu ihm, Lampions in allen Farben, Größen und Formen schwankten von den gebogenen Giebeln, und in der Luft knatterten die Flugdrachen an ihren langen Schnüren.

Das Fest der Seidenraupen hatte er noch nie mitgemacht, die Jahre zuvor war sein Interesse viel zu sehr auf seine Geschäfte gerichtet gewesen. In diesem April aber hatte er sich wieder in sein Haus nach Suzhou begeben, und George hatte ihm geraten, sich das Spektakel anzusehen.

Es gefiel ihm. Die Riten im Tempel zogen die Bewohner der Umgebung an, und dieser Anlass führte zu einem jahrmarktähnlichen Trubel auf dem Platz vor der Pagode. Händler, Krämer, Köche aller Art boten ihre Waren feil. An einer Garküche kaufte er sich eine Schale gebratener Nudeln, lauschte dem Zirpen der Zikaden, die in kunstvoll geflochtenen Bambuskäfigen zum Kauf angeboten wurden, und begutachtete das Angebot eines dünnen Chinesen, der die farbenprächtigsten Drachen anbot. Natürlich gehörten sie zum üblichen Bild an allen Feiertagen, aber mit ihrer Funktionsweise hatte er sich noch nie auseinandergesetzt. Inzwischen war er aber an neuen Entdeckungen interessiert, darum ließ er sich von dem geduldigen Mann erklären, wie die feinen Bambusrahmen mit Seide oder Papier bespannt wurden und welche Bedeutung die einzelnen Leinen besaßen. Er wies auch auf die Kinder und Jugendlichen, die sich auf dem Feld mit den Drachen vergnügten. Einige schienen es zu wahrer Meisterschaft gebracht zu haben. Selbst große Flugdrachen tanzten auf den leisesten Fingerzug am Himmel auf und nieder. Hier und da fochten sie sogar Duelle aus, und einmal sah er einen Drachen abstürzen.

»Sie versuchen, sich gegenseitig die Führungsleinen zu durchschneiden«, erklärte der Händler. »Sie präparieren ihre Leinen mit Glassplittern.«

»Welches ist der Drache, der am einfachsten zu handhaben ist? Den sogar ein tölpelhafter fremder Teufel steigen lassen kann?«

Der Händler lächelte und verbeugte sich und suchte dann einen vogelförmigen, flachen Drachen heraus, der wie eine Schwalbe geformt und bemalt war. Ein langer Schwanz, so erklärte er, würde sich beim Aufsteigen entfalten.

Er kaufte ihn und begab sich mit seinem neuerworbenen Spielzeug auf das Feld, wo die anderen Jungen und junge Männer ihrem Vergnügen nachgingen. Er wusste, dass sie ihn kritisch, neugierig oder sogar misstrauisch beäugten, aber es störte ihn nicht. Er konzentrierte sich ganz darauf, seinen Drachen in die Luft zu bekommen. Was sich in der Praxis schwieriger erwies als in der Theorie. Mehr als einmal entglitt er ihm, kaum dass er sich vom Boden erhoben hatte. Geduldig machte er sich jedes Mal daran, die Schnüre wieder zu entwirren und aufzurollen.

Nach einem halben Dutzend Fehlversuchen traute sich ein kleiner Stöpsel näher an ihn heran. Der Junge kicherte verlegen, und darum verneigte er sich höflich vor ihm und fragte, ob der ehrenwerte junge Herr ihm möglicherweise die Freundlichkeit erweisen wolle, ihm beim Steigenlassen des Drachens behilflich zu sein, so er ihn denn entsprechend entlohne.

Offensichtlich verblüffte den Kleinen, dass der fremde Teufel seiner Sprache mächtig war und ihn auch noch in geschliffenen Höflichkeitsformen anredete. Artig verbeugte er sich und nahm den Drachen in die Hand.

»Gegen den Wind, fremder Teufel«, befahl er knapp.

»Weißhäutiger Drache, *baixi long*, nennt man mich, junger Herr«, berichtigte er den Jungen höflich und unterdrückte seine Erheiterung, als der verlegen eine Entschuldigung murmelte.

Diesmal gelang es ihm, die kleine Schwalbe in die Luft zu entlassen, und in der steifen Brise tänzelte sie nun an ihren dünnen Leinen hoch über ihm im Blau. Dem freundlichen Helfer drückte er ein paar Münzen in die Hand, die dieser mit weiteren Verbeugungen entgegennahm. Dann widmete er sich wieder seinem eigenwilligen Fluggerät. Er hatte bald ein gutes Gefühl dafür entwickelt, wie es sich verhielt, wie es auf den Wind, den Zug der Leinen, seine Bewegungen auf dem Feld reagierte. Mit leichter Belustigung zog er den Vergleich zu seinen *qi*-Übungen, bei denen er ebenfalls Fäden zu ziehen, zu straffen oder zu lösen hatte.

Und als er das erkannte, verbesserte sich seine Handhabung des Drachens so weit, dass er dem plötzlichen Angriff eines großen, mit einem von Zähnen starrenden Ungeheuergebiss bemalten Drachen durch einen kleinen Ruck ausweichen konnte. Doch kaum wähnte er sich in Sicherheit, kam die nächste Attacke. Wieder konnte er ausweichen. Mit einem schnellen Umschauen versuchte er den Besitzer des Untiers ausfindig zu machen, aber schon wieder wurde seine kleine Schwalbe angegriffen. Er ließ etwas Leine schießen, sodass sie Höhe gewann. Der andere stieg ebenfalls, versuchte, seine Führungsleine zu kreuzen. Er machte einige Seitwärtsschritte, um zu entkommen, und holte Leine ein. Mit einer flinken Wendung entwischte die Schwalbe. Von oben herab stürzte der rote Drachen wieder auf sie.

Eine ganze Weile tobte der Luftkampf auf diese Weise – der Große griff an, die kleine Schwalbe wich aus.

»Die Zeit des Handelns ist gekommen«, riet ihm plötzlich seine innere Stimme. Er fragte nicht, wie, sondern ließ seinen Instinkt reagieren. Die Leine zischte durch seine Hände und verursachte ein leichtes Brennen. Dann war die Schwalbe hochgestiegen, nutzte einen unsichtbaren Windstoß aus und schoss auf den langen Schwanz des Ungeheuers nieder. Das schien mit einem derartigen Manöver nicht gerechnet zu haben und bewegte sich ruckartig nach links. Die Schwalbe stieg, vollführte eine Kapriole und raste seitlich auf den Feind. Der wich aus, wurde nochmals von links attackiert und verlor Höhe. Die Schwalbe erhob sich und blieb ruhig über ihm in der Luft stehen. Der Drachen taumelte, sein Schwanz touchierte den Wipfel eines Baumes – er stürzte ab.

Er spürte mehr Bedauern als Freude über den Sieg, und daher ließ er das restliche Stück Leine ebenfalls aus den Händen gleiten und beobachtete, wie seine kleine Freundin sich höher und höher in den Himmel erhob.

Unter dem Baum, in dem der rote Drachen hing, stand ein junger Mann und blickte traurig nach oben. Dann aber, als er seiner ansichtig wurde, verbeugte er sich.

Er erwiderte die respektvolle Geste und wandte sich dem Marktplatz wieder zu. Drachenkampf machte hungrig, und einige Reiskuchen stillten das Verlangen seines Magens. Die Zeremonien im Tempel hatten inzwischen ihr Ende gefunden, aber noch immer kamen zahlreiche Frauen, um der Göttin zu huldigen. Kauend beobachtete er sie und erfreute sich an den hübschen Mädchen in ihren bestickten Kleidern, den seidigen, schwarzen Haaren und den anmutigen Bewegungen. Die vornehmen Damen ließen sich die Füße einbinden, das hatte er mit einem gewissen Entsetzen zur Kenntnis genommen, aber dies hier waren Bauernmädchen, Seidenspinnerinnen und Stickerinnen. Sie brauchten ihre Füße, um im Leben zu stehen.

Eine Gruppe junger Frauen auf dem Weg zum Tempel kam nahe an ihm vorbei, und er spürte ihre überraschten Blicke. Den Grund entdeckte er, als eine Dame in einem grünen Qipao, dem langen, seitlich geschlossenen Seidengewand, zu ihm trat. Er hatte sie bisher nur in ihrer weißen Arbeitskleidung gesehen und beinahe nicht erkannt. Nun aber machte er eine tiefe Verbeugung vor der *Tsun Mou*. Sie nickte hoheitsvoll und winkte ihm, ihr zu folgen.

Den Tempel hätte er von sich aus nicht besucht, so wie er auch die Gebetshalle im Kloster nie betreten hatte. Er achtete die heiligen Stätten der Chinesen. Nun aber hatte er die Erlaubnis erhalten, und erfreut schloss er sich der Gruppe an. Die *Tsun Mou* bedeutete ihm, sich im Hintergrund zu halten, und so beobachtete er aus einer schattigen Ecke heraus, wie die Seidenarbeiterinnen der Figur einer schlanken, schönen Frau in fließenden Gewändern Weihrauch, Blumen, Reiskuchen und Reiswein opferten.

»Sie tragen Beutelchen mit Seidenspinnereiern in ihre Haare gewickelt«, erklärte die *Tsun Mou* neben ihm leise. »Sie bringen sie in die Seidenhäuser zurück, damit der Segen der Göttin mit ihnen Einzug hält und der weiße Tiger keine Macht über die Raupen bekommt.«

»Der weiße Tiger?«

»Krankheiten, Ungeziefer, Fäulnis, Schädlinge.«

»Das mag helfen, aber desgleichen hilft Eure Reinlichkeit, den weißen Tiger fernzuhalten. Ihr geht sehr sorgsam mit Euren Schützlingen um.«

»Ja, *baixi long*, wir tun alles, sie am Leben zu erhalten.«

»Um sie dann zu töten und ihnen das Kleid zu nehmen.«

»Verurteilt Ihr es?«

»Nein.«

»Ihr seid ein Fremder, doch Ihr habt Achtung. Ihr habt die Raupen mit uns gefüttert, Ihr habt die Seide gehaspelt. Nun ja, nicht eben meisterhaft, aber mit Geduld. Ich will Euch die Geschichte der Göttin erzählen.«

»Ihr ehrt mich, *Tsun Mou*.«

»So hört denn. Hang Di, der erste Kaiser unseres Volkes, hat den Menschen große Wohltaten erwiesen. Er schenkte uns die Medizin, das Wissen um die Lebensströme im Körper und in der Natur. Er brachte dem Volk bei, Werkzeuge aus Metall, Holz und Ton herzustellen, lehrte sie Schiffe und Fahrzeuge zu bauen und begründete die Astronomie. Auch die Kampfkunst lehrte er. Aber sein Weib, Xiling Shi, war ebenso klug wie er. Als der Kaiser eines Tages entdeckte, dass die Maulbeerbäume in seinem Garten einzugehen drohten, bat er sie, die Ursache herauszufinden. Sie bemerkte kleine, gelbliche Eier in dem Geäst der Bäume und beobachtete dreißig Tage lang, wie die Raupen schlüpften, fraßen, sich häuteten und schließlich den feinen, langen Faden um sich spannen. Sie las einige der Kokons auf, und als ihr einer davon aus Versehen in eine Tasse mit kochend heißem Tee fiel, entdeckte sie, dass man den Faden abwickeln konnte. Sie wickelte ihn auf ein Knäuel und beschloss, einen Stoff daraus zu weben. Er gefiel dem Kaiser, und so begründete sie die Seidenzucht.«

»Eine kaiserliche Göttin, eine kluge Frau, *Tsun Mou*.«

Die Raupenmutter verneigte sich und folgte den Frauen, die ihre Gebete beendet hatten.

Er blieb noch eine Weile im Tempel sitzen.

Auch er hatte die Seide zu schätzen gelernt. Wenn er nicht im europäischen Settlement zu tun hatte, pflegte er chinesische Kleidung zu tragen. Unauffällige kurze Qipaos, ohne Stickereien, aber aus bester Seide gewebt, genau wie die weiten Hosen. Wenn es kalt war, zog er eine mit Flockseide gefütterte Steppjacke darüber. Er fand diese Kleider so sehr viel angenehmer als die steifen Kragen, Westen, Hemden, Gehröcke und Stiefel. Mit seinen Fingern fuhr er jetzt über den glatten Ärmel seines grauen Gewands.

Die Seidenraupengöttin schien ihn anzulächeln.

Wie weiblich, wie überaus weiblich Seide war. Sie war die Quintessenz des Weiblichen. Nur Frauen kümmerten sich um die Herstellung. Im Frühjahr trugen Frauen die Eier des Seidenspinners in Leinenbeuteln unter ihren Gewändern, sie nahmen sie nachts mit in ihre Betten, um die Raupen mit ihrer Körperwärme zum Schlüpfen zu veranlassen. Sie hüteten die Seidenwürmer in ihren Behausungen, die niemand außer ihnen betreten durfte. Sie fegten und reinigten, sie fütterten sie und sie setzten sie auf Reisighürden, damit sie sich verpuppen konnten. Sie töteten die Puppen und haspelten die Fäden, sie wuschen die Seide aus und wickelten sie zu Strängen auf. Frauen webten, nähten, bestickten Seide. Frauen trugen seidene Kleider.

Er schloss die Augen. Was für ein wunderbares Geräusch, das Rascheln eines Taftkleids, wenn ein Weib sich leise näherte. Noch schöner aber war die glatte Seide eines dünnen Hemds auf warmer, weicher Haut. Wenn sie sich um geschmeidige Gliedmaßen legte, wenn man mit der Hand durch den feinen Stoff die Rundung der Hüfte spürte, die kleine Wölbung eines straffen Bauchs, die schmiegsame Schwere einer Handvoll Brust.

Reiß dich zusammen, befahl er sich und schüttelte den Kopf. Und mit einem Seufzen gestand er sich ein, dass die einhundertundacht Glockenschläge des Klosters lediglich einhundertundsieben Leidenschaften besiegt hatten.

Eine war noch immer gegenwärtig.

Sie galt es endlich zu bezwingen.

Den Drachen zu bezwingen, wie der Abt ihm geraten hatte.

Der Sieg über den roten Drachen der Luft würde er wohl nicht anerkennen, dachte er mit resignierter Belustigung und beschloss, noch einmal den Kalten Berg aufzusuchen.

Am nächsten Morgen, bevor der Tau fiel, wanderte er durch die Maulbeerhaine. Die Arbeiter, mit denen er im vergangenen Jahr die Blätter geerntet hatte, erkannten ihn und nickten ihm freundlich zu. Er grüßte zurück, und mit kraftvollen Schritten erklomm er den Berg. Als die Sonne aufging, beleuchtete sie die safrangelbe Außenwand des Klosters. Er trat durch das Tor, und der Klang der Bronzeglocken umfing ihn. Eine mehr war es als im letzten Jahr – sein Geschenk war offensichtlich gut angenommen worden. Auch der vertraute Duft der Pinien hieß ihn willkommen, der gleichförmige Singsang der Mönche in der Gebetshalle, der säuerliche Geruch der eingelegten Rettiche in den Fässern hinter dem Küchengebäude und der Rauch der Kohlebecken.

Er wartete, bis die Sutren beendet waren und sich die Mönche zu ihrem Morgenreis versammelten. Sie nahmen ihn mit beiläufigen Grüßen selbstverständlich in ihrer Mitte auf, und er trank den bitteraromatischen, heißen Tee mit ihnen, der die Morgenkühle vertrieb.

Das Kloster war ein Hort des Friedens für ihn geworden, und er war dem Geschick dankbar, dass es ihn, wenn auch unter übelsten Umständen, hierhin geführt hatte.

Als die Mönche sich erhoben, um sich ihren täglichen Pflichten zu widmen, machte der Abt ihm ein Zeichen, zu ihm zu kommen.

»Der Wind hat sich gedreht, Drago *tai pan*.«

»Ja, er hat mich auf den Kalten Berg geweht. Ich komme um Unterweisung.«

Der *Xiu Dao Yuan* nickte und sagte: »Folgt mir.«

Leicht überrascht bemerkte er, dass der Abt geradewegs auf die Gebetshalle zuschritt. Er betrat zum ersten Mal die weiß gestrichenen Holzstufen, die zu den roten Säulen des Tempels führten. Am Eingang blieb der Abt stehen und bedeutete ihm einzutreten.

Süßer Weihrauchduft hing noch in der Luft, und die Sonne ließ die vergoldeten Statuen der Boddhisatvas aufleuchten. Umgeben von kunstvollen Ornamenten aber saß der still lächelnde Buddha auf seinem Podest.

Sie setzten sich zu seinen Füßen nieder, und Ruhe umhüllte sie. Es war nicht die Zeit zu reden, nicht die Zeit, laut Fragen zu stellen. Wie jedes Mal, wenn er mit dem Abt zusammen war, sammelte er seine Gedanken, um für sich selbst das Problem zu formulieren, das ihm auf der Seele lag.

Es war in der Vergangenheit begründet und reichte bis in die Gegenwart. Es beruhte auf seinem Handeln, seiner Entscheidung und der Reaktion darauf. Diese hatten seinen Stolz empfindlich verwundet, so sehr, dass er bisher tunlichst vermieden hatte, sich der Verletzung zu stellen. Unbändige Wut über den Schlag, der ihm versetzt worden war, hatte ihn damals gepackt, und er verspürte ihren Nachhall noch immer. Körperlich sogar und so sehr, dass er sich zwingen musste, seinen Atem wieder zu beruhigen und durch seine Glieder zu lenken. Das Gefühl durfte ihn nicht übermannen, er musste sich lösen, denn nur dann würde er klar sehen, warum es eine solche Macht über ihn hatte, dass es sein Gleichgewicht störte. Er ließ den Atem fließen und schaute in das ruhige, lächelnde Gesicht des großen Weisen, der die Schädlichkeit der zerstörenden Leidenschaften für den Seelenfrieden der Menschen erkannt hatte. Langsam floss der Zorn aus ihm heraus, wann immer ein Atemzug seine Lungen verließ, verließ ihn auch die Wut. Doch die Bindung blieb. Als er sie nun betrachtete, mit weniger Emotion, sah er, dass ihn an sein Handeln von damals das niederschmetternde Gefühl des Versagens band, das er sich nicht hatte eingestehen wollen und auch jetzt nicht gerne eingestand. Wieder verkrampfte sich sein Magen. Es war müßig, nach Falsch oder Richtig zu fragen, das hatte er inzwischen gelernt. Die Vergangenheit ließ sich nicht ändern. Er hatte getan, was er getan hatte. Und so demütigend auch die Erkenntnis war, nur wenn er sich ihr jetzt stellte, konnte er die Bande lösen. Wenn er nur wüsste, wie. Eine Ahnung flog ihn an, dass er hier auf die Spur des wahren Drachen gekommen war.

Als er zu diesem Schluss gelangt war, erhob der Abt seine Stimme.

»Der Seidenspinner schlüpft aus seinem Kokon, sucht sein Weib, begattet es und stirbt. Sie legt die Eier und stirbt ebenfalls. Nie sehen die Eltern ihre Brut.«

Ein Schmerz, scharf wie der Stich mit einer stählernen Klinge, durchfuhr ihn.

Er krümmte sich innerlich.

Rang nach Atem.

Der *Xiu Dao Yuan* blieb still neben ihm sitzen, den Blick unverwandt auf den Erleuchteten gerichtet.

Die Bronzeglocken webten ihren Klangkokon um ihn, die Pinien rauschten, süß duftete der Weihrauch.

Der Schmerz ebbte ab, der Atem floss wieder.

Sein Geist klärte sich.

»Danke, ehrwürdiger Abt. Es ist an der Zeit, eine lange Reise zu tun.«

Der *Xiu Dao Yuan* verbeugte sich, erhob sich geschmeidig aus dem Lotussitz und verließ die Gebetshalle.

Weit weniger geschmeidig löste der weißhäutige Drache seine steif gewordenen Glieder und trat hinaus in das Licht der Aprilsonne.

Zwei Tage später hatte er mit dem Kapitän des Fracht-Klippers ausgemacht, dass er und George Liu seine Ladung Seide höchstpersönlich nach Hamburg begleiten würden. Eine weitere Woche später befand er sich auf See.

Helenens Eitelkeit

Es war einmal eine kleine Idee,
ein armes, schmächtiges Wesen.
Da kamen drei Dichter des Wegs – oh weh! –
Und haben sie aufgelesen.

Otto Sommerstorff, Die arme kleine Idee

»Laura, nun halt doch mal still, damit ich dein Kleid zumachen kann.«

Doch stillhalten, das war schwierig, wenn man so aufgeregt war, fand Laura, aber sie gab sich große Mühe. Hannah war ein bisschen ungeduldig geworden, denn sie selbst sollte ja auch mitkommen und musste sich noch umziehen. Ihr eigenes Kleid war sehr hübsch, Mama hatte es extra für diesen Tag genäht. Weißer Musselin mit kleinen Rosenknospen drauf und rosa Seidenbändern. Und ganz, ganz viele Rüschen an den Unterröcken. Rosa Schleifen würden sie auch noch um die Zopfenden binden, hatte Hannah versprochen.

Überhaupt war es gar nicht mehr so schlimm, dass Mama eine Wohnung in der Zeughausstraße hatte. Nur manchmal, nachts, vermisste sie sie noch. Früher konnte sie zu ihr ins Bett krabbeln, wenn sie böse Träume hatte. Aber das war kindisch, hatte Philipp gesagt. Der bildete sich natürlich was darauf ein, dass er ein Jahr und drei Monate älter war als sie und im nächsten Monat seinen zehnten Geburtstag feiern würde.

Jedenfalls fand Onkel Leander, dass sie beide alt genug waren, um an diesem Nachmittag seine Ausstellung zu besuchen.

Onkel Leander – der war mal einer! Überhaupt kein bisschen alt und steif wie ihre anderen Onkel in Münster. Und was der alles erzählen konnte! Ganz schrecklich viele Geschichten wusste er, und gar nicht trockene, auch wenn sie von den alten Griechen und Römern handelten. Wie die mit dem Fädchen. Darum nannte er Mama ja auch immer so. Weil sie Ariane hieß, wie diese Frau, die ihrem Freund ein Knäuel roter Wolle mitgegeben hatte, damit er sich in dem Labyrinth nicht verirrte. Oder die Geschichte von Orpheus, der seine Frau aus der Unterwelt befreien musste und das mit seiner Musik geschafft hat. Und die ulkigen Verse, die er so einfach dichten konnte. Mama konnte aber gut mithalten, und sie selbst hatte ebenfalls schon manchmal einen kleinen Reim beigesteuert. Philipp sah bei dem lustigen Spiel aber immer ziemlich blass aus. Gut, das war Schadenfreude, und die gehörte sich nicht. Jedenfalls war Onkel Leander ein Pfundskerl, und Philipp und sie hatten schon ein paarmal überlegt, ob sie ihn bitten sollten, sie wenigstens für die großen Ferien nach Frankreich mitzunehmen. Aber die Fahrt war bestimmt sehr teuer. Er hatte Mama schon gesagt, dass er sie sich nicht hätte leisten können, wenn der Herr Kronenberg nicht die Kosten übernommen hätte.

Endlich waren alle Knöpfchen am Kleid geschlossen, und Hannah fegte ihr mit der Bürste durch die Locken. Es ziepte, weil sie es so eilig hatte, aber standhaft unterdrückte Laura einen Schmerzenslaut. Flink wurden ihr zwei lange, blonde Zöpfe geflochten und die versprochenen Schleifen kamen an ihren Platz.

»Wie ein kleines Prinzesschen siehst du aus, mein Schatz.«

»Das sagt Onkel Leander auch immer.«

»Dann achte darauf, dass kein Fleck auf das Prinzesschen kommt. Ich ziehe mich jetzt schnell um. Schaust du bitte, ob dein Bruder inzwischen mit seiner Toilette fertig ist?«

Philipp hatte natürlich wieder getrödelt, sein Kragen stand noch offen, die Schuhe hatte er noch nicht angezogen, und die Haare sahen auch noch ziemlich struppig aus.

»Ach, mach doch nicht so ein Gedöns darum«, fuhr er sie an, als sie sich ihm mit dem Kamm näherte.

»Wir sollen ordentlich aussehen. Du weißt doch, sonst gucken sie Mama dumm an.«

Er gab nach und ließ sich auch die Schleife um den Kragen legen. Einen richtigen Anzug hatte Mama ihm anfertigen lassen, und er sah wie ein echter Kavalier aus. Hoffentlich hielt das ...

Sie gingen nach unten, wo sie Tante Caro trafen, die sie wieder mit einer ganzen Litanei von Verhaltensregeln überschüttete. Laura dies, Laura das, und dass du mir nur sprichst, wenn du gefragt wirst ... blablabla. Gewohnheitsgemäß stellte sie ihre Ohren auf Durchzug und musterte das Kohlmeisenkleid, das einigen Aufputz durch ein Spitzenfichu erhalten hatte. Hübscher war es dadurch nicht geworden. Sogar Hannah in ihrem graurosa Kleid sah adretter aus. Auch wenn es nicht neueste Mode war.

Wie die auszusehen hatte, wusste Laura nämlich.

Wozu hatte man eine Mama, die immer die neusten Modegazetten bezog.

Die Mietdroschke kam vorgefahren und brachte sie in die Südstadt, wo Herrn Kronenbergs Villa lag. Ein prachtvolles Haus mit einer weiß gekiesten Auffahrt empfing sie, und als sie in den Vorraum geführt wurden, wartete Mama schon auf sie.

»Ist Onkel Leander schon da?«, wollte Philipp sofort wissen.

»Natürlich. Er muss doch die Gäste empfangen. Aber wir sind nicht die wichtigsten Leute hier, also haltet euch ein bisschen zurück und überfallt ihn nicht gleich.«

»Aber wir dürfen uns die Bilder ansehen.«

»Natürlich. Kommt mit.«

Mama erklärte ihnen, dass Herr Kronenberg seinen Ballsaal für die Ausstellung zur Verfügung gestellt hatte, und in diesem schönen Saal befanden sich nun Onkel Leanders Bilder. Einige hingen an den Wänden, andere an Stellagen, die im Raum verteilt waren, ein paar standen aber auch auf Staffeleien. Es schlenderten schon Besucher umher, aber der eigentliche Empfang würde erst in einer Viertelstunde beginnen. Darum nutzte die Frau mit dem Fotoapparat wohl auch die Gelegenheit, die Gemälde abzulichten. Philipp gesellte sich sofort zu ihr. Sie kannten Frau Sebastienne Waldegg, sie hatten sie bei Mama im Atelier kennengelernt, und sie begrüßte Philipp freundlich. Wahrscheinlich würde er ihr in wenigen Minuten ein Loch in den Bauch gefragt haben, weil er doch so vieles über die Fotografie wissen wollte.

Sie selbst vergnügte sich damit, die Bilder anzuschauen. Einige kannte sie sehr gut. Onkel Leander hatte sie nämlich in ihrem Beisein gemalt. Weil der Herr Kronenberg gesagt hatte, es würde mehr Besucher anlocken, wenn er einige Kölner Motive ausstellen würde. In den sechs Wochen, in denen er jetzt hier zu Besuch war, hatte er jeden Tag ein paar Stunden gearbeitet. Er hatte zwar ein Atelier, aber besonders gerne wanderte er durch die Stadt und suchte sich Stellen, die besonders – mhm – nicht hübsch waren. Wie nannte er es noch? Ach ja, die er bemerkenswert fand.

Zum Beispiel die Enten am Rheinufer. Das war ein seltsames Bild. Erst sah man nur ein paar Enten im Wasser schwimmen – nichts Besonderes eigentlich. Aber dann erkannte man, dass sich die Muusfall im Wasser spiegelte, die neue Eisenbahnbrücke von Deutz, die jetzt fast fertig war. Und wenn man noch genauer hinschaute, dann entdeckte man etwas ganz Gruseliges. Unter dem Wasser lag nämlich eine ertrunkene Frau. Bei einem anderen konnte sie sich gut an das Abenteuer erinnern, das damit in Verbindung gestanden hatte. Onkel Leander hatte nämlich den Dombaumeister Zwirner beschwatzt, ihn oben auf das Dach des Doms zu lassen. Und dann hatte er sie und Philipp mit hochgeschmuggelt. War das ein Erlebnis! Von so hoch oben hatten sie die Stadt noch nie gesehen. Und jetzt konnte man diesen unglaublichen Ausblick über den Rhein hier auf einer Staffelei bewundern. Onkel Leander hatte sie aber auch zum Rosenmontagszug mitgenommen und dabei wie wild in seinen Skizzenblock gezeichnet. Darum hing ein ganz buntes Bild mit dem Karnevalstreiben an der Wand. Aber auch darin hatte er einige komische Sachen versteckt, die man nicht gleich sah. Hinter den seidenen Larven der Maskierten verbargen sich, wenn man sie näher betrachtete, eigenartig hässliche, vernarbte Gesichter. Andere Bilder waren einfacher, vor allem die, die er mitgebracht hatte. Ein Fischer, der auf einem Bootssteg saß und angelte und dem eine Katze die Beute heimlich aus dem Eimer stahl, eine krumme und schiefe Bauernkate mit einer mageren Ziege davor, ein greinendes Kind, ein mit Efeu bewachsener Baum, der sich im Sturm beugte. Solche Sachen eben.

»Na, Laura, gefällt es dir, wie man die Bilder deines Onkels präsentiert?«

Die nette Frau Paula Oppenheim war zu ihr getreten, und flugs musste man einen kleinen Knicks machen.

»Ja, Frau Oppenheim. Es ist ein schöner Saal. Man kann sie alle gut sehen, nicht?«

»Das ist wichtig bei einer Ausstellung. Hast du schon ein Lieblingsbild gefunden?«

»O ja, sicher. Wollen Sie es sehen?«

»Ja, führ mich dahin. Deine Mama erzählte mir, dass du auch recht hübsch zeichnen kannst.«

»Onkel Leander hat mich ein bisschen unterrichtet, Frau Oppenheim. Und ich kann jetzt einen Apfel so malen, dass er richtig rund aussieht.«

»Das ist ein sehr guter Anfang. Ich habe früher auch Zeichenunterricht bekommen, aber meine Äpfel wirken immer, als hätte jemand draufgetreten. Dein Onkel hat ein weit größeres Talent als ich.«

»Ja, nicht? Wenn er will, dann kann er so malen, dass es aussieht wie eine bunte Daguerrotypie.«

»Sehr gut beschrieben, Laura. Ach, du meine Güte!«

Frau Oppenheim hielt sich ein Spitzentüchlein vor die Lippen, um ein prustendes Kichern zu verstecken. Aber das Bild war auch komisch. Nicht dass man so direkt darüber lachen konnte, aber Onkel Leander hatte ziemlich lange daran gearbeitet, und es wirkte wie ein geöffneter Schrank, in dessen Fächer man schauen konnte. Und was da alles für ein Krimskrams drin war. Lange Seidenhandschuhe ringelten sich wie Schlangen und hingen bis in den Rahmen hinein, Perlenketten, Broschen, glitzernde Diademe, Ringe mit funkelnden Steinen lagen überall herum. Ein Fächer aus Federn, zerbrochen, fand man da, einen Gedichtband mit Goldschnitt, aber Eselsohren, eine Seidenrose, dazwischen ein falsches Gebiss, das war ziemlich degoutant, genau wie das Glasauge, das in einer dunklen Ecke herumkullerte, und der falsche Fifi, der eine erschreckende Ähnlichkeit mit Tante Caros Haarteil hatte.

Das Ganze hatte Onkel Leander »Vanité d' Elena«, Helenas Eitelkeit genannt, weil in der Mitte von allem ein goldener Apfel prangte. Der sollte auf das Urteil des Paris deuten, hatte er erklärt, der zwischen drei griechischen Göttinnen die schönste auswählen sollte. Die Göttinnen hatten ihn bestochen, und Aphrodite, die Paris die schöne Helena versprochen hatte, bekam den goldenen Apfel. Der auf dem Bild aber schien, wenn man ihn genauer ansah, nur aus vergoldetem Holz zu bestehen und hatte ganz viele Wurmlöcher. Unten spitzte sogar ein kleiner Wurm raus.

Frau Oppenheim hatte sich gefasst und wies sie darauf hin, dass jetzt die Vernissage offiziell eröffnet wurde. Das war öde bis langweilig, weil mehrere Herren gestelzte Reden hielten, aber eingedenk des großen Entgegenkommens der Erwachsenen, dass sie dabei sein durften, verhielten sie und Philipp sich mustergültig geduldig.

Dann war dieser Zauber auch vorbei, ein kleines Musikertrio spielte leise Musik, und die Leute, es war inzwischen ein rechtes Gedränge geworden, standen eifrig plaudernd vor den Bildern, tranken Sekt oder Wein und versuchten, mit Onkel Leander einige Worte zu wechseln. Philipp war schon wieder verschwunden, Mama von Bekannten umringt, Mademoiselle Viola wurde von den Damen umkreist, und wie es aussah, steckte sie ihnen fleißig Kärtchen mit Mamas Adresse zu. Sie sah aber auch besonders hübsch aus in ihrem neuen Kleid. Hannah war in ein aufregendes Gespräch mit einem jungen

Herrn verwickelt, und Tante Caro sah bewundernd zu einer hochgewachsenen Dame in flatternd grauen Chiffonshawls auf. Um nicht ganz an den Rand der Gesellschaft gedrängt zu werden, suchte Laura nach einem bekannten Gesicht in der Menge und fand es in Julia Waldegg. Die bemerkte ihren flehenden Blick und kam zu ihr.

Knicks und lächeln.

»Hat man dich verloren, Laura?«

»Nein, Frau Waldegg, nur ein bisschen abgestellt. Ich trau mich nicht, mich zwischen die Herrschaften zu drängeln.«

»Klug, mein Fräulein. Dann machen wir beide jetzt ein wenig Konversation. Wie sieht es mit der Schule aus?

Sie konnte nichts dafür, dass ihr Gesicht sich zu einer Grimasse verzog.

»Gefällt sie dir nicht?«

»Doch, nur es ist so langweilig. Und wird noch langweiliger werden, weil mein Bruder nach Ostern aufs Gymnasium geht. Ich muss noch ein Jahr auf der dummen Elementarschule bleiben.«

»Wie alt bist du jetzt?«

»Ich werde dieses Jahr neun!« War nicht gelogen, wenn auch ihr Geburtstag erst im August war.

»Ein reifes Alter. Hast du gute Noten?«

»Ja. Na ja ... mit dem Rechnen ... also, ich kann besser lesen als Philipp und mir Sachen viel besser merken. Und Französisch kann ich auch schon sehr gut.«

»Was liest du so, Laura?«

»Och, im Augenblick lesen wir mit Madame Mira etwas über Marco Polo.«

Frau Waldegg schien tatsächlich beeindruckt.

»Laura, ich werde mal mit deiner Mama sprechen. Ich kenne die Leiterin einer höheren Mädchenschule, bei der du vielleicht ganz gut aufgehoben sein könntest. Fräulein Berit war früher meine Gouvernante, und eins kann ich dir versprechen – langweilig war es mit ihr nie.«

»Das wäre sehr freundlich von Ihnen, Frau Waldegg. Es ist nämlich manchmal nicht sehr nett in der Schule.«

Sie hatte keine Freundinnen mehr, weil die Mütter der Mädchen ihren Töchtern verboten hatten, mit Laura Kusan zu verkehren. Aber das hatte sie Mama nicht gesagt. Frau Waldegg hingegen verstand das offensichtlich, denn sie nickte.

»Es gibt sehr viel Dünkel unter den Damen.«

»Ja, und Mama ist in Verschiss bei ihnen.«

Frau Waldegg gab ein kleines Schnauben von sich. »Nicht eben damenhaft, deine Bemerkung, aber ziemlich treffend.« Sie nahm ihre Hand und bahnte sich den Weg zu Mama, die jetzt neben Onkel Leander stand und sich mit einigen Herren unterhielt. Sie kamen aber nicht dazu, ihre Aufmerksamkeit auf sich zu lenken, denn die Musiker spielten einen kleinen Tusch, und Herr Kronenberg kündigte an, dass zur Unterhaltung der wohledlen Gesellschaft Frau von Schnorr zu Schrottenberg sich auf das inständige Flehen einiger Gäste hin bereit erklärt hatte, die Veranstaltung mit einigen literarischen Beiträgen zu bereichern.

»Das ist Tante Caros Werk!«, zischelte Mama.

»Nein, Fädchen, das ist meines«, antwortete Onkel Leander und grinste wie ein Wolf. »Ich habe Helenen bezirzt, ihr neuestes Werk vorzutragen. Es hat seinen Reiz, du wirst schon sehen.«

Dann wurde es still im Saal, und die Frau in den grauen Flattershawls trat an den Flügel, holte ein dünnes Bändchen aus ihrem Retikül und schlug es auf. Mit einem schmachtenden Augenaufschlag verkündete sie, sie wolle nun das Gedicht über die Macht des Fächers vortragen. Sie deklamierte mit bebender Stimme:

»Ode an den duft'gen Hauch des Zephros.«

Die Dame sah dramatisch auf und holte tief Luft, um die erste Strophe vorzulesen, doch in diesem Augenblick fuhr der Mann mit dem Cello mit dem Bogen über eine Saite, und es hörte sich an... also es hörte sich wirklich so an... tatsächlich, als ob sie richtig laut gepupst hätte.

Es war ganz still im Raum.
Und dann sagte Onkel Leander mit laut schallender Stimme:

>»Es bläh'n Vapeurs des Rockes Weiten.
>Sie ließ drauf fahren alle Eitelkeiten.
>Kein Ton entringt sich der Poetin Kehlchen.
>So geht's den aufgeblas'nen Dichterseelchen.«

Mit hochrotem Kopf drehte sich die Dame um und verließ den Saal.

Wie konnte man da schweigen, es platzte förmlich von ihren Lippen. Bevor sie den Worten Einhalt gebieten konnte, hörte Laura sich selbst deklamieren:

>»Und aufgepustet wie ein Ballon
>Verlässt Helenen den Salong.«

Ganz geschwind versteckte sie sich hinter Mamas weiten Röcken. Das Geraune im Saal wurde laut und immer lauter, und als sie ganz vorsichtig nach vorne schaute, sah sie, dass einige Leute sich Tüchlein vor das Gesicht hielten, ganz viele Fächer aufgeklappt waren und Mama sich verzweifelt auf die Fingerknöchel biss.

»Exit Helenen«, sagte Onkel Leander.

Mamas Stimme gluckste ein bisschen, als sie sagte: »Eine treffliche Giftspritze, mein Bruder.« Dann wurde sie aber ernst und fügte hinzu: »Aber für mich wird es dadurch nicht leichter.«

»Du bist nicht auf sie angewiesen, Ariane.«

»Entschuldigen Sie, wenn ich mich einmische, Herr Werhahn«, sagte Frau Waldegg, und beide sahen sie an. »Ihre Schwester mag nicht auf Helene und ihren Klüngel angewiesen sein, aber es wird nicht leichter für ihre Nichte und ihren Neffen. Wenn ich Laura recht verstanden habe, gibt es schon Probleme in der Schule. Die Dichterfürstin ist nachtragend und gehässig.«

Onkel Leander sah plötzlich betroffen drein.

»Das habe ich verbockt, was?«

Mama sah auch ganz unglücklich aus.

»Wir werden Rat finden. Ich suche Sie morgen auf, Frau Kusan, wenn es Ihnen recht ist.«

»Gerne, Frau Waldegg, wann immer es Ihnen genehm ist.«

Laura wäre gerne in einem Mauseloch verschwunden. Mist aber auch, dass sie selbst genauso ein vorlautes Mundwerk wie Onkel Leander gehabt hatte.

Nachrichten aus China

Wer die tiefste aller Wunden
Hat in Geist und Sinn empfunden
Bittrer Trennung Schmerz;
Wer geliebt, was er verloren,
Lassen muß, was er erkoren,
Das geliebte Herz,
Der versteht in Lust die Tränen
Und der Liebe ewig Sehnen.

Karoline von Günderode, Die eine Klage

Für Leander war die Vernissage ein unerwarteter Erfolg, trotz des beschämenden Intermezzos mit der Dichterfürstin. Ich gönnte ihr natürlich die Abfuhr; sie hatte sich zuvor höchst süffisant über die Klecksereien eines stümperhaften Malers ausgelassen, der noch nicht mal einen geraden Strich ziehen konnte.

Das war zwar, wenn auch höflicher formuliert, auch die Meinung einer ganzen Reihe von Besuchern der Vernissage, aber bei Weitem nicht von allen. Ich selbst fand Leanders Bilder beeindruckend. Seine Motive waren meist aus der Natur gegriffen, er suchte sich weder Themen aus der Sagenwelt noch aus der Bibel, wie man es in den Salons derzeit so schätzte, sondern fand seine Motive im ganz normalen Leben. Das alleine irritierte die sogenannten Kunstkenner, weil es ihnen fremd war. Außerdem malte er unter Berücksichtigung der natürlichen Lichtverhältnisse, wie er es bezeichnete, und ließ nicht eine artifizielle Lichtquelle die Szene ausleuchten. Und zum Dritten verbarg er in seinen Gemälden oft kleine Hinterhältigkeiten, die man erst entdeckte, wenn man sie sehr genau betrachtete. Er konnte aber auch sehr detailgetreu malen, was seinen Kritikern recht schnell den Wind aus den Segeln nahm. »Helenens Eitelkeit« hatte übrigens einen Käufer gefunden; ob derjenige wohl ahnte, welcher Hintergedanke in dem Bild steckte? Auch die Enten waren verkauft und drei sehr schöne, dramatische Landschaftsgemälde aus der Dordogne. Damit hatte sich die Reise finanziell für meinen Bruder wirklich gelohnt. Möglicherweise würde er sogar noch mehr verkaufen, denn zwei weitere Veranstaltungen waren noch geplant. Besonders freute mich für ihn, dass Paul-Anton Waldegg einen sehr informativen Artikel über ihn und seine Kunstrichtung veröffentlicht hatte, der frei von den üblichen schleimigen Lobhudeleien war, jedoch durchaus das Werk des Künstlers wertschätze. Julia Waldegg hatte mir den Vorabdruck des Artikels höchstpersönlich vorbeigebracht und mir dann sogar noch ihre Hilfe angeboten.

Natürlich war ich ihren Hinweisen, was die Schulsituation meiner Kinder anbelangte, sofort nachgegangen, und ein langes Gespräch mit den beiden brachte ans Licht, dass sie in der Schule inzwischen völlig von ihren Mitschülern isoliert waren. Helenens Klüngel war wirksam geworden. Julia bot aber praktische Hilfe an. Zum einen würde Philipp nach Ostern das Friedrich-Wilhelm-Gymnasium besuchen, und hier hatte sich Julias Vater, Alexander Masters, angeboten, ihm eine Empfehlung mitzugeben.

»Wenn er will, dann kann mein Vater sehr gräflich werden«, hatte Julia schmunzelnd gemeint. Man vergaß immer wieder, dass der Fabrikant eigentlich der Graf von Massow war. Für Laura, hatte Julia vorgeschlagen, könnte sich eine Möglichkeit ergeben, ebenfalls nach Ostern an einer Privatschule unterzukommen, deren Leiterin keine gesellschaftlichen Dünkel duldete. Außerdem sollte meine Tochter zusätzlichen Zeichenunterricht erhalten, das hatte Leander angeregt, der Lauras Talent als recht beachtlich einstufte. Er hatte ihr schon ein paar Stunden gegeben und eines der Resultate rahmen lassen. So hing nun in meinem Anprobenraum das Aquarell von Captain Mio, der mich mit stolz aufgerecktem Schwanz aus seinem Lieblingskorb heraus anstarrte.

Wie ich den verschmusten kleinen Piraten vermisste!

Die Ausstellungseröffnung war jedoch nicht nur für Leander erfolgreich, sondern auch für mich. Violas Kleid hatte Aufsehen erregt, und einige Damen aus der Südstadt hatten schon Anfragen gesandt. In den schnell wachsenden Vororten Kölns lebte ein anderes Klientel als in der Altstadt. Hier zogen viele neue Bürger in die modernen Häuser, Industrielle, höhere Beamte, gehobene Angestellte, die zwar nicht über altes Vermögen, aber über respektable Einkommen verfügten und sich wenig um die gesellschaftlichen Befindlichkeiten der Alteingesessenen kümmerten. Wenn es mir gelang, mir unter ihnen einen Namen zu machen, dann konnte ich über kurz oder lang über eine Erweiterung meines Geschäfts nachdenken.

Aber nicht nur meine Tätigkeit entwickelte sich günstig, auch LouLous Salon Vaudeville erfreute sich steigender Beliebtheit. Der CanCan war zwar nur wenige Wochen lang ausschließlich bei ihr zu sehen gewesen, schnell hatten sich Nachahmer gefunden, aber das Publikum, das sie damit angelockt hatte, blieb ihr treu, ja, sorgte sogar für die Verbreitung ihres Rufes. Zusätzlich hatte Leander für sie ein Plakat entworfen, auf dem die röckeschwenkenden Tänzerinnen zu sehen waren. Natürlich ohne dass man die Beine sah. Wir Damen existierten ja unterhalb der Taille nicht.

Tante Caro hingegen schmollte weiter mit mir, aber das sollte mich nicht daran hindern, Madame Mira einen Besuch abzustatten und ihr von den verschiedenen Entwicklungen zu berichten.

Und möglicherweise eine halbe Stunde den Kater zu kraulen.

Hilde ließ mich durch die Küche ein, damit ich meiner Tante nicht begegnete, und informierte mich, Madame Mira habe bereits Besuch.

»Ein Neffe oder so ist es, der lange im Ausland gewesen ist.

Aber gehen Sie nur hoch, sie wird sich bestimmt freuen. Die Kinder sind auch bei ihr.«

In Madame Miras Stube waren tatsächlich alle versammelt, und ich fand Laura und Philipp vor, die mit glänzenden Augen einem Seemann in Uniform lauschten. Er wurde mir als Leutnant Zettler vorgestellt, auf Heimaturlaub nach jahrelangen Reisen. Er stellte damit den ranghöheren Captain Mio leider in den Schatten, sodass dieser bei mir Zuflucht suchte, um die ihm gebührende Aufmerksamkeit zu erheischen.

»Leutnant Zettler war in Indien, Mama. Und in Japan. Und in China!«, wurde ich informiert, und Madame Mira, in eine warme Decke eingemummelt, in ihrem Lieblingssessel lachte über den Überschwang meiner Kinder.

»Ich fürchte, wenn Sie nicht aufpassen, Ariane, werden die beiden in Kürze ihr Bündel schnüren und auf dem nächsten Dampfer anheuern. Ernst, das ist die Mutter dieser jungen Abenteurer, Ariane Kusan. Und ich bin mir sicher, sie wird sich ganz besonders für deine Geschenke interessieren. Und heuer viel mehr Anregungen darin finden können als ich. Sie ist nämlich eine einfallsreiche Couturière.«

»Ja, Mama, du musst dir das ansehen!«, forderte Laura auch schon und zerrte an einem großen Paket. »Dürfen wir das Mama zeigen, Herr Leutnant?«

»Ooch, schon wieder die Stoffe. Können Sie uns nicht lieber noch etwas von den fliegenden Fischen und den Haien und so erzählen?«

Der arme Schiffsoffizier mochte seinen Mann inmitten eines Taifuns stehen, dem Wirbel, den Laura und Philipp erzeugten, war er hilflos ausgeliefert. Ich schlug daher vor: »Wenn es Ihnen nichts ausmacht, Herr Leutnant, dann befriedigen Sie den Wissensdurst meines Sohnes, während wir Damen uns den Mitbringseln widmen.«

Er schien tatsächlich erleichtert, und Philipp, der einen nicht unbeträchtlichen Charme entwickeln konnte, überhäufte ihn sofort mit seinen Fragen.

Mitbringsel war allerdings das falsche Wort für die Kostbarkeiten, die sich in dem dicken Packen befanden. Madame Mira wusste zu beschreiben, um was es sich handelte. Eine lange, orangefarbene Stoffbahn, kunstvoll mit Goldfäden durchwirkt, stammte aus Indien.

»Ein Sari ist das, den die Frauen ganz geschickt wie ein Kleid um sich wickeln«, erklärte sie.

»Wir haben in deinem Kostümbuch doch Bilder davon gesehen, Mama. Aber in Wirklichkeit ist das noch viel schöner.« Laura streichelte geradezu andächtig den glitzernden, schimmernden Stoff. Ich hatte da zwar einige Ideen, was man aus ihm anfertigen könnte, aber die Achtung vor der eigentlichen Verwendung hielt mich zurück.

»Es ist eine wunderbare Seide, die zu zerschneiden mir auch wirklich wehtun würde.«

»Man könnte damit ein Fenster drapieren«, meinte Madame Mira nachdenklich. »Oder einen Betthimmel. Obwohl – in diesen Räumen würde es sich seltsam ausnehmen.«

Laura stand die blanke Gier in den Augen, und ich musste sie enttäuschen.

»In deinem Zimmer auch, Laura. Nein, wir wollen den Sari wieder zusammenrollen, und wenn Madame Mira etwas einfällt, was sie damit machen möchte, dann werden wir ihr helfen, das zu fabrizieren. Was ist dieses hier – oh – ein Morgenmantel?«

»Nein, ein japanischer Kimono. Den tragen Männer wie Frauen dort. Dieser hier aber muss für eine Frau geschneidert worden sein. Ich glaube, derartige Blumenmuster passen nicht zu japanischen Herren.«

Es war ein hinreißendes Kleidungsstück in matten Grün- und Goldtönen, dessen Muster aus Schwertlilien und ihren lanzenförmigen Blättern bestand. Ich merkte es mir sogleich vor. Ein zweiter Kimono leuchtete wie der Herbstwald bei Sonnenuntergang in Braun-, Rot-, Kupfer- und Ockerfarben mit vereinzelten hellblauen Blättern darin. Ungewöhnlich, aber überwältigend von der Wirkung. Auch dazu machte ich mir eine geistige

Notiz. Der letzte Packen enthielt zwei chinesische Gewänder, wie Madame Mira erläuterte. Laura, die bei der ersten Durchsicht dieser Kunstwerke höchst aufmerksam zugehört hatte, prunkte ihrerseits mit ihrem Wissen.

»Das ist ein Qipao, hat der Herr Leutnant gesagt. Den langen tragen die Frauen. Wenn er kurz ist, ist es ein Männergewand. Und wenn ein Drache drauf ist, dann gehört er jemandem vom kaiserlichen Hof.«

Ein Drache war nicht auf den schweren Seidenroben, doch sie waren äußerst sorgfältig bestickt, die seitlichen Verschlusskanten und die Ärmel mit aufwändig gemustertem Goldbrokat eingefasst und innen nochmals mit Seide gefüttert. Das Damengewand schimmerte in Rosenrot und war mit Schmetterlingen und Narzissen bestickt, den unteren Saumumfang hatte man mit einem ganzen Landschaftsgemälde aus Bergen, Bäumen, Bächen und Brücken versehen, die Einfassung der Kanten bestand aus schwarzgrundigem Brokat mit stilisierten Blüten. Ein wahres Prachtstück und Resultat monate-, wenn nicht gar jahrelanger Arbeit. Auf das kürzere Gewand aus schwarzer Seide waren acht kreisrunde Medaillons mit stilisierten Vögeln, vermutlich Phönixe, aufgestickt. Den Saum zierte hier ein blauweißes Wellenmuster.

Ich war wie versunken in diese Schönheit.

»Kannst du so ein Muster auch entwerfen, Mama? Damit Herr Wever auch so schöne Stoffe herstellen kann?«

»So schön wie diese, das wird kaum möglich sein. Sie sind ja auch nicht gewebt, sondern gestickt. Aber wenn Madame Mira es gestattet, dann werde ich einige Skizzen von den Mustern machen.«

»Nur zu, Ariane. Wenn Sie wollen, nehmen Sie die Stoffe mit. Seide ist ja bei Ihnen in guten Händen.«

»Das würde ich zu gerne. Mir juckt es förmlich in den Fingern, an meinen Zeichenblock zu gehen.«

Ich schlug die Kleidungsstücke sorgfältig in ihre Leinenhüllen, wickelte das Ganze in die wasserfeste Ölhaut, in der sie die lange Reise trocken überstanden hatten, und schnürte den Packen zusammen. Philipp hatte den bedauernswerten Leutnant noch immer in der Mangel, und es schien mir an der Zeit, ihn zu erlösen.

»Philipp, Laura, wäre es für wohlerzogene Kinder jetzt nicht langsam an der Zeit, sich höflich zu verabschieden und die gesetzteren Herrschaften ihrer Unterhaltung zu überlassen?«

»Ja, Mama.«

Artig, aber nicht sehr überzeugt kam es von den beiden.

»Geht zu Hilde und lasst euch mit Kuchen abfüttern. Wo ist übrigens Hannah?«

»In der Leihbücherei. Wir haben gar nichts mehr zu lesen.«

»Na gut. Und jetzt weg mit euch.«

Laura, Philipp und Captain Mio gingen von Bord.

»Mein Sohn kann sehr lästig sein, Herr Leutnant, ich weiß es. Sein Wissensdurst ist unerschöpflich.«

»Sein Wissen ist allerdings beachtlich. Erst elf Jahre alt?«

»Schon fast elf Jahre alt.«

Leutnant Zettler lächelte. Er war ein Herr in den mittleren Jahren. Ein wenig spannte die Uniform um seine Mitte, seine Haare waren nicht nur sonnengebleicht, sondern an den Schläfen schon ergraut, aber sein Gesicht braungebrannt und markant. Er gefiel mir aber vor allem deshalb, weil er sich zuvorkommend um Madame Mira kümmerte.

»Ich habe zwei Töchter, gnädige Frau, und eine davon war erst ein halbes Jahr alt, als ich sie verlassen musste. Ich hoffe, sie hat sich ebenso gut entwickelt wie Ihre Kinder. Mein Beruf bringt es mit sich, dass ich meine Gattin lange alleine lassen muss und mich nicht besonders um die Erziehung der Kinder kümmern kann. Aber bei Mädchen dürfte der Einfluss des Vaters vermutlich sowieso geringer sein als der der Mutter.«

»Ich habe beide alleine erzogen. Ich hoffe, dass es mir einigermaßen gelungen ist. Aber überzeugt bin ich nicht immer davon.«

Er sah mich ein wenig irritiert an, und Madame Mira sprang ein: »Frau Kusan ist Witwe, Ernst. Schon seit acht Jahren.«

»Oh, verzeihen Sie, Frau Kusan. Kusan? Sagten Sie Kusan? Ich hatte vorhin nicht recht hingehört.«

»Ja, Ariane Kusan ist mein Name.«

»Seltsam. Es ist nicht eben ein Allerweltsname wie Meier oder Schmidt, nicht wahr? Mir ist vor zwei Jahren ein Mann mit dem Namen Kusan in Schanghai begegnet.«

Mein Magen krampfte sich plötzlich zusammen, und ich hoffte, dass man meiner Miene die Überraschung nicht ansehen würde.

»Sie waren in Schanghai?«

»Kurzfristig. Die Briten und Franzosen hatten gerade versucht, in Verhandlungen mit der chinesischen Regierung zu treten – je nun, ein langwieriges diplomatisches Geschäft, mit dem ich Sie nicht langweilen will. Meine bescheidene Rolle darin ist sowieso nicht erwähnenswert. Ich gehörte zum uniformierten Gefolge, mit dem man bei den Beamten Eindruck schinden wollte. Aber Sie müssen wissen, dass sich in Schanghai bereits einige europäische Handelshäuser niedergelassen haben, und so trifft man sich dann in den Settlements.«

»Europäer unter sich bilden ein kleines Dorf?«

»Richtig. Und einer der Dorfbewohner war Teilhaber eines deutschen Handelshauses, Tee und Porzellan, wenn ich mich recht erinnere. Ein unterhaltsamer Mann, der *tai pan* Kusan. Aber er ist nicht mit Ihnen verwandt, nehme ich an.«

»Von einer solchen Verwandtschaft müsste ich wissen. Nein, Herr Leutnant. Ich habe keinen Verwandten in China.«

»Nun, dann dürfte es Sie auch nicht sonderlich bekümmern, dass der arme Mann leider ein wenig zu sehr dem Übel des Landes verfallen war. Er erlag, wie manche von denen, die der Mühsal fern der Heimat nicht recht gewachsen sind, dem süßen Gift des Opiums. Nicht dass ich es nicht auch ein-, zweimal probiert hätte. Eine Pfeife wirkt äußerst entspannend, und manche Chinesen pflegen sich täglich eine kleine Dosis davon zu gönnen, ohne dass es ihnen schadet. Einige werden sogar uralt damit. Aber dieser Drago Kusan hat es wohl übertrieben.

Das Letzte, was ich von ihm hörte, war, dass er mit seiner chinesischen Geliebten zusammen eine Überdosis genommen hat und beide daran gestorben sind.«

Ich hielt mich mit Kraft aufrecht und bemühte mich, mir nichts anmerken zu lassen.

»Eine traurige Geschichte, Herr Leutnant. Und sicher nicht die einzige.«

»Ach nein, natürlich nicht. Manche Männer kommen ganz gut zurecht in der Fremde, andere verlieren die Kontrolle, werden melancholisch oder süchtig, lassen sich mit den Eingeborenen ein oder werden aggressiv und gewalttätig.«

Ich stand auf, weil ich einfach nicht länger still sitzen konnte, und trat an das Fenster. Ein Frühlingssturm schien sich über dem Rheintal zusammenzubrauen, Wolkenfetzen wurden bereits über den Himmel gepeitscht. Ein guter Grund, mich zu verabschieden und schnellstmöglich nach Hause zu gehen.

Doch ich wurde noch eine Weile von Madame Mira aufgehalten, die Kinder hatten noch Dutzende von Fragen, und Hannah wollte meine Meinung über die beiden Bücher wissen, die sie ausgeliehen hatten. Ich riss mich zusammen, beantwortete mechanisch alle Fragen, hielt mich aufrecht, so gut es ging. Aber als ich endlich auf die Straße trat, geriet ich nach wenigen Schritten bereits in einen gewaltigen Wolkenbruch.

Völlig durchnässt und mit klappernden Zähnen erreichte ich meine Wohnung, warf den Packen Seidengewänder in die Ecke, zog mich mit klammen Fingern aus und hüllte mich in meinen Morgenrock. Den Kamin anzumachen, dazu hatte ich keine Kraft mehr.

Er war tot. Gestorben in den Armen seiner Geliebten. Im Opiumrausch.

Warum war das so unfassbar für mich?

Seit acht Jahren lebte ich das Leben einer Witwe.

Vor acht Jahren war Drago Kusan ein für alle Mal aus meinem Leben geschieden.

Für mich war er seit jenem letzten Streit gestorben.

Warum schmerzte mich das Wissen darum so, dass er nun wirklich nicht mehr lebte?

Hatte ich tief in meinem Inneren etwa noch einen Rest Hoffnung gehabt?

Für ihn war es doch endgültig.

Und ich wollte von ihm frei sein.

Offensichtlich war diese Freiheit eine Lüge. Sonst würde mir doch jetzt das Herz nicht so wehtun. Mein Gott, wie konnte es für ihn so enden? – Opiumsüchtig! Selbstmord mit seiner Geliebten? Was hatte ihn nur angefochten? Drago? Der Drago, den ich kannte, hätte so etwas nie getan. Er konnte saufen, ohne den Verstand zu verlieren, er sah Liebe als Spiel von Lust und Leidenschaft, er hielt das Leben für einen Zirkus, in dem er wie ein Dompteur die Peitsche schwingen konnte, damit die anderen Menschen nach seinen Befehlen um ihn herumsprangen. Bekam er zufällig von einem ungebärdigen Tiger einen Prankenhieb ab, lachte er darüber nur.

Was hat China mit dir gemacht, Drago? Was hat es dir angetan, dass du in die Welt des Rausches und der Träume geflohen bist? Was hat diese Frau mit dir gemacht, dass du dein Leben gegeben hast?

Mein Leben hat dir nichts bedeutet.

Das Leben deiner Kinder hat dir auch nichts bedeutet.

Wir waren dir gleichgültig. Und darum wollte ich frei von dir sein.

Aber ich war es nicht.

Du aber hast dich von uns befreit.

Gründlich.

Jetzt vollständig.

Ich vergrub meinen Kopf in die Kissen, von Kälte, Trauer und Schluchzen geschüttelt.

Herzeleid

Ich schwamm in Freude.
Der Liebe Hand
Spann mir ein Kleid von Seide;
Das Blatt hat sich gewandt,
Ich geh im Leide.
Ich wein jetzund, daß Lieb und Sonnenschein
Stets voller Angst und Wolken sein.

Hofmannswaldau, Wo sind die Stunden

Nona stand etwas ratlos vor der verriegelten Tür des Modeateliers. Normalerweise schloss Madame Ariane es morgens für Bette auf und war auch meistens schon bei der Arbeit, wenn sie kam. Sie klopfte, zögerlich erst, dann lauter, aber nichts rührte sich drinnen.

Ob Madame ausgegangen war? Oder ob sie noch schlief? Sie hatte die vergangenen zwei Tage nicht sehr gut ausgesehen. Ihre Augen waren gerötet, und ihre Hände, die sonst so gewandt Stoffe drapierten, zuschnitten und absteckten, hatten gezittert. Sie hatte tatsächlich eine Kundin gepiekt. Das war ihres Wissens noch nie vorgekommen.

Vielleicht war sie krank. Das Frühlingsfieber war im Augenblick weit verbreitet.

Etwas unsicher kramte Nona den Schlüssel aus ihrer Tasche. Madame Ariane hatte ihr diesen und auch den für die Hintertür anvertraut, damit sie jederzeit zu ihrer Arbeit kommen konnte, aber bisher hatte sie ihn noch nie benötigt.

Als die Tür aufgesperrt war, trat sie in den Empfangsraum. Hier war alles wie üblich, aber der Anprobenraum sah unaufgeräumt aus. Stoffschnipsel, Fäden, hier und da eine Stecknadel lagen auf dem Boden, eine ganze Stoffbahn ergoss sich über den Sessel. War Bette denn nicht gekommen, um sauber zu machen? Sie kehrte gewöhnlich den Teppich jeden Morgen, damit es für die Kundinnen immer adrett aussah.

Hier stimmte irgendetwas nicht.

»Madame Ariane?«, rief sie leise. »Madame Ariane!«

Niemand antwortete.

Die Tür zum Nähzimmer war nur angelehnt. Auch hier ein Bild der Unordnung. Die Nähmaschine, sonst immer ordentlich unter ihrer Haube verstaut, stand offen da, ein angefangener Rock hing nachlässig über dem Stuhl. Die Schlafzimmertür war geschlossen.

Es sah aus, als sei Madame in großer Eile aufgebrochen, womöglich schon gestern Abend, und hatte vergessen, dass sie ja morgens Bette öffnen musste.

Oder ihr war etwas zugestoßen.

Nona drehte sich entschlossen um und lief die Treppe zur Küche hinunter. Auch hier keine Spur von Madame. Der Herd war kalt, der Wassereimer leer.

Also blieb ihr nichts anderes übrig, sie musste ins Schlafzimmer schauen.

Auch hier klopfte sie erst zaghaft, dann lauter und öffnete schließlich die Tür.

»Mère de Dieu!«

Madame lag in zusammengeknäulten Laken, völlig regungslos. Das Plumeau war zu Boden gerutscht, ein Wasserbecher umgekippt.

Vorsichtig trat Nona näher und fühlte nach der Stirn der Schlafenden.

Heiß und trocken. Hohes Fieber.

Man musste Madame helfen. Aber wie? Ein wenig ratlos stand sie vor dem Bett, dann zog sie erst einmal die Laken gerade und legte die Bettdecke wieder über sie.

Madame stöhnte leise.

Und draußen ging die Türglocke. Bestimmt eine Kundin. Zweifelnd sah Nona zu der Kranken. Nein, hier konnte sie im Augenblick nichts tun, erst einmal höflich die Dame fortschicken.

Die aber ließ sich nicht so ohne Weiteres abwimmeln, also nahm sich Nona zusammen und steckte ihr das Kleid ab, das glücklicherweise fast fertig auf dem Bügel im Nähzimmer hing.

Dabei kam ihr die rettende Idee.

Viola. Sie würde Viola aufsuchen und sie bitten, ihr zu helfen. Viola war ein bisschen ihre Freundin geworden. Außerdem war Monsieur Leander Madames Bruder. Er würde bestimmt wissen, was zu tun war.

Zwei Stunden später standen die beiden an Madames Bett und versuchten, sie zu wecken.

»Ariane, Fädchen, wach auf!«

Er hob sie vorsichtig an, und sie stöhnte leise.

»Ariane, was ist dir?«

»Kalt. So kalt.«

»Mädchen, du hast hohes Fieber. Tut dir etwas weh?«

»Alles.«

»Viola, geh in die Küche und bereite einen Tee zu. Nona, kennen Sie einen Arzt, dem man vertrauen kann?«

»Ich weiß nicht, Madame LouLou bestimmt. Soll ich sie holen?«

»Das wird wohl das Beste sein.«

»Kein Arzt. Kann nicht helfen.«

»Doch, Fädchen. Ganz bestimmt. Doktor Wülfing hat uns früher auch immer geholfen, weißt du noch? Auch wenn seine Medizin immer scheußlich geschmeckt hat.«

»Hilft nicht. Ist tot.«

»Wülfing? Woher weißt du das?«

»Drago.«

»Bitte?«

»Er ist tot.«

Und dann begann Madame zu weinen. So entsetzlich, so schmerzhaft, dass es ihr, Nona, selbst das Herz zusammenzog. Sie lief aus dem Zimmer, um so schnell wie möglich Madame LouLou zu holen.

Der Arzt hatte ein Nervenfieber festgestellt, einige Pülverchen verschrieben und gesagt, dass Madame sorgsamer Pflege bedürfe. Nona hatte sich bereit erklärt, tagsüber bei ihr zu bleiben, Viola und ihr Bruder würden sich nachts um sie kümmern. Vier Tage lang lag Madame Ariane nun schon im Fieberkoma. Was das bedeutete, wusste Nona nur zu gut. Sie versuchte, ihr immer wieder etwas Flüssigkeit einzuflößen, und manchmal sprach die Kranke dann einige Worte. Immer wieder ging es um einen Mann, der gestorben war. Einen Drago. Am vierten Abend, sie hatte für Viola und Monsieur einen kalten Imbiss gerichtet, konnte sie sich nicht mehr zurückhalten.

»Wer ist dieser Drago, von dem Madame immer spricht?«

»Ihr Ehemann, Nona. Und wie es aussieht, macht er ihr noch immer Probleme.«

»Aber ich dachte, sie sei Witwe, Monsieur Leander.«

»Nein.« Er zögerte einen Augenblick und drehte dann die Handflächen nach oben. »Es hat ja keinen Zweck, es Ihnen zu verheimlichen. Aber behalten Sie es bitte für sich.«

»'türlisch!«

»Gut, dann hören Sie die ganze Geschichte. Auch du, Viola«, sagte er, als Viola aufstehen wollte.

»Sie wird es vielleicht nicht wollen. Ein delikates Geheimnis...«

»So delikat ist es gar nicht. Es sind die ehrpusseligen Damen, die sich darüber echauffieren würden, nicht unsereins. Hört zu, möglicherweise fällt euch dann etwas ein, wie wir ihr helfen können.«

»Erzählen Sie, Monsieur Leander.«

Er legte Messer und Gabel auf den leeren Teller und begann:

»Meine Schwester und Drago Kusan haben vor gut zehn Jahren geheiratet. Anfangs schien die Ehe auch sehr glücklich zu sein. Zumindest las ich das in ihren Briefen. Ich studierte zu der Zeit schon an der Kunstakademie in Paris. Sie zogen nach Braunschweig, wo Drago in eine Rechtsanwaltskanzlei eintrat. Ariane freute sich über die Geburt der beiden Kinder, aber irgendwann, kurz nachdem Laura zur Welt gekommen war, wurden ihre Briefe immer kürzer. Ich war zu sehr mit meinem eigenen Leben beschäftigt damals, als dass ich dem große Bedeutung beigemessen hätte. Aber dann, im Frühjahr 1852, schrieb sie mir ganz nüchtern, Drago sei nach China gereist. Ich konnte das gar nicht fassen. Ich meine, man bricht ja nicht so von heute auf morgen in ein derart fremdes Land auf. Aber als ich nach dem Grund fragte, antwortete sie mir nur sehr ausweichend. Er habe eine Erbschaft gemacht. Sie wolle ihren Haushalt auflösen und wieder auf das Gut unserer Eltern zurückkehren. Die aber hatten in der Zwischenzeit ihren Besitz verloren und waren im Begriff, ebenfalls nach Paris zu gehen. Darum ist sie zu unserer tugendsamen Tante Caro gezogen, der gegenüber sie sich wohlweislich als Witwe ausgewiesen hat.«

»Er hat sie sitzen lassen?«

»So sieht es aus.«

»Er war kein guter Mann, Monsieur, wenn er sie und Laura und Philipp einfach verlassen hat.«

»Ich weiß nicht, Nona. Ariane mag Ihnen gegenüber immer freundlich und nett sein, aber sie kann eine wahre Tigerin werden, wenn ihr etwas gegen den Strich geht. Und Drago war wirklich kein sanftes Lamm. Ich vermute, die beiden haben einige heftige Kämpfe miteinander ausgefochten.«

»Du hast ihn also kennengelernt, Leander? War er gewalttätig? Hat er sie misshandelt?«

»Drago? Nein, das kann ich mir nicht vorstellen. Aber mit Worten verletzt, das wäre möglich. Doch in einem Wortgefecht mit Ariane gibt es nicht nur ein Opfer, glaub mir.«

»Sie hat ihn acht Jahre nicht gesehen, und sie grämt sich noch immer um ihn?« Nona hatte die Ellenbogen auf den Tisch gestützt und nippte nachdenklich an ihrer Tasse. Liebe zwischen Männern und Frauen war ihr fremd. Sie hatte sie selbst noch nie erfahren, und auch noch kein Paar kennengelernt, das darauf sein Leben begründet hatte. Aber vielleicht gab es das, von dem die romantischen Lieder sangen, die Melisande gelegentlich vortrug und die die Damen im Publikum zu Tränen rührten.

»Ja, mir scheint, sie grämt sich noch um ihn. Meine Damen, Drago Kusan war ein Mann, dem die Frauen zu Füßen lagen. Ein Draufgänger, ein Lebenskünstler, ein unrettbarer Optimist.« Er lachte kurz auf. »Ich bewunderte ihn ebenfalls. Wollt ihr wissen, wie ich ihn kennengelernt habe?«

Viola stieß ihn mit dem Ellenbogen in die Rippen und forderte ihn auf, seine Schandtaten zu gestehen.

»Schandtaten, o ja. Ich war ein junger, heißblütiger Bursche, und bei einem Zug durch die Kneipen von Münster stachelten meine Freunde mich auf, mich endlich meiner Jungfernschaft zu entledigen.«

Viola zog eine ihrer schön gewölbten Augenbrauen hoch und meinte trocken: »O lálá!«

»Ja, ja, sie hielten mir mein fortgeschrittenes Alter von einundzwanzig vor, na, und das durfte ich nun wirklich nicht auf mir sitzen lassen. Also begab ich mich im Schutze der Dunkelheit zu der mir von ihnen genannten Straße, wo sich die willigen Mädchen angeblich nur so um mich reißen würden. Es dauerte auch nicht lange, bis eine niedliche Rothaarige mir ihre Dienste anbot. Ich war gerade dabei, mit hochroten Ohren und schweißfeuchten Händen die Modalitäten auszuhandeln, als mir jemand schwer auf die Schulter schlug. Das Mädchen sah erschrocken auf und wollte weglaufen, aber der Fremde hielt sie fest. ›Schauen Sie sie sich gut an, junger Mann, und dann blicken Sie einmal dort drüben zum Hauseingang. Was sehen Sie dort?‹

Im Schatten des Durchgangs stand ein Mann, der uns offensichtlich die ganze Zeit beobachtet hatte und jetzt versuchte, sich unsichtbar zu machen. Der Fremde klärte mich über das

Zusammenspiel von Zuhälter und Hure in einigen wenigen, sehr einprägsamen Worten auf und warnte mich speziell vor der Roten Rosa und ihrem Luden, die er bereits vor Gericht gesehen hatte. Sie waren bekannt dafür, dass sie die Freier beraubten und, wenn sie sich wehrten, auch schon mal mit Gewalt und gezieltem Einsatz von Messern zwangen, ihre Wertgegenstände zu opfern. Das Mädchen wurde von Panik erfasst und riss sich los. Er ließ sie laufen. Und ich war, ehrlich gesagt, nur erleichtert. Meinen Dank wischte er mit einem Lachen beiseite und fragte mich, ob ich noch ein Glas Bier mit ihm trinken wolle. Das kam mir sehr entgegen, und so lernte ich den Assessor Drago Kusan kennen, der die letzte Phase einer juristischen Ausbildung in Münster absolvierte. Wir verstanden uns gut, und so lud ich ihn, nachdem wir uns ein paarmal verabredet hatten, nach Hause ein. Auf dieses Weise lernte Ariane ihn kennen, und das Schicksal nahm seinen Lauf.«

»Ein Jurist? Ich kenne nur verknöcherte Rechtsanwälte und Notare. Er muss ungewöhnlich gewesen sein.«

»Soweit ich weiß, hat er das Studium der Rechte seinem Vater zuliebe gewählt, nicht unbedingt aus eigenem Antrieb. Vielleicht ist auch das ein Grund dafür, dass er den Bettel so einfach hingeworfen hat, als sich ihm eine andere Möglichkeit auftat, sein Leben zu führen.«

»Die Erbschaft, Monsieur Leander?«

»Ja, Nona, die Erbschaft. Er hatte einen Paten, der sich wohl in seiner Jugend viel um ihn gekümmert hat, dann aber nach China gegangen ist, um dort sein Glück zu machen. Ich weiß wenig von ihm. Er muss eine seltsam abenteuerliche Gestalt gewesen sein. Vermutlich war sein Einfluss auf Drago groß, aber sicher nicht immer der beste. Jedenfalls kam die Nachricht von seinem Tod, und in seinem Testament vermachte er Drago seine Anteile an dem Handelshaus, an dem er beteiligt war. Mehr habe ich von Ariane nicht erfahren.«

»Und nun ist er tot?«

»Sie wiederholt es immer wieder, ja.«

»Woher weiß sie es? Ob sie einen Brief bekommen hat?«

»Sie war verstört, schon an dem Tag, nachdem sie bei Madame Mira war. Ich glaube, da hat sie es erfahren.«

»Aber von wem, Nona?«

»Vielleicht hatte ihre Tante es erfahren oder eine Nachricht bekommen.«

»Ich fürchte, ich muss unserer Tante Caro wohl einen Besuch abstatten. Ich bin zwar in Ungnade gefallen, genau wie Ariane, aber sie wird mir schon Rede und Antwort stehen.«

»Sie hat diese Packen mitgebracht, Monsieur Leander. Ich habe sie in das Nähzimmer geräumt. Vielleicht finden wir darin eine Botschaft?«

»Himmel, Nona, das sagst du jetzt erst? Ja, kommt, lasst uns nachschauen, was sich darin befindet.«

Sie hatten die Verschnürung bald aufgebracht, und – welche Schätze barg das Paket! Viola aber war die Erste, die erkannte, worum es dabei ging.

»Im Theater hatten wir mal orientalische Kostüme. Die sahen so ähnlich aus. Aber die hier sind echt, Leander. Das könnten chinesische Kleidungsstücke sein. Sie muss jemanden getroffen haben, der in Asien war.«

»Im Haus von Tante Caro?«

»Bei Madame Mira.«

»Ich suche die alte Dame morgen früh gleich auf, Monsieur. Sie kennt mich, und ich glaube, sie mag mich auch.«

»Dann tu das, Nona. Ich will mich jetzt für eine Weile an Arianes Bett setzen.«

»Leander?«

»Ja, Viola?«

»Wenn deine Schwester vom Tod ihres Mannes erfahren hat und sie in ihren Fieberträumen von ihm spricht, dann muss er ihr sehr viel bedeutet haben.«

»Warum meinst du das?«

»Es ist acht Jahre her. Männer, die ich vor acht Jahren kannte – ah pah, an deren Gesichter erinnere ich mich nicht mal mehr, geschweige denn an ihre Namen. Leander, wenn sie wach ist, dann erzähl ihr von diesem Drago. Du hast ihn gekannt. Hilf ihr bei ihrer Trauer.«

»Meinst du, dass es das nicht schlimmer macht?«

»Nein, Monsieur, das wird es nicht. Sprechen Sie mit ihr über diesen Mann. Damit er für sie sterben kann.«

»Frauenzimmer!«, seufzte er. »Aber, na gut, ich will es versuchen.«

Nona ging nachdenklich nach Hause, blieb nachdenklich, als sie ihre Aufgaben im Theater versah, und ging nachdenklich zu Bett.

Liebe, die von Melisande melodramatisch beschworen, in Schauspielen verherrlicht, von Priestern verdammt, für viele einfach ein Geschäft war – was war Liebe?

Ihr Verlust hatte Madame Ariane krank gemacht. Gab es etwas, um das sie auch so trauern würde, wenn sie es verlor?

Wie von ungefähr glitt ihre Hand in ihre Rocktasche und berührte den Seidenschal.

Ja, es gab etwas, für das sie sogar bereit war zu morden und dessen Verlust sie zerstören würde.

Das war also Liebe.

Reise zurück

Der Kraft des großen, edlen Menschen ist Erfolg beschieden
Durch tägliche Selbsterneuerung.
Förderlich ist es, nicht zu Hause zu essen
Und das große Wasser zu überqueren.

I Ging, Ta Ch'u – Die Kraft des Großen

Die *Silver Cloud* machte ihrem Namen alle Ehre. Im gleißenden Sonnenlicht blähten sich die weißen Segel, sodass sie wie eine silberne Wolke vom Wind getrieben über die blaue See jagte. Drago stand an der Reling und sah das Land am Horizont verschwinden.

Ein entscheidender Schritt war getan. Was er bringen würde, lag in der Zukunft, die er mit seinem derzeitigen Handeln gestaltet hatte.

Über seinen eigenen philosophischen Gedankengang musste er lächeln. Nein, er war noch weit davon entfernt, einer der Erleuchteten vom Kalten Berg zu sein. Zu sehr verhaftet war sein Denken in westlichen Gewohnheiten. Er machte sich Sorgen um die Folgen seines Tuns, statt darauf zu vertrauen, dass eine höhere Ordnung alles in die richtigen Bahnen lenken würde. Da war beispielsweise George Liu. Der Junge hatte ohne zu zögern eingewilligt, ihn auf seiner Reise nach Deutschland zu begleiten, und sich dabei in die Rolle eines Kammerdieners gefügt. Ohne dazu aufgefordert zu sein, hatte er sich um das Gepäck, die Kabine, die notwendigen Unterlagen und allerlei Details der langen Fahrt gekümmert und saß nun auf einer Taurolle und studierte gewissenhaft eine Fibel, die ihm die Geheimnisse der deutschen Sprache offenbaren sollte.

Drago wandte seinen Blick vom dunstigen Horizont ab und musterte seinen Neffen unauffällig. Servatius hatte ihm seine hochgewachsene Statur vermacht, ebenso seine lockigen, dunklen Haare und die graugrünen Augen. Tianmei aber hatte ihm die ebenmäßigen chinesischen Gesichtszüge und die bräunliche Haut mitgegeben. So weit fanden sich die Äußerlichkeiten seiner Eltern in dem Jungen vereint. Ein ansehnlicher Mann war daraus erwachsen, zumindest in seinen Augen. Dass Menschen mit gemischtem Blut von vielen mit Verachtung behandelt wurden, war ihm jedoch auch klar, weshalb er sich fragte, ob sein übereilter Entschluss, George mitzunehmen, nicht unangenehme Folgen haben würde. Andrerseits hatte der Junge einen seltsam stoischen Charakter, der gewiss nicht Servatius' Erbe war.

Nachdenklich folgte Drago im Geiste den Familienlinien, die sie beide verbanden. Servatius war sein Pate, doch nicht sein Onkel, also nicht der Bruder seines Vaters, sondern dessen Vetter. Sein Vater hatte seine beiden Brüder in den Schlachten der Franzosenzeit verloren, den einen bei Jena, den anderen bei Waterloo. Eine Schwester hingegen war mit ihrem Mann nach Amerika ausgewandert und betrieb dort, so seine letzte Erinnerung, eine Pferdezucht. Der Vater seines Vaters, also sein Großvater, hatte einen Bruder, der sich schon früh dem Familienkreis entzogen hatte und nach Hamburg gegangen war. Mit Fortune und Geschick hatte er eine Reederei aufgebaut und sich zu einem recht vermögenden Mann emporgearbeitet. Seine Frau stammte, soweit er wusste, aus einer respektablen Kaufmannsfamilie, und unter ihren zahlreichen Kindern hatte sich Servatius definitiv zum schwarzen Schaf entwickelt.

Auch er, Drago, gehörte zu den schwarzen Schafen – zumindest was die Meinung seines Vaters anbelangte. Und das führte die Linie der Gemeinsamkeiten noch weiter in die Vergangenheit. Die Wurzel allen Übels, die ihm und Servatius die Abenteurerseele vermacht hatte, lag in ihrem gemeinsamen Urgroßvater. Der hatte sein Leben der Erforschung der Welt gewidmet, unter anderem den Dänen Bering auf seiner Kamtschatka-

Expedition begleitet, war fünf Jahre später zu einer Reise nach Südamerika aufgebrochen und erst zehn Jahre später zurückgekehrt. Einige Jahre später kam er auf einer Forschungsfahrt auf dem Mississippi ums Leben. Beachtlich aber war auch sein Weib, eine Venezianerin von – wie die Familienlegenden zu berichten wussten – teuflischem Temperament. Mochte sie auch der Grund sein, warum sein Urgroßvater so gerne lange Reisen unternahm, so musste ihre Anziehungskraft doch so groß gewesen sein, dass er immer wieder zu ihr zurückgekommen war und dabei regelmäßig seine Brut vergrößert hatte.

Temperament und Abenteuerlust hatten einige Mitglieder der Familie übersprungen, sie hatten sich jedoch in geballter Form in Servatius manifestiert. In Drago und seinem Bruder Ignaz hatten sie sich ebenfalls eingenistet, was seinen Vater mehr als verärgert hatte. Noch mehr, als seine Mutter ausgerechnet Servatius als den Paten ihrer Söhne bestimmt hatte. Drago vermutete, dass ihre Eltern nicht eben in Harmonie zusammengelebt hatten, doch leider war seine Mutter kurz nach seiner Geburt gestorben, und das wenige, das er von ihr wusste, hatte er den Tuscheleien der Verwandten und einigen Bemerkungen Servatius' entnommen.

Temperament und Abenteuerlust – wie viel hatte Servatius an seinen Sohn weitergegeben?

George saß noch immer vertieft in seine Fibel auf dem aufgerollten Tau, aber dann und wann hob er den Kopf, um nach den windprallen Segeln zu sehen, die ihn unerbittlich von seiner Heimat wegführten. Sein Temperament war ausgeglichen. Schon als Halbwüchsiger war er ein besonnener Junge gewesen, hatte ihn höflich willkommen geheißen und war ihm auf seine stille Art immer dann gefolgt, wenn er es ihm erlaubt hatte. Fünfzehn Jahre alt war er gewesen, als er seinen Vater verloren hatte, sprach ausgezeichnet Englisch und beherrschte sowohl die chinesische wie auch die europäische Etikette, hatte einen ausgeprägten Sinn für Zahlen und ein bescheidenes, fast lautloses Auftreten.

Aber er war irgendwie immer gegenwärtig, fiel Drago jetzt ein. Also mochte der Junge, neben Intelligenz und Anpassungsfähigkeit, auch eine gute Portion Beharrlichkeit und Ehrgeiz sein Eigen nennen. Und das war ein Zeichen eines starken Willens. Den Abenteuergeist hatte er aber wohl gerade eben entdeckt, als er sich ohne Bedenken entschlossen hatte, ihm auf das Schiff zu folgen.

Was mochte er wohl seinen Kindern mitgegeben haben? Philipp war zwei Jahre alt, ein eifriger Krabbler mit neugierigen Augen, Laura glich noch einem Stück Gemüse, als er sie verließ. Temperament, Intelligenz, Willensstärke – nun, sein starrköpfiges Weib würde ihnen davon schon eine Portion zugewiesen haben. Aber ob das gut war? Starrköpfig war sein Vater ebenfalls, und das war eine ausgesucht unangenehme Eigenschaft.

Bevor er sich dem unliebsamen Kapitel seiner Familiengeschichte zuwenden konnte, sah er den Ersten Offizier auf sich zukommen.

»Wir machen gute Fahrt, Mister Johnson«, begrüßte er ihn.

»Allerdings. Die Bedingungen sind gut, und wenn wir Glück haben, umrunden wir in fünfzig Tagen das Kap der Guten Hoffnung.«

»Wie lange schätzen Sie die Gesamtdauer der Reise? Ich las neulich, dass die neuen Klipper unter vier Monaten bleiben.«

»Ha! Was glauben Sie, was wir uns zum Ziel gesetzt haben? Der Kapitän hat den Mannschaften einen Bonus versprochen, wenn wir die Thunder unterbieten. Und die hat hundertzwölf Tage gebraucht.«

Der britische Seeoffizier zeigte unerwartet blitzende Augen, und Drago lachte.

»Den Wind wird auch der Kapitän nicht bestechen können.«

»Nein, Mister Kusan, den nicht. Aber es gehören drei Faktoren dazu, den Wettkampf zu gewinnen, das Wetter ist nur einer. Das Schiff ist der zweite, und das ist eines der besten in seiner Klasse, glauben Sie mir. Ein dritter Faktor aber ist enorm wichtig, und das ist das reibungslose Zusammenspiel der Mannschaft. Sie werden bemerken, dass wir eine geübte Besatzung haben, bei der jeder Handgriff sitzt. Kapitän Lambert ist ein gerechter, manchmal auch durchaus harter Mann, aber die Leute achten ihn. Und das Schiff lieben sie. Keiner hat seit London abgemustert, keiner ist bisher desertiert, was ein gutes Zeichen ist. Nie würde der Kapitän mit einer schanghaiten Truppe segeln.«

Die Matrosen turnten wie die Affen in der Takelage umher, refften hier, zurrten da, hielten das Tuch so, dass es den Wind am besten ausnutzte, das war Drago bereits aufgefallen. Schnelligkeit kam ihm entgegen, denn seit er den Entschluss gefasst hatte, heimzukehren, lag ihm viel daran, das in die Tat umzusetzen, was er sich vorgenommen hatte.

Einige Tage später machten sie noch einmal an der chinesischen Küste Halt, denn in Hongkong sollten sie einen britischen Kolonialbeamten mit seiner Familie an Bord nehmen, der sein Engagement im Fernen Osten beenden musste, da er – aber das hatte ihm der Kapitän unter dem Siegel der Verschwiegenheit anvertraut – in die Affäre um den in Ungnade gefallenen Gouverneur, Sir John Bowring, verwickelt war. Sir Graham Woodland mit Gemahlin, Zofe, Kammerdiener, drei Kindern und Gouvernante hielt also Einzug, und bereits das erste Zusammentreffen mit dem hochwohlgeborenen Briten in der Messe brachte Drago dazu, die Anordnung zu erlassen, dass ihm das Essen zukünftig in seiner Kabine zu servieren sei. Ausgelöst hatte diese Entscheidung die ausgesprochen abfällige Art, wie der Mann sein für ihn zubereitetes Reisgericht kommentierte, das ihm von dem halbchinesischen Kajütjungen nach traditioneller Art mit Stäbchen serviert wurde. »Chink-Fraß« hatte er es genannt und gehöhnt, die Gelben würden doch alles fressen, was vier Beine habe, Tische und Stühle ausgenommen.

Doch ganz konnte er sich der Gegenwart der Passagiere nicht entziehen. Die *Silver Cloud* war ein Frachtschiff und konnte nur in sehr begrenzter Form Personen befördern. Bislang waren er und George die einzigen Reisenden gewesen, jetzt waren auch die drei anderen Kabinen belegt. Davon die neben der seinen von den beiden Töchtern des Ehepaars. Das ältere Mädchen mochte so um die dreizehn, das jüngere vielleicht zehn Jahre alt sein. Beide waren gelangweilte, streitsüchtige, verzogene Geschöpfe, die greinend um beständige Aufmerksamkeit kämpften oder sich lautstark zankten. Der Sohn und Erbe, im Alter zwischen den beiden Mädchen angesiedelt, zeigte bereits jetzt eine unerträgliche Arroganz.

Drago, der es sich am zweiten Tag der Fahrt bereits zur Angewohnheit gemacht hatte, in seinem bequemen chinesischen Seidenanzug auf dem hinteren Deck seine *qi*-Übungen zu absolvieren, war das Objekt besonderen Spottes des Jungen, der Francis gerufen wurde.

Das gelenkte Atmen in reiner, salziger Meeresluft empfand Drago als äußerst wohltuend, zum anderen stellten die bekannten Übungen auf dem schwankenden Deck eine neue Herausforderung dar. So schulte er nun sein Gleichgewicht nicht nur auf den Planken, sondern nutzte auch den Gangspill, um darauf stehend sein Schattenboxen zu vervollkommnen. Ein paar verdutzte Blicke hatte er geerntet, dem Ersten Offizier ein paar neugierige Fragen beantwortet, aber ansonsten nahm man die Schrulligkeiten des *tai pan* unkommentiert hin, ebenso wie seine Art, sich zu kleiden und die Weigerung, Fleisch zu essen. Francis hingegen, als er ihn entdeckt hatte, verlieh seiner Verachtung für das Andersartige Ausdruck. Beim ersten Mal vermutete Drago noch kindischen Übermut, als ihn ein abgenagter Apfelstrunk unerwartet im Genick traf. Am nächsten Tag war er jedoch schon weit ungehaltener, denn das rohe Ei richtete zwar keinen körperlichen Schaden an, verschmutzte aber seine Jacke. Danach richtete er seine Aufmerksamkeit auf den jungen Übeltäter. Dem Kohlkopf, der diesmal auf ihn geschleudert wurde, als er eine langsame Drehung auf einem Bein vollführte, konnte er mit einem raschen Sprungwechsel ausweichen. Er hätte sich auch den Jungen greifen können, unterließ es aber, in der Hoffnung, dass das Spiel mangels Erfolg nun ein Ende haben würde.

Wie sich zeigte, hatte er aber sowohl die Intention als auch den Erfindungsreichtum des Bengels unterschätzt. Seine Aufmerksamkeit war jedoch während seiner vormittäglichen Übungen so geweckt, dass er die kleine Bewegung hinter dem Niedergang aus dem Augenwinkel bereits bemerkte, ehe das Geschoss auf ihn zugeflogen kam.

Er wich aus, fing den Gegenstand auf und hielt einen eisernen Belegnagel in der Hand.

Noch keinen Lidschlag später hatte er den Jungen im Genick gepackt.

»Lass mich los, du dreckiger Chink!«, kreischte der, aber Drago lockerte den Griff nicht, sondern drehte den Jungen so, dass er ihm voraus zur Brücke gehen musste. Er zeterte und versuchte, um sich zu schlagen, aber nichts davon zeitigte auch nur im Entferntesten Erfolg.

Kapitän Lambert, im Gespräch mit dem Ersten Offizier, sah Drago mit einer hochgezogenen Braue an, als er den geifernden Jungen vor ihn schob.

»Ich übergebe den jungen Herrn Ihrer Gerichtsbarkeit, Kapitän Lambert.«

»In welcher Sache?«

»Ein auf mich geworfener Belegnagel, zuvor diverse Lebensmittel.«

»Sagt dem dreckigen Chink, er soll mich endlich loslassen«, schrie der Junge und riss sich aus dem leicht gelockerten Griff. Nur um einen schnellen, harten Schlag mit dem Finger erst auf den einen, dann auf den anderen Ellenbogen zu erhalten. Er jaulte auf vor Schmerz, konnte aber die Hände nicht mehr heben.

»Ein Belegnagel ist durchaus geeignet, einen Menschen umzubringen, wenn er richtig trifft. Hattest du vor, Mister Kusan umzubringen, Junge?«, fragte der Kapitän mit ruhiger Stimme.

»Die blöden Chinesen sind doch gar nicht umzubringen«, giftete der.

»Eine bemerkenswerte Einstellung. Mister Johnson, geben Sie Befehl, den Jungen in Eisen legen zu lassen.«

Das Protestgeheul war ohrenbetäubend.

»Das können Sie nicht machen. Mein Vater wird Sie ...«

»Ruhe!«, sagte Drago und packte ihn wieder beim Genick. »Der Kapitän kann und wird.«

»Ganz richtig. Auf See ist jeder in Gottes Hand, und an Bord ist der Kapitän der Stellvertreter Gottes.«

Zwei Matrosen waren mit den Fesseln hinzugetreten, und Drago vermeinte einen Schimmer von Schadenfreude in den Augen hinter ihren unbewegten Mienen zu erkennen. Master Francis hatte sich allenthalben nicht sehr beliebt gemacht.

»In die Bilge mit ihm. Wird dem jungen Tunichtgut vielleicht eine Lehre sein.« Zu Francis gewandt meinte er: »Der Mann, den du mit dem Ausdruck ›dreckiger Chink‹ beleidigt hast, ist zufällig ein deutscher Gentleman. Zufällig gehört ihm die Ladung des Schiffes, und zufällig hat er dieses Schiff für die Fahrt von Schanghai nach Hamburg gechartert.«

Das machte den Jungen für eine Weile sprachlos, aber schon als die Matrosen ihn Richtung Niedergang führten, tobte er weiter.

»Sie werden schon mit ihm fertig, die sind ganz andere Raubeine gewöhnt.«

»Raubeine vielleicht, aber der Bengel ist heimtückisch und gehässig.«

»Sehr wahr. Und Sie haben Glück gehabt, Mister Kusan. So ein Belegnagel kann ganz schön Schaden anrichten.«

»Nicht Glück, Kapitän Lambert«, warf der Erste Offizier ein. »Er hat das Ding kommen sehen, ist ausgewichen und hat es gefangen. Ich habe es beobachtet. Eine ziemlich beeindruckende Leistung, Mister Kusan.«

Drago hob die Schultern.

»Übung. Ich hatte es erwartet. Was werden Sie mit dem ehrenwerten Sir Woodland machen? Ich fürchte, er wird in Kürze schäumend bei Ihnen vorstellig werden.«

»Ich werde ihm einen kurzen, prägnanten Vortrag über das Seerecht halten, Mister Kusan.«

»Ah, eine hervorragende Idee.«

Der Vorfall als solcher hatte ihn nicht besonders aufgeregt, die Schlussfolgerungen hingegen schon. Denn es drängte sich ihm die Frage auf, welche Art von Erziehung seine Kinder wohl bisher genossen hatten. Seine widerwillige Gattin hatte ihre Freiheit von ihm verlangt, und das mochte wohl auch bedeuten, dass sie die Kinder los sein wollte, um ein neues Leben führen zu können. Insbesondere, um sich einen anderen, passenderen Gatten zu suchen. Dabei konnten zwei Kinder nur eine Belastung sein. Im besten Fall hatte sie die beiden zu ihren Eltern auf das Gut gebracht, wo sie in größter Freizügigkeit aufwachsen würden. Seine Schwiegereltern waren mehr als nachlässig mit ihren eigenen Sprösslingen umgegangen, weshalb seine Frau ja auch so ein störrisches, selbstsüchtiges Geschöpf geworden war. Andrerseits – so verzogen, arrogant und menschenverachtend wie Jung Francis, das würden sie dort nicht werden. Immerhin ein Hoffnungsschimmer. Sitte und Anstand würde er ihnen schon noch beibringen. Was aber, wenn sie wieder geheiratet hatte, etwa so einen eingebildeten Schnösel wie Woodland? Oder einen Mann, der den Willen der Kinder brach, einen, der sie misshandelte?.

Gut, es war sinnlos, darüber zu spekulieren. Er würde erst Klarheit haben, wenn er seine Brut gefunden hatte.

Doch er brauchte eine ganze Stunde konzentrierter *qi*-Übungen, bis er sein aus dem Gleichgewicht gebrachtes Seelenleben wieder geordnet hatte.

Dem Kap der Guten Hoffnung näherten sie sich wie berechnet nach insgesamt fünfzig Tagen, und in der Zwischenzeit hatte er George Schach beigebracht, dieser ihm im Gegenzug das Mahjong-Spiel. Dabei sprach Drago konsequent deutsch mit seinem Neffen und bewunderte dessen Fähigkeit, sich Vokabeln und

Ausdrücke zu merken. Weitere Zwischenfälle mit Francis hatte es nicht mehr gegeben, dafür hatte Drago dessen dreizehnjährige Schwester mit dem Kajütjungen in einer ziemlich eindeutigen Situation entdeckt. Er behielt es für sich.

In Kapstadt verließ die Familie Woodland mit Androhung größter Strafen die *Silver Cloud*, um auf ein nachfolgendes Schiff zu warten, das ihnen gastfreundlicher gesinnt war. Kapitän Lambert ließ die Beschimpfungen an sich abperlen, nahm Post und Proviant auf und gab die freien Kabinen einer englischen Kaufmannsfamilie, die offensichtlich in einem tiefen Schmerz befangen war. Mrs. Rodgers war in Trauer, und auch ihr Mann wirkte bedrückt und erschüttert. Bei ihnen war ein Kindermädchen, das einen etwa zwölfjährigen Jungen am Gängelband führte. Der Sohn war ganz eindeutig geistig zurückgeblieben und verließ für die Dauer der Reise die Kabine nicht. Auch die Eltern blieben überwiegend für sich. Nur die junge Nanny suchte nachmittags Entspannung auf Deck. Meist schaute sie in das schäumende Wasser, das der Klipper durchpflügte, oder beobachtete die halsbrecherischen Kunststücke der Matrosen in den Wanten. Es war George Liu, der sich den Mut nahm, sie anzusprechen, und offensichtlich war die junge Dame nicht abgeneigt, ein paar Stunden mit Brettspielen in der Messe zu verbringen.

Drago verfolgte die Freundschaft zwischen seinem Neffen und Lucy Foster ohne große Bedenken. Georges Gespür für gutes Benehmen würde ihn schon daran hindern, in Schwierigkeiten zu geraten. Und wenn doch – na, dann hätte er eben ein gebrochenes Herz. Das heilte, wie man wusste, recht schnell.

Die Wunde aber, die vor allem Mrs. Rodgers' Herz empfangen hatte, war noch weit entfernt davon, sich zu schließen. George, der von Lucy die Hintergründe erfahren hatte, wusste ihm tatsächlich eine herzzerreißende Begründung ihrer Trauer zu liefern. Die Rodgers hatten kurz hintereinander zwei Kinder verloren. Zuerst das acht Jahre alte Mädchen, das an Diphtherie erkrankt war und nicht mehr gerettet werden konnte, dann der zwei Jahre jüngere Bruder, der von einem wilden Hund gebissen worden war und unter schrecklichsten Qualen an der Tollwut starb. Der älteste Sohn war schon behindert zur Welt gekommen, die beiden anderen Kinder aber waren ganz besonders goldige Sonnenscheinchen gewesen, wie Lucy sie bezeichnete. Auch sie war zutiefst traurig über das Schicksal der Familie.

Auf Grund dieser Geschichte verbrachte Drago einen sehr nachdenklichen Abend, als sie den Äquator überquerten. Aus Rücksichtnahme auf die Passagiere strich Kapitän Lambert die fällige Äquatortaufe, und so konnte er ungestört den prachtvollen Sternenhimmel des Südens betrachten. Bisher hatte ihn gedanklich die Möglichkeit von Krankheit und Unfall noch nicht berührt. Jetzt aber musste er seiner Phantasie einige Zügel anlegen, um sich nicht auszumalen, welchen Bedrohungen seine Kinder ausgesetzt waren. Ja, es wurde wirklich Zeit, dass er sich Klarheit verschaffte. Was mochten Anlagen, Erziehung und Umgebung aus seiner Brut gemacht haben?

Noch gut ein Monat, dann würde er deutschen Boden betreten. Und am selben Tag würde er nach Braunschweig aufbrechen, um die Suche nach seiner ungetreuen Gattin aufzunehmen.

Vorsichtige Verlobung

EURYDICE:
Ach, mein Gatte – den hatte ich vergessen!
Jacques Offenbach, Orpheus in der Unterwelt

Die Welt hatte in ihrem Lauf nicht innegehalten, während ich mich mit meiner bösen Frühlingsgrippe herumgeschlagen hatte. Nur wenige Meilen weiter südlich von Köln hatte wieder einmal ein entsetzliches Unwetter zugeschlagen und vierzig Menschenleben gefordert. Der Rhein führte ein gewaltiges Hochwasser, das ebenfalls etliche Schäden verursachte, und der Konflikt zwischen Napoleon dem Dritten und Österreich spitzte sich weiter zu.

Der Juni war demzufolge ein bewegter Monat, und auch mich hatte er dazu gebracht, eine grundlegende Entscheidung zu überdenken.

Zwei Wochen hatte ich hoch gefiebert, und noch immer verspürte ich tiefe Dankbarkeit meinen Freunden gegenüber, die mich aufopfernd gepflegt hatten. Leander und Viola waren eine Woche länger geblieben als geplant, um sicher zu sein, dass meine Genesung Fortschritte machte. Danach waren Nona und LouLou immer noch jeden Tag gekommen, um mich mit Essen zu versorgen und meine Kundinnen zu vertrösten.

Dabei war ich einem bisher ungeklärten Umstand auf den Grund gekommen. Es passierte an einem Nachmittag Mitte Mai, als ich mich erschöpft von einigen einfachen Tätigkeiten zu einem Mittagsschlaf ins Bett gelegt hatte. Ich wachte auf, weil mich ein Sonnenstrahl kitzelte, und als ich die Lider hob, sah ich LouLou an meinem Bett sitzen und die Daguerrotypie in der

Hand halten. Ihre Miene war unergründlich, aber die Tatsache, dass sie das Hochzeitsbild lange und ausgiebig gemustert zu haben schien, drängte mir die Frage auf die Lippen, die ich mir seit jenem Nachmittag im vergangenen Dezember stellte, als sie mir ihren eigenen Werdegang berichtet hatte.

»Du kennst Drago Kusan, nicht wahr?«

Meine Stimme war noch etwas heiser, und ich musste husten.

Sie stellte die gerahmte Aufnahme sorgfältig wieder an ihren Platz und kehrte zu meinem Bett zurück.

»Ja. Ich kannte ihn.«

»Er war der Mann, der dir geholfen hat.«

»Nein. Das war sein Pate, Servatius.« LouLou hob die Schultern. »Es scheint an der Zeit zu sein, dass ich dir die Zusammenhänge erkläre, Ariane.«

»LouLou, er ist tot, ich habe es überwunden. Du bist mir keine Erklärung schuldig.«

Oder besser, ich hatte meine Trauer ganz tief unten vergraben, im Keller der verstaubten Erinnerungen, den ich nun mit einem sicheren Vorhängeschloss versperrt hielt. Er würde mir nicht mehr wehtun, der Halunke. Nie mehr!

»Hoffentlich, Ariane. Aber deshalb solltest du trotzdem wissen, was mich mit den Kusans verbindet.«

»Gut, dann sprich.«

Sie holte eine feine Manikürefeile aus ihrem Retikül und begann sich die Fingernägel zu polieren.

»Ich erwähnte es ja schon, Servatius hat mich damals aufgeklaubt, als ich sehr nahe daran war, richtig abzurutschen. Ich habe bis heute keine Ahnung, was er in mir gesehen hat, aber an dem Abend, an dem er mich kennengelernt hatte, forderte er mich auf, am nächsten Tag mit ihm essen zu gehen, sofern ich ein anständiges Kleid besäße. Ich haderte mit mir, wie du vielleicht nachvollziehen kannst, ob ich diese Chance nutzen sollte, denn als ›anständig‹ ging allenfalls mein schwarzes Beerdigungskleid durch. Ich hatte es mitgenommen, aber ich hasste es dennoch, denn es war die Verbindung zu einem noch ungeliebteren Leben als das, was ich zu jener Zeit führte.«

»Ja, ich verstehe. Kleider verändern ihre Trägerin. Sie helfen oder zwingen uns, eine Rolle zu spielen.«

»Sagt die Kostümschneiderin. Wie wahr. Ich schlüpfte also noch einmal in die mir wenig zusagende Rolle der biederen Bürgerstochter, und sein Grinsen sagte mir, dass er das sehr wohl erkannt hatte. Servatius war ein verdammt kluger Kerl, Ariane. Ohne viel nachzuforschen hatte er damit herausgefunden, was ich unter ›anständig‹ verstand. Und in kurzer Zeit hatte er meine damalige Situation mit wenigen Worten umrissen. Ich hätte Fähigkeiten, meinte er, und es sei an der Zeit, das Beste aus beiden Bereichen zu machen. Ich kannte die verlogene Spießbürgerlichkeit ebenso wie die schäbige Halbwelt. Daher abschließend der Rat, meine Gaben so teuer wie möglich zu verkaufen.«

»Was dich umgehend dazu brachte, von ihm einen ausgesprochen hohen Preis für die verlangten Dienste zu fordern?«

Ich setzte mich auf und schob mir das Kissen in den Rücken.

»Ja, das tat ich. Aber, Ariane, er forderte den Dienst, wie du es so vornehm nennst, nicht für sich selbst, sondern für seinen Begleiter. Ich solle Drago in die – er nannte es sehr eloquent die Bettiquette – einführen.«

»Ups!« Ich verschluckte mich beinahe. Dann musste ich unwillkürlich auflachen. »War sein Pate derart naiv, dass er glaubte, Drago habe das mit Mitte zwanzig noch nötig gehabt?«

»Es gibt Dinge, die auch ein Mann lernen muss, um für eine Frau ein angenehmer Bettgefährte zu sein.« Plötzlich grinste LouLou mich an. »Ich nehme an, du hast davon profitiert.«

Und schon barst der Riegel vor der schweren Kellertür, und die Erinnerungen schäumten die Treppen empor. O ja, Drago war es gelungen, mich dem Himmel nahe kommen zu lassen. Ich zog die Knie an und legte meine Stirn darauf.

»Es nützt nichts, wenn du es zu vergessen suchst, Ariane. Es ist ein Teil von dir.«

»Ja, ich weiß. Auch Leander hat viel von ihm gesprochen und

mich an Dinge erinnert, die ich lieber nicht mehr sehen wollte. Ach, LouLou, er war mir gegenüber ein selbstsüchtiger Schuft, ein eigennütziger Lump, ein verantwortungsloser Herumtreiber, aber in der ersten Zeit ...«

»Es sind immer die Schurken, in die sich die Frauen so gerne verlieben. Ich habe das oft genug beobachtet. Der Fehler ist, dass sie sie zähmen wollen. Wenn das gelingt, werden die Exemplare zu langweiligen Waschlappen, wenn nicht, bleiben gebrochene Herzen zurück.«

»Wie tröstlich!«, schnaubte ich, und die Vorstellung eines gezähmten Drachen ließ mich schaudern.

»Was ich dir aber eigentlich sagen wollte, Ariane, ist, dass ich damals, während du mein Kleid geflickt hast, bei dem Namen Kusan aufmerkte, mit dem du dich vorgestellt hast. Und ich habe natürlich umgehend einige diskrete Erkundigungen über dich eingezogen.«

Ich zuckte zusammen.

»Die Spur war schon ziemlich kalt, aber es gab Leute, die sich erinnerten. Die beiden Kusans waren nicht unbemerkt geblieben. Von Servatius hörte ich nur, dass er wieder nach Asien gegangen war, Drago konnte ich besser verfolgen. Er war nach Münster gezogen, um dort seine juristische Ausbildung zu beenden. Es war nicht schwer, eins und eins zusammenzuzählen, als ich hörte, dass deine Familie von dort stammt.«

»Was willst du von mir, LouLou? Ich weiß, du tust nie etwas ohne Hintergedanken.«

Besser gefragt: Womit wollte sie mich erpressen?

»Oh, nichts, Ariane. Umgekehrt wird ein Schuh daraus. Ich habe versucht, an dir meine Schuld gegenüber dem Namen Kusan abzutragen.«

Ich musste sie wie ein verstörtes Kalb angestarrt haben, denn sie lachte leise auf.

»Ich bin eine Erbsenzählerin, ich kann nicht anders. Aber stört es dich? Es hat sich doch zu unser beider Vorteil entwickelt, oder?«

»Ja, das hat es. Aber ...«

»Ja, ich habe mich gewundert, dass du erst jetzt den Tod deines Gatten beweinst.«

Ich atmete tief ein, um die Kraft zu finden, das Unaussprechliche zu formulieren.

»Ich bin – falsch, ich war – bisher keine Witwe, LouLou. Ich habe mich damals von Drago scheiden lassen. Nur – das konnte ich doch niemandem hier sagen.«

»Nein, das konntest du im Kreis dieser bigotten Heuchler natürlich nicht.«

LouLou polierte ihre Fingernägel jetzt mit einem kleinen Wildlederlappen weiter und versank in Nachdenken. Ich warf die Decke beiseite und stand auf, um mich wieder anzuziehen. Irgendwie war mir eine Last von der Seele genommen, und ich fühlte einen neuen Tatendrang. Es war nun ja wirklich alles egal – mein sorgfältig gehütetes Geheimnis hatte keine Bedeutung mehr, ich war tatsächlich verwitwet, konnte frei und unbelastet ein neues Leben führen.

Die ersten Tage nach meiner Genesung hatte ich damit verbracht, die Muster, die Leander skizziert hatte, so umzusetzen, dass sie als Webvorlage dienen konnten. Das lenkte mich recht nachhaltig von meinen Gedanken ab. Allerdings war da noch eine kleine Ungewissheit. Die Nachricht von Dragos Tod war nicht offiziell bis zu mir gelangt und würde vermutlich auch nicht bei mir eintreffen. Ich war nicht mehr seine Ehefrau, seine nächste Angehörige. Wenn, dann hatte man seinen Vater benachrichtigt, und hier wurde die Angelegenheit heikel. Der alte Kusan war mir nun mal nicht gerade freundlich gesinnt, und freiwillig würde er mir nie eine Information über seinen Sohn zukommen lassen. Blieb mir also nur übrig, selbst an das Handelshaus in China zu schreiben und zu hoffen, binnen Jahresfrist eine Bestätigung seines Todes zu erhalten.

Der Brief fiel mir unsäglich schwer, und ich war völlig niedergedrückt, als ich ihn auf seine lange Reise geschickt hatte.

So traf mich Gernot Wever an, der sich in der Stadt aufgehalten hatte und mir einen unangemeldeten Besuch abstattete, um sich nach meinem Befinden zu erkundigen. Einen bunten Sommerblumenstrauß hatte er mitgebracht, und ich gab mir alle Mühe, ihn zu bewundern und Gernot die heitere Genesende vorzuspielen. Aber entweder war ich noch nicht stabil genug in meinen Gefühlen, oder reine körperliche Schwäche überwältigte mich. Als er sich nach Laura und Philipp erkundigte, packte mich wie aus heiterem Himmel ein weiterer Weinkrampf.

Gernot mochte von steifer Höflichkeit sein, tief in ihm verborgen lauerte aber wohl doch ein Endchen menschlichen Mitgefühls. So kam es, dass ich kurz darauf schluchzend in seinen Armen lag und er mir mit unbeholfener Zärtlichkeit den Rücken streichelte.

»Es ist schwer für Sie, Ariane. Ich kann das gut verstehen. Die Krankheit hat Ihnen gezeigt, wie unsicher das Leben für eine alleinstehende Frau ist, nicht wahr?«

Ja, unter anderem hatte die böse Grippe mir auch das gezeigt. Ich hatte mehrere lukrative Aufträge ablehnen müssen, und ob die neu geworbenen Kundinnen noch einmal bei mir vorsprechen würden, war fraglich. Die Konkurrenz war einfach zu groß.

Meine Tränen versiegten, ich sammelte meine Fassung aus den Scherben meines Selbstmitleids auf und löste mich aus seiner Umarmung.

»Ich werde wieder von vorne anfangen, Gernot. Wie schon zuvor.«

»Sie könnten auch eine andere Möglichkeit in Betracht ziehen, meine liebe Ariane. Sehen Sie – es ist vielleicht nicht ganz der rechte Augenblick, aber ich denke schon geraume Zeit darüber nach.«

Er suchte offensichtlich nach Worten, und ein wenig unzusammenhängend meinte er dann: »In den vergangenen Monaten haben Sie ein wenig Abstand zu mir gehalten, und ich hatte den Verdacht, dass ich Ihnen möglicherweise zu nahe getreten bin. Ich ... nun, ich trage mein Herz nicht eben auf der Zunge, wie Sie sicher schon bemerkt haben.«

»Ich hatte viel zu tun, Gernot, und wollte mich ganz auf den Aufbau meines Geschäftes konzentrieren. Sie sind mir nicht zu nahe getreten. Aber ich habe mir auch ein paar gesellschaftliche ... mhm ... Missgriffe zu Schulden kommen lassen. Ach, es war alles so ein Durcheinander.«

»Ich verstehe von diesen Gesellschaftsformen nicht sehr viel, für mich steht Ehrlichkeit, Verlässlichkeit und Verantwortung an erster Stelle. Und alles drei, liebe Ariane, verkörpern Sie in meinen Augen. Sollten die Philisterinnen das auch anders sehen, steigen sie nicht gerade in meiner Achtung.«

Dann machte er mir in aller Form einen Heiratsantrag, den ich nach kurzer Verblüffung mit einer Bitte um Bedenkzeit beantwortete.

Diese Bedenkzeit war heute abgelaufen, und in weniger als einer Stunde würde Gernot Wever vor meiner Tür stehen und seine Antwort einfordern.

Ich begann damit, sehr sorgfältig Toilette zu machen. Weiße, durchbrochene Seidenstrümpfe, hauchdünne Wirkware, befestigte ich mit rosenbestickten Strumpfbändern, dann folgten feinste weiße Unterwäsche, ein Hemd und knielange Unaussprechliche, beides reich mit Spitzen verziert. Darüber kam das Korsett, das – Herrn Kronenberg sei's gedankt – elastische Seitenteile hatte und erheblich mehr Bewegungsfreiheit zuließ als die früheren steifen Fischbein-Modelle. Es war außerdem vorne zu schließen, sodass die Trägerin auf die Hilfe einer Zofe verzichten konnte. Dann folgte mein neuer Reifrock, sehr leicht aus dünnen Stahlreifen, die den Rock vorne flacher, hinten aber weiter ausgestellt wirken ließen. Darüber zog ich den weiten Batistunterrock, der noch einmal mit seinen Volants Weite am Saum erzeugte.

Als Nächstes widmete ich mich meiner Frisur. Ein langwieriges Geschäft war das jedes Mal, und während ich mir die langen Haare ausbürstete, musste ich an mein Gespräch mit Laura und Philipp denken. Sie hatten mit großem Ernst zugehört, als ich ihnen von der neuen Entwicklung berichtete.

»Herr Wever ist ziemlich nett, Mama«, war Lauras nicht eben überschwänglicher Kommentar.

»Ja, er ist ganz in Ordnung«, stimmte Philipp ihr zu.

»Müssen wir dann nach Mülheim ziehen?«, war die nächste nüchterne Frage.

»Wenn ich ihn heirate, würde er das sicher gerne sehen. Schließlich besitzt er ein Haus neben der Fabrik, und da muss er täglich nach dem Rechten sehen.«

»Dann müssen wir wieder in eine andere Schule.«

Das war ein schwieriger Punkt. Laura war in der Höheren Töchterschule bei Fräulein Berit sehr glücklich, und Philipp fühlte sich im Gymnasium ausgesprochen wohl. Beide hatten inzwischen erste Freundschaften geschlossen. Den entsprechenden Eltern war mein angeschlagener Ruf entweder noch nicht zu Ohren gekommen oder er spielte für sie keine Rolle.

»Würdet ihr lieber bei Tante Caro wohnen bleiben?«, fragte ich daher.

»Dann können wir aber nachmittags nicht einfach mehr zu dir kommen.«

»Nein, das ginge dann wohl nicht mehr.«

Laura und Philipp sahen einander unschlüssig an. Und ich war, ehrlich gesagt, ebenso unschlüssig. Gernot würde uns Sicherheit geben, er hatte mehrmals gezeigt, dass er durchaus Verständnis für die Kinder hatte, aber ich ahnte schon, dass beispielsweise ausgelassene Piratenspiele mit ihm nicht möglich waren. Dazu fehlte es ihm an Phantasie.

»Wenn du ihn heiraten willst, dann ist das schon in Ordnung, Mama. Dann musst du auch nicht mehr Kleider nähen«, war Philipps abschließender Kommentar.

»Ja, dann kannst du wieder Besuche machen und Tee trinken.«

»Sehr richtig, das könnte ich dann.«

Aber eigentlich machte mir meine Schneiderei wirklich Spaß. Jedenfalls mehr, als hölzerne Konversation bei Nachmittagsbesuchen zu betreiben. Aber wir alle mussten wohl Kompromisse eingehen. Auf lange Sicht würde die Verbindung mit Gernot Wever günstig für uns sein, wenn wir zusammenbleiben wollten.

»Wisst ihr, ich würde es gerne sehen, wenn du, Philipp, in ein paar Jahren eine angesehene Universität besuchen könntest, und dich, Laura, würde ich gerne wirklich gut ausgestattet in die Gesellschaft einführen. Ich habe zwar ein kleines Guthaben für euch angelegt, das seine Zinsen trägt, aber es würde nur für recht geringe Ansprüche ausreichen.«

»Hast du ihn denn lieb?«

Laura, mit kühnem Hieb, hatte die wundeste aller Stellen getroffen.

»Ich mag ihn sehr gerne.« Das war in etwa das Äquivalent zu »ziemlich nett« und »ganz in Ordnung«.

»So gerne, wie du Papa hattest?«

Den Dolchstoß versetzte mir mein Sohn.

»Nein, anders, Philipp. Das kann man nicht vergleichen.«

»Du musst ihn aber nicht heiraten, oder?«

Ich seufzte. Nein, ich musste es nicht. Aber es kam noch etwas anderes dazu, und das mochte ich nicht vor meinen Kindern erörtern.

Ich sehnte mich noch immer, nach meiner Krankheit sogar noch mehr, nach Zärtlichkeit. Die kleinen Tändeleien mit Marquardt oder Vetter Thomas waren nicht das, wonach mir der Sinn stand.

»Nein, ich muss ihn nicht heiraten, aber ich würde es vielleicht gerne.«

Wieder sahen meine beiden Kinder einander an. Na gut, hätten sie wirklich gravierende Einwände gehabt, hätten sie mich weit mehr in meiner Entscheidung beeinflusst. Es würde zwar Veränderungen bedeuten, aber sie würden nicht darunter leiden, wenn wir nach Mülheim zogen.

»Ich verspreche euch eines, Philipp, Laura. Ich werde nichts überstürzen. So eine Heirat muss gut überlegt sein, und wir werden alle Fragen auch gemeinsam klären. Einverstanden?«
»Ja, Mama.«
Euphorisch klang es nicht.

Inzwischen hatte ich den Zopf geflochten und mit einem guten Dutzend Haarnadeln zu einem Knoten im Nacken aufgesteckt. Einige Löckchen zupfte ich an den Schläfen heraus, damit die Frisur nicht zu streng wirkte. Dann warf ich das Kleid über. Darin hatte ich es inzwischen zu großem Geschick gebracht, denn durch die zahllosen Anproben wusste ich inzwischen, wie man das bewerkstelligte, ohne die Haare dabei zu zausen. Es war ein ganz neues Tageskleid aus steifem Tarlatan, einem höchst modischen, halbtransparenten Baumwollstoff. Weiß mit schmalen rosaroten Längsstreifen, einem schwarzen Satinband am Saum und vielen Metern Chantilly-Spitzen als Abschluss. Auch das Dekolleté bedeckten diese Spitzen, und die sehr schmale Taille betonte eine breite, rosenrote Satinschleife. Als Laura mich zum ersten Mal darin gesehen hatte, verglich sie mich umgehend mit einem Zuckerbäckertörtchen. So falsch lag sie damit gar nicht, inspiriert zu dieser Kreation hatte mich tatsächlich eine Praliné-Schachtel, die mir Julia mitgebracht hatte, als sie mir einen Krankenbesuch abstattete.

Eine Spitzen-Toque und ein rosa-weiß gestreifter Sonnenschirm – und fertig war der Leckerbissen. Mal sehen, wie Gernot Wever auf ein so appetitlich präsentiertes Praliné reagieren würde.

Mit Anerkennung im Blick, wie ich kurz darauf registrierte. Das Wasser ließ ihm meine Erscheinung allerdings nicht im Munde zusammenlaufen, sehr förmlich beugte er sich über meine Hand und half mir dann in die offene Kutsche. Eine Spazierfahrt am Rhein, so lautete seine Einladung, mit einer Rast an einem Gartenlokal, wo wir Kaffee trinken wollten. Ich musste ihm zugute halten, er fiel nicht mit der Tür ins Haus. Die Konversation über allerlei Tagesaktualitäten nahm mir die Nervosität, und als schließlich bei einem Erdbeertörtchen die Frage plötzlich im Raum stand, war ich in der Lage, gefasst zu antworten.

»Ja, Gernot, ich habe Ihren ehrenvollen Antrag sehr gut erwogen.«

»Aber Sie sind noch zu keinem abschließenden Urteil gekommen?«

»Sagen wir so – es gibt da noch eine kleine Schwierigkeit.«

Ehrlichkeit, Verlässlichkeit, Verantwortung hatte er gesagt, schätze er an mir. Und ehrlich sollte ich wohl zu ihm sein. Das bedeutete auch, über Drago zu sprechen.

»Kann ich behilflich sein, sie aus dem Weg zu räumen, oder ist sie grundlegender Natur?«

»Es ist eine hinderliche Formalie.« Ich hatte mir reiflich überlegt, wie ich mein kleines Lügengewebe anfertigen musste, sodass es der Wahrheit am nächsten kam, und hatte mir folgende Argumentation zurechtgelegt.

»Mein Gatte starb in China, und es hat einige bürokratische Verwicklungen gegeben. Dummerweise bin ich daher nicht in Besitz einer gültigen Sterbeurkunde. Bisher habe ich die Angelegenheit nicht weiter verfolgt, zu Anfang war ich viel zu verstört, mich durch den ganzen Wust von Papieren und notwendigen Bescheinigungen zu arbeiten, dann geriet es – fürchte ich – einfach in Vergessenheit.«

»Ich verstehe. Nach der Papierlage lebt er noch, damit wären Sie also noch gebunden. Nun, das müsste zu klären sein, meine Liebe. Aber ein wenig nachlässig haben Sie doch gehandelt, beispielsweise in Hinblick auf die Kinder und ihr mögliches Erbe.«

Ich gab mich zerknirscht und murmelte: »Ich habe bereits entsprechende Schritte eingeleitet, um über das chinesische Handelshaus eine beglaubigte Unterlage zu erhalten, nur das dauert seine Zeit.«

Gernot sah mich mit einem kleinen Aufleuchten in den Augen an und deckte seine Hand über die meine.

»Sollte ich diese Maßnahme als eine Zustimmung zu meinem Wunsch werten dürfen, Liebste?«

Sollte er das?

Musste ich jetzt springen?

Nicken oder zögern?

Mir wurde schlagartig klar, dass ich in Sachen Entscheidungen ganz großartig die Kunst des Verschiebens beherrschte.

Schließlich aber gab ich mir einen Ruck.

Erfolg am seidenen Faden

Da streiten sich die Leut herum
Oft um den Wert des Glücks,
Der eine heißt den andern dumm,
Am End weiß keiner nix.
Da ist der allerärmste Mann
Dem andern viel zu reich.
Das Schicksal setzt den Hobel an
Und hobelt s' beide gleich.

Ferdinand Raimund, Lied

Guillaume de Charnay arbeitete bis an die Grenze der Erschöpfung. Tagaus, tagein machte er seine Runde durch die Brut- und Raupenhäuser und sammelte eigenhändig die erkrankten Raupen aus den Borden. Es war diesmal keine selbst auferlegte Bestrafung, die ihn zu dieser verzweifelten Maßnahme greifen ließ, sondern die Tatsache, dass sich die Seuche unerklärlicherweise auch auf sein Gut ausgedehnt hatte. Warum das so war, entzog sich seiner Kenntnis. Hatte er doch die Schuppen der aufgekauften Ländereien eigenhändig im Herbst zuvor abgebrannt und an anderer Stelle neu aufgebaut. Seine eigene Seidensaat war frei von der Krankheit, dafür hatte er ebenfalls gesorgt. Und dennoch fand er immer mehr Raupen, die aus dem ersten Schlaf der Häutung nicht wieder erwachten oder die, wenn sie erwachten, die bedrohlichen braunen Flecken aufwiesen. Seine Vermutung ging zunächst in Richtung Sabotage. Hatte einer der neiderfüllten Seidenbauern ihm heimlich verseuchte Eier untergeschoben?

Möglich wäre es, andererseits wusste nach seinem Kenntnisstand nur er um diese Zusammenhänge. Außerdem wurden seine Bruthäuser Tag und Nacht bewacht.

Also sammelte er die befallenen Tiere in Eimern und verbrannte sie. Dabei hielt er ein kritisches Auge auf die gesunden Raupen und versuchte abzuschätzen, wie sich das Ausdünnen der Larven auf seine Produktionsmenge auswirken würde.

Das Ergebnis wurde von Tag zu Tag desaströser.

Als die Zeit der Verpuppung kam, bildeten sich nicht einmal so viele Kokons wie im Jahr zuvor, als sein Gut nur halb so groß gewesen war. Seine Berechnung, mit der verdoppelten Menge an Seide die Hypothekenschulden zügig zurückzahlen zu können, musste dringend revidiert werden.

An diesem warmen Juniabend saß er in seinem Kontor und stellte immer neue Zahlenkolonnen auf. Dabei zuckte seine gesamte linke Gesichtshälfte beständig, sodass er zeitweise nicht in der Lage war, die Zahlen zu erkennen. Ungehalten stand er auf, um in dem mit Aktenregalen vollgestellten Raum auf und ab zu gehen. Seine Nerven befanden sich in Aufruhr. Die Ergebnisse seiner neuesten Kalkulationen verrieten ihm, dass er vermutlich noch nicht einmal die Zinsen seiner Schulden würde begleichen können, bliebe er bei den Vorjahrespreisen für seine Rohseide. Wie viel an Steigerung aber der Markt hergeben würde, war noch nicht abzusehen.

Er musste neue Szenarien durchdenken. Was, wenn er zehn, fünfundzwanzig, vielleicht sogar fünfzig Prozent mehr verlangte?

Wieder setzte er sich nieder und stellte Berechnungen an.

Bei einer Erhöhung um fünfzig Prozent würde er – vorausgesetzt, wenigstens die jetzige Menge an gesunden Kokons ergäbe Seide erster Güte – einigermaßen seine Verpflichtungen decken können.

Das aber hatte zur Folge, dass er sich auf langwierige Verhandlungen vorbereiten musste. Sein Hauptkunde, Gernot Wever, würde nicht kampflos den hohen Preis zahlen, und es gab natürlich noch immer andere Anbieter. Wenn auch die Geschäftsbeziehung zwischen ihnen auf langjähriger Gepflogenheit beruhte und daher bequem für beide Seiten war, würde der Fabrikant sicher weitere Angebote einholen, wenn seine Schmerzgrenze bei den Preisen überschritten wurde. Und wer sagte ihm, dass nicht ein italienischer Seidenbauer doch noch günstiger anbieten konnte?

Er musste also eine Begehrlichkeit wecken.

Charnay, dessen rechter Arm nun auch unkontrolliert zu zucken begann, warf den Stift auf den Tisch und verließ das Kontor. Die Dämmerung sank bereits über die Felder, und in den Maulbeerbäumen sangen die Vögel ihr Abendlied. Der Ginster füllte die Luft mit Süße, die Federwolken am Himmel verfärbten sich zu einem flammenden Rot und kündeten einen Wetterumschlag an. Aber nichts von dem drang zu ihm hindurch. Seine Gedanken konzentrierten sich ausschließlich auf die Möglichkeiten, die er noch hatte, um so viel Umsatz wie möglich mit seiner Ware zu erzielen. Nach einer weiten Runde um die Raupenhäuser hatte er einen Entschluss gefasst.

Er musste dieses Jahr die Verhandlungen persönlich führen.

Und zwar nicht nur mit Wever, sondern auch mit dessen schärfsten Konkurrenten, der Firma Andreae, ebenfalls in Mülheim ansässig. Bisher hatte er davon Abstand genommen, da Wever den Hauptanteil seiner Produktion abgenommen hatte, den Rest hatte er auf dem französischen Markt abgesetzt, um auch ein nationales Standbein zu haben.

Wenn er es geschickt anstellte, konnte er die beiden Fabrikanten gegeneinander ausspielen. Aber dazu brauchte er Informationen, die er nur vor Ort erhalten konnte.

Als er mit seinen Planungen bis an diesen Punkt gekommen war, beruhigte sich sein nervöser Tic auch so weit, dass die Gesichtszuckungen erträglich blieben. Er würde jetzt ein, zwei Stunden damit verbringen, die deutschen Gazetten zu lesen, die er sich regelmäßig kommen ließ, darunter vor allem die Kölnische Zeitung, um die Lage in seiner Geburtsstadt zu sondieren.

Mit einem Glas Cognac setzte er sich dazu in den Salon und nahm sich die von seiner Haushälterin sorgsam aufgestapelten Blätter der letzten Wochen vor. Er erfuhr allerlei Wissenswertes über das politische und gesellschaftliche Leben, nahm zur Kenntnis, dass die Eisenbahnbrücke über den Rhein im Oktober fertiggestellt sein würde und auch der neue Bahnhof seiner Vollendung entgegenging. Er überflog mit mäßigem Interesse die heftigen Dispute, die über die Dachkonstruktion des Kölner Doms geführt wurden. Es war ihm weidlich egal, ob sie in Holz oder Stahl ausgeführt werden sollte. Weniger gleichgültig war ihm der Artikel über die Ausstellung des in Barbizon lebenden Künstlers Leander Werhahn, die für einigen Gesprächsstoff gesorgt hatte. Das musste der Bruder Arianes sein. Sollte der Möchtegernkünstler mit seinen Schmierereien tatsächlich Erfolg haben? Später würde er das sicher weiter verfolgen. Die Gesellschaftsnachrichten las er nun besonders gründlich, um sich mit den wesentlichen Protagonisten der Kölner Szene vertraut zu machen. Er musste wissen, wer derzeit den größten Einfluss auf die regionale Wirtschaft hatte. Nach einem intensiven Studium notierte er sich, dass Oppenheim, Schaafhausen, Mertens sowie Carstanjen die Namen waren, die man sich merken musste.

Und dann fand er das Annoncement, das augenblicklich das Zucken seiner Gesichtsmuskulatur wieder auf das Heftigste einsetzen ließ.

Gernot Wever gab die Verlobung mit Frau Ariane Kusan, verwitwet, der geneigten Leserschaft zur Kenntnis.

Das Blatt zerknüllte sich wie von selbst unter seinen ruhelosen Fingern. Kleine Fetzen stoben durch den Raum, mit ungezügeltem Zorn packte er einen ganzen Stapel Zeitungen und zerriss sie wie Flockseide. Der Boden war bald bedeckt mit Papierschnipseln, und der Abendwind, der durch das geöffnete Fenster wehte, wirbelte sie um seine Füße.

Als er sich endlich beruhigt hatte, stand sein Entschluss fest.

Sowie die Kokons abgehaspelt waren und der diesjährige Ertrag an Seide abzusehen war, würde er nach Köln aufbrechen.

Es musste doch mit dem Teufel zugehen, wenn sich aus der Verbindung zwischen Wever und Kusan nicht Kapital schlagen ließe!

Das Geheimnis des chinesischen Teppichs

Heulend kommt der Sturm geflogen,
Der die Flamme brausend sucht.
Prasselnd in die dürre Frucht
Fällt sie, in des Speichers Räume,
In der Sparren dürre Bäume ...

Friedrich Schiller, Das Lied von der Glocke

Unsere Verlobungsfeier fand in sehr kleinem Rahmen statt, aber sie versöhnte Tante Caro mit mir und der Welt, vor allem, weil Gernot ihr eine Länge violetter Atlasseide geschenkt hatte, die sie – nicht von mir – zu einer Robe hatte verarbeiten lassen, die ihr das gefällige Aussehen eines Nektar naschenden Kolibris verlieh, zumal sie sich einen fulminanten Seidenblumenaufputz ans Mieder geheftet hatte. Ansonsten hatte unsere Ankündigung wenig Folgen für den Alltag, denn Gernot war bereit, den Hochzeitstermin vom Eintreffen der notwendigen Papiere abhängig zu machen. Nichtsdestotrotz hatte er mich und die Kinder wieder zu einigen Ausflügen eingeladen und dabei gerne die Wünsche Lauras und Philipps berücksichtigt. Die schwelgten nämlich derzeit in ihrer Ritter- und Burgfräuleinphase. Marco Polo und China waren passé, alle Piratenschiffe gekentert, der Wilde Westen Amerikas zivilisiert – das Mittelalter mit seinen hart gepanzerten Recken und waffenstrotzenden Schwertmaiden stand auf dem Programm. In Verbindung damit natürlich alte Burgen und darin tunlichst schaurig spukende Gespenster. Die hatten noch immer Saison.

Mir gegenüber war Gernot nur wenig verändert. Gut, hin

und wieder legte er mir vorsichtig den Arm um die Taille oder hauchte mir einen Kuss auf die Schläfe, doch sollte er heißere männliche Gelüste hegen, wusste er sie heldenhaft zu unterdrücken.

Aber er war mir eine große Hilfe und ein anregender Gesprächspartner. Dass ich weiter als Couturière arbeiten wollte, akzeptierte er, hieß es sogar gut. Warum auch nicht? Ich war ja diejenige, die seine Stoffe auf ansprechende Weise präsentierte, und die Damen, die in meinen Modellen gesehen wurden, verbreiteten bei Nachfrage gerne seinen Namen als Seidenfabrikant. Meine Stoffmuster, die von Leander entworfenen und neue, die ich nach dem guten Rat meines Bruders in der Natur gefunden hatte, fanden seine Zustimmung. Es blieb mir aber wegen der Schneideraufträge wenig Zeit, sie alle in die Webvorlage umzusetzen. Es war nämlich Hochzeitssaison, und allenthalben wurden weiße Brautkleider verlangt. Reinheit und Unschuld wollten die ehrbaren jungen Bräute damit zur Schau stellen, und das ließen sie sich einiges kosten. Denn Seide wurde teurer. Gernot berichtete mir von den Schwierigkeiten, die die Seidenbauern überall im Mittelmeerraum hatten. Ich konnte mich also darauf einstellen, dass ich die Preise für meine Kreationen demnächst auch würde erhöhen müssen. Daneben aber half er mir auch, günstige Lieferanten für die Stoffe zu finden, die er selbst nicht produzierte. Andreae lieferte den besten Seidensamt, ein Krefelder Fabrikant schwere Brokate und ein anderer die für LouLou benötigten Wirkwaren. Doch es war Sommer, und Brokat wie auch Samt waren nicht gefragt. Duftige Chiffons, Tüll, Organza und Gaze benötigte ich derzeit in größeren Mengen. Hier verwies er auf die französischen Seidenhersteller und schickte mir Anfang Juli einen Zeitungsausschnitt aus einem Fachblatt, in dem die Firma Dufour & Fils ihre Stoffe anpries. Handschriftlich hatte er hinzugefügt, Monsieur Armand Dufour sei diesen Monat im Rheinland unterwegs, um Geschäftskontakte zu knüpfen. Dazu hatte er mir eine Adresse angegeben, an die ich umgehend einen Brief sandte und um einen Besuch bat, so die Umstände den werten Herrn nach Köln führten.

Ich hatte bisher darauf keine Antwort erhalten, aber als ich an diesem Nachmittag eine kniffelige Korsage an einer meiner Schneiderpuppen absteckte, erklang meine Türglocke. Weil ich den Stoff nicht loslassen konnte, rief ich in den Empfangsraum: »Ich bin hier in der Anprobe, kommen Sie doch bitte herein.«

Ein mir unbekannter Herr trat durch die Tür.

Wir erstarrten beide wie vom Donner gerührt.

Er stierte auf meinen chinesischen Teppich, und dabei wollten ihm fast die Augen aus dem Kopf quellen.

Ich starrte den Mann ebenso fassungslos an und kämpfte beinahe vergebens darum, nicht in ein unheiliges Gelächter auszubrechen. Der Herr mochte Mitte dreißig sein, doch sein kugelrundes, stupsnasiges Gesicht war bereits von fleischigen Falten durchzogen. Insbesondere seine Stirn schlug geradezu Wellen. Die Ursache meiner kaum zu bändigenden Heiterkeit aber war das Gesicht, das aus der Tasche seines weiten Paletots hervorschaute. Schwarze Knopfaugen, wellenschlagende Stirnfalten und eine ausgeprägte Stupsnase kennzeichneten das Tier, das sich eben mit einem leisen Winseln bemerkbar machte.

Ich nahm mich mit Mühe zusammen, steckte umständlich eine Falte an der Korsage fest und sagte dann nach einem tiefen Atemzug: »Guten Tag, der Herr. Womit kann ich Ihnen dienen?«

Gewaltsam riss sich der Besucher vom Anblick meines Teppichs los und stellte sich mit starkem Akzent als Armand Dufour vor.

Erfreut reichte ich ihm meine Hand und wechselte in seine Muttersprache. Sofort glätteten sich die Falten auf seiner Stirn, und er sah fast menschlich aus.

»Sie haben also meine Nachricht erhalten, Monsieur Dufour? Wie außerordentlich erfreulich.«

»Ah, Sie sind Madame Kusan selbst. Erfreut, sehr erfreut, Madame. Ich hatte gehofft, einen Termin mit Ihnen vereinbaren zu können, um Ihnen meine Musterbücher vorzulegen.«

»Jederzeit, Monsieur. Wann passt es Ihnen?«

Wir verabredeten uns für den kommenden Nachmittag, und ich bat Nona, dabei zu sein, um diffizilere Tatbestände zu übersetzen.

Als die Tür hinter ihm zugefallen war, erlaubte ich mir ein anhaltendes, befreiendes Kichern.

Zweimal Mops im Paletot war fast zu viel für mich gewesen.

Am nächsten Tag lernte ich dann Eustache näher kennen, der sich als wohlgenährtes Hündchen von phlegmatischem Gemüt entpuppte und der, als er mit meiner Erlaubnis die Paletot-Tasche verlassen hatte, gemächlich den Teppich nach Spuren – vermutlich denen von Captain Mio – untersuchte. Armand Dufour erwies sich als unerschöpfliche Quelle schöner, leichter Stoffe, und ich konnte mich kaum entscheiden, welche ich ordern sollte. Vermutlich war meine Einkaufsliste länger als nötig, aber mir schossen dermaßen viele Ideen für ihre Verwendung durch den Kopf, dass ich einfach nicht widerstehen konnte, immer noch eine Länge aufzuschreiben.

Nona als Dolmetscherin erwies sich als sehr hilfreich, und so entschied ich, den angenehmen Geschäftsabschluss mit einem Glas Wein zu begießen. Beflissen erbot sich Nona, die Gläser und Flasche aus der Küche zu holen, und setzte sich auf meine Bitte hin wieder zu uns an das kleine runde Tischchen im Anprobenzimmer. Eustache erhielt eine Schüssel Wasser und schlürfte lautstark sein Quantum daraus.

»Ein hübsches kleines Atelier haben Sie hier, Madame Kusan. Und so geschmackvoll eingerichtet.«

»Etwas abseits liegt es zwar, aber es hat sich inzwischen herumgesprochen, wo ich zu finden bin.«

Noch immer betrachtete Dufour den Seidenteppich mit einem gewissen Staunen im Blick. Er nippte an seinem Wein und räusperte sich dann.

»Wäre es sehr unverschämt nachzufragen, woher dieser Teppich stammt, Madame?«

»Aber nein. Mein verstorbener Gatte brachte ihn mit in die Ehe. Er hatte ihn von einem Verwandten erhalten, der zu seiner Zeit als Teppichhändler tätig war. Wir haben auch noch einen sehr schönen Perser von ihm bekommen. Dieser hier stammt jedoch aus China. Und meine Kinder waren mir reichlich böse, als ich ihn entführte. Sie müssen wissen, dass er ihnen als Szenario für wilde Seereisen diente.«

Dufour lachte nur kurz, ging aber nicht darauf ein, sondern schüttelte nur verwundert den Kopf.

»Aus China stammt er ganz gewiss, und er ist hierzulande ein höchst seltenes Exemplar. Was mich aber viel mehr überrascht, Madame – und deswegen habe ich gestern auch sicher sehr unhöflich gewirkt –, ist die Tatsache, dass wir zu Hause über das Gegenstück verfügen. Ich fühlte sozusagen einen leichten Schwindel, als ich auf genau demselben Teppich stand, der heute in unserem Salon liegt. Wer war gleich der Händler, von dem Sie ihn erhielten?«

»Servatius Kusan, der Pate meines Gatten.«

»Kusan – mon dieu – natürlich. Ich erinnere mich an ihn.«

»Sie kannten ihn?«

»Sicher. Er war oft bei uns zu Gast. Lassen Sie mich überlegen. Ja, ich muss so um die zwölf, dreizehn gewesen sein, als Vater mit ihm ins Geschäft kam. Er hatte unser Haus vergrößert und wollte zwei Zimmer mit besonders edlen Teppichen ausstatten. Der Händler wurde uns empfohlen, und eines Tages kam er mit einer Wagenladung seiner Ware zu uns. Meine Mutter war hingerissen von diesem Seidenteppich. Mein Vater stimmte ihr zu, und sie feilschten recht lange, und wie mir schien, mit großem Genuss. Monsieur Kusan war ein unterhaltsamer Mann, der lebhaft von seinen ausgedehnten Reisen in den Orient zu erzählen wusste. Vater gab ihm den Auftrag, bei seiner nächsten Reise weitere interessante Teppiche mitzubringen, und ein halbes Jahr später kehrte er wieder mit neuer Ware zurück. Aber an diesen Seidenteppich reichte nichts heran. Sie sind nicht zufällig gewillt, ihn zu verkaufen, Madame?«

Ich musste ihm zugestehen, versuchen durfte er es. Mit einem kleinen Lächeln antwortete ich ihm: »Monsieur, wären Sie vielleicht gewillt, den Ihren mir zu verkaufen?«

»Touché, Madame!«, erwiderte er gelassen und nahm seine Niederlage wie ein Mann.

»Der Handel mit China beginnt ja, wie man hört, sich auszuweiten. Es werden in Zukunft sicher häufiger auf den hiesigen Märkten derartige Exemplare erhältlich sein«, tröstete ich ihn.

»Aber zwei gleicher Machart und Muster! Aber gut, wir hängen jeder an unserem Eigentum, und ein jeder hat seine Geschichte.«

»Die allerdings eine gemeinsame Wurzel hat. Ich bin Servatius Kusan persönlich nie begegnet, er existiert für mich nur durch diesen Teppich. Erzählen Sie noch etwas mehr von ihm.«

»Madame, es ist eine sehr traurige Geschichte damit verbunden. Wollen Sie die wirklich hören?«

Drago hatte Servatius nicht sehr oft erwähnt, aber wenn, dann immer nur im Zusammenhang mit recht gewagten Erlebnissen. Umso mehr machte mich neugierig, was es Tragisches zu berichten gab. Ich bat Armand Dufour also fortzufahren.

»Unsere Beziehung zu Monsieur Kusan nahm leider einen sehr unglücklichen Verlauf. Ich verstehe es noch immer nicht recht, wie es dazu kommen konnte. Sehen Sie, wir hatten damals einen sehr erfolgreichen Kommis, einen jungen Deutschen, der bei uns in die Lehre gegangen war und dem mein Vater auf Grund seiner Fähigkeiten eine weite Handlungsvollmacht zugestanden hatte. Er ... mhm ... veruntreute einige Gelder und verschwand kurz darauf spurlos. Erst zwei Jahre später fanden wir heraus, dass er als Kommissionär in Marseille für Kusan tätig geworden war und dessen Importe aus dem Orient verkaufte.«

Dufour! In diesem Augenblick machte es klick in meinem Kopf. Dufour, nicht dieser junge Mann, aber sein Vater, der Seidenhändler, war mir schon einmal in einer Erzählung begegnet.

»Der junge Kommis, war das Wilhelm Stubenvoll aus Köln?

Sohn eines gescheiterten Seidenfabrikanten, der als Lehrling in Ihre Firma eintrat?«

»Ja, Madame. Wilhelm Stubenvoll nannte er sich.« Armand Dufour stolperte ein wenig über den germanischen Namen, zeigte aber sogleich großes Interesse. »Sind Sie mit ihm oder seiner Familie bekannt, Madame?«

»Sagen wir so, ich vermute, dass ich ihn einmal kennengelernt habe, allerdings unter einem anderen Namen.«

»Er hat seinen Namen geändert, aha. Nun, das sollte er wohl auch, nach dem Skandal.«

»Skandal?«

»Es war schrecklich, Madame, so schrecklich. Aber ich muss ein wenig ausholen. Sehen Sie, mein Vater war nicht mehr sehr gut auf Monsieur Kusan zu sprechen, da er glaubte, der habe unseren Kommis für sein Geschäft abgeworben. Aber mir ist der Mann immer in sehr angenehmer Erinnerung geblieben. Er hatte – ja, wie soll ich es sagen – Charisma. Wirkliches Charisma. Mein Vater starb 1827, zwei Jahre nachdem Stubenvoll uns verlassen hatte, und meine Mutter führte das Geschäft weiter. Auch sie hatte einen Narren an dem Teppichhändler gefressen. Ich glaube, er hat sie sehr beeindruckt. Er war ein wenig wild, rau und draufgängerisch.«

Ich hob fragend die Braue. Nur ein ganz kleines bisschen.

»Nein, nein, nicht, wie Sie denken, Madame. Nur einfach so, dass sie noch ein-, zweimal kleinere Teppiche von ihm kaufte und sich bei diesen Transaktionen gerne mit ihm unterhielt. Ich übrigens auch. Stubenvoll wurde dabei nie erwähnt, und mit den Jahren übernahm ich dann das Geschäft. Aber dann wurde die Lage schwierig. Anfang der Dreißiger begannen die ersten Aufstände der Seidenweber.«

»Ja, ich weiß, auch hier bei uns hat es Weberaufstände gegeben. Ich hoffe, es hat Ihrem Geschäft nicht geschadet.«

»Nein, wir sind beim ersten Mal glimpflich davongekommen. Der zweite Aufstand, 1834, aber verursachte auch uns größere Probleme; es gingen uns einige Bestände verloren. Kusan aber traf es noch viel härter. Wir hatten gehört, dass er gerade von einer Orientreise zurückgekehrt war und seine beiden Neffen bei sich hatte. Wir luden sie ein, und ich lernte die Jungen kennen. Ignaz, ich erinnere mich, war eben zwei Jahre jünger als ich, sein Bruder sechs Jahre. Oh, was neidete ich ihnen das Abenteuer. Stundenlang saßen wir zusammen, und die beiden erzählten von den Bazaren und Moscheen, den Palästen und umtriebigen Häfen, dem Elend und Schmutz, der Pracht und der Gastfreundschaft der Orientalen. Ich wollte auch Weihrauch und Sandelholz riechen und die glutäugigen Jünglinge in ihren bunten Trachten bewundern. Ah, verzeihen Sie, ich fange noch immer an zu schwärmen.«

»Verständlich, Monsieur. Ich weiß, wie sehr meine Kinder die Ohren aufsperren, wenn sie derartige Geschichten hören.«

»Ja, die jugendliche Phantasie entzündet sich schnell und leicht. Und dennoch, das Ende ist schrecklich. Eine zweite Welle von Rebellion ergriff unsere Stadt, und diesmal gab es Straßenschlachten mit dem Militär, Tote und Verwundete. Der Zorn der Aufständischen wurde durch das ungeschickte Vorgehen der Verantwortlichen noch weiter angestachelt, es wurde geplündert und es wurden Brände gelegt. Einer davon betraf das Lagerhaus des Teppichhändlers. Das Schicksal wollte es, dass er, Stubenvoll und die Jungen sich just zu diesem Zeitpunkt dort hineingeflüchtet hatten.«

Ich glaube, ich hatte vergessen zu atmen. Drago hatte nie von einem Bruder gesprochen, und doch musste er wohl bei diesem Brand dabei gewesen sein. Ich unterbrach Armand Dufours Bericht.

»Hieß der jüngere der Brüder Drago, Monsieur?«
»Ja, Madame!«
Nona stieß einen Laut der Überraschung aus.
»Sie kennen ihn ebenfalls, Madame?«
»Erzählen Sie weiter, bitte. Ich erkläre es Ihnen nachher.«
»Ja, nun gut, ich habe es in seiner ganzen Tragweite erst nach und nach erfahren. Einen Teil von dem Teppichhändler selbst, ei-

nen anderen von Augenzeugen. Sie wollten das brennende Gebäude verlassen, aber ein Dachbalken brach nieder und klemmte Ignaz ein. Kusan und der jüngere Bruder versuchten ihn zu retten, doch der Balken war zu schwer. Wie es schien, hatte Stubenvoll derweil die Gelegenheit genutzt, einen mit Ware beladenen Wagen zum Tor zu zerren, statt zu helfen. Und als er das Tor öffnete, entfachte der Luftzug die Glut zu einem Höllenfeuer. Der Junge kam darin um, die beiden anderen konnten sich retten.«

Ich war entsetzt, schlichtweg entsetzt.

Nie hatte mir Drago von diesem Unglück berichtet. Auch nicht von der Reise, die er als Knabe mit Servatius zusammen unternommen hatte. Es musste ihn zutiefst getroffen haben, so tief, dass er mit niemandem darüber reden konnte. Das Grausen schlich sich langsam in mein Gemüt. Er hatte seinen Bruder unter dem brennenden Balken sterben sehen. Ein entsetzlicher Todeskampf, dem er und sein Pate hilflos zusehen mussten.

Ein Unglück, bei dem Wilhelm Stubenvoll ihnen nicht geholfen, sondern durch Dummheit oder Absicht sogar noch das Feuer verstärkt hatte.

»Guillaume de Charnay!«, sagte ich, und meine Stimme klang sogar für mich selbst hasserfüllt.

Dufour sah mich fragend an.

»Charnay, Seidenbauer in der Nähe von Lyon.«

»Ja, ich kenne ihn flüchtig.«

»Geborener Wilhelm Stubenvoll.«

Jetzt war es an Dufour, entsetzt die Augen aufzureißen.

»Das habe ich nicht geahnt. Madame, das ist ja entsetzlich. Ich werde umgehend jeden Kontakt mit ihm einstellen. Und auch meinen Freunden dazu raten.«

Ich nickte und erzählte ihm, soweit mir bekannt, den Werdegang des Seidenbauers, wobei Nona einige streng zensierte Kapitel hinzufügte. Ich hatte allerdings den Eindruck, dass Monsieur die unausgesprochene Botschaft recht gut verstand.

»Mesdames, ich bin Ihnen für diese Aufklärung sehr dankbar.

Ich werde dafür sorgen, dass diese Informationen an die richtigen Stellen gelangen. Man wird Charnay sicher nicht mehr seines Verbrechens anklagen können, aber er hat sich in meinen Augen gesellschaftlich vollkommen disqualifiziert.«

Dufours Empörung tat mir gut, denn ich fühlte mich angesichts der damaligen Katastrophe schrecklich hilflos. Und schmerzlich wurde mir bewusst, dass das Mitleid, das ich für Drago nun verspürte, keinen Resonanzboden mehr hatte. Ich war nicht mehr in der Lage, ihm zu sagen, wie sehr ich seinen Schmerz mitfühlte. Drago war tot.

Ich räusperte mich und nahm noch einen Schluck Wein.

»Eine Erklärung schulde ich Ihnen noch, Monsieur Dufour. Drago Kusan war mein Gatte. Aber von diesem Ereignis hat er nie gesprochen.«

»Madame!«

Armand Dufour nahm meine Hand und hielt sie lange fest, ohne etwas zu sagen.

Die gefühlsträchtige Stimmung hatte uns alle die Bedürfnisse eines hilflosen Geschöpfes vergessen lassen, und erst als Nona aufschreckte und laut: »Pfui, Eustache!« rief, bemerkten wir das möpsische Elend. Da war das Malheur aber schon passiert, und Armand Dufour brach in eine flatternde Entschuldigungsorgie aus.

Nona sprang schon auf, holte Wischtuch und Wassereimer und kniete nieder, um den Fleck aus dem Teppich zu entfernen.

»Grämen Sie sich nicht, Monsieur. Das wilde chinesische Meer hat auch schon umgeworfene Kakaotassen, marmeladenbestrichene Butterbrote, tote Mäuse und ähnliche Un- und Überfälle unbeschadet überstanden. Ich vermute, das spricht für die Qualität der Ware.«

Aber er kniete schon neben Nona und tupfte höchst eigenhändig mit seinem Taschentuch an der feuchten Stelle herum, während er wortreich mit Eustache haderte. Der kleine Mops saß auf seinem Hinterteil, und sein faltenreiches Gesicht drückte ebensolche Betroffenheit aus wie das seines Herrn. Wider Willen erheiterte mich das und linderte damit die Trauer um die Brüder Kusan ein wenig.

Unter zahlreichen Entschuldigungen verabschiedete Armand Dufour sich kurz darauf von uns, stopfte Eustache in die Paletot-Tasche und versicherte mir, die Aufträge so schnell wie möglich auszuführen.

Nona war nachdenklich geworden. Sie hatte nur ein halbes Glas Wein ausgetrunken und schwenkte den Rest nun still in ihrem Glas herum.

»Es hat dich auch aufgewühlt, Nona, nicht wahr?«

»Ja, Madame Ariane. Aber aus einem anderen Grund. Wissen Sie, ich habe schon oft überlegt, was für einen Grund dieser Mann damals hatte, als er mit den Matelots Charnays Gut überfiel. Und was ich heute erfahren habe, könnte einen Hinweis darauf geben.«

»Wirklich? In welcher Weise?«

»Nun, er wollte ihn in dem Seidenraupen-Schuppen verbrennen lassen.«

»Oh – ja, natürlich.«

»Und er hat ihm die ganze Rohseide gestohlen. Als Wiedergutmachung, hatte er gesagt.«

»Ich verstehe.«

»Und er war ein Mann, der sich mit den Seeleuten auskannte und viele fremde Länder und Sitten kannte.«

»Du glaubst, es könnte Servatius Kusan gewesen sein, der diesen Überfall organisiert hat?«

»Wäre das nicht vorstellbar, Madame Ariane?«

»Sehr vorstellbar. Ich habe diesen Servatius nie kennengelernt, aber aus den Erzählungen, die ich bisher gehört habe, könnte das seine Art zu handeln gewesen sein.«

»Sie haben nicht zufällig ein Bild von ihm?«

»Nein, Nona. Ich habe ... Ich habe nur ein Bild von meinem Gatten. Aber angeblich sahen sie sich ähnlich.«

Ich ging in mein Schlafzimmer und holte die Daguerrotypie. Nona betrachtete sie sehr genau und nickte dann.

»Ein bisschen wilder vielleicht, aber sehr ähnlich. Ja, ich glaube, der Mann war jener Servatius Kusan.«

»Was wiederum ein sehr erhellendes Bild auf Charnay alias Stubenvoll wirft. Ein schlechtes Gewissen schlägt oft in Hass auf den Auslöser um. Wie verärgert muss er gewesen sein, als ich Dragos Antrag dem seinen vorgezogen habe.«

Und um einiges interessanter würde die neueste Entwicklung unter der Kenntnis dieser Umstände sein.

Denn wie herzlich würden Charnays Glückwünsche ausfallen, wenn er erfuhr, dass Gernot und ich uns mit Heiratsabsichten trugen?

Aber wozu sich jetzt Sorgen machen? Zwischen Servatius und Charnay bestand aus gutem Grund eine Fehde. Wenn Dufours Schilderung stimmte, trug Charnay zumindest indirekt Schuld an Ignaz' Tod. Das mochte Servatius, der, soweit ich mich erinnern konnte, Mitte der Dreißigerjahre nach China aufgebrochen war, zu einer lange geplanten Racheaktion bewegt haben. LouLou hatte ihn 1846 getroffen. Und Nona?

»Nona, weißt du noch, in welchem Jahr Servatius das Gut überfiel?«

»Ich war vierzehn, Madame. Das war 1846.«

»Dann ist es fast sicher, dass er es war. Er hielt sich in diesem Jahr zum letzten Mal in Europa auf.«

Zwei Jahre bevor ich Charnay getroffen hatte. Damals musste die Wut noch heiß in ihm gelodert haben. Aber nun waren sowohl Servatius als auch Drago tot, und mit Gernot verband ihn nur eine geschäftliche Beziehung. Also konnte ihm die Angelegenheit im Grunde ziemlich gleichgültig sein.

Väterliche Gefühle

Der Herrscher muß ein Herrscher,
der Minister ein Minister,
der Vater ein Vater
und der Sohn ein Sohn sein.

Konfuzius

Es belustigte Drago heimlich, mit welch mannhaftem Stoizismus George Liu seine Verwunderung zu verbergen versuchte. Er erinnerte sich selbst noch viel zu gut daran, wie sehr ihn die fremde Welt Chinas fasziniert hatte, als er vor acht Jahren in Schanghai eingetroffen war. Ebenso wie jetzt sein Neffe hatte er die für ihn ungewohnte Architektur, die fremdartige Kleidung, den völlig anderen Singsang der Sprache, die exotischen Gerüche und die seltsamen Sitten bestaunt. Aber wenigstens hatte George schon im europäischen Settlement Kontakt mit Franzosen, Engländern und Preußen gehabt, aber wie es schien, wirkten vor allem die ballonartigen Reifröcke der Damen höchst befremdlich auf ihn. Er versuchte, sie nicht zu deutlich anzustarren, aber immer wenn eine Frau mit diesen überdimensionalen, umgedrehten, schwankenden Körben an der Taille vor ihm herging, wurden seine schmalen Augen beinahe rund.

»George, in China sind eingebundene Lilienfüßchen Mode, hier sind es die weiten Röcke. Und ich bitte dich sehr zu beachten, dass die hiesigen Damen unterhalb der Taille auch nicht existieren.«

»Ja, Cousin Drago.«

Diese Anrede war neu und offensichtlich die einzig mögliche Form der Vertraulichkeit, die George sich selbst gestatten konnte. Er hatte in den vier Monaten der Seereise beachtlich gut Deutsch sprechen gelernt, und als Drago ihn mit den Höflichkeitsformeln vertraut gemacht hatte, hatte er ihm angeboten, ihn beim Vornamen zu nennen. *Tai pan* war nicht die Anrede, mit der er ihn weiter titulieren konnte. Die chinesische Namensgebung stellte aber den Familiennamen vor den Vornamen, und daher hatte George zwar gehorcht, ihn aber ständig mit Kusan Drago angesprochen. Ein weiteres Gespräch über die Rolle familiärer Bindungen hatte schließlich zu dem fast gleichlautenden »Cousin Drago« geführt. Warum der Junge ihm so penetrant förmlich begegnete, vermochte Drago nicht zu ergründen, aber es störte ihn auch nicht weiter, also ließ er es auf sich beruhen.

Sie waren von Hamburg aus sofort nach Braunschweig aufgebrochen und hatten hier in einem Hotel Unterkunft genommen. Gleich am zweiten Tag machte Drago sich auf den Weg, das Haus aufzusuchen, das ihm als letzte Adresse seiner störrischen Gattin bekannt war. Er wollte herausfinden, ob sie dort noch wohnte, wenngleich er keine besonders große Hoffnung hegte, sie dort anzutreffen. Aber irgendwo musste er mit der Suche anfangen, und an diesem Ort würde er zumindest die Spur aufnehmen können. Als er durch die Straßen wanderte, wurden ihm die Veränderungen bewusst, die die Stadt in den vergangenen Jahren erlebt hatte. Eine Zuckerrübenfabrik war entstanden, eine Maschinenfabrik sandte ihre schwarzen Rußwolken über den Himmel, und der Bahnhof, neu gestaltet, prunkte jetzt in klassizistischem Stil. Doch hinter der Magnikirche herrschte weiterhin beschaulich bürgerliche Ruhe. Die alten Fachwerkhäuser, manche nicht sehr gut instand gehalten, beugten sich wie damals über das Kopfsteinpflaster. Das Häuschen, in dem sie vor Zeiten gewohnt hatten, war vergleichsweise bescheiden. Als junger Rechtsanwalt hatte er noch kein großes Gehalt bezogen, und die Mitgift seiner Ehefrau war für die Möblierung verwendet worden.

Inzwischen hatte das Gebäude aber einen neuen Anstrich

erhalten, die Fenster blinkten frisch geputzt im Mittagslicht, und neben dem Messingklopfer stand auf einem Metallschild der Name Adalbert Sperber. Hatte sie wieder geheiratet? Oder wohnte eine andere Familie in dem Haus? Während er noch ein wenig zögernd vor dem Eingang stand, ertönte eine harsche Frauenstimme aus dem oberen Stockwerk, ein Klatschen folgte und dann das schmerzliche Weinen eines Kindes.

Gut, Kinder mussten manchmal ihre Grenzen aufgezeigt bekommen, aber diese kleine Demonstration mütterlicher Gewalt verärgerte ihn unwillkürlich.

Sie wohnte offensichtlich noch hier, mitsamt seinen Kindern.

Energisch betätigte er den Türklopfer.

Eine Frau in schwarzem Kleid und weißer Schürze öffnete ihm und fragte nach seinem Begehr.

»Ich würde gerne die Dame des Hauses sprechen. Melden Sie mich bitte an«, sagte er und reichte der Bediensteten seine Karte. Ohne ein Zeichen des Erkennens las sie sie und bat ihn, in den Vorraum einzutreten.

»Worum geht es, bitte?«

»Um eine Familienangelegenheit.«

Kurz darauf kam sie zurück.

»Wenn Sie mir bitte folgen würden, Herr Kusan. Die gnädige Frau ist bereit, Sie zu empfangen.«

Es würde eine herbe Überraschung für sein abtrünniges Weib werden, und mit einer gewissen Genugtuung betrat er den Salon, den er vor Jahren nach einem lautstarken Streit zornentbrannt verlassen hatte.

Sie war rundlich geworden, war sein erster Eindruck; der zweite sagte ihm, dass er einem grundlegenden Irrtum aufgesessen war.

»Herr Kusan?«

»Gnädige Frau, ich ...«

»Geht es um meinen Bruder, Herr Kusan? Hat er sich schon wieder mit seinem Nachbarn angelegt? Diesmal werde ich ihm nicht zu Hilfe kommen, lassen Sie sich das gleich gesagt sein.«

»Frau Sperber, ich muss mein Eindringen bei Ihnen entschuldigen. Zu Ihrem Bruder kann ich Ihnen bedauerlicherweise keine Auskünfte erteilen, ich vermutete eine andere Familie hier wohnhaft.«

Jetzt sah die Dame ihn verwirrt an. »Aber Sie sagten Dorte doch, Sie seien in Familienangelegenheiten hier?«

»Ja, Angelegenheiten meiner Familie. Gestatten Sie mir eine kurze Erklärung. Vor gut zehn Jahren mietete ich dieses Haus, um hier mit meiner Frau Wohnung zu nehmen. 1852 aber trat ich einen langen Auslandsaufenthalt an und konnte keinen regelmäßigen Kontakt mit den Meinen halten. Ich bin eben erst aus China heimgekehrt und finde nun zu meinem Bedauern, dass mein Nest von einem anderen Vogel bewohnt wird, Frau Sperber.«

»Oh!« Sie lachte leise auf. »Nun, wie betrüblich für Sie. Setzen Sie sich doch, wir sollten die Fäden entwirren. Einen Kaffee, Herr Kusan?«

»Bitte machen Sie sich meinetwegen keine Umstände.«

»Ach nein, es wäre jetzt sowieso an der Zeit.« Sie klingelte nach der Haushälterin und gab entsprechende Anweisungen.

»Aus China!«, sagte sie dann mit Ehrfurcht in der Stimme. »Was für eine lange Reise.«

»Ja, es war eine lange Reise und eine lange Zeit. Deswegen ist es nun auch zu diesem Missverständnis gekommen, und ich muss mich wohl auf eine schwierige Suche nach meinen Angehörigen gefasst machen. Aber möglicherweise können Sie mir behilflich sein.«

»Ich wüsste leider nicht, in welcher Form, Herr Kusan. Mein Gemahl hat 1854 eine Stelle in der Eisenbahnfabrik angetreten, und wir zogen von Hannover hierher. Er ist Ingenieur, wissen Sie.«

Darauf war sie sichtlich stolz, und er äußerte sich mit Anerkennung zu diesem technischen Beruf, fragte dann aber weiter: »Sie wissen also nicht, wann die Vormieterin das Haus verlassen hat?«

»Sicher mehr als ein Jahr zuvor. Die Räume waren in keinem guten Zustand. Staubig, die Fenster blind, die Farbe blätterte schon ab – na ja, der Hausbesitzer war auch verstorben, und die Erben hatten sich wohl eine Weile um den Besitz gestritten.«

»Damit haben Sie meine nächste Frage beantwortet – auch von ihm werde ich keine Auskunft erhalten.«

Dorte servierte den Kaffee, und die nächste halbe Stunde verbrachte Drago mit tätiger Reue für seinen unaufgeforderten Besuch, indem er die Dame mit einigen Anekdoten aus China unterhielt.

Anschließend begab er sich zu seinem Hotel zurück und überlegte die nächsten Schritte. Die Rechtsanwaltskanzlei, in die er damals eingetreten war, existierte hoffentlich noch.

Sie war noch am alten Platz, und als er dem Bürovorsteher seine Karte reichte, erhellte sich dessen Gesicht.

»Oh, Herr Kusan, Sie? Tatsächlich?«

Er erinnerte sich zwar nicht mehr an den Namen des alten Kauzen, aber die Begrüßung nahm er als gutes Zeichen. Und wirklich, sein damaliger Kollege empfing ihn geradezu herzlich.

»Mensch, Kusan! Nach so vielen Jahren! Wie ist es dir ergangen? China, nicht wahr? Erbschaftssache!«

Wieder musste eine halbe Stunde tätiger Reue absolviert werden, bis er endlich zu seinem eigentlichen Anliegen kam.

»Deine Frau? Nun ja, das ist sie ja rein rechtlich nicht mehr, nach der Scheidung.«

»Sie vielleicht nicht, aber die Kinder sind noch immer die meinen, und die suche ich. Hast du irgendwelche Kenntnisse, wohin sie gezogen ist, nachdem ich abgereist bin? Sie muss ziemlich bald das Haus verlassen haben, es sind im Jahr vierundfünfzig neue Mieter eingezogen, und die Dame des Hauses behauptete, es habe zuvor schon eine Weile leergestanden.«

»Sie hat mir gegenüber damals gesagt, sie überlege, zu ihren Eltern zurückzukehren. Ob und wann sie das getan hat, weiß ich aber nicht. Warum wendest du dich nicht direkt an deine ehemaligen Schwiegereltern?«

»Ein delikates Unterfangen, aber es wird mir nichts anderes übrig bleiben, als dort mit der Tür ins Haus zu fallen.«

»Oder nimm Kontakt zu ihrem damaligen Arbeitgeber in Münster auf, das ist möglicherweise diskreter.«

»Eine gute Idee.«

Er setzte sie noch am selben Tag um und machte sich auf eine geraume Wartezeit gefasst. Die Postverbindungen waren zwar durch die Eisenbahnen schneller geworden, aber es dauerte dennoch einige Tage, bis eine Rückantwort eintreffen konnte. Also beschloss er, die Zeit zu nutzen und seine Verbindungen zur preußischen Regierung aufzunehmen. Es gab Handelsinteressen zu berücksichtigen und natürlich auch die politischen Intentionen auszuloten, die in Berlin China gegenüber gehegt wurden. Den aktuellen Zeitungen hatte er entnommen, dass man plante, eine Delegation nach China zu senden, um ähnlich wie Frankreich, England, Russland und Amerika Kontrakte mit dem chinesischen Hof auszuhandeln, die größere Freizügigkeiten in der Nutzung der Häfen und bessere Handelskonditionen erlaubten. Auf Grund seiner Landeskenntnis glaubte er, den Herren mit seinem Wissen über die geschäftlichen und örtlichen Gegebenheiten, vor allem aber die chinesische Mentalität und Etikette, von Nutzen sein zu können. Seine diesbezüglichen Schreiben an die entsprechenden Ministerien waren mit großem Interesse aufgenommen worden, und er hatte die Einladung erhalten, sich in der Hauptstadt mit einigen der Expeditionsteilnehmer zu treffen und sie persönlich über die Lage im Fernen Osten zu informieren.

George, der sich in Braunschweig allmählich mit der deutschen Kultur und dem Alltagsleben vertraut gemacht hatte, wollte dennoch nicht alleine zurückbleiben. Er sprach es zwar nicht aus, aber Drago hatte gelernt, in seinen meist unbewegt freundlichen Zügen einige Nuancen zu deuten. Also kaufte er Fahrkarten für sie beide, und während der Reise nach Berlin überlegte er, ob es nicht sogar von Vorteil sein könnte, den jungen Mann zu seinen Unterredungen im Ministerium mitzunehmen. Die Begleitung eines gebildeten Halbchinesen mochte seinen Worten noch mehr Nachdruck verleihen. Außerdem, vermutete er, würde George die Neugier am Exotischen auch bei verknöcherten preußischen Beamten wecken.

Er versuchte dem Jungen seine Intention klarzumachen, und auf seine verschlungene Art des Denkens verstand George.

»Ich bin wie große Gesandtschaft bei Mandarin, nicht wahr?«

»Ganz genau. Nur dass wir dich hier nicht in eine Sänfte stecken und Gongs vor uns hertragen lassen. Das würde denn doch sehr befremdlich wirken.«

Durch diese Entscheidung allerdings wurde George Zeuge einer sehr unerfreulichen Begegnung.

Denn sein Hilfsangebot an die Herren des Deutschen Zollvereins und die preußische Regierung war nicht der einzige Grund, warum Drago Berlin aufsuchen wollte. In den langen Monaten im Kloster von Hanshan, in denen er mit den Geistern der Vergangenheit gerungen hatte, war ihm auch der Gedanke gekommen, seinen Vater noch einmal aufzusuchen und seinen Frieden mit ihm zu machen. Nach Ignaz' Tod hatte er Servatius das Haus verboten und ihm selbst jeden Kontakt zu seinem Paten untersagt. Zwölf Jahre hatte er sich daran gehalten, dann war Servatius 1846 zurückgekehrt und hatte Drago in Köln aufgesucht. Gut, seinem Vater hatte er nichts davon berichtet, aber irgendjemand musste es ihm hinterbracht haben. Ein Brief mit Drohungen und Befehlen erreichte ihn, den er zornig in den Kamin geworfen und nie beantwortet hatte. Erst als seine Verlobung angekündigt worden war, hatte er seinem Vater wieder geschrieben. Die gewählte Verbindung stieß aber ebenfalls auf Missfallen, der Hochzeit war sein Vater demzufolge auch ferngeblieben. Den endgültigen Bruch hatte schließlich seine Nachricht ausgelöst, dass er nach Servatius' Tod seine Erbschaft in China anzutreten gedachte. Über die Trennung von seinem starrköpfigen Weib hatte er jedoch nichts verlauten lassen. Trotz allem hatte er ihr das nicht antun wollen.

Natürlich hatte er gleich nach seiner Ankunft in der Hauptstadt Erkundigungen eingezogen und ziemlich schnell herausgefunden, dass sein Vater inzwischen als Geheimer Rat im Handelsministerium tätig war. Damit konnte er also ein Unternehmen mit dem anderen verbinden.

Der Zufall wollte es, dass Geheimrat Kusan ihm just in dem Augenblick im Gang zwischen den Bureaus begegnete, als er sich auf dem Weg zu der Besprechung mit dem Grafen zu Eulenburg befand, der als Expeditionsleiter der preußischen Delegation ausersehen war.

Drago blieb stehen und verbeugte sich gemessen.

»Herr Vater, ich bin erfreut, Sie gleich hier anzutreffen. Ich nehme an, Sie haben meine Nachricht erhalten?«

Sehr hochmütig wurde er von dem grauhaarigen Herrn durch die runde Brille gemustert, dann sagte der kalt: »Ich kenne Sie nicht. Belästigen Sie mich also nicht.«

Er wollte weitergehen, doch mit einer kaum merklichen Bewegung versperrte Drago ihm den Weg.

»Sie kennen mich sehr wohl, Herr Vater, und ich wäre Ihnen dankbar, wenn wir uns unter vier Augen unterhalten könnten.«

Wieder versuchte der Geheimrat an ihm vorbeizukommen, und wieder wurde ihm der Weg versperrt. Diese kleine Scharade dauerte beinahe eine Minute, dann drehte sich der alte Kusan um und wollte in die entgegengesetzte Richtung gehen. Hier aber standen zwei Herren, die die Auseinandersetzung neugierig verfolgt hatten. Drago nahm es zum Anlass, noch einmal seine Bitte zu äußern.

»Ihr Sohn, Kusan?«, fragte einer der Herren. »Ich wusste gar nicht, dass Sie noch Familie haben.«

»Ich habe keine Familie mehr«, zischte der Geheimrat.

»O doch, Herr Vater, Sie haben. Nicht nur mich, sondern auch zwei Enkel und diesen Großneffen hier, George Liu. Servatius' Sohn. Ich bitte Sie noch einmal, uns eine kurze Unterredung zu gewähren.«

Sein Vater nahm eine ungesunde Gesichtsfarbe an, die sich noch weiter vertiefte, als sein Kollege ihn freundlich aufforderte: »Gehen Sie nur, Kusan. Eulenburg wird sich sowieso verspäten.«

So gedrängt stakste der Geheimrat zu seinem Amtszimmer, und Drago, der George einen kurzen Wink gegeben hatte, ihm zu folgen, trat ein und schloss die Tür hinter sich.

»Ich sage es noch einmal, ich habe keinen Sohn mehr. Und damit ist die Unterredung beendet.«

»Das ist sie nicht, denn ein Mindestmaß an Höflichkeit sollte es Ihnen gebieten, sich wenigstens anzuhören, was ich Ihnen sagen möchte. Es hat Missverständnisse und böse Worte zwischen uns gegeben, und von meiner Seite aus möchte ich um Entschuldigung dafür bitten.«

»Du kannst nichts ungeschehen machen. Du hast dich meinem Willen widersetzt. Du bist hinter Servatius hergelaufen, und nun bringst du mir auch noch diesen Halbblutbengel an. Wenn du Geld schnorren willst für den Bastard dieses Herumtreibers, bist du an der falschen Stelle. Und du kannst deinem ungesitteten Weib auch gleich ausrichten, dass sie mit ihren Betteleien aufhören soll. Nichts bekommt ihr von mir. Keinen Pfennig. Sieh zu, dass du deine Brut selbst durchbringst.«

»Das Letzte, was ich von Ihnen verlangen würde, ist Geld, Herr Vater. Meine Geschäfte gehen blendend.«

»Opiumhandel mit ungewaschenen Chinesen, pah!«

»Wie gut Sie mich und mein Geschäftsgebaren kennen, Herr Vater. Und wie genauestens Sie über die Körperhygiene der Chinesen informiert sind. Ich bin überrascht.«

Der Geheimrat schnaubte vor Zorn, dann stelzte er zur Tür, riss sie auf und sagte nur: »Raus!«

Drago verbeugte sich auf chinesische Weise. Eine tiefe Verneigung, wie es der unwürdige Sohn vor dem ehrwürdigen Vater tun würde. George tat es ihm gleich, dann verließen sie schweigend den Raum.

»Komm, George, wir wollen schauen, ob die Delegationsabgeordneten uns freundlicher gesonnen sind.«

Sie waren es selbstverständlich, und Drago wurde gebeten, noch an einigen weiteren Tagen den Attachés und Vertretern des Zollvereins mit seinem Wissen zur Verfügung zu stehen. Man tauschte eifrig Adressen und Empfehlungsschreiben aus. Und Drago versprach, die Teilhaber seines Handelshauses umgehend über die Expedition zu informieren und sie zu bitten, sollten sie vor ihm in China eintreffen, sie gastfreundlich aufzunehmen und ihnen jede Unterstützung zuteilwerden zu lassen. Seinen Vater, der mit säuerlicher Miene den Besprechungen beiwohnte, sprach er nicht mehr an.

Eine Woche später saßen er und George wieder im Zug nach Braunschweig, und in der Abgeschiedenheit des Coupés wagte George erstmals eine Frage zu stellen.

»Ihr Herr Vater – warum war er so böse, Cousin Drago?«

»Weil ich ihm nicht gehorcht habe, als ich jung war.«

Lange schaute der junge Mann anschließend aus dem Fenster, und Drago begann, sich den einen oder anderen Gedanken zu machen. Der Junge war in einer Kultur aufgewachsen, in der das Alter von großer Bedeutung war. Die Alten galten als verehrungswürdig, denn mit dem Alter kam die Weisheit. Kindern wurden strenge Höflichkeitsgesten und Floskeln gegenüber den Älteren beigebracht. Andererseits war er sich sicher, dass es auch verbitterte, tyrannische, trottelige oder selbstsüchtige Alte unter den Chinesen gab. Wie weit offene Rebellion und Widersetzlichkeit, so wie er sie betrieben hatte, jedoch üblich war, vermochte er nicht zu beurteilen. So weit war er in die asiatische Mentalität noch nicht eingedrungen.

Familienbande jedoch waren eng, warum sonst hatte George sich ihm so sehr angeschlossen? Nicht dass er lästig war, das war er niemals. Er forderte nichts, sondern war eben einfach immer da, bereit, ihm zur Hand zu gehen, wenn nötig, oder sich schweigend unsichtbar zu machen, wenn er nicht gebraucht wurde. Wie mochte Servatius mit ihm umgegangen sein, fragte er sich. Immerhin war er ihm fünfzehn Jahre lang ein Vater gewesen.

Ihm selbst war Servatius auch mehr Vater als sein leiblicher gewesen, erinnerte er sich plötzlich. Und genau wie ihn mochte er auch seinen Sohn behandelt haben. Ein wenig rau, herrisch, manchmal sogar zu hart, wenn er an die anstrengenden Wanderungen, diverse sehr kalte Seen, klamme Nachtwachen und ähnliche Erlebnisse dachte, mit denen sein Pate ihn und Ignaz müde zu bekommen suchte. Aber er war immer ihr großes Vorbild gewesen, denn er hatte nie mehr gefordert, als er von sich selbst verlangen konnte. Das allerdings war leider sehr viel gewesen.

Er hatte ihn vermisst, als er nach China ging, und er hatte ihn namenlos betrauert, als er gestorben war.

»Du hast deinen Vater geliebt und geachtet, George.«

Der Junge zuckte zusammen.

»Ja, Cousin Drago.«

»Ich auch.«

Und mehr als das, er hatte ihm vertraut. In was immer für wilde und gefährliche Unternehmungen er sie geführt hatte, Drago hatte ihm vertraut. Selbst in der Flammenhölle von Lyon hatte er noch darauf vertraut, dass er Ignaz retten würde. Es war nicht seine Schuld gewesen, dass das Feuer die Oberhand gewonnen hatte. Er hatte ihm auch weiterhin vertraut und wäre ihm auf den kleinsten Wink auch nach China gefolgt. Das hatte er dann auch getan, sogar noch nach Servatius' Tod.

Den Anweisungen seines leiblichen Vaters hingegen hatte er nur widerwillig Folge geleistet, selbst in kleinen Dingen. Der Unterschied zwischen den beiden Männern lag in ihrem Charakter. Servatius forderte Gehorsam, sein Vater verlangte Unterwerfung, Servatius bekämpfte Widerspruch, sein Vater duldete ihn nicht, Servatius sah seine Fehler ein, sein Vater machte keine.

Es war leichter, einem Mann zu gehorchen, der wusste, was getan werden musste, denn dann konnte man darauf vertrauen, dass die Befehle einen Sinn hatten. Es war leichter, eine Opposition aufzugeben, wenn man in der Argumentation unterlag. Und es war wesentlich leichter, einen Mann zu lieben, der über seine Fehler lachen konnte, als einen, der rechthaberisch auf seiner Unfehlbarkeit bestand.

Darum war er seinem Paten ohne zu zögern in ein fremdes Land gefolgt.

Genau wie George ihm nach Deutschland gefolgt war.

Erstaunlich.

Der Junge musste etwas in ihm sehen, worüber er noch nie nachgedacht hatte.

»George Liu, vertraust du mir eigentlich?«

»Ja, Cousin Drago.«

»Warum?«

Mehrfach machte George den Mund auf und zu, bevor er eine Antwort aussprechen konnte. Er verfiel dazu prompt in seine Muttersprache.

»Ihr seid der *tai pan*.«

Drago nickte und verstand.

Und zum ersten Mal wurde ihm bewusst, dass er im Gegenzug zu Georges Vertrauen auch eine Verantwortung übernommen hatte. Er musste ihr gerecht werden.

Ein Vater konnte das Vertrauen, den Respekt und die Liebe seiner Kinder auch nur verdienen, wenn er sich deren Gefühlen würdig erwies.

»Wir werden uns bei Gelegenheit mal über deine Zukunft unterhalten, George. Noch habe ich einige andere wichtige Angelegenheiten zu erledigen, aber du kannst dir schon einmal Gedanken darüber machen, was du gerne machen möchtest. Du bist intelligent und ehrgeizig, dir stehen viele Wege offen.«

»Sie wollen mich loswerden, Cousin Drago?«

»Nein, mein Junge. Das meinte ich nicht damit. Ich werde auch weiter für dich da sein.«

Es war ein kleiner Seufzer, der das »Danke« begleitete.

Im Hotel in Braunschweig fand Drago eine Antwort auf seinen Brief vor. Ein umfangreiches Schreiben setzte ihn davon in Kenntnis, dass sein Bekannter jetzt eine Kanzlei in Bremen leitete und daher die Nachricht erst auf einigen Umwegen zu ihm gelangt war. Immerhin hatte er schnellstmöglich geantwortet und konnte ihm mitteilen, das Ehepaar Werhahn habe bereits im Jahr 1852 das Gut nach einigen betrüblichen Vorkommnissen verkaufen müssen und sei nach Paris gezogen. Über den Verbleib der Tochter und ihrer Kinder konnte er nichts sagen, aber er hatte einen Zeitungsausschnitt beigefügt, in dem die künstlerischen Erfolge Leander Werhahns ausführlich beschrieben wurden. Der junge Mann habe sich, wie man dem Artikel entnehmen könne, einer Künstlerkolonie in der Nähe von Paris angeschlossen und könne sicher mit näheren Auskünften dienen.

»George, bist du bereit, jetzt auch noch Frankreich kennenzulernen?«

»Ja, Cousin Drago.«

Einführung in die gute und schlechte Gesellschaft

> »Wie doch, betrügerischer Wicht,
> verträgst du dich mit allen?«
> »Ich leugne die Talente nicht,
> auch wenn sie mir missfallen.«

Johann Wolfgang von Goethe, Zahme Xenien

Guillaume de Charnay wurde zu seinem eigenen Verdruss wieder zu Wilhelm Stubenvoll, als er durch die engen Gassen Kölns wanderte. Vor zwei Tagen war er mit der Eisenbahn am Bahnhof von Pantaleon eingetroffen und hatte sich ein Zimmer in einem der gepflegten Hotels am Rhein genommen. Da er aber beabsichtigte, mindestens zwei, wenn nicht drei Monate vor Ort zu bleiben, war er nun auf der Suche nach einer günstigeren Unterkunft, vielleicht sogar einem möblierten Appartement oder einer privaten Pension. Er kannte sich aus in der Stadt, seine ersten fünfzehn Jahre hatte er hier gelebt, später hatte er sie aus geschäftlichen Gründen immer mal wieder aufgesucht, das letzte Mal im Sommer vor zwei Jahren.

Seine Schritte lenkten sich wie von selbst in die engen Straßen der Altstadt. Hier herrschte noch immer beklemmende Düsternis zwischen den Fachwerkhäusern. Schreiende Lastenträger und Karrenschieber drängten sich durch die verwinkelten Gassen, fliegende Händler priesen ihre Ware an, Kinder spielten im Schutz der Gossen und magere Katzen jagten die Ratten im feuchten Kehricht. Die alten Häuser, anders als die modernen Bauten, die in den besseren Quartieren entstanden waren, richteten sich noch mit der Giebelseite zur Straße aus, ihre hervorragenden Dachspeicher sperrten den Himmel aus und ließen das unangenehme Odeur aus Tran, gegerbtem Leder, Unschlitt und Fäkalien nicht entweichen. Aus den Halbkellern klangen die Geräusche der Handwerker. Schrillen und Kreischen, Klopfen, Klirren, Schnalzen und Scheppern ertönte und gab Zeugnis davon, was immer dort geschmiedet, gebohrt, gesägt und gehämmert wurde. Auch diesen höhlenartigen Untergeschossen entstiegen manch unangenehmer Geruch und nicht selten Gezänk und streitende Stimmen in tiefstem Kölner Argot.

Charnay kannte das Umfeld gut genug, um sich an die Lebensumstände hier zu erinnern. In seinen Jugendjahren hatte sein Vater noch in einem der größeren Häuser seinen Seidenhandel geführt, doch während der französischen Herrschaft war das Geschäft zusammengebrochen, und sie mussten in eines der schmalbrüstigen Häuser umziehen.

Just in diesem Augenblick bemerkte er, dass er vor dem ehemaligen Heim stand.

Irgendwann hatte ein Schuster seine Werkstatt darin errichtet, sein Schild hing noch verblasst und abgeblättert über dem Fenster. Das aber war nun mit einigen Brettern zugenagelt worden, die Scheiben im oberen Stockwerk wirkten blind, die Regenrinne hing schief vom Dach, aber über der ebenfalls vernagelten Eingangstür grinste ihn noch immer höhnisch die fratzenhafte Maske des Grinkopfs an. Zehn Jahre hatte er in dem engen, wenig komfortablen Haus zugebracht, während sein Vater als Kommis für einen französischen Händler sein mageres Gehalt verdiente. Er hatte Köln nicht ungern verlassen, als es schließlich hieß, er müsse bei Dufour in die Lehre gehen. Seine Eltern hatte er nie wieder besucht. Sie waren schon vor Jahren verstorben, seine Geschwister hatten Köln verlassen, nur ein Bruder, der nach England gegangen war, lebte noch – oder auch nicht. Kontakt hatte er nicht mehr zu ihm.

Widerwillig, aber getrieben betrat er durch die Toreinfahrt den heruntergekommenen Hinterhof. Auch hier häufte sich Gerümpel in den Ecken, schlammige Pfützen machten das unebene Pflaster glitschig, zwischen den Fenstern spannten sich schlaffe Leinen mit verschlissener Arbeitskleidung. Ein Bettler kramte in einer Aschentonne und verscheuchte unwillig einen hungrigen Köter, der ihm sein Revier streitig zu machen versuchte. Auch die Hintertür war mit Brettern verrammelt, die Läden waren geschlossen. Angewidert wandte er sich von dem Gebäude ab, Erinnerungen an seine Jugend versuchte er wie üblich zu vermeiden.

Das schlüpfrige Kopfsteinpflaster der ausgetretenen Gassen machte ihm das Gehen in seinen modischen Schuhen beschwerlich, und er war froh, als sich die Enge der Bebauung endlich zu einer weiten Straße öffnete. Die Hohe Straße war eine der belebtesten Durchgangsstraßen Kölns, die Nord-Süd-Verbindung zwischen dem Eigelstein- und dem Severinstor in der Stadtmauer. In der Stadtmitte hatte sich beidseitig eine durchgehende Häuserfront gebildet, die sich aus den Baustilen aller Zeiten zusammensetzte. Hinter blinkenden Fensterfronten präsentierte man Luxuswaren, Modeartikel, Jagdausrüstungen, Porzellan oder Schmuck. Buchhändler, Coiffeure, Modistinnen und Hutmacherinnen boten ihre Erzeugnisse und Dienstleistungen feil, Caféhäuser, Braustuben und Restaurants luden die Flaneure zur Erquickung ein.

Charnay ignorierte indes das Angebot. Er war auf der Suche nach einer Unterkunft, und somit bog er, als er den Dom erreicht hatte, in die Komödienstraße ein. Die Lage hätte ihm gefallen, nahe genug an der Stadtmitte, die bekannte Gaststätte »Zur ewigen Lampe« galt als ein Treffpunkt der Kölner Gesellschaft, vereinzelte Geschäftsetablissements wechselten mit gepflegten Wohnhäusern. Doch als er ein Stück weiter ging, zwang ihn ein Zaun, das Trottoir der anderen Straßenseite zu benutzen. Hinter diesem Zaun ragte die verkohlte Ruine eines großen Gebäudes auf. Mit wohligem Entsetzen betrachtete er das Trümmerfeld, und als ein Passant grüßend vorbeischlenderte, fragte er mit einer höflichen Verbeugung und leichtem französischem Akzent, welch entsetzliche Katastrophe sich hier abgespielt habe.

»Ah, der Herr ist nicht von hier?«

»Nein, Monsieur. Ich bin eben erst aus Lyon eingetroffen.«

»Nun, dann werden Sie es sicher besonders bedauerlich finden, was hier geschah. Unser Schauspielhaus wurde ein Opfer der Flammen.«

»Mon dieu!«

»Schlimm, sage ich Ihnen, sehr schlimm. Durch das fahrlässige Verhalten des Theaterkastellans und des leichtsinnigen Feuerwerkers Deutz ist das Unglück verursacht worden, wie wir inzwischen wissen.«

»Wann ist das passiert?«

»Vergangenen Monat, in der Nacht vom 22. zum 23. Juli. Es hat Opfer gegeben, aber wie viele, kann ich Ihnen nicht sagen.«

»Ein böser Verlust für die Stadt, nehme ich an.«

»Natürlich. Obwohl die anderen Etablissements jetzt davon profitieren. Stollwercks Vaudeville in der Schildergasse beschäftigt die Akteure weiter und wird so gut besucht wie nie zuvor. Auch die kleineren Theater haben großen Zulauf. Wenn Sie leichte Unterhaltung suchen, kann ich Ihnen sehr den Salon Vaudeville an der Burgmauer empfehlen.«

»Ich bin Ihnen zu Dank verpflichtet, Monsieur!«

Charnay verbeugte sich noch einmal, und der Passant setzte seinen Weg fort. Er selbst blieb noch eine Weile nachdenklich vor der Brandruine stehen. Feuer! Reinigendes Feuer hatte hier gewütet und eine Brutstätte des Lasters vernichtet.

Dann aber schwang er seinen Spazierstock und ging weiter, auf der Suche nach einem Quartier.

In der Komödienstraße fand er nichts, das seinen Vorstellungen entsprochen hätte, am Neuen Markt verbarg sich hinter einer noblen Adresse eine heruntergewirtschaftete Bleibe, aber bei Cäcilien, in der Nähe des Bürgerhospitals, überraschte ihn eine Pensionswirtin mit einem angenehmen Appartement. Die zwei Räume, die auf der Rückseite ihres Hauses lagen und den Blick über die gepflegten Gärten der Nachbarschaft erlaubten, waren gemütlich, wenn auch nicht elegant eingerichtet, und genügten seinen Zwecken. Die Wirtin berichtete, einer der Ärzte des Hospitals hätte es vor kurzem aufgegeben, da er geheiratet und eine größere Wohnung bezogen habe. Sie war bereit, ihm die Räume zu einem moderaten Preis zu vermieten.

»Ich bin ohne Bedienung angereist, Frau Wirtin. Besteht Hoffnung, dass ein Mitglied Ihres Personals stundenweise die Pflichten eines Kammerdieners übernehmen könnte?«

»Ich fürchte, mein Hausknecht wird Ihren Ansprüchen nicht genügen, gnädiger Herr. Aber der Herr Doktor hatte einen Diener, den er, soweit ich weiß, nicht in sein neues Heim mitgenommen hat. Wenn Sie möchten, frage ich drüben im Hospital nach, was aus ihm geworden ist.«

»Das wäre sehr entgegenkommend, Frau Wirtin. Wann könnte ich die Räume beziehen?«

»Wenn Sie sie wollen, in zwei Tagen, gnädiger Herr.«

Nachdem dieses Arrangement zufriedenstellend vereinbart worden war, bedachte Charnay seine nächsten Schritte.

Bisher hatten sich seine Besuche in Köln auf geschäftliche Kontakte beschränkt, er hatte mit den Abnehmern seiner Rohseide verhandelt, insbesondere zwar mit Wever, aber noch einigen Kleinunternehmern, die Bourret- und Flockseide verwendeten, um sie mit anderen Fasern wie Baumwolle oder Leinen zu verspinnen. Er hatte seine Mahlzeiten im Hotel eingenommen und abends die gängigen Unterhaltungsetablissements besucht. Diesmal aber wollte er am Gesellschaftsleben der Stadt teilnehmen, und dazu bedurfte es einer Einführung in die besseren Kreise. Er machte sich nicht gerne von anderen abhängig, das widerstrebte seiner ganzen Natur, aber hier war ein Kompromiss vonnöten. Ein Herr niedrigen Adels war ihm seit dem letzten Aufenthalt verpflichtet, da er dem Mann nach einem vernichtenden Hasardspiel die Spielschuld gestundet hatte. Er stattete ihm einen Besuch ab und wurde wohlwollend, wenn auch ein wenig misstrauisch empfangen. Der Grund war ihm selbstverständlich klar. Noch immer stand ein Teilbetrag der damaligen Schuld offen, und der leichtsinnige Herr vermutete, dass er um Einlösung ansuchen würde. Aber trotz seiner eigenen finanziellen Schwierigkeiten betrachtete Charnay die Summe als Investition, indem er großzügig darauf verzichtete. Stattdessen bat er darum, bei einer der nächsten größeren Geselligkeiten den derzeit in der *haute volée* bedeutenden Damen und Herren vorgestellt zu werden.

Der Spieler war mehr als bereit, ihm diese Gefälligkeit zu gewähren, und schon hatte er für den kommenden Samstagabend eine Einladung in das Haus des Posamentierwarenhändlers Belderbusch. Eine musikalische Soiree war anberaumt, was ihn nicht gerade glücklich stimmte, denn Musik konnte er nicht besonders viel abgewinnen. Der Geschäftsmann aber konnte ihm sogar von Nutzen sein, möglicherweise war auch er ein potenzieller Abnehmer seiner minderwertigeren Seidenqualitäten.

Aber bis es zu dem Besuch kam, machte Charnay Bekanntschaft mit einem ganz besonderen Original. Kaum hatte er zwei Tage später den Hoteldiener fortgeschickt, der seine Koffer in das gemietete Appartement getragen hatte, klopfte auch schon ein etwa fünfzigjähriger, untersetzter Mann an die Tür und stellte sich als Fritz Kormann vor. Zwar war Charnay mit dem kölschen Idiom noch einigermaßen vertraut, aber er musste den Mann dennoch auffordern, sich etwas verständlicher zu artikulieren. Damit erfuhr er dann allerdings, dass dieser bereit war, sich um alle Bedürfnisse des Herrn zu kümmern – sei es das Putzen der Stiefel, die Pflege der Wäsche, sei es Barbieren oder Badewasser schleppen, oder sei es das Vermitteln nützlicher oder delikater Dienstleistungen und Adressen.

Charnay hörte sich den Sermon an und gab danach nur kurz die Anweisung, seine Effekten auszupacken und einzuräumen. Dann möge Kormann ihm einige Auskünfte einholen. Sollte das zu seiner Zufriedenheit geschehen sein, könne man über Lohn und Beschäftigungszeitraum verhandeln.

Der Mann mochte ja ein Schlitzohr sein, aber er kam seinen Pflichten in bewundernswerter Weise nach, und außerdem machte er einen recht gepflegten Eindruck, was für den Diener eines Herrn nicht unwichtig war. Daher wurden sie bald handelseinig.

Am darauffolgenden Tag war Charnay also nicht nur mit gestärktem und perfekt gebundenem Halstuch, frisch gebürstetem und gebügeltem Abendanzug und sauber rasiert bereit, sich der vornehmen Welt zu stellen, sondern hatte auch allerlei Wissen über die Gastgeber erhalten. Sein Bekannter kam seiner Verpflichtung auf gewandte Weise nach und stellte ihn als erfolgreichen Seidenzüchter vor, der nicht nur geschäftlich in Köln weilte, sondern auch die romantische Rheinlandschaft zu seiner eigenen Erbauung und Erholung genießen wolle.

Die Dame des Hauses nahm ihn unter ihre quasten- und troddelngeschmückten Fittiche und machte mit ihm die Runde. So lernte er, schon bevor die ersten Musiker ihre melodischen Kunstwerke präsentierten, ihre Schwester, eine Edle von Schnorr zu Schrottenberg, kennen, den Kapellmeister Cremer, einen spitzbäuchigen Herrn mit rosigem Schädel, den Appellationsgerichtsrat Sachsenhausen, ein Mitglied der Familie DuMont, die im Verlagswesen tätig waren, ein Bankiersehepaar und einen Herrn aus dem Gürzenich-Orchester. Während dann die erste musikalische Darbietung die Unterhaltung verstummen ließ – eine Dame am Klavier spielte etwas, das sie als Nachtmusik bezeichnete –, zog Charnay eine kurze Bilanz. Weder die Beziehungen zu einem Appellationsgerichtsrat noch zum Kapellmeister, weder die zum Verlagswesen noch zum Gürzenich waren für ihn von Interesse, Bankiers musste man sich immer warmhalten, die Beziehungen zum Adel waren ebenfalls nützlich. Außerdem regte etwas an der ätherisch auftretenden Edlen seine Phantasie an. Sie mochte um die vierzig sein, prüde, aber von romantisch verklärtem Gemüt. Aber nein, mahnte er sich, es war noch nicht der Zeitpunkt für Belohnungen. Dennoch suchte er, als der Applaus für die Klavierspielerin verklungen war, wieder ihre Seite auf. Eine rundliche, weit kleinere Dame hatte sich zu der Edlen gesellt, und er erfuhr, dass es sich um die

Witwe des längst verstorbenen Professors Elenz handelte. Witwe Elenz gluckste wie ein aufgeplustertes Huhn und himmelte ihn doch tatsächlich an. Ein herbes Schlachtross von starkknochiger Gestalt gab sich unaufgefordert als Georgina von Groote zu erkennen und zeigte bei einem höflichen Lächeln eine Unzahl gelblicher Zähne.

Zwei unnötige Bekanntschaften, aber man musste ja höflich sein. Konversation zu machen langweilte Charnay zumeist, aber jetzt überwand er sich und richtete das Wort an die Damen.

»Köln ist eine kunstbeflissene Stadt, muss ich feststellen. Selten trifft man so viele Liebhaber und Talente wie in dem Salon Ihrer Frau Schwester, Madame.«

»Ja, Herr de Charnay. Und unsere liebe Helene selbst ist auch eine große Schriftstellerin«, gackerte das dümmliche Huhn dazwischen.

Die Edle hatte den Anstand, bescheiden den Kopf zu schütteln, aber er nahm das Thema auf.

»Wir kommen doch sicher heute Abend noch in den Genuss eines Ihrer Werke, Frau von Schnorr?«

»Nein, nein, meine Gedichtchen wollen diesmal brav zwischen ihren Buchdeckeln bleiben. Dieser Abend ist der Polyhymnia, nicht der Euterpe gewidmet.« Sie kicherte mädchenhaft. »Die Muse der Poesie tritt hinter der Muse der Sangeskunst zurück.«

»Sie scheinen mir eine hochgebildete Dame zu sein. Ich bin ein schlichter Seidenzüchter und verlasse mich lediglich darauf, dass mein Ohr sich im gebotenen Wohlklang badet.«

»Wie originell formuliert, lieber Herr Charnay!«

»Und mein Auge ergötzt sich ebenso gerne an wohlgefälligen Formen.«

Das verstand die Edle nicht und das Schlachtross falsch.

»Da hätten Sie im Mai hier sein sollen, Herr de Scharnier«, dröhnte sie. »Da hat der Neffe von unserer lieben Elenz seine Bilder ausgestellt. Ziemlich buntes Zeug, aber hübsch gerahmt.«

»Sie haben ebenfalls einen Künstler in der Familie, liebe Frau Elenz?«

Eine kleine Ahnung beschlich ihn. Vielleicht war die Bekanntschaft mit dem glucksenden Huhn doch nicht ganz nutzlos.

»Ach ja, mein Neffe, Leander Werhahn, hat uns einige Wochen lang besucht, und ein Bekannter hat eine kleine Ausstellung für ihn organisiert.«

Bevor Charnay diese hoch willkommene Nachricht weiter verfolgen konnte, wurde ein neues Musikstück angekündigt. Ein Tenor von metallischem Timbre schmetterte eine italienische Arie nach der anderen und heimste eifrigst Ovationen ein. Während der Gesangesvorführung überlegte Charnay, wie er die Gelegenheit so günstig wie möglich nutzen konnte. Wenn die Elenz eine Tante der Werhahns war, dann musste sie auch Kontakt zu der Witwe Kusan haben. Also war zunächst Vorsicht angebracht. Doch die Edle war Komplimenten zugänglich und eine enge Vertraute der Elenz, also würde er von ihr durch vorsichtige Befragung die wichtigsten Informationen erhalten.

Nach dem Arienfeuerwerk wurde darauf hingewiesen, dass im Nebenraum Erfrischungen serviert waren. Mit einiger Gewandtheit heftete er sich an die Seite der Edlen und führte sie zu dem Büfett, wo er ihr ihren Teller mit dem in großen Mengen angerichteten Heringssalat – offensichtlich eine Spezialität des Hauses – füllte. Er selbst nahm eine Scheibe trockenen Brotes. Die Zeit für Belohnungen war noch immer nicht gekommen.

»Frau de Groote erwähnte vorhin eine Ausstellung. Das erinnerte mich daran, letzthin einen Artikel gelesen zu haben, in dem die Werke dieses Leander Werhahn recht lobend erwähnt wurden«, begann er das Gespräch, nachdem sie sich einen Platz in einer Fensternische gesichert hatten. Tische und Stühle hatte man nicht aufgestellt, man aß stehend aus der Hand, was die Edle mit ungemeinem Geschick und hoher Geschwindigkeit zu tun verstand. »Haben Sie die Gemälde ebenfalls betrachtet?«

»Ach ja, man muss ja zu derartigen Veranstaltungen erscheinen. Caro Elenz ist mir eine liebe Freundin, und so habe ich natürlich mein Interesse gezeigt.«

»Er scheint in einem ungewohnten Stil zu malen, klang aus dem Artikel hervor.«

»Ungewohnt, ja. Ich hätte ja gesagt, es ermangele ihm ein wenig an Talent, aber andere, die weit mehr von der bildenden Kunst verstehen als ich schlichtes Dichterlein, behaupten, dass er eine völlig neue Ausdrucksform gefunden habe.«

»Eine neue Zeit gebiert eine neue Kunst, Madame. Alles wird schneller, lauter, gröber. Dampfmaschinen ziehen ratternd unsere Eisenbahnwagons, schnaufen in den Schiffen stromauf, stromab, entlassen ihren Ruß aus hohen Schloten. Wie erwarten Sie, dass ein junger Mensch, ein Künstler, dann malt?«

»Grob, schnell und laut. Wie wahr. Aber wir wollen es der lieben Elenz gegenüber nicht erwähnen. Die Arme hat genug Schwierigkeiten mit ihrer Familie.«

»Die Bedauernswerte, dabei macht sie einen so gutmütigen Eindruck!«

»Sie ist ein Herz von einer Frau. Aber sie hat eine Schlange an ihrem Busen genährt. Eine wahre Schlange, Herr de Charnay, eine wahre Schlange. Stellen Sie sich vor, sie hat vor einigen Jahren ihre verwitwete Nichte mit zwei kleinen Kindern ganz selbstlos bei sich aufgenommen. Den letzten Groschen hat sie geopfert, um ihnen ein ordentliches Heim zu geben. Und dann hat sie diese Frau schamlos ausgenutzt. Schlimm, sage ich Ihnen, schlimm. Dieses unerzogene Weib hat ihr so viele Sorgen bereitet. Dabei waren wir anfangs alle so nett zu ihr und haben sie mit offenen Armen in unseren Kreisen aufgenommen. Aber hat sie es uns gedankt? Nein, Herr de Charnay. Sie hat keine Gelegenheit ausgelassen, sich gesellschaftlich danebenzubenehmen.«

»Wie entsetzlich für die arme Frau Elenz. Wohnt diese Nichte denn noch immer bei ihr? Das muss doch recht unbequem für sie sein.«

»Ach nein, *das* Elend hat ja nun endlich ein Ende gefunden.

Nachdem diese unmögliche Figur uns alle im vergangenen Herbst noch einmal richtig düpiert hat, hat Caro sie schließlich rausgeworfen. Nur die armen Kinder sind noch bei ihr. Da sehen Sie, was für ein weites Herz meine liebste Freundin hat.«

»Wirklich großmütig von ihr, keine Frage. Und wie fristet nun ihre Nichte ihr Leben?«

»Ach Gottchen, ja, sie hat so eine kleine Flickschneiderei aufgemacht, mit der sie sich über Wasser hält. Und wie es scheint, poussiert sie mit einem Seidenweber herum. Sie sucht jetzt vermutlich ein anderes weiches Nest, in das sie sich legen kann.«

»Es gibt schon sehr eigensüchtige Personen, Frau von Schnorr.«

»Diese Ariane Kusan gehört ganz bestimmt dazu. Na gut, soll sie sich mit ihrem Weberknecht vergnügen«, die Edle kicherte gehässig ob diesen Wortspiels, »in unseren Kreisen wird sie jedenfalls nicht mehr empfangen.«

Ein Hauch von Fischgeruch und Eau de Cologne wehte Charnay bei diesen letzten gehässig gezischten Worten an, und er zerkrümelte den Rest seines Brotes auf dem Teller.

»Darf ich Ihnen ein Glas Champagner besorgen, Madame?«

»Ach, für mich nicht. Aber bedienen Sie sich ruhig, Belderbusch ist sehr großzügig mit den geistigen Getränken.«

Er entfernte sich erleichtert, aber auch erfreut über die Menge an Neuigkeiten, von ihr, um sich an einer Tasse dünnen Tees zu laben. Es folgten kurz darauf noch zwei weitere musikalische Intermezzi, dann löste sich, kurz vor Mitternacht, die Gesellschaft allmählich auf.

Charnay beschloss, zu Fuß durch die warme Augustnacht zu seiner Unterkunft zu gehen. Er brauchte Bewegung, der Abend war anstrengend für ihn gewesen. Zum Glück hatte sich das nervöse Zucken seines Gesichts in der letzten Zeit sehr gemildert. Das mochte daran liegen, dass er eine gewisse Zufriedenheit verspürte. Ja, zufrieden war er, trotz der angespannten finanziellen Lage, in der er sich befand. Rationalist, der er war, versuchte er, während er die von Gaslaternen erhellten Straßen entlangging, zu analysieren, woher dieses ungewohnte Gefühl rührte.

Vielleicht war die Begegnung mit seinem düsteren Elternhaus ein Grund, denn das hatte ihm gezeigt, wie weit er sich von seiner erbärmlichen Kindheit entfernt hatte. Er war heute jemand, er wurde in den ersten Kreisen empfangen, er besaß riesige Ländereien, ein großes, wohleingerichtetes Haus, einen guten Leumund als Geschäftsmann. Er konnte stolz auf sich sein, denn er hatte sich zielstrebig nach oben gearbeitet, war von einem Lehrling im Seidenhandel zu einem Fachmann in der Seidenzucht geworden, er hatte ein gutes Gespür für Chancen und Möglichkeiten entwickelt und hatte sie immer und konsequent genutzt. Er hatte auch seine Unruhe und seinen Jähzorn ausgezeichnet unter Kontrolle gebracht, hatte sich mit eiserner Disziplin selbst erzogen und erlaubte sich nur dann und wann eine Belohnung zu genießen, die ihm daher auch jedes Mal besonders großen Genuss bereitete.

Sein Vater, der ihn tagaus, tagein kujoniert hatte, war tot, seine jämmerliche Mutter war ihm bald gefolgt, der Lehrmeister Dufour, der versucht hatte, seinen Willen zu brechen, war zu seinem Schöpfer gegangen, und die zwei Männer, die sich an ihn aus jener Zeit erinnerten und die ihn deswegen unbarmherzig gedemütigt hatten, waren ebenfalls zu Staub geworden. Nur die Witwe Kusan blieb noch als Verbindungsglied zu jener unrühmlichen Vergangenheit. Und wie es schien, hatte er schon an diesem Abend das große Los gezogen. Die Edle von Schnorr zu Schrottenberg würde ihm eine hervorragende Verbündete sein. Offensichtlich war ihr die arrogante kleine Hexe schmerzhaft auf die Zehen getreten. Auch Witwe Elenz konnte von Nutzen sein. Über sie galt es natürlich weitere Auskünfte einzuholen. Wollte er doch vermeiden, dass die Kusan allzu bald von seiner Anwesenheit erfuhr. Darum würde er nun sorgfältige Pläne machen.

Ein paar Nachtschwalben winkten ihm aus einer Hofdurchfahrt zu, aber er ignorierte sie. Die Zeit für Belohnungen würde erst noch kommen.

Der nächste Schritt war ein geschäftlicher. Mit der Firma Andreae wollte er am Montag in Verbindung treten und die Nachfragesituation für Rohseide ausloten.

Aber das war eine einfache Übung. Weit befriedigender als alles andere war das diffizile Fädenknüpfen, aus dem das feinmaschige Netz entstehen sollte, in dem sich die Kusan verfangen würde. Und noch ein zweites Netz galt es auszuwerfen, und da konnte ihm sein neuer Adlatus vermutlich mit Rat und Tat zur Seite stehen. Fritz Kormann hatte Beziehungen, allerdings nicht zur besten Gesellschaft. Seinen ersten Auftrag, Auskünfte einzuholen, hatte er mit Bravour erledigt. Und vermutlich war er, mit gewissen Schmiermitteln ausgestattet, in der Lage, zu noch viel präziseren und delikateren Fragen Antworten zu finden.

Mit diesen erfreulichen Gedanken überquerte Charnay die Straße und zog den Haustürschlüssel hervor. Es war spät geworden, und er fühlte sich entspannt und müde.

Morgen würde er Frau Belderbusch und ihrer Schwester seine Aufwartung machen und sich erkundigen, ob auch die Witwe Elenz Besuche empfing.

Ein wahrer Spuk

Er schweifte Nacht wie Tag umher,
Manchem Gespenst begegnet' er,
Doch hat ihm nie was Graun gemacht
Bei Tage noch um Mitternacht.

Ludwig Uhland, Graf Richard Ohnefurcht

Die Sommerferien waren zu Ende, die schöne Zeit der weiten Ausflüge, der langen Nachmittage mit Spielen im Freien waren vorüber. Wenn Laura und Philipp ihre Schulaufgaben erledigt hatten und nicht den Nachmittag bei Mama verbrachten, gingen sie aber immer noch gerne in den Hinterhof, um dort Federball oder Kästchenhüpfen zu spielen, mit dem Hausmeistersohn zu knobeln oder sich mit dem Springseil zu vergnügen. Gelegentlich kamen andere Jungen und Mädchen auf einen Schwatz dazu, der Lehrjunge vom Bäcker, der die Brote austrug, die kleine Freche, die Milchflaschen einsammelte, der Sohn vom Fischhändler und seit Neuestem ein Junge, der bei einem Kaminfeger in die Lehre ging. Ferdi hieß er, und er hatte ein paar wüste Geschichten drauf. Von einer uralten Leitung, die die Bauarbeiter im Dom gefunden hatten und durch die der Teufel persönlich in die Kirche gekommen sei. Und von der Frau, die lebendig begraben worden sei und dann aus dem Grab gekrochen kam. Und von dem Spukhaus am Eigelstein, wo es schon seit Jahren umging.

Bei Letzterem spitzte Philipp ganz besonders die Ohren, aber er ließ sich zunächst nichts anmerken. Abends aber, als sie alleine waren, fragte er jedoch Laura, was sie davon halte.

»Ist wahrscheinlich auch nur wieder so eine Wichtigtuerei.«

»Ja, kann sein. Er spielt sich ziemlich auf, der Ferdi.«
»Mhm.«
»Gesehen hat er auch noch nichts da, da bin ich mir ganz sicher.«
»Mhm.«
»Obwohl er es behauptet hat.«
»Mhm. Aber er war ja auch nachts da, hat er gesagt.«
»Wir haben diese ganzen Ruinen immer nur am Tag besucht.«
»Und nie um Mitternacht.«
»Oder bei Vollmond.«
»Mhm.«

Sie schwiegen beide und hingen ihren Gedanken nach. Dann erlaubte sich Philipp anzudeuten: »Es würde hier keiner merken.«

»Nee, nicht mit dem Schlüssel zur Hintertür.«

Laura war doch ein verständiges Mädchen. Sie hatte sogleich die Möglichkeiten erkannt.

»Wir sollten Ferdi mal fragen, welches Haus das ist.«
»Mhm.«

Ferdi war nicht nur Kaminfegerlehrling, sondern auch Geschäftsmann. Er verlangte zwölf Pfenninge[4] für die Auskunft. Das war ein stolzer Preis, und es galt zu überlegen, ob man diese Investition wagen sollte. Nicht dass es an Kapital gemangelt hätte, Philipp wie Laura waren sparsam. Das hatten sie ja von Mama gelernt. Ihr Taschengeld wussten sie gut einzuteilen, und Philipp hatte ein kleines Vermögen von fast einem Taler angehäuft. Seine Schwester etwas weniger, weil sie öfter mal etwas für bunten Tand ausgab.

Aber dann war sie es, die den Silbergroschen fand. Auf dem Nachhauseweg von der Schule hatte er einfach so auf der Straße

---

[4] Die zu jener Zeit geltende Stückelung des Talers in 360 »Pfenninge« hatte die alten »Pfennige« abgelöst.

gelegen, sagte sie, und sie angeblinkert. Das musste man doch als Zeichen nehmen, oder? Vor allem, weil diese Nacht auch der Mond voll und rund wurde, was als ganz besonders gute Spukbedingung galt.

Kurzum, das Geschäft wurde abgeschlossen, und Ferdi zeigte ihnen am Nachmittag noch das gar nicht so weit entfernt liegende alte Gemäuer in der Gasse, die von der Straße zum Eigelstein zum Rhein hinunter führte.

Abends wurde also der Wecker gestellt und unter das Kopfkissen gelegt. Als das hässliche Geräusch um halb zwölf sein Ohr beleidigte, taumelte Philipp schlaftrunken hoch und stellte die Klingel ab. Der Mond stand hoch am Himmel und sandte sein bleiches Licht in den Raum. Es reichte ihm, seine Kleider zu finden und dann Laura im Nebenzimmer zu wecken. Sie war aber bereits aufgestanden und kämpfte mit ihrem Kleid.

»Zieh mal den Rock runter, Philipp, ich krieg's nicht gerade an!«

»Was musst du auch die ganzen Unterröcke anziehen. Die stören doch nur.«

»Aber ohne kann ich doch nicht gehen.«

Das kam so entrüstet, dass er sich weitere Vorwürfe sparte. Und den Vorschlag, sie solle Hosen von ihm anziehen, schon gar nicht zu machen wagte.

Mädchen eben!

Aber dann war sie doch ganz flink dabei, leise nach unten zu schlüpfen, drehte eigenhändig den Schlüssel in der Hintertür um und dachte sogar daran, von außen wieder abzuschließen, damit niemand einbrechen konnte. Ein bisschen mulmig wurde es ihnen, als sie die Tür in der Hofeinfahrt aufmachten, sie knarrte nämlich scheußlich laut. Aber dann standen sie auf den stillen, menschenleeren Straßen. Durch die Hohe Straße eilten sie Richtung Dom, dort bogen sie in die Marzellenstraße ein und orientierten sich an den Türmen von Sankt Ursula. Näher wäre es am Rhein entlang gewesen, aber die gewaltige Baustelle neben dem Dom, wo der neue Bahnhof entstand, versperrte den direkten Weg. Trotzdem dauerte es nicht lange, bis sie die kleine Seitenstraße erreicht hatten, in der das Spukhaus stand.

Eine halbverfallene Mauer umgab das Geviert aus einem großen und mehreren kleinen Fachwerkhäuschen. Das hölzerne Tor, das unerlaubten Besuchern den Eintritt in den Hof hätte verwehren können, war schon lange entfernt worden und hatte vermutlich den Weg durch einen Kamin gefunden. Der Firstbalken des großen Hauses war eingesunken, in der Ziegeldecke klafften hier und da Löcher. Den Brunnen mitten im Hof bedeckte eine Steinplatte, und allerlei Rankgewächse kletterten an seiner Umrandung empor.

Lauras Hand stahl sich in Philipps, und er drückte sie fest, um sich und ihr Mut zu machen. Unheimlich war es tatsächlich hier. Ein dunkler Nachtvogel glitt lautlos über die Dächer, dann und wann raschelte es leise in dem Unkraut, das den gesamten Innenbereich überwucherte. Lediglich die kleine Kapelle schien unversehrt, aber sie war auch solide aus Stein gebaut. Aus dem morschen Stall ertönte ein Kratzen, dann ein gellender Schrei.

»Hu!«, stöhnte Laura.

Obwohl ihm selbst auch fast das Herz in die Hose gerutscht wäre, zeigte sich Philipp mannhaft.

»Da, das sind nur zwei Katzen, die sich balgen.«

Die beiden nächtlichen Ungeheuer stoben mit weiterem Kreischen über den Hof und verschwanden über der Mauer.

»Komm, hier draußen wird uns bestimmt kein Geist erscheinen. Wir müssen schon in das Haus da gehen«, sagte Philipp schließlich und zog seine widerstrebende Schwester hinter sich her. »Los, stell dich nicht so an. Du wolltest genau wie ich herkommen. Und außerdem gibt's doch gar keine Geister, oder?«

Ob Laura von dieser bestechenden Logik überzeugt war oder sich einfach der Schwäche nicht bezichtigen lassen wollte, hinterfragte Philipp nicht. Immerhin kam sie nun willig mit, und sie hoben den Riegel hoch, der die Tür zu dem ihnen von Ferdi benannten Haus verschloss.

Vorsichtig traten sie über die Schwelle und sahen sich um. Festgestampfter Lehm bildete den Boden, eine sehr wackelige Treppe führte nach oben, an der Seitenwand waren noch die Reste eines kleinen Kamins sichtbar, und nach hinten hinaus zwei Fensteröffnungen, die aber zum Schutz gegen Eindringlinge mit Brettern verschlossen waren. Das alles erkannten sie im Licht des Mondes, der durch die Tür hineinschien.

Doch plötzlich wurde es dunkel.

Mit einem »Klapp« fiel die Tür zu, und ein schabendes Geräusch verriet ihnen, dass der Riegel von außen vorgelegt worden war.

»Was war das?«, flüsterte Laura.

»Weiß nicht. Bleib hier stehen.«

Philipp tapste im Dunkeln Richtung Eingang und rüttelte an der Tür.

»Zu. Da hat uns wer einen Streich gespielt, glaub ich.«

»Wer?«

»Ich nehm an, der Ferdi. Dieser Mistkerl!«

Ganz langsam gewöhnten sich ihre Augen an die Finsternis, und Philipp konnte sich an den schmalen, matten Lichtstreifen orientieren, die durch die Ritzen der vernagelten Fenster fielen.

»Was machen wir denn nun, Philipp?«

Laura hörte sich jämmerlich an, und er tastete nach ihrer Hand.

»Wir setzen uns in eine Ecke und warten, bis es draußen richtig hell wird. Dann können wir bestimmt ein bisschen mehr sehen. Und dann rufen wir um Hilfe.«

»Ich weiß nicht. Ich glaub nicht, dass uns hier wer hört.«

Er glaubte es eigentlich auch nicht, aber eine bessere Ausrede fiel ihm eben nicht ein. Man musste nachdenken. Probehalber rüttelte er auch noch mal an den Planken vor dem Fenster, aber da hatte jemand solide Arbeit geleistet. Nichts bewegte sich da.

Aneinandergekuschelt hockten sie sich in die hinterste Ecke.

»Hannah wird uns vermissen«, sagte er nach einer Weile. »Sie wird uns suchen.«

»Mhm. Aber wo?«

Philipp seufzte. Ja, wo wohl? Sie würde zu Mama laufen. Aber die wüsste ja auch nichts. Warum hatten sie bloß niemandem etwas gesagt? Aber jetzt war es zu spät, darüber zu greinen. Vielleicht fanden sie, wenn die Sonne aufgegangen war, irgendwas in dem Raum, womit man die Fenster aufstemmen konnte. Oder Ferdi kam und machte den Riegel vor der Tür wieder auf. Er wollte bestimmt nur, dass sie ein paar Stunden Angst hatten. Der Lumpenkerl, der! Sogar einen Groschen hatte er sich für diesen Streich bezahlen lassen!

»Wir müssen einfach warten, Laura.« Er legte tröstend den Arm um sie, und sie drückte sich an ihn. Aber sie weinte nicht. Obwohl sie ein Mädchen war.

»Wir könnten beten, Philipp. Madame Mira sagt doch, dass über Kinder ein Schutzengel wacht«, schlug sie plötzlich vor.

»Madame Mira ist eine Katholische, die glaubt an so etwas.«

»Ja und? Nona glaubt das auch. Die hat zu der Madonna gebetet, als wir mit ihr zur Messe gegangen sind. Sie hat gesagt, wenn man in Not ist, hilft die Maria den Menschen.«

Philipp war skeptisch. In guter protestantischer Tradition hegte er ein tiefes Misstrauen gegenüber allen Heiligen und Engeln und sonstigen himmlischen Heerscharen. Andererseits – na ja, der liebe Gott könnte natürlich auch mal hinhören. Sie beteten ja schließlich jeden Abend vor dem Zubettgehen, dass er sie und ihre Familie und Freunde beschützen möge.

Vielleicht war das doch keine so ganz dumme Idee.

Zumal man ja nichts anderes machen konnte.

»Gut, dann beten wir eben.«

»Mhm.«

Sie taten es schweigend, ein jeder zu dem Wesen, zu dem sie das höchste Vertrauen hatten. Und dann saßen sie beide, erschöpft von der Aufregung, im Dunkeln und dösten allmählich ein.

Laura erwachte. Oder vielleicht auch nicht, jedenfalls hatte sie plötzlich den Eindruck, dass sich etwas verändert hatte. War da nicht ein seltsamer Schimmer? Schwebte da nicht irgendetwas die Treppe hinunter? Sie fühlte in sich. Eigentlich müsste sie Angst verspüren, aber da war nichts, nur milde Neugier. Sie rieb sich die Augen, um klarer erkennen zu können, was da auf sie zukam. Es sah aus – ja, es sah aus wie eine Frau in einem langen, grauen Gewand. So wie eine Nonne vielleicht. Sie hatte nämlich einen weißen Schleier auf dem Kopf. Und der saß wenigstens noch auf ihren Schultern. Ferdi hatte gesagt, eine graue Frau ginge hier um. Und das sei ganz furchtbar gruselig. Aber das war es gar nicht, denn jetzt erkannte sie auch das Gesicht unter dem Schleier. Ein liebes Gesicht, es lächelte. Dann machte die Gestalt eine Bewegung mit dem Arm. Sie wies auf die Treppe. Ja, tatsächlich, sie wies auf die Treppe. Oder?

Laura löste sich aus ihrer erstarrten Haltung und stupste Philipp an.

»Du, sieh mal«, flüsterte sie eindringlich, weil sie befürchtete, die Erscheinung könne sich durch ihre Worte auflösen. Aber das tat sie nicht.

Ihr Bruder schreckte auf, und sie merkte, dass auch er sich die Augen wischte.

»Ich seh nichts.«

»Doch, da ist eine Frau. Sie will, dass wir da hochgehen«, wisperte sie ganz leise.

»Die Treppe ist morsch.«

»Ja, aber ...«

Die Gestalt bewegte sich auf die Treppe zu, deutete auf zwei der Stufen und hob warnend den Finger. Dann stieg sie die anderen empor.

»Sie ist aber da, und sie zeigt auf die Stufen. Ich folge ihr, Philipp.«

»Das ist verrückt.«

»Ja, aber ich habe zu Mutter Maria gebetet, Philipp. Vielleicht ist sie das.«

»Da ist aber nichts«, beharrte er. Doch Laura war schon aufgestanden und bewegte sich zu der schimmernden Frau hin. Philipp folgte ihr, und ganz, ganz vorsichtig, auf Händen und Füßen, tastend und jede Stufe einzeln erfühlend erklommen sie die Stiege.

Sie waren eben auf dem oberen Absatz angelangt, als die ganze Konstruktion mit einem Krachen unter ihnen zusammenbrach.

»Ach du lieber Gott!«, entfuhr es Philipp. Laura schnaufte nur entsetzt und kroch näher an die Wand.

Die Erscheinung war verschwunden.

Im Dunkeln betastete sie den zerbröselnden Putz. Sie stieß auf Holz, zog sich einen Splitter in den Finger und gab einen kleinen Schmerzlaut von sich. Dann aber erkannte sie, was sie gespürt hatte, und drückte dagegen.

Knarrend öffnete sich die Tür, und helles Mondlicht erfüllte den oberen Bereich des Hauses.

»Vorsicht!«, mahnte ihr Bruder sie, aber sie war schon aufgestanden und hatte den Raum betreten. Eine kleine Kammer, staubig, mit ganzen Girlanden von Spinnenweben, die von der Decke rankten – ein paar alte, leere Fässer zeugten davon, dass das Haus einmal als Lager für irgendwelche Waren gedient hatte –, aber mit einem Fenster, durch dessen runde Butzenscheiben der volle Mond schien.

Sie traten beide näher und starrten hinaus. Dann probierte Philipp, ob sich der Riegel bewegen ließ, und mit einigem Krafteinsatz gelang es ihm, die beiden Fensterflügel zu öffnen. Er streckte den Kopf hinaus, musterte eine Weile die Umgebung und zog ihn dann wieder zurück.

»Und? Was ist?«

»Ziemlich hoch, aber es geht nicht zum Hof raus, sondern da unten fängt eine Weide an. Trotzdem, springen können wir nicht. Da brechen wir uns alle Knochen. Wir bräuchten ein Seil.«

»Haben wir aber nicht.«

»Nein. Aber vielleicht hört uns jemand, wenn wir laut rufen.«

»Die schlafenden Kühe, ja.«

Immerhin hatte sich ihre Lage so weit verbessert, dass sie ihre Umgebung wahrnehmen konnten. Während Philipp die alten Fässer inspizierte, schaute Laura sinnend aus dem Fenster. Der Mond war auf seiner Bahn ein ganzes Stück weiter nach Westen gewandert und schien nun mit seinem silbernen Schein in die kleine Stube. Draußen war es vollkommen still, Köln lag im tiefsten Schlaf. Die Kühe auf der Weide wirkten wie dunkle, unbewegliche Haufen, die vereinzelten Obstbäume ragten schwarz gegen den sternenbesäten Himmel auf. Eine Sternschnuppe huschte zwischen einigen Wölkchen durch, bildete einen glühenden Schweif und verlosch. Flugs erinnerte sich Laura daran, dass man sich etwas wünschen durfte, wenn man einen fallenden Stern entdeckte, und da sie ein kluges Mädchen war, erbat sie sich eine Idee, wie man am besten und schnellsten aus dem Haus kam.

Ihr Vertrauen in die Wunder hatte durch die freundliche Erscheinung, die sie nach oben geleitet hatte, neue Nahrung bekommen. So setzte sie sich nach einer Weile auf eines der Fässer und faltete die Hände im Schoß. Ihre weiten Unterröcke bauschten sich um sie, und plötzlich erinnerte sie sich an die kleine Schere in ihrer Rocktasche. Ähnlich wie ihr Bruder sammelte sie allerlei Nützliches darin, nicht nur reine Taschentücher, auch ein Glimmerstein, eine hübsche Feder, ein Stück rotes Geschenkband und zwei klebrige Kamellen fanden sich derzeit darin.

Diese Notration aber ignorierte sie, sondern fischte das Handarbeitsscherchen heraus, das ihr oft dazu diente, ein paar Blumen abzuschneiden oder kleine Scherenschnitte zu machen.

Diesmal aber erwies es sich als äußerst nützlich, eine lange Naht aufzutrennen.

»Was machst du denn da?«

»Ein Seil.«

»Du spinnst doch, Laura. Du kannst doch nicht deinen Unterrock auftrennen.«

»Doch, geht ganz einfach. Die Volants hat Mama mit der Maschine genäht, die kriegt man ganz leicht ab. Und dann knoten wir die Bahnen zusammen und hängen den Stoff aus dem Fenster. Daran können wir uns runterlassen. Weißt du, wie die Gefangenen es machen.« Sie sah ihn lobheischend an. »Das ist nämlich gutes, starkes Leinen. Das reißt nicht.«

»Das ist doch dummes Zeug. Hier gibt es doch nichts, woran wir das festbinden können.«

»Ach Philipp, dann denk du einfach mal darüber nach. Ich mach mit dem Rock weiter.«

Philipp grollte einen Moment, erst weil sie ihn so herablassend behandelt hatte, dann weil er nicht selbst den genialen Einfall gehabt hatte. Schließlich aber beendete er das Grollen und dachte tatsächlich nach. Dazu setzte er sich auf ein Fass und schloss die Augen.

Wenn es ein Fensterkreuz gäbe... Gab's aber nicht. Oder eine schwere Truhe... Einen Bettpfosten... Gab's alles nicht. Verflixt, woran konnte man das Seil festmachen?

Er öffnete die Augen und erstarrte vor Entsetzen. Eine große, schwarze Gestalt ragte dräuend vor ihm auf. Ein Mönch, ganz bestimmt, in einer dunklen Kutte. Ganz genau, wie Ferdi ihn beschrieben hatte. Er stand im Licht des Mondes, und sein Haupthaar leuchtete silbern auf. Sein bärtiges Gesicht neigte sich zu ihm, und Philipp erwartete nicht mehr und nicht weniger als ein vernichtendes Donnerwetter. Aber dieses erschreckende Gefühl hielt nur den Bruchteil einer Sekunde an, dann schien es ihm, als ob reine Güte aus den dunklen Augen des Mannes leuchtete. Er wies auf ein Fass und dann auf das Fenster. Dann hob er seine Hand, zog ein segnendes Kreuz über ihn und Laura und verschwand.

»'türlich!«, entfuhr es Philipp. Er sprang auf und versuchte das schwere Fass zu bewegen. Es ruckte kaum von der Stelle.

»Was machst du da?«

»Wir müssen das Fass zum Fenster bringen. Wenn wir einen dicken Knoten in das Seil machen und es draufstellen, könnte es halten.«

»Ich wusste doch, dass du eine Lösung findest, Philipp.«

»Mhm.«

Aber die Bewunderung in Lauras Stimme erfüllte ihn mit Genugtuung.

Gemeinsam bekamen sie das Fass vor das Fenster geschoben, befestigten das provisorische Seil daran und hängten es aus dem Fenster. Es reichte fast bis zum Boden.

»Prima. Geh du zuerst, Laura. Ich halte hier oben das Seil fest. Wenn es danach reißt, läufst du zu Mama.«

»Ja, Philipp.«

Laura kletterte auf das Fass und setzte sich auf den Fenstersims.

»Du musst mit den Füßen nach den Knoten tasten.«

»Das ist aber schwierig.«

»Dann zieh die Schuhe aus. Und dann drehst du dich um. Ich halte dich fest. Ganz fest, Laura. Versprochen.«

Sie nestelte die Schnürsenkel auf und ließ die Schuhe fallen. Dann vertraute sie sich Philipps Händen an, drehte sich um und stieg aus dem Fenster.

Das Seil ruckte an dem Fass, aber es hielt stand. Langsam kletterte Laura nach unten, während Philipp ihr nachsah. Das letzte Stückchen musste sie sich fallen lassen, aber dann stand sie wohlbehalten auf der Wiese.

Er warf seine Schuhe zu ihr herunter und machte sich ebenfalls ans Klettern. Es ging fast ganz gut, doch als er fast das Ende des Seils erreicht hatte, löste sich die Befestigung oben, und er fiel mitsamt dem Stoff auf den Boden.

»Mist, Maria!«, sagte Laura.

»Autsch!«, entfuhr es Philipp, dann fragte er: »Was hast du eben gesagt?«

»Ich? Nichts. Hast du dir wehgetan?«

Er rappelte sich auf und betastete sein Hinterteil.

»Wird blaue Flecken geben. Aber ist nicht so schlimm.«

Laura half ihm die Schuhe anzuziehen, rollte den Stoff zusammen, und er machte sich ein bisschen humpelnd an der Seite seiner Schwester auf den Weg. Unabgesprochen und schweigend wanderten sie zu Mamas Wohnung.

Mütterliches Strafgericht

War das ein Geisterlaut? so schwach und leicht
Wie kaum berührten Glases schwirrend Klingen
Annette von Droste-Hülshoff, Durchwachte Nacht

Irgendetwas hatte mich geweckt. War das der Wind, der an dem hölzernen Laden vor dem Fenster klapperte? Nein. Es war ein schöner, stiller Abend gewesen. Das kleine Nachtlämpchen vor dem Spiegel brannte ganz ruhig und ohne zu flackern. Aber da war wieder so ein Geräusch. Jetzt hörte es sich an wie Hagelkörner. Das war ungewöhnlich.

Ich schob die Bettdecke beiseite, um den Laden zu inspizieren.

Er war fest zu, aber gerade als ich den Riegel des Fensters öffnete, klapperte wieder etwas gegen das Holz.

Da warf doch jemand mit Steinen!

Frechheit!

Ich riss den Fensterladen auf, um den nächtlichen Unruhegeist barsch zu verwarnen.

»Mama!«, klang es von unten herauf.

»Philipp? Laura?«

»Ja, Mama. Dürfen wir reinkommen?«

Großer Gott, was machten meine Kinder zu nächtlicher Stunde vor meiner Wohnung? Ich stürzte zur Haustür und ließ die beiden ein.

»In die Küche mit euch«, scheuchte ich sie nach unten und folgte ihnen barfuß und nur im Nachthemd. Mit fliegenden Händen zündete ich die Öllampe an, und in deren Licht begutachtete ich meine Kinder sorgsam.

»Wie seht ihr denn aus? Was ist passiert?«
»Wir haben Mist gebaut, Mama.«
»Das scheint mir auch so.«

Die beiden sahen so schuldbewusst drein, mit hängenden Schultern, staubig, zerzaust und zerschrammt, Laura mit einem zerrissenen Kleid und einem schmutzigen Stoffbündel unter dem Arm. Ich wusste nicht recht, ob sie mir leidtun oder ob ich ihren Mut bewundern sollte, dass sie nach ihrem missglückten Streich reuig zu mir gekommen waren.

»Wir haben ein Spukhaus besucht. Am Eigelstein.«
»Aha.«

Ich fachte die Glut im Herd wieder an und stellte einen Topf mit Milch auf die Platte.

»Um Mitternacht.«
»Soso.«
»Und dann ist die Tür zugefallen.«
»Wie erschreckend.«
»Wir waren eingesperrt.«
»Aber offensichtlich nicht für lange.«

Die Küchenuhr zeigte auf halb drei.

»Nein. Wir ... ähm ... konnten aus dem Fenster klettern.«
»Aber dabei musste ich meinen Unterrock kaputt machen.«
»Wie betrüblich.«

Ich rührte Kakaopulver und Zucker in die Milch.

»Du bist nicht böse mit uns?«
»Habe ich Grund dazu?«
»Ja, Mama.«

Ich überlegte. Nein, ich konnte ihnen nicht böse sein. Solche Abenteuer hatten Leander und ich auch unternommen. Mir jetzt noch Sorgen zu machen, wäre auch nur verschwendete Nervenkraft, sie waren ja wohlbehalten zurückgekommen. Aber eine etwas genauere Schilderung der Umstände wollte ich doch noch hören.

»Setzt euch hin und trinkt die Schokolade. Und dann noch mal alles von vorne.«

Sie erzählten, und ich notierte mir im Geiste, dass ich mir Ferdi, den Kaminfegerjungen, einmal zu einem ernsten Gespräch vorladen musste. Das Bubenstückchen war übel. Immerhin, meine Kinder waren aufrichtig, auch wenn ich den Eindruck hatte, dass sie mir irgendeine Kleinigkeit einmütig verschwiegen. Was das war, würde ich schon noch herausfinden. Ich wies sie an, sich Hände und Gesicht zu waschen, gab beiden jeweils ein Nachthemd von mir und scheuchte sie in mein Bett. Es war recht eng, aber wir rückten zusammen, und ich hielt meine Tochter und meinen Sohn, wie einst vor Jahren, als sie noch ganz klein waren, rechts und links in meinen Armen. Sie mussten sehr erschöpft sein, denn schon bald hörte ich ihr leises, gleichmäßiges Atmen. Langsam döste auch ich ein.

Ich schmuggelte die beiden in aller Frühe in Tante Caros Haus und berichtete der entsetzten Hannah in wenigen Worten, was geschehen war. Dann bat ich meine Cousine, die jungen Helden ohne viel Aufhebens für die Schule fertig zu machen und sich anschließend mit mir über mögliche Konsequenzen zu unterhalten. Ja, ich war sehr kurz angebunden und gab ihr damit zu verstehen, dass ich sie für nicht ganz unschuldig an dem Vorfall hielt.

Da ich nun schon mal im Haus war, nutzte ich die Gelegenheit, Madame Mira aufzusuchen. Tante Caro blieb gewöhnlich bis in die späteren Morgenstunden in ihrem Zimmer, weshalb ich nicht Gefahr lief, ihr zu begegnen. Hilde hingegen werkelte schon fleißig in der Küche, und ich stellte auf das Tablett, auf dem Madame Miras frugales Frühstück bestehend aus zwei Zwieback und einem Apfel angerichtet war, noch ein zweites Gedeck. Die bauchige Kaffeekanne, ein Butterbrötchen mit Käse und zwei dicke Scheiben Rosinenbrot kamen für mich dazu. Dann wuchtete ich die Last die Treppe hoch und schaffte es sogar, ohne die Ladung fallen zu lassen, an ihrer Zimmertür anzuklopfen.

»Oh, guten Morgen, Ariane. Was für eine Überraschung!«

Madame Mira hatte sich bereits angezogen und frisiert, sie duftete leicht nach Talkum und Kölnisch Wasser und räumte eigenhändig den Tisch frei, sodass ich für uns beide decken konnte.

»Wie geht es Ihnen? Sie sehen munter aus, Madame Mira.«

»Die warme Witterung tut meinen alten Knochen gut. Ich gehe jeden Tag zweimal um den Häuserblock. Und manchmal mit Hannah sogar bis zum Rhein. Aber wie kommt es, dass Sie zu so früher Stunde hier sind?«

Ich erzählte es ihr, und sie knabberte, aufmerksam lauschend, an ihrem in Kaffee gestippten Zwieback.

»Das musste ja irgendwann so kommen«, meinte sie schließlich. »Ich kenne diese alte Geschichte natürlich auch, aber ich habe es vorsorglich vermieden, den jungen Abenteurern davon zu berichten, weil ich mir schon dachte, dass das ihre Vorstellungskraft ungebührlich anregen würde.«

»Das heißt, der Kaminfegerjunge hat sich die Sache gar nicht ausgedacht?«

»Ach nein. Von dem Spukhaus am Eigelstein wusste schon meine Großmutter zu berichten. Und die ist anno siebzehnhundertdreißig geboren. Damals wurde das große Haus noch als Seidenweber-Manufaktur genutzt, aber als die Franzosen kamen, machten sie daraus eine Unterkunft für die Soldaten. Später hat ein Kaufmann den Hof und die einigermaßen intakten Gebäude als Lagerräume benutzt. Aber ich glaube, es steht jetzt seit Jahren leer. Ich habe keine Ahnung, wem es überhaupt gehört. Auf jeden Fall findet die Geschichte von der grauen Begine und dem schwarzen Mönch, die dort umgehen sollen, immer wieder neue Nahrung, weil solche Tunichtgute wie Ihre Kinder dort etwas gesehen haben wollen.«

»Begine? Mönch?«

»Ursprünglich, heißt es, war diese Gebäudegruppe ein Beginenkonvent.«

»Verzeihen Sie, aber was sind Beginen?«

»Das waren im Mittelalter Frauen, unverheiratet oder verwitwet, die sich zu frommen Gemeinschaften zusammengeschlossen haben und wohltätige Dienste ausübten. Ihren Unterhalt haben sie vielfach mit Seidweberei verdient.«

»Eine Art von Nonnen?«

»Nein, sie haben kein Gelübde abgelegt. Es gab viele von diesen Beginenhäusern hier in Köln, aber nach der Reformation verschwanden sie langsam.«

»Und eine dieser Beginen geht dort um und erschreckt kleine Neugiernasen?«

Madame Mira lachte.

»Sie hat den Ruf, ein sehr freundliches Gespenst zu sein. Ganz anders als der Schwarze Pater. Der verschreckt die Neugiernasen offensichtlich gründlich. Aber Sie wissen schon, man sieht, was man erwartet.«

»Ja, das nehme ich auch an. Philipp und Laura haben zwar nichts von derartigen Erscheinungen berichtet, trotzdem verschweigen sie mir noch etwas. Jedenfalls werde ich mir Ferdi, diesen Rotzlöffel, gründlich vorknöpfen. Das eine ist, die Kinder mit einer Gespenstergeschichte in das alte Haus zu locken, aber bösartig war es, sie darin einzusperren.«

Madame Mira stimmte mir zu, aber da alles erzählt war, verbrachten wir anschließend noch eine sehr gemütliche Stunde mit Plaudereien über meine Kundinnen und ihre Kleiderwünsche. Aber dann überraschte mich Madame Mira mit der Bemerkung, wie freundlich es sei, dass ich Tante Caros Apanage erhöht hätte.

»Das habe ich aber gar nicht. Sie bekommt immer noch den gleichen Betrag für den Unterhalt der Kinder wie seit Monaten.«

»Nun, dann muss sie anderweitig zu Geld gekommen sein. Sie hat sich drei neue Kleider machen lassen, davon eine recht... mhm... farbenprächtige Abendrobe aus Samt.«

»Vielleicht hat sie meinen Verlobten um Stoff angegangen.«

»Dann hat sie noch immer eine gute Schneiderin bezahlen müssen.«

»Sie wissen doch, sie hat einige ziemlich wertvolle Schmuckstücke, die zu verkaufen sie sich immer geweigert hat. Möglicherweise erscheint ihr diese Methode, zu Geld zu kommen, nicht mehr ganz so undenkbar und die hässlichen Rubine sind inzwischen geopfert worden.«

»Ah, das wäre natürlich eine Erklärung. Sie engagiert sich ja sehr rege im Gesellschaftsleben und zieht im Windschatten der edlen Dichterfürstin durch die Salons. Aber mir kommt es beinahe so vor, als stecke sogar noch etwas mehr dahinter. Ich sah neulich, dass ein Herr sie nach Hause brachte.«

»O lálá, Tante Caro hat einen Kavalier! Hat ein Vogelfänger sein Netz nach ihr ausgeworfen?«

»Wieso Vogelfänger?«

»Ach, das ist eines meiner ganz privaten Scherzchen. Durch ihre bunten Kleider und ihre Liebe zu Federaufputz im Haar erinnert sie mich immer an einen munteren kleinen Vogel.«

Das brachte Madame Mira zum Kichern.

»Sie haben auch einen frechen kleinen Schnabel, Ariane. Aber nicht ganz unrecht. Ihre Tante Caro verhält sich auch in meinen Augen dann und wann wie ein hohlköpfiges Hühnchen. Wo wir vorhin gerade von Gespenstern sprachen – sie bildet sich neuerdings übrigens ein, dass es unter ihrem Dach ebenfalls spukt.«

»O nein!«

»O doch. Aber, Ariane, wenn ich ganz ehrlich sein soll, dann vermute ich eigentlich ein sehr menschliches Treiben dahinter. Ich habe zwar keine Beweise, aber die große Vorliebe Ihrer beiden Sprösslinge für Geistergeschichten lassen mich ahnen, dass dahinter ein Schabernack steckt, um sie vom oberen Stockwerk fernzuhalten.«

»Aha. Nun, das werde ich aufzuklären wissen. Vielen Dank für den Hinweis, Madame Mira.«

Ich räumte unser Frühstückstablett zusammen und machte mich, nachdem ich es in der Küche unbeschadet, aber ratzekahl leergegessen abgeliefert hatte, zu einer Stubenkontrolle auf.

Hannah mochte sich sehr um meine Sprösslinge bemühen und ihnen ein gutes Kindermädchen sein – das mütterlich-wachsame Auge hatte sie noch nicht erworben. Ich brauchte lediglich eine Viertelstunde, dann zog ich ein verräterisches *corpus delicti* aus Philipps unterster Sockenschublade.

Die weiße Seidengaze und den feinen Tüll erkannte ich sofort als aus meiner Schneiderwerksatt stammend, die hastigen Stiche, mit denen das Gewand zusammengefügt worden war, verrieten mir Lauras eifrige Finger. Aber anerkennen musste ich den Einfallsreichtum, mit der das Kostüm gestaltet war. Ich drapierte es malerisch auf Philipps Bettdecke. Dann bestellte ich Hannah zum Rapport.

Sie war ausgesprochen kleinlaut.

»Ja, vorletzte Woche hat Tante Caro nachts ein großes Theater gemacht. Ich habe aber nicht geglaubt, dass sie wirklich ein Gespenst gesehen hat. Gespenster gibt's doch gar nicht, Ariane.«

»Nein, Gespenster gibt es nicht. Und darum hättest du zumindest misstrauisch werden können.«

»Ja, das hätte ich wohl.«

»Du erinnerst dich sicher an vergangenen Sommer, als Benni im Haus meines Onkels umging!«

»O weh, ja, natürlich. Entschuldigung, Ariane, daran hätte ich wirklich denken können.«

Hannah wirkte richtig zerknirscht, und ich nutzte diese empfängliche Stimmung aus, um entsprechende Anordnungen zu erlassen.

»Ich würde vorschlagen, dass ihr zukünftig auf die Lektüre von Schauermärchen verzichtet und erbaulichere Werke auswählt.«

»Ja, Ariane.«

»Und jetzt möchte ich dich bitten, bei der Rasselbande, die hier im Hof ihr Unwesen treibt, herauszufinden, wo man Ferdi, den Kaminfegerlehrling, zu fassen bekommt.«

»Ja, Ariane.«

»Und schick mir die Kinder hoch, wenn sie aus der Schule kommen.«

Ich vertrieb mir die Zeit bis zum Mittag damit, die Kleider der beiden durchzusehen und fällige Flickarbeiten durchzuführen. Dabei nagte das schlechte Gewissen an mir. Ich kümmerte mich zu wenig um Laura und Philipp. Diese Streiche hätten sie nicht spielen können, wenn ich besser auf sie geachtet hätte. Sie waren inzwischen neun und elf Jahre alt und von einem unbändigen Tatendrang, den Hannah nicht zu zügeln wusste. Sie brauchten eine feste Hand, am besten natürlich eine männliche. Sehr intensiv dachte ich darüber nach, ob ich meine Eheschließung mit Gernot nicht etwas beschleunigen konnte. Das würde aber wohl heißen, dass ich ihm meine schändliche Scheidung gestand. Und ob er dann noch darauf erpicht sein würde, mich zu seiner Frau zu machen? Oder ich müsste noch mal in den verflixt sauren Apfel beißen und meinen ehemaligen Schwiegervater um Hilfe bitten. Wenn die Nachricht von Dragos Tod jemanden erreicht hatte, dann gewiss ihn. Oder ob ich es bei dem Anwalt in Braunschweig versuchen sollte, bei dem er damals tätig gewesen war? Wenn der bei dem alten Kusan nachfragte, würde er vermutlich eher Auskunft erhalten als ich. Ihm zu schreiben wäre das geringere Übel, beschloss ich. Hoffentlich hatte ich die Adresse noch.

In diese Überlegungen hinein hörte ich das Schuhepoltern auf der Treppe, dann kamen Laura und Philipp in das Zimmer gestürmt.

Beide blieben wie angewurzelt stehen und starrten auf das leblose Gespenst auf dem Bett.

»Ich bin eine begabte Geisterjägerin, wie ihr seht. Ich vermute, die Idee stammt von dir, mein Sohn. Für die Ausführung hast du, meine Tochter, gesorgt.«

Betroffen starrten die beiden auf den Boden, und Philipp drehte verlegen an einem Knopf an seiner Jacke.

»Euren nächtlichen Ausflug habe ich noch eben durchgehen lassen. Das hier aber geht zu weit. Ihr seid zu Gast bei Tante

Caro. Sie hat euch seit Jahren Obdach gewährt, ihr habt zwei schöne Zimmer, dreimal am Tag gutes Essen, könnt auf gute Schulen gehen und genießt auch ansonsten recht viele Freiheiten. Ist das der Dank? Nachts umherzuschleichen und die arme Tante Caro so zu erschrecken, dass ihr fast das Herz stehen bleibt?«

»Nein, Mama«, kam es ganz leise.

»Was habt ihr euch bei dem Streich gedacht?«

»Wir ... wir wollten das doch gar nicht.«

»Ach nein? Ihr wolltet in diesem weißen Flatterdings mit den großen, scheußlichen Augen überhaupt niemanden erschrecken?«

»Doch, Mama. Aber wir wollten zu Hannah ins Zimmer. Gucken, ob sie wirklich keine Angst vor Gespenstern hat, wie sie immer tut.«

»Ja, und dann ist Tante Caro plötzlich aus ihrem Schlafzimmer gekommen.«

»Es war ein Unfall, Mama.«

Warum erheiterte mich das so gnadenlos? Nur mit Mühe konnte ich die Rolle der zürnenden Mutter aufrechterhalten. Ich las ihnen also noch einmal kräftig die Leviten und verhängte dann das Strafmaß. Keine Gruselgeschichten mehr. Belehrendes aus dem Mädchenfreund, Anstandsregeln für junge Leute und täglich ein langes Gedicht von Herrn Schiller auswendig lernen, so würde sich das zukünftige literarische Unterhaltungsprogramm gestalten.

Dann entließ ich die Delinquenten, damit sie ihr Mittagessen bekamen. Ich folgte ihnen kurz darauf in die Küche und bekam ebenfalls einen Teller Erbsensuppe.

Hannah kam dazu und berichtete, ihre Befragungen seien fruchtlos geblieben. Niemand kannte Ferdi, den Kaminfegerjungen. Er war vor drei Tagen erstmals aufgetaucht, vorher hatte niemand ihn getroffen.

»Hilde, welcher Kaminfeger ist für dieses Haus zuständig? Du kennst doch die Handwerker alle.«

»Der Schmitzens Johann. Aber dessen Junge heißt Alfons. Und dass er einen neuen hätte, wüsst ich nicht.«

»Kommt mir alles ein bisschen seltsam vor. Wisst ihr was, wenn wir mit dem Essen fertig sind, werden Hannah und ich das Spukhaus aufsuchen. Ich will mir das mal genauer ansehen. Ihr findet den Weg dahin ja noch, oder?«

»'türlich.«

Es klang ein bisschen erleichterter und nicht mehr ganz so furchtbar gedrückt.

Das erleichterte auch mich, wenn ich ehrlich sein sollte.

Bei Tageslicht wirkte das Geviert aus verfallenen Häusern und von Unkraut überwachsenem Hof nicht besonders gespenstisch, sondern nur traurig.

»Das da ist es, Mama«, sagte Laura und wies auf das kleine Häuschen mit den zugenagelten Fenstern. Ich trat näher und begutachtete die Tür. Sie war offen, der Riegel hing nach unten. Als ich sie nach innen drückte, schwang sie lautlos auf.

»Hannah, du bleibst draußen und achtest darauf, dass mir der gleiche Streich nicht auch gespielt wird.«

»Ja, Ariane.«

Und dann sah ich die zusammengebrochene Stiege. Mir wurde angst und bange. Wenn die Kinder mit ihr in der Dunkelheit eingestürzt wären – nicht auszudenken.

»Ihr seid wahnsinnig gewesen, da hochzuklettern!«

Lauras Hand schlüpfte in die meine.

»Ja, Mama. Aber...«

Sie verstummte und starrte die Trümmer an.

»Was aber...«

»Sie hat gesagt, da sei eine Frau gewesen, die sie geführt hat«, erklärte Philipp mit zittriger Stimme. »Aber ich hab nichts gesehen. Deshalb war ich auch sehr vorsichtig.«

Eine Gänsehaut zog sich über meinen Rücken.

»Ich hab sie aber gesehen. Oder so. Die hatte ein graues Kleid an und ein liebes Gesicht.«

»Und sie hat dir den Weg über die Treppe gezeigt. Im Dunkeln.«

»Ja, Mama. Auch die Stufen, auf die wir nicht treten sollten. Aber die Treppe ist erst kaputt gegangen, als wir beide oben waren.«

Ich musste schlucken. Dann wollte ich wissen: »Und was war oben?«

»Das haben wir dir doch erzählt. In dem Zimmer mit den Fässern war das Fenster, und wir sind da mit Lauras Unterrock raus.«

»Das war Philipps Idee. Und die war richtig gut. Nur dass das Seil ganz zum Schluss sich doch gelöst hat.«

»Das war nicht... also da war... Ach, Mama, das war so komisch. Da war ein schwarzer Mann, der hat mir das mit dem Fass gezeigt. Und dann hat er so gemacht.«

Philipp zog ein Kreuzzeichen wie die Katholischen.

Und ich bekam zum zweiten Mal Gänsehaut.

»Dann seid ihr wirklich zwei Gespenstern begegnet?«

»Ich weiß nicht. Vielleicht hab ich es auch bloß geträumt. Jedenfalls hab ich den schwarzen Mann nicht gesehen.«

Man sieht, was man sich vorstellt. Im Dunkeln, bei Mondlicht, ängstlich, müde ...

»Gut, gehen wir raus. Hier können wir nicht mehr tun. Jetzt braucht man eine Leiter, um nach oben zu kommen.«

Die beiden liefen nach draußen. Ich folgte ihnen und machte die Tür zu.

Etwas ließ mich stutzen.

Alte Türen knarrten und quietschten gewöhnlich. Ich hatte gerade erst die Angeln meiner Eingangstür geölt, weil sie schon fast das Klingen der Glocke übertönten.

Diese Tür ging ganz leise. Ich stippte mit dem Finger an die Angel und wischte das Öl an dem Holz ab.

Und dann fiel mein Blick auf den Riegel. Eisen verrostet mit der Zeit, hier wären rostige Beschläge zu erwarten. Aber sie waren neu, blankes Metall, die Schrauben frisch ins Holz gedreht.

Irgendjemand hatte den Streich verdammt gut vorbereitet.
Und nun schlich sich zum dritten Mal Gänsehaut über meinen Rücken.
Wer?
Und warum?

Mit anderen Augen

Wenn Verminderung mit Aufrichtigkeit verbunden ist,
wird makelloses Heil folgen.
Es ist förderlich, etwas zu unternehmen –
Auch mit kleinen Mitteln kann man Großes ausdrücken.

I Ging, Sun – die Verminderung

Es war eine eigentümlich herbe Landschaft, die sie durchquerten. Der Herbst hatte die hohen Gräser vergilben lassen, der Staub des trockenen Sommers lastete auf den Blättern der Büsche, die den steinigen Weg säumten. Wie gebleichte Knochen ragten die grauweißen Felsen aus dem Erdreich, und in verkrüppelten Eichen schimpften Elstern über die Störung ihrer Ruhe.

George, wie üblich schweigend, ritt neben Drago auf dem steinigen Weg, der von Paris zum Wald von Fontainebleau führte. Die wärmende Septembersonne versteckte sich dann und wann hinter hohen Wolken, die ihre Schatten über das hügelige Land gleiten ließen. Hier und da kauten einige Ziegen gemächlich an hartem Gestrüpp, und manchmal scheuchten die Pferde ein Karnickel auf, das mit blinkendem Schwanz im schützenden Unterholz verschwand.

Drago hatte einige Tage gebraucht, um die Adresse Leander Werhahns herauszufinden, und nun näherten sie sich der Künstlerkolonie von Barbizon. Als der Pfad eine weitere Biegung machte, erblickte er die kleine Ansiedlung. Ein Bauernhof – das Haus aus dem grauen Feldstein der Umgebung gebaut, die Einfriedung von Efeu überwachsen, ein hochrädriger Holzkarren davor – wirkte wie verlassen, doch das Bellen eines Hundes warnte sie davor, unbefugt das Areal zu betreten. Es folgten weitere, vereinzelt liegende Häuser, und zwischen ihnen belebte Geschäftigkeit die Szenerie. Frauen hängten Wäsche auf, ein Gänsemädchen trieb seine Schützlinge zu einem Weiher, ein Esel stand, beladen mit allerlei Beuteln und einer Staffelei, geduldig wartend vor einem Zaun. Der zugehörige Künstler, ein Herr mit farbbekleckster Jacke, hutlos, doch das Gesicht hinter einem struppigen Bart verborgen, trat aus seinem Haus und blinzelte den Ankömmlingen entgegen.

Drago nutzte die Gelegenheit, um sich nach Leander zu erkundigen. Besonders elegant klang sein Französisch wohl nicht, weshalb der Herr ihm fließend auf Englisch antwortete.

»Ah, der junge Werhahn. Ende des Dorfes. Das Haus mit dem blauen Zaun. Können Sie gar nicht verfehlen. Aber ich weiß nicht, ob er daheim ist. Er hat in den letzten Wochen die ungesunde Angewohnheit entwickelt, bei Tag und Tau durch die Wälder zu ziehen, um das Morgenlicht einzufangen.«

»Solange er nicht den Ort gänzlich verlassen hat, wird es sich wohl lohnen, auf ihn zu warten.«

»Tun Sie das, und wenn es Ihnen langweilig wird, schauen Sie einfach bei Rousseau oder Daubigny vorbei. Und meine Werke können Sie heute gegen Abend besichtigen.«

»Ich danke für die Einladung. Einen kreativen Tag wünsche ich Ihnen.«

»Mhm – ja. Die Wolken könnten heute reizvoll sein. Mal sehen. Sehen, Monsieur, ist nämlich wichtig. Mit unverbildeten Augen sehen. Guten Tag, Messieurs.«

Er gab seinem Esel einen Klaps auf die Kehrseite, den der mit einem unwirschen Laut quittierte, sich dann aber am Zügel widerstrebend die Straße hinunterführen ließ.

»Also, George, dann nutzen wir mal unsere Augen zum Sehen.«

»Ja, Cousin Drago. Aber – tun wir das nicht immer?«

»Doch. Nur scheint das Sehen für diese Künstler hier eine weitere Funktion zu haben. Wir belassen es dabei, Ausschau nach einem blauen Zaun zu halten.«

Der war bald gefunden, und wie es den Anschein hatte, war der Bewohner des Hauses bereits von seinem morgendlichen Malausflug zurückgekehrt. Ein Paar lehmiger Stiefel stand vor der Tür, eine Rauchfahne schwebte über dem Schornstein, und ein Geruchsgemisch von frisch gemahlenem Kaffee, Terpentin und Ölfarben drang durch die weit offen stehende Tür.

Sie stiegen ab und befestigten die Zügel an den Zaunpfosten.

Drago ging die wenigen Schritte zwischen den Asternbeeten zum Eingang, klopfte an die Zarge und rief: »Leander Werhahn? Jemand zu Hause?«

»Bin zu Hause. Treten Sie ein, kaufen Sie meine Bilder oder trinken Sie einen Kaffee mit mir«, tönte es von drinnen.

George blieb höflich hinter ihm, als er in das Halbdunkel des Flurs trat und dann durch eine weitere Tür in ein luftiges Atelier, durch dessen Fenstertüren das Licht eine geradezu chaotische Ansammlung von gerahmten und ungerahmten Bildern, leeren Leinwänden, Skizzen, zwei Staffeleien, eine Unmenge an Farbtuben, eine bunte Palette und zahlreiche Pinsel beleuchtete, deren Borsten aussahen, als habe der Künstler damit den Boden geschrubbt.

Der Hausherr trat durch eine zweite Tür, die wohl in die Küche führte, und blieb abrupt stehen.

»Du?«

»Ja, ich.«

»Drago Kusan. Sieh an!«

Und dann stürzte er sich auf ihn.

Drago wich aus und packte seine Arme. Doch einem bösen Tritt gegen das Schienbein konnte er nicht entgehen.

»Hör auf, oder ich muss dir wehtun!«, mahnte er leise.

»Du mieses Schwein! Du verdammter Herumtreiber! Du …«

»Alles wahr, alles richtig, aber nun gib Ruhe, Leander!«

Der aber schäumte derart vor Wut, dass er kaum zu bändigen war. Drago ließ ihn toben, so weit es ging, aber als die Situation günstig war, traf seine Faust Leanders Brust, und der brach mit einem Laut der Verblüffung zusammen.

»Das geht gleich vorbei, mein Freund, und dann unterhalten wir uns in Ruhe. Einverstanden?«

Da eine Antwort nicht zu erwarten war, nutzte er die Zeit, um sich die Bilder näher anzusehen. George hingegen kniete neben dem gefällten Künstler nieder und massierte dessen Brust, damit die Atmung wieder in den rechten Rhythmus kam.

Morgenlicht, das schien wirklich das derzeitige Thema zu sein. Einige Bilder zeigten herbstliche Bäume im Nebel, einen Weiher, halb verborgen im hohen Gras, eine Steinformation, von der Morgensonne gefärbt, violette Schatten werfend, die allgegenwärtigen Ziegen dazwischen. Die Gemälde hatten einen seltsamen Reiz; auch wenn sie ungewöhnlich grob gemalt schienen, so hatte Leander doch die Stimmung des anbrechenden Tages eingefangen.

Ein Stöhnen lenkte ihn von der Betrachtung der Gemälde ab.

»Was willst du hier, Drago? Du solltest in deinem Grab verrotten.«

»Ich weiß. Das wäre mir auch fast gelungen.«

»Wer ist der Junge?«

Leander hatte sich aufgesetzt und stand jetzt mit Georges Hilfe auf.

»George Liu, Servatius' Sohn. George, dies ist mein Schwager. Der Bruder der Mutter meiner Kinder«, übersetzte er die Verwandtschaftsbeziehung.

George verbeugte sich, streckte dann aber die Hand aus, die Leander ergriff.

»Freut mich, dich kennenzulernen. Und danke für deine Hilfe. Drago hat ein paar fiese Tricks drauf.«

»Cousin Drago hat *qi* benutzt. Ist das fiese Trick?«

»Hierzulande, George, würde man das so sehen. Die europäischen Männer kämpfen sehr ungeschlacht. Sie schlagen einfach auf alles drauf, was ihnen im Weg steht.«

»Richtig. Und du stehst im Weg. Warum bist du zurückgekommen?«

»Ich suche meine Kinder.«

»Ach ja? Das fällt dir aber früh ein.«

»Ich weiß.«

Leander schüttelte entwaffnet den Kopf. »Sag mal ... Ach was, kommt und frühstückt mit mir, ich bin seit Sonnenaufgang unterwegs und habe Hunger.«

»Wir sind ebenfalls schon lange unterwegs und nehmen deine Einladung gerne an. Aber ich muss mich zuerst um die Pferde kümmern.«

»Bring sie auf die Koppel gegenüber, der Bauer hat nichts dagegen.«

Der Kaffee war danach zwar nur noch lauwarm, aber das frische Brot knusprig und der Brie gerade richtig reif. George, der sich weidlich Mühe gab, die für ihn ungewohnte, fremde Nahrung zu probieren, schüttelte den Kopf und nahm nur trockenes Brot.

»Vergammelte Milch schätzt man in China nicht, Leander. Hast du Honig oder Marmelade da?«

»Erdbeermarmelade, von meiner Nachbarin. Für eine Skizze ihres Hundes.«

Sie aßen in schweigender Eintracht, dann begann Drago zu erzählen. Von dem Handelshaus, dessen Teilhaber er seit Servatius' Tod war, von seinen Geschäften mit Tee und Seide, dem Leben im europäischen Settlement, von den Mönchen vom Kalten Berg und den kaiserlichen Seidenmanufakturen. Und von den Seidenspinnern, den Schmetterlingen, die starben und ihre eigene Brut nie sahen.

»Du hast also das Licht gesehen, Drago?«

»Eine Erleuchtung gehabt, ja, so nennt man es wohl. Wo lebt deine Schwester jetzt, Leander? Ich habe in Braunschweig nach ihr gesucht und in Hiltrup, aber sie hat ihre Spuren gut verwischt.«

»Ich könnte es dir sagen, Drago, aber ich weiß nicht, ob das gut wäre.«

Er nickte.

»Es ist dein Recht zu zweifeln. Aber sag mir wenigstens, ob es den Kindern gut geht.«

Leander stand auf, wühlte im Atelier herum und kam mit einer Skizzenmappe zurück.

»Bitte.«

Während er das Geschirr in den Spülstein stellte, schlug Drago die Mappe auf.

Eine Rötelzeichnung lag obenauf. Ein Mädchengesicht mit einer vorwitzigen Nase, Locken, die sich aus den Zöpfen lösten, ein skeptischer Blick, der den Betrachter zu fragen schien, ob er das ernst meinte, was er da gerade erzählt hatte.

Das zweite Bild zeigte einen Jungen, dessen Grinsen einen schiefen Zahn enthüllte.

Er legte beide Zeichnungen nebeneinander und ließ sein *qi* den Weg zu ihnen finden. Es ging so leicht, so unbeschwert. Da waren sie, seine Kinder. Gesund, aufgeweckt, fröhlich, ein bisschen verwegen.

Erleichterung durchflutete ihn.

Er sah auf, und sein Blick traf Leanders Augen.

»Danke.«

»Sie sind feine Kinder, Drago. Und das haben sie zum größten Teil meiner Schwester zu verdanken. Sie hat sie unter verdammten Schwierigkeiten großgezogen. Und die hat sie ausschließlich dir zu verdanken.«

»Hat sie dir je erzählt, auf welche Weise wir uns getrennt haben?«

»Du hast deine Erbschaft angetreten und sie ohne Unterstützung sitzen gelassen. Das zu wissen reicht mir.«

»Dann will ich deine Meinung nicht ändern.«

Leander ging ins Atelier zurück, kam aber mit leeren Händen wieder.

»Sie ist ein Feuerkopf, ich weiß. Wenn sie etwas durchsetzen will, kann sie sehr heftig werden.«

»Sie wollte ihre Freiheit, um sich einen neuen Mann suchen zu können.«

Drago hörte, wie George scharf die Luft einsog.

»Ja, mein Junge, das ist auch so eine Sache, die dir fremd erscheinen muss.«

»Können deutsche Frauen zwei Männer haben?«, stieß er fassungslos aus.

»Nicht gleichzeitig, aber nacheinander.«

»Aber man achtet diese Frauen nicht sehr hoch, George. Darum hat meine Schwester behauptet, sie sei Witwe.«

Drago sah dem unerschütterlichen George Liu an, dass er mit dieser Neuigkeit ernsthaft zu kämpfen hatte. Seine Vorstellungen von Ehre, Respekt und Achtung waren anders geartet als die seinen, das wurde ihm, seit sie im Westen waren, immer wieder aufs Neue bewusst.

»Hat sie wieder geheiratet?«

Leander sah fragend zu George hin und hob dann mit nach oben gedrehten Handflächen die Schultern.

»Drago, im April erhielt sie durch Zufall die Nachricht von deinem Tod. Ein Schiffsoffizier hatte von einem Handelsherrn namens Drago Kusan gehört, der sich und seine Geliebte mit Opium vergiftet hat.«

»Meine Schwester wollte Cousin Drago umbringen. Sie ist gestorben, er wurde gerettet.«

Ganz nüchtern zählte George die Tatsachen auf, und Leander zeigte nun sein Entsetzen.

»Das ... das tut mir leid.«

»Du siehst, Leander, die Geschichten haben viele Facetten.«

»Ja. Verstehe. Warum habt ihr euch getrennt, Ariane und du?«

»Aus verschiedenen Gründen, Leander, und selbstverständlich liegt ein Großteil der Schuld bei mir. Ich hätte nicht nach Braunschweig gehen sollen, aber damals bot es sich an. Mein Vater hatte einen Bekannten, den er, wie ich hinterher erfuhr, gebeten hatte, mich in seine Anwaltskanzlei aufzunehmen. Mein Vater hat gerne mein Leben gestaltet. Aber das ist eine andere Geschichte. Wir zogen dorthin, und damit fingen die ersten Auseinandersetzungen an. Eure Eltern hatten Ariane eine Mitgift versprochen, doch sie waren damals schon in finanziellen Schwierigkeiten.«

»Ja, ich erinnere mich. Zwei verregnete Sommer, die Ernte war knapp ausgefallen, Vater verbrauchte fast alles selbst, um die Pferde zu halten.«

»Sie zahlten mir nur die Hälfte aus, mit der Versicherung, Ariane in zwei Jahren die andere Hälfte zu übergeben. Mein Gehalt war bescheiden, meine Ansprüche hoch, Ariane leichtsinnig. Es war immer Ebbe in der Kasse, und als ich merkte, dass uns die Situation zu entgleiten drohte, besann ich mich auf meinen Verstand. Ich führte Sparmaßnahmen ein.«

»Und Ariane schmollte?«

»Nein, sie schmollte nicht. Im Gegenteil, nachdem sie das Problem begriffen hatte, legte sie die Hand auf die Finanzen und ich wurde in ihren Augen zum Verschwender. Wir stritten leidenschaftlich über jede mögliche oder vermeidbare Anschaffung. Dann baten eure Eltern noch einmal darum, die Zahlung der Mitgift aufschieben zu dürfen, und unsere nächste Hoffnung schwand. Ende einundfünfzig kam die Nachricht von Servatius' Tod, und ich war plötzlich ein reicher Mann. Wenn ich denn nach China ging und seinen Anteil an der Firma übernahm.«

Drago wies auf die Zeichnungen der Kinder.

»Sie waren noch zu klein, Leander. Ich wusste nicht, was mich in der Fremde erwartete. Also sagte ich Ariane, dass ich erst einmal alleine aufbrechen würde. Damals dauerte die Seereise über ein halbes Jahr.«

»Ich fange an zu verstehen, Drago. Du hättest sie mindestens zwei Jahre alleine gelassen.«

»Mindestens. Richtig. Sie fasste es als meinen Versuch auf, der bedrängten Lage zu entfliehen. Natürlich hatte ich mich oft genug über die langweilige Arbeit in der Kanzlei beklagt, meine Korinthenkacker von Vorgesetzten und die kleinbürgerliche Gesellschaft Braunschweigs waren auch nicht sonderlich anregend. Ich wollte fort.«

Leander seufzte.

»Ich kann es ja verstehen. Ich bin auch einfach so von daheim fortgegangen, weil ich unbedingt in Paris Kunst studieren wollte. Mich hätte auch niemand halten können.«

»Ich ließ ihr alles Geld, was ich hatte, und willigte in die Scheidung ein, die sie verlangte. Dann brach ich auf.«

Leander nahm den Skizzenblock, der auf der Anrichte lag, und zeichnete schweigend mit dem weichen Bleistift. Dann riss er das Blatt ab und reichte es Drago.

Es war nicht so wie bei den Kindern. Nicht dieses sanfte Zusammenführen der Verbindungen. Es war, als habe ihm jemand unerwartet und mit großer Gewalt die Faust in den Magen geschlagen.

Oder ihm ein Messer ins Herz gestoßen.

Ariane. Sein eigensinniges Weib.

Die Mutter seiner Kinder.

Die kleine Tigerin.

»Wo ist sie, Leander?«

»In Köln, bei unserer Tante Caro. Oder besser, die Kinder sind dort.«

»Erzählst du mir bitte mehr von ihr?«

»Was hast du vor, Drago?«

Einen Moment schwieg er, nicht, weil er auch nur den geringsten Zweifel gehabt hätte, was zu tun war, sondern weil er die richtigen Worte suchte, um es verständlich auszudrücken. Dann strich er mit dem Finger über das Blatt, dort, wo sich in der Zeichnung ihre Wange rundete.

»Wenn nötig, zu Kreuze kriechen.«

»Gut, dann hör zu.«

Was er in der nächsten halben Stunde erfuhr, war alles andere als beglückend. Dann stellte er seine Fragen.

»Was ist mit euren Eltern geschehen? Warum haben sie Ariane und die Kinder nicht unterstützt?«

»Weil sie pleite waren, Drago. Die Missernten, dann brannte die Scheune mit der gesamten Ernte ab und der Verwalter suchte das Weite, Vater musste die Pferde verkaufen und bekam einen faulen Wechsel angedreht. Kurzum, es blieb ihnen nichts anderes übrig, als das Gut zu verkaufen. Es hat ihnen übrigens wenig ausgemacht, Vater war nie der geborene Gutsherr. Er und Mutter führen jetzt ein ungebundenes Künstlerleben, und das, was sie mit den Gelegenheitsaufträgen verdienen, reicht für sie. Aber meine Schwester und zwei Kinder konnten sie nicht unterstützen.«

»Wer hat ihnen den faulen Wechsel angedreht? Hätte man da nicht noch etwas retten können?«

»Ich weiß es nicht, ich war damals schon in Frankreich. Es hat heute wohl auch wenig Sinn, nachzuforschen. Die Sache ist zu lange her. Aber du kannst sie gerne selbst fragen, ich gebe dir ihre Adresse in Paris.«

»So viel Zeit, sie aufzusuchen, werde ich mir auf jeden Fall noch nehmen. Dann fahre ich nach Köln.«

»Da ist noch etwas, Drago, das du wissen solltest.«

»Nun?«

»Sie ... mhm ... ich fürchte, Ariane hat es trotz allem sehr mitgenommen, als sie von deinem Tod erfuhr. Sie war vier Wochen krank. Danach hat sie sich mit einem Seidenfabrikanten verlobt.«

»Dann ist die Herausforderung ja tatsächlich noch etwas größer als gedacht.«

George, der die ganze Zeit schweigend zugehört hatte, hob seinen Kopf.

»Bitte, Cousin Drago, ich verstehe das alles nicht. Warum kümmern Sie sich noch um diese Frau?«

»Weil, mein Junge, es in jedem Land und zu jeder Zeit Frauen gibt, die über Macht gebieten. Mögen sie auch bescheiden Tee servieren oder demütig hinter ihrem Mann hertrippeln, sich die Füße einbinden oder in Korsetts schnüren, mögen sie streitsüchtig um jeden Groschen zanken oder leise summend ihre Kinder wiegen, sie treffen ihre Entscheidungen und setzen sie durch. Deine Mutter und deine Schwester waren solche Frauen. Vergiss das nicht.«

»Sie haben der Ehre wegen ihr Leben gelassen.«
»Richtig.«
»Aber die Mutter Ihrer Kinder hat keine Ehre.«
»Glaubst du?«
»Verzeihung, Cousin Drago. Verzeihung.«

George stammelte auf Deutsch, Englisch und Chinesisch unbeholfene Entschuldigungen, aber Drago unterbrach ihn.

»Nicht alle Frauen haben die Energie und Entschlusskraft, ihrem Leben aus Gründen der Ehre ein Ende zu setzen. Und nicht alle haben diese Kraft, alleine, mit einem Makel behaftet, ohne Einkommen zwei Kinder zu erziehen und ein neues Leben aufzubauen. George, wenn man solche Frauen unterschätzt, kann man leicht auf die Schnauze fallen.«

»Schnauze fallen?«

»Ein bildlicher Ausdruck dafür, dass man einen dummen Fehler gemacht hat und ihnen anschließend zu Füßen liegt.«

Leander sah George einen Moment an, dann flog sein Stift über den Block und zeigte George die Zeichnung eines Hundes, der mit der Schnauze am Boden lag. Allerdings sah das jämmerliche Hundegesicht dem Dragos verblüffend ähnlich.

Der musste grinsen.

»Getroffen.«

»Er wird zu Kreuze kriechen, hat er gesagt, George, denn er hat eine sehr große Dummheit begangen und ist auf die Schnauze gefallen. Ich nehme an, dann wird er etwa so aussehen.«

»Er meint eigentlich einen tiefen Kotau machen«, fügte Drago erklärend hinzu. »Den machen die Chinesen vor ihrem Kaiser und der Kaiserin und ähnlichen sehr hochstehenden Persönlichkeiten.«

»Na, dann weißt du ja, wie du dich Ariane gegenüber zu verhalten hast. Ich jedenfalls fand sie bewundernswert, als ich sie im Frühjahr besuchte.«

»Die Mutter Ihrer Kinder muss eine seltsame Frau sein.«

»George, sie ist im Jahr des eisernen Tigers geboren. Das könnte dir eine Vorstellung verschaffen, wie seltsam sie ist.«

»Eiserner Tiger, das trifft's für Ariane. Ist das so etwas wie ein Sternzeichen?«

»Eines aus der chinesischen Astrologie. Du wirst es nicht glauben, Leander, aber mein Geburtsjahr war das des eisernen Drachen.«

»Was sonst?«

Wieder flog Leanders Stift über das Papier, und diesmal erlebte Drago etwas Erstaunliches. Der ernste, immer so gefasste George begann zu kichern, als er den Drachen mit Dragos Zügen erkannte.

»George ist im Jahr des Feueraffen zur Welt gekommen. Man sagt ihm Ehrgeiz und Geschäftstüchtigkeit nach, was ich bestätigen kann, genau wie Sprachbegabung. Aber die vermeintliche Geschwätzigkeit habe ich bei ihm noch nicht festgestellt.«

Ein langer, musternder Blick, dann hatte Leander einen Affen gezeichnet, der dem jungen Halbchinesen ähnlich sah, sich aber die Hand vor den Mund hielt.

Um sein Kichern zu unterdrücken, nahm George augenblicklich dieselbe Pose ein.

»Leander, du bist ein Genie. Ich spreche leidlich Chinesisch und ziemlich gut Englisch, aber in beiden Sprachen fehlt es mir an den wirklichen Feinheiten, um zum Beispiel einen Witz verständlich zu machen. George spricht Englisch ganz hervorragend und hat in den vier Monaten der Reise sehr gut Deutsch gelernt. Aber wir können uns nur über Fakten unterhalten, die Finessen unserer jeweiligen Muttersprachen bleiben uns fremd. Und gerade die braucht man, um sich wirklich verständlich zu machen, habe ich gerade eben gelernt.«

»Ja, Cousin Drago, manchmal möchte ich Ihnen mehr sagen. Manchmal mahnen vor höflichen Feinheiten. Manchmal sagen, was lustig ist.« Er verbeugte sich leicht vor Leander. »Haben Sie bitte einen Pinsel und Tusche für mich, Leander *dashi?*«

»Bedien dich, nebenan findest du allerlei Zeichenutensilien.«

George verließ den Raum, und Leander fragte: »Was ist *dashi?*«

»Ein dir offensichtlich zustehender Titel, Meister Leander. Deine Bilder beweisen Stil und Ausdruck.«

»Oh, mhm.«

Leanders Verlegenheit schwand, als George mit einem dünnen Pinsel und einem Tintenfass zurückkehrte. Er reichte ihm den Skizzenblock und beobachtete die ungewohnte Haltung, mit der der Halbchinese den Pinsel führte. Die war Drago zwar durchaus geläufig, denn auf diese Art wurden auch die Schriftzeichen zu Papier gebracht. Was ihn aber erstaunte, war die Zeichnung, die dabei entstand. Mit sparsamen Strichen war eine Tigerin entstanden, die Arianes Züge trug. Eine mütterliche Raubkatze, bereit zu schnurren und zu töten.

»Allmächtiger, George, woher kennst du meine Schwester?«, entfuhr es Leander.

»Sie zeichnen sie eben, Leander *dashi*, und Cousin Drago sagt, sie ist die eiserne Tigerin und die Mutter seiner Kinder. Sie hat Mut bewiesen und die Kinder alleine erzogen. So muss sie sein, oder?«

»So ist sie, meine Tigerin.«

»Dann verstehe ich Sie, Cousin Drago.«

Der starrte noch immer auf das Bild und versuchte, seiner Gefühle Herr zu werden. Sie waren verworren, und es würde eine Weile dauern, bis er sie geordnet hatte. Nicht jetzt jedoch, sondern in einem Moment der Muße.

»Du scheinst ebenfalls verborgene Talente zu haben, George. Darum sollten wir uns demnächst mal kümmern. Aber jetzt, Leander, zeig uns doch mal deine Gemälde, wenn ich schon eins davon kaufen soll.«

Drago fand Gefallen an sehr vielen Werken und hörte sich auch die kleinen Anekdoten an, die mit vielen von ihnen verbunden waren. Insbesondere die Bilder, die in Köln ausgestellt worden waren, bargen für ihn eine reizvolle Geschichte. So erfuhr er auch von Helenens Eitelkeit, dem Dummejungenstreich, den Leander der Dichterfürstin gespielt und die Schwierigkeiten, die er Ariane bereitet hatte. Er hörte erfreut, dass seine Tochter gerne malte und Zeichenunterricht erhielt, dass Ariane ebenfalls ihre zeichnerische Begabung nutzte und Stoffmuster entwarf, sein Sohn sich hingegen lieber mit technischen Konstruktionen beschäftigte.

»Diese Bilder sind anders als chinesische, nehme ich an?«, fragte Leander, an George gewandt, um ihn wieder ins Gespräch mit einzubeziehen.

»Ja, diese sind viel... voller. Unsere Künstler sehen anders. Nur das Wesentliche, die Form.«

»Ich habe erst einmal einen japanischen Holzschnitt gesehen und dann natürlich den chinesischen Teppich bei Ariane. Es würde mich ungeheuer reizen, mehr davon kennenzulernen. Du hast nicht zufällig ein paar Bilder chinesischer Künstler mitgebracht, Drago?«

»Zufällig, Leander, habe ich in meiner Tasche gerade heute zwei Bilder dabei. Ich lernte in Suzhou einen Maler kennen, Xu Gu, mit dem ich mich einige Zeit unterhalten habe. Von ihm habe ich eines erworben, das andere stammt von einem wandernden Künstler.«

George hatte die Tasche hereingebracht, die Drago zuvor im Eingangsbereich stehen gelassen hatte, und reichte ihm die beiden Seidenrollen. Mit beinahe andächtiger Geste entrollte Leander die erste Zeichnung. Drei Eichhörnchen spielten im Geäst einer Kiefer. Lebendig, neckisch, zum Greifen nah.

»Nur ein Ast, nur drei Tierchen. Das sollte sich unsereins mal wagen. Du hast recht, George, im Vergleich dazu sind unsere Bilder viel zu voll. Und sagen doch viel weniger.«

Das zweite war sogar noch dürftiger, eine weiße, sehr feine Seide, auf der lediglich ein mit Virtuosität hingeworfener schwarzer Ast angedeutet war, ein Pinselstrich nur, auf dem fünf rote Kleckse saßen. Die aber waren sehr klar und eindeutig als Rotkehlchen zu erkennen.

»Hinreißend. Vollkommen hinreißend. Drago, wann fährst du wieder? Würdest du in Erwägung ziehen, mich mitzunehmen?«

»Wenn du es wünschst, Leander, dann kannst du mich begleiten. Aber wann ich fahre, das kann ich dir nicht sagen. Das hängt jetzt von verschiedenen Dingen ab.«

Und von einem völlig veränderten Blick auf sein zukünftiges Handeln. Denn aller Ballast war abgefallen und hatte die reine Form zurückgelassen.

Seidener Tod

... der Strang von Seide
War mir bestimmt!

Ferdinand Freiligrath,
Die seidne Schnur

Nona beobachtete. Es war ihr zur zweiten Natur geworden, zu beobachten – verborgen hinter den Kulissen, unbeachtet in den Garderoben, kaum wahrgenommen im Foyer, unauffällig auf den Straßen. Ihr ungewöhnliches Aussehen, mit dem sie früher die Aufmerksamkeit, meist in unliebsamer Form, auf sich gelenkt hatte, hatte sie gelehrt, sich so wenig sichtbar wie möglich zu machen. Sie trug Kleider in gedeckten Farben, verhüllte ihre Haare oft mit einem Tuch und bewegte sich lautlos. Aber vielleicht war es auch eine Art innerer Haltung, die nichts nach außen dringen lassen wollte. Sie ruhte in sich selbst, nahm auf, was sie erblickte, und hörte, was um sie herum erzählt wurde, aber sie reagierte nicht darauf. Deshalb übersah man sie gerne.

Sie war zufrieden damit, denn sie besaß alles, was sie sich im Leben je erträumt hatte. Ein sicheres Zuhause und eine Arbeit, für die sie Anerkennung fand, schöne Seidenstoffe, die ihren Händen schmeichelten. Sie genoss Lob und Zuneigung und – was für ein Wunder! – liebevolle Zärtlichkeit und Vertrauen.

Darum beobachtete sie.

Um die Liebe zu hüten, zu schützen und zu bewahren.

Das Theater leerte sich, hinter dem Vorhang wurden die Requisiten eingesammelt und die Kulissen für die Aufführung am nächsten Tag zurechtgeschoben. Die Serviermädchen sammelten die Gläser und leeren Flaschen ein, warfen die verwelkten

Blumen in Abfallkörbe und falteten die Tischdecken zusammen. Es funktionierte alles reibungslos in LouLous Salon Vaudeville. Die Musiker schwatzten noch beim Klavier mit Melisande, die immer allerlei Wissenswertes aufschnappte und bereitwillig weitergab. Sie hatte lange Zeit als Straßenmusikantin ihr Brot verdient und kannte sich in einer Welt aus, die den gutbürgerlichen Gästen vermutlich fremder war als das Gesellschaftsleben der Ameisen. LouLou hatte sie zwar fest engagiert, fast vom ersten Tag an, aber noch immer tingelte die Sängerin an zwei, drei Tagen durch Köln. Sie behauptete zwar, sie täte es, weil es ihr Spaß machte, aber Nona ahnte, dass es ihr auch um das Geld ging. Sie war eine eigenartige Frau, frech, fröhlich, überschwänglich und großherzig auf der einen Seite, auf der anderen aber auch stur und erbittert in ihrer Ablehnung. Hilfe gab sie, nahm sie aber nicht gerne an. Einmal hatte Nona beobachtet, wie sie Frau Julia Waldegg eine böse Abfuhr erteilte, ja mitten im Raum völlig konsterniert hatte stehen lassen. Irgendjemand munkelte, Julias Mutter und Melisande seien einst gute Freundinnen gewesen. Zwischen ihnen sei es aber zum Bruch gekommen, und sie verkehrten nicht mehr in denselben Kreisen.

Die vier Tänzerinnen durchquerten schwatzend und lachend den Zuschauerraum. Sie hatten sich noch einmal frisiert und geschminkt, vermutlich waren sie mit ihren Verehrern verabredet. LouLou schätzte es zwar nicht, aber sie hatte eingesehen, dass sie nichts dagegen tun konnte. Die Mädchen zeigten höchst aufreizend ihre Beine auf der Bühne, was die Herren im Publikum zu der Annahme verleitete, sie seien eine leichte Beute für ihre Aufmerksamkeiten. Die Mädchen wiederum genossen die Bewunderung und ließen sich leichtherzig auf kleine Abenteuer und Affären ein. Hin und wieder gab es gebrochene Herzen, Eifersuchtsdramen, wütende Racheschwüre oder elegischen Liebeskummer. Das ganze Spektrum der leidenschaftlichen Ausbrüche hatte die stille Beobachterin kennengelernt. Keiner davon war aber je an das Leid herangekommen, das Madame Ariane im Frühjahr durchlebt hatte. Nicht auch nur im

Entfernten dem ähnlich, das sie selbst einst durchlitten und nun hinter sich gelassen hatte. Dank ihrer gütigen Freundin.

Also blieb sie unsichtbar und mischte sich nicht ein. Die Wunden der anderen waren denn auch oberflächlich und heilten von alleine, meist genau in dem Augenblick, in dem ein neuer Galan auftauchte.

Die Serviermädchen verließen ebenfalls das Theater, weit müder und viel weniger unternehmungslustig als die Tänzerinnen, die Musiker folgten ihnen, hinter den Kulissen wurde es still. LouLou würde in ihrer Garderobe ein heißes Bad nehmen, sich die Schminke aus dem Gesicht waschen und die Haare ausbürsten. Ein Ritual, bei dem sie alleine gelassen zu werden wünschte. Danach würde sie, in einem leichten Straßenkleid, die Runde durch das Theater machen, nachschauen, ob alles an seinem Platz stand, die Lichter gelöscht, die Fenster und Türen verschlossen waren. Dann würden sie gemeinsam nach Hause gehen und dabei über die Eindrücke sprechen, die sie im Verlauf des Abends gesammelt hatten. Das war die schönste Zeit des Tages für Nona. LouLou schätzte ihre Beobachtungsgabe, hörte sich gerne an, wie sie die Reaktionen des Publikums auf die Leistung der Akteure beurteilte, nahm die allfälligen Querelen des Personals untereinander zur Kenntnis und erzählte von ihrer Seite aus, was sie zu ändern, zu verbessern oder zu streichen gedachte.

Jetzt brannten nur noch zwei Gaslampen am Eingang, das Theater war leer, die Stühle für die Putzfrauen am Morgen hochgestellt.

Und da kamen sie wieder.

Wenn es möglich gewesen wäre, hätte Nona sich noch weit unsichtbarer gemacht, als sie sowieso schon war. Es gelang ihr entlang der schattigen Wände zum Ausgang zu huschen und dort hinter einem künstlichen Zitronenbaum zu verschwinden. Vier bullige, vierschrötige Männer standen im Zuschauerraum und sahen sich prüfend um. Sie mochten Bierkutscher oder

Preisboxer, Hafenarbeiter oder Fleischhauer sein. Ihre Kleidung war derb, ihre Gesichter von Schlägereien gezeichnet.

Das dritte Mal waren sie nun schon hier, und jedes Mal hatte LouLou sich eingefunden, ruhig einige Worte mit ihnen gewechselt und ihnen dann einen Beutel in die schwieligen Hände gedrückt.

Erwähnt hatte sie die Männer ihr gegenüber nie, und sie hatte auch nie gefragt.

Sie wusste, was sie wollten.

Melisandes reicher Fundus an Wissen über die Gesetze der Unterwelt reichten ihr, um sich auszumalen, was passieren würde, wenn LouLou das Schutzgeld nicht bezahlte. Die Männer waren bereit, das Theater in kürzester Zeit zu verwüsten. Zerbrochene Möbel, zersplitterte Gläser und Flaschen, zerrissene Vorhänge, zerschlagene Kulissen und Musikinstrumente – natürlich, man konnte alles ersetzen, aber es kostete Zeit und Geld, bis alles wieder gerichtet war. Und schlimmer, es ergab sich daraus natürlich auch der Verdienstausfall, weil das Theater geschlossen bleiben musste. Sie waren auch, wie sie aus der Schlägerei im vergangenen Herbst wusste, bereit, LouLou noch weit Schrecklicheres zuzufügen. Diese Vorstellung trieb Nona die bittere Galle in die Kehle.

Bisher zahlte LouLou anstandslos den Preis dafür, von diesen Überfällen verschont zu bleiben. Sie hätte zwar zur Polizei gehen und die Erpresser anzeigen können, aber nachdem Nona erlebt hatte, wie sich die Obrigkeit nach dem ersten Tumult verhalten hatte, empfand sie tiefstes Verständnis dafür, dass LouLou diesen Schritt scheute. Man würde ihr wenig helfen, möglicherweise sogar wieder die Konzession entziehen, weil sie eine Gefährdung der Öffentlichkeit darstellte. Sie erinnerte sich noch gut, welche Winkelzüge und Tricks LouLou hatte anwenden müssen, um die Erlaubnis wiederzuerlangen, das Theater weiter zu betreiben.

Aber sie wusste auch, welch schmerzhafte finanzielle Einbußen LouLou wegen der Schutzgeldzahlungen hinnehmen musste. Sie saß in der letzten Zeit häufig über ihren Büchern und rechnete hin und her.

Sie konnte nicht jede Woche den Männern Geld geben.

Und es würde nie ein Ende haben, wenn sie es weiterhin tat.

Es musste also ein Ende haben.

Nona hatte schon manche Stunde damit verbracht, zu überlegen, wie man das bewerkstelligen konnte. Mit den Schlägern, die jetzt da unten warteten, konnte sie sich nicht anlegen. Aber das war auch nicht notwendig. Die Männer handelten nicht aus eigenem Antrieb. Es steckte ein Drahtzieher dahinter, und den galt es zu entlarven.

LouLou erschien, wie üblich gefasst und kühl, händigte dem größten der vier einen Beutel aus und wartete, bis der die Münzen gezählt hatte. Er schien zufrieden zu sein, tippte sich mit dem Finger grüßend an die speckige Mütze und gab seinen Kumpanen den Wink, ihm zu folgen.

Nona zog sich den schwarzen Gazeschleier von unten über Kinn und Nase und verhüllte so ihr helles Gesicht. Dann folgte sie ihnen auf leisen Sohlen und ein wenig hinkend durch die Nacht.

Die Männer schienen nicht damit zu rechnen, dass jemand ihren Besuch beobachtet hatte und sie verfolgte. Sie unterhielten sich laut, scheuten auch die von Gaslaternen erhellten Straßenecken nicht, wanderten aber zielstrebig an der alten Burgmauer entlang bis zu dem alten Römerturm. Hier wurde die Gegend schäbiger, die Häuser heruntergekommen und baufällig, die Beleuchtung spärlich. Es hatte den Abend über geregnet, das Pflaster war feucht und glitschig, und in der Mitte der Gasse floss behäbig eine stinkende Kloake. Das ehemalige Kloster der Klarissen, jetzt zum Frauengefängnis umgebaut, ragte finster vor Nona auf.

Die Männer verhielten ihre Schritte und lehnten sich an die verfallene Burgmauer, offensichtlich um auf ihren Auftraggeber zu warten.

Nona zog den schwarzen Schleier bis zu den Augen hoch

und tastete in ihrer Rocktasche nach dem Seidentuch. Es war nicht das erste Mal, dass es sein Opfer finden würde. Dem Arbeiter der Handschuhmanufaktur, der ihre Freundin Madeleine vergewaltigt hatte, war die Seide Schicksal geworden, ein stinkender Bettler, der ihr selbst in jenen einsamen, verstörenden Tagen nach ihrer Ankunft in Köln Gewalt angetan hatte, war dem seidigen Biss erlegen. Notwehr, sicher, doch heimlich und ohne Gewissensbisse ausgeführt.

Ein dunkler Hauseingang schützte sie vor Entdeckung, und ihre eigene Disziplin bewahrte sie davor, aufzuschreien, als eine Ratte über ihre Füße lief.

Es dauerte indes nicht lange, bis Schritte zu hören waren. Eine einzelne Person näherte sich, und die Männer bewegten sich wachsam. Wie erwartet, tauchte aus der Seitengasse jemand auf, der sich ihnen zielstrebig näherte. Der Geldbeutel wechselte den Besitzer, Münzen wurden abgezählt und verteilt, dann verdrückten sich die Schläger. Nona aber heftete sich an die Fersen des Mannes, der nun das Geld besaß. Er war untersetzt, doch lange nicht so bullig wie seine Gehilfen. Seine Kleidung wirkte gepflegt, sein Haar schimmerte silbrig unter dem Hut, sein Profil, auf das sie einen Blick im Laternenschein erhaschte, konnte man sogar als edel bezeichnen.

Nichtsdestotrotz war er ein Verbrecher, und er bedrohte LouLou.

Und damit bedrohte er auch ihr Leben und ihre Sicherheit.

Für Nona war es genug zu wissen. Genug Grund zu handeln.

An einer sehr dunklen Ecke holte sie ihn ein.

Der *rumal* flog lautlos durch die Nacht, schlang sich um seinen Hals, wurde ruckartig zugezogen und gelöst.

Eheanzettelung

*Das war 'ne rechte Freude,
als mich der Herrgott schuf,
'nen Kerl wie Samt und Seide,
nur schade, daß er suff.*

Albert Graf Schlippenbach,
Ein Heller und ein Batzen

LouLou stand in meinem Anprobenraum und ließ sich ein neues Bühnenkostüm abstecken. Glänzender Taft, leuchtende Farben, Unmengen von Volants – ein unmögliches Kleid, würde man es auf einer Gesellschaft tragen, aber wir hatten herausgefunden, dass bei ihren Auftritten solche Übertreibungen besonders gut wirkten.

»Du siehst müde aus, Ariane.«

»Bin ich auch. Der Besuch des preußischen Prinzregenten hat mir einen Haufen Arbeit beschert. Alle Damen, die etwas auf sich halten, wollten mit einer neuen Robe prunken.«

»Du hättest etwas sagen sollen. Ich hätte auf dieses Kleid auch noch eine Woche länger warten können.«

»Nun ist es aber fast fertig.«

Ich nahm noch ein paar kleine Korrekturen am Saum vor, als die Türglocke bimmelte. Ich verließ den Anprobenraum und fand Gernot auf der Schwelle.

»Guten Tag, Ariane. Komme ich ungelegen?«

»Aber nein, ich bin mit meiner letzten Anprobe fast fertig. Ihre Schwester ist hier.«

»Ah, Louise. Schön, mit ihr wollte ich auch noch sprechen. Aber zunächst einmal möchte ich Ihnen das hier abliefern.«

Er winkte einen Gehilfen herein, der mir einen in Leinen gewickelten Ballen Stoff auf den Tisch legte.

Natürlich war ich neugierig und schlug die Umhüllung auf. Es war hinreißend – mein Herbstlaubmuster, das ich dem japanischen Kimono entlehnt hatte, leuchtete mir in warmen goldenen, roten und braunen Farben entgegen, doch erst die blassblauen und violetten Blättchen dazwischen machten es zu einem umwerfend lebendigen Bild.

»Ich glaube, das wird ein Erfolg, Ariane. Bisher haben alle, die es gesehen haben, sich bewundernd geäußert.«

»LouLou?«

LouLou hatte ihr Straßenkleid wieder angezogen und kam zu uns, wobei sie noch die letzten Knöpfe am Hals schloss.

»Ah, Gernot, nett, dich zu sehen. Deine neueste Lieferung?«

»Gefällt es dir?«

LouLou betrachtete den Stoff, nahm ihn zwischen die Finger und nickte dann. »Für dich werden die Farben in Ordnung sein, Ariane. Web es mir in Grau und Schwarz mit roten und gelben Blättern, dann nehme ich dir die Länge für ein Kleid davon ab.«

»Das werde ich sicher nicht machen, Louise. Ich denke, diese Farben behalte ich erst einmal bei.«

Ich musste LouLou insgeheim zwar recht geben, sagte aber nichts dazu. Gernot war eben sehr konservativ in seinen Vorstellungen.

»Wir sind fertig, und ich schließe das Atelier jetzt. Darf ich euch beide auf eine Kanne Tee und Früchtebrot einladen?«

LouLou warf einen Blick auf die Uhr, die an einer goldenen Halskette hing, und nickte.

»Eine halbe Stunde habe ich auch noch Zeit, dann muss ich zu einer Versammlung«, sagte Gernot, und beide folgten mir nach unten in die Küche.

»Julia Waldegg hat mich gestern gefragt, ob ich morgen Abend mit ihr zum Konzert des Männergesangsvereins gehen möchte, Gernot. Hätten Sie wohl Zeit, mich zu begleiten?«

»Wäre das Frau Waldegg denn genehm?«

»Sie und ihr Mann haben ihre guten Freunde eingeladen, zwanglos mit ihnen auszugehen. Julia hat Sie ausdrücklich erwähnt, Gernot.«

»Nun gut, dann will ich Sie gerne begleiten.« Er lächelte mich überraschend liebevoll an. »Ich bin sicher, dass Sie die Gelegenheit nicht ungenutzt werden verstreichen lassen, eine Ihrer zauberhaften Kreationen vorzuführen. Ich werde, wie immer in Ihrer Begleitung, ein vielbewunderter Mann sein.«

»Mein lieber Bruder, wie charmant du sein kannst.«

»Mein lieber Gernot, was halten Sie davon, auch Ihrer Schwester ein so hübsches Kompliment zu machen?«, neckte ich ihn ebenfalls.

»Gerne, Louise. Du bist eine attraktive Frau, und ich wundere mich eigentlich, warum du nicht in Erwägung ziehst, einen ehrbaren Mann zu heiraten.«

LouLou schnaubte verächtlich.

»Erstens, lieber Bruder, möchte ich den ehrbaren Mann sehen, der eine Frau mit meiner Vergangenheit heiraten wollte; zweitens habe ich überhaupt kein Verlangen nach einem Mann, weder ehrbar noch schandbar. Ich will nicht leugnen, dass Männer ihren Nutzen haben – um Holz zu hacken, Droschken zu rufen oder schwere Lasten zu tragen. Für persönlichere Belange jedoch habe ich für sie keinerlei Verwendung. Ich verdiene mein Geld mit meinem Unternehmen und bin gottlob auf keinen Mann mehr angewiesen. Und so wird es auch bleiben.«

Ich goss den Tee ein und reichte das aufgeschnittene Früchtebrot herum. LouLous geradezu leidenschaftliches Unabhängigkeitsplädoyer überraschte mich ein wenig. Ich dachte bisher, sie sei männlicher Zuneigung gegenüber nicht abgeneigt. Wählerisch war sie sicher, diskret ganz gewiss. Aber ein geradezu keusches Leben konnte ich mir bei ihr eigentlich gar nicht vorstellen. Andererseits – wahrscheinlich hatte sie vom männlichen Geschlecht tatsächlich genug. Ihre diesbezüglichen Erfahrungen waren ja nicht die besten.

Gernot wirkte leicht indigniert, da seine freundlich gemeinte Bemerkung so abgeschmettert worden war, sagte aber weiter nichts dazu, sondern aß mit Bedacht sein Früchtebrot.

»Die Einweihung der Eisenbahnbrücke hat euch sicher eine Menge Besucher beschert?«, fragte ich daher nach, um die Unterhaltung auf ein leichteres Gleis zu bringen.

»Ja, es war viel los die vergangenen Tage. Überhaupt sind wir seit dem Brand im Komödienhaus fast jeden Tag voll besetzt.«

»Dann machst du also guten Umsatz, Louise?«, wollte Gernot wissen.

»Er hat sich gesteigert seit dem Sommer.«

»Dann könntest du mir wohl einen Gefallen tun. Die Seidenpreise sind in diesem Jahr erschreckend stark angestiegen. Eine mysteriöse Krankheit lässt im gesamten Anbaugebiet die Raupen sterben. Wenn du mir den Kredit, zumindest teilweise, vorzeitig zurückzahlen könntest, müsste ich nicht gegen Zinsen Geld aufnehmen.«

LouLou zerbröselte ihr Früchtebrot und rührte dann ihren Tee um.

»Das wird schwierig, Gernot. Ich hatte große Ausgaben in den letzten Wochen. Aber ich werde sehen, was sich machen lässt.«

»Das wäre sehr nett von dir.«

»Ich gebe dir nächste Woche Bescheid. Reicht das?«

Er nickte und konsultierte noch einmal seine Uhr.

»Liebe Ariane, ich muss Sie verlassen. Morgen pünktlich um sieben werde ich mich einfinden, um Sie zu begleiten. Einverstanden?«

»Ja, danke.« Ich erhob mich und geleitete ihn zur Tür. Vertraulich strich ich ihm über den Arm und hoffte, dass er die Botschaft verstehen würde. Aber er nahm nur meine Hand und hauchte einen formellen Kuss darauf.

Stockfisch!

LouLou stand am Büfett und blätterte ungeniert in dem Portefeuille, das ich leichtsinnigerweise dort liegen gelassen hatte.

»Du hast es meinem Bruder noch immer nicht gesagt«, bemerkte sie und wies auf die Urkunde, die ich herausgesucht hatte, um die Anschrift des Braunschweiger Anwalts nachzusehen. Es hatte mir einen solchen Stich versetzt, meine und Dragos Unterschrift auf dem Papier zu finden, das unsere Scheidung besiegelte, dass ich den Ordner zugeschlagen und erst einmal zur Seite gelegt hatte. Dumm von mir.

»Nein, habe ich nicht, aber ich habe eine andere Möglichkeit erwogen, schneller an eine Bestätigung von Dragos Tod zu kommen.«

»Du willst die Hochzeit vorantreiben?«

»Nach dem, was meinen Kindern passiert ist...«

»Ich verstehe. Mein Gott, Ariane, du bist eine Frau, setz deine Waffen ein. Mein Bruder ist zwar streng auf Formen bedacht, aber das verliert sich bei richtiger Behandlung bei jedem Mann. Oder weißt du nicht, wie das geht? Dann könnte ich dir ein paar wirkungsvolle Tricks verraten.«

»Pfff! Natürlich könnte ich ihn verführen. So ein Häschen bin ich nun auch wieder nicht. Aber es wäre ein wenig hinterhältig.«

»Ach ja?«

»Ja. Ach, LouLou, ich habe das schon mal praktiziert. Was meinst du denn, wie ich zu meinem ersten Ehemann gekommen bin?«

»Erzähl es mir doch mal. Du hast Drago Kusan verführt? Beachtlich. Ich meine nicht, dass er nicht verführbar gewesen wäre, sondern dass du ihn damit zur Heirat überredet hast.«

Ich setzte mich und goss mir noch einen Tee ein. Alles vorbei, alles Vergangenheit, nichts aber vergessen. Ich sollte es wohl berichten, damit ich es endlich loswurde. Zumindest würde LouLou nicht schockiert sein.

»Ich war gerade achtzehn geworden und ziemlich übermütig.«

»Wer ist das mit achtzehn nicht?«

Stimmt, sie war in dem Alter von zu Hause ausgerissen.

»Leander hatte Drago in Münster kennengelernt.«

»Hat er Nona und mir erzählt, als du krank warst.«

»Oh.«

»Sonst nichts.«

»Ah, na gut. Er brachte ihn mit zu uns. Meine Eltern führten ein gastfreies Haus, und Besucher waren bei allen Mahlzeiten willkommen. Du weißt, wie Drago damals aussah.«

»Ja, ich erinnere mich gut. Du hast dich in ihn verguckt.«

»Beim ersten Mal schon. Wir flirteten, aber ich war nicht die Einzige, der er seine Aufmerksamkeit schenkte.«

»Kann ich mir vorstellen.«

»Gleichzeitig tauchte Charnay in Münster auf und kam in Kontakt mit meinem Vater. Mein Vater züchtete Pferde, musst du wissen. Aber ich denke, Charnay und Drago sind sich damals nicht über den Weg gelaufen, denn Charnay, eher im Alter meines Vaters, verkehrte mit ihm, Leander zog mit Drago herum. Ich fand Charnay nicht besonders sympathisch, er hatte aber, aus welchen Motiven möchte ich lieber nicht ergründen, Gefallen an mir gefunden. Kurzum, mein Onkel gab wie jedes Jahr seinen Sommerball, und mein Vater rief mich nachmittags zu sich in sein Arbeitszimmer und eröffnete mir, dass Charnay um meine Hand angehalten habe. Er würde es sehr begrüßen, wenn ich den Antrag annähme. Ich verstand das zwar, denn unsere finanzielle Lage war nicht eben rosig, und reiche Seidenzüchter wuchsen nicht auf jedem Baum. Ich fühlte mich in der Klemme, LouLou. Ich hatte zwar nichts dagegen, mich zu verheiraten, aber mein Wunschkandidat war ein ganz anderer. Der aber war ein loser Geselle und bisher nicht zu fesseln gewesen.«

»Nein, in der Hinsicht war er sehr wehrhaft.«

»So klug war ich auch schon. Und darum beriet ich mich mit Leander. Mein Bruder kannte ihn besser als ich, und außerdem fand er meines Vaters Idee auch nicht besonders passend. Leander ist leichtherzig, übermütig und hilfsbereit. Wir beide heckten einen Plan aus.«

»Vernünftig, sich dabei freundschaftlicher Unterstützung zu versichern. Wie habt ihr es angestellt, den Drachen ins Netz zu bekommen?«

»Oh, Leander nutzte auf dem Ball erst einmal Dragos Neigung zum Punsch aus und schmuggelte ihm in seine Gläser immer ein bisschen mehr Rum hinein, als ihm guttat. Als er ausreichend bedusel war, gab er mir ein Zeichen, und ich begann einen heftigen Flirt mit ihm, lockte ihn in ein abgelegenes Zimmer und warf mich ihm an den Hals. Es war überhaupt nicht schwer, ihn zu äußerst indiskreten Handlungen zu verleiten, und ehrlich gesagt, es entzündete auch in mir einen Flächenbrand. Fast bedauerte ich es, dass Leander, wie verabredet, die Tür aufriss und, meinen Vater an seiner Seite, den empörten Bruder mimte. Drago zerzaust, ich ziemlich derangiert, der Skandal leuchtete auch meinem Vater allmählich ein, zumal auch mein Onkel auf den Plan kam und uns mit Vorwürfen überhäufte. Leander war der Erste, der in die Beschimpfungen das Wort ›Heirat‹ einfließen ließ. Irgendwer donnerte schließlich: ›Kusan, sind Sie bereit, die Verantwortung für Ihr Handeln zu tragen?‹, und Drago, der vermutlich noch immer nicht so recht wusste, wie ihm geschehen war, erklärte sich bereit, das zu tun. Ich zerdrückte ein paar Tränchen und lispelte, ich sei einverstanden, den Antrag anzunehmen, und so wurden wir, nachdem wir uns wieder in einem repräsentablen Zustand befanden, der Gesellschaft als frisch verlobtes Paar vorgestellt.«

»Ein sauberes Stückchen.«

»Ja, LouLou. Am nächsten Tag kam Drago zum Morgenbesuch. Ein bisschen verkatert und recht ernst. Man gestattete mir, mich kurz mit ihm alleine zu unterhalten, und er lächelte mich schief an. Ohne meine Hilfe, meinte er, würde er wohl aus der Sache nicht mehr herauskommen. Dir ist sicher geläufig, dass eigentlich nur eine Dame die Verlobung lösen kann.«

»Mit solchen Regeln habe ich mein Leben nie beschwert.«

»Sei froh drum. Ich sagte ihm also, dass ich das nicht wollte. Als er mich fragte, warum, sagte ich ihm ganz ehrlich, dass mein Vater mich mit Charnay verheiraten wolle und er für mich die einzige Rettung sei. Heute verstehe ich seine Reaktion. Er bekam plötzlich ganz harte Augen. Ich erschrak vor ihm und dachte, nun sei alles vorbei, aber dann nahm er meine Hand, küsste sie und meinte: ›Na, wird schon schiefgehen mit uns beiden.‹ Und so ist es dann ja auch gekommen.«

»Das heißt, er erinnerte sich an Charnay?«

»Charnay war ebenfalls auf dem Ball und stand ganz nahe bei uns, als mein Vater die Verlobung verkündete.«

»Das wird ihn gefuchst haben.«

»Hat es auch. Ich bin anschließend sogar ziemlich schnippisch zu ihm gewesen. Kurz und schlecht, die ganze Angelegenheit kann ich nicht als besonders rühmlich bezeichnen und möchte so etwas auch lieber nicht wiederholen.«

LouLou zuckte mit den Schultern.

»Mein Bruder ist ein anderer Charakter als Drago. Und er ist sowieso schon bereit, dich zu heiraten. Warum ihm nicht einen kleinen Schubs geben und ihn etwas fester an dich binden? Dann wird er die Tatsache der Scheidung schon verkraften, und du hast ihn schneller vor dem Altar.«

»Mal sehen, LouLou. Wenn alles andere fehlschlägt, kann ich diese Möglichkeit noch immer in Erwägung ziehen.«

Sie nickte und stand auf.

»Ich muss los. Lass dir mit dem Kleid etwas Zeit und gönn dir ein paar freie Tage.«

Aber ich stichelte lieber noch an ihrem Kleid weiter und fertigte dann noch zwei Shawls für Frau Antonia Waldeggs Wohltätigkeitsbazar an, denn die Alternative wäre gewesen, die Anfrage an den Anwalt zu formulieren.

Der Kölner Männergesangsverein war seit 1842 eine Institution, höchst erfolgreich und bereits vom König für seine Leistungen ausgezeichnet worden. Das Programm war ansprechend, man brachte Klassisches, aber auch leichte Volksweisen sowie gängige Opernchöre. Im Anschluss an die Veranstaltung trieb uns der gutgelaunte Paul-Anton Waldegg allerdings in eine sehr urtümliche Gaststätte, wo wir in Bierdunst und Tabaksqualm an weißgescheuerten Tischplatten mit Roggenbrötchen und Kölsch bewirtet wurden. Jemand hatte die Zeitung auf der Bank neben mir liegen lassen, und als ich sie aufnahm und um ihren hölzernen Halter wickelte, fiel mir meine morgendliche Lektüre ein. Natürlich war ausschweifend über die von Prinz Wilhelm zelebrierte Einweihung der Köln-Deutzer Brücke berichtet worden, die im Volksmund wegen ihrer käfigartigen Stahlkonstruktion bereits den passenden Namen »Muusfall«, Mausefalle, erhalten hatte, aber mich hatte ein anderer, kurzer Artikel aufmerksam gemacht. Es war nämlich von einem »mysteriösen Mordfall« die Rede gewesen. Ein Mann war in der Nähe des Römerturms am Morgen vor zwei Tagen aufgefunden worden. Er hatte sich, ohne besondere Spuren von Gewalteinwirkung, das Genick gebrochen. Er konnte kaum gestürzt sein, einen Kampf schien es auch nicht gegeben zu haben, und erstaunlicherweise fand man einen Beutel mit einer ansehnlichen Summe Taler bei ihm, sodass ein Raubüberfall wohl ebenfalls ausgeschlossen war. Über die Identität des Toten wusste die Presse noch nichts zu berichten. Mich hätte dieses Verbrechen nicht besonders interessiert, in einer Stadt wie Köln kam es immer wieder mal zu Übergriffen, aber es war nicht weit von meinem Atelier entfernt geschehen, und darum war ich neugierig geworden. Paul-Anton Waldegg war der richtige Mann, um mich mit Details zu versorgen.

»Ah ja, unser mysteriöser Toter. Da sprechen Sie eine pikante Angelegenheit an, Ariane«, antwortete er auch sogleich. »Meine Eltern waren zunächst sprachlos, dann aber ganz besonders auskunftsfreudig, weshalb Sie morgen früh einen ausführlichen Artikel dazu vorfinden werden.«

»Das heißt, Sie wissen tatsächlich schon mehr?«, wollten auch andere wissen, und Paul-Anton nickte.

»O ja. Na gut, ich will euch nicht auf die Folter spannen, meine Lieben!«

»Willst du doch, Anton, sonst würdest du nicht so viele Worte drum machen«, meinte Julia und drückte ihm leicht den Ellenbogen in die Rippen. »Mein Gatte nimmt sich nämlich sehr wichtig, weil er den Fall aufgedeckt hat.«

»Habe ich nicht, Julia, mein Herzensweib. Ich habe nur in der Vergangenheit des Opfers herumgestochert.«

»Nun erzählen Sie aber auch schon!«, kam es von allen Seiten, und Paul-Anton setzte sich in Positur.

»Der unselige Tote hörte auf den klingenden Namen Fritz Kormann, und einigen älteren Herrschaften, so auch meinen Eltern, klingelte es tatsächlich dabei in den Ohren. Ein Friedrich Kormann war zur Franzosenzeit ein einflussreicher Magistrat, der sich durch korrupte Geschäfte bereichert hat. Zufällig sind meine Eltern ihm dabei auf die Schliche gekommen, und da sie persönlich Geschädigte waren, haben sie ihm das Handwerk gelegt. Der gute Mann hat sich kurz nach Waterloo aus einem Heißluftballon gestürzt. Zurückgelassen hat er drei Kinder, der älteste Sohn Fritz, damals noch Frédéric Leon Kormann, wuchs vaterlos bei der Mutter auf, die sich nicht wieder verheiratete, sondern nach dem Skandal, der sie auch finanziell ruiniert hatte, Unterschlupf bei ihrer Mutter fand. Diese werte Dame wurde in besseren Zeiten die ›fussje Ida‹ gerufen und ging dem Beruf der Berlichschwalbe nach. Im Alter jedoch war sie nur noch Putzfrau in einigen anrüchigen Etablissements. Ihre Tochter... schweigen wir besser darüber. Fritz lernte die Gesellschaft von unten kennen, aber sein Vater mag ihm genügend Chuzpe mitgegeben haben, um sich vernünftige Umgangsformen anzueignen und als Diener für einige Herren zu arbeiten. Allerdings hat er nicht nur Stiefel gewichst und Paletots gebürstet, sondern auch seine reichen Erfahrungen aus dem Vergnügungsbereich weitergegeben. Er wurde sozusagen als Geheimtipp gehandelt. Als Letztes war er als Kammerdiener für einen französischen Seidenhändler tätig, und Monsieur Charnay ist untröstlich, seinen Bediensteten durch einen so schnöden Mord verloren zu haben. Die große Summe, die er bei sich trug, konnte er sich indessen auch nicht erklären.« Paul-Anton grinste bei der letzten Erklärung vieldeutig, aber ich zuckte zusammen.

»Charnay ist in Köln?«, entfuhr es mir.

»Kennen Sie den Mann etwa, Ariane?«

»Ja. Und Sie, Gernot, auch. Warum haben Sie mir nicht gesagt, dass er sich hier aufhält?«

»Aber meine Liebe, ich wusste es selbst nicht. Bisher habe ich brieflich mit ihm verkehrt. Außerdem ist er lediglich ein Lieferant für mich, ich ahnte nicht, dass Sie mit ihm bekannt sind.«

Ich besann mich darauf, dass ich meine Zunge besser hüten sollte, und vertröstete ihn damit, ihm später mehr dazu erklären zu wollen. Die Tatsache, dass Charnay in Köln weilte, hatte mich ein wenig durcheinandergebracht. Aber gut, warum nicht? Er bot seine Ware den hiesigen Fabrikanten an, also würde er wohl zu den Verhandlungen, wie auch schon vor zwei Jahren, als Lou-Lou ihm begegnet war, für eine Weile vor Ort anwesend sein müssen. Und dass er sich einen zwielichtigen Diener genommen hatte, das mochte in seiner Natur liegen.

Die Unterhaltung hatte sich bereits anderen Themen zugewandt, und ich lauschte dem neuesten Klatsch, der die Runde machte, und beteiligte mich lebhaft an dem Gespräch, das die Vorbereitungen für den Bazar in der nächsten Woche betraf. Paul-Antons Mutter, Antonia Waldegg, war eine der Initiatorinnen, die den ersten Kölner Frauenverein gegründet hatten, damals, nach den Freiheitskriegen. Die Damen kümmerten sich um die verwundeten und kranken Soldaten, aber auch um die verwitweten oder verwaisten Angehörigen. Die Arbeit des Vereins wurde jedoch in den Dreißigern allmählich eingestellt, der Verein löste sich auf. Neuen Auftrieb hatte inzwischen der Bericht von Dunant gegeben, der nach der Schlacht von Solferino im Juni absolut grauenvolle Zustände vorgefunden und die Frauen der dem Schlachtfeld nahen Dörfer aufgefordert hatte, sich um die Blessierten zu kümmern. Antonia Waldegg hatte zu

Spenden aufgerufen, um eine Ausbildungsstätte für Frauen einzurichten, die nach dem Vorbild der englischen Dame Florence Nightingale die Krankenpflege lernen sollten. Ich fand den Gedanken hervorragend. Viel Geld hatte ich zwar nicht, das ich spenden konnte, aber ich hatte mich bereit erklärt, einen Stand mit Seidenwaren zu führen. Aus den Resten, die mir von den Kleidern blieben, hatte ich Shawls, Täschchen, Etuis, Kissenbezüge und dererlei Schnickschnack hergestellt. Mit der Nähmaschine waren solche Dinge schnell anzufertigen. Aber das musste ich ja niemandem sagen.

Später brachte mich Gernot mit der Droschke nach Hause, und ich versuchte, eingedenk LouLous Vorschlag, einen kleinen Vorstoß und schmiegte mich im Dunkel des schwankenden Gefährtes ein wenig an ihn. Er legte auch willig den Arm um meine Schultern und hauchte mir einen Kuss auf die Schläfe.

Ich kuschelte mich enger an ihn, und er lachte leise.

»Sie sind ja heute ein rechtes Schmusekätzchen, Ariane.«

»Manchmal, Gernot, habe ich das Bedürfnis, mich an eine starke Schulter zu lehnen.«

»Ich werde sie Ihnen uneingeschränkt zur Verfügung stellen. Haben Sie schon Nachricht aus China erhalten, liebste Ariane?«

»Ich fürchte, mein Schreiben befindet sich noch auf hoher See. Aber mir ist eine andere Idee gekommen, die Angelegenheit möglicherweise zu beschleunigen. Mein ... mhm ... Schwiegervater müsste mir eigentlich Auskunft geben.«

»Ja, aber natürlich, Liebste. Warum habe ich nicht daran gedacht?«

»Ich habe ja daran gedacht, Gernot. Nur ist der Herr sehr ... mhm ... schwierig. Es erfordert ausgeprägte diplomatische Fähigkeiten, mit ihm zu korrespondieren. Aber ich will gleich morgen ein Schreiben aufsetzen.«

Gernot war so angetan davon, dass er sich zu einer festen Umarmung und einem sehr akzeptablen Kuss hinreißen ließ. Ich erwog kurzfristig, ihn in meine Wohnung zu bitten, aber dann zweifelte ich plötzlich doch, ob ich wirklich seine hemmungslose Leidenschaft würde entfachen können. Der Rahmen war einfach nicht dafür geschaffen, und vermutlich würde es uns beiden nur peinlich sein, zwischen Schneiderpuppen, Nähmaschine und Stoffballen herumzutollen.

Also ging ich alleine zu Bett.

Drachenflug

Gedanken tauchten aus Gedanken auf,
Das Kinderspiel, der frischen Jahre Lauf,
Gesichter, die mir lange fremd geworden;
Vergeßne Töne summten um mein Ohr,
Und endlich trat die Gegenwart hervor ...

Annette von Droste-Hülshoff,
Im Moose

Hannah saß auf der Bank und schwatzte mit ihrer Freundin Ruth, die ebenfalls Kindermädchen war, aber deren Schützling noch im Korbwagen schlummerte. Laura liebte die Ausflüge in den Stadtgarten vor den Mauern Kölns, und Philipp pflichtete ihr in diesem Punkt bei. Hier konnte man exotische Gewächse bestaunen, vor allem, seit vor zwei Jahren der Botanische Garten geschlossen worden war, auf dessen Gebiet nun der neue Bahnhof entstand. Die alte Baumschule war zu einem kleinen Hain herangewachsen, die Rosenzucht zu einem duftenden Paradies mit Laubengängen und Rondellen; die weiten Rasenflächen aber luden dazu ein, Drachen steigen zu lassen. Diese neue Beschäftigung verdankten sie Philipps Kenntnissen, die er aus seiner Schule mitgebracht hatte. Ein Klassenkamerad hatte ihnen gezeigt, wie man aus dünnen Holzstäben, buntem Papier, Leim und etlichen Schnüren ein solches Fluggerät basteln konnte. Sie hatten sich sogleich mit Feuereifer an diese Arbeit gemacht und nach einigen Fehlschlägen gut funktionierende Drachen hergestellt. Besonders stolz war Laura darauf, dass sie statt des leicht reißenden Papiers die dünne Seide zur Bespannung genommen hatten, die sie Mama abgeschmeichelt hatten. So besaß Philipp jetzt einen leuchtend roten Drachen mit gelben und orangefarbenen Bändern, die hinter ihm herflatterten. Für den ihren aber hatte sie weiße Seide gewählt und ihn mit einem blau und grün gefiederten Vogel bemalt.

Wie üblich hatte Hannah ihnen die Mahnung mitgegeben, sich ja nicht von Fremden, gleichgültig ob Mann oder Frau, Junge oder Mädchen, ansprechen zu lassen, und eigentlich hätten sie auch immer in Sichtweite bleiben sollen, aber das war nun mal einfach nicht zu machen, wenn der Wind in den Leinen zerrte und die Drachen über die Wiese zog. Es war wirklich ein bisschen lästig, dass Mama plötzlich so ein Angsthase geworden war. Schließlich war doch nichts passiert, damals in dem Spukhaus. Und natürlich würden sie sich zu solch einem nächtlichen Ausflug nie wieder überreden lassen.

Hannah sah es ähnlich wie sie. Wahrscheinlich, weil sie lieber mit den anderen Frauen klatschte, die sich regelmäßig in der Grünanlage einfanden, als ständig hinter ihnen herzulaufen.

Dieser Oktobertag war aber auch gar zu prächtig. Die Sonne schien, der Wind stand gerade richtig, war nicht zu heftig, nicht zu flau, wehte stetig und ohne Böen. Andere Knaben ließen ebenfalls ihre Drachen steigen, und Laura war insgeheim stolz darauf, dass sie als einziges Mädchen weit geschickter darin war, ihren Drachen zu steuern und Kurven fliegen zu lassen, als die Jungen. Sogar besser als Philipp, um das mal klarzustellen. Nur sagen würde sie ihm das natürlich nicht.

Bald zwanzig bunte Flieger tänzelten am blauen Himmel, mit flatternden Bändern und bunten Schweifen. Einer unter ihnen war aber besonders schön und wendig. Laura kniff die Augen zusammen, um gegen die Helligkeit zu erkennen, was auf ihn gemalt war. Ein Vogel, wie bei dem Ihren? Nein, eher eine Fledermaus, oder? Neiiin! Jetzt kam er runter und näher. Das war ja ein richtiger Drache.

»Philipp!!!«

Ihr Bruder drehte sich um, und sie wedelte mit einer Hand, um ihn auf das phantastische Tier aufmerksam zu machen, das sich jetzt wieder aufschwang und in einer grandiosen Achterschleife zu Philipp herabstieß.

»Ha!«, rief der und zupfte an seinem Lenkseil. Sein roter Drachen vollführte ebenfalls ein waghalsiges Manöver und verfolgte den anderen. Das war ja ein Spaß. Auch Laura ließ ihren Vogel tanzen und versuchte dem Drachen an den Schwanz zu kommen. Der erwies sich aber als ausgesprochen geschickt, und das spannende Spiel nahm ihnen beinahe den Atem. Es galt zu rennen, zu ziehen, ganz fix zu sein, anderen auszuweichen und bloß nicht in die Nähe der Bäume zu geraten. Dabei gab es überhaupt keine Möglichkeit, herauszufinden, wer den Angreifer in den Händen hielt. Und es blieb ihnen auch gar keine Zeit, darauf zu achten, wie weit sie sich von Hannah und der Parkbank entfernten.

Aber dann passierte das Unglück.

Laura, die gerade eben noch ihren Vogel dem Drachen entwischen lassen konnte, blieb an einer dornigen Rosenranke hängen. Wollte sie sich nicht das Kleid zerreißen, musste sie innehalten und sich befreien. Dabei verlor sie die Kontrolle über die Seile, und ihr schöner Flieger stürzte kopfüber zu Boden. In einem Busch blieb er hängen, die bunten Bänder fesselten ihn an die Zweige.

Endlich hatte sie die Rüschen am Saum von den Dornen befreit und wollte zu ihrem Drachen laufen, da kam auch schon ein Herr mit ihrem traurigen Vogel in der Hand auf sie zu. Ein komischer Herr, oder besser: ein Herr in einem komischen Anzug. Er trug nämlich ein langes, graues Hemd über weiten Hosen. Und so wie es schimmerte, musste es Seide sein. Seine Haare waren schwarz und lockig, sein Gesicht braungebrannt und glattrasiert. Und in der anderen Hand hielt er die Schnur, an der hoch über ihnen der bunte Drachen zerrte.

»Wertes Fräulein, ich glaube, dieser hübsche Vogel gehört zu dir. Sehr geschickt bist du damit umgegangen.«

»Oh, danke, gnädiger Herr.« Knickschen, aber nicht zu tief. »Aber ich glaube, er ist kaputt gegangen. Weil ich mich doch so dumm in den Rosen verfangen habe.«

Vorsichtig legte der Mann den Drachen auf die Wiese und holte mit geschickten Bewegungen den seinen ein.

»Ich denke, man wird ihn reparieren können. Soweit ich gesehen habe, ist nur die vordere Strebe angebrochen. Hast du jemand, der dir dabei helfen kann?«

Laura besah sich den Schaden.

»Ich hab ihn selbst gebaut. Also werde ich es auch selbst wieder hinkriegen. Sie haben recht, es ist nicht so schlimm. Mit ein bisschen Leim und einem Span wird's wieder gehen.«

»Er ist wunderschön bemalt. Hast du das auch selbst gemacht, junges Fräulein?«

»Ja, ich bin ganz gut im Malen. Aber Ihrer ist auch phänomenal. Darf ich ihn mir mal angucken?«

»Natürlich. Bitte sehr. Es ist ein original chinesischer Drachen. Mit fünf Krallen.«

»Ist das wichtig?«

»Sehr. Nur chinesische Drachen haben fünf, japanische haben vier und alle anderen nur drei.«

Philipp hatte sein Fluggerät inzwischen auch vom Himmel geholt und war hinzugekommen. Mit einer höflichen, aber nicht zu tiefen Verbeugung begrüßte er den fremden Herrn und besah sich ebenfalls dessen Drachen mit fachkundiger Miene.

»Das ist Philipp, mein Bruder. Und ich heiße Laura.«

»Guten Tag, Laura, guten Tag, Philipp. Mich nennt man *baixi long.*«

Klang irgendwie komisch, der Vorname. Aber er war ja sowieso für sie Herr Long.

Und der war ja nun wirklich mal aufregend. Der hatte nämlich den Drachen selbst aus China mitgebracht, erzählte er.

»Sie waren tatsächlich da? Und sind Sie durch die Wüste und über die hohen Berge hierher gereist? Durch all diese fremden Länder?«

»Nein, ich habe den bequemeren Weg über See genommen. Marco Polos Route wäre mir zu anstrengend gewesen.«

»Sind Sie auch mit einem Viermaster gesegelt? Oder sogar auf einem Dampfschiff gekommen?«

Philipp war sofort in seinem Element.

»Auf einem schnellen Klipper, der nur vier Monate von Schanghai bis Hamburg benötigt hat.«

»Und es gab keine Piraten?«

»Philipp, du bist lästig. Sie müssen meinen Bruder entschuldigen, Herr Long. Er will immer blutrünstige Geschichten hören.«

Herr Long blinzelte Philipp verschwörerisch zu und meinte: »Natürlich gibt es Seeräuber in den chinesischen Gewässern. Sie segeln mit schnellen Dschunken und überfallen Handelsschiffe im Handstreich. Aber junge Damen wollen wir mit solchen brutalen Geschichten nicht verschrecken.«

»Ach, Laura kann das ab. Wir haben über die Piraten auf dem Mississippi gelesen, und das hat sie gar nicht gegruselt.«

»Eine wehrhafte und tapfere Dame also.«

»Na ja, für ein Mädchen ist sie nicht übel.«

»Pfff!«

Herr Long lachte laut, und dabei sah man, dass er einen schiefen Zahn hatte, genau wie Philipp. Das war ja lustig.

»Haben Sie auch den Himmelskaiser gesehen? Und Mandarine? Und mit Stäbchen gegessen?«, platzte es jetzt auch aus ihr heraus. Sie hatten ja doch letzthin viel über China gelernt. Nicht so sehr aus Marco Polos Reisen als vielmehr aus der Enzyklopädie, die sie bei der Lektüre immer wieder konsultieren mussten. Und dann hatte ja auch Madame Miras Leutnant einiges zu berichten gewusst.

»Nein, den chinesischen Kaiser habe ich nicht getroffen. Aber mit den höfischen Beamten habe ich verhandelt, und selbstverständlich habe ich mit Stäbchen gegessen. Es blieb mir gar nichts anderes übrig. Und es ist auch nicht besonders schwer.«

»Können Sie auch Chinesisch sprechen, Herr Long?«

»Einigermaßen. Aber die Sprache ist ziemlich schwierig.«

»Schwieriger als Latein? Das haben wir jetzt nämlich in der Schule.«

»Es ist schwieriger, und ganz anders. Die Wörter haben, je nachdem wie man sie betont...«

»Laura, Philipp!«

»Oh, Mist. Hannah!«

»Ja, Herr Long. Unsere Cousine sucht uns. Und wir dürfen eigentlich gar nicht mit fremden Männern sprechen.«

»Das ist klug. Lauft und beruhigt eure Cousine.«

»Danke, und auf Wiedersehen, Herr Long.«

»Es hat mich gefreut, eure Bekanntschaft zu machen.«

Der Herr machte eine sehr tiefe Verbeugung, nahm seinen Drachen und ging seines Weges. Sie rannten zu Hannah, die sie laut rufend suchte.

In stillem Einverständnis aber verschwiegen sie ihr die Begegnung mit dem faszinierenden Mann. Warum ihr unnötig Sorgen bereiten?

Aber als sie abends nach dem Essen in ihrem Zimmer alleine waren und Lauras Drachen reparierten, sprachen sie doch leise über die Begegnung.

»Er war nett, nicht wahr? Ich meine, welcher Erwachsene lässt schon Drachen steigen, oder?«

»Christians Vater hat das auch gemacht.«

»Ja, aber der ist ja auch ein Papa. Der Mann hatte keine Kinder dabei.«

»Stimmt. Vielleicht macht man das in China so. Mann, Laura, ich hätte noch so viele Fragen an ihn gehabt.«

»Mhm.«

»Schon weil er diese lange Seereise gemacht hat.«

»Mhm.«

Versonnen strichen sie Leim auf den Span, passten ihn an und umwickelten die Bruchstelle mit dünnem Seidenband.

»Wir können morgen ja drauf achten, ob er wieder da ist«, schlug Laura vor. »Wenn Hannah mit Ruth schwätzt.«

»Mhm.«

»Ich würde nämlich auch gerne etwas über die Chinesen hören.«

»Mhm.«
»Und nicht nur über Piraten, Philipp!«
»Schon gut.«

Er war wieder im Park, sie sahen seinen eigenartigen grauen Anzug schon von Weitem. Aber er näherte sich ihnen nicht. Da der Drachen noch von seinem Unfall genesen musste, hatten sie einen Ball mitgenommen und – tja, wie es sich so ergab, flog der immer mehr in die Nähe des Herrn Long. Und ein ganz, ganz schlecht gezielter Wurf ließ ihn den schließlich vor seine Füße rollen.

Er wurde aufgenommen und zurückgeworfen.

Man konnte doch nicht anders, als ihn dem Herrn Long wieder zuzuspielen. Er schien nämlich Spaß daran zu haben. Genau wie am Drachensteigenlassen. Aber dann behielt er den Ball in der Hand und kam auf sie zu.

»Guten Tag, Fräulein Laura, guten Tag, Jung Philipp.«

Wieder eine so hübsche Verbeugung. Hach! Knickschen, bisschen tiefer.

»Guten Tag, Herr Long. Schönes Wetter heute, nicht wahr?«

Laura kam sich richtig erwachsen vor. Man machte ja Konversation, wenn man einen Bekannten traf. Alles andere wäre doch unhöflich gewesen!

»Sehr schönes Wetter. Es lädt geradezu zu einem Bummel ein, nicht wahr? Dieser Park ist wirklich sehr reizvoll.«

»Ja, Herr Long. Wir sind auch gerne hier. Fast jeden Nachmittag.«

Damit er das mal wusste.

»Ich werde mich in den nächsten Tagen auch hier aufhalten. Es gibt so viel zu entdecken. Ich habe sogar einen kleinen Maulbeerhain[5] gefunden.«

---

[5] Man hatte 1830 Maulbeerbäume im Stadtpark zum Zweck der Seidenraupenzucht angepflanzt, die jedoch keinen nennenswerten Erfolg gehabt zu haben scheint.

»Maulbeerhain? Das wusste ich nicht. Nur, dass es eine Baumschule ist.«

»Ich habe eine Zeit lang in einem Maulbeerhain gearbeitet, Fräulein Laura. In China. Blätter für die Seidenraupen gepflückt.«

Und schon war Laura gefesselt. Mama und Madame Mira hatte ihnen schon mal von den Larven erzählt, die die feinen Seidenfäden spannen. Und nun erzählte Herr Long ihnen, wie die Seidenwürmer gefüttert wurden, bis sie sich verpuppten, und wie schwierig es war, die Fäden von den Puppen abzuhaspeln, ohne dass sie rissen. Außerdem berichtete er, dass er eine eigene kaiserliche Raupe besessen hatte. Er konnte wirklich sehr lustig erzählen.

Während sie sich unterhielten, waren sie durch den kleinen Hain geschlendert, aber Laura packte schließlich doch das schlechte Gewissen.

»Hannah wird uns suchen, Herr Long. Wir müssen zurückgehen, sonst fragt sie uns, wo wir so lange geblieben sind.«

»Dann kehren wir selbstverständlich sofort um.«

Auf dem Rückweg ergötzte Herr Long sie aber dann noch mit der hübschen Geschichte, wie die Seide von China einst nach Westen gekommen war. Die Chinesen hatten nämlich ganz furchtbar eifersüchtig ihr Geheimnis um die schimmernden Stoffe gehütet. Es hörte sich fast wie ein Märchen an, als er erzählte: »Die Menschen des westlichen Landes Kothan besaßen den Maulbeerbaum und die Seidenraupe nicht, bewunderten aber die schönen Seidenkleider. Darum schickten sie einen Gesandten nach Osten, um Maulbeersamen und Seidenwürmer zu erbitten. Der Prinz des Königreichs wollte ihnen aber nichts davon abtreten und wies vorsichtshalber die Grenzwachen an, keine Maulbeersamen oder Seidenraupen hinauszulassen. Der König von Kothan bat ihn daraufhin unterwürfig und mit großer Ehrerbietung, eine Frau aus dem Königreich des Ostens ehelichen zu dürfen. Das wurde ihm bewilligt, und der König sandte Boten aus, seine Gattin abzuholen. Dabei gab er dem Mann die Anweisung, der Prinzessin zu erklären, dass es in seinem Reich leider keine Seide gäbe. Wenn sie also so schöne Kleider tragen wolle wie bisher, müsse sie Seidenraupen und Maulbeersamen mitbringen. Das junge Mädchen war betroffen; es ließ sich heimlich beides bringen und verbarg es in seinem Kopfputz. An der Grenze kontrollierte sie der Wachposten streng, aber die Kopfbedeckung der Prinzessin wagte er nicht zu untersuchen. So gelangte die Seide ins Königreich Kothan.«

»Ihh, die hat sich Raupen in die Haare gesetzt?«

»Ich könnte mir vorstellen, dass sie nur die Eier der Raupen mitgenommen hatte. Die chinesischen Raupenmütter tragen auch heute noch diese Eier in Leinenbeuteln am Körper, damit sie es gleichmäßig warm haben, bis sie schlüpfen.«

Laura fand das ein bisschen ekelig, aber Herr Long schien das nicht so zu sehen. Darum sagte sie nichts dazu. Außerdem kamen sie nun wieder in Sichtweite von Hannah, die heute nicht mit Ruth, sondern mit einem jungen Herrn plauderte. Sehr angeregt sogar, sodass sie sie gar nicht vermisst hatte.

Trotzdem verabschiedeten sie sich höflich von Herrn Long, damit sie Hannah nicht doch noch würden Fragen beantworten müssen.

»Ob wir ihn wohl wiedertreffen?« Philipp war ganz offensichtlich genau so beeindruckt von dem Herrn wie sie selbst. Aber am nächsten Tag würden sie Mama besuchen und nicht in den Park gehen.

»Hoffentlich. Er hat ja gesagt, er würde die nächsten Tage im Park sein.«

»Mhm.«

»Aber vielleicht bleibt er gar nicht hier, sondern kehrt nach China zurück.«

»Wir hätten ihn fragen sollen.«

»Mhm.«

»Er ist netter als Herr Wever.«

»Mhm.«
»Und er hat so einen Zahn wie du, Philipp.«
»Mhm.«
»Und ein bisschen wie der Mann auf Mamas Hochzeitsbild sieht er auch aus.«
»Mhm.«
»Nur, dass er keinen Bart hat.«
»Den kann man ja abrasieren.«
»Mhm.«

Lange versanken Laura und Philipp in tiefste Gedanken. Und die Wege, die diese Gedanken nahmen, waren verschlungen und verwickelt wie verknäuelte Seidenfäden. Und wie die glatten Seidenfäden glitten sie auch wieder auseinander und lagen mit einem Mal säuberlich zu einem festen Strang gedreht vor ihnen. Dann sprang Laura auf, lief in ihr Zimmer und fischte aus ihrer kleinen Schatztruhe das goldene Medaillon heraus, das Mama ihr zum neunten Geburtstag im August geschenkt hatte. Damit eilte sie zu Philipp zurück und drückte mit ihrem Daumennagel auf die Verriegelung. Das Medaillon sprang auf, und sie betrachteten noch einmal gründlich den schwarzen Scherenschnitt des Männerkopfs darin.

»Mama hat früher einmal gesagt, unser Papa sei verreist. Zum Himmlischen Kaiser«, sinnierte Laura dann laut.
»Mhm. Hat sie gesagt.«
»Und wir haben gedacht, sie meint damit den lieben Gott.«
»Mhm. Haben wir gedacht.«
»Vielleicht meinte sie das gar nicht.«
»Aber Papa ist tot. Das hat doch der Leutnant gesagt.«
»Mhm.«

Lauschen lohnte sich eben doch manchmal. Aber jetzt wurde es schwierig. Es blieb nur eine Lösung, wenn man hoffen wollte.

»Vielleicht hat der Leutnant sich geirrt.«
»Mhm.«
»Aber er nennt sich Herr Long.«

»Mhm.« Und dann hatte Philipp die rettende Idee. »Könnt doch sein, dass er in geheimer Mission hier ist.«

Ein abgrundtiefes Seufzen stahl sich aus Lauras Herz.

»Ja, vielleicht.« Und dann: »Wenn das wahr wäre, das würdest du doch auch schön finden, oder?«

»'türlich!«

Rückkehr eines Toten

EURYDICE:
Himmel, mein Mann!
ORPHEUS:
Hölle, mein Weib!

Jacques Offenbach,
Orpheus in der Unterwelt

Drago hatte nicht lange gebraucht, um die Gewohnheiten der Kinder herauszufinden. Und viele andere Dinge hatte er auch in Erfahrung gebracht. Leander hatte sich als äußerst hilfreich erwiesen und ihm eine ganze Liste von Personen mitgegeben, die zu Arianes Umfeld gehörten. Ebenso hilfsbereit zeigten sich Arianes Eltern, nachdem sie die Überraschung überwunden hatten, ihn wiederzusehen. Er hatte ihre Adresse und einen recht guten Eindruck davon erhalten, wie sie derzeit lebte. Ihre Mutter hatte ihm ihre Briefe zu lesen gegeben und auch ein wenig schuldbewusst zugegeben, dass sie ihrer Tochter wohl nicht die Unterstützung hatten zuteilwerden lassen, die nötig gewesen wäre. Aber die beiden Werhahns lebten in ihrer eigenen versponnenen Welt, in der Musik und Kunst eine größere Rolle spielten als Handels- und Wirtschaftsinteressen, Politik und gesellschaftliche Regeln. Darum hatten sie auch ohne besondere Bitterkeit die Missgeschicke geschildert, die zu dem Verlust ihres Hiltruper Gutes geführt hatten. Für Drago aber hatten sich einige Puzzlestücke zusammengesetzt, als er hörte, dass Werhahn seine Pferde an Charnay verkauft hatte und der Wechsel, den der Seidenzüchter ihm ausgestellt hatte, schließlich geplatzt war. Servatius hatte ihn schon vor Jahren darauf hingewiesen, dass Charnay ein zweifelhafter

Charakter war. Nicht erst seine feige Flucht aus dem brennenden Lagerhaus hatte das gezeigt. Er erinnerte sich noch an Servatius' Schilderung des Wilhelm Stubenvoll, der damals noch als Kommis für Dufour gearbeitet hatte. Als er dem Seidenhändler die kostbaren Teppiche vorlegte, war Stubenvoll dabei gewesen, und der grüne Neid hatte in seinem Gesicht gestanden, als der chinesische Seidenteppich ausgerollt worden war. Was immer ein anderer bekam, wollte der junge Mann auch besitzen. Er hatte das Gegenstück zu jenem Teppich als Köder benutzt, um den ehrgeizigen Kommis dazu zu bringen, für ihn zu arbeiten. Denn als Verkäufer mit guten Marktkenntnissen in Frankreich war er ihm einiges wert. Den chinesischen Teppich hatte Servatius ihm zwar nie übergeben, aber mit ständigen kleinen Belohnungen dafür gesorgt, dass Stubenvoll ihm treu ergeben blieb.

Dragos Pate war ein Mann gewesen, der sich skrupellos der Gelüste und Abartigkeiten anderer bediente, diese aber auch bei jenen im Zaum zu halten pflegte. Er hatte den Kommis zwar schnell genug durchschaut, hingegen seinen Einfluss auf ihn überschätzt. Denn als eine Notlage eintrat, war der Mann von Gier übermannt worden und hatte ihm nicht nur die Hilfe versagt, sondern ihn sogar noch bestohlen. Auch Servatius hatte eben nicht alles im Griff gehabt.

Ignaz' Tod in den Flammen hatte Drago und Servatius damals auseinander gebracht und die Kluft zwischen ihm und seinem Vater vertieft. Er selbst hatte seinen Bruder betrauert, an Stubenvoll, jetzt Charnay, jedoch keine weiteren Gedanken verschwendet. Sein Pate aber hatte auf Rache gesonnen. Die Strafexpedition im Jahre sechsundvierzig erhellte Drago, mit welcher Wut Servatius die ganzen Jahre gelebt haben musste, und er war damals froh gewesen, dass ein glücklicher Zufall ihn nicht hatte zum Mörder werden lassen.

Doch Handeln zeitigte immer Folgen, und die Folge von Servatius' Eingriff in das Gespinst des Schicksals hatte Charnays Augenmerk wieder auf die Kusans gelenkt und seinem Hass neue Nahrung zugeführt.

Darum war es vermutlich ein Schlag ins Gesicht des Seidenzüchters gewesen, als er, Drago Kusan, sich gerade zwei Jahre später mit Ariane verlobte, die er als seine Gattin ausersehen hatte. Er sah noch deutlich dessen zuckendes Gesicht vor sich, als er neben ihr stand und ihr Vater der Gesellschaft ihre Verbindung verkündete. In just dem Augenblick war er bedauerlicherweise zu benebelt gewesen, um die Zeichen richtig zu deuten.

Er war tags darauf zu Werhahns gekommen in der festen Absicht, sich aus der Verlobung herauszuwinden. Aber als er erfuhr, dass Charnay ebenfalls um Ariane angehalten hatte, dämmerte ihm die ganze Bedeutung der Situation. Er bekam etwas, das sich Charnay dringend wünschte. Und um dem Mann eins auszuwischen, hatte er dann der Heirat doch zugestimmt.

Es war leichtsinnig in vielerlei Hinsicht gewesen.

Immerhin, Charnay konnte ihm selbst und Ariane zunächst nichts anhaben, sie waren direkt nach der Hochzeit nach Braunschweig gezogen. Aber kurz darauf häuften sich die Zwischenfälle bei den Werhahns. Drago zweifelte nicht daran, dass der Brand der Erntescheune und das Verschwinden des Verwalters ebenfalls auf Charnays Konto gingen. Das aber wollten die Werhahns nicht wahrhaben, also insistierte er nicht weiter. Charnay war derzeit seine geringste Sorge. Es gab Wichtigeres zu erledigen. So hatte er dann George in Barbizon wieder abgeholt, wo der junge Mann und Leander eine offensichtlich äußerst fruchtbare Zeit miteinander verbracht hatten, und war mit ihm nach Köln gereist. Dabei hatte er ihn in seine Pläne eingeweiht, die George schweigend wie üblich anhörte, um dann seinen Bitten kommentarlos Folge zu leisten. Beispielsweise das Kindermädchen ein wenig abzulenken.

Damit war der erste, entscheidende Schritt schon getan, und seine Begegnung mit den Kindern war zufriedenstellend abgelaufen. Er hatte sich versichern können, dass die beiden sehr aufgeweckte, gesunde und wissbegierige junge Menschen waren, wenngleich sie wohl ein wenig zu Ungehorsam neigten. Und er freute sich wirklich darüber, dass sie ihm mit offener Freundlichkeit begegnet waren. Das konnte die weitere Entwicklung erleichtern.

Der nächste Schritt war etwas schwieriger zu bewerkstelligen, denn er galt seinem widerspenstigen Weib und ihrem neuen Verlobten. Leanders eindringliche Schilderung, wie sehr sie unter der Nachricht seines Todes gelitten hatte, hatte ihn betroffen gemacht. Doch gerade deshalb hoffte er, dass sie diese neue Verbindung aus ihrem Gefühl der Trauer, nicht aus inniger Zuneigung zu diesem Gernot Wever eingegangen war.

Sein unerwartetes Auftauchen aus dem Grab aber mochte für sie ein ziemlicher Schrecken werden.

Er hatte verschiedene Vorgehensweisen überlegt, wie er sich ihr nähern sollte. Er hätte ihr etwa einen Brief schreiben, sich über einen Bekannten bei ihr ankündigen lassen oder sogar diese Tante Caro als Botin verwenden können, aber schließlich verwarf er alles. Die beste Methode, um Ariane den Schock des Wiedersehens zu erleichtern, bestand darin, sie richtig wütend zu machen. Und wie man das störrische Weib bis aufs Blut reizen konnte, das wusste er noch ziemlich genau.

Dazu brauchte er einen öffentlichen Auftritt, und es ergab sich, dass er Kenntnis von einer prächtigen Gelegenheit erhielt.

Einer von Arianes Bekannten auf Leanders Liste war der Ingenieur und Fabrikbesitzer Alexander Masters. Um den aufzusuchen, brauchte er noch nicht einmal einen fingierten Grund. Er hatte den Auftrag, zwei kleine, starke Dampfmaschinen mit der nächsten Schiffsladung nach Schanghai zu transportieren, und der Mann war nicht nur Inhaber einer Schokoladenfabrik, sondern auch Teilhaber einer sehr gut beleumundeten Maschinenfertigung. Nach dem für beide Seiten erfolgreich geführten Geschäftsgespräch war natürlich auch die Rede auf Ariane gekommen – der Name Kusan war so geläufig eben nicht. Drago gab eine vage Verwandtschaft an und bat, über seinen Aufenthalt zu schweigen, da er eine Überraschung plane. Was der Wahrheit sehr nahe kam. Auf diese Weise erfuhr er von dem Wohltätigkeitsbazar, der am kommenden Wochenende stattfinden sollte.

In der alten Stiftskirche von St. Cäcilien, die mittlerweile als Krankenhauskirche für das Bürgerhospital diente, würden fleißige Damen allerlei Luxus- und Gebrauchsgegenstände verkaufen, deren Erlös für die Ausbildung weiblicher Personen in der Krankenpflege vorgesehen war. Alexander Masters verriet Drago mit einem Augenzwinkern, dass die Schwiegermutter seiner Tochter die Peitsche geschwungen habe, um das gesamte Aufgebot der besten Gesellschaft Kölns dorthin zu treiben.

»Antonia Waldegg ist berühmt für ihre Überredungskünste. Also halten Sie Ihren Geldbeutel fest, wenn Sie die Veranstaltung besuchen, Herr Kusan.«

»Ich werde sie mit einer großzügigen Spende zu beruhigen wissen. Der Anlass scheint mir sinnvoll zu sein. Wie viel gute Pflege einem Kranken hilft, habe ich am eigenen Leib erfahren.«

Sein zweiter Besuch war weit delikaterer, wenngleich auch geschäftlicher Natur.

Drago Kusan besuchte Gernot Wever in Mülheim und wurde mit mildem Erstaunen empfangen.

»Sie sind ein Verwandter meiner Verlobten, nehme ich an«, empfing ihn der Seidenfabrikant.

»Nicht direkt, Herr Wever. Ich hoffe, Sie können eine halbe Stunde für ein Gespräch erübrigen, auch wenn ich unangemeldet vorbeigekommen bin. Ich habe Ihnen ein Angebot zu unterbreiten.«

»In welcher Sache, Herr Kusan?«

»In Sachen Rohseide.«

»Tatsächlich? Nun, eine halbe Stunde sei Ihnen gewährt.«

Wever führte ihn in ein ordentlich aufgeräumtes Kontor und bot ihm einen gepolsterten Stuhl an, selbst setzte er sich hinter den großen, glänzend polierten Nussbaumschreibtisch, um seine Würde und Bedeutung klarzumachen.

Drago registrierte es mit einem innerlichen Schmunzeln. Leander hatte auch hier mit einer schnellen Skizze den Unternehmer charakterisiert, ein durch und durch ehrbarer Mann, integer, korrekt, höflich – und humorlos wie ein Stockfisch. Doch war er Ariane und den Kindern zugetan, und das achtete er an ihm. Außerdem nährte dieser Umstand weiter die Vermutung, dass Wever nicht ganz der Gatte war, den sich Ariane bei klarem Verstand ausgesucht hätte. Wenn sich ihr Charakter nicht grundlegend verändert hatte, dann war sie noch immer lebenslustig, leidenschaftlich und wagemutig. Eigenschaften, die ihm immer sehr an ihr gefallen hatten. Darum wollte er einen vielleicht nicht ganz schicklichen Handel mit Wever abschließen.

»Ich habe eine Schiffsladung erstklassiger Rohseide aus China mitgebracht. Ein Teil davon ist zu ausgesprochen guten Preisen bereits verkauft, weitere Ballen liegen noch in einem Hamburger Lagerhaus. Wie ich hörte, könnte das in etwa die Menge sein, die Sie für eine Jahresproduktion benötigen.«

In Wevers Gesicht zeigte sich ein Anflug von Erstaunen. Aber er behielt seine Nüchternheit bei und fragte: »Was bringt Sie zu der Annahme, ich sei daran interessiert, Herr Kusan?«

»Da wäre die Qualität zu betrachten. Ich habe Ihnen eine Warenprobe mitgebracht.«

Drago holte aus seiner Tasche einen lose gewickelten, reinweißen Strang und legte ihn auf die grüne Schreibunterlage.

»Die kaiserliche Seidenzucht in Suzhou produziert mit die beste Rohseide Chinas. Sie wird an die kaiserlichen Werkstätten geliefert. Dort webt man daraus die Stoffe für die kostbaren Hofgewänder. Mir ist es gelungen, eine Vereinbarung über den Kauf der Überschüsse mit einem chinesischen Handelshaus zu vereinbaren. Ich denke, die Qualität kann mit den Lyoner und den italienischen Seiden mithalten.«

Der Unternehmer tat noch immer unbeeindruckt, während er den Strang durch die Finger gleiten ließ und befühlte. Aber Drago nahm eine leichte Veränderung wahr. Die Seide, das hatten ihm die Fachleute bisher alle bestätigt, war von allererster Güte.

»Annehmbar, durchaus annehmbar.«

»Sie sind interessiert, Herr Wever?«

»Möglicherweise. Doch die Ware hat einen langen Transportweg hinter sich.«

»Natürlich. Aber seien Sie versichert, sie war bestens verpackt. Wir habe alle Ballen noch einmal kontrolliert und weder Schäden durch Wasser, Fäulnis oder Schädlingsbefall gefunden.«

Das war natürlich nicht die Antwort, die sein Gegenüber erwartete, aber Drago befolgte seine eigenen Regeln in diesem Spiel.

Wever nickte zu seiner Erklärung, blieb aber zurückhaltend und meinte: »Das will ich Ihnen zwar glauben, würde eine eigene Kontrolle jedoch vorziehen.«

»Selbstverständlich stünde es Ihnen frei, jeden beanstandeten Ballen unverzüglich zurückzuweisen.«

»Sie würden den Transport von Hamburg nach Köln demzufolge übernehmen?«

»Aber natürlich, Herr Wever.«

»Auf Ihre Kosten.«

»Selbstverständlich.«

Nochmals zeichnete sich eine kleine Überraschung auf den Zügen des Seidenfabrikanten ab. Und dann Misstrauen. Der Mann war schnell. Er witterte den Haken.

Und schlug unvermittelt zu.

»Nennen Sie mir den Preis.«

»Er lässt sich in Talern nicht ausdrücken, Herr Wever.«

»Was wollen Sie damit sagen? Haben Sie vor, mich zu erpressen? Dann muss ich Sie umgehend bitten, den Raum zu verlassen.«

»Nein, erpressen will ich Sie auf gar keinen Fall. Ich will handeln, Herr Wever.«

»Ohne einen Preis zu nennen, können Sie nicht handeln.«

»Ich weigere mich aber, meine ehemalige Frau als einen Preis zu bezeichnen.«

Diesmal dauerte es etwas länger, bis Gernot Wever in vollem Umfang verstanden hatte, was ihm da soeben auf den Tisch geknallt worden war. Aber er verstand schließlich.

»Kusan. Nicht tot, sondern sehr lebendig. Eine Falschmeldung also?«

»Dem Gerücht über meinen Tod bin ich schon einige Male begegnet, seit ich wieder in Deutschland weile. Ich versichere Ihnen, es ist übertrieben.«

»Weiß Frau Kusan davon?«

»Bislang konnte sie mit gutem Grund davon ausgehen, dass ich lebe, doch scheint sie im Frühjahr die unbestätigte Meldung von meinem Ableben erreicht zu haben.«

Er hatte erreicht, was er wollte, Wever war verunsichert und irritiert.

»Sie ist noch mit Ihnen verheiratet?«

»Nein, sie hat sich vor acht Jahren von mir scheiden lassen. Diesen kleinen Makel vertuschte sie offensichtlich dadurch, dass sie der Welt gegenüber meine Existenz leugnete. Ich kann sie verstehen. Eine Witwe gilt in diesem Lande als weit respektabler als eine geschiedene Frau.«

Wever fuhr sich mit der Hand über die Stirn. Und dann versuchte er die Verbindung herzustellen.

»Was hat das alles mit der Seide zu tun, die Sie mir anbieten, Kusan?«

»Oh, sehr einfach. Wie ich hörte, haben die Seidenpreise derzeit exorbitant angezogen. Sie sind Geschäftsmann, Wever, und ich schätze Sie als kühlen Rechner ein. Daher mein Vorschlag: Sie treten von Ihrem Heiratsversprechen zurück und bekommen einen Jahresvorrat Rohseide erster Qualität von mir. Kostenlos.«

Drago stand auf und legte lächelnd seine Visitenkarte auf den Schreibtisch.

»Sie erreichen mich im ›Grand Hotel du Dome‹.« Dann verbeugte er sich vor dem völlig konsternierten Wever und fügte hinzu: »Laotse, ein weiser Philosoph, sagt: ›Wenn zwei die Waffen gegeneinander erheben, siegt der, welcher das Leid empfindet.‹«

Damit verließ er lautlos das Kontor.

Zwei weitere Besuche tätigte er noch, einer galt seiner Bank, der andere dem Salon Vaudeville, wo er seine Bekanntschaft mit LouLou erneuerte, die bleiche Nona kennenlernte und von beiden Frauen weitere, sehr nützliche Informationen erhielt.

Am Tag darauf fand der Bazar statt.

Es war wirklich alles vom Feinsten, was zum Zwecke der Wohltätigkeit aufgeboten wurde. In den Hallen und der Stiftskirche des Bürgerhospitals wimmelte es somit auch von Vertretern der *haute volée*. An Tischen, mit weißem Damast bedeckt, wurde völlig übertreuerter Schnickschnack dekorativ feilgeboten, ein kleines Orchester untermalte die Kauflust der Anwesenden mit heiteren Weisen, und ein Büfett mit allerlei delikaten Versuchungen verlockte die Besucher mit kostspieligen Leckereien. Man kann es sich leisten, war Dragos erster Eindruck. Die Damen in ihren aufwändigen Nachmittagskleidern stellten dezent ihren Schmuck zur Schau, die Herren, würdig in Gehrock und Seidenbinder, standen ihnen zur Seite, wenn sie eine der Kleinigkeiten zu erwerben wünschten. Er selbst fand Alexander Masters und ließ sich der Initiatorin der Veranstaltung, Antonia Waldegg, vorstellen. Sie beeindruckte ihn mit ihren kurzen, prägnanten Ausführungen zum Sinn und Zweck des Bazars, und er reichte ihr eine Bankanweisung, die ihr ein schnelles Lächeln entlockte.

»Haben Sie etwas gutzumachen, Herr Kusan? Solche Großzügigkeit entspringt doch zumeist einem schlechten Gewissen.«

»Nichts, gnädige Frau, das ich Ihnen zu beichten wünsche.«

»Wie schade, Herr Kusan. Sie machen mir ganz den Eindruck, als seien Sie ein Mann, dessen Beichte zuzuhören ein pikantes Vergnügen sein könnte.«

»Dieser Eindruck, liebe Frau Waldegg, beruht auf Gegenseitigkeit!«

»Schelm!«

»Madame!«

Sie brach in ein lautes, herzliches Lachen aus und lud ihn anschließend ein, bei einem ihrer Empfangstage vorbeizukommen, um schändliche Geheimnisse auszutauschen.

Das könnte vielleicht nützlich sein, notierte er sich in Gedanken.

Auch ihren Gatten, einen Herrn mit einem eigentümlich zweigeteilten Gesicht, halb sardonisch, halb gütig, lernte er kennen, fand ihn äußerst gut informiert und scharfsinnig in seiner Beurteilung der preußischen Handelspolitik China gegenüber. Er nahm sich vor, diese Bekanntschaft auf jeden Fall zu vertiefen. Danach machte er sich auf die Suche nach Ariane.

Er brauchte eine Weile, um in dem Gedränge sein halsstarriges Weib auszumachen, fand sie aber schließlich an einem Tisch mit ansprechend dekorierten Seidenshawls in vielerlei Farben. Sie selbst wirkte dezent vor all der leuchtenden Buntheit. Ein taubenblaues Taftkleid, schlicht und glatt fiel der weite Rock, doch das enge, kurze Schoßjäckchen betonte ihre schlanke Figur, und unter den weiten Pagodenärmeln lugte weißes Spitzengeriesel hervor. Die blonden Haare hatte sie zu einer eleganten Frisur aufgesteckt, aus der sich unfreiwillig oder gewollt einige Locken gestohlen hatten, die ihr Gesicht umspielten. Sie lächelte eben eine Kundin an, handelte, schmeichelte, überredete, hielt einen rosa Shawl und einen gelben an deren Kleid. Mit dem Erfolg, dass der Gatte der Dame schließlich beide bezahlte.

Sie hatte einige Talente entwickelt, die liebliche Ariane. Aber sich offensichtlich auch Feindinnen geschaffen. Er bemerkte mit Belustigung, dass einige Damen sich ausgesprochen große Mühe gaben, sie zu übersehen. Modische Stutzer zog sie hingegen an. Einer von ihnen verwickelte sie in einen lebhaften Flirt, wie es schien, denn die Blicke gewisser Damen wurden noch weit spitziger. Schließlich verabschiedete der Herr sich mit einem gewandten Handkuss, und sie arrangierte ihr Warenangebot neu.

Drago befand, dass es an der Zeit war, auf sich aufmerksam zu machen. Er schlenderte näher an den Stand und stellte sich, ohne dass sie ihn bemerkt hätte, direkt hinter sie.

»Na, auf die schiefe Bahn geraten, meine Tigerin?«

Sie zuckte zusammen. Fasste sich und drehte sich ganz, ganz langsam um.

»Du!«, zischte sie, und ihre Augen sprühten Funken. »Du!«

»Der nämliche.«

»Du solltest vermodert, verrottet und zerfallen sein.«

»Tut mir leid, dir diesen Gefallen nicht erweisen zu können.«

Sie sah aus, als ob sie ihn alleine durch ihren Willen in den gewünschten Zustand zu versetzen gedachte. Sehr attraktiv!

»Was willst du hier?«

»Mich um meine Brut kümmern, natürlich.«

»Deine Brut?«, spuckte sie. »Nur über meine Leiche. Die Kinder gehören mir.«

»Falsch gedacht, kleine Tigerin, sie gehören rechtlich gesehen zu mir. Oder solltest du das vergessen haben?«

»Du wirst sie nicht verderben. Einen Lumpen wie dich brauchen sie nicht als Vater.«

»Ach, möglicherweise sehen Philipp und Laura das anders. Wir haben uns schon recht ausgiebig unterhalten, und sie fanden mich gar nicht lumpenhaft.«

»Du hast dich an sie herangemacht? Du hast ihnen Versprechungen gemacht? Dann hast du sie auch entführt, was? Du warst das also.«

Der Spaß, sein aufbrausendes Weib zu necken, verflog augenblicklich.

»Entführt?«

»Willst du das leugnen?«

»Ja, mein liebes Herz, das leugne ich. Ich habe meine Kinder vor drei Tagen zum ersten Mal getroffen. Im Stadtpark beim Drachensteigenlassen. Befrage sie, wenn du willst. Als Mutter solltest du ihre kleinen Geheimnisse leicht herausfinden können.«

»Du hast sie zum Lügen angestiftet?«

»Nein, du hast sie mit deinen Anweisungen dazu gebracht, über das zu schweigen, was ihnen verboten war. Dennoch, wenn jemand sie entführt hat, dann würde ich gerne Näheres dazu erfahren. Hier scheint mir jedoch nicht der richtige Ort dafür zu sein. Ich fühle mich so eindringlich beobachtet. Wer ist die flatterhafte Dame in Grau, die uns mit ihren Blicken durchbohrt?«

Arianes Busen bebte noch vor Entrüstung, Aufregung oder Ärger, aber sie sammelte sich bewundernswert schnell.

»Helene von Schnorr zu Schrottenberg. Soll ich dich mit ihr bekannt machen? Dann könnt ihr euch beide daran mit Herzenslust ergötzen, meinen Charakter in Fetzen zu reißen.«

»Sehr hübsch, wie du Gift zu spritzen verstehst. Das ist also die vielbesungene Dichterfürstin!«

»Du kennst sie?«

»Ich besuchte Leander.«

Wieder wollte die Wut in ihr aufschäumen, er erkannte es an den rosigen Wangen, und wieder behielt sie ihre Gefühle im Griff. Sie war sehr diszipliniert geworden, seine wilde kleine Tigerin.

Er verbeugte sich galant in Richtung Helenens, die ihn jetzt unverhohlen musterte, dann einen Herrn an ihrer Seite etwas fragte.

Man kam auf sie zu, und er setzte ein verbindliches Lächeln auf. Eine kleine Freude konnte er also seinem wehrhaften Weib doch noch bereiten.

Die Edle gab sich freundlich und säuselte: »Meine liebe Frau Kusan, ich hörte eben, dass ein naher Verwandter nach einer langen, langen Reise zu Ihnen gefunden hat. Aus China, nicht wahr? Ach, welch ein Traum, welch ein Erlebnis. Pagoden, Lotusblüten, Mandarinen und Orangen. Bitte stellen Sie mir den Herrn doch vor.«

Was eben noch hitzig war an Ariane, erstarrte zu arktischer Frostigkeit. Geradezu unhöflich kurz angebunden nannte sie seinen Namen. Mehr nicht.

»Frau von Schnorr, richtig. Ich habe ja schon so viel von Ihnen gehört!«, sagte Drago nach einer knappen Verbeugung und gab seiner Stimme ein durchdringendes Timbre, nicht laut, aber tragend. »Letzthin kam ich von Paris – ach diese Bahnhöfe, ich sage es Ihnen. Da wartet man auf die Eisenbahnen, und wenn sie sich verspäten, ist man froh um jede freundliche Seele, mit der man plaudern kann.«

Einige Köpfe wandten sich ihnen bereits zu. Mit einem freundlichen Nicken fuhr er fort: »Auf diese Weise traf ich Ihren ehemaligen Gatten, liebe Frau von Schnorr, der sich just mit seiner Begleiterin zu einem längeren Aufenthalt in der Seinestadt entschlossen hatte. Ich bin sicher, Sie wünschen ihm nach der Scheidung alles neue Glück auf Erden. Zumindest ist die junge Dame ein dralles Persönchen von heiterem Gemüt, wenn auch ein wenig verwöhnt. Aber da Sie ja großzügig auf eine Apanage verzichtet haben, wird er sich ihren kostspieligen Geschmack mit Leichtigkeit leisten können.«

Die Dichterfürstin nahm die Farbe verschimmelter Käsecreme an und schwankte in ihrem Kokon aus flatternden Gazeschleiern wie ein Gespenst im Zugwind.

Drago wandte sich an die sprachlose Ariane, nahm ihre schlaffe Hand in die seine und zog sie an seine Lippen. Doch statt ihr einen förmlichen Kuss darauf zu hauchen, fuhr er mit der Zungenspitze rasch zwischen Zeige- und Mittelfinger. Er spürte ihr Erschaudern und war's zufrieden. Dann drehte er sich auf dem Absatz um und verließ, ohne sich noch einmal umzusehen, das Schlachtfeld der Gefühle.

Eine Nacht wie Samt und Seide

Tritt auf des Tigers Schwanz
Nicht verletzend, sondern heiter –
Er wird den edlen Menschen nicht beißen.
So wird dir Erfolg zuteil.

I-Ging, Lü – das Auftreten

Nur mühsam konnte ich den Wunsch unterdrücken, Drago meine Krallen in die Brust zu schlagen, seinen blutenden Kadaver über das Parkett zu schleifen und noch etwas mit den Absätzen meiner Schuhe auf ihm herumzutrampeln, nur um des Genusses der Erniedrigung willen.

Einzig Helenens vollkommene Vernichtung hinderte mich daran, ihn in aller Öffentlichkeit zu zerfleischen. Sie tat mir fast leid, denn augenblicklich setzte ein mörderisches Getuschel ein. Ich wandte mich also vornehm ab und räumte ein paar Seidenbeutel weiter nach vorne, arrangierte den Blumenschmuck auf dem Tisch neu und lächelte vorbeischlendernden Interessenten zu, als sei nicht gerade eben meine Welt in den Grundfesten erschüttert worden. Frau Waldegg nahm die abgebrochene Rose aus meiner Hand und roch an der Blüte.

»Ein faszinierender Mann, der Herr Kusan. Der Ihre?«

»Gewesen«, brachte ich zwischen zusammengebissenen Zähnen hervor.

»Sie werden Ihre Gründe dafür haben. Hoffentlich sind es gute. Zeigen Sie mir diesen goldbraunen Shawl. Wie ich von meiner Schwiegertochter hörte, entwerfen Sie auch die Muster selbst.«

Nach einem kurzen Geplauder, auf das ich betrüblich einsilbig reagierte, löste sich aber der schlimmste Krampf in meiner Brust, und ich konnte wieder gleichmäßig atmen. Wahrscheinlich hätte ich Frau Waldegg dankbar sein sollen, dass sie mich aus meiner Erstarrung geholt hatte, aber sie gab mir keine Chance dazu, sondern lockte einfach weitere Kundinnen an meinen Stand. In der letzten Stunde der Veranstaltung verkaufte ich auf diese Weise fast meinen gesamten Warenbestand und konnte der Kassiererin ein erkleckliches Sümmchen übergeben.

Um sechs Uhr endlich hatte ich meine restlichen Sachen zusammengepackt. Es war nur noch eine halbe Tasche voll, und ich beschloss, Sitte hin, Sitte her, zu Fuß nach Hause zu gehen. Von Cäcilien zu meinem Atelier war es nicht so weit, und die Bewegung in der kühlen Luft sollte meinen Kopf klären.

Tat sie aber nicht.

Ich schloss meine Haustür auf, warf sie mit Schwung hinter mir zu und schloss ab. Die Tasche mit den restlichen Shawls flog in eine Ecke, und schon auf dem Weg zu meinem Schlafzimmer knöpfte ich die Jacke auf und zerrte an den Miederbändern. Nur raus aus dem engen Gefängnis, weg mit dem Drahtgestell an meiner Taille. Mieder, Reifrock und zwei voluminöse Unterröcke, Schuhe, Strumpfbänder und Seidenstrümpfe landeten auf dem Bett, Haarnadeln auf dem Frisiertisch und dem Boden davor. Der weite, weiße Morgenmantel war alles, was ich tragen mochte, und mit schmerzhaften Strichen zerrte ich die Bürste durch meine Haare.

Dieser verdammte Schurke. Wie konnte er es wagen, einfach auf dem Bazar aufzutauchen und mich anzusprechen. Um seine Brut einzufordern. Das musste man sich mal auf der Zunge zergehen lassen. Seine Brut! Wenn hier irgendwer gebrütet hatte, dann doch wohl ich.

Gut, dass der Leutnant ein übertriebenes Gerücht gehört hatte, das mochte angehen. Ich hätte die Nachricht von seinem Tod eben einfach nicht glauben dürfen. Nie konnte man sich auf den Halunken verlassen. Nicht einmal auf sein Ableben. Was bildete er sich eigentlich ein? Acht, fast neun Jahre kein Sterbenswörtchen, keine Frage, wie es seiner Brut geht, ob sie noch leben oder an irgendwelchen Krankheiten gestorben waren, ob ich arm und hungernd mit ihnen in der Gosse betteln musste, ob sie blöd und blind geblieben waren. Und dann taucht er auf. Einfach so. Und unterstellt mir, auf die schiefe Bahn geraten zu sein.

Die Bürste verfehlte nur knapp das Spiegelglas.

Um den Mistkerl hatte ich geweint.

Was für eine Verschwendung von Tränen.

In Fetzen hätte ich ihn reißen sollen. In kleine, blutige Fetzen. Den Ratten vorwerfen. In einem Misthaufen verscharren. Sein spöttisches Lächeln zerkratzen, seine Finger einzeln brechen, ihm die lügnerische Gurgel zerquetschen.

Kleine Tigerin. Pah!

Er sollte mich kennenlernen.

Tigerin, ja, aber gewiss nicht klein und verschmust.

Wenn er noch einmal auftauchte, würde es nicht beim Fauchen bleiben.

Ich sah auf meine Hände, die sich wie Krallen gebogen hatten, und plötzlich öffneten sie sich.

Wenn er noch einmal auftauchte.

Ob er noch einmal auftauchte?

Oder ob er meine Kinder gleich entführte?

Ich sprang auf und suchte meine Kleider wieder zusammen. Ich musste zu Tante Caro, Laura und Philipp warnen.

Und dann fielen die Unterröcke plötzlich aus meinen zitternden Händen.

Drago lebte.

Er war nicht gestorben.

Er lebte, und er war wieder hier.

Langsam sank ich auf die Bettkante. Er war zu mir gekommen. Wie hatte er mich gefunden? Leander – ja, der hatte ihm sagen können, dass ich jetzt in Köln wohnte. Aber wie hatte er Leander gefunden? In Barbizon?

Er musste sich einige Mühe gemacht haben.

Wie lange er wohl schon in Deutschland war?

Laura und Philipp hatte er vor drei Tagen zum ersten Mal getroffen, hatte er gesagt. Das wäre am Mittwoch gewesen. Sie hatten am Freitag, bei ihrem Besuch bei mir, nichts davon gesagt. Aber sie waren eifrig bemüht gewesen, mich mit ihren Erlebnissen aus der Schule zu überhäufen. Hannah hatte auch keinen Mann erwähnt, der sich ihnen genähert hatte. Also nahm sie ihre Aufsichtspflichten noch immer nicht ernst genug, oder meine Kinder hatten Mittel und Wege gefunden, ihr immer wieder zu entwischen. Meine Cousine mochte ein liebes Mädchen sein, aber den beiden Rabauken war sie nicht mehr gewachsen. Sie brauchten eine stärkere Hand.

Verdammt, den Gedanken hatte ich schon einmal verfolgt.

Gernot! Du liebe Güte, was sollte ich Gernot nur sagen?

Ich stützte die Ellenbogen auf die Knie und barg meinen Kopf in den Händen.

Was für ein Debakel!

Einen Moment lang ließ ich meine wirren Gedanken einfach laufen und bemühte mich tapfer, keinen einzigen davon festzuhalten. Es drehte sich sowieso alles wie Bohnen in einer Kaffeemühle in meinem Kopf, und das, was dabei herauskam, war gemahlener Mist.

Nachdem ich zu diesem Schluss gelangt war, stand ich auf und suchte mein Heil in manueller Tätigkeit. Ich räumte meine Kleider ordentlich fort, sammelte die Haarnadeln ein, band mir die Haare im Nacken zusammen und trottete in die Küche, um einen großen Kessel Wasser aufzusetzen. Was hätte ich jetzt für ein heißes Wannenbad gegeben! Aber diesen Luxus bot meine kleine Wohnung nicht. Eine breite, tiefe Zinkschüssel, in die ich mich stellen konnte, ein Waschgeschirr aus Steingut und ein großer Schwamm mussten reichen. Aber wenigstens mit heißem Wasser vor dem bullernden Küchenherd wollte ich mir den Staub und den Ärger dieses Nachmittags abspülen. Bis das Wasser kochte, öffnete ich mir eine Flasche Wein von meinem kleinen Vorrat. Hunger verspürte ich nicht, während des Bazars hatte ich eine Auswahl von den Delikatessen gegessen, die mir Julia vorbeigebracht hatte, und danach war mir der Appetit vergangen. Aber ein Glas Rotwein mochte meinen Nerven guttun.

Eigentlich hätte ich noch im Hotel bleiben müssen, um den Erfolg der Veranstaltung zu feiern, aber vermutlich würde man mich nicht vermissen. Als Gesprächsstoff diente den Klatschmäulern diesmal mit Sicherheit die Dichterfürstin. Die Arme, was hatte sie mir für eine Strafpredigt gehalten, als ich für die geschiedene Johanna gesprochen hatte. Die hatte sich aus eigener Kraft von ihrem lasterhaften Gatten getrennt, was ich bewundernswert fand. Helenens Schmach aber ging tiefer – ihr Ehemann hatte ihr offensichtlich den Laufpass gegeben, um sich mit einer jüngeren, dralleren Gefährtin zu verbinden.

Woher wusste Drago nun das schon wieder?

Gut, dass sie geschieden war, wusste er von Schnorr zu Schrottenberg selbst, das hatte er gesagt. Aber dass Helene meine Erzfeindin war und er mit seiner lauten Bemerkung genau ins Schwarze treffen würde, um ihr ein für alle Mal den Schlund zu stopfen – wer hatte ihm das verraten?

Das konnte ich mir eigentlich selbst beantworten. Wer wohl anderes als der Schöpfer und geniale Maler von »Helenens Eitelkeit«. Mein lieber Bruder Leander. Er hatte Drago sicher mit großem Vergnügen den Auftritt bei seiner Ausstellungseröffnung geschildert.

Warum hatten mir eigentlich nicht die Ohren geklingelt, während Drago und Leander über mich getratscht hatten?

Das Wasser kochte, und ich mischte es mit dem kalten Wasser aus dem Krug, zog mich ganz aus und wusch mich von oben bis unten, hüllte mich dann in mein langes Seidennachthemd und den Morgenmantel und setzte mich so vor den Küchenherd, um die restliche Wärme zu genießen. Dabei trank ich langsam das Glas Rotwein leer.

Ich fühlte mich jetzt ruhiger, meine aufgewühlten Empfindungen waren in eine mildere Dünung übergegangen, und ich war wieder in der Lage, klarer zu denken.

Drago lebte.

Er hatte meine Kinder – und damit auch mich – gesucht.

Er hatte sich gründlich informiert. Das konnte er schon immer gut.

Er musste Laura und Philipp bezaubert haben.

Auch das konnte er schon immer gut.

Er schien über ausreichende Mittel zu verfügen, denn Antonia Waldegg hatte mir verraten, dass er ihr eine beträchtliche Spende übergeben hatte.

Er sah gesund und energisch aus. Was immer für ein Ungemach ihn an den Rand des Todes geführt haben mochte, er hatte es überwunden.

Er war dreist und frech wie eh und je.

Und damit ging mir endlich ein Licht auf.

Leider, leider nämlich kannte er mich auch noch immer ziemlich gut. Er wusste ganz genau, wie er mich auf die Palme bringen konnte. Schiefe Bahn! Seine Brut!

Jetzt musste ich sogar darüber kichern.

Geschickter, hinterhältiger Halunke! In aller Öffentlichkeit auf mich zuzukommen und seine Kinder zu fordern. Das war die einzige Möglichkeit für ihn, es mir unmöglich zu machen, eine große Szene zu veranstalten. Er wusste, dass ich vor all den Leuten weder weinen würde noch gewalttätig werden konnte. Und dass ich Zeit brauchte, mich damit abzufinden, dass er doch noch lebte und zurückgekommen war.

Ich streckte mich und schüttelte meine Haare aus. Nach einem letzten Rundgang durch mein kleines Reich schlüpfte ich unter die Decken. Die Vorhänge ließ ich offen, denn der Mond hatte sich wieder gerundet, und ich liebte sein silbriges Licht. Zwar hatte ich befürchtet, noch lange wachliegen und meinen Gedanken nachhängen zu müssen, aber entweder half der Rotwein oder die Erschöpfung nach der ganzen Aufregung. Auf jeden Fall war ich sehr schnell eingeschlafen.

Ich träumte.

Träumte ich?

Ich träumte, er läge in meinem Bett, so wie früher, an meinen Rücken geschmiegt, einen Arm über mich gelegt, ein Bein über den meinen. Ich träumte von einem feinen Zedernduft, der ihn immer umgab. Ich träumte davon, seinen Atem zu spüren, ruhig, stetig, bedächtig. Ich träumte, ich sei umsponnen von silbernen und goldenen Fäden, geborgen, beschützt, behütet.

Ich träumte und wollte nicht erwachen.

Also träumte ich den Traum weiter.

Und erwachte.

Sein Atem ging ruhig, stetig, bedächtig. Seinen Arm hatte er über mich gelegt, ein Bein über das meine.

Er war gekommen in der Nacht, beim Schein des Mondes war er zu mir gekommen. Lautlos und heimlich und unbemerkt.

Vorsichtig drehte ich mich um und fand mich in einer festen Umarmung. Meine Hand berührte seine Schultern, seinen Arm und fand glatte, warme Seide. Darunter harte Muskeln, einen festen Körper. Langsam öffnete ich die Augen und betrachtete sein Gesicht im Mondlicht, als ich aufblickte. Gelassen, vielleicht ein ganz klein wenig spöttisch. Fragend.

Ich strich über die schwarze Seide, die sich um seine Brust spannte, und fühlte den Schlag seines Herzens unter meiner Hand. Hart, stetig.

Zufrieden damit legte ich meinen Kopf an diese Stelle und lauschte dem gleichmäßigen Rhythmus seines Blutes.

Drago lebte. Er war zu mir gekommen.

Meinetwegen durfte jetzt die Welt einstürzen.

Ich schlummerte wieder ein und träumte von silbernen und goldenen Fäden, die sich zu einem hauchzarten Gespinst verwoben, einem Schleier, zart wie Spinnweb, benetzt von feinem Tau, der in funkelnden Perlen an jeder Fadenkreuzung hing. In den Tröpfchen aber spiegelten sich Gesichter. Meine Kinder sah ich und Drago, einen anderen Mann, ihm ähnlich, doch älter, einen jüngeren, der in einem Flammenmeer verschwand.

Ich erwachte recht plötzlich, vielleicht weil er sich bewegt hatte oder ein Geräusch von draußen erklungen war.
»Drago?«
»Ja, kleine Tigerin?«
»Du hast mir nie von deinem Bruder erzählt.«
»Nein, das habe ich nicht.«
Ich wollte ihm sagen, wie sehr es mir leidtat, was geschehen war, aber Worte waren so banal, so schwach, also schwieg ich. Aber meine Hände wollten nicht ruhig bleiben. Seide war mein Beruf. Ich kannte die körnig-bauschige Textur des Chiffons, die elastisch-schmiegsame der Wirkwaren, die griffig-strukturierte des Moiré, liebte den flaumig-zarten Samt, den knusprig-steifen Taft und die geschmeidige Glätte des Satins. Ich hatte Seide auf feste Futterstoffe genäht, damit sie sich faltenlos um die Mieder schmiegte, ich hatte Volants und Rüschen daraus gefertigt, die sich über Unterröcke bauschten, Shawls, die man sich über die Schultern warf, aber nie hatte ich Seide auf bloßer Haut gefühlt – außer der meinen.

Atlasseide, matt glänzend, hier und da winzige Knötchen. Stoff, der nicht auf einem maschinellen Webstuhl hergestellt worden war, doch schwer und schmiegsam. Er haftete an meinen Fingern und glitt über seine Haut. Und doch spürte ich darunter jede Regung.

Er hielt still, ließ zu, dass ich über seine Schultern strich, dann über seinen Rücken. Doch sein Herz schlug schneller unter meiner Wange.

Ich fand den Saum des Hemdes unterhalb seiner Hüften und eine weite, ebenfalle seidige Hose, die seine Beine umhüllte. Meine Hand wanderte fast ohne mein Zutun unter das Oberteil und ruhte nun auf seiner bloßen Haut.

Auch sein Atem ging schneller.

Langsam strich ich über die Wirbelsäule nach oben, und meine Finger erreichten seinen Nacken. Sie tasteten sich weiter vor. Seine Schultern schienen breiter zu sein als früher, aber vielleicht trog mich auch die Erinnerung. Die Haut über seinen

Rippen war zart, doch als ich bei seiner Brust angelangt war, fühlte ich die rauen Locken, die sich dort ringelten. Schwarz, wie die seines Haupthaars, erinnerte ich mich.

Sein Herz schlug noch ein wenig schneller, und meine Finger erlaubten sich, wieder nach unten zu wandern.

Sie wurden gehindert.

Drago bewegte sich schnell, ohne großen Aufwand, aber schon lag das schwarze Hemd auf dem Boden. Hell ergoss sich das Mondlicht über seinen Körper. Ich wollte mich sattsehen an ihm, doch als er sich über mich beugte, schloss ich die Augen.

Seine Hände waren sanft, aber beharrlich. Der Genuss, feine Seide auf warmer Haut zu spüren, schien ihn wenig zu beeindrucken. Mein Nachthemd verließ mich. Ich trauerte ihm nicht nach, denn er liebkoste mich mit unerwarteter Zärtlichkeit. Es schien, als ob sich die ungestüme Leidenschaft früherer Nächte zu einer anderen, größeren Innigkeit gewandelt hatte. Mir flogen Schauder über den Körper, Hitzewellen folgten, ich fühlte Tränen über meine Wangen rinnen und seine Lippen, die sie auffingen. Meine Flechten hatten sich gelöst oder waren gelöst worden, und seine Hände vergruben sich in meinen Haaren. Dann wieder fanden sie Haut, empfindlicher und verletzlicher als je zuvor. Doch sanft war er, sanft blieb er, sanft war sein Mund, seine Zunge. Sanft war auch sein Eindringen, und sanft hoben mich die Wogen höher und höher, bis nur noch ein einziges Gefühl in mir war – vollkommene, bedingungslose Hingabe.

Ich träumte und wachte und schlummerte, geborgen in seinen Armen.

Drago lebte.

Er war zu mir gekommen.

Als sich das graue Tageslicht in das Zimmer schlich und der Regen an die Scheiben schlug, wurde ich wieder wach.

Er war fort.

War er wirklich hier gewesen?

Wie war er ins Haus gekommen?
Mein Blick fiel auf die zerknüllte Seide auf dem Boden.
Ich hatte es nicht geträumt.
Noch einmal schloss ich die Augen und ließ das Geschehen der Nacht passieren.
Wie leicht er mich noch immer verführen konnte, der samthäutige Halunke.
Aber ich bedauerte es nicht.
Nein, wirklich nicht.

In mein ältestes Kleid gehüllt, machte ich mich daran, meine Wohnung in Ordnung zu bringen. Bette hatte sonntags frei, und so brachte ich selbst das Waschwasser vom Vorabend nach draußen, pumpte frisches in die Kannen, räumte die Reste weg, die auf dem Bazar nicht verkauft worden waren, und richtete mir ein Frühstück. Noch einmal ließ ich den großen Kessel mit Wasser heiß werden, denn sonntags war auch der Tag, an dem ich mir die Haare wusch – ein langwieriges Verfahren, vor allem das gründliche Ausspülen und das anschließende Entwirren und Trocknen.

Mit dem Herrgott hatte ich eine Vereinbarung getroffen, dass ich nur noch einmal im Monat und zu hohen Feiertagen die Kirche besuchte. Er schien es mir nicht übel zu nehmen, anders als Pastor Breitling, der mir jedes Mal, wenn er meiner habhaft wurde, vorwarf, ein schlechtes Beispiel für meine Kinder zu sein. Ich gab ihm darauf in schöner Regelmäßigkeit die Antwort, dass ich für das Wohl meiner Kinder in der diesseitigen Welt zu sorgen habe und daher den Sonntag heiligte, indem ich mich ausruhte. Worauf er mit penetranter Hartnäckigkeit mir den einen oder anderen halbsenilen Hammel aus seiner Herde ans Herz legte, der meine weibliche Zuwendung und vor allem Arbeitskraft weit mehr zu schätzen wisse und meinen vaterlosen Kindern dafür gerne sein Heim schenken würde.

Wir würden zu diesem Sujet nie eine Einigung finden, aber auch damit konnte ich leben.

Während meine Haare vor dem Küchenherd trockneten, las ich die Kölnische Zeitung, doch so recht konnte ich mich nicht konzentrieren.

Drago war hier.

Er hatte sich gestern in aller Öffentlichkeit an mich gewandt. Er hatte mich in der Heimlichkeit geliebt.

Und wenn ich ihn richtig einschätzte, dann würde unsere nächste Begegnung wieder vor Publikum stattfinden, wenn er sich sicher war, dass ich mich wieder beruhigt hatte.

Und wie würde ich dann reagieren? In der Nacht war mir wieder bewusst geworden, dass ich von Gleichgültigkeit ihm gegenüber noch weit entfernt war. Er hingegen hatte schon immer, bei aller Leidenschaftlichkeit, gewusst, wie man Distanz wahrte. Also egal, was meine Gefühle mir sagten, ich würde geschäftsmäßig bleiben, wenn möglich sogar versuchen, mich freundlich zu geben. Keine Szenen, keine Vorwürfe, keine Bitterkeit. Und ja nicht die vergangene Nacht erwähnen. Aber um meine Kinder würde ich kämpfen, wenn nötig.

Ich verbot mir streng, mir irgendwelche Szenarien auszumalen, in denen er sie einfach nach China mitnahm oder mir offenbarte, er habe inzwischen eine andere Frau geheiratet, die die Mutterstelle für sie einnehmen wollte. Bei solchen Gedanken stieg mir nur die Galle in die Kehle.

Entschlossen schlug ich die nutzlose Zeitung zu, bürstete noch einmal meine Haare und band sie im Nacken zusammen. Aufstecken würde ich sie später. Um meine Hände zu beschäftigen, überlegte ich, ob ich für die Kinder heute Nachmittag Waffeln backen sollte und welche Spiele wir gemeinsam spielen konnten, denn das trübe Wetter machte unseren üblichen Ausflug zunichte.

Gerade hatte ich Eier und Mehl aus der Speisekammer geholt, als meine Türglocke ertönte.

Ich zuckte zusammen.

So bald schon?

Ja, so bald schon. Drago schätzte keinen Aufschub.

Ich öffnete, und wie erwartet stand er vor der Tür.

»Guten Morgen, Ariane. Ich bin unbewaffnet. Darf ich ungefährdet eintreten?«

»Guten Morgen. Natürlich. Ich habe dich erwartet.«

»Dann hättest du dich aber ein bisschen hübscher machen können.«

»Der Sonntag ist häuslichen Pflichten gewidmet, da ich die Woche über meinen Unterhalt verdiene, Drago. Du musst also mit dem vorliebnehmen, was du vorfindest. Bitte nimm Platz.«

Ich deutete mit einer Handbewegung auf die Chaiselongue im Anprobenraum, der außerhalb meiner Geschäftszeiten als Besuchszimmer diente. Ich konnte nicht umhin festzustellen, dass er sich sehr korrekt gekleidet hatte und leider ausgesprochen gut aussah. Früher hatte er einen schmalen Bart um Kinn und Lippen getragen, jetzt war er glatt rasiert. Seine Haare mochten etwas länger sein als damals und lockten sich unpomadisiert um seinen Kopf. Sein Gesicht war tief gebräunt, und als er lächelte, blitzten seine Zähne weiß auf. Es versetzte mir einen Stich, die kleine Lücke am Original und nicht in Philipps Gesicht zu sehen.

Er blickte sich um, betrachtete nachdenklich den chinesischen Teppich und nickte dann.

»Sieht ansprechend aus, dein Atelier. Aber ich bin nicht gekommen, um hier zu verweilen, Ariane. Ich würde gerne mit dir im Domhotel zu Mittag speisen.«

»Um der Öffentlichkeit was zu demonstrieren?«

Er grinste mich an.

»Was hättest du denn gerne?«

»Ich gelte als Witwe, Drago.«

»Ich weiß. Daher habe ich mich als entfernter Verwandter eingeführt, Cousine.«

»Dann belass es so.«

»Gut. Würdest du mir dennoch die Ehre erweisen, mit mir essen zu gehen?«

»Da du so höflich fragst.« Ich war sogar ganz dankbar dafür, nicht alleine mit ihm verhandeln zu müssen, in Gesellschaft mussten wir beide Contenance bewahren. »Aber du wirst dich gedulden, bis ich mich entsprechend gekleidet habe.«

»Nur zu. Wenn ich es recht in Erinnerung habe, gehörst du nicht zu den Trödlerinnen. Ich werde mich in der Zwischenzeit mit diesen Magazinen vergnügen.«

»Modegazetten? Na, wie du möchtest.«

Ich konnte mich aus langer Übung als Schneiderin tatsächlich in sehr kurzer Zeit ankleiden, kaum eine halbe Stunde benötigte ich, und dabei hatte ich sogar noch meine Haare geflochten und zu einem unprätentiösen Knoten im Nacken aufgesteckt. Das blassgrüne Kleid mit dem Chrysanthemenmuster schien mir angemessen, für die Herbstsaison hatte ich mir eine dunkelgrüne Schoßjacke aus Samt dazu angefertigt, hoch geschlossen und ganz schlicht, nur die Säume an Knopfleiste, Kragen und Ärmeln mit demselben Stoff eingefasst, aus dem das Kleid bestand. Eine kleine, grüne Samtkappe rundete das Ensemble ab. Ich wählte ein passendes Retikül und rauschte in den Salon.

Anerkennung blitzte in seiner Miene auf.

»Ein eigener Entwurf?«

»Natürlich.«

»Besser als alles hier drin.« Er warf die »Gazette des Luxus und der Moden« auf das Tischchen. »Madame, Ihr Diener!«

Er erhob sich und reichte mir den Arm.

»Zu Fuß, Drago?«

»Aber nein, der Kutscher wartet um die Ecke.«

Das Gefährt kam auf seinen Wink herbei, und er half mir einzusteigen. Auf dem kurzen Weg zum Dom schwiegen wir, dann geleitete er mich zu dem höchst mondänen Speiseraum, wo ein katzbuckelnder Oberkellner uns zu einem opulent gedeckten Tisch an der Fensterfront führte. Dem besten im Saal. Drago schien ein geachteter Gast zu sein. Ich war viel zu gefangen genommen von all der Pracht um mich herum, als dass ich jemanden wahrgenommen hätte, aber es war vermutlich nicht ausgeschlossen, dass einige der wohlhabenden Mitglieder der gehobenen Gesellschaft, in der ich einst mit Tante Caro verkehrte, sich ebenfalls eingefunden hatten.

»Du bist zum ersten Mal hier?«

So schnell es ging, versuchte ich eine blasierte Miene aufzusetzen.

Er durchschaute mich.

»Lass nur, kleine Tigerin. Mich beeindruckt es auch, und ich wohne schon seit über einer Woche in diesem Palast. Sie haben sich an meine Exzentrizitäten erfreulich schnell gewöhnt.«

»Exzentrizitäten?«

»China prägt einen Menschen.« Er nickte dem Kellner zu und bat: »Für Madame bitte die Karte.«

»Du isst nichts?«

»Doch, aber nichts aus dem Menü. Aber das braucht dich nicht zu stören. Wähl aus, was du möchtest.«

Er machte mich neugierig. Außerdem waren Speisen ein unverfängliches Thema.

»Was isst du Besonderes? Spezielle chinesische Gerichte?«

»Die würde man hierzulande nicht zubereitet bekommen. Nein, ich habe mir angewöhnt, kein Fleisch mehr zu essen. Und wie du siehst, gibt es aus dieser Küche nichts, das fleischlos wäre.«

Ich warf einen Blick auf die goldgerandete Menükarte, die mir gereicht worden war, und musste ihm zustimmen. Meine Frage, die ich sorgsam zu formulieren versuchte, beantwortete er mit einem Lächeln, ohne dass ich sie stellte.

»Ich verbrachte eine lange Zeit in einem buddhistischen Kloster und habe mir manches von dem Leben der Mönche zu eigen gemacht.«

Ach du lieber Gott – Drago bekehrt? In meinen verrücktesten Träumen wäre ich auf diese Idee nie gekommen. Ich musste schlucken.

»Überrascht, kleine Tigerin?«

»Ein wenig.«

»Nein, nein, ich habe kein Gelübde abgelegt.« Er grinste mich an, und ich fürchtete, laut gedacht zu haben. »Aber die Mönche vom Kalten Berg haben mich von einem sehr wackeligen Rand zurückgeholt. Fast wäre dein Wunsch wahr geworden, und du hättest dich zu Recht Witwe nennen können. Beinahe ein Jahr habe ich gebraucht, um wieder zu Kräften zu kommen. Ein Jahr in Abgeschiedenheit und einer ganz anderen Form des Daseins. Ich denke, ich habe etwas gelernt in dieser Zeit. Nicht nur, dass Atmen Leben bedeutet.«

»Ich habe nie gewünscht, dass du tot wärst.«

»Doch. Gestern Nachmittag stand Mordlust in deinen Augen.«

»Mörderische Wut. Und das wolltest du doch, nicht wahr?«

»Ja, das wollte ich.«

»Lassen wir es dabei.« Ich wollte geschäftlich, ja freundlich sein. Und um mein Entgegenkommen zu zeigen, bat ich: »Bestell du für uns beide. Ich will probieren, was du isst.«

»Höflich, kleine Tigerin?«

Ich zuckte mit den Schultern und unterdrückte eine Antwort.

Er winkte dem Ober, gab ihm an, was er uns bringen sollte, und schickte ihn mit einem Gruß an die Küche wieder fort.

»Den Küchenchef hast du also auch schon um den Finger gewickelt?«

»Ich habe mich mit ihm unterhalten, ja. Er zeigte sich zunächst befremdet, aber die Direktion des Hauses hat ihn gefügig gemacht.«

»Und dein Geld?«

»Und mein Geld.«

Er hatte also wirklich sein Glück gemacht. Während ich meine Groschen dreimal umdrehen musste. Nein, Ariane, nicht bitter werden, geschäftsmäßig und freundlich bleiben. Und endlich zur Sache kommen.

»Willst du die Kinder wirklich zu dir nehmen?«

Er hob eine Braue, nickte aber dann.

»In China würde man dir gröblichste Unhöflichkeit vorwerfen, so schnell das Thema anzusprechen. Aber es ist dein wichtigstes Anliegen. Ich verstehe. Gut, dann sprechen wir jetzt gleich darüber. Ich will deine Kinder kennenlernen. Wenn nötig, möchte ich etwas für sie tun, was ihre Zukunft sichert. Ariane, ich bin vor gut einem Monat in Hamburg angekommen und habe mich gleich auf die Suche nach euch gemacht. Dabei habe ich ziemlich viel erfahren – Tatsachen, Gerüchte, Vermutungen. Einiges davon würde ich gerne von dir genauer wissen.«

»Und ich? Werde ich auch von dir etwas erfahren?«

»Ja, kleine Tigerin. Aber manches davon wird dir nicht gefallen.«

»Zum Beispiel, dass du eine Geliebte hattest, meinst du?«

»Zum Beispiel.«

»Du wolltest mit ihr sterben, hieß es. Sie muss dir unsagbar viel bedeutet haben.«

Der Schmerz war wieder da. Jäh und brennend.

»Ich wollte nie sterben, Ariane. Aber ich habe Fehler gemacht, und einer davon war meine Sucht nach Opium. Der andere war, dass ich ein schönes Mädchen nicht genug beachtet habe. Beide werde ich nie wiederholen.«

Der Schmerz wurde etwas dumpfer.

»Aber ...«

»Sie war Servatius' Tochter. Er hat zwei Kinder hinterlassen, noch einen jüngeren Sohn, George Liu. Er hat mich herbegleitet, und du wirst ihn kennenlernen. Sie lebten bei ihrer Mutter Tianmei, einer sehr schönen, sehr kultivierten Chinesin. George hat großes Interesse an der westlichen Kultur, Ai Ling lehnte sie ab und versuchte, mir ihre Lebensweise nahezubringen. Für mich war sie jedoch nur ein schönes Spielzeug. Sie bemerkte es und begann mich zu hassen. Ich konnte es ihr nicht verdenken, aber gleichgültig, wie ich gegen sie war, erkannte ich ihre Wut erst, nachdem sie mich und sich vergiftet hatte.«

Der Schmerz verklang, aber sein Echo blieb.

Vielleicht, weil ich ihm genauso wenig bedeutet hatte. Ein hübsches Spielzeug eben.

Aber er war zurückgekommen.

Und würde mich wieder verlassen.

Ich senkte meinen Kopf und kramte in meinem Retikül nach dem Taschentuch. Aber ich wollte nicht weinen. Nein, hier ganz bestimmt nicht.

Ein Kellner servierte uns einen kühlen Weißwein, und ich nickte ihm zu, mit erstarrter Miene, das merkte ich. Mit Gewalt unterdrückte ich die Schluchzer, die in meiner Kehle saßen. Warum nur hatte ich so nah am Wasser gebaut? Ich haderte mit mir selbst, dass ich nicht zufrieden sein konnte mit dem, was der Augenblick mir schenkte. Und erst nach einer Weile bemerkte ich, dass Drago leise auf mich einsprach.

»Die Gärten von Suzhou sind Meisterwerke«, erzählte er mit samtweicher Stimme. »Kleine Pagoden mit geschwungenen Ziegeldächern stehen unter hohen Bäumen, über Seen voller Lotusblumen wölben sich schmale, überdachte Holzbrücken, grau vom Alter, die Geländer zierlich geschnitzt. Am Ufer liegen wie zufällig moosige Steine, die über Jahrtausende vom Wasser geschliffen und bearbeitet worden sind. Doch dem Zufall ist dort nichts überlassen. Windspiele füllen die Luft mit feinem Geläut, hoher Bambus raschelt, im Herbst färbt sich der Ahorn flammend rot und entzündet in den Gewässern das Feuer. Büsche und Bäume werden aufmerksam gepflegt, manche sind nur Miniaturausgaben der großen Gewächse.«

Während ich an meinem Glas nippte, entstanden so die Bilder, die er mir zu vermitteln versuchte, und ich wurde ruhiger. Seine leisen Worte entführten mich durch kreisrunde Tore in die zauberhaften Gärten des bescheidenen Beamten oder des törichten Politikers, in das Teehaus inmitten blühender Beete, Flüsschen und Seen.

Als er verstummte, fragte ich ihn:

»Wann wirst du wieder gehen, Drago?«

»Wenn es notwendig ist. Aber nicht mehr dieses Jahr.«

Ein Aufschub.

»Die preußische Regierung hat eine Expedition genehmigt, um die Handelsbeziehungen mit China vertraglich besser abzusichern. Ich war für zwei Wochen in Berlin und habe mit den Verantwortlichen gesprochen. Sie würden es begrüßen, wenn ich ihnen vor Ort als Ratgeber zur Verfügung stünde.«

»Du bist ein einflussreicher Mann geworden.«

»Ja, und ein erfolgreicher Handelsherr. Die Chinesen nennen mich *tai pan,* was ein achtungsvoller Titel ist.«

»Womit handelst du?«

»Mit vielen Dingen, aber neuerdings vor allem mit Seide. Sie wirft guten Gewinn ab.«

Uns wurde eine Gemüsesuppe serviert, und ich konnte sie sogar genießen. Danach erzählte ich ihm von Laura und Philipp. Wie sie aufgewachsen waren, welche Schulen sie besuchten, wie aufgeweckt sie waren. Als die Eierspeise mit Pilzen und Spinat gereicht wurde, meinte er: »Du bist stolz auf die beiden.«

»Ja, das bin ich.«

Und als die Käseauswahl auf dem Tisch stand, berichtete ich ihm ausführlich über den Streich mit dem Spukhaus. Er hörte sehr nachdenklich zu.

»Es gefällt mir nicht. Aber ich vermute, du hast alles getan, was möglich war. Sie sind nicht besonders gehorsam, muss ich dir verraten.«

»Nein, leider manchmal nicht. Und Hannah können sie viel zu leicht überlisten.«

»Richtig. Vor allem, wenn sie abgelenkt wird.«

Alarmiert sah ich auf.

Er grinste schon wieder breit.

»Ja, glaubst du denn, ich hätte nicht schon alles versucht, um in Kontakt mit ihnen zu kommen?«

»Wann und wo?«

Er erzählte es mir und fragte dann: »Was gedenkst du an diesem heiligen Sonntagnachmittag zu tun, Ariane?«

»Philipp und Laura kommen um halb drei zu mir. Wir verbringen das Wochenende, wann immer es geht, gemeinsam.«

»Würdest du es in Erwägung ziehen, mich ihnen als ihr Vater vorzustellen, Ariane?«

Seine höfliche Zurückhaltung verwunderte mich, und er las es wohl in meiner Miene.

»Ich habe mich ihnen als Herr Long vorgestellt. Sie werden eine Erklärung verlangen.«

»Ich wollte es ihnen gegenüber eigentlich alleine zur Sprache bringen. Sie könnten dich ablehnen, Drago.«

»Damit muss ich dann leben und versuchen, dennoch ihre Achtung zu gewinnen. Ich weiß, Ariane, dass ich ihnen gegenüber verantwortungslos gehandelt habe.«

Darauf wusste ich nichts zu erwidern. Was hätte ich auch sagen sollen? Ihn mit Vorwürfen überhäufen? Ihm mit einem raschen Lächeln Verzeihung gewähren? Darüber hinwegsehen, dass er sich nie nach ihnen erkundigt hatte?

Er war zurückgekommen, um sich um sie zu kümmern. Er hatte sich die Mühe gemacht, uns zu finden, und er beharrte nicht auf seinem Recht. Noch nicht.

»Du darfst es ihnen selbst erklären«, war schließlich mein Zugeständnis.

Er küsste mir die Hand.

»Danke, TaiTai.«

Familienbande

*Steht dann eines Morgens da
Als ein Vater und Papa
Und ist froh aus Herzensgrund,
Daß er dies so gut gekunnt.*

Wilhelm Busch

Lauras Drachen war geheilt und wieder einsatzbereit, aber leider war das Wetter richtig scheußlich geworden. Und der Samstag war auch fürchterlich gewesen. Mama musste zu einem Bazar und hatte keine Zeit für sie gehabt. Hannah war zwar mit ihnen im Park gewesen, aber der interessante Herr Long war nicht erschienen, und ihre Cousine hatte sich beständig an ihre Fersen geheftet. Wahrscheinlich war ihr klar geworden, dass sie beide in den vergangenen Tagen ziemlich ungehorsam gewesen waren. Das Buch, das Mama ausgewählt hatte und das sie mit Hannah zusammen lesen mussten, war gähnend langweilig und handelte von frommen Schlappschwänzen, die bei jeder kleinen Untat irgendwelchen bösartigen Krankheiten und Auszehrungen erlagen. In der Kirche hatte der Pastor dann auch noch über das achte Gebot gepredigt und die schrecklichen Folgen des Lügens dargestellt. Außerdem hatte er, Philipp, sich mit seinem besten Freund verkracht, weil der ihn Muttersöhnchen genannt hatte. Nur weil er dummerweise zugegeben hatte, dass er auch nähen konnte. Das konnten die Schneider doch alle, oder nicht? Aber Christian hatte gesagt, das seien Proletarier, und ein Herr täte so was nicht. Was dazu geführt hatte, dass Philipp kritisch nachfragen musste, ob sein Freund seine Mama auch für eine Proletarierin hielt, weil sie als Couturière ihr Geld verdiente. Worauf sich die Diskussion auf den ganzen Kreis ausweitete und die Berufstätigkeit von vornehmen Damen in Frage gestellt wurde. Ihm wurde unmissverständlich klargemacht, dass die hochnoblen Mitschüler grundsätzlich der Auffassung waren, Damen hätten nur dekorativen Nutzen, ansonsten seien sie eben keine Damen. Und schon gar nicht, wenn sie keinen Mann hatten, der für ihren standesgemäßen Unterhalt sorgte.

Bisher war dieser Umstand unter den Kameraden noch nie erörtert worden, und Philipp hatte sich in der Schulklasse ganz wohl gefühlt, auch wenn er nur selten zu einem der jungen Herren nach Hause eingeladen worden war. Die Tatsache, dass Alexander Masters, eigentlich Graf von Massow, sich dafür eingesetzt hatte, dass er an dem Gymnasium aufgenommen worden war, hatte das Gemunkel über seine Familienverhältnisse stark in Grenzen gehalten.

Die dünne Kruste gesellschaftlicher Ebenbürtigkeit war seit diesem Zwischenfall allerdings geborsten, und daher fand Philipp auch nichts dabei, den schlimmsten Spöttern die Faust auf die Nase zu setzen.

Der Klassenlehrer gebot den Streithähnen zwar Einhalt, bevor die Rauferei schlimmere Folgen zeitigen konnte, aber er hatte nun einen Tadel am Hals, den er noch nicht einmal Laura gestanden hatte.

Aber er würde wohl nicht darum herumkommen, Mama zu beichten, was geschehen war.

Ärgerlich das alles!

Und Tante Caro hatte auch wieder genörgelt, weil sie in den Salon gekommen waren, als sie Besuch hatte. Aber von dem wussten sie doch nichts und hatten auch ganz höflich gegrüßt. Der Herr hatte sie nur missbilligend angesehen, und so waren sie ohne den interessanten Band der Enzyklopädie, den sie unbedingt brauchten, wieder nach oben gelaufen.

Und jetzt hingen die grauen Wolken ganz tief über den Dächern. Es regnete, nicht mal in den Hof konnte man gehen, und Hannah hatte frei und sich mir irgendeiner Klatschbase verabredet, und Laura machte ein Gezeter, weil sie ihre Haare nicht richtig geflochten bekam und sie ihr Lieblingshaarband verschlampt hatte.

Ach Mist, Mensch!

Hilde stapfte die Treppe hoch und forderte sie auf, sich die Regenmäntel überzuziehen, damit sie sich auf den Weg zu ihrer Mama machen konnten.

Na gut, also auf in den Kampf.

Die Haushälterin war auch schlecht gelaunt und brummig, während sie unter ihrem großen, schwarzen Schirm durch die Hohe Straße trottete. Vermutlich hätte sie lieber in der warmen Küche gesessen und in ihren Traktätchen gelesen. Düster wie alles andere wirkte heute auch der Dom mit seinem steinernen Gerippe, und in der Komödienstraße ragte bedrohlich die geschwärzte Ruine des Theaters in die graue Luft. Daran mussten sie noch vorbei, dann hatten sie endlich Mamas Atelier erreicht. Laura zog an der Klingelschnur, und die Tür öffnete sich.

»Hier sind die beiden, gnä' Frau. Bringen Sie sie bitte pünktlich um sechs zurück, damit das Essen nicht kalt wird.«

Puh, was für eine Laus war Hilde nur über die Leber getrampelt!

»Natürlich, Hilde. Sollte es später werden, geben wir Ihnen Bescheid. Kommt herein, Laura, Philipp.«

Mama war hübsch angezogen, verhielt sich aber irgendwie komisch. Nicht schlecht gelaunt, sondern fast so nervös wie er, fand Philipp. Als ob sie auch ein schlechtes Gewissen hätte. Oder über irgendwas sich nicht zu reden traute. Er begann sich noch weit unbehaglicher zu fühlen.

»Ich habe Besuch, meine Lieben. Zieht eure feuchten Mäntel aus und kommt bitte in den Salon.«

Oje, auch noch offizieller Besuch. Salon nannte Mama den Anprobenraum nur, wenn richtige Gäste da waren. Da musste man höflich sein und den Mund halten und artige Antworten geben, wenn man gefragt wurde. Ein widerlicher Tag heute. Ehrlich.

Laura schniefte ebenfalls und wurde angewiesen, sich die Nase zu putzen. Aber er wusste, dass das Schniefen dem blöden Besuch galt.

Nicht eben freudig trotteten sie hinter Mama her, traten in den Salon und standen dem Mann gegenüber.

Da sollte ihn doch der Teufel frikassieren! Damit war ja wohl für heute alles verdorben. Philipp erstarrte fast, denn das mehrte die Anzahl seiner zu beichtenden Sünden noch um einiges.

Betreten sah er zu Herrn Long auf, und Lauras Hand stahl sich in die seine.

»Guten Tag, Fräulein Laura, guten Tag, Jung Philipp«, begrüßte sie Herr Long, und Philipp sah sich hilfesuchend nach Mama um. Doch die gab sich redlich Mühe, einer der stummen, unbeweglichen Schneiderpuppen zu ähneln. Lauras Hand zwackte und zwickte. Es blieb ihm ja wohl nichts anderes übrig, als sich dem Drachen zu stellen. Er sah Herrn Long aufrecht in die Augen.

Der lächelte sie an, zwinkerte und fragte: »Ich nehme doch an, ihr erinnert euch an mich?«

Laura zwickte noch mal. Dann machte sie ein schnippisches Knickschen und sagte ganz keck – verflixt, wie konnte ein Mädchen nur so vorlaut sein –: »Ja, Herr ... Vater.«

Der Mann hob die Schultern, drehte die Hände nach oben und sah zu Mama hin.

»Ich nicht, Drago, ich nicht«, sagte die abwehrend und schüttelte den Kopf.

»Nein. Nun, ihr Rabauken, woher wisst ihr das?«

»Weil Sie doch beim Himmlischen Kaiser waren.«

»Und wegen dem Zahn.«

»Ja, und wegen der Daguerrotypie.«

»Und dem Medaillon.«

Philipp scharrte mit den Füßen, aber Laura befreite ihre Hand aus seinem Griff und reichte sie dem Herrn Long. Der nahm sie vorsichtig in die seine, beugte sich darüber und deutete einen galanten Kuss an.

»Gut geraten, Fräulein Tochter.«

Laura schaute wie ein belämmertes Schaf auf ihre Hand und grinste selig. So was Doofes.

»Und du, mein Sohn? Wirst du mir deine Hand verweigern?«

Na ja, konnte man ja schlecht, oder?

»Aber nicht küssen!«

Herr ... Vater lachte laut auf, nahm seine ausgestreckte Hand, und urplötzlich fand Philipp sich vom Boden gehoben, einen Überschlag in der Luft machen und mit dem Rücken auf dem Teppich landen. Allerdings weich, denn der Mann hatte seinen Sturz abgefangen.

»Sauguter Trick. Zeigen Sie mir den, Herr Vater?«, keuchte er, als er sich von der Überraschung erholt hatte.

»Den und noch ein paar mehr. Die kann ein Mann in deiner Position sicher gut gebrauchen.«

Mama mischte sich jetzt endlich ein und meinte: »Ich denke, die Vorstellungsrunde ist damit beendet. Darf ich euch jetzt zu Tisch bitten? Und mir manierliches Benehmen ausbedingen? Von allen, meine Damen und Herren!«

»Ja, Mama.«

»Ja, Mama.«

»Ja, TaiTai.«

Philipp setzte sich auf die Kante des Sofas neben Laura und sah zu dem ... mhm ... Herrn Vater hin, der sich gemütlich im Sessel breitgemacht hatte und die Beine übereinanderschlug. Jetzt war der Nachmittag ja doch noch ganz richtig geworden.

»Ihr habt eurer Mama also nichts von dem Mann mit dem Drachen erzählt?«

»Nein, Herr Vater. Wir durften doch nicht.«

»Aber Sie haben uns auch angeschwindelt!«, konnte Philipp sich nicht enthalten zu erwähnen.

»Habe ich das?«

»Sie haben gesagt, Sie heißen Herr Long.«

»Nein, ich habe gesagt, man nenne mich *baixi long*, und das heißt hellhäutiger Drache auf Chinesisch. So wurde ich dort gerufen.«

Laura neben ihm gluckste leise.

»Na ja, Sie hätten sich aber korrekt vorstellen müssen, oder? War doch ein bisschen geschummelt.«

»Das gebe ich zu. Aber – hättet ihr mir denn geglaubt, wenn ich gleich gesagt hätte: ›Hallo, Laura und Philipp, ich bin euer Vater‹?«

Philipp und Laura sahen sich an. Na jaaaa.

»Beim zweiten Mal schon, Herr Vater.«

»Ich scheine eine recht scharfsinnige Brut gezeugt zu haben, kleine Tigerin.«

»Pfff!«, sagte Mama, die mit der Kakaokanne in den Raum kam.

Kleine Tigerin zu Mama zu sagen, das war aber verflixt mutig. Überhaupt, der Herr Vater schien gar keine Furcht zu kennen. Und wie er sie ansah! Irgendwie komisch. Als wollte er was sagen. Etwas, das sich nicht gehörte. Er hatte ein geradezu *freches* Glitzern in den Augen. Dann drehte er sich aber wieder zu ihnen herum und fragte beiläufig: »Und bei welcher Gelegenheit hättest du, mein Sohn, diesen sauguten Trick gebrauchen können? Gab es jüngst einen Anlass, jemanden in die Schranken zu weisen?«

Es war bestimmt viel leichter, den üblen Zwischenfall in der Schule einem Mann zu erzählen als Mama. Auch wenn die sich eigentlich wegen einer kleinen Keilerei nicht besonders aufregte. Aber in dem vornehmen Institut – na, man wusste ja nicht. Also, Papa – Papa? Beim wilden Nick, verdammt noch mal, er war doch sein Papa! Er hatte doch einen Papa! Er war wirklich nicht nur ein Muttersöhnchen. Ein wildes Glücksgefühl schwappte durch Philipp hindurch, er reckte sich und begann mit erhobenem Kinn: »Das war so, Papa ...«

Der hörte schweigend zu und sagte dann: »Aha, man hat eurer Mama die Qualifikation zur Dame abgesprochen. In diesem Fall, mein Junge, hätte ich ebenfalls zu einem der sauguten

Tricks gegriffen. Es scheint aber, dass ich mich zunächst doch besser wie ein Herr einführe und dem Schulleiter einen freundschaftlichen Besuch abstatte. Oder hast du dich in der letzten Zeit wieder irgendwo danebenbenommen, kleine Tigerin?«

»Ich pflege mich in der Öffentlichkeit immer tadellos zu verhalten.«

»Immer?«

»Wenn Frau Helene nicht dabei ist«, prustete Laura los und bekam von Mama einen übergebraten. »Mein Fräulein, ich muss dich daran erinnern, dass du es warst, die den schändlichen Vers zum Besten gegeben hat!«

»Ja, Mama. Aber du hast auch gelacht.«

»Schlangenbrut, aha. Das müssen sie von dir haben, Ariane.«

»Du untergräbst meine Autorität, Drago.«

»Tue ich das, Kinder?«

»Nein, Papa.«

»Ja, Papa.«

»Mist.«

Oh, was war der für ein Pfundskerl!

Und dann erzählte er von China. Es war atemberaubend. Alles erzählte er. Von Laternenfesten und Drachentänzen, von Menschen, die in schwimmenden Häusern lebten, von Wasserbüffeln und Reisfeldern, von schmutzigen, lauten Hafenstädten, von grausamen Aufständischen und genauso grausamen kaiserlichen Soldaten, von Kanonenbooten der Engländer und Franzosen, von Teehäusern und kostbar gekleideten Frauen mit Stummelfüßchen und den prunkvollen Auftritten der Hofbeamten. Stundenlang hätte man zuhören können. Der Kakao war darüber kalt geworden, der Kuchen zerkrümelte sich auf den Tellern, die Zeit verflog wie nichts.

Bis die dumme Türbimmel erklang.

Mama ging hinaus, um zu öffnen, richtig glücklich sah sie dabei aber nicht aus.

»Meine liebe Frau Kusan, verzeihen Sie die Störung, aber Sie sind gestern so schnell aufgebrochen, dass wir Ihnen gar nicht den Blumenstrauß überreichen konnten«, hörte Philipp eine lebhafte Frauenstimme sagen.

»Kommen Sie doch herein, Frau Waldegg, Herr Waldegg!«

Mama führte zwei ältere Herrschaften in den Salon, und Papa erhob sich. Da musste man natürlich auch gleich aufstehen, Diener, Laura Knicksen.

»Meine Kinder, Frau Waldegg, Laura und Philipp. Herrn Kusan kennen Sie ja schon.«

Oh, konnte Papa sich elegant verneigen.

Herr Waldegg überreichte Mama ein riesiges Blumenbouquet, und Papa holte noch einen Sessel hinzu. Laura und Philipp wurden angewiesen, in der Küche zu verschwinden, aber die nette alte Dame bestand darauf, dass sie dabei blieben.

»Wir wollen doch den Familiennachmittag nicht stören, liebe Frau Kusan. Nein, nein, machen Sie sich keine Umstände.«

»Machen Sie sich ruhig welche, Frau Kusan, ich will mich mit dem weitgereisten Helden unterhalten. Wir kamen gestern nicht dazu, und ich hätte noch einige Fragen an ihn. Wie beurteilen Sie beispielsweise die Lage der Briten in Peking, Herr Kusan? Wird der kaiserliche Hof sich den einseitigen Forderungen beugen?«

Frau Waldegg hob mahnend den Finger, piekste ihren Mann damit an die Brust und meinte: »Mein Gatte ist die personifizierte Wissbegier. Schweigen Sie einfach, Herr Kusan, sonst lutscht er Sie aus wie eine Orange.«

Das war vielleicht eine Beschreibung. An Papa konnte man doch nicht herumzutzeln wie an einer Apfelsine. Aber er gab schon ausführlich Antwort. Nicht, dass Philipp auch nur die Hälfte davon verstanden hätte. Auch Mama unterhielt sich lieber mit Frau Waldegg, und die fragte auch sehr nett, was ihre Lieblingsbeschäftigungen waren. Und so kam man auf Gruselgeschichten und Drachensteigenlassen und Piraten und Malen. Und natürlich musste sich Laura mit ihrem Bild brüsten, die kleine Angeberin.

»Wirklich, das hast du gemalt? Cornelius, schau dir das an!«

Die Herren unterbrachen gehorsam ihre Unterhaltung, um sich das Gemälde von Captain Mio anzusehen.

»Der alte Pirat lebt also noch?«, fragte Papa leise, und seine Stimme klang seltsam belegt.

»Er durchpflügt die Meere, entert die Betten harmloser Abenteuerfahrer und verlangt seinen Tribut in Form von Streicheln und Kosen«, erklärte Mama.

»Das ist ein wirklich beachtliches Werk, liebe Laura. Du kommst auf deinen Onkel Leander, nicht wahr?«

»Er hat mir das Malen beigebracht. Nicht alles, aber ein bisschen. Und jetzt kriege ich Extraunterricht im Zeichnen.«

»Kann man das Bild käuflich erwerben?«, fragte Papa sie unerwartet. Laura sah ihn verdutzt an.

»Ich bin mir sicher, für den richtigen Preis wird jede Künstlerin verkaufen, nicht wahr, Laura?«, sagte Frau Waldegg und stellte sich neben Papa. »Hast du eine Vorstellung, wie viele Taler du dafür verlangen möchtest?« Und dabei hob sie die rechte Hand und zeigte alle fünf Finger.

»Ja ... ähm ... vielleicht fünf ...«

Frau Waldegg hob die zweite Hand.

»Fünfze...«

Und schloss und öffnete sie fünfmal ganz schnell.

»Fünfzig?«

»Fünfzig Taler? Eine Occasion, dafür nehme ich es sofort. Aber nur, wenn es signiert ist.«

»Ich hab meinen Namen draufgeschrieben, hier unten in der Ecke. Und das Datum. Wie Onkel Leander es gesagt hat.«

»Gut, dann nehme ich es. Akzeptierst du eine Bankanweisung, Laura? Ich habe so viel Geld heute nicht dabei.«

Meine Güte, fünfzig Taler. Was man dafür alles kaufen konnte! Das war ja die Hälfte von dem, was Mama im Jahr an Tante Caro bezahlte. Und das sollte Laura ganz für sich alleine bekommen. Nur für ein einfaches Bild. Philipp überlegte einen Augenblick, ob er etwas sagen sollte, aber dann ließ er es lieber. Es wäre sehr ungehörig gewesen, raffgierig zu erscheinen.

»Mama, kann ich eine Bankanweisung annehmen?«, fragte Laura, und Mama nickte. »Ich nehme an, dass euer Vater solvent ist.«

»Ist er. Aber ich würde es gerne sehen, wenn du das Geld für deinen Zeichenunterricht verwenden würdest und nicht alles in bunte Haarschleifen und Bonbons umsetzt, Laura.«

Ah, das sah doch schon ganz anders aus.

Nach dieser bemerkenswerten Handlung verabschiedeten sich die Waldeggs wieder, und Mama sah zur Uhr.

»Wir sollten Hilde nicht verärgern, ich bringe euch jetzt nach Hause.«

»Ja, Mama.«

»Aber, Mama...?«

»Was ist, Laura?«

»Dürfen wir... Ich meine, jetzt, wo er hier ist...«

»Ihr werdet ihn selbst fragen müssen. Ich kann nicht über die Zeit eures Vaters verfügen.«

»Ich habe noch einige geschäftliche Dinge zu erledigen, aber ich bleibe eine Weile hier. Wir müssen uns ja noch über deine Schule und den Tadel unterhalten, Philipp. Und über ein, zwei saugute Tricks. Ich wohne im Domhotel, dort könnt ihr mir jederzeit eine Nachricht hinterlassen, oder ihr findet mich hier.«

»Ja, danke, Papa.«

Philipp wollte ihm die Hand geben, um sich zu verabschieden, aber Papa legte ihm seine Hand auf die Schulter und drückte sie fest. Fast hatte er den Eindruck, er wollte ihn umarmen. Und fast hätte er das gerne gehabt.

Laura streichelte er die Haare.

Sie sah aus, als gefiele es ihr.

Oh, sie hatten heute Abend viel, so viel zu beraten.

War doch noch ein kolossal guter Tag geworden, nicht?

Brennende Seide

Der Wirbel der Gedanken
Gehorcht dem Willen nicht.
Der Wahnsinn naht und locket
Unwiderstehlich hin.

Novalis, Es gibt so bange Zeiten

Charnay lief unruhig in seinem Zimmer auf und ab, unfähig, auch nur eine Minute still zu sitzen. Ebenso schwer fiel es ihm, seine Gedanken auf sein Vorhaben zu fixieren. Immer wieder schweiften sie ab, immer wieder drängten sich Gefühle zwischen die logischen Schritte, die er zu machen hatte.

Es war alles schiefgelaufen. Erbärmlich schiefgelaufen. Was hatte er übersehen? Er war doch so sorgfältig vorgegangen.

Hatte jemand Verbindungen hergestellt, die er nicht kontrollieren konnte? War es reines Pech gewesen? Hatte er eine unbedachte Äußerung getan?

Er hatte über Helene die Bekanntschaft mit Arianes Tante, dem dummen Huhn von Elenz, gepflegt. Ja, er hatte der albernen Gans sogar einen Kredit gewährt, nachdem er erfahren hatte, dass die Kusan sie extrem kurz hielt. Die überschäumende Dankbarkeit der alten Schnepfe hatte ihm reiche Informationen über die beiden Bälger verschafft. Gespenstergeschichten liebten sie, und der unvergleichliche Kormann hatte von einem verfallenen Spukhaus gewusst. Er war es auch, der einen Straßenlümmel angestellt hatte, den Köder auszulegen. Bis dahin war noch alles gut gegangen. Die Kinder hatten ihn bereitwillig geschluckt, Kormann hatte sie in dem alten Haus eingesperrt, und er hatte bereits den höflichen, jedoch anonymen Brief geschrieben, in dem er die besorgte Mutter aufforderte, für das Wohl ihrer Sprösslinge einen nicht unbeträchtlichen Betrag zu opfern. Die Kusan, da war er sich sicher, würde stracks zu ihrem Verlobten rennen und ihn um das Geld bitten. Es hieß ja, dass sie sehr an den Kindern hing. Kormann hätte die Abwicklung übernommen. In solchen Dingen war der Kammerdiener wirklich gewitzt gewesen.

Und dann waren die Gören morgens einfach verschwunden. Wie in Luft hatten sie sich aufgelöst.

Wer hatte sie befreit?

Wer hatte gewusst, dass sie sich in diesem aufgelassenen Hof befanden?

Hatte der Lümmel von Ferdi sie da rausgeholt?

Seine linke Wange zuckte schon seit geraumer Zeit wieder, und entnervt presste er die Hand darauf.

Müßig, nach Antworten zu suchen, es war geschehen.

Weit schlimmer war es, dass Kormann letzte Woche umgekommen war. Nicht nur, dass er mit ihm einen kompetenten Handlanger verloren hatte, er selbst war auch in das Visier der Polizei geraten. Nicht als Schuldiger, natürlich nicht, sondern als Leidtragender. Das war er wirklich, denn das Geld, das der Kammerdiener bei sich trug, war perdu. Lediglich zwei Zahlungen hatte er von LouLou erhalten. Dummerweise hatte er Kormann auch diese gesamte Abwicklung überlassen, und so konnte er kurzfristig nicht auf die Schlägertruppe zurückgreifen, die dieser angeheuert hatte, ohne in den falschen Kreisen auffällig zu werden.

Wer hatte den Mann umgebracht? Hatte er alte Feinde? Bestimmt. Oder war es ein zufälliger Straßenraub gewesen, gestört durch Passanten? Auch möglich. Oder hatte ihn jemand gezielt wegen der Schutzgeldforderungen ermordet? Eigentlich kaum denkbar. Andererseits – könnte LouLou über Beziehungen zu Verbrechern und Mördern verfügen? Vielleicht doch nicht so völlig ausgeschlossen. Eine Hure wie sie kannte mit Sicherheit genügend Ganoven.

Ein noch viel verheerenderer Gedanke beschlich ihn. Hatten womöglich sie und die Kusan einen Verdacht geschöpft? Hatten sie herausgefunden, dass er ihnen auf der Fährte war? Sie gluckten ja häufig genug zusammen. Und die missglückte Entführung der Kinder, die schwatzhafte Elenz, der Straßenlümmel, die Schlägertruppe ...

Ja, das musste es sein. Sie hatten irgendetwas herausgefunden. Sie hatten seine Pläne vereitelt. Wever war ja auch zugeknöpft, was sein Angebot an Rohseide betraf. Gestern noch hatte er sich verleugnen lassen. Dahinter mussten die beiden Weiber stecken.

Der Zorn ließ ihn an der schäbigen Bettdecke zerren. Kreischend zerriss der Stoff.

Mit Mühe zwang er sich, die Hände davon zu nehmen.

Ruhe. Ruhe. Ganz ruhig musste er überlegen.

Sie mussten vernichtet werden. Die faule Brut musste vertilgt werden. Die Brutstätte des Verderbens vernichtet, ausgebrannt, ausgelöscht werden. Nur reinigendes Feuer konnte das Übel beseitigen.

Es würde ihm guttun, in die lodernden Flammen zu blicken, unter deren Gewalt die Balken barsten, der First einstürzte, die Wände bis auf die Grundmauern niederbrannten und nur noch schwarze Trümmer übrig blieben.

So wie das Komödienhaus.

Es konnte nicht so schwer sein, diesen verseuchten Salon Vaudeville in Schutt und Asche zu legen. Er hatte ihn schon zweimal aufgesucht, sich die ordinären Lieder und provokanten Tänze angesehen und dabei das Interieur gemustert. Die Vorstellung, was eine Gruppe kräftiger Männer darin anstellen konnte, hatte ihn weit mehr ergötzt als die Zurschaustellung der schwarzbestrumpften Frauenbeine.

Montags fanden keine Vorstellungen statt – ein trefflicher Termin, sich dort näher umzuschauen.

Das Zucken in seiner Wange ließ endlich nach, und seine Gedanken kreisten nun ausschließlich um die Durchführung der Säuberungsmaßnahme.

Es war gegen fünf, als er im Schutz der Toreinfahrt sein Jackett ablegte und sorgfältig in einer Tasche verstaute. Er krempelte die Hemdsärmel bis zu den Ellenbogen hoch, zog die abgewetzte Lederschürze über den Kopf, band sie im Rücken zu, steckte sich demonstrativ einige Werkzeuge in die Tasche und setzte sich die speckige Kappe auf den Kopf. Alles das waren Requisiten aus der Rumpelkammer seiner Vermieterin. Die Tasche mit seiner Jacke stellte er hinter einem Ascheneimer ab. Hier würde sie kaum auffallen. Dann wartete er eine Weile, bis wieder ein Fuhrwerk in das Geviert hinter dem Theater fuhr. Hinterhöfe waren vielfrequentierte Orte. Lieferanten, Handwerker, fliegende Händler, Bettler, Hausierer, Straßenmusikanten trafen sich hier, jemand in schlichter Arbeitskleidung fiel nicht weiter auf. Er hatte sogar großes Glück: Der Mann, der den Karren lenkte, hatte Weinkisten geladen, die für das Theater bestimmt waren. Eine dunkel gekleidete Frau öffnete ihm, und als er mit den ersten Kisten hineinstapfte, folgte Charnay ihm durch die Hintertür. Er musste sich einen Augenblick neu orientieren, bis er herausfand, dass neben ihm die Personalräume lagen, davor erst die kleine Bühne und der Zuschauerraum. Vorsichtig betrat er die leere Halle. Es roch muffig nach kaltem Zigarrenrauch, dem Petroleum der Beleuchtung, süßlichem Puder, verschüttetem Wein. Die langen Samtvorhänge waren halb zugezogen, Pappmaché-Möbel, papierbezogenes Sperrholz, Tüllbahnen mit Seidenblumenranken lagen bereit, um die Kulisse zu gestalten.

Zufrieden nickte er und schlenderte leise in den Anrichteraum. Hier war alles aufgeräumt und gewischt, Batterien von Flaschen standen auf den Borden, Gläser, Teller, Bestecke waren ordentlich eingeräumt. In der Ecke stand eine Petroleumkanne. Er merkte sie sich vor. Der Zuschauerraum mit seinen Holztischen und -stühlen, den Draperien und künstlichen Pflanzen inspizierte er nur kurz, die Türen zu den Garderoben waren geschlossen. Eine hölzerne Stiege führte ins nächste Stockwerk. Auch hier war alles vollkommen ruhig. Ein wenig knarrte der Fußboden unter seinen Schritten, und als er hier auf die Klinken drückte, musste er mit Bedauern feststellen, dass auch diese Türen abgeschlossen waren. Die Stiege aber führte weiter zur Mansarde hinauf, und hier bemerkte er unter einer Tür einen Lichtschein.

Natürlich, eine Frau hatte dem Weinhändler geöffnet.

Ein Lächeln stahl sich über sein Gesicht.

Er tastete nach dem Hammer in seiner Schürzentasche.

LouLou wollte er lieber nicht unbewaffnet gegenübertreten. Die letzte Begegnung mit der hinterlistigen Schlange war ihm eine Warnung.

LouLou faltete das neue Tanzkleid sorgfältig zusammen. Bisher hatte sie jedes private Wort vermieden und lediglich den Sitz des Kleides kommentiert, das ich fertiggestellt hatte.

Jetzt aber setzte sie sich auf das Sofa und sah mich an.

»Was gedenkst du meinem Bruder zu sagen, Ariane?«

Das war eine berechtigte Frage, die ich mir auch schon gestellt hatte.

»Die Wahrheit, nehme ich an.«

»Und wie sieht die aus?«

»Ich kann ihn nicht heiraten, LouLou. Ich bin zwar geschieden und rechtlich gesehen frei, und Drago wird im nächsten Jahr wieder nach China reisen – aber – nein. Ich kann ihn nicht heiraten. Ich werde wohl so weitermachen wie bisher.«

»Er zeigt seine Gefühle nicht sehr offen, aber ich gebe zu bedenken, dass er dennoch welche besitzt. Du bist die erste Frau, die ihm so viel bedeutet, dass er sie über seine Arbeit stellt.«

»Was verlangst du von mir? Soll ich Drago gleich wieder fortschicken?«

»Das könntest du gar nicht, nehme ich an.«

Nein, das konnte ich nicht. Nicht jetzt, nicht nach der Sonntagnacht, nicht nachdem er Philipp und Laura kennengelernt hatte.

Ich legte meine Hände in den Schoß und sah meine Freundin an.

»Kannst du mich nicht verstehen?«

»Doch, das kann ich. Ich möchte dich nur daran erinnern, dass du Gernot möglicherweise größeren Schmerz zufügst, als du dir bisher vorstellst.«

»Ja, das werde ich vermutlich, und ich weiß nicht, wie ich es verhindern kann. Ich werde mir selbst durch mein Handeln ja auch Schmerzen zufügen. Ach, was für eine verfahrene Situation.«

Draußen ertönte das alarmierende Läuten der Sturmglocke, und wir beide fuhren auf.

»Es brennt im Viertel«, sagte LouLou. »Seit das Komödienhaus abgebrannt ist, habe ich immer Angst um mein Theater. Es gibt so vieles, was leicht entflammt.«

»Und daher bist du doch vermutlich besonders vorsichtig.«

»Natürlich. Aber in der letzten Zeit...«

Sie sprang auf und ging zum Fenster.

Irgendwas stimmte nicht mit ihr.

»Was ist in der letzten Zeit? Hat es Probleme gegeben?«

Hatte sie nicht neulich auch recht zurückhaltend auf Gernots Bitte, einen Teilbetrag des Kredits zurückzuzahlen, reagiert?

»Ja, ja, es hat Probleme gegeben. Darum habe ich Angst.«

»Dann gehen wir jetzt am Theater vorbei und schauen, ob alles in Ordnung ist, LouLou.«

Im Grunde war ich froh, ihr nicht weiter Rede und Antwort stehen zu müssen, was mich, Drago und ihren Bruder anbelangte. Ich warf mir einen Umhang über, und LouLou nahm ihre Tasche auf. Die Zeughausstraße, in der sich mein Atelier befand, war nur eine Parallelstraße entfernt von der alten Burgmauer, und als wir aus der Tür traten, hörten wir schon das Geschrei der Leute, die Eimerketten zu bilden versuchten.

Gleichzeitig mit LouLou raffte ich meine Röcke, und mit weit ausholenden Schritten gingen wir los, von bösen Ahnungen getrieben. Und richtig, kaum bogen wir in die Straße an der alten Burgmauer ein, sahen wir schon, dass es tatsächlich den Salon Vaudeville getroffen hatte.

»Nein, o nein!«, stöhnte LouLou.

Ihre Tasche flog an eine Hauswand, sie rannte los. Ich kam kaum hinterher, zumal immer mehr Menschen auf die Gasse traten. Irgendwo in der Ferne kam ratternd die Feuerspritze herbei. Aber ob die tapferen Wehren noch helfen konnten?

Ich schaffte es, wieder an LouLous Seite zu kommen, und starrte entsetzt auf das Inferno. Aus den Fenstern im Erdgeschoss loderten bereits die Flammen. Schwarzer Qualm stand über dem Haus, und verzweifelt schütteten freiwillige Helfer Eimer um Eimer Wasser in das Feuer. Völlig sinnlos, wie mir schien. Denn drinnen befanden sich so viel Holz und Stoff, Pappe und Petroleumlampen, das musste ein wahres Fressen für die Flammen sein.

»Aber ich habe sie doch bezahlt«, murmelte LouLou immer wieder und klammerte sich zitternd an mich.

Nona kam mühsam zu sich. Ihr Kopf schmerzte unbeschreiblich, und vor ihren Augen drehte sich alles. Mühsam versuchte sie sich zu erinnern. Das Raupenhaus? Das war nicht das Raupenhaus. Das war doch der Kostümfundus im Theater. Aber warum war Monsieur hier?

Mühsam richtete sie sich auf.

Ja, Kostümfundus. Sie hatte Flickarbeiten gemacht. Ganz alleine.

Und dann war da jemand gekommen.

Der Weinhändler.

Wieso dachte sie, es sei Monsieur Charnay?

Sie versuchte, sich auf die Knie zu erheben, aber ihr wurde so schwindelig, dass sie sich wieder hinlegen musste.

In ihrem benommenen Geist aber regte sich ein kleiner, feiner Alarm.

Es roch nach Rauch.

Rauch kroch durch die Ritze unter der Tür.

Draußen hörte man Schreie.

Sie nahm alle ihre Kräfte zusammen. Es brannte im Theater. Ja, das musste es sein. Es brannte unten. Wie konnte das geschehen? Sie hatte doch alle Lampen gelöscht. Wieder kam sie auf die Knie, erhob sich wankend und stolperte zur Tür. Einen Moment lang musste sie sich an die Wand lehnen, dann aber öffnete sie sie.

Rauch, heißer Rauch zog sofort hinein, schon flammten die Treppenstufen auf, griff das tosende Feuer nach ihrem Rocksaum.

Sie floh vor dem wilden Untier, das sich knisternd in den Raum fraß. Todesangst packte sie. Raus, nur raus. Durch die Tür – unmöglich. Das Fenster.

Sie wankte hustend und nach Atem ringend zum Fenster, riss es auf, und schon fand das Flammentier neue Nahrung. Der Vorhang brannte bereits, als sie zurücksprang. Eingekesselt nun stand sie in dem Mansardenzimmer.

Und in der höchsten Not wurde Nona zu dem, was sie immer war: ein Seidenwurm.

Seide war ihre Freundin.

Seide würde ihr helfen.

Mit rasenden Fingern riss sie zwei voluminöse Tanzkleider von LouLou vom Haken und warf sie sich über den Kopf, wickelte sich darin ein. Blind humpelte sie zum Fenster, durch die Flammen, die gierig nach ihr leckten, fand die Öffnung, stieg auf den Sims und ließ sich fallen.

Ich hatte LouLou den Arm fest um die Taille gelegt, um sie daran zu hindern, in das Brandmeer zu laufen. Sie stand starr und zitternd neben mir, während die Männer der Löschbrigade ihre Spritze in Stellung brachten. Plötzlich ging ein Schrei durch die Menge, und wie ein funkensprühender Komet flog ein brennendes Bündel aus dem Fenster des obersten Stocks auf die Straße und blieb dort regungslos liegen.

LouLou war dort, bevor ich überhaupt richtig wahrnahm,

was es bedeutete, und riss mit bloßen Händen den glosenden Stoff auseinander.

Als ich bei ihr ankam, hielt sie die bleiche, blutende Nona in ihren Armen, weinte stumm und wiegte sie wie ein kleines Kind.

Trauer und Verwirrung

*Ja, meine Seele will ich schildern,
Von Lieb und Traurigkeit verwirrt.*

Albrecht von Haller, Trauer-Ode

Völlig erschöpft, mit wundem Hals von Rauch und unvergossenen Tränen, stieg ich aus der Droschke und musste den Kutscher bitten, auf mich zu warten, weil ich meine Börse aus dem Haus holen musste. Bei unserem überstürzten Aufbruch hatte ich an nichts gedacht, nicht einmal daran, die Tür abzusperren.

Als ich wieder auf die Straße trat, hatte Drago den Mann bereits entlohnt und sah mich mit hochgezogener Braue an.

»Was hast du angestellt, Ariane? Du siehst erbärmlich aus.«

Er nahm mich fest am Arm und führte mich ins Haus. Ich stolperte über die Schwelle, und er stützte mich.

»In die Küche«, bat ich.

Dort sank ich auf einen Stuhl, während er die Lampe entzündete.

Stimmt, er wollte am Abend vorbeikommen, wir wollten im Domhotel das Diner einnehmen. Ich hatte es völlig vergessen.

»Wo warst du? Ich habe dich am Vaudeville gesucht, gleich nachdem ich von dem Brand gehört hatte.«

»Mit LouLou im Bürgerhospital.« Ich vergrub mein Gesicht in den Händen.

»Ist LouLou verletzt?«

»Nein, Nona. Sie ist aus dem Fenster im obersten Stock gesprungen.«

Ich stand auf, um im Herd das erloschene Feuer wieder zu entfachen. Dankenswerterweise schwieg Drago. Ich war viel zu erschüttert, um über das Geschehene zu sprechen. Die einfachen Handreichungen halfen mir, mein Gleichgewicht ein klein wenig wiederherzustellen. Erst als der Tee zog und ich Tassen, Milch und Zucker auf den Tisch gestellt hatte, sprach er wieder.

»Du solltest dich waschen und umziehen. Dein Kleid ist voll Ruß und Blut. Dein Gesicht auch.«

Erst jetzt bemerkte ich auch das. Müde schleppte ich mich in mein Schlafzimmer, zog das verdorbene Kleid aus und reinigte mich über der Waschschüssel. Ein loses Unterkleid und der Morgenmantel mussten reichen, ausgehen würde ich heute bestimmt nicht mehr.

Drago hatte bereits Tee eingegossen, und ich schloss meine kalten Hände um die Tasse.

»LouLou hat vorhin angedeutet, dass es in der letzten Zeit Probleme gegeben hat. Ich fürchte, jemand wollte ihr Theater zerstören. Sie hat jemanden bezahlt, hat sie die ganze Zeit über wiederholt.«

»Wen? Wächter?«

»Ich weiß es nicht. Aber es muss sie viel Geld gekostet haben.«

»Verstehe. Sie wurde vermutlich erpresst.«

»O Gott, wie entsetzlich! Und jetzt das. Ob Nona es überlebt? Wahrscheinlich nicht«, sagte ich vor mich hin.

»Wer ist sie, diese Nona?«

»Hat LouLou dir nichts von ihr erzählt?«

»Nein. Ich habe mir lediglich ein kurzes Bild von ihr gemacht, als ich LouLou vorige Woche aufgesucht habe.«

Ich trank einen Schluck und ließ die Wärme in meinen Magen fließen.

»Es gibt einen kleinen Seidenfaden, der in gewisser Weise auch dich mit ihr verbindet.«

Ihm die Verbindung von Charnay, Nona und Servatius darzustellen, ließ mich ein wenig ruhiger werden. Er hörte aufmerksam zu, konzentriert und nachdenklich.

»Es wird LouLou tief treffen, wenn Nona nicht überlebt«, meinte er schließlich.

»Ja, sicher. Sie war sehr hilfreich für sie.«

»In manchen Dingen bist du ziemlich blind, Ariane.«

»Ach ja?«

»Ich habe sie vorige Woche kennengelernt und beobachtet. Es war nicht schwer zu erkennen, dass Nona und LouLou ein Liebespaar sind.«

Das traf mich wie ein Schlag in den Magen. Das konnte doch nicht sein. Das war doch absurd. Das ...

»Schockiert dich das etwa?«

»Ja ... nein ... ich weiß nicht. LouLou, wie auch Gernot, sind ... O Gott. Sie sind doch so nüchtern, so unsentimental, so ... berechnend.«

»Du bist schon ein selbstsüchtiges kleines Luder, Ariane. Du glaubst, du bist die Einzige, deren Gefühle man verletzen kann, nicht wahr?«

Der zweite Schlag in den Magen.

»Aber das stimmt doch gar nicht.«

»Doch. Und es ist besser, wenn ich dich jetzt verlasse. Ich muss nämlich ein paar wichtige Maßnahmen überlegen, die einzuleiten sind. Bemüh dich nicht, ich finde selbst hinaus.«

Fort war er, und ich spürte wieder diese grenzenlose Wut auf ihn. Dieser kaltschnäuzige Hund. Erbittert räumte ich das Geschirr zusammen. Wenn hier einer Gefühle verletzt hatte, dann doch er. Gerade eben wieder. Ich hatte einen entsetzlichen Abend hinter mir, hatte miterleben müssen, wie das Lebenswerk meiner Freundin in Trümmer fiel, wie ein hilfloser Mensch sich zu Tode stürzte, hatte Nona und LouLou ins Hospital begleitet. Hatte mit ihr dort ausgeharrt, sie getröstet, auf sie eingeredet, versucht, etwas aus den Ärzten herauszubekommen, bis sie mich rigoros nach Hause geschickt hatte.

Ich hätte heute Abend ein wenig Zuwendung gebraucht, ein bisschen Verständnis. Aber nein, er musste nachdenken. Dabei störte ich offensichtlich nur.

Ich wütete noch eine Weile vor mich hin, dann ging ich zu Bett und verbrachte keine besonders angenehme Nacht mit mir alleine.

Bette kam wie üblich um halb sieben, um sauber zu machen. Ich gab ihr das schmutzige Kleid und sagte ihr, sie solle es waschen und für sich umarbeiten. Mit großen Augen stopfte sie es in ihre Tasche.
»Sie waren bei dem Brand dabei, gnädige Frau?«
»Ja, Bette. Wir waren dort.«
»Die arme Madame LouLou. Ich bin vorhin dran vorbeigegangen. Alles ist ganz schwarz und nass.«
»Ich weiß.«
»Und die Leute sagen, jemand ist aus dem Fenster gesprungen.«
»Hol bitte frisches Wasser, Bette, ich will mir die Haare waschen, sie riechen noch nach Rauch.«
»Sehr wohl, gnädige Frau.«
Bette war ein schlichtes Gemüt, und ich wollte nicht, dass sie über LouLou und Nona klatschte. Denn das zumindest war mir über Nacht klar geworden – Drago hatte vermutlich recht, die beiden Frauen verband mehr als nur Freundschaft. Noch hatte ich deutlich in den Ohren klingen, wie abfällig sich LouLou gegenüber Männern geäußert hatte. Sie konnte ihren Angestellten gegenüber recht bissig sein, meist aber gab sie sachlich Anweisungen. Mir gegenüber war sie freundlich und offen, manchmal zynisch, aber Nona gegenüber hatte ich sie nur sanft erlebt. Und Nona – sie war schon in den paar Wochen, die sie bei Tante Caro gelebt hatte, still und dankbar gewesen. LouLou aber hatte ihr nicht nur ein Dach über dem Kopf und regelmäßiges Essen gegeben, sondern ein Heim und Zuneigung. Es mochte sich ein engeres Band daraus entwickelt haben, als ich mir vorstellen konnte. Beide waren sie auf ihre Weise Verstoßene, beiden gebrach es in ihrem Leben an Liebe.

Während Bette oben die Teppiche kehrte, wusch ich mir

die Haare, und die Bitterkeit kehrte zurück. Als ich mich vor zwei Tagen dieser aufwändigen Prozedur unterzogen hatte, war Drago anschließend aufgetaucht. Und wie berechnend er mich ausgenutzt hatte. Vornehm essen gehen, mich und die Kinder mit exotischen Geschichten umgarnen, Verständnis für deren kleine Sorgen zeigen und vage Versprechungen machen, das konnte er. Aber kaum brauchte ich mal ein bisschen mehr von ihm, Trost, ein wenig Einfühlungsvermögen – und schon suchte er das Weite.

So hatte er die sorgsam errichteten Barrieren niedergerissen, es fiel mir immer schwerer, ihn auf Abstand zu halten. Und schon in der Nacht von Samstag auf Sonntag hatte ich Gernot bereits betrogen und mich selbst ins Unrecht gesetzt. Ja, Drago übte eine ungeheure Anziehungskraft auf mich aus, weit mehr, unendlich viel mehr als Gernot. Bei ihm hatte ich allenfalls keusche eheliche Pflichterfüllung zu erwarten. Aber ich hätte mich damit zufriedengegeben. Ja, das hätte ich. Um damit Sicherheit und Schutz, eine geregelte Zukunft für meine Kinder und ein ruhiges Alter zu erhalten.

Systematisch bürstete ich vor dem Herd die Flechten aus und lockerte die trocknenden Haare dann mit den Fingern. Sowie Bette fort war, würde ich mich wieder über mein Musterbuch hermachen. Oder ein paar neue Entwürfe für herbstliche Kleider anfertigen. Der schöne, goldbraune Stoff wartete noch auf eine wirklich spektakuläre Kreation.

Eine Stunde später hatte Bette sich verabschiedet, und ich drapierte Seidenbahnen um die Schneiderpuppe im Anprobenraum. Es ging mir nicht gut von der Hand, und ich war für die Unterbrechung durch den Briefträger ganz dankbar. Er brachte mir ein Schreiben von Dufour, der nicht nur meine neuesten Bestellungen bestätigte und mir die Lieferungen von diversen Posten Seidenstoffen bis Ende des Monats zusagte, sondern mir auch einen kleinen Klatsch über Charnay zutrug. Monsieur Dufour hatte sich tatsächlich über den Seidenzüchter echauffiert und seinen Bekannten dessen unrühmliches Verhalten während des Weberaufstands kolportiert. Wenn Charnay nach Lyon zurückkehrte, würde er mit beträchtlicher Kühle empfangen werden. Außerdem schien es wohl so, dass seine Seidenzucht, die bislang noch ganz ertragreich gewesen war, auch von der Raupenseuche heimgesucht wurde. Man munkelte, so schrieb Dufour, dass er sich in einige finanzielle Schwierigkeiten hineinmanövriert habe und sein Gut hoch mit Hypotheken belastet sei.

Ich maß dem nicht viel Bedeutung bei. Der Tratsch und Skandal würde abklingen, und da ich dem Mann nicht gerade Glück wünschte, sollte er ruhig mit seinen finanziellen Engpässen leben. Ich musste es ja auch.

Ich legte den Brief auf den Tisch und versuchte einen neuen Faltenwurf mit dem störrischen Stoff. Wieder wurde er nicht das, was ich mir vorstellte, und wieder ging die Türglocke.

Diesmal war es ein atemloser Junge, der vor der Tür stand.

»Frau Kusan? Sind Sie Frau Ariane Kusan, gnädige Frau?«

»Ja, das bin ich. Hast du eine Botschaft für mich?«

»Ja, gnädige Frau. Gnädige Frau möchte bitte sogleich ins Bürgerhospital kommen. Frau Wever bittet darum, gnädige Frau. Sie hat die Droschke geschickt.«

LouLou – Nona. Ich ahnte das Schlimmste. Eilig zog ich mir die Straßenschuhe an, nahm mein Retikül und einen Umhang und trat auf die Straße. Der Junge hielt mir den Schlag auf, und ich stieg in das Gefährt. Es saß bereits jemand darin, und bevor ich mein Erstaunen äußern konnte, traf mich etwas Hartes schmerzhaft an der Schläfe.

Als ich wieder zu mir kam, war es dunkel um mich herum. Mein Kopf tat weh, ich lag auf einem harten, kalten Boden, und je mehr ich meiner selbst bewusst wurde, desto mehr steigerte sich auch mein Entsetzen. Meine Hände waren auf meinem Rücken gefesselt, mein Mund mit einem Tuch zugebunden. Mein rechtes Knie und meine rechte Schulter taten weh, allerdings nicht so stark wie mein Kopf. Der aber fühlte sich anders an, und warum, das merkte ich, als ich ihn vorsichtig bewegte.

Meine Haare waren fort.

Es fielen nur noch kurze Locken um meinen Nacken und meine Wangen.

Jemand hatte mir die Haare abgeschnitten.

Das war doch absurd!

Ganz langsam richtete ich mich auf und versuchte, irgendeinen Anhaltspunkt in dem finsteren Gelass zu finden. Der Boden schien aus festem Lehm zu bestehen, was auf einen Keller schließen ließ. Ja, ein Keller. Ich hörte ganz schwach Räderrollen weiter oben. Keller hatten aber Fenster, meist schmale Luken unterhalb der Decke. Ich suchte mit meinen Augen, die sich allmählich an die Dunkelheit gewöhnten, die Region über mir ab. Richtig, es gab eine Öffnung. Ein winziger Lichtstreif bildete sich an der Wand mir gegenüber. Man hatte etwas davor gestellt, sodass ich nicht erkennen konnte, was draußen vor sich ging. Ich hätte zu gern die Umgebung abgetastet, aber meine Hände bekam ich aus den festen Stoffstreifen nicht heraus. Mit dem Fuß stieß ich gegen ein Hindernis, Holz, vielleicht ein Fass. Ich ließ mich daneben wieder auf den Boden sinken, die Augen noch immer auf den kleinen Hoffnungsschimmer gerichtet.

Jemand hatte mich entführt.

Am helllichten Tag, direkt aus meiner Wohnung.

Die Erkenntnis dämmerte mir langsam, denn noch tobte der Schmerz in meinem Kopf. Aber sie kam unerbittlich.

Wer immer meine Kinder in das Spukhaus gelockt hatte, hatte mich jetzt erwischt.

Warum? Wem konnte ich etwas nützen?

Oder war es eine persönliche Abrechnung? Wen hatte ich derart verärgert, dass er mir einen solchen Streich spielen musste?

Helene? Sollte sie so sehr übergeschnappt sein, dass sie zu derartigen Mitteln griff?

Drago? Was hatte er für Maßnahmen gemeint, die er einleiten wollte?

Beides schien mir völlig unwahrscheinlich.

Ich schloss die Augen und lehnte meinen Kopf an das Fass, um irgendwie Ordnung in meine Gedanken zu bekommen. Langsam, langsam, sagte ich mir.

Der Junge hatte gesagt, LouLou im Bürgerhospital habe nach mir geschickt. Eine Finte, natürlich. Und zwar von dem Mann in der Droschke oder seinem Auftraggeber. Der also wusste, dass ich mit LouLou befreundet war und dass sie sich bei Nona im Hospital aufhielt. Das schränkte sowieso die Gruppe derer ein, die für die Tat in Frage kamen. Helene gehörte ganz bestimmt nicht dazu. Drago schon. Aber warum? Was immer er von mir wollte, hätte er auf andere Weise erbitten, fordern oder einklagen können. Wollte er mir eine Lektion erteilen? Wegen meiner Eigensucht?

Aber, Herr im Himmel, er würde mir doch nicht die Haare abschneiden.

LouLou im Bürgerhospital – es musste jemand sein, der gestern den Brand und seine Folgen beobachtet hatte.

Und nun übermannte mich das Grauen beinahe.

Das Feuer war nicht zufällig ausgebrochen.

Und derjenige, der es gelegt hat, hatte nun mich in seine Hand bekommen.

Was war mit LouLou? Sie hatte von Problemen gesprochen.

Wer hatte ihr Probleme gemacht? Welcher Art?

LouLou, Nona und ich – wir waren das Ziel desjenigen, der für diese Sache verantwortlich war.

Und als die Tür aufging und Charnay eintrat, war ich nicht mehr besonders überrascht, ihn zu sehen.

Gebrochene Seide

Und das eigene Todesgeschick erwog ich;
Trockenen Augs noch erst,
Bis da ich dein, o Sappho, dachte,
Und der Freundinnen all,
Und anmutiger Musenkunst:
Gleich da quollen die Tränen mir.

Eduard Mörike, Erinna an Sappho

Durch das weit geöffnete Fenster strömte feuchtkalte Oktoberluft in das Hotelzimmer. Drago atmete sie tief ein und absolvierte konzentriert seine *qi*-Übungen. Sie halfen ihm, seine Gedanken und Gefühle zu ordnen, die sich in nicht unbeträchtlichen Turbulenzen befanden. Die Begegnung mit Ariane und den Kindern hatten ihn weit mehr aufgewühlt, als er je geglaubt hatte. Die tragischen Ereignisse der letzten Tage hingegen gaben ihm reichlich zu denken.

Deshalb hatte er schon am frühen Vormittag einige Schritte unternommen, um möglichen Verwicklungen vorzubeugen. Zum einen hatte er einen Makler beauftragt, ihm ein möbliertes Haus für mindestens ein halbes Jahr zu mieten. Ariane würde vermutlich zunächst Einwände haben, aber er wollte sie bei sich haben. Auf welche Weise er dabei vorzugehen hatte, würde sich dann erweisen, wenn es notwendig war, darüber dachte er jetzt noch nicht nach. Er war auch bereits im Gymnasium gewesen und hatte den Schulleiter aufgesucht. Diese rückgratlose Taubnessel hatte sich zunächst geweigert, ihn zu empfangen, dann aber schnell eingesehen, dass man Drago Kusan nicht so leicht loswurde. Die hochnäsigen Lausbuben erhielten jetzt einen strengen Verweis, Philipps Tadel würde gelöscht werden. Das Ganze aber erinnerte ihn daran, dass er Alexander Masters noch einmal danken musste, dass er seinem Sohn den Weg in diese Schule eröffnet hatte. Was wiederum bedeutete, dass er seine Familienbande offenlegen musste. Aber Masters hatte er als verständigen Mann kennengelernt, und wenn es nach ihm ginge, würde Ariane ihren Witwenstatus ohnehin nicht mehr lange aufrechterhalten.

Sie war so hübsch geworden.

Als er sie verlassen hatte, war sie gerade zwanzig Jahre alt gewesen, ein lebhaftes Mädchen, heiter, übermütig und natürlich. Manchmal sogar ein wenig burschikos.

Heute fand er in ihr eine elegante junge Frau, deren Bewegungen anmutig und beherrscht waren. Das mochte zum einen an ihrer Schneidertätigkeit liegen. Sie konnte Lauras unordentliches Kleid mit wenigen Griffen in Form zupfen, ohne dass das Mädchen es überhaupt bemerkte. Aber sie war auch ruhiger geworden, hielt ihre Gefühle besser als damals unter Kontrolle. Außer wenn sie sich sehr ärgerte. Leanders Schilderung ihrer frechen Reime hatten ihn höchlichst amüsiert.

Ja, sie hatte an Ausstrahlung gewonnen. Und ja, sie zog ihn unendlich an. So sehr, dass er sich am Abend zuvor geradezu mit Gewalt hatte zwingen müssen, schroff zu ihr zu sein. Aber er wollte sie nicht mit seinen unguten Ahnungen belasten, sondern erst Vorsorge treffen, dass ihr und den Kindern nichts zustieße. Diese Entführung und jetzt der Brand bei ihrer Freundin hatten sein Misstrauen geweckt, auch wenn er nicht recht festmachen konnte, woran es lag. Aber er hatte schon immer recht gut seinem Instinkt für Gefahren vertrauen können. Ein Erbe Servatius', nahm er an.

Er würde sich nachher mit ihr in Ruhe unterhalten. Es war jetzt halb elf; in einer halben Stunde, so plante er, würde er mit George Liu an ihrer Tür stehen und ihr einen weiteren Teil seiner Vergangenheit präsentieren. Der Junge war tatsächlich gespannt darauf, Ariane kennenzulernen. Nun ja, er hatte viel über sie gehört während seiner Suche nach ihr. Auch da aber gab es noch Regelungen zu treffen. Bislang konnte sich George als sein nächster Verwandter betrachten, was ihn nach den Gesetzen der Wahrscheinlichkeit zu seinem Nachfolger und Erben gemacht hätte. Doch nun war er mit Philipps Existenz konfrontiert worden, seinem leiblichen Sohn. Drago hatte vor, Georges Erwartungen herauszufinden, mit ihm über seine Zukunft zu sprechen und seine Pläne und Wünsche mit in Betracht zu ziehen.

Aber im Augenblick war es noch zu früh dafür.

Pünktlich um elf standen sie vor der Tür des Ateliers und hörten drinnen die Türglocke anschlagen.

Niemand öffnete.

Er läutete noch dreimal, dann sagte er zu George: »Möglicherweise ist sie zum Bürgerhospital gegangen, um ihrer Freundin beizustehen. Komm mit, dann lernst du auch diese Institution kennen.«

Gutwillig wie immer schloss sich George an, und auf dem Weg zur Cäcilienstraße erklärte Drago ihm, welche Bedeutung das Hospital für die medizinische Betreuung der Städter darstellte. Mit seinem höflich-beharrlichen Auftreten gelang es ihm dort auch bald, einen kompetenten Arzt zu sprechen, und was er hörte, erschütterte ihn. Nona war in den Morgenstunden ihren Verletzungen erlegen, Frau Wever nach Hause gebracht worden. Ariane jedoch hatte man nicht gesehen.

»Die TaiTai wird bei ihrer Freundin sein, mit ihr klagen«, meinte George, der zwar die beiden Frauen nicht kannte, aber die üblichen Verhaltensweisen richtig deutete.

»Damit wirst du recht haben. Besuchen wir also Frau Wever. Oder möchtest du ins Hotel zurückkehren?«

»Ich komme mit.«

Auch in der Schildergasse standen sie vor verschlossenen Türen.

Allmählich begann Drago sich Sorgen zu machen. Sie kehrten

zur Zeughausstraße zurück, um noch einmal ihr Glück im Atelier zu versuchen.

Wieder reagierte niemand auf ihr Läuten.

»George, wirst du mir bitte einen Gefallen tun?«

»Sicher, Cousin Drago. Was soll ich machen?«

»Ich möchte nicht bei der Tante der TaiTai vorsprechen. Sie ist ein einfältiges Huhn, nach allem, was ich hörte, und mein Aufstieg aus dem Grabe würde ihr nur Vapeurs bescheren.«

»Vapeurs?«

»Blähungen. Aber ich muss wissen, ob Ariane sich bei ihr aufhält. Am besten fragst du Hannah nach ihr. Sie holt mittags meine Tochter Laura aus der Schule ab. Sieh zu, dass du sie vor der Haustür erwischst. Dich kennt sie ja inzwischen.«

Georges stets unbewegtes Gesicht bekam einen Anhauch von Röte.

»Aber wenn sie mir nichts sagen will? Ich habe erst einmal im Park mit ihr gesprochen.«

»Dann wendest du dich an Laura und sagst ihr, dass ich dich schicke. Das Mädchen vertraut mir, denke ich.«

»Ich versuche es.«

»Anschließend kommst du zurück ins Hotel. Dort findest du mich oder eine Nachricht von mir.«

Als George die Straße hinunter verschwunden war, begab Drago sich zur Hofeinfahrt. Seine Bedenken hatten sich so stark vermehrt, dass er keinen Versuch unterlassen wollte. Von Nona hatte er vor einigen Tagen den Schlüssel zur Hintertür erhalten – und bereits einmal benutzt... Er sperrte den Eingang auf, der in Arianes Küche führte. Sie wirkte aufgeräumt und sauber. Er rief ihren Namen, bekam aber, wie erwartet, keine Antwort. Rasch durchquerte er die restlichen Räume und blieb im Anprobenraum stehen. Hier hatte sie noch bis vor Kurzem gearbeitet. Die lange Stoffbahn hing nachlässig über die Schneiderpuppe drapiert, ein Nadelkissen lag auf dem Boden davor, einige Skizzenblätter auf dem Sessel daneben. Es wirkte, als sei sie mitten in der Arbeit aufgebrochen. Das wiederum ließ auf eine dringende Nachricht oder einen Hilferuf schließen. Aber warum war sie dann weder im Hospital noch bei LouLou?

Er sah sich um. Hatte sie von jemand anderem ein Billett bekommen, das sie zu einem überstürzten Aufbruch veranlasste?

Das Schreiben auf dem Tisch mochte die Antwort enthalten.

Er nahm es auf und las die ersten Zeilen. Französisch war ihm nicht besonders geläufig, und er wollte schon aufgeben, nachdem er die Stoffbezeichnungen entziffert hatte, da fiel sein Blick auf den Namen Charnay.

Worte wie *scandale, maladie, soie, hypothèque* und *ruine financière* verstand er, das Weitere konnte er sinngemäß deuten.

Die Raupenkrankheit hatte Charnays Gut erreicht, er hatte sich finanziell übernommen und stand jetzt vor dem Ruin.

Nur – was hatte das mit Arianes Verschwinden zu tun?

Er steckte den Brief ein und verließ das Atelier durch die Hintertür, wie er hineingekommen war, um zum Hotel zurückzukehren. Möglicherweise hatte George ja Nachricht, dass Ariane bei ihrer Tante und den Kindern war.

Er wurde enttäuscht. George hatte zwar freundliche Antwort von Hannah erhalten, aber Ariane hatte sich in der Obermarspforte nicht blicken lassen.

Da es um die Mittagszeit war, zwang er sich dazu, einen Imbiss einzunehmen und dabei weitere Möglichkeiten zu durchdenken. Ariane hatte eine Reihe von Bekannten, allen voran die Waldeggs. Und sie hatte einen Verlobten.

Verdammt, dass er daran nicht gedacht hatte.

Er war grob zu ihr gewesen gestern Abend. Was, wenn sie kurz entschlossen nach Mülheim aufgebrochen war, um Trost bei dem Seidenfabrikanten zu finden? Ein Stich von Eifersucht durchfuhr ihn. Wever mochte ein Stockfisch sein, aber er war ein verantwortungsvoller Mann. Außerdem war er LouLous Bruder.

Er musste es schnellstmöglich herausfinden. Und die schnellste Lösung war der Telegraph!

Und Waldegg, denn der hatte Beziehungen, möglicherweise auch zum Militär, das den Telegraphen bediente.

Er wollte sich gerade auf den Weg machen, als ein Hoteldiener mit einer eiligen Nachricht zu ihm kam.

»Ein Herr Wever wünscht Sie zu sprechen, Herr Kusan. Er wartet im Foyer auf Sie. Er bittet Sie dringend...«

»Schicken Sie ihn sofort hoch zu mir!«, befahl er.

Seine bösen Ahnungen verdichteten sich.

Gernot Wever trat in den Raum, und sein Anblick erschreckte Drago. Der Mann sah geradezu verstört aus.

»Herr Kusan, wo ist Ariane?«, platzte er ohne Umschweife heraus.

»Das, Wever, versuche ich seit heute Vormittag selbst herauszufinden.«

Schwankend zwischen Erleichterung auf der einen und wachsender Angst auf der anderen Seite gab er dem Fabrikanten eine kurze Zusammenfassung der Ereignisse vom Vorabend und seiner Erkundigungen.

»Mein Gott, LouLous Theater! Aber trotzdem – alles das ist weniger schrecklich als dieses hier.«

Er holte aus seiner Tasche ein Leinenbündel und einen Brief. Als Drago den Stoff auseinanderfaltete, schimmerte ihm wie ein goldener Seidenstrang ein Zopf entgegen.

Ihm wurde eisigkalt. Mit bebenden Fingern strich er über die Haare, und für einen kleinen Augenblick ließ er das namenlose Entsetzen zu. Dann besann er sich darauf zu atmen. Kraft brauchte er. Viel mehr Kraft. So viel Kraft, dass er den Brief lesen konnte.

Arianes Schrift, der Text diktiert von einem »wohlmeinenden Freund«. Eine Lösegeldforderung in erheblicher Höhe, zu übergeben morgen Nachmittag um fünf Uhr. Ort und Bedingungen waren exakt geschildert.

»Bei Nichteinhalten des Termins wird Dir mein linker Daumen zugesandt«, schloss das Schreiben.

Sie hatte noch nicht einmal gezittert, seine kleine Tigerin. Oder doch nur ganz wenig. Ein kleiner Tintenspritzer war das einzige Zeichen dafür, in welcher Verfassung sie sich befinden mochte.

Aber die verschiedenen kleinen Hinweise, die er gesammelt hatte, verdichteten sich in diesem Moment zu einem fertigen Bild. Er sah auf und blickte in Wevers bleiches Gesicht.

»Ist Charnay in der Stadt?«

»Ja, er sprach am Freitag bei mir vor. Warum?«

»Dann ist das sein Werk.«

»Unmöglich, Kusan. Er ist ein respektabler Geschäftsmann.«

»Falsch. Er ist ein Verbrecher und befindet sich am Rande des Wahnsinns.«

Und er erklärte ihm, was er wusste.

»Was tun wir?«, war Gernots Frage, nachdem er sich gefasst hatte.

»Wir finden sie, bevor die Frist abgelaufen ist. Sollte das nicht möglich sein, stelle ich das Geld bereit. Aber ich bezweifle, dass Charnay sie gehen lässt. Darum ist es besser, wir befreien sie so schnell wie möglich.«

»Haben Sie denn überhaupt eine Ahnung, wo er sie gefangen hält?«

»Noch nicht. Aber bald. Ich vermute, das Feuer im Theater geht auch auf seine Rechnung. Wir müssen von Ihrer Schwester erfahren, wer sie erpresst hat.«

»Was?«

»Sie war zu Schutzgeldzahlungen gezwungen, wenn ich das den Andeutungen richtig entnommen habe, die Ariane nach dem Brand gemacht hat.«

»Das wird ja immer grotesker.«

»LouLou kannte Charnay, vermute ich. Auf jeden Fall kannte Nona ihn. Wir müssen Ihre Schwester finden, Wever. Vorhin war sie nicht zu Hause oder nicht in der Lage zu öffnen.«

»Ich habe einen Schlüssel zu ihrer Wohnung.«

»Dann gehen wir.«

George, der schweigend zugehört hatte, schloss sich ihnen unaufgefordert an.

Wieder verhallte das Läuten der Türglocke ungehört.

»Sie hat eine Haushälterin. Warum öffnet die nicht?«, murmelte Gernot.

»Ihre Schwester wird zutiefst erschüttert sein und sich nach Alleinsein sehnen, stelle ich mir vor. Schließen Sie auf, Wever. Wir müssen ihre Trauer stören.«

»Ja, ja, natürlich.«

Der Fabrikant wirkte noch immer verstört, und hätte er es zugelassen, hätte Drago sein Entsetzen geteilt. So aber konzentrierte er sich auf das Gegenwärtige. Als der Schlüssel im Schloss steckte, drehte er ihn um und öffnete die Tür.

»Sie kennen sich hier aus, wo sind ihre Räume? Am ehesten finden wir sie vermutlich im Schlafzimmer.«

»Ja. Ich gehe vor.«

Sie erklommen die Treppe in die erste Etage, und Gernot rief laut: »Louise! Louise, wo bist du?«

Während er die nächste Stiege hinaufsprang, öffnete Drago die Tür, die seiner Kenntnis der Stadthäuser nach zum Salon führen musste.

In vollkommener Fassungslosigkeit blieb er auf der Schwelle stehen.

George hinter ihm murmelte etwas auf Chinesisch und brach dann schlichtweg zusammen.

Der Stuhl lag umgeworfen am Boden, LouLous Füße schwebten ein gutes Stück darüber.

Es fiel Drago schwer, seine Stimme wiederzufinden. Dann rief er nach Gernot und schloss die Tür zunächst hinter sich.

Als Wever die Treppe hinunterkam, schaute er auf George und klammerte sich am Geländer fest.

»Er kommt gleich wieder zu sich. Gernot, es ist das Schlimmste geschehen, was Sie sich vorstellen können.«

»Was ... Was ist passiert?«

»Ich fürchte, Ihre Schwester hat das Unglück, das über sie gekommen ist, nicht ausgehalten.«

Gernot schwankte. Drago stützte ihn.

»Was...«

»Sie hat den Tod gewählt«, flüsterte er und wappnete sich gegen den Schmerz, den ihm diese Meldung bereitete.

»Hier drin?« Heiser klang Gernots Stimme.

»Ja.«

»Ich muss zu ihr!«

»Natürlich.«

Drago trat beiseite und ließ LouLous Bruder in den Salon treten. Dann beugte er sich über George und zwickte ihn ins Ohrläppchen. Er schlug die Augen auf, und leise, in seiner Muttersprache, redete Drago auf ihn ein.

»Sie hat sich erhängt. Ich dachte, es sei meine Mutter«, stöhnte der junge Mann auf und brach in Tränen aus.

»Junge, es ist schrecklich für uns alle. Aber wir müssen Herrn Wever helfen.«

»Ja, Cousin Drago. Verzeihen Sie.«

George wischte sich mit den Handrücken über das Gesicht, aber die Tränen flossen weiter.

»Du hast nicht genug um Ai Ling und deine Mutter getrauert, mein Junge.«

George nickte, stand aber dennoch auf, und mit hängenden Schultern betrat er hinter Drago den Raum. Gernot stand wie aus Holz geschnitzt neben dem umgeworfenen Stuhl, die Augen starr auf LouLou gerichtet.

»Wir wollen sie herunterholen und auf die Chaiselongue betten. Hilf mir, George. Ich steige auf den Stuhl, und du hältst sie fest.«

Es war schwierig, aber schließlich hatte er die Schlinge vom Kronleuchter gelöst und den Leichnam niedergelegt.

Still zog Drago den weißen Seidenstreifen durch die Finger.

Nonas *rumal,* die Waffe, die Servatius einem hilflosen Mädchen gegeben hatte.

Einem seltsamen, gebrochenen weißen Schmetterling.

Gernot kniete neben seiner Schwester und weinte. George stand am Fenster und lehnte seine Stirn an das Glas. Drago aber bemühte sich um einen klaren Gedanken.

Wenn LouLou den Freitod gewählt hatte, würde sie mit großer Wahrscheinlichkeit einen Abschiedsbrief verfasst haben. Er sah sich um und fand das offene Blatt Papier auf dem kleinen Sekretär.

Es war an Ariane und an ihren Bruder gerichtet. Nonas Tod, so schrieb sie, hatte ihrem Leben den Sinn genommen. Man möge sie nebeneinander begraben. Wo auch immer. Das Geld auf dem Bankkonto und in der Kassette solle Gernot als die Rückzahlung seines Kredits betrachten, und Ariane möge sich vor Charnay in Acht nehmen. Nona sei noch einmal zu Bewusstsein gekommen, und sie habe sich daran erinnert, ihn im Theaterfundus gesehen zu haben, kurz bevor er sie niedergeschlagen habe.

Nüchtern, wie sie gelebt hatte, war LouLou Wever aus dieser Welt gegangen. Und doch war dieser Brief ein Zeugnis ihrer tiefsten und größten Gefühle.

Drago hatte sie kaum gekannt, aber sie hatte Ariane geholfen, so wie Servatius ihm einst geholfen hatte. Ariane würde ebenfalls um sie weinen.

Ariane!

Hier würde er keine Hinweise finden.

Wanderung im Dunkeln

Hanshan – so finster und geheimnisvoll,
Wer ihn besteigt, tut es in Ärger und Schrecken.
Im Mondlicht tiefer Wasser Glitzerglanz
Wind fährt durch die Gräser rischelraschel.
Schneeblüten trägt der dürre Pflaumenbaum,
Wolken statt Blattwerk in den kahlen Wipfeln.
Ein Schauer wandelt alles wie mit Geisterhand,
Den Aufstieg schaffst du nur bei klarem Himmel.

Hanshan,
Gedichte vom Kalten Berg

Ich hatte jegliches Zeitempfinden verloren. Am Vormittag hatte Charnay mich verschleppt, wie lange ich bewusstlos gewesen war, konnte ich nicht einschätzen. Dann war er gekommen und hatte mich gezwungen, Gernot den Brief zu schreiben. Immerhin war es mir gelungen, ihn davon zu überzeugen, dass mein Verlobter eine gewisse Zeit benötigen würde, um das Geld aufzutreiben. Statt den nächsten Morgen hatte er also den Nachmittag als Termin angegeben.

Er hatte es mit einem bösen Glitzern in den Augen getan und dem Hinweis, dass ich diesen Aufschub genau wie er genießen würde.

Schwein!

Danach hatte er mir wieder die Hände gefesselt, den Mund mit einem Seidentuch geknebelt und mich in der Finsternis alleine gelassen.

Er war verrückt. Und in seinem Wahnsinn lag sowohl Hoffnung als auch Bedrohung.

Denn eines wusste er offensichtlich nicht – dass Drago ebenfalls in der Nähe war.

Ich versuchte daraus einen Trost zu schöpfen, um nicht vor Verzweiflung ebenfalls den Verstand zu verlieren. Gut, gestern Abend hatte er mich zusammengestaucht und mir vorgeworfen, nur meine eigenen verletzten Gefühle zu sehen, nicht aber LouLous oder Gernots. Dasselbe hatte mir LouLou kurz zuvor ebenfalls unter die Nase gerieben. Es musste also etwas dran sein, wenn man mich so einschätzte.

Aber wie konnte ich denn wissen, dass hinter der kühlen Fassade tiefe Liebe entbrannt war?

Vielleicht fehlte mir ein Sinnesorgan, ein Ohr für Zwischentöne, ein Auge für feinere Schattierungen. Hatte ich eine Hornhaut, die es mir unmöglich machte, zarte Strukturen zu erfühlen?

Irgendwas Pelziges krabbelte unter meinen Rock, und mit einer heftigen Bewegung verscheuchte ich es. Meine körperlichen Missempfindungen waren sowieso schon kaum noch zu ertragen. Obwohl mein Schädel brummte, bemühte ich mich wieder, mein Gedankenspiel aufzunehmen, um mich von dem restlichen Ungemach abzulenken.

Gernot würde zahlen, dessen war ich mir fast sicher. Selbst wenn er keine wirklich tiefe Liebe für mich empfand, würde er mich nicht in der Macht eines Verbrechers lassen. Aber würde Charnay mich ungeschoren freilassen? Nie und nimmer – ich kannte ja seine Identität. Mir standen also Qual, Folter, Vergewaltigung und Tod bevor.

Übelkeit würgte mich bei der Vorstellung, und nur mit äußerster Kraft gelang es mir, mich einer anderen Frage zu widmen.

Würde Drago mein Verschwinden richtig deuten? Wann würde er es überhaupt bemerken?

Die Panik wollte schon wieder die Oberhand gewinnen.

Denk an die guten Möglichkeiten, Ariane, befahl ich mir.

Meine Kinder würden mich vermissen – morgen. Mittwochnachmittags kamen sie gewöhnlich zu mir. Vielleicht gingen sie zu Drago ins Hotel, wenn sie im Atelier keinen Einlass fanden.

Das war ein hilfreicher Gedankengang. Ich verfolgte ihn weiter.

Wie tapfer die beiden sich verhalten hatten, als sie in dem Spukhaus eingesperrt waren. Gleichgültig, ob ihnen da nun wirklich Gespenster erschienen waren oder sie einfach nur nützliche Einfälle hatten, die ihnen halfen, sich aus eigener Kraft zu befreien.

Warum hatte ich eigentlich keine?

Gut, aus einem Kellergelass konnte man sich nicht abseilen. Und gefesselt waren die beiden auch nicht gewesen. Aber...

Wie konnte ich das vergessen?

Genau wie meine kluge Tochter hatte auch ich in der Tasche meines Rocks immer allerlei Krimskrams stecken. Unter anderem eine kleine Schere.

Es war eine schmerzhafte Aufgabe, denn mir tat die Schulter weh, und die Verrenkungen, die ich machen musste, um mit den gefesselten Händen an die Tasche heranzukommen, taten höllisch weh. Aber ich hatte eine Aufgabe, ein Ziel.

Nach etlichem Gerangel mit meinen Kleidern hatte ich es endlich geschafft, das spitze Handarbeitsscherchen in die Finger zu bekommen, und nach einigen fehlgeschlagenen Versuchen, während denen ich immer wieder aufmerksam lauschte, ob mein Peiniger nicht zurückkam, gelang es mir, das Band zu zerschneiden, mit dem meine Handgelenke zusammengebunden waren.

Meine Erleichterung war unermesslich. Den Knebel hatte ich schnell gelöst, und endlich fiel mir Atmen und Schlucken wieder leichter, obwohl ich einen völlig ausgetrockneten Mund hatte. Ich ruhte mich eine Weile von der Anstrengung aus, dann machte ich mich an die Erkundung des Raumes. Endlich konnte ich mit meinen Händen die Wände abtasten. Ich fand die Tür auf der einen Seite, die Fensterluke auf der anderen Seite. Es war kein Glas davor, oder besser, nur noch die Reste einer zersplitterten Scheibe, an der ich mich auch prompt verletzte. Aber dann ertastete ich ein Stück Holz, vielleicht der abgebrochene Stiel eines Hammers oder einer Axt, und damit gelang es mir unter Aufbietung aller Kräfte, das Hindernis draußen vor dem Fenster ein Stück zur Seite zu schieben.

Noch eine Erleichterung mehr. Auf diese Weise hatte ich ein winziges bisschen Licht.

Nicht viel, denn augenscheinlich war es Abend oder Nacht geworden.

Ich setzte mich wieder neben das Fass, das mir schon beinahe zum Freund geworden war, und lehnte meinen Kopf an die Rundung.

Und nun?

Und nun musste ich mich für einen neuen Besuch Charnays wappnen. Wenn er in dieser Nacht noch seinen Spaß mit mir haben wollte, sollte ich mir etwas einfallen lassen. Ich durchsuchte meine Rocktasche noch einmal, aber außer einem Tuch, einer Rolle Nähseide mit eingesteckter Nadel und einem Fingerhut fand sich nichts, was mir als Waffe dienen konnte. Immerhin, ich hatte die Schere und den Holzknüttel. Und er würde nicht erwarten, mit Schlag und Stich empfangen zu werden.

Ein Auge würde ich ihm mindestens ausstechen!

Diese Aussicht richtete mich merklich auf.

Aber es wurde dunkler und dunkler, und offensichtlich sollte ich diesmal noch verschont werden.

Die Erschöpfung übermannte mich schließlich, und ich nickte für eine Weile ein.

Tief war mein Schlaf nicht, ich schreckte auf, als das Pelzige über meinen Arm krabbelte. Danach fuhren meine Gedanken wieder Karussell. Ich hatte nicht die Kraft, mich dagegen zu wehren. Ich ließ sie wandern, und nur wenn die Szenarien zu bedrohlich wurden, versuchte ich, ihnen Einhalt zu gebieten.

Dann aber gelang mir etwas Erstaunliches. Ich sah mich plötzlich wieder mit Drago im Speisesaal des Domhotels sitzen, verletzt und unglücklich über die Erkenntnis, dass auch ich, wie seine chinesische Geliebte, nur ein hübsches Spielzeug für ihn gewesen war. Aus meinem Jammertal hatte er mich mit der Beschreibung paradiesischer Gärten herausgelockt, und diese Bilder entstanden jetzt wieder vor meinen Augen. Die goldenen Chrysanthemen, die sich in einem stillen Wasser spiegelten, die knorrigen Gehölze, von Menschenhand der Natur nachgeformt, die roten, runden Lampions, die von den geschwungenen Dächern der Pagoden hingen und sich im Wind wiegten, der raschelnde Bambus am Ufer der Lotusteiche.

Wie gerne würde ich über die geschwungenen Brücken wandeln und dem wehmütigen Klang einer Rohrflöte lauschen.

Drago liebte China, und es hatte ihn verändert. Er war stärker geworden, ruhte mehr in sich, und – ja – er war auch feinfühliger geworden. Wie er mit Laura und Philipp umgegangen war, hatte mich beeindruckt. Mit einer Leichtigkeit ohnegleichen hatte er ihre Herzen, ihr Vertrauen erobert. Sie beteten ihn an, kaum dass sie ihn ein paar Stunden kannten. Und ich war mir fast sicher, dass er ihr Vertrauen nicht missbrauchen würde.

Was mich zu dem seltsamen Schluss brachte, dass er möglicherweise auch mir gegenüber aufrichtig sein könnte.

Was aber verlangte er von mir? Wenn er denn wirklich die Zuneigung der Kinder erringen wollte, würde er sie mir dann tatsächlich fortnehmen? Würden Laura und Philipp mich verlassen, um Abenteuer an seiner Seite zu erleben? Würde er mir diese Wunde zufügen?

Sah ich wieder nur meine verletzten Gefühle?

Mein Magen zog sich plötzlich zusammen. Nicht, weil ich hungrig war, sondern weil mir etwas einfiel.

Damals, es war um die Weihnachtszeit, kam der Brief aus China, in dem Drago von Servatius' Tod und den testamentarischen Bedingungen erfuhr. Er war einige Tage sehr wortkarg gewesen. Ich hatte es wenig beachtet, denn Laura war ein sehr hungriges Kind, Philipp kämpfte mit einem Backenzahn, der gerade durchbrechen wollte, und war ständig quengelig, meine Eltern hatten uns mitgeteilt, dass sie sich außerstande sahen, die zweite Rate meiner Mitgift zu zahlen, und das Hausmädchen lag mit einer Grippe auf der Nase.

Ich sah nur meine eigenen Probleme, das ist sicher richtig. Drago erzählte damals wenig von seinem Tageswerk, und wenn, dann berichtete er meist in launigen Worten von den Albernheiten seiner Klienten. Aber ich hätte merken können, wie sehr es ihn anödete, kleingeistige Erbschaftsstreitereien oder Nachbarschaftsfehden zu behandeln.

Nach zwei Wochen endlich rückte er mit seinen Plänen heraus.

Er würde nach China gehen, sein Erbe antreten.

Ich wurde augenblicklich so wütend, dass er mich in diesem ganzen Elend alleine lassen wollte, dass wir in einen geradezu teuflischen Streit gerieten. Großer Gott, was hatte ich ihm nur alles vorgeworfen? Er blieb mir natürlich nichts schuldig, und sein vernichtendstes Argument war schließlich, ich hätte ihn ja nur geheiratet, um mich einer anderen Verpflichtung zu entziehen.

Das war leider in gewisser Weise wahr, und gerade deshalb machte es mich nur noch zorniger.

Das Wort Freiheit fiel.

Dann Scheidung.

Er zog aus, und ich sah ihn nur noch einmal. Diese Szene aber hatte ich lange Zeit rigoros aus meinem Gedächtnis verbannt.

Ich fand ihn zwei Tage vor seiner endgültigen Abreise im Kinderzimmer. Er saß an Philipps Bett, den winzigen Captain Mio auf dem Schoß, und wiegte die schlafende Laura in seinen Armen. Dabei murmelte er den Kindern leise etwas zu.

Ich hatte mich lautlos nach unten geschlichen, um ihm nicht noch einmal zu begegnen.

Aber jetzt wusste ich es – es hatte ihm wehgetan, sie zu verlassen.

Aber er hätte ja nicht gehen müssen!

Er musste aber gehen.

Ich legte den Kopf auf meine Knie.

Ich war es, die die Tür zugeschlagen hatte. Ich hatte ihn aus meinem Leben verbannt. Hätte ich nicht um die Scheidung gebeten, wäre er vermutlich nach zwei Jahren wiedergekommen, und dann wären die Kinder alt genug gewesen, um die lange Reise zu überstehen.

Ein eigensüchtiges Luder, genau das war ich gewesen. Dass ich seine Gefühle mit meiner Forderung nach Freiheit verletzte, war mir überhaupt nicht in den Sinn gekommen. Die Freiheit, mir einen anderen Vater für meine Kinder zu suchen, wollte ich haben.

Wie kaltherzig das in seinen Ohren geklungen haben mochte.

Aber er hatte mich doch nur geheiratet, weil ich ihn mehr oder weniger in diese prekäre Lage gebracht hatte, oder nicht? Weil er mich vor Charnay beschützen wollte. Den er sehr wohl kannte.

Die Kinder hatte er geliebt.

Und mich?

Er war zu mir gekommen, in der mondhellen Nacht. In seinen Armen hatte ich Geborgenheit gefunden, Vertrauen und die Erholung von meinem rastlosen Suchen.

Ich bemerkte die Tränen erst, als sie meine Hände nässten.

Aber während ich weinte, wurde mein geschundener Körper von einer Woge aus Wärme und Frieden überschwemmt.

Wenn ich ihn hatte verletzen können, und wenn es nicht nur sein Stolz war, der darunter gelitten hatte, dann war ich möglicherweise doch nicht nur ein hübsches Spielzeug für ihn gewesen. Vielleicht war ich sogar mehr als nur die Mutter seiner Kinder.

Vielleicht lag ihm noch etwas an mir.

So viel wie mir an ihm?

Eine seltsam tiefe Zuversicht in seine Fähigkeit, mich zu finden, erfüllte mich.

Und sollte ich mit heiler Haut aus diesem Desaster entkommen, würde ich Drago einige wesentliche Dinge sagen müssen.

Vielleicht war noch nicht alles zu spät.

Der Drache erwacht

Bestimme ich die Stärken des Feindes,
während meine Gestalt nicht wahrnehmbar erscheint,
so kann ich meine Stärke konzentrieren,
während der Feind unvollständig ist.

Sun Tzu, Die Kunst des Krieges

LouLous Tod hatte Drago erschüttert, er hatte, da Gernot Wever unfähig schien, sich aus seiner Fassungslosigkeit zu lösen, die Abwicklung in die Hände genommen und dann George, der ebenfalls zutiefst betroffen schien, zum Domhotel geschickt. Als er schließlich wieder seine Suite betrat, war es später Nachmittag geworden. Er ließ sich etwas zu essen in sein Zimmer kommen und wanderte dann unruhig auf und ab. Zu gerne hätte er etwas unternommen, aber solange er keine konkreten Hinweise auf Charnay hatte, waren ihm die Hände gebunden. Daher zwang er sich, einige grundlegende Überlegungen anzustellen.

Immerhin wusste er nun, was geschehen war.

Charnay hatte Ariane aus ihrem Atelier gelockt und irgendwohin verschleppt. Sie war zumindest noch bis zu dem Zeitpunkt am Leben gewesen, als sie den Brief geschrieben hatte, und nicht so verletzt und verstört, denn sie war noch in der Lage, mit klarem Verstand sein Diktat aufzunehmen.

Um sie zu überwältigen, musste Charnay ihre Gepflogenheiten kennen. Demzufolge hielt er sich schon seit geraumer Zeit in Köln auf und hatte gründliche Erkundigungen eingezogen. Nicht nur über Ariane, sondern auch über LouLou, das Theater und möglicherweise die Kinder.

Er hatte große finanzielle Probleme.

Das passte zu der Tatsache, dass er Wever seine Rohseide zu einem weit überhöhten Preis angeboten hatte. Der aber hatte abgelehnt, darüber zu verhandeln. So viel hatte er aus dem Fabrikanten noch herausbekommen.

Es lag nahe, dass Charnay sich Geldquellen dubioser Art zu erschließen versuchte, und das konnte im Zusammenhang mit den Schutzgeldzahlungen an LouLou gestanden haben. Ein solches Vorgehen entsprach dem hinterhältigen Stil dieses Feiglings. Und es warf ein neues Bild auf den Streich, der den Kindern gespielt worden war. Ihre Entführung hätte Ariane mit Sicherheit dazu gebracht, ihm jede denkbare Summe zu zahlen.

Wenn das aber so richtig war, dann musste Charnay sehr gründlich vorgegangen sein. Dass die Kinder von Spukhäusern begeistert waren, musste er aus erster Quelle erfahren haben.

Von den Kindern selbst?

Sie waren vertrauensselig und Hannah eine nachlässige Aufpasserin; er hatte es selbst ausgenutzt.

Sie, Philipp und Laura galt es zu befragen.

Dazu musste er sie in ihrem Heim aufsuchen, und das bedeutete Konfrontation mit der ihm unbekannten Witwe Elenz. Nun gut, dann würde er eben das Huhn verschrecken.

Er informierte George darüber, dass er noch einmal auszugehen gedachte, und machte sich zu einem sehr unbequemen Besuch auf.

Die Wirtschafterin begrüßte ihn sehr zugeknöpft, buchstabierte langsam den Namen auf seiner Karte und teilte ihm dann mit, die gnädige Frau sei nicht zu Hause.

»Dann wünsche ich Fräulein Hannah zu sprechen.«

»Das gnädige Fräulein empfängt keine Herrenbesuche«, wurde ihm beschieden.

»Gut, dann ändern wir das jetzt«, sagte er darauf und drückte mit seinem Körper die Tür auf, sodass die Frau nach hinten gestoßen wurde.

Sie schrie auf und protestierte wild.

»Gehen Sie weg! Das dürfen Sie nicht! Hilfe! Hilfe! Ein Eindringling!«

»Halten Sie den Mund, Weib«, knurrte er sie an und sah sich in der Diele um. Mit großen Schritten eilte er auf die Treppe zu und nahm zwei Stufen auf einmal nach oben. Die Kinder würden vermutlich in ihren Zimmern sein, auf der *bel etage* hatten sie um diese Zeit nichts zu suchen.

Und richtig, kaum war er oben angelangt, streckte auch seine Tochter ihre Nase aus der Tür.

»Papa!«, quiekte sie und kam auf ihn zugehüpft.

»Laura, psst!«

»Ach was, Hannah schläft noch nicht, und Tante Caro ist aus. Warum bist du hier? Und Hilde, was ist?«

Hinter ihm schnaufte die Haushälterin die Treppe empor.

»Laura, in dein Zimmer. Ich rufe die Gendarmen, wenn Sie nicht sofort das Haus verlassen, Sie!«

»Aber Hilde, das ist unser Papa. Er besucht uns doch nur.«

»Euer Papa ist tot.«

»Quatsch!«, kam es jetzt von Philipp, der ebenfalls wissen wollte, was der Lärm auf der Treppe sollte. Und Hannah öffnete ebenfalls ihre Tür.

»Hannah, das ist unser Papa, Herr Kusan«, piepste Laura aufgeregt.

»Sind Sie das wirklich?«

»Ja, Fräulein Hannah. Meinen Neffen George Liu haben Sie ja schon kennengelernt.«

»Oh!«

Die pummelige junge Frau mit dem flauschigen Haarschopf führte die Hand an die Lippen, machte runde Augen und lief dunkelrot an.

»Können wir drei uns bitte in einem geschlossenen Raum unterhalten, Fräulein Hannah? Ich habe Ihnen und den Kindern eine wichtige Nachricht zu überbringen.«

»Ja, ja, natürlich, Herr Kusan. Philipp, am besten in deinem

Zimmer.« Dann wandte sich Hannah an die Haushälterin und sagte mit entschuldigender Geste: »Es hat schon seine Richtigkeit, Frau Hilde. Regen Sie sich bitte nicht weiter auf.«

»Ich glaub das nicht, nein, ich glaub das nicht. Und Sie werden die Folgen tragen, sage ich Ihnen.«

»Meine Frau wird es Ihnen erklären, Hilde. Es hat Missverständnisse gegeben. Und nun lassen Sie uns bitte alleine.«

Murrend trottete die Wirtschafterin zur Treppe, Philipp hielt die Tür zu seinem Zimmer auf, und Drago trat ein. In dem Mansardenraum standen zwei Schreibpulte mit Stühlen und ein Bett, in den Regalen an der Wand reihten sich Bücher und Spielzeug aneinander, ein großer persischer Teppich bedeckte den Boden, und aus dem Korb entstieg würdevoll Captain Mio. Mit aufgerichtetem Schwanz näherte er sich dem Eindringling, und Drago beugte sich nieder, um ihm seine Hand zum Beschnuppern zu reichen.

»Alter Pirat, du bist ganz schön gewachsen, seit ich dich das letzte Mal gesehen habe.«

Der Pirat warf sich auf den Boden, rollte sich auf den Rücken und schnurrte auffordernd.

»Ich wünschte, ich hätte Zeit, mit dir zu schmusen, aber wir haben etwas Wichtiges zu besprechen.«

Er setzte sich auf Philipps Bett, Laura kuschelte sich an seine Seite, Captain Mio an die andere, Hannah, noch immer sehr verlegen, und Philipp nahmen auf den Stühlen Platz.

Er sah sie der Reihe nach an und sagte dann: »Es ist etwas sehr Schlimmes passiert, und ich brauche ganz dringend eure Hilfe.«

»Was ist denn passiert?«

Es waren intelligente Kinder, und er war auf ihr Wissen angewiesen. Schonen konnte er sie nicht.

»Eurer Mama hat jemand einen ganz bösen Streich gespielt. Ähnlich dem, den man euch mit dem Spukhaus gespielt hat. Sie wurde heute Vormittag aus ihrer Wohnung gelockt und ist seither verschwunden.«

»Woher wissen Sie das, Papa?«

»Weil ein Mann ihr die Haare abgeschnitten und sie Herrn Wever geschickt hat. Der ist damit zu mir gekommen und hat mir einen Brief gezeigt, in dem er aufgefordert wurde, Lösegeld für eure Mama zu zahlen.«

Lauras Hand schlüpfte in die seine und er drückte sie fest. Das Mädchen war ganz blass und schluckte.

»Ich vermute, dass dieser Mann euch damals in dem Spukhaus gefangen halten wollte, um Geld für euch zu fordern.«

»Das war aber kein Mann, sondern Ferdi, der Kaminfegerjunge.«

»Den Ferdi hat jemand beauftragt, euch die Geschichte zu erzählen, vermute ich. Es muss ein anderer dahintergesteckt haben, denn der Riegel an der Tür war ganz neu.«

»Ja, das stimmt, Papa.«

»So, und jetzt seid bitte ganz ehrlich zu mir. Mit wem habt ihr über eure Vorliebe für Gespenstergeschichten gesprochen?«

»In der Schule, Papa, mit allen.«

»Und Franz und Marie und Trin und Max. Das sind die Kinder im Hof.«

»Mit welchen Erwachsenen?«

»Nur mit Mama und Madame Mira.«

»Nie mit einem fremden Mann?«

Beide schüttelten die Köpfe.

»Seid ihr auch ganz ehrlich, Philipp, Laura? Es geht um eure Mama. Der Mann wird ihr möglicherweise sehr wehtun, wenn ich sie nicht rechtzeitig finde.«

Er musste ihnen Angst machen, anders ging es nicht.

»Ja, Papa. Wir haben mit keinem anderen gesprochen. Nur mit Ihnen, im Park.«

»Na gut. Hannah, mit wem haben Sie über die Kinder und ihre Neigung zu Spukgeschichten geredet?«

»Mit niemand, Herr Kusan. Oder besser, nur mit meiner Freundin Ruth.«

»Wer ist diese Ruth?«

»Sie ist Kindermädchen bei Schmitzens. Die haben ein Hutgeschäft in der Hohen Straße.«

»Hat Ruth einen Freund?«

»Ja, einen Unteroffizier von den Artilleristen. Jakob Würseling.«

Laura neben ihm zappelte, und er wandte sich ihr zu.

»Was ist dir eingefallen, meine Tochter?«

»Ähm...« Offensichtlich freute Laura die Anrede, sie wurde etwas ruhiger. »Hannah geht doch immer in die Leihbücherei. Und da sind auch andere Leute. Vielleicht hat da jemand gesehen, dass sie Gespenstergeschichten für uns ausleiht.«

»Sehr gut. Hannah, ist Ihnen in der Leihbücherei oder in einer Buchhandlung jemand aufgefallen, der sich für Ihre Auswahl interessiert hat? Möglicherweise ein hochgewachsener, sehr hagerer Herr mit sandfarbenem, vielleicht auch graumeliertem Haar, dessen linke Wange gelegentlich zuckt?«

Er sah Hannah an, dass sie angestrengt überlegte. Aber seine Gedanken gingen noch weiter. Natürlich, die Büchereien waren ein guter Ort, um sich zu informieren, aber dazu musste Charnay erst einmal herausgefunden haben, dass seine Kinder kleine Leseratten waren. Das ließ auf weitere Beobachtungen aus dem engsten Kreis schließen.

»Könnte Hilde – so heißt der Hausdrachen doch, der mich eben so angefaucht hat – einen Freund haben, dem sie von euch erzählt?«

»Weiß nicht!«, meine Philipp nachdenklich. »Sie schwatzt nicht viel, glaube ich.«

»Nein«, sagte auch Hannah. »Sie ist eine gute Seele und würde nie über ihre Herrschaft tratschen. Auch wenn sie ein bisschen barsch sein kann.«

»Papa, wie heißt der Mann denn, der Mama eingesperrt hat?«

»Er nennt sich Guillaume de Charnay und ist ein französischer Seidenhändler.«

»Der Zappelphilipp?«, quietschte Laura auf. »Monsieur Salonplein?«

Vollkommen verblüfft sah Drago seine Tochter an.
»Woher kennst du ihn, Laura?«
»Von Madame Mira und dem Grabstein in Münster.«
»Erzähl.«
»Als wir zu Onkel Ernsts Geburtstag in Münster waren, hat Mama mit uns den Friedhof besucht. Wegen den Verwandten. Und da hat sie die Schwester von dem Zappelphilipp gesucht. Den Namen hab ich aber vergessen.«

Ariane wusste also, dass Charnay früher Wilhelm Stubenvoll hieß. Interessant. Aber sie korrespondierte ja auch mit Dufour. Und das machte vermutlich die Angelegenheit für sie noch weit gefährlicher.

»Was hat euch Madame Mira über ihn erzählt?«
»Dass er ein lästiger Junge war und immer gezappelt hat und deshalb zu einem Seidenhändler in Liohne geschickt wurde, wo er nur Wasser und Brot und Prügel bekam.«

Himmel!

Madame Mira – Ariane hatte die alte Schneiderin kurz erwähnt, die ihr das Nähen beigebracht hatte. Er musste sie sprechen.

»Hannah, Madame Mira wohnt doch noch hier im Haus?«
»Ja, Herr Kusan.«
»Gehen Sie bitte zu ihr und bitten Sie sie, mir einige Fragen zu beantworten.«
»Sie ist aber wahrscheinlich schon zu Bett gegangen. Es ist bereits halb zehn, Herr Kusan.«
»Trotzdem. Dann wecken Sie sie. Hannah, es geht um Arianes Leben.«
»Ja, ja ... Ja, ich geh ja schon.«
»Ich komm mit, Hannah.«

Laura rutschte vom Bett und schloss sich ihr an. Philipp und Drago sahen einander an.

»Ist sie in großer Gefahr, Papa?«
»Ja, mein Sohn. In großer.«
»Ich habe Angst.«

»Ich auch. Und darum müssen wir so schnell wie möglich herausfinden, wo dieser verdammte Raupenzüchter sie versteckt hält. Und wenn du irgendetwas weißt, Philipp, das du vor den Damen nicht sagen wolltest, dann verrate es mir jetzt.«

»Ich weiß nicht, Papa. Was ist mit Herrn Wever? Er und Mama ...«

»Schon gut, darum kümmere ich mich später. Herr Wever muss sich im Augenblick um seine Schwester kümmern.« Das war ein Euphemismus, aber mit LouLous Tod wollte er die Kinder nicht auch noch belasten.

»Wieso hat der Mann uns entführt? Mama hat doch gar kein Geld.«

Kindermund tut Wahrheit kund. Bittere.

»Ich glaube, sie wäre zu Herrn Wever gegangen, damit er für euch bezahlt.«

Philipp nickte. Und dann klang seine Stimme sehr bang: »Wieso hat er ihr die Haare abgeschnitten?«

»Damit wir wirklich glauben, dass er sie in seiner Gewalt hat.«

»Wird er ihr ... ich meine ...«

»Ich werde alles tun, es zu verhindern, Philipp.«

Er stand auf, kniete dann vor seinem Sohn nieder und nahm seine Hände in die seinen. Der Junge war den Tränen nahe, unterdrückte das Schluchzen aber tapfer.

»Wir hören uns an, was Madame Mira zu sagen hat. Dann sehen wir vielleicht klarer.«

»Ja, Papa.«

Hannah erschien in der Tür und sagte: »Madame Mira bittet Sie zu kommen.«

»Na dann. Komm, Junge.«

Er fand die alte Dame aufrecht in ihrem Bett sitzen, eine weiche Nachthaube umrahmte ihr faltenreiches Gesicht, doch ihre Augen hinter dem Zwicker musterten ihn lebhaft. Laura saß neben ihr auf der Bettkante.

»Soso. Der verschollene Gemahl selig«, begrüßte sie ihn. »Es ist nicht meine Angewohnheit, irgendwelche Abenteurer in meinem Schlafzimmer zu empfangen, aber wie es scheint, liegt eine außergewöhnliche Situation vor.«

»Es ist durchaus meine Angewohnheit, charmante Damen in ihren Schlafzimmern aufzusuchen, aber Sie haben völlig recht, Madame Mira, dies ist ein sehr ungewöhnlicher Anlass.«

»Dacht ich mir doch, dass Sie ein Schlingel sind. Was erzählt mir das aufgelöste Küken von Hannah hier über Arianes Verschwinden?«

»Ein Mann, der heute einen französischen Namen führt, früher aber Wilhelm Stubenvoll hieß, hat sie aus Geldgier und vermutlich auch Rachsucht entführt. Ich vermute, dass er seit einiger Zeit in Köln weilt, und will unbedingt herausfinden, wo er sich aufhalten könnte.«

»In jedem beliebigen Hotel, junger Mann.«

»Möglicherweise. Aber er steckt in einem finanziellen Engpass, und lange Hotelaufenthalte sind teuer. Sie haben, so sagen meine Kinder, ihn früher gekannt. Hat er noch Angehörige in Köln?«

Die alte Dame blinzelte und überlegte. Dann sagte sie: »Es ist lange her. Ich war Mitte zwanzig, als ich ihn kennengelernt hatte. Ein unangenehmer Junge. Sein Vater stellte Seidenstoffe her, ich war Couturière, das war unsere Verbindung. Damals hatten sie noch eine Manufaktur und bewohnten ein großes Haus in der Breiten Straße. Dann, so um 1810 herum, wurde die französische Konkurrenz zu groß, die Manufaktur ging pleite. Jetzt rechnen Sie nicht nach, wie alt ich bin.«

»Arithmetik ist meine ganz schwache Seite, Madame Mira.«

»Mhm. Der alte Stubenvoll wurde Handlanger eines Lyoner Händlers und war viel auf Reisen. Die Familie musste ihr schönes Heim aufgeben und zog in die Bechergasse. Ein ziemlicher Abstieg. Ich bezog die französischen Stoffe über Stubenvoll, er bot mir manchmal Reststücke zu günstigen Konditionen an. Besser hinterfragen Sie nicht zu genau diese Art von Geschäften. Jedenfalls hatte er bei sich im Keller immer ein paar Rollen Seide vorrätig.«

»Lebt der alte Stubenvoll noch?«

»Ach was, der ist in den Dreißigern verstorben, die Frau folgte bald, und die Kinder sind in alle Welt verstreut. Der Wilhelm muss so fünfzehn gewesen sein, als er nach Lyon geschickt wurde.«

»Wer bewohnt jetzt das Haus der Familie?«

»Das große? Irgendein hoher Offizier, hörte ich mal.«

»Ich meine das kleine.«

»Das hat irgendwann ein Schuster übernommen. Ich komme nicht mehr viel herum, Herr Kusan. Und diese engen Gässchen haben für mich schon gar keinen Reiz mehr. Aber wenn Sie glauben, dass dieser Wilhelm dort untergekommen ist, dann halten Sie nach einem Fachwerkhaus Ausschau, das über der Tür einen besonders hässlichen Grinkopf hat.«

»Einen was?«

»Ein Fratzengesicht, Papa. Manche ganz alten Häuser haben so ein scheußliches Ding über der Tür. Ich mag die nicht.«

»Danke, Laura. Danke, Madame Mira, es ist zumindest ein Anhaltspunkt.«

»Lassen Sie mich noch eine Weile nachdenken, Herr Kusan, und tun Sie es auch. Ich habe Ariane sehr liebgewonnen. Ich möchte nicht, dass ihr ein Leid geschieht.«

»Störe ich Sie auch nicht, Madame Mira?«

»Nein, das tun Sie nicht. Schlafen könnte ich jetzt ohnehin nicht mehr.«

Also stand Drago auf und stellte sich an das Fenster. Er zog die Gardine zur Seite und sah in die Nacht hinaus. Gaslaternen beleuchteten die Straßen, hinter vielen Fenstern schimmerte noch Licht. Der Himmel war aufgerissen, und einzelne Sterne funkelten durch die Wolkenlöcher.

Irgendwo dort in dem Gewirr der Gassen war Ariane.

»Noch ist nicht die Zeit des Handelns.«

Hatte das jemand gesagt?

Hatte er tatsächlich die Stimme des Abtes gehört?

Langsam atmete er ein und wieder aus. Es war die Zeit des Spinnens.

Und eingedenk der Tatsache, dass alles Sein durch feine Fäden miteinander verknüpft ist, ließ er das Gespinst aus Vergangenheit und Gegenwart vor seinen Augen entstehen. Es formte sich wie ein feines Netz, hier und da kreuzten sich Fäden, da und dort bildeten sie Stränge, an anderer Stelle lösten sie sich wieder. Manche rissen ab, andere teilten sich plötzlich, einer wurde knotig, ein anderer dünn, wie die Seidenfäden, die er von den Kokons abgewickelt hatte. Er knüpfte an, wo ein Faden zu enden drohte, er entwirrte, wo zwei zu eng beieinander lagen, er ordnete und verfolgte Kreuzungen und Läufe. Ein goldener Faden durchzog das gesamte Gespinst, und er war froh darum, dass er in seiner Hand endete.

Und dann erkannte er den Vorteil auf seiner Seite.

Der rechte Zeitpunkt – nach Jahren war jetzt genau der richtige Zeitpunkt gekommen, um zu erfüllen, was Servatius von ihm verlangt hatte. Der Drache erhob sich.

»Herr Kusan?«

»Ja, Madame Mira?«

»Er hatte einen Tic, der Junge.«

»Ich weiß. Ein Muskelzucken.«

»Das auch. Aber es ging tiefer. Er wollte immer alles sofort haben und wurde jähzornig, wenn er seinen Willen nicht auf der Stelle bekam. Wenn er inzwischen tatsächlich ein erfolgreicher Geschäftsmann ist, dann hat er diese Eigenschaft auf irgendeine Weise gemeistert. Aber sie beherrscht ihn dennoch, könnte ich mir vorstellen.«

»Ich bedachte das soeben.«

»Er wird nicht in sein Elternhaus zurückgekehrt sein. Sein Vater war streng mit ihm, und ich vermute, er hat ihn gehasst.«

»Nein, in jenem Haus wohnt er nicht.«

»Caro Elenz, Herr Kusan, hat sich in den letzten Wochen einige neue Kleider schneidern lassen, obwohl Ariane ihre Apanage nicht erhöht hat. Sie geht auch wieder mehr aus. Ein Herr begleitet sie manchmal in der Kutsche nach Hause.«

Laura sprang auf.

»Papa, an dem Sonntag, da hatte sie Besuch im Salon. Wir wollten ein Buch holen und sind reingekommen. Philipp, weißt du noch?«

»Ja, sie hat mit uns gezankt, weil wir nicht geklopft haben, aber wir wussten doch nicht, dass wer da war.«

»Der Mann war mager und hatte graue Haare. Und er hat uns böse angeguckt.«

»Ein hagerer Herr, graublonde Haare, elegant gekleidet, sehr aufrechte Haltung. Ich verbringe meine Zeit gerne damit, aus dem Fenster zu schauen, seit meine müden Knochen nicht mehr so recht wollen, Herr Kusan. Und ja – jetzt, wo ich es mir vor Augen führe, hatte er Ähnlichkeit mit dem alten Stubenvoll. Herr Kusan, das traurige Huhn von Caro Elenz hat Bekanntschaft mit ihm geschlossen, mag der Himmel wissen, durch wen.«

»Charnay, oder Stubenvoll, hat sich einige gesellschaftliche Umgangsformen angeeignet, und Geld öffnet viele Türen. Auch wenn dahinter Schuldenberge stehen. Madame Mira, wenn Ihre Beobachtung richtig ist, dann müsste Caro Elenz auch wissen, wo er wohnt, oder zumindest Leute kennen, die in der Lage sind, es in Erfahrung zu bringen. Wo verbringt sie den heutigen Abend? Weiß das jemand hier im Raum?«

Hannah räusperte sich und sagte leise: »Sie wollte sich von ihrer Freundin verabschieden. Frau von Schnorr hat sie zu einem Essen eingeladen. Die reist nämlich für einige Zeit in ein Kurbad.«

Madame Mira schnaubte.

»Sie hat sich eine gesellschaftliche Krankheit zugezogen. Es wird gemunkelt, dass ihr Gatte sich von ihr getrennt hat. Nicht im Frieden, wie es heißt.«

»Tatsächlich?«

Die Brillengläser blitzten im Licht auf, als sich die alte Dame dem Sprecher zuwandte.

»Ihr Tonfall, Herr Kusan, lässt mich das eine oder andere vermuten.«

»Ich traf letzthin den Edlen von Schnorr zu Schrottenberg, Madame Mira.«

»Aha. Nun, dann werden Sie bei Belderbusch sicher nicht mit offenen Armen empfangen, sollten Sie vorhaben, sogleich die Festung zu stürmen.«

»Nein, ich werde eine andere Festung stürmen. Beschreiben Sie mir, wie ich zur Bechergasse finde.«

»Mhm. Ja, eine kluge Überlegung.«

»Ich kann Sie hinführen, Papa.«

»Ihr beide bleibt hier. Ihr werdet das Haus so lange nicht verlassen, bis ich es euch erlaube.«

»Aber...«

»Och...«

»Gehorcht mir, Kinder. Ich will euch nicht auch noch in Gefahr wissen.«

Madame Mira erklärte ihm etwas umständlich, wie er das Haus finden konnte, und fügte hinzu: »Gehen Sie, Drago Kusan. Und überlassen Sie Caro Elenz mir. Ich bekomme aus ihr schon heraus, wo der Stubenvoll untergekrochen ist. Hannah, helfen Sie mir beim Ankleiden, ich werde im Salon auf Caros Rückkehr warten.«

»Ich werde jetzt noch einmal kurz das Hotel aufsuchen und dort einen Diener bezahlen, der hier im Haus auf Ihre Nachricht wartet. Setzen Sie die Haushälterin davon in Kenntnis.«

»Gute Idee. Und gehen Sie. Ich bete für Sie und Ariane.«

Die Kinder begleiteten ihn zur Haustür, und bevor er sie öffnete, drehte er sich um und zog beide fest an sich.

»Wir besitzen einen großen Vorteil, meine Kinder – Charnay weiß nicht, dass ich hier bin. Und dass ich ihn suche und vernichten werde.«

»Ja, Papa.«

Als die Haustür zugefallen war, sah Philipp seine Schwester an.

»Er hilft ihr, nicht wahr?«, flüsterte die. Und seine Stimme zitterte auch leicht, als er antwortete: »'türlich!«

Aber ein bisschen Angst hatte er doch. Auch wenn Papa ausgesehen hatte wie ein leibhaftiger Drachen, dessen Feueratem aus dem bösen Zappelphilipp ein verkohltes Stück Braten machen würde.

Wer andern eine Grube gräbt...

*Er ist gekommen
In Sturm und Regen,
er hat genommen
mein Herz verwegen.
Nahm er das meine?
Nahm ich das seine?*

Friedrich Rückert

Ich befand mich in einem eigenartigen Dämmerzustand. Die Erschöpfung ließ mich manchmal eindösen, doch die Furcht versetzte mich bei jedem noch so kleinen Geräusch sofort in Alarmbereitschaft. Würde Charnay vorbeikommen, um seinen angekündigten Spaß mit mir zu haben? Jedes ferne Räderrollen, jedes leise Knacken oder Knirschen des alten Gemäuers schreckte mich auf. Immer wieder umklammerten meine Finger das Scherchen, immer wieder tastete ich nach dem Holzstiel.

Und dennoch gab es Phasen, in denen ich offensichtlich vom Schlaf übermannt wurde, denn als ich wieder einmal von einem winzigen Geräusch geweckt wurde und die Augen öffnete, bemerkte ich in meiner Armbeuge ein kleines Gewicht. Ich strengte mich an, in der geringen Helligkeit, die von dem Spalt an dem hohen Fenster auf mich fiel, zu erkennen, um was es sich handelte, und stellte zu meinem großen Erstaunen fest, dass sich eine kleine, rundliche Maus dort zusammengerollt hatte und friedlich schlummerte.

Ich ekelte mich nicht vor Mäusen. Das hatte mir Captain Mio schon lange aberzogen.

Und dieses Bild des friedlichen Vertrauens rührte mich.

Das kleine Geschöpfchen musste es auch gewesen sein, das mich zuvor zweimal erschreckt hatte, eine Kellerbewohnerin, deren Bau sicher auch noch andere Ausgänge hatte, denn in diesem leeren, staubigen Raum gab es für sie nichts zu nagen.

Ein leises, metallisches Klappern ließ mich zusammenzucken, das Mäuschen huschte davon, und ich setzte mich auf. Fußtritte, kaum hörbar, direkt vor dem Fenster. Dann scharrte Holz über Pflaster. Das Stückchen Helligkeit vergrößerte sich.

»Kleine Tigerin?«

Allmächtiger!

Ich wollte seinen Namen rufen, doch meine Stimme versagte. Mein Hals war ausgetrocknet, meine Zunge gehorchte mir nicht.

»Ariane?«

Ein raues Husten gelang mir.

Ich rappelte mich auf und stellte mich auf die Zehenspitzen.

»Drago!«

Es war kaum mehr ein Wispern, doch er hatte es gehört.

»Ich hole dich da heraus. Bist du unverletzt?«

»Ja.«

»Ich brauche eine halbe, vielleicht auch eine ganze Stunde. Sollte Charnay in der Zwischenzeit kommen, bring ihn um.«

Eine einfache, klare Anweisung.

Etwas fiel durch die Öffnung, und ich bückte mich danach. Ein Schürhaken. Na, das war allemal besser als ein Handarbeitsscherchen.

Die Schritte entfernten sich, und ich lehnte mich, vor Erleichterung leise keuchend, an die Wand. Nicht mehr gefesselt, nicht mehr geknebelt, dafür aber bewaffnet und voller Gewissheit, im Laufe der nächsten Stunde dieses Gefängnis verlassen zu können.

Gab es mehr als dieses Glück?

Wie hatte er mich nur so schnell finden können?

Aber wozu darüber spekulieren, er würde es mir sehr bald sagen.

Der Hotelportier kuschte wie ein getretener Hund, als Drago ihm seine Befehle erteilte. Ein junger Page wurde herbeigerufen und erhielt die barsche Order, sich als Bote im Haus der Witwe Elenz bereitzuhalten. Die Nachricht, die er zu überbringen hatte, musste unverzüglich auf sein Zimmer gebracht werden. Das Appartement neben seiner Suite sollte bereitgestellt werden.

Dann lief er mit großen Schritten die Treppe hoch und klopfte an Georges Tür.

Der junge Halbchinese saß an dem kleinen Tisch und malte mit bedächtigen Pinselstrichen Schriftzeichen auf ein Blatt Papier.

»George, ich brauche deine Hilfe.«

Traurige Augen sahen ihn an.

»Verzeihen Sie, Cousin Drago. Aber ich möchte dieses Gedicht fertig schreiben.«

»Ich weiß, ich lasse dich nie zur Ruhe kommen, Junge. Es tut mir leid. Aber ich brauche dich wirklich. Ich habe die TaiTai gefunden. Sie ist in einem Keller eingesperrt, und wenn der Mann, der sie entführt hat, zurückkommt, wird er sie quälen.«

Langsam legte George den Pinsel nieder und senkte den Kopf.

Es war zu viel für den Jungen. Nun gut, dann musste es eben auch ohne ihn gehen.

Er eilte in seine Räume und zog sich die Kleidung an, die er in China und auf dem Schiff meistens getragen hatte. Eine schwarze Seidenhose, ein ebensolches Oberteil und eine gesteppte Jacke. Weitaus bequemer als die Lederschuhe waren die Filzstiefel, in die er die Hosenbeine steckte und dann festschnürte. Vor allem waren sie sehr viel leiser. Dann holte er aus einem polierten Holzkästchen eines der wenigen Erinnerungsstücke. Servatius hatte ihm und Ignaz vor vielen Jahren bei ihrer gemeinsamen Mittelmeerreise je ein Messer geschenkt. Es waren ganz besondere Messer, sie wurden in Südfrankreich von einem Schmied in Laguiol für die Hirten und Bauern hergestellt. Ihre

Besonderheit lag darin, dass die Klinge in das Heft geklappt werden konnte. Es war eine wunderschöne Arbeit, der Horngriff bernsteinfarben, mit silbernen Ornamenten, die in einer Jakobsmuschel am Griffvorsprung endeten.

Einen kleinen Augenblick wog Drago das Messer in der Hand. Fäden, verbindende Fäden, bis in die Vergangenheit.

Natürlich hatte sein Pate ihn auch gelehrt, mit dieser Waffe umzugehen.

Er steckte es in die Tasche, und noch einmal schaute er bei George ins Zimmer. Er malte noch immer kunstvolle Zeichen und sah nicht auf.

Morgen würde er sich um ihn kümmern. Nicht jetzt.

Der Portier machte große Augen, als er ihn an seinem Empfangstresen vorbeigehen sah, machte aber keine Bemerkung. Draußen auf der Straße verschmolz er mit der Dunkelheit, und in einem lautlosen, gleichmäßigen Lauf erreichte er die Bechergasse kurz darauf.

Seine erste Erkundung direkt nach dem Besuch bei Madame Mira hatte ergeben, dass das Haus mit dem Grinkopf über der Tür unbewohnt war. Der Vordereingang war mit Brettern vernagelt, die Fensterläden von innen verschlossen. Nichts deutete darauf hin, dass jemand vor Kurzem darin gewesen war. Aber die Rückseite mochte mehr Aufschluss geben. Als er durch die Toreinfahrt in den Hinterhof trat, hatte er sich erst einmal an den Giebeln orientieren müssen, welches das richtige Haus war. Er wollte selbstverständlich kein Aufsehen erregen und nicht an die falsche Tür geraten.

Es war eine heruntergekommene, schmutzige Umgebung. Abfall lag in den Ecken, es stank nach Kloake, Pfützen standen auf dem unebenen Pflaster, eine abgebrochene Regenrinne baumelte von einem Dach. Doch dann sah er die Tür, die mit einer Kette und einem neuen, noch glänzenden Vorhängeschloss gesichert war. Alle anderen Türen hatten mehr oder weniger verrostete Riegel. Wie auch bei dem Spukhaus hatte sich hier jemand vor ganz kurzer Zeit bemüht, eine sichere Verriegelung anzubringen. Das Schloss war nicht leicht aufzubringen, zumindest nicht ohne reichlichen Lärm zu machen. Aber zunächst hatte er sich versichern wollen, ob Ariane wirklich hier gefangen gehalten wurde. Eine gründliche Überlegung führte ihn zu dem Schluss, dass Charnay sie sicher nicht in den oberen Zimmern eingesperrt hatte. Viel zu leicht hätte sie sich durch die Fenster bemerkbar machen können. Die schwere Holzkiste brachte ihn auf die richtige Spur. Sie versperrte das Kellerfenster.

Und tatsächlich, hier hatte er sie gefunden.

Jetzt war er zurückgekehrt und sann im Schutz der Schatten darüber nach, wie er sie so leise wie möglich herausholen konnte. Der Mond, noch immer fast voll, war inzwischen aufgegangen, und wenn die fliehenden Wolken sein Antlitz freigaben, war es hell genug, um die Fenster zu prüfen. Die Läden waren morsch, die Farbe abgeblättert. Alles zeugte von Verfall, wie an so vielen Ecken des alten Köln. Die Wohlhabenderen hatten sich in den neu erschlossenen Gebieten im Norden und im Süden niedergelassen, hier in der mittelalterlichen Innenstadt lebten in den besseren Straßenzügen noch die Nachkommen der Patrizier und des gehobenen Bürgertums, in den Gassen und Gossen aber verarmten die Handwerker und Arbeiter. Sie hatten selten Geld für die notwendigsten Reparaturen.

Er mochte es beklagen, doch derzeit kam dieser Umstand ihm zupass.

Mit dem Messer gelang es ihm, den Riegel des Fensterladens aufzuhebeln, und mit der Klinge kratzte er den bröselnden Glaserkitt los. Die kleine Scheibe fiel fast lautlos nach innen, er langte durch die Öffnung und drehte den Griff um. Da das Fenster recht hoch gelegen war, brauchte er zwei Anläufe, um sich hineinzuschwingen. Mit Georges Hilfe wäre es schneller und leichter gegangen. Aber dem Jungen musste er nun einmal Zeit geben, zu sich zu kommen. Er sperrte den Gedanken aus und sah sich um. Einst hatte sich die Küche in diesem Raum befunden, ein geschwärzter Kamin und ein geborstener Spülstein gaben Zeugnis davon. Eine bedenklich knarrende Stiege führte nach unten. Hier war es so finster, dass er sich selbst einen Idioten nannte, nicht an eine Lampe und Zündhölzer gedacht zu haben. Tastend bewegte er sich an der Wand entlang, sammelte Spinnweben unter seinen Fingern, und feuchte Ziegelsteine bröckelten unter seinen Händen. Eine Türzarge, die Tür, auch hier ein glatter, kühler Eisenriegel.

Er klopfte vorsichtig an das Holz.

Keine Antwort.

Natürlich – Ariane erwartete dahinter mit dem Schürhaken in der Hand Charnay.

»Kleine Tigerin. Leg die Waffen nieder«, rief er.

Etwas scharrte. Nun gut, er musste das Risiko eingehen, dass sie ihn angriff.

Langsam schob er die Riegel auf, drückte sich aber noch gegen die Tür.

»Ariane, lass den Schürhaken unten.«

Nur sie und er wussten, dass sie ihn bereithielt.

Er öffnete die Tür einen Spalt, und in dem Dämmerlicht erkannte er sie. Das Eisen fiel aus ihrer Hand, und sie stolperte auf ihn zu.

Er fing sie auf und hielt sie fest umarmt.

Ihr Kopf lag an seiner Schulter, sie gab keinen Laut von sich, aber ihre Hände krallten sich in seinen Rücken.

»Wir haben es fast geschafft, meine Tigerin. Erzähl mir rasch, was er vorhatte.«

»Ich weiß nicht. Vermutlich wollte er mich töten, denn ich weiß ja, wer er ist. Aber vorher ...« Sie schauderte. »Das mit dem Daumen meinte er ernst.«

»Du kannst dir nicht vorstellen, was ich alles ernst meine. Aber hat er etwas verlauten lassen, wann er wiederkommen wollte?«

Sie schüttelte den Kopf.

»Ich hatte Angst, er würde heute Nacht kommen. Er wollte das Lösegeld schon morgen früh. Aber ich hab ihn überzeugt, dass Gernot Zeit braucht. Ich hatte gehofft ...«

»Sehr klug von dir. Ariane, ich will seiner habhaft werden. Und darum werden wir jetzt Folgendes tun...«

Drago hatte mich an der Hand gefasst und zog mich beinahe die dunkle, enge Gasse entlang.

»Lass uns verschwinden, Ariane, die Gegend gefällt mir gar nicht«, sagte er leise. Ich musste ihm zustimmen.

Erst als wir die breitere Straße »Am Hof« erreicht hatten, blieb er stehen. Unter einer Gaslaterne sahen wir uns an.

»Du siehst... wild aus, Drago.«

Seine Zähne blitzten weiß im Licht auf, als er grinste.

»Du siehst schmutzig aus.« Er wischte mir über die Wange, und seine Miene wurde ernst. »Und du frierst.«

Er zog die eigenartige Jacke aus und half mir hinein. Sie war warm von seinem Körper, federleicht und weich.

»Die Chinesen tragen sie in der kalten Zeit. Sie ist mit Flockseide gefüttert. Bequem, nicht?«

Ich nickte und zog sie eng um mich.

»Schaffst du es, zu Fuß zu dir nach Hause zu gehen? Selbst alles Geld der Welt kann hier um Mitternacht keine Droschke herbeizaubern.«

»Drago, ich bin durstig und hungrig und widerlich schmutzig, aber kein Krüppel.«

»Wir könnten auch deine Tante Caro verschrecken, es ist näher.«

»Lass uns gehen, je schneller wir in meiner Wohnung sind, desto eher habe ich den Krug Limonade vor mir stehen. Und – ich habe ein frisches Brot und Schinken!«

»Dann los.«

Wieder nahm er meine Hand, passte aber seine Schritte den meinen an. So eilten wir durch die fast menschenleeren Straßen. Hier und da waren noch einige Bummelanten unterwegs, die von den Vergnügungsstätten und Kneipen auf dem Heimweg waren. Dragos schwarz gekleidete Gestalt und meine werte Schmuddeligkeit mochte den einen oder anderen zu originellen

Annahmen inspirieren, mich störte es nicht. Und dann fiel mir plötzlich etwas ein.

Ähnliche nächtliche Streifzüge hatten wir auch früher schon unternommen. Wenn uns die steifen Veranstaltungen unserer Braunschweiger Bekannten zu viel wurden, hatten wir uns manchmal verstohlen zugezwinkert und uns heimlich davongemacht, um im Dunkeln Hand in Hand zu spazieren und das nächtliche Treiben zu beobachten. Oder Unfug zu treiben.

»Wir haben mal ein Boot geklaut, weißt du noch?«, entfuhr es mir deshalb.

Drago blieb abrupt stehen, drehte sich um und sah mich wieder an.

»Du erinnerst dich daran?«

»Ja, natürlich.«

Er zog mich an sich und fuhr mit der Hand durch das, was von meinen Haaren noch übrig war.

»Es war eine einzigartige Nacht«, flüsterte er. »Oder siehst du es heute anders?«

Es war eine vollkommene Nacht in einem vollkommenen Mai. Ich war mit Laura schwanger, was uns aber nicht daran hinderte, einen Nachen zu entern und eine Ausflugsfahrt über die Oker zu unternehmen. Im Mondlicht machten wir unter hängenden Weiden fest, und... Drago nutzte die Situation weidlich aus.

Die Piratenträume meiner Kinder mochten in solch abenteuerlichem Verhalten ihrer Eltern ihren Ursprung haben.

Ich legte meine Arme um seinen Hals und blickte ihm in die Augen. Die Zeit der Verstellung war vorüber.

»Nein, Drago. Ich sehe es heute noch immer so.«

Sein Gesicht veränderte sich, wie ich es noch nie gesehen hatte. Trauer, Freude und sogar Angst wechselten in schneller Folge.

»Ich werde versuchen, es wiedergutzumachen, TaiTai.« Er nahm meine Hand und hauchte einen Kuss darauf. »Aber jetzt lass uns gehen.«

Ja, es galt die Gegenwart zu bewältigen, nicht die Vergangenheit. Mir fiel ein, dass ich mein Retikül nicht bei mir hatte.

»Drago, ich weiß nicht, wie wir ins Haus kommen. Mein Schlüssel war in der Tasche, und die ist fort. Vielleicht hat Charnay sie an sich genommen, oder ich habe sie verloren.«

»Dass er den Schlüssel hat, könnte uns Sorgen machen, das andere ist kein Problem. Ich habe den für den Hintereingang.«

»Oh?«

»Ja, wie glaubst du denn, dass ich Samstagnacht zu dir ins Bett gekommen bin?«

Jetzt hatte er selbst angesprochen, was ich mir vorgenommen hatte, nie zu erwähnen.

»Ich war in gewisser Weise zu sehr abgelenkt, um mir großartig Fragen darüber zu stellen.«

Ich hörte sein Lachen, und sein Arm legte sich um meine Taille. Wir hatten die Zeughausstraße erreicht, und als er die Tür aufsperrte, wollte ich dennoch wissen: »Wer gab ihn dir?«

»Nona.«

Wir gingen in die Küche, und ich zündete die Lampe an.

»Er hat mich mit der Nachricht, LouLou brauche mich im Bürgerhospital, in die Droschke gelockt. Ich hoffe, Nona …«

»Nona ist in den Morgenstunden gestorben.«

»Ja, das stand zu befürchten. Armer kleiner Seidenwurm.«

Ich holte aus der Vorratskammer die ersehnte Limonade, goss mir einen großen Becher voll ein und trank ihn durstig aus.

»Ich werde sie vermissen, sie war eine begnadete Näherin, eine sanfte, zurückhaltende junge Frau ohne große Ansprüche. Und so dankbar für jede Zuwendung.« Dann fiel mir ein, dass es ja noch jemanden gab, dessen Trauer viel größer sein musste als die meine. »LouLou wird es schwer getroffen haben.«

»Ja, Ariane. Zu schwer.« Drago trat vor mich und nahm meine Hände in die seinen. »Besser, du weißt es gleich, kleine Tigerin. LouLou hat es nicht ertragen. Sie ist Nona gefolgt.«

»Gefolgt?« Es dauerte einen Moment, bis ich begriff, was er sagen wollte. »Sie hat sich das Leben genommen?«

»Ja. Heute Vormittag. Ihr Bruder, George und ich haben sie gefunden.«

»Mein Gott.«

»Ariane, für große Trauer ist jetzt keine Zeit. Die Gegenwart verlangt unsere Aufmerksamkeit. Du kannst nicht hierbleiben. Bitte zieh dir ein sauberes Kleid an und pack eine Tasche mit den nötigsten Dingen. Ich habe ein Zimmer für dich im Hotel richten lassen.«

Richtig, mein Schlüssel! Charnay, sollte er doch noch diese Nacht nach mir suchen, würde ungehindert in die Wohnung eindringen können.

Ich ging in mein Schlafzimmer und zog das vollkommen verdreckte Kleid aus, warf auch die Unterröcke und die andere Unterkleidung in den Korb. Es war das zweite ruinierte Kleid in dieser Woche, das ich nie wieder tragen würde. Ich hätte mich gerne gründlich gewaschen, aber dazu war keine Zeit. Ich wählte ein warmes Wollgewand und eine Samtjacke, packte mein Nachthemd und den Morgenmantel in meine Tasche und wollte zu meinen Haarnadeln und der Bürste greifen, als mein Blick in den Spiegel fiel.

Haarnadeln würde ich die nächsten Monate nicht mehr benötigen.

Und mein Gesicht musste ich dringend waschen. Es war schwarzstaubig, und getrocknetes Blut verschmierte meine Stirn und Wangen.

Im Krug war noch Wasser, und ich reinigte mich, so gut es ging. Als ich meine Schläfe berührte, begann die Beule dort wieder heftig zu schmerzen.

Aber auch diesen Schmerz musste ich jetzt ignorieren, genau wie den um LouLous Tod.

Ich kehrte in die Küche zurück und fand auf einem Teller ein Schinkenbrot. Viel zu dick geschnitten, sowohl das Brot als auch der Schinken, aber geradezu unwiderstehlich.

»Im Hotel hättest du auch etwas bekommen, aber ich denke, das Personal werden wir erst einmal dazu anhalten, dir ein heißes Wannenbad zu richten. Iss, kleine Tigerin. So viel Zeit haben wir noch.«

Ich befolgte seinen Rat, während er mir berichtete, wie er mir auf die Spur gekommen war.

Danach machten wir uns auf den Weg ins Domhotel. Es war bereits ein Uhr, aber Drago hatte offensichtlich so viel Einfluss auf das Personal, dass ich tatsächlich binnen kurzer Zeit im Luxus einer ganzen riesigen Wanne voller heißem, parfümiertem Wasser schwelgen konnte. Doch während sich meine müden Muskeln lockerten, überschwemmte mich wieder die Trauer.

LouLou und Nona, die beiden Frauen, die in den beiden letzten Jahren meine Freundinnen geworden waren, lebten nicht mehr. Wie falsch hatte ich LouLou eingeschätzt. Die kühle, berechnende Geschäftsfrau, die begabte Tänzerin, die sarkastische Kritikerin – wie sehr musste es ihr an Liebe und Zuneigung gemangelt haben, dass sie, als ihr Nonas Zuneigung verloren ging, ihr Leben beendete. Ihre und Gernots Kindheit und Jugend waren hart, freudlos und sogar tragisch gewesen. Die Eltern fanatische Sektierer, die Nachbarn bigotte Frömmler, sie hatten acht ihrer Geschwister sterben sehen. Krankheit, Gewalt, Unfälle und Verzweiflung hatten ihren Tod verursacht. Armer Gernot – nun war er der Letzte der Familie. Und ich würde ihn nun ebenfalls verlassen.

Ich rutschte tiefer in das Wasser und tauchte auch meine kurzen Haare hinein. Es tat mir weh, dass ich Gernot das antun musste. Aber auch ich konnte nun nicht anders. Hätte er mir ein wenig mehr seine Gefühle gezeigt, wären wir vermutlich schon vor einem Jahr verheiratet gewesen.

Und dann?, fragte mich eine leise innere Stimme. Hättest du dann Drago widerstanden?

Nein, vermutlich nicht.

Das, was mich mit ihm einte, war mächtiger als alle anderen Bindungen. Es hatte Streit, Scheidung und Jahre der Abwesenheit überdauert, hatte in einer Art Winterschlaf gelegen und war nun wieder erwacht.

Ich sagte mir, dass ich die Verluste betrauern müsste, aber dieses andere Gefühl überlagerte die Trauer.

Tiefstes, reinstes Glück siegte über Schmerzen, Angst und Sorgen.

Drago lebte. Er war zu mir zurückgekommen. Er hatte mich gesucht und ... er erinnerte sich.

Ich griff nach der Seife, die zart nach Flieder duftete, und schäumte mir die Haare ein. Eigentlich praktisch, dass sie nun so kurz waren. Vielleicht sollte ich es dabei belassen – allen Konventionen zum Trotz.

Allmählich kühlte das Badewasser ab. Ich griff nach der Kanne und spülte mich noch einmal ab, dann wickelte ich mich in das flauschige Handtuch. Bald zwei Uhr war es geworden, aber ich verspürte keine Müdigkeit. Das Nachthemd hatte man mir bereitgelegt und auch den Morgenmantel. Ich bürstete die feuchten Haare aus und ging in mein Schlafzimmer. Eine Karaffe Wein stand bereit, ein Teller mit Obst und Keksen. Ich nahm davon und überlegte, ob ich es wagen sollte, auf den Gang hinauszuschlüpfen und an Dragos Tür zu klopfen, als er bereits eintrat.

»Na, sauber?«

»So gut wie neu. Nur hier und da noch ein paar blaue Flecken.«

Er trug noch immer den schwarzen Anzug, ein dunkler Schatten lag über Kinn und Wangen und seine Locken hingen ihm zerzaust in die Stirn.

Abenteurer!

Glücksritter!

Draufgänger!

Was hatte ich ihn nicht alles geschimpft.

Was hätte ich denn lieber gehabt? Einen Weichling, einen Angstmeier, einen Pedanten?

Ich machte einen Schritt auf ihn zu. Er wartete, rührte sich nicht, überließ mir die Entscheidung. Ich machte noch einen und noch einen. Stand direkt vor ihm. Seine Augen, dunkelbraun, ruhig – und weise. Das war neu an ihm, und es berührte mich zutiefst.

Ich hob meine Hand und strich ihm über die stoppelige Wange.

Er ergriff sie und drückte sie an seine Stirn, dann legte er sie an sein Herz.

Es schlug hart unter meinen Fingern.

Wieder fühlte ich mich eingewoben in ein Gespinst goldener Fäden, und mit einer kaum merklichen Bewegung drückte ich meine Hand gegen seine Brust. Er legte seinen Arm um meine Schulter und führte mich den kurzen Weg über den Gang in sein Zimmer.

Offensichtlich hatte er noch etwas geschrieben. Auf dem Tisch lagen mehrere beschriftete Bögen und einige adressierte Umschläge. Dann aber fiel mein Blick auf den langen blonden Zopf, der auf einem Stück weißen Leinens wie eine goldene Schlange ruhte.

Ich trat hinzu und berührte die Flechten mit den Fingerspitzen.

Meine Haare.

Wie eine Opfergabe lagen sie hier.

Und in meinen kurzen Locken spürte ich nun seine Hände.

»Morgen wird der beste Coiffeur von Köln sich darum kümmern.«

»Dranheften wird auch er sie nicht können. Aber vielleicht einen falschen Fifi daraus knüpfen. Tante Caro hat so einen.«

Doch Drago schien den Sinn für Leichtigkeit noch nicht wiedergefunden zu haben. Er streichelte den blonden Strang und murmelte: »Sie sind schön, kleine Tigerin. Ich habe so lange immer nur schwarze Haare gesehen.«

»Nun, dann erlaube ich dir, sie mitzunehmen, wenn du wieder nach China zurückkehrst.«

Er spielte mit den feuchten Strähnchen in meinem Nacken.

»Zarte, weiße Haut habe ich auch lange nicht mehr berührt.«

»Nein? Hat dort niemand einen hellen Teint?«

»Nur einige sehr prüde Engländerinnen aus dem Settlement.«

»Sie zeigten sich nicht zugänglich? Das überrascht mich.«

»Es sind nur wenige europäische Frauen dort, meist Gattinnen von Offizieren, ein, zwei Ehefrauen von Handelsherren. Und natürlich die Missionarinnen.«

»Man ist als Herr also gezwungen, sich an das einheimische Personal zu wenden. Ich verstehe. Sind die chinesischen Mädchen sehr anders als wir?«

»Sie zeigen weit mehr Unterwürfigkeit.«

»Ah, wie wünschenswert.«

»Mhm.«

Ich spürte die Wärme seines Körpers durch meinen dünnen Morgenmantel und das seidene Nachthemd.

»Dann wirst du sicher bald wieder eine willige Gespielin finden«, sagte ich leise.

»Mhm.«

Sein Atem traf die Haut in meinem Nacken.

»Sehr bald, hoffe ich«, wisperte es an meinem Ohr, und Schauder flogen mir über den Leib.

Aber nachgeben mochte ich noch nicht.

»Du verlangst Unterwürfigkeit?«

Seine Hände wanderten zu meinen Brüsten und umfassten sie. Leicht rieb die glatte Seide auf meiner Haut.

»Vielleicht?«

Seine Zunge glitt über meine Ohrmuschel. Seine Rechte öffnete die Schärpe, die den Morgenmantel zusammenhielt. Dann lag seine Hand auf meinem Bauch. Ganz ruhig.

Darunter erhob sich ein Heer von Schmetterlingen.

»Und wenn nicht?«

Wenn er wüsste, wie nah ich der Unterwerfung war.

»Dann müsste ich sie einfordern.«

Verdammt, er wusste es doch. Seine Hände kannten mich viel zu gut.

Aber – war es denn Unterwerfung?

Ich lag über ihm, als ich aus der Verzückung erwachte. Er hielt mich fest, und erst als ich den Kopf hob, löste er seinen Griff und gab mich frei. Ich kuschelte mich neben ihn in seinen Arm, und er nahm meine Hand, um sie auf sein Herz zu legen. Es schlug noch immer schnell, aber sein Atem war ruhig geworden.

Die Lichter waren erloschen, der Mond weitergewandert. Es war dunkel geworden im Raum, und in die Dunkelheit hinein flüsterte ich, was sich von meinem Herzen auf meine Lippen drängte.

»Ich habe dich so vermisst.«

Sein Herz stolperte, aber er blieb ruhig.

Geborgen in seiner Umarmung übermannte mich schließlich doch die Erschöpfung, und ich schlief ein.

Webfehler

Hier steht er nun, und grauenvoll umfängt
Den Einsamen die leblose Stille,
Die nur der Tritte hohler Widerhall
In den geheimen Grüften unterbricht.

Friedrich Schiller,
Das verschleierte Bildnis zu Sais

Mit sich zufrieden tupfte Charnay sich den Rasierschaum vom Gesicht. Er beglückwünschte sich dazu, in der vergangenen Nacht so viel Disziplin bewiesen zu haben, sich eine zweite Belohnung zu versagen.

Umso süßer würde sie heute Vormittag ausfallen.

Den Abend zuvor hatte er bei einem üppigen Essen mit den Damen Schnorr und Elenz verbracht. Nicht, dass er deren Gesellschaft als anregend empfand. Die Edle mit ihrem dünkelhaften Dichtergebaren langweilte ihn genauso wie die dümmlich-naive Witwe Elenz. Beide gaben vor, Helene müsse aus gesundheitlichen Gründen zur Kur reisen. Doch das Gemunkel, ihr Gatte habe sie schmählich sitzen lassen, tönte so laut in den Salons, dass es wirklich nicht zu überhören war. In Marienbad würde sie demnächst vermutlich gefühlstriefende Elegien verfassen. Es hatte ihm eine kleine Genugtuung bereitet, die Damen mit kleinen Zweideutigkeiten in Verlegenheit zu bringen. Noch viel größer aber war seine Befriedigung bei dem Gedanken, dass er die Nichte der spatzenhirnigen Witwe Elenz in seiner Gewalt hatte, und bei Kalbsbries und Prinzesskartöffelchen malte er sich aus, was er mit Ariane Kusan noch anstellen würde, wenn er sie gefesselt und geknebelt vor sich hatte. Ein erregendes Mahl, fürwahr.

Er kleidete sich nach der Morgentoilette sorgfältig an, um seinen Spaziergang anzutreten. Es war genau die richtige Zeit, zunächst in Müllers Kaffeehaus ein Frühstück einzunehmen und die Zeitung zu lesen. Dann plante er einen Besuch in der Bechergasse, um die Belohnung zu vervollkommnen. Anschließend nähme er ein leichtes Mittagsmahl, und am frühen Nachmittag stand der Besuch bei Andreae in Mülheim an, wo er die Lieferverträge über seine Seidenproduktion abzuschließen gedachte. Das müsste reibungslos anlaufen, da er nun einen finanziellen Handlungsspielraum hatte. Und hinterher blieb noch genug Zeit, sich von dort zu der von ihm vorgeschlagenen Übergabestelle zu begeben, wo Wever die Tasche mit dem Geld deponieren sollte. Natürlich würde er nicht selbst in Erscheinung treten. Ein williger Gehilfe würde ihm das Geld bringen. Dennoch wollte er sichergehen, dass der Fabrikant auch wirklich das Lösegeld ablieferte.

Damit waren seine geschäftlichen Belange abgewickelt, und es blieb ihm noch ein letztes Vergnügen mit der Witwe Kusan.

Anschließend würde er den nächsten Zug Richtung Süden nehmen.

Den ersten Teil seines sorgfältig geplanten Tagesablaufs absolvierte er mit Genuss. Selten, äußerst selten gönnte er sich ein reichhaltiges Frühstück. Aber dieser Tag würde ein herausragender werden, einer, der ihn nicht nur sanieren, sondern auch eine letzte schwärende Wunde heilen würde.

Beschwingt machte er sich auf den Weg in die Bechergasse, durchquerte die Toreinfahrt und warf einen prüfenden Blick auf die Hinterfront des Hauses. Alles wirkte so, wie er es verlassen hatte. Die schwere Kiste stand vor der Kellerluke, die Kette an der Tür war unversehrt, die Fensterläden geschlossen, das Vorhängeschloss eingeschnappt. Er zog den Schlüssel aus der Westentasche und sperrte auf. Die Tür quietschte etwas in den Angeln, und er malte sich aus, mit welchem Entsetzen seine Gefangene auf dieses Geräusch lauschte. Er ergriff die Petroleumlampe, die er auf der Treppe in den Keller bereitgestellt hatte, und zündete sie an. Heiße Lust überkam ihn. Gleich, gleich würde er seine große Belohnung erhalten. Wiedergutmachung aller Demütigungen, allen hämischen Gelächters, allen Gespötts.

Er horchte an der Kellertür.

Kein Laut.

Nun ja, sie war ja auch geknebelt.

Er überlegte, ob er es wagen konnte, ihr das Tuch vom Mund zu nehmen. Zu gerne würde er sie schreien hören. Aber es könnte unliebsame Aufmerksamkeit auf sein Tun in diesem baufälligen Haus lenken.

Genüsslich schob er den Riegel auf und öffnete die Tür einen Spalt breit, um das Licht hineinfallen zu lassen. Leise flüsterte er ihren Namen.

Mochte sie doch noch einen kurzen Augenblick auf Rettung hoffen.

Noch immer kein Laut. Noch nicht mal ein Rascheln ihrer Röcke oder ein Schnaufen.

Sehr seltsam.

Er öffnete die Tür weiter und hielt die Lampe hoch.

Narrten ihn seine Augen?

War der Raum wirklich leer?

Nichts – keine Frau, keine Fessel, keine Spur.

Hatte er etwas übersehen?

Hastig trat er ein und prüfte das Fenster. Unmöglich, hier herauszukommen. Dann untersuchte er Tür und Riegel. Sie waren doch geschlossen, er selbst hatte den Riegel noch eben mit Kraft zur Seite geschoben.

Verdammt!

Er raste die Treppe nach oben. Jemand musste durch die Vordertür gekommen sein.

Doch auch hier war alles von innen unverändert. Er stürmte wieder aus dem Hinterausgang, durch den Hof zur Frontseite des Hauses. Die Tür war nach wie vor vernagelt, keine frischen

Spuren im Holz, die auf ein Eindringen gedeutet hätten. Die Läden ebenfalls geschlossen und verriegelt.

Was war hier geschehen?

Verfügte die Hexe über Zauberkräfte?

Die Kinder hatten sich auch selbst befreit, doch bei ihnen hatte er die Flucht rekonstruieren können – sie waren aus dem oberen Fenster entkommen, mit wessen Hilfe auch immer. Aber hier gab es keinen Ausschlupf!

War er einem Wahn unterlegen? Hatte er Ariane gar nicht entführt?

Wie wild begann seine Wange zu zucken.

Noch einmal untersuchte er alle Räume, aber nichts fiel ihm auf, das auf ein Eindringen Dritter schließen ließ, nichts darauf, wie die Gefangene entkommen war.

Er zwang sich, die Kette wieder vor die Hintertür zu legen und das Schloss einrasten zu lassen. Mit verkrampften Schritten machte er sich zurück zu seiner Pension.

Klares Denken war ihm im Augenblick nicht möglich, er brauchte einen abgeschiedenen Raum, damit sich die Zuckungen einigermaßen beruhigten.

Als er die Tür zu seinem Zimmer öffnete, fiel ihm ein Umschlag auf, der unter der Tür durchgeschoben worden war. Er bückte sich, riss ihn mit bebenden Fingern auf, und als er den Inhalt gelesen hatte, drängte sich ein heiserer, gequälter Schrei aus seiner Kehle.

Der Ruf der Eule

Wer trotz seines möglichen Vorteils an seine Pflicht denkt,
wer trotz seines möglichen Todes sein Leben einsetzt,
wer trotz lang vergangener Zeiten seine gegebenen Worte nicht vergisst,
der kann als vollkommener Mensch gelten.

Konfuzius

Ihre Wangen waren rosig im Schlaf, und wie kleine Seidenfächer breiteten sich ihre Wimpern darauf aus. Die Bettdecke hatte sie sich fast bis an die Ohren hochgezogen, und die kurzen Locken ringelten sich auf dem Kopfkissen.

So lange war es her, dass er neben ihr aufgewacht war. Und doch fühlte es sich vertraut an. Gerne hätte er ihr Gesicht gestreichelt, wäre unter ihre Decke gerutscht, um ihren warmen, atmenden Körper an dem seinen zu fühlen, hätte sie mit kleinen Zärtlichkeiten geweckt und zu einem morgendlichen Liebesspiel verführt.

Aber die Aufgaben drängten.

Sehr vorsichtig, um den Schlummer der kleinen Tigerin nicht zu stören, verließ Drago das Bett. Auf dem Boden schmiegte sich die schwarze Seide seines Anzugs an die elfenbeinfarbene ihres Nachthemds. Er stieg lächelnd darüber hinweg, um sein Tagwerk zu beginnen.

Schon in der Nacht, während sie gebadet hatte, hatte er einige Briefe geschrieben, die nun dem Boten übergeben werden mussten. Ein Coiffeur musste beordert, Arianes Kleider herbeigeschafft und ihre Wohnung bewacht werden. Auch um die Kinder musste er sich kümmern.

Madame Mira hatte höchst umsichtig gehandelt. Ihrem kurzen

Schreiben zufolge hatte sie Caro Elenz gar nicht befragen müssen, sondern hatte den Boten beauftragt, die Droschke zu verfolgen, in der Charnay die Witwe nach Hause begleitet hatte. Das war ein Glückszufall, denn der Mann war geradewegs in seine Wohnung bei Cäcilien gefahren. Nun verfügte Drago also über seine Adresse, und der Bote war um einen Taler reicher.

Er würde sicher auch geneigt sein, weitere Dienste für ihn zu verrichten.

Für Ariane schrieb Drago einen Zettel, der ihr erklärte, dass er spätestens um elf Uhr wieder zurück sei, Hannah mit den Kindern und ihre Garderobe sich im Laufe des Vormittags im Hotel einfinden würden und sie bitte das Haus nicht verlassen möge.

Dann ging er mit Elan an die Durchführung seines Plans.

Einen Augenblick lang wusste ich nicht, wo ich mich befand. Aber je wacher ich wurde, desto intensiver wurden die Erinnerungen.

Schöne und entsetzliche.

LouLou war tot, Nona ebenfalls. Aber ich war einem grauenvollen Schicksal entronnen. Drago war bei mir gewesen. Ich hatte in seinen Armen geschlafen.

Wo war er jetzt?

Ein kleines Briefchen gab mir Aufschluss, als ich mich gestreckt und aufgesetzt hatte. Sehr umsichtig, dieser Mann, stellte ich schmunzelnd fest. Nein, ich würde das Domhotel ganz gewiss nicht verlassen. Irgendwo in den Straßen der Stadt trieb sich Charnay herum. Vermutlich hatte er das leere Nest inzwischen entdeckt. Mochte der Himmel wissen, was er sich nun dachte.

Ein Zimmermädchen klopfte an der Tür und fragte, ob ich einen Wunsch hätte. Ich öffnete vorsichtig. Es war wirklich nur eine Hotelbedienstete, und ich teilte ihr meine Bitte nach einem Frühstück auf dem Zimmer mit. Nachdem ich angekleidet und mit Kaffee und frischen Brötchen gestärkt war, nahm sich Herr

Rössler meiner ramponierten Frisur an. Er war für einen Friseur ein unerwartet schweigsamer Mann, aber ein Künstler seines Faches. Mit Schere und Messer formte er aus den traurigen Resten meiner Haare ein fröhliches Lockengewirr, das mir erfreulich gut zu Gesicht stand und die Beule an meiner Schläfe gnädig verdeckte.

»Zur Zeit der Revolution, Frau Kusan, trugen viele Damen die Haare auf diese Weise. Zu festlichen Anlässen können Sie die Seiten mit Schmuckkämmen hochstecken. Wie Ihr Herr Gemahl mir sagte, sind Sie mit Frau Antonia Waldegg bekannt. Sie hat ihr Leben lang die Haare auf diese Weise getragen. Fragen Sie sie um Rat, auf welche Weise Sie die Frisur verändern können.«

Richtig, die ältere Frau Waldegg trug ihre silbergrauen Locken noch immer kurz geschnitten und sah damit sehr distinguiert aus. Ich nahm mir vor, bei Gelegenheit mit ihr darüber zu sprechen. Herr Rössler packte seine Utensilien zusammen, und wortkarg, wie er die ganze Zeit über gewesen war, verabschiedete er sich von mir.

Es war noch früh am Vormittag, und nach der Zeitungslektüre wanderte ich etwas gelangweilt durch die Zimmerflucht, die Drago für sich gemietet hatte. Ich hielt nach Lesestoff Ausschau, aber die ausliegenden Gazetten fesselten mich nicht. Dann fiel mir aber etwas sehr viel Unterhaltsameres ein. Drago hatte doch einen jungen Begleiter mitgebracht. George, so hatte er ihn genannt. Vielleicht sollte ich so dreist sein und mit ihm Bekanntschaft schließen.

Das Zimmermädchen bestätigte mir, dass der Gast das Zimmer gegenüber bewohne und noch nicht ausgegangen sei. Ich klopfte also mutig an und trat auf das leise »Herein« in den Raum.

Ein schwarzhaariger junger Mann erhob sich von seinem Stuhl und sah mich verwirrrt an.

»Ich bin Ariane Kusan«, stellte ich mich vor und streckte ihm lächelnd die Hand entgegen. Er kam um den Tisch herum und ergriff sie zögernd, ließ sie aber gleich darauf fallen und machte eine tiefe Verbeugung.

»Guten Morgen, ehrwürdige Kusan TaiTai. Ich bin George Liu. Verzeihen Sie bitte.«

Was ich verzeihen sollte, war mir nicht ganz klar, aber mir fiel auf, dass der junge Mann tiefe Ringe unter den Augen hatte und unglücklich wirkte. Vielleicht hatte er Heimweh?

»Ich habe von Drago erfahren, dass Sie so mutig waren, ihn auf seiner weiten Reise zu begleiten. Haben Sie sich denn hier in Deutschland schon ein wenig zurechtgefunden?«

»Ja, TaiTai. Danke, TaiTai.«

Mhm, ein bisschen schüchtern? Oder verstand er mich nicht?

»Sie haben meinen Bruder Leander in Barbizon kennengelernt, nicht wahr?«

»Ja, TaiTai.«

Ach herrje, der Junge war offensichtlich den Tränen nahe. Was war denn nur passiert?

»Setzen Sie sich doch, George«, forderte ich ihn auf und zog mir einen Stuhl heran, um mich neben ihm niederzulassen. Auf dem Tisch lagen einige Blätter, und auf einem Zeichenblock trocknete schwarze Tusche.

»Sie sind ja auch ein Künstler, George!«, entfuhr es mir, als ich erkannte, was er da mit diesem eigenartigen Pinsel gemalt hatte. Es war ein knorriger, blattloser Ast, auf dem eine Eule saß. Hinter ihr stand die schmale Sichel des Mondes. Der Stil, in dem es gezeichnet war, kam mir sehr ungewöhnlich vor, karg, ohne Ausschmückung, ohne Hintergrund. Und doch drückte das Bild eine unsagbare Traurigkeit aus. Schriftzeichen, auch sie in ihrer Art kleine Kunstwerke, zogen sich am linken Rand herunter, vermutlich ein Sinnspruch oder so etwas Ähnliches.

»Kein Künstler, TaiTai. Nur ein stümperhafter Versuch.«

»Doch, George. Es ist berührend. Und so traurig. Eulen mit ihrem nächtlichen Ruf künden von Einsamkeit. Und manche Menschen fürchten sich davor.«

Er starrte das Blatt an und schien nach Worten zu suchen. Wahrscheinlich wollte er mich loswerden, aber das konnte ich nicht zulassen, bevor ich nicht herausgefunden hatte, was die Ursache für sein abgrundtiefes Unglück war. Hatte Drago ihn auf irgendeine Weise verletzt? Hatte es etwas mit mir zu tun?

Oh, natürlich.

Wie hatte ich das vergessen können? George war Servatius' Sohn, aber nicht sein Erbe. Vermutlich hatte er sich Hoffnungen darauf gemacht, Dragos Nachfolger zu werden, und nun tauchte ich mit meinen beiden Kindern auf. Aber musste er sich wirklich Angst um seine Zukunft machen? Ich tastete mich vorsichtig vor.

»Verraten Sie mir, George, was die Zeichen auf dem Bild bedeuten? Ist das Ihre Signatur oder der Titel?«

»Ein Gedicht, TaiTai. Nur ein schlechtes Gedicht.«

»Bitte übersetzen Sie es mir doch. Ich mag Gedichte. Manchmal mache ich selbst welche, allerdings wirklich schlechte.«

Er zögerte, griff nach dem Pinsel, legte ihn wieder fort.

»George, bitte«, sagte ich leise und versuchte, so etwas wie mütterliche Autorität in meine Stimme zu legen. Seltsamerweise wirkte es. Er blickte zwar noch immer nicht auf, zitierte dann aber mit tonloser Stimme:

»Der Mond schwindet,

mich ruft mit ihrem Klagen die Eule.

Dunkelheit wartet.«

Hölle und Frikassee! Und jetzt?

Dieser unselige Junge wurde offensichtlich von einer heftigen Todessehnsucht heimgesucht.

Und ich hatte eine Erleuchtung.

Gestern war er dabei, als Drago LouLou gefunden hatte. Er hatte Mutter und Schwester verloren.

Spontan, ohne über irgendwelche Schicklichkeit nachzudenken, legte ich ihm meinen Arm um die Schultern.

»George, nein. Du wählst den falschen Weg. George, hör mich an. Du wirst gebraucht, du bist wichtig für uns. Ich verstehe ja deine Trauer. Aber du musst auch an deine Pflichten denken, George.«

Er zuckte zusammen. Aha, diese Richtung also.

»George, Drago hat seinen Paten Servatius sehr geliebt. Er war dein Vater, und du bist nun seine letzte Verbindung zu ihm. Dein Vater hat Drago in seinem Testament beauftragt, sich um dich zu kümmern. Er kann seine Aufgabe nicht erfüllen, wenn du dich dem Leben entziehst. Er wird es nie verwinden, wenn er Servatius' Vertrauen bricht.«

Georges Kopf war noch immer gesenkt, aber unter seinen Lidern quollen Tränen hervor. Ich streichelte seine Schulter und drückte ihn noch ein wenig fester an mich.

»George, erzähl mir von deiner Mama. Sie muss eine starke, mutige Frau gewesen sein, wenn sie sich mit einem Fremden wie deinem Vater zusammengetan hat.«

Er schniefte leise, und ich reichte ihm mein Taschentuch.

»Sie war so schön, TaiTai. So sanft und klug.«

Na endlich! Ich legte auch noch meine freie Hand über die seine und drückte sie leicht. Stockend fuhr er fort: »Sie war die Tochter eines Gelehrten. Mein Großvater war einer der Ersten, die die englische Sprache gelernt haben. Nicht alle mögen die Fremden bei uns. Aber er hat gesagt, man kann die Flut, die über den Strand spült, nicht aufhalten.«

Er sann nach, als ob er ein vergangenes Bild heraufbeschwören wollte.

»Hast du deinen Großvater noch gekannt?«

»Nein, TaiTai. Er starb zwei Jahre vor meiner Geburt. Er wurde von Männern umgebracht, die seine Geschäfte mit den Teehändlern nicht guthießen. Meine Mutter musste sich verstecken. Sie kam nach Schanghai und ... und ...«

»Und es war schwer für sie zu überleben, ich verstehe.«

»Mein Vater ... er hat sie aufgenommen.«

Servatius, der Retter gefallener Mädchen. Das schien eine seiner Hauptbeschäftigungen gewesen zu sein.

»Sie ist seine Frau geworden.«

»Einen Ehevertrag hatte sie nicht, aber er hat ihr ein Haus gebaut in Suzhou. Dort sind meine Schwester und ich aufgewachsen. Unser Vater besuchte uns oft.«

Jetzt richtete George sich etwas auf, und ich nahm meinen Arm von seiner Schulter.

»Servatius konnte wohl gut mit Kindern umgehen. Drago hat ihn als Junge, glaube ich, hemmungslos bewundert.«

»Ja, er war großzügig und gütig, TaiTai. Ich liebte ihn und verehrte ihn. Er nahm uns mit auf die Dschunken oder setzte uns aufs Pferd. Er lehrte uns seine Sprache und die westlichen Manieren. Ich folgte ihm gerne, aber meine Schwester fürchtete ihn.«

»Wie das?«

»Sie wuchs bei den Frauen auf, die sie zu einer vornehmen Dame machen wollten. Aber unser Vater wollte auch sie zu einer westlichen Frau erziehen. Er verbot, dass ihr die Füße eingebunden wurden. Sie war gehorsam, aber sie nährte einen Gram.«

»Es ist sicher nicht leicht, zwischen zwei so unterschiedlichen Kulturen aufzuwachsen, George.«

»Nein, es ist manchmal schwer. Und manche verachten einen deshalb. Aber mein Vater wusste mich darüber zu trösten, und so wurde ich mehr westlich als chinesisch. Aber trotzdem sagte er immer, ich solle meine Tradition ehren. Er nahm mich auch auf seine langen Reisen im Land mit, damit ich es kennenlernen sollte. Und einmal, ich war wohl so elf, reisten wir bis nach Sezuan. Auf dieser Reise erzählte er von seinem Neffen Drago und dass er ihn noch einmal besuchen wollte. Zwei Jahre war er anschließend fort.«

George war regelrecht lebhaft geworden, als er berichtete, wie beeindruckt er von den Waren war, die Servatius aus Europa mitgebracht hatte, und wie stolz er war, dass sein Vater ihn von seiner Rückkehr an täglich mit ins Kontor genommen hatte.

»Aber dann kam der Taifun, und alles war zu Ende.«

»Es muss furchtbar für dich gewesen sein, George.«

»Ja, TaiTai. Aber ein Jahr später kam Cousin Drago, und es schien, als ob alles wieder gut würde.«

Das konnte ich mir denken. Drago hatte offensichtlich sofort die Stelle eines älteren Bruders eingenommen, und da er seinem Paten in vielerlei Hinsicht ähnelte, mochte George sein Vertrauen und seine Zuneigung auf ihn übertragen haben.

»Er wird dankbar gewesen sein, einen jungen Gehilfen zu haben, der sich sowohl mit den Sitten, mit der Sprache als auch mit den Geschäften auskannte.«

»Ja, ich habe ihm geholfen. Ein wenig. Auch meine Mutter wollte ihm helfen. Aber ...«

George löste das obere Blatt von seinem Zeichenblock, legte es zur Seite, feuchtete den Pinsel an und rieb ihn über den Tuschestein. Fasziniert sah ich zu, wie er mit schnellen Strichen das Gesicht einer jungen Frau auf das Blatt zauberte. Mochte er sagen, was er wollte, er hatte ein sagenhaftes Talent. Das Mädchen war von beinahe überirdischer Schönheit, die Mischung des Blutes hatte ihr keinen Schaden zugefügt, sondern offensichtlich das Beste von Ost und West zur Blüte gebracht.

»Deine Schwester?«

»Ai Ling, die klingende Jade. Meine Mutter sah, dass Cousin Drago an einem heimlichen Leid litt, und befahl ihr, ihn zu trösten. Ai Ling gehorchte.«

»Sie wurde seine Geliebte, ich weiß, George.«

»Sie wissen es?«

»Drago hat es mir erzählt.«

Jetzt endlich sah er mich an. Ein wenig überrascht, ein bisschen erstaunt. Dann schüttelte er bedauernd den Kopf.

»Wir hätten es wissen müssen, TaiTai. Meine Schwester hasste zuletzt unseren Vater, und sie hasste auch Drago. Sie wollte nach den chinesischen Traditionen leben und verabscheute die Westler. Meine Mutter gab sich die Schuld daran, es nicht erkannt und damit beinahe Cousin Dragos Tod verursacht zu haben. Sie konnte mit der Schande nicht leben. Und ich ... ich habe versucht, Cousin Drago zu helfen, als er mit dem Tod rang. Aber nun ist er gesund und hat seine Kinder gefunden und Sie, Tai-Tai.«

»Woraus dir eine neue Aufgabe erwächst, George. Wer sonst soll meinen Kindern die Sprache beibringen und die chinesischen Sitten und Gebräuche, wenn nicht du?«

»Ja, aber... aber sie leben doch hier?«

»Drago wird sie mitnehmen wollen, George. Er hat lange genug auf sie verzichtet. Sei den Kindern ein fürsorglicher älterer Bruder.«

Jetzt hatte ich seine Aufmerksamkeit endgültig eingefangen. Ich sah, wie er nachdachte, welche Möglichkeiten sich daraus für ihn ergaben, welche Verpflichtung er eingegangen war.

Und ich? Nun, ich war auch eine eingegangen. Aber die verriet ich ihm jetzt noch nicht. Dafür schob ich das oberste Blatt beiseite und besah mir die Zeichnungen darunter. Traurige Bilder, fallende Blätter, ein zerzauster Rabe. Dann aber auch ganz andere. Ein spielendes Kätzchen, eine Ziege, die aussah, als hecke sie einen bösartigen Streich aus, ein Hund, der meinem Bruder Leander überraschend ähnlich sah, und eine Tigerin – beim wilden Nick –, die aussah wie ich. Alles Tuschezeichnungen, dann aber ein paar mit Bleistift angefertigt, die die Handschrift meines Bruders trugen.

»Du zeichnest genauso gut wie er, George.«

»O nein, nicht wie Leander *dashi*. Er ist ein großer Künstler.«

»Darüber sprechen wir noch. Himmel, was für ein Bild!« Ich musste über den komischen Hund lachen, der auf seiner Schnauze lag und halb bewundernd, halb reumütig nach oben schaute. »Vor wem ist der denn auf die Schnauze gefallen?«

George sah das Bild an und murmelte etwas, das ich nicht verstand. Dann stand er auf, ging um den blätterbesäten Tisch herum, und plötzlich lag er vor mir auf den Knien und berührte mit der Stirn den Boden vor meinen Füßen. Als er sich aufrichtete, zog er ein Stück weiße Seide aus seiner Tasche, faltete es sorgfältig und bot es mir, mit einer neuerlichen Verbeugung, mit beiden Händen dar.

Ich übernahm es, ebenfalls mit beiden Händen, und erkannte, was es war.

Nonas *rumal*.

»Danke, George«, sagte ich, stand auf und machte ebenfalls eine kleine Verbeugung. Gerade in etwa so tief wie eine Mutter, die sich für eine kleine Gabe bei ihrem Sohn bedankte. Hoffte ich wenigstens. Es gab offensichtlich noch viel zu lernen für mich.

Aber nicht jetzt, die Zeit war vorangeschritten, und ich sollte mich endlich darum kümmern, ob meine Kinder und meine Garderobe inzwischen eingetroffen waren.

Tumult im Grandhotel

Hier wendet sich der Gast mit Grausen...
Friedrich Schiller, Der Ring des Polykrates

Noch eine knappe Stunde blieb ihm, bis sein Plan aufgehen musste. Alles war vorbereitet, und diese Zeitspanne wollte er nutzen, um sich zu sammeln und seinen Sinn auf das gegenwärtig einzig Wichtige zu lenken – das Gespinst der Verbindungen.

Langsam und tief atmete er ein, wie er es gelernt hatte. Dann vollführte er die Übungen, die die Energie in seinen Körper leiteten, die seinen Geist frei machten von allen störenden Gedanken. Er lenkte seine Aufmerksamkeit auf das, was vor fünfundzwanzig Jahren geschehen war, und die Folgen, die es gezeitigt hatte. Die Tat von einst hatte Nachfahren geboren. Wie unersättliche Raupen hatten sie sich durch das Leben der Menschen gefressen, die mit ihm verbunden waren. Er aber hatte ihre verschlungenen Pfade bis ins Heute verfolgt, und nun am offenen Fenster, im Spiel von Licht und Schatten, berührten seine Hände die feine Seide, wickelten den Kokon der Vergangenheit ab und legten die beschädigte, kranke Larve frei, die darin verborgen lag. Behutsam hielt er die Fäden in den Händen, um sie nicht zu zerreißen, doch kraftvoll genug, um sie zu ordnen.

Und als das *qi* seinen Körper erfüllte, mühelos und geschmeidig, da erhob der eiserne Drache sein Haupt.

Die Zeit des Handelns war gekommen.

Die Kinder hatten mich mit Fragen bestürmt, Hannah Tausende von Entschuldigungen vorgebracht, ich aber hatte sie auf später vertröstet. Über mein meergrünes Kleid zog ich die dunkelblaue Jacke mit den modisch-weiten Pagodenärmeln, tupfte ein wenig Lippenbalsam und Rouge in mein Gesicht. Mein Kopf tat noch ein bisschen weh, aber es war überhaupt kein Vergleich zu den Schmerzen am gestrigen Tag. Zufrieden mit meinem Aussehen begab ich mich in Dragos Suite.

Ich fand ihn vor dem offenen Fenster, völlig versunken in einen stummen Tanz der Bewegungen. Gefesselt blieb ich in der Tür stehen und beobachtete, wie er unsagbar langsam die Arme, manchmal nur die Hände durch die Luft führte, mal auf einem Bein so fest stand wie ein Fels, mal sich drehte wie schwerelos, sich beugte, aufrichtete oder streckte. Fast schien er mir wie eine Marionette, die an Fäden hing. Aber das war nicht das richtige Bild, niemand führte seine Gliedmaßen, sondern er bewegte die Luft oder was auch immer sich darin befand. Als er sich einmal umwand, konnte ich sein Gesicht sehen. Es schien wie das eines Schläfers, vollkommen ruhig und gelassen. Und dennoch – auch das stimmte nicht ganz. Es mochte Ruhe ausstrahlen, aber dahinter lag eine unerbittliche Konzentration ohne Anstrengung, eine wachsame Achtsamkeit ohne Spannung, eine geballte Kraft ohne Mühe. Er hatte mich bemerkt, ich spürte seinen Blick kurz auf mir ruhen, aber er unterbrach seine Übungen nicht, und ich ergötzte mich an den anmutigen Bewegungen, die mir vollendeter vorkamen als jedes Ballett, das ich je gesehen hatte. Dann aber folgte eine letzte Drehung, und Drago verbeugte sich vor mir.

»Hübsch siehst du aus, kleine Tigerin. Warst du mit dem Coiffeur zufrieden?«

Wie er so einfach in das Alltägliche zurückgleiten konnte.

»Sehr zufrieden. Waren das chinesische Übungen?«

»Ja, die Mönche haben sie mich gelehrt. Sie haben mir geholfen zu gesunden, sowohl meinem Körper als auch meinem Geist.«

»Es wirkt sehr ästhetisch.«

»O ja, das ist auch ein Aspekt davon.« Er lächelte und legte seinen leichten Seidenanzug ab, um die bereitliegende Gesellschaftskleidung anzuziehen. Er hatte nie irgendwelche Hemmungen gehabt, sich vor mir an- oder auszukleiden, und ich konnte seinen straffen Körper im Tageslicht bewundern. Eigentlich schade, dass wir jetzt gleich Gäste empfangen mussten.

Aber vieles, auch mein Erlebnis mit George, musste erst einmal warten, bis wir das Zusammentreffen hinter uns gebracht hatten.

So oder so.

Ein wenig beklommen war mir schon zu Mute.

»Vertrau mir, Tigerin«, sagte er und reichte mir seinen Arm.

»Ja, Drago.«

Gemeinsam schritten wir die Treppe hinunter zu dem Salon, in dem wir mit unseren Freunden Dragos offizielle Rückkehr feiern wollten. Hannah stand bereits mit Laura und Philipp am Fenster, sie unterhielten sich lebhaft mit George, was ich mit Genugtuung registrierte. Paula und Arnold Oppenheim begrüßten uns herzlich, ebenso Julia und Paul-Anton und die beiden älteren Waldeggs. Dann kam Tante Caro hereingeflattert, in einem neuen Kostüm, das an einen aufgeplusterten Wellensittich gemahnte, und stürzte sogleich auf mich zu.

»Ich war ja wie vom Donner gerührt, Ariane. Wie vom Donner gerührt, als Hannah mir berichtete, dass dein geliebter Gatte selig doch noch unter den Lebenden weilt. Warum hast du nur darüber geschwiegen, Kind? Man hätte doch ganz anders von dir gedacht! Und diese Schneiderei, das wär doch alles nicht nötig gewesen!«

»Sie wusste es nicht, weil ich ihr keine Nachricht habe zukommen lassen«, sagte Drago an meiner Seite und verbeugte sich knapp. Sehr knapp. Ich lernte ja diese Feinheiten an ihm allmählich zu deuten.

»Später erzähle ich dir davon, Tante Caro, jetzt lass uns erst einmal auf Dragos Rückkehr anstoßen.«

Ein Kellner machte mit einem Tablett mit Champagnergläsern die Runde, und als alle versorgt waren und eben auf den erfreulichen Anlass anstoßen wollten, betrat der letzte Gast den Raum.

Korrekt gekleidet, doch mit wirrem Blick und einem leichten Zucken der linken Wange stand Guillaume de Charnay in der weit geöffneten Doppeltür und sah sich im Raum um. Ich spürte, wie Dragos Aufmerksamkeit sich ihm zuwandte, und rückte ein klein wenig näher an ihn heran.

»Willkommen, Herr Stubenvoll. Schön, dass Sie Zeit gefunden haben, an unserer kleinen Feier teilzunehmen«, begrüßte er Charnay mit seidenglatter Stimme.

Auch Tante Caro begann mit einem ekstatischen Begrüßungsgezwitscher und wollte auf ihn zugehen. Doch Charnay stieß sie grob zur Seite und machte einen Schritt zu uns hin.

Ich legte meinen Arm, wie einst bei unserer Verlobung, auf Dragos und setzte mein süßestes Lächeln auf.

»Wieder einmal zu spät, Monsieur!«

Das Zucken in seinem Gesicht nahm zu, und Drago schob mich sanft hinter sich. Ich machte ihm Platz. Meine Rolle war gespielt; was jetzt kam, war die Angelegenheit zwischen den beiden Männern.

»Kusan!«, zischte Charnay.

»Der nämliche, Stubenvoll!«

»Nennen Sie mich nicht so!«

»Nicht? Schämen Sie sich Ihrer Abkunft, Stubenvoll? Verständlich eigentlich. Ihr altes Heim in der Bechergasse ist wirklich eine heruntergekommene Bleibe.«

Wut flackerte in Charnays Augen auf. Kaum bezähmbare Wut. Der Wahnsinn hatte ihn seines Verstandes schon beraubt.

»Sie? Sie waren das?«

»Aber natürlich, Stubenvoll. Dachten Sie denn, ich überließe mein Weib Ihrer Obhut? Einem Feigling und Dieb? Das habe ich schon damals in Münster zu verhindern gewusst.«

Drago hatte erreicht, was er wollte.

Charnay stürzte mit einem Schrei auf ihn.

Drago machte eine kleine Wendung, und die geballte Faust

Charnays flog ins Leere. Dabei brachte ihn sein eigener Schwung ins Straucheln. Ich zog mich noch ein Stückchen weiter zurück, denn dieser Kampf hatte gerade erst begonnen.

Schnaubend vor Zorn fing Charnay sich wieder und ging erneut auf Drago los. Ich hörte unsere Gäste aufschreien, als er wie ein Stier, Kopf voran, losstürmte.

Er lief erneut ins Leere.

Stolperte gegen einen Tisch.

Verkrallte sich in die Tischdecke und zerriss sie.

Tatsächlich, er zerriss eine schwere Damastdecke wie ein Stück Papier.

Mir wurde Angst. Der Mann entwickelte Kräfte wie ein Berserker.

Wieder ging er auf Drago los. Etwas glitzerte in seiner Hand.

Ein Tranchiermesser!

Diesmal war es kein Ausweichen. Es war eine geradezu federleichte Bewegung, und das Messer flog durch den Raum.

Charnay änderte seine Taktik. Er sprang auf mich zu.

Ich taumelte rückwärts gegen einen Sessel, er streckte die Arme aus und krallte seine Hände um meinen Hals, ehe ich überhaupt gewahr wurde, wie mir geschah.

Ebenso schnell wurde ich von ihm befreit, und Drago sagte: »Entschuldige, Tigerin, das war nicht so vorgesehen.«

Charnay saß mit wackelndem Kopf auf dem Boden. Jemand rief, man habe die Gendarmen alarmiert. Zwei Hotelbedienstete traten näher und wollten Charnay aufhelfen, um ihn vor die Tür zu setzen. Der aber fuhr auf und schlug wild um sich. Die beiden jungen Männer flohen stolpernd aus dem Raum.

Ich glättete meine Jacke und zupfte an meinen gezausten Locken.

Charnay gab unartikulierte Laute von sich, Schaum stand vor seinem Mund, und der blanke Irrsinn stand in seinen Augen. Unsere Gäste wichen schreckensbleich an die Wände zurück, und Drago schritt ein. Was genau er mit dem Tobsüchtigen machte, konnte ich nicht recht verfolgen, nur dass der Tanz, den ich noch vor Kurzem an ihm bewundert hatte, hier in seiner gewalttätigsten Form aufgeführt wurde. Und doch – er spielte nur mit Charnay. Der, in seinem Wahn nicht mehr empfänglich für Schmerzen, hielt in seinem Wüten nicht inne. Ein ums andere Mal bekam auch Drago seine Schläge zu spüren, aber er konnte ihn noch immer auf Abstand halten. Ich fragte mich, warum er es tat.

Aber dann, als die zwei Gendarmen in den Saal gestürmt kamen, fuhr Dragos Arm vor, und seine Fingerspitzen trafen Charnays Brust. Es sah aus, als habe er mit einem angespitzten Holzpfahl zugestoßen, und genauso war die Wirkung.

Der Wahnsinnige brach auf dem Boden zusammen.

Der zweite Mann, der heute vor meinen Füßen lag.

Die uniformierten Beamten blieben etwas verdutzt vor Charnay und mir stehen.

»Ihr Diener, meine Herrn Gendarme!«, sagte Drago.

»Ähm, wir haben Befehl, eine Schlägerei zu unterbinden.«

»Natürlich. Nehmen Sie Herrn Stubenvoll bitte mit. Ich empfehle Ihnen, ihn gut zu fesseln, er wird sich aufsässig zeigen. Ach ja, und ziehen Sie einen Irrenarzt hinzu. Ich fürchte, er hat den Verstand verloren.«

Das Trümmerfeld im Raum und Dragos gelassene Worte schienen die schlichten Gemüter der Beamten zu verwirren. Sie starrten den am Boden liegenden Charnay hilflos an, der eine von ihnen begann, Notizen zu machen, der andere die Umstehenden zu befragen. Der Hoteldirektor hingegen, der ebenfalls Zeuge des Geschehens war, wusste klüger zu handeln. Er wies die beiden Bediensteten an, den Störenfried mit starken Gardinenleinen zu binden und in eine Besenkammer zu sperren, und erklärte: »Ich habe bereits einen Arzt benachrichtigt, Herr Kusan. Sie haben recht, das war die Tat eines Wahnsinnigen.«

»Danke. Setzen Sie das, was zerstört wurde, bitte auf meine Rechnung.«

Schweigen herrschte, bis Charnay entfernt und die Gendarmen gegangen waren. Nur hier und da raschelte leise ein Seidenrock.

Mein Sohn Philipp war der Erste, der seine Stimme wiederfand.

»Beim wilden Nick, Papa, das war eine prima Keilerei!«

Antonia Waldegg brach in schallendes Gelächter aus, und erleichtert fingen nun auch die anderen Gäste wieder an, sich zu regen. Ich aber hatte nur Augen für Drago.

Was war er für ein Anblick! Sein Ärmel war an der rechten Schulter ausgerissen, in seinem Mundwinkel trocknete ein Fädchen Blut und seine Haare standen ihm in wilden Locken um den Kopf. Aber er legte seinem Sohn die Hand auf die Schulter und grinste ihn an. Philipp erwiderte das Grinsen, und beide zeigten ihren schiefen Zahn.

Mein Herz begann in einem wilden CanCan zu galoppieren.

Er aber wandte sich an die Umstehenden und bat: »Meine Damen und Herren, darf ich Sie nach diesem unerquicklichen Zwischenspiel im Nebenraum zu einem Büfett führen?«

Zugegeben, die Gemüter waren erregt, und wir hatten Dutzende von Fragen zu beantworten. Ich beantwortete sie so wahrheitsgemäß wie nötig, während George Drago eine neue Jacke brachte und er sich mit einem feuchten Tuch das Blut aus dem Gesicht wischte. Dann erzählte auch Drago von den Hintergründen, die zu Charnays Überschnappen geführt hatten.

»Ich verstehe ja, dass Sie einen berechtigten Zorn auf Charnay hatten, Herr Kusan«, meinte Paul-Anton über einem Teller Räucherlachs nachdenklich. Überhaupt hatte er sich an dem wilden Geschnatter nicht beteiligt, sondern sich offensichtlich seine eigenen Gedanken gemacht. »Aber warum gerade hier und zu diesem Anlass diese Vorführung?«

»Weil, lieber Waldegg, mein Pate einst geschworen hat, Wilhelm Stubenvoll solle im schreienden Wahnsinn enden. Er konnte dieses Versprechen nicht mehr einlösen und hat dessen Erfüllung mir vermacht. Hier und vor diesem Publikum geschah es, weil ich Zeugen haben wollte, damit späterhin niemand mehr die geistige Verfassung von Wilhelm Stubenvoll alias Guillaume de Charnay in Frage stellt.«

»Et voilà!«, sagte seine Mutter Antonia und nickte.

Die Einzige, die höchst ungewohnt stille schwieg, war meine Tante Caro.

Laura und Philipp hatte ich an meine Seite beordert, obwohl ich wusste, dass sie weit lieber ihren Vater belagert hätten, und erfreulicherweise hatte George sich zu uns gesellt. Da Philipp eine neue Quelle exotischen Wissens in ihm vermutete, begann er ihn in seiner unnachahmlichen Art sofort mit indiskreten Fragen über das chinesische Leben einzudecken. George sandte mir einen hilflosen Blick zu, aber ich lächelte nur und riet ihm, so wahrhaftig wie möglich zu antworten und auch blutige Details nicht auszusparen. So war man denn von öffentlichen Hinrichtungen über den Verzehr von Hunden zu Nadeln gekommen, die man Kranken in den Leib stach, hatte die Haartracht chinesischer Männer angesprochen, die Frage der Schriftzeichen gestreift, über den Status der kaiserlichen Konkubinen geplaudert und selbstverständlich das Problem der Piraterie in chinesischen Gewässern gründlich erörtert. George war dabei sichtlich aufgetaut.

Auch bei den anderen Gästen war nach der reichlichen Labung das gewalttätige Zwischenspiel allmählich aus der Unterhaltung gewichen, und das natürliche Interesse am Leben in einem so fernen und unbekannten Land nahm schließlich bei Kaffee und kleinen Küchelchen den größten Raum der Gespräche ein.

Antonia Waldegg setzte sich zu mir auf das Chaiselongue und nippte an ihrem schwarzen Kaffee.

»Ein beeindruckender Mann, Ihr Gatte, Ariane.«

»Nicht mein Gatte mehr.«

»Mehr denn je.«

»Meinen Sie?«

»Nehmen Sie den Rat eines grässlichen alten Weibes an, Ariane?«

»Ich sehe hier keine grässlichen alten Weiber. Aber wenn eine lebenskluge, charmante Dame mir einen Rat erteilen möchte, würde ich ihr durchaus mein Ohr neigen.«

»Schmeichelkatze.«

»Auch Tigerinnen sind Katzen.«

»Touché!«

Frau Waldegg zog lächelnd einen Mundwinkel hoch und sah damit ihrem zweigeteilten Gemahl verblüffend ähnlich. Ob das wohl so kam, wenn man lange glücklich verheiratet war?

»Und was raten Sie mir?«, wollte ich wissen.

»Ich habe gerade bemerkt, meine Liebe, dass mein Rat gar nicht mehr vonnöten ist. Eine Tigerin wird ihre Beute schon nicht aus den Krallen lassen.«

»Nein, auch wenn es sich dabei um einen Drachen mit einem eisernen Willen handelt.«

»Sie haben ein interessantes Leben vor sich. Ich habe es hinter mir und nie bereut. Meistens jedenfalls nicht. Viel Glück, Ariane.«

Sie klapste mir auf die Hand und erhob sich, um mit Paula Oppenheim zu plaudern. Cornelius Waldegg aber war es, der mir das rechte Stichwort lieferte, um meine Kralle auf die Beute zu legen. Er fragte nämlich in eine Gesprächspause hinein: »Und, Kusan, wann gedenken Sie wieder nach China zu reisen? Mit der preußischen Delegation?«

»Die Herrschaften haben eine Route gewählt, die mir zu langsam ist. Ich werde vor ihnen dort sein, selbst wenn ich erst Anfang des Jahres aufbreche.«

Man hörte ihnen interessiert zu.

»Sie verfügen über schnellere Schiffe? Dampfen Sie oder segeln Sie?«

»Unserer Gesellschaft gehören einige Frachtklipper neuester Bauart. Wir haben die letzte Tour in vier Monaten erledigt. Der nächste Klipper, die *Silver Moon,* wird Ende November Hamburg verlassen, aber ich denke, wir können die *Silver Cloud* wieder im Januar oder Februar erwarten.«

»Wie lange werden Sie in China bleiben? Haben Sie überhaupt den Wunsch, sich wieder in Deutschland anzusiedeln? Ich habe aus Ihren Erzählungen den Eindruck gewonnen, dass Sie das Land sehr schätzen.«

»Wie lange ich bleibe, Herr Waldegg, hängt von den Umständen ab.«

»Den politischen Entwicklungen, ich verstehe.«

»Nein, von denen nicht.«

»Sondern von...?«

»Von mir, Herr Waldegg. Aber da ich vorhabe, mit meinen Kindern zusammen China kennenzulernen, könnte es einige Zeit dauern, bis Herr Kusan wieder nach Deutschland kommt.«

Wieder hatte ich es geschafft, eine ganze Gesellschaft sprachlos zu machen. Eines meiner großen Talente, wie es schien. Vor allem aber Drago sah mich mit sprachloser Verblüffung an.

Nur George bewahrte Geistesgegenwart. Ich sah ihn lächeln, ja fast grinsen.

»Cousin Drago!«

Drago wandte sich um.

»Schnauze fallen!«

»Ah, richtig.«

Und zum dritten Mal an diesem Tag versammelte sich, diesmal auf sehr anmutige Weise, ein Herr zu meinen Füßen. Er berührte mit der Stirn den Boden und richtete sich dann auf.

Er sagte nichts, sah mich nur an und neigte sich noch einmal bis auf den Boden.

Ich hörte die Damen seufzen. Bis auf eine.

»Mama, *wirklich?*«, quiekte Laura neben mir.

»*Wirklich*, Mama?« Auch Philipps Stimme überschlug sich.

»'türlich. Wenn Drago *tai pan* uns mitnimmt.«

Der richtete sich wieder auf und sagte: »Dieser elende, unwürdige Lumpenhund wird glücklich sein, dich und deine Brut in sein Heim zu führen, verehrungswürdige TaiTai.«

Jemand fing an zu klatschen, und alle anderen fielen mit ein.

Es war später Nachmittag geworden, bis schließlich alle gegangen waren und Drago und ich alleine unsere Zimmer aufsuchen konnten. Er hielt mir die Tür zu seiner Suite auf, und ich trat ein.

»Erschöpft, kleine Tigerin?«

»Nein, seltsamerweise nicht.«

Ich stand vor ihm, und er legte seine Hände auf meine Hüften. Ich legte die meinen auf seine Schultern.

»Du meinst es ernst, Ariane?«

»Ja, Drago. Überrascht es dich?«

»Ja. Ich habe mir viele Möglichkeiten ausgedacht, wie ich mich zukünftig mehr um dich und die Kinder kümmern könnte. Diese war nur eine ganz vage Hoffnung.« Und dann grinste er wieder. »Ich hätte allerdings hart daran gearbeitet.«

Ich sah ihm in die Augen.

»Ich habe damals einen großen Fehler gemacht, Drago. Aus Dummheit und Selbstsucht habe ich das Wichtigste übersehen.«

Er strich mir mit einem Finger über die Wange.

»Ich doch auch, meine Tigerin. Aber es hat gehalten, trotz allem.«

Ich musste schlucken.

Ja, es hatte gehalten, dieses Band zwischen uns.

Trotz allem.

Glücklich lehnte ich meinen Kopf an seine Schulter, während er mich fester an sich zog. Eine Weile standen wir so beieinander, schweigend, doch verbunden in unseren Gedanken und Gefühlen.

Und in dieser engen Traulichkeit kam mir eine wichtige Frage in den Sinn.

»Drago?«

»Ja, Ariane?«

»Glaubst du, dass eine Geburt auf hoher See beschwerlich sein wird?«

»Vermutlich schon. Sollten wir deiner Meinung nach früher aufbrechen als März nächsten Jahres?«

»Ich denke, es könnte sich als günstig erweisen. Das allerdings überrascht dich nicht?«

»Nein, es überrascht mich nicht.«

Seine Umarmung wurde fester.

Ich hatte mich umgezogen, ein legeres Hauskleid gewählt, denn wir wollten *en famille* in Dragos Suite zu Abend essen. Als ich meine Frisur richtete – mein Drache hatte sie ein wenig zerzaust –, fiel mein Blick auf den weißen Seidenschal, den George mir überreicht hatte, und ich erinnerte mich, dass ich mich dieses Problems auch noch annehmen musste. Ich nahm den *rumal* an mich und ging zu Drago hinüber. Er hatte ebenfalls wieder einen seiner chinesischen Seidenanzüge angelegt und schrieb an einem Brief. Es gab viel zu regeln, hatten wir kurz zuvor festgestellt.

»TaiTai, du siehst so ernst aus!«, begrüßte er mich und stand auf.

»Ich habe auch noch eine ernste Angelegenheit mit dir zu besprechen.«

»Dann setz dich.«

Er schob mir einen Stuhl an den Tisch, und ich legte das gefaltete Seidentuch vor ihn.

»Was... oh, woher hast du das?«

»George hat es mir übergeben.«

»George?« Er schaute den *rumal* lange an.

»Er hat einst Servatius gehört, nicht wahr?«

»Ja, Ariane. Er hat seine Verwendung von einem indischen Seemann gelernt. Er war immer sehr aufgeschlossen allen neuen und fremden Künsten gegenüber. Aber gerade dieses Stück Seide...«

»Er hat es Nona gegeben. Sie hat damit einmal LouLou vor einem Übergriff eines Rheinschiffers gerettet.«

Mich wunderte, dass Drago es nicht in die Hand nahm und nicht berührte. Er betrachtete es nur.

»Servatius war ein Mann, der in den Menschen das Beste oder das Schlimmste wecken konnte, Ariane. Ich weiß nicht, wodurch das passierte. Er hat in Charnay Besitzgier bis zum Wahnsinn ausgelöst, er hat in Ignaz und mir die Abenteuerlust geweckt, er hat LouLou zur erfolgreichen Tänzerin gemacht, Ai Ling zur Mörderin werden lassen, meinen Vater dazu getrieben, mich zu verstoßen, in George das Vertrauen zu mir geweckt, die Mönche vom Kalten Berg zu Dankbarkeit verpflichtet und letztendlich sogar uns beide auseinandergebracht. Fast alles, was er tat, hat dramatische Ereignisse ausgelöst. Die Chinesen sagen, dass er im Jahr des Feuerdrachen geboren ist, und ich beginne ihrer jahrtausendealten Weisheit allmählich Glauben zu schenken. Er war ein charismatischer Mensch, wagemutig, verwegen, furchtlos. Er konnte hilfsbereit sein oder gnadenlos. Seine Hilfsbereitschaft hat ihn das Leben gekostet, aber genauso gut hätte er in einem blutigen Kampf sterben können.«

»Du bist ihm ähnlich, glaube ich.«

»In manchen Dingen, ja. Auch das haben die Mönche auf dem Kalten Berg erkannt, und der Abt hat mir die Aufgabe gestellt, den Drachen zu bezähmen.«

»Hast du ihn bezähmt?«

»Nein, noch nicht. Oder besser, ich habe noch immer nicht herausgefunden, was der Abt damit meinte. Aber ich habe auf dem Weg dahin schon ein paar kleinere Ungeheuer erlegt.«

»Du meinst damit nicht Charnay?«

»Nein, ich meine damit den verletzten Stolz in mir, der die Heilung einer schwärenden Wunde verhindern wollte. Ich habe einst versucht, die Schmerzen mit Opium und einer willigen Geliebten zu betäuben, aber das war der falsche Weg. Der richtige war, zu dir zurückzukehren.«

Ich legte meine Hand auf die seine. Die Bitternis, die so lange in mir gewütet hatte, war ebenfalls verflogen, die verätzte Stelle in meinem Herzen geglättet. Mochten auch neue Schwierigkeiten auf uns zukommen, von jetzt an würden wir ihnen gemeinsam begegnen.

»Drago, dieses Seidentuch, wieso hatte George es? Nona trug es immer in ihrer Tasche.«

Er drehte seine Hand unter der meinen um und nahm sie in einen festen Griff.

»LouLou hat es nach ihrem Tod an sich genommen. Sie hat sich daran aufgehängt. George muss es aus ihrer Wohnung mitgenommen haben.« Und dann schwieg er betroffen.

»Ja, Drago, als ich ihn heute Vormittag aufsuchte, hatte er das Bild einer Eule auf einem kahlen Ast gemalt und ein todtrauriges Gedicht dazu geschrieben.«

»Ich hätte mich um ihn kümmern müssen.«

»Du musstest dich um mich kümmern, und ich habe mich um ihn gekümmert. Er hat mir von seiner Mutter und Servatius erzählt. Und schließlich hat er mir mit einem tiefen Kniefall dieses Seidentuch überreicht.«

»Kotau, die höchste Ehrenbezeigung, die sehr hochstehenden Personen gebührt. Dem Kaiser, der Kaiserin und der Höchsten der Höchsten, der TaiTai. Danke, Ariane.«

»Du wirst ihn bald als Partner in dein Geschäft aufnehmen, vermute ich?«

»Das war meine Absicht. Wieso?«

»Hast du ihn schon mal gefragt, ob er das überhaupt möchte?«

»Nein, Tigerin, das habe ich bisher verabsäumt. Ich setzte es einfach voraus. Lag ich damit falsch?«

»Vielleicht. In ihm schlummert ein großer Künstler, Drago. Du könntest ihn fördern.«

»Ich hätte genauer zuhören müssen. Dein Bruder deutete das Gleiche an.« Er lächelte. »Ein Punkt mehr auf unserer Liste, den es zu beachten gilt.«

»Eine lange Liste, zu der nun als Erstes gehört, dass du dich deiner eigenen Brut aussetzen musst. Komm, wir wollen unser erstes Familienessen miteinander einnehmen. Ich hoffe, die Fratzen wissen sich zu benehmen.«

»Sonst werden sie, beim wilden Nick, erfahren, was für ein Drache ihr Vater werden kann!«

Der Drache und die Tigerin

Laß ins Unendliche den Faden wallen,
Er wallet durch ein Paradies,
Dann, Göttin, laß die böse Schere fallen!
O laß sie fallen, Lachesis!

Friedrich Schiller, An die Parzen

Drago lehnte an der Reling der *Silver Moon,* die im November von Hamburg ausgelaufen war. Zufrieden schaute er in die glitzernde Gischt. Warm schien die Sonne, eine kräftige Brise blähte die Segel, oben in den Wanten sangen die Matrosen ihre Arbeitslieder.

Sie waren auf dem Weg nach Hause.

Der Abschied war ihnen erstaunlich leichtgefallen. Nicht von jedem, aber im Großen und Ganzen. Zwei Tage nach dem Tumult im Domhotel hatten sie LouLou und Nona begraben, und Ariane hatte einige Tage getrauert. Dann aber hatten sie die Vorbereitungen der Reise in Atem gehalten. Er hatte sich um die Passage und die Fracht gekümmert, denn Ariane hatte den Wunsch geäußert, einige Nähmaschinen mitzunehmen, um den Chinesinnen das Arbeiten damit beizubringen. Keine schlechte Idee in seinen Augen. Masters hatte die Dampfmaschinen und auch einige andere technische Apparate geliefert, und ein begabter junger Techniker aus seinem Haus hatte sich verpflichtet, für zwei Jahre mitzukommen, um die Maschinen in Betrieb zu nehmen und die Arbeiter in deren Bedienung zu unterweisen. Ein Wein- und Spirituosenhändler hatte seine Ware nach Hamburg ins Lagerhaus geschickt, und vielerlei andere Luxus- oder Gebrauchsgüter, die in China nicht erhältlich waren, mussten verladen werden. Mit Kapitän Bosse hatte er etliche Vereinbarungen getroffen und ihn als einen kompetenten Mann und versierten Chinafahrer kennengelernt. Er war, was ihn besonders freute, ein Herr von geschliffenen Manieren und kein raubeiniger Seebär.

Ariane hatte ihren kleinen Hausstand aufgelöst und war zu ihm ins Hotel gezogen, die Kinder waren noch bei Caro Elenz geblieben, die sich kaum von ihrem Schock erholen konnte. Nicht nur seine, Dragos, Rückkehr von den Toten, sondern vor allem ihr leichtgläubiges Verhalten Charnay gegenüber hatte ihr Weltbild zutiefst erschüttert. Er hielt sie zwar weiterhin für ein Spatzenhirn, aber da sie vor Jahren Ariane großmütig aufgenommen hatte, dankte er ihr. Darum hatte er dafür gesorgt, dass sie über eine kleine Rente verfügen konnte, die es ihr erlaubte, in ihrem Haus wohnen zu bleiben.

Außerdem hatte er Arianes Eltern die Reise nach Köln bezahlt, sodass sie wenigstens noch eine Woche lang mit ihrer Tochter und ihren Enkeln zusammen sein konnten, ehe sie wahrscheinlich für Jahre getrennt sein würden.

Von ihnen schien Ariane sich nicht allzu schweren Herzens zu trennen, inniger schon war ihr Abschied von Madame Mira, und das nicht nur, weil es sicher ein endgültiger war. Auch von den Freunden, die ihr in der schwierigen Zeit der vergangenen zwei Jahre beigestanden hatten, fiel ihr der Abschied schwer.

Und dann war sie eines Nachmittags verschwunden.

Er hatte sich Sorgen gemacht, obwohl Charnay inzwischen wirklich in die Irrenanstalt eingewiesen worden war und ihr nicht mehr gefährlich werden konnte. Als sie dann abends zurückkam, wirkte sie bedrückt und wortkarg. Erst als sie nebeneinander im Bett lagen, sprach sie über das, was sie getan hatte.

»Ich war bei Gernot Wever, Drago. Ich musste es alleine tun, verstehst du das?«

»Ich denke schon.«

»Drago, er ist ein guter Mann, und ich hoffe, er findet bald eine Frau, die ihn wirklich lieb hat. Er hätte es verdient. Für mich war er... nun, so etwas wie ein sicherer Hafen. Ich habe ihn sympathisch gefunden, und die Kinder fanden ihn auch ganz in Ordnung.«

»O Gott, was für ein vernichtendes Urteil.«

»Ja, Mittelmaß ist für unsereins wohl nicht das rechte Maß.«

Er lachte leise über ihr treffendes Urteil.

»Ich habe Gernot mein Musterbuch überlassen.«

»Das sichert ihm zusammen mit der Rohseide, die ich ihm überlassen habe, für die nächsten Jahre einen ordentlichen Gewinn.«

»Hast du ihm Seide verkauft?«

»Als Handelsware angeboten. Dafür, dass er von der Verlobung mit dir zurücktritt.«

Ariane war empört aufgefahren, und er lachte noch mal.

»Du hast um mich geschachert?«

»Aber nein, ich habe einen anständigen Preis geboten, ganz ohne zu feilschen.«

»Oh, und hat er eingewilligt?«

»Ich weiß es nicht, ob er es getan hätte, die Ereignisse überholten diese Frage. Nichtsdestotrotz habe ich ihm die Seide unentgeltlich überlassen.«

Sie hatte sich wieder beruhigt und in seinen Arm geschmiegt.

»Er ist ein genauer Kaufmann, der seine Bilanz ausgewogen hält, Drago. Und darum ist das, was er aus unser beider Gaben zieht, vielleicht ein Gewinn. Aber er hat auch ein Herz, wenn auch unter vielen Lagen Kammgarn versteckt, und darin wird er einen Verlust verbuchen.«

»Das wird er, denn dich zu verlieren, Tigerin, fällt keinem Mann leicht.«

»Nun, wir beide haben trotz Seide und Musterbuch dann wohl einen guten Gewinn gemacht.«

»Na, ich weiß nicht so recht. Ich habe mir zwei Bälger eingehandelt, die mir nicht nur die Haare vom Kopf fressen, sondern auch noch Löcher in den Bauch fragen, und dazu noch ein Weib, das mir das Mark aus den Knochen saugt.«

»Ach, Unsinn. Du hast dazu ein Kindermädchen bekommen, das dir laufend Honig ums Maul schmiert, und besitzt einen Neffen, der dir aus der Hand frisst.«

Er freute sich über die Heiterkeit, mit der sie schließlich seinen nicht ganz sittenreinen Handel betrachtete.

Und nun endlich stand er an Deck der *Silver Moon,* die sich beladen mit gewinnträchtiger Fracht bei gutem Wind ihren Weg nach China bahnte. Ein neues Leben, neue Chancen lagen vor ihm, denn diesmal hatte er die Reise ohne Lasten der Vergangenheit angetreten.

Servatius' letzter Wunsch war erfüllt, der Tod seines Bruders vergolten. Und er selbst hatte endlich den Drachen bezähmt.

Denn die Fähigkeit, die auch seinem Paten eigen war, von ihm aber leichtfertig ausgenutzt worden war, besaß auch er. Servatius war ein charismatischer Mann, dem die Menschen folgten oder den sie bekämpften. Er hatte es immer mit einem Lachen hingenommen und seinen Nutzen daraus gezogen. Doch Handeln zeitigte Folgen, und die hatte er nie bedacht. So war eine Spur der Vernichtung entstanden, die bis in die Gegenwart hinein gewirkt hatte und fast seinen leiblichen Sohn das Leben gekostet hätte. Selbst einem gebrochenen Schmetterling wie Nona hatte er eine Waffe in die Hand gegeben, die sie zur kaltblütigen Mörderin hatte werden lassen. Er hatte den Fall des Fritz Kormann mit Paul-Anton diskutiert und seine Schlüsse daraus gezogen.

Auch ihm war die Gabe des Drachen gegeben, die sein Pate so leichtherzig eingesetzt hatte. Er aber hatte erkannt, dass damit umzugehen auch Verantwortung bedeutete.

Ein salziges Gischtflöckchen traf sein Gesicht und brachte ihn in die Gegenwart zurück.

Noch gut zwei Monate, und er würde wieder in China sein. Und sehr bald würde er zusammen mit Ariane den Kalten Berg besteigen. Er freute sich darauf, das stumme Gespräch mit *Xiu Dao Yuan* zu führen.

Die Fesseln der Vergangenheit waren nun abgeschüttelt, die

Zukunft von ihnen unbelastet. Doch neue Fäden waren gesponnen worden, die sich zu neuen Mustern ordnen würden.

Nur eine Kleinigkeit war bislang nicht sauber verknüpft worden, und dieser Makel sollte heute, unter der Sonne des Äquators, behoben werden.

Vor dem runden Fenster glitzerte die Sonne auf dem Wasser, und vor mir glitzerten die Goldfäden in der Seide. Gernots Geschenk, ein Stoff, ausschließlich für mich gewebt. Aus reinweißer chinesischer Seide mit dem Muster, das ich als Erstes für ihn entworfen hatte. Eine Kostbarkeit in vielerlei Hinsicht. Sehr sorgsam hatte ich ihn verarbeitet. Und nun würde ich dieses wundervolle Gewand aus Goldbrokat anlegen.

So viel hatte ich hinter mir gelassen, so viel lag vor mir. Manchmal war ich mir nicht ganz sicher, ob ich träumte oder wachte. Aber dann war Drago wieder da, und wenn ich mich an ihn lehnte, fühlte ich seinen beständigen Herzschlag, seinen ruhigen Atem. Dann mochte kommen, was kommen sollte.

Ich war glücklich, und glücklich waren auch alle, die bei mir waren. Laura und Philipp sprudelten über vor lauter Freude. Ich fragte mich gelegentlich, was sie am meisten begeisterte – die Tatsache, dass sich ein wahrer Drache von einem Vater um sie kümmerte, dass es nach China ging oder dass sie sich an Bord eines prachtvollen Klippers befanden. Sie hatten die Reise mit Begeisterung angetreten, und noch nicht einmal die Tatsache, dass bisher noch keine einbeinigen Piraten das Schiff geentert hatten, trübte ihr Vergnügen. Kein Pirat, außer Captain Mio natürlich. Der Kater hatte nach anfänglichem Misstrauen den schwankenden Planken gegenüber den Klipper als sein Hoheitsgebiet erkannt, an der Kapitänskajüte seine Duftmarke hinterlassen und dann alles von der Bilge bis zum Steuerrad inspiziert. Vorhin hatte ich ihn beobachtet, wie er versuchte, den Großmast zu erklimmen. Derzeit aber lag der alte Pirat kieloben auf meinem Bett und schnurrte, weil die Sonne seinen Bauch wärmte.

Auch George war aufgeblüht unter der Ägide meiner Rabauken – oder auch auf Grund der langen Gespräche, die Drago und ich mit ihm geführt hatten. Inzwischen lachte er häufiger und entwickelte sogar einen Sinn für Schabernack. Mir gegenüber zeigte er eine scheue Verehrung und stilles Vertrauen. Aber er hatte auch neue Verpflichtungen auf sich genommen, eine davon war, mir und den Kindern die Kunst des Essens mit Stäbchen beizubringen und uns die Grundzüge der chinesischen Sprache und Schrift zu lehren. Himmel, war das eine komplizierte Angelegenheit. Aber wir würden sie meistern, dessen war ich mir ganz sicher. Ich wollte in dem neuen Land nicht als arrogante Fremde auftreten, sondern den Menschen die Höflichkeit erweisen, mich wenigstens rudimentär mit ihnen verständigen zu können. Laura erwies sich besonders geschickt darin, die Schriftzeichen zu Papier zu bringen – sie malte eben gerne, und mit ihr zusammen beschäftigte sich George nun auch ohne Heimlichkeit mit seinen Zeichnungen.

Schade, dass Leander unser Angebot nicht angenommen hatte. Meinen Bruder hätte ich gerne an unserer Seite gewusst, aber er wollte noch einige Zeit in Barbizon an seinen Maltechniken arbeiten. Drago hatte ihm aber ein Schreiben ausgestellt, mit dem er jederzeit eine Passage auf einem der Klipper erhalten würde, die für sein Handelshaus fuhren.

Ja, und dann hatten wir noch Hannah dabei. Hannah hatte drei Tage rumgedruckst, nachdem ich verkündet hatte, dass die Kinder und ich Drago begleiten würden. Dann hatte sie endlich gefragt, ob sie mitkommen dürfe. Zunächst war ich skeptisch, doch Drago meinte sehr nüchtern: »Im Settlement hat jede ledige junge Frau die besten Chancen, einen Mann ihrer Wahl zu finden, Tigerin. Wenn wir ein bisschen aufpassen, dass sie keine Dummheit begeht, ist sie über kurz oder lang mit einem reichen Kaufmann verheiratet. Warum soll sie die Chance nicht nutzen?«

Ja, warum eigentlich nicht? Ein Chinahändler war sicher eine bessere Alternative als ein Missionar mit Mundgeruch und schweißigen Händen.

Es galt für uns alle jetzt nach vorne zu schauen, auch wenn natürlich manche Erinnerungen lebendig blieben. Wehmut verspürte ich natürlich dann und wann, wenn ich an den Abschied von meinen Eltern und Freunden dachte, an LouLou und Nona vor allem und an Madame Mira, der ich so viel verdankte. Einem anderen Menschen hatten Drago und ich ebenfalls unseren Dank abgetragen – Armand Dufour und Eustache hatten wir den chinesischen Teppich geschickt, den einst Servatius mitgebracht hatte, damit er endlich wieder mit seinem Gegenstück vereint war. Das blumig und überschwänglich formulierte Dankesschreiben Dufours wies tatsächlich Tränenspuren auf.

Besondere Freude aber bereitete mir die Gewissheit, dass ich wirklich wieder schwanger geworden war. Und das Kind aller Voraussicht nach auf festem Boden zur Welt bringen würde. Auch wenn man es mir so angenehm wie möglich zu machen versuchte, an Bord mangelte es doch an ein paar Bequemlichkeiten.

Mit raschen Handgriffen zog ich das Gewand über meinen Kopf und richtete meine Haare, obwohl sie vermutlich gleich wieder vom Wind zerzaust werden würden. Dann wartete ich auf den Ersten Offizier, der mich heute an Deck geleiten wollte, damit endlich ein letztes loses Fädchen ordentlich verknüpft werden konnte.

Philipp ließ sich geduldig von seiner Schwester die Schleife um den Kragen legen. Es war das erste Mal auf dieser Reise, dass er den Anzug tragen musste. Einmal war ja auch in Ordnung, vor allem zu diesem Anlass. Ansonsten hatten sie die gleichen Anzüge wie Papa bekommen, Laura und er, und das war kolossal praktisch. Überhaupt – die ganze Angelegenheit war ein Fest nach dem anderen, seit Papa diesen Mann verprügelt hatte. Und nun waren sie auf dem Weg nach China. Man stelle sich das nur mal vor! Nach China! Mama, Papa, Laura, er, Hannah und George. Und Captain Mio. Es war so aufregend, in der Schule konnten sie über gar nichts anderes mehr sprechen, seit es bekannt geworden war. Und dann waren sie nach Hamburg gefahren und hatten auf diesem phantastischen Schiff ihre Kajüten bezogen. Er teilte seine mit George, ein patenter Kerl, und Laura die mit Hannah.

Die ersten Tage war es ganz schön kabbelig gewesen, in der Nordsee und dann auch noch im Atlantik. Er hatte sich nicht so ganz wohl gefühlt. Eigentlich hatte er sich sauschlecht gefühlt, und wenn man's richtig betrachtete, hatte er eigentlich sterben wollen. Und was ihn dabei ganz besonders wütend gemacht hatte, war, dass Laura kein bisschen seekrank geworden war. Nur Captain Mio war ein bisschen schlapp gewesen. Aber nun hatten er und der alte Pirat richtige Seebeine bekommen. Es war aber auch stürmisch gewesen. So heftig hatte es geblasen, dass er dann und wann tatsächlich einen der Matrosen den wilden Nick um Beistand hatte anrufen hören. Der Schutzheilige der Seefahrer, der heilige Nikolaus, hatte dann just an seinem Namenstag, dem sechsten Dezember, ein Einsehen, und die Fahrt wurde ruhiger. Und damit begann das Abenteuer erst richtig. Was gab es nicht alles zu entdecken und zu lernen. Zwei Herren von der Universität begleiteten sie, ein Botaniker, der alles über Pflanzen wusste, und ein Zoologe, der die ganze Tierwelt kannte. Papa hatte sie gebeten, ihm und Laura Unterricht zu geben. Sie waren über den allerneuesten Stand der Wissenschaft informiert, und Mann, die sagten, der Herr Darwin hätte herausgefunden, dass die Menschen vom Affen abstammten. Was hatte Papa darüber gelacht! Er meinte, das müsse ganz bestimmt für sie gelten, weil sie wie die Äffchen in der Takelage herumklettern konnten. Das wiederum hatte ihnen der Oberbootsmann beigebracht. Und der wusste auch ganz tolle Geschichten vom Klabautermann und so.

Und dann Weihnachten. Weihnachten auf hoher See – war das ein Fest! Mit Punsch und Braten und Seemannsliedern und Kerzen, und nachts standen sie zu viert auf Deck unter dem Sternenhimmel und ließen sich den warmen Wind durch ihre Haare streichen.

Und dann vorgestern! Da hatten sie den Äquator überquert, und es hatte eine Äquatortaufe gegeben. Er hatte kein bisschen geschrien, als sie ihn in den Bottich mit Meerwasser getunkt hatten, und Laura hatte auch nur ganz leise gequiekt. Aber Hannah hatte gezappelt und geblökt. Mama hingegen hatte dabei schallend gelacht. Sie war eben wirklich eine Richtige. Und danach hatten sie die halbe Nacht an Deck gesessen, Geschichten erzählt und Lieder gesungen.

»Komm, Philipp, wir müssen an Deck, sie fangen gleich an«, drängelte Laura jetzt. Niedlich sah sie aus in ihrem weißen Kleid, doch! Heute war Philipp sogar geneigt, seine eitle Schwester mit uneingeschränktem Wohlwollen zu betrachten. Hand in Hand stiegen sie den Niedergang hinauf.

Das Deck war geschrubbt worden, das Schiff bis über Topp beflaggt, die Matrosen trugen ihre besten Kleider, der Kapitän seine goldbetresste Uniform.

Die Sonne ließ die Segel weiß leuchten, und der Wind rauschte in der Leinwand und dem Tauwerk.

Papa wartete schon, in einem weißen Anzug, die Haare wie üblich in Unordnung – da brauchte man sich ja für seinen eigenen Wuschelkopf nicht zu schämen – und Hannah stand in ihrem besten Kleid ganz dicht neben George.

Und dann kam Mama.

Der Erste Offizier führte sie über das Deck.

»Ist sie nicht schön?«, seufzte Laura und hatte schon feuchte Wangen.

Aber sie hatte recht, sie war so schön wie ein Engel. Ehrlich.

Sie trug ein Qipao, ein schmales, langes chinesisches Gewand aus weißer Seide mit einem goldenen Chrysanthemenmuster. Herr Wever hatte ihr diesen Stoff zum Abschied geschenkt, und sie musste weinen, als sie ihn ausgepackt hatte. Aber jetzt lächelte sie ganz glücklich und winkte sie beide zu sich. Zu viert standen sie vor dem Kapitän, und der begann mit der Zeremonie.

Papa antwortete auf seine Frage ganz ernst: »Ja, ich will.«
Dann fragte der Kapitän Mama.
Und die zwinkerte Laura und ihm zu, nahm ihre Hände und sagte ganz laut: »'türlich!«
Mann, die war schon eine prima Sorte, oder?

Nachwort

Leinen und Baumwolle sind pflanzliche Produkte. Um Wolle zu erhalten, werden die langfelligen Tiere geschoren, aber für die Seide muss der Schmetterling sein Leben lassen, bevor er noch seine Flügel entfalten kann.

Seide – seit Jahrtausenden ein schimmernder Luxus, unerschwinglich, kunstvoll verarbeitet, Stoff für die Mächtigen und Reichen.

Heute ist echte Seide noch immer teuer, aber nicht mehr unerschwinglich.

Dieser Umstand hat seine Wurzeln erst in der neueren Zeit. Drei wesentliche Dinge haben dazu beigetragen – die schnelleren Transportmöglichkeiten, die Erfindung äußerst effizienter Webstühle und die Entwicklung des Mikroskops.

Um 1845 wurden die in Europa gezüchteten Seidenraupen von einer Epidemie beinahe ausgerottet, und erst Louis Pasteur, Chemiker und Biologe, fand die Ursache dieser Krankheit heraus – mikroskopisch kleine Parasiten hatten die Raupen und Schmetterlinge befallen. Durch strenge Auswahl der gesunden Tiere wurde schließlich 1869 die Krankheit besiegt.

Zu Beginn des Jahrhunderts entwickelte ein genialer Zampeljunge, dem die monotone Arbeit am Webstuhl offensichtlich entsetzlich lästig war, eine Methode, die für das Entstehen der Muster notwendigen Kettfäden automatisch zu heben und zu senken. Auf Basis des mechanischen Webstuhls erfand er das Prinzip der Lochkartensteuerung, die später in der Computertechnik in ähnlicher Weise Verwendung finden sollte. Charles Maria Jacquard war sein Name, und wenn er auch von den modebewussten Abnehmern der gemusterten Seidenstoffe geliebt wurde – die Weber waren ihm nicht wohlgesinnt. Sie fürchteten zu Recht Preisverfall und Arbeitslosigkeit.

Obwohl es zu blutigen Aufständen kam und sogar ein Jacquard-Webstuhl öffentlich auf dem Scheiterhaufen verbrannt wurde – den technischen Fortschritt konnte niemand aufhalten.

Auch die Kolonialisierung im neunzehnten Jahrhundert eröffnete neue Möglichkeiten für das Geschäft mit der Seide. In Asien wurden Maulbeerbäume und Seidenraupen schon weit länger kultiviert als in Europa, die Qualität der Seide war bestechend. Die nicht immer friedlich verlaufene Öffnung der asiatischen Märkte, der Bau der schnellen Klipper, dann der Dampfschiffe und schließlich die Öffnung des Suez-Kanals ermöglichten den Transport großer Mengen von Seide.

Auch ein Schriftsteller ist eine Art Weber. Für diesen Goldbrokat habe ich aus den drei oben genannten Fakten Fäden gesponnen, habe sie mit menschlichen Schicksalen und den Ereignissen und Entwicklungen Mitte des neunzehnten Jahrhunderts verknüpft und einen Romanstoff daraus gewirkt.

Dabei war es mein Bestreben, ein Muster zu gestalten, das Ihnen hoffentlich einen kleinen Eindruck verschafft hat, welch ein Wunderwerk das Gespinst der Seidenraupen ist, in das sie sich hüllen, um ein Schmetterling zu werden.

Dramatis Personae

Hauptpersonen

Ariane Kusan – Tochter eines Künstlerehepaars kleinadliger Herkunft, die mit einem gesellschaftlichen Makel behaftet ist.
Drago Kusan – Sohn eines preußischen Beamten, der seine Vergangenheit abschütteln muss.
Gernot Wever – ein Weber aus dem Bergischen, der die Verantwortung für seine Familie ernst nimmt.
LouLou Wever – Gernots ältere Schwester, die in die halbseidene Welt des Varietés entschwindet.
Nona – eine bleiche Seidenwicklerin auf dem Gut Charnay, die in Köln ungeahnte Fähigkeiten zum Einsatz kommen lässt.
Guillaume de Charnay – eigentlich Wilhelm Stubenvoll aus Köln, jetzt Seidenzüchter in der Nähe von Lyon.
Laura und Philipp – Arianes unternehmungslustige Kinder.
Captain Mio – weißer, schwarzgefleckter Kater mit Augenklappe und schwarzer Piratenflagge, äußerlich ein grimmiger Korsar, innerlich ein verschmustes Flauschherz.

Verwandte

Caro Elenz – eine Großtante von Ariane, die sie und die Kinder großmütig aufnimmt.
Wolfgang und Bella von Werhahn – Arianes Eltern, die ein Künstlerleben in Paris dem Gutsbesitz im Münsterland vorziehen.
Leander von Werhahn – Arianes Bruder, der als Maler allmäh-

lich Erfolg hat und sich in einer französischen Künstlerkolonie niedergelassen hat.

Hannah – Arianes Cousine, die nach einer Enttäuschung zu Philipps und Lauras Kindermädchen wird.

Ignaz Kusan – Dragos älterer Bruder, der beim Weberaufstand in Lyon umkam.

Servatius Kusan – Dragos Pate, Chinahändler, der ihm sein Vermögen und eine unerledigte Aufgabe vermacht hat.

George Liu – Servatius' Sohn von Tianmei, seiner chinesischen Geliebten.

Ai Ling – Servatius' Tochter, Dragos Geliebte.

Bekannte, Geschäftspartner, Freunde und Feinde

Madame Mira – eine alte Couturière, die als Untermieterin bei Caro Elenz wohnt und Ariane das Schneidern beibringt.

Hilde – Haushälterin bei Caro Elenz.

Leutnant Zettler – Seeoffizier und Überbringer schlechter Nachrichten.

Bernd Marquardt – ein amüsanter Flirt und Gerüchteverbreiter.

Helene von Schnorr zu Schrottenberg – Dichterin und Gesellschaftsdame von makellosem Ruf.

Edda Belderbusch – Helenens Schwester, Gattin eines Posamentierwarenhändlers.

Julia Waldegg, née Masters – Gattin des Verlegers Paul-Anton Waldegg.

Paul-Anton Waldegg – Sohn und Erbe von Cornelius und Antonia Waldegg.

Albert und Paula Oppenheim – Kölner Bankiersehepaar (historisch).

Alexander und Amara Masters, Antonia und Cornelius Waldegg – Arianes Freunde und alte Bekannte.

Fritz Kormann – ein schlitzohriger Kammerdiener.

Armand Dufour – Seidenhändler aus Lyon, bei dessen Vater einst Stubenvoll in die Lehre ging.
Eustache – der Mops im Paletot.
Viola Martel – Leanders Freundin, Tänzerin.
Zwei Geister aus der Vergangenheit

Tsun Mou – die Raupenmutter.
Xiu Dao Yuan – der Abt des Klosters von Hanshan.
Tianmei – Servatius' Geliebte.
Die kaiserliche Raupe.

Diverses Hilfspersonal wie Kapitäne, Hoteldirektoren, Mäzene, Gassenjungen, Mönche, Chinahändler, britische und preußische Beamte, Tänzerinnen, Sängerinnen, Schauspieler, Gendarmen. Und eine Maus.

»Robyn Young schreibt unglaublich detailgetreu: Ihre Bücher sind voller Action und realistischer Gewaltszenen.«

The Times

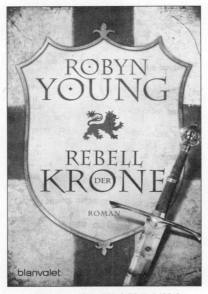

672 Seiten. ISBN 978-3-7341-0400-8

Robert the Bruce – Schottlands größter Krieger im Kampf um die Unabhängigkeit – verlor alles, was er liebte, Familie, Freunde, seine Heimat und sein Land! Doch er gab niemals auf, brach seinen Treueschwur gegenüber Englands Krone, und zog aus, sein Volk in die Freiheit zu führen … Die neue Trilogie von Bestsellerautorin Robyn Young erzählt die packende Legende dieses Mannes, der vom Krieger und umjubelten Anführer der aufrührerischen Schotten zum Eroberer des Thrones wurde – ein Held, der die Geschichte einer ganzen Nation prägte.

Lesen Sie mehr unter: **www.blanvalet.de**